SPICA

1. Auflage, September 2020

Autor: Marvin Roth
Gesamtherstellung: Spica Verlag GmbH
Umschlagabbildung: Spica Verlag GmbH

Printed in Europe
ISBN: 978-3-946732-71-6

Marvin Roth

DAS TESLA PORTAL

www.spica-verlag.de

»Nehmen Sie meinen Arm.
Halten Sie sich gut fest.
Wir werden eine Reihe dunkler Orte besuchen!«

Stephen King
US-amerikanischer Autor

Danke

Heute will ich mal anders beginnen. Ich verrate euch ein Geheimnis! Um kreativ arbeiten zu können, braucht man einen besonderen Rückhalt, jemanden, der immer an deiner Seite steht und dich, selbst bei den verrücktesten Ideen, unterstützt. Das gilt im Leben genau so wie in der Kunst. Zu meinem Glück habe ich eine Partnerin, die mir die Freiheit gibt, Romane zu schreiben. Sie begleitet meine Arbeit, kommentiert, korrigiert und präsentiert meine Bücher auf Buchmessen. Dafür reicht ein einfaches Danke einfach nicht aus. Deshalb, liebe Conny, hier mein Super-Giga-Dankeschön!

Natürlich möchte ich gerne meine Thriller zu den Lesern bringen. Dazu gehört einiges, unter anderem ein Verlag, ein Korrektor und natürlich auch ein Lektor. Nicht zu vergessen, die graphische Gestaltung des Umschlages und am Ende eine Druckerei. Euch allen, besonders dem Spica Verlag, meinen herzlichen Dank.

So, nun fehlen noch meine Leser, für die ich mir den Kopf zermartere. Nein! Spaß! Natürlich schreibe ich gerne, sonst wäre ich in meinem Beruf als Autor fehl am Platz. Meine Leserschaft, die zum Glück stetig wächst, ist für mich total wichtig. Ihr Zuspruch und die interessanten Kommentare sind für mich Ansporn und Hilfe. Wer mich und meine Bücher kennt, der weiß, dass ich schreibe, eher weniger profitorientiert, sondern mehr, um meine Gedanken für Sie zu öffnen und natürlich über meine Welten zu berichten.

Eins noch! Ich freue mich immer riesig, wenn ich meine Leser real treffe. Der persönliche Austausch mit Ihnen allen ist zu einer schönen Routine geworden. Leider sehen wir uns zu selten. Ach ja, das hätte ich nun beinahe vergessen. Danke, dass es Sie gibt!

Personen

Roger Thorn .... FBI Spezialagent

Hank Berson (Hanky) ... Agent einer geheimen Sondergruppe des Secret Service

Carmen Galinda .... Dauerverlobte von Hank Berson

Walt Kessler .... Agent einer geheimen Sondergruppe des Secret Service

Richard Miller .... Reporter der New York Times und Freund von Hank und Walt

Thore Klausen .... Wachmann in der »Federal Reserve Bank of New York«

Mark Henderson .... ein junger FBI Agent, der zuerst als Fahrer agiert

Fabrizio .... FBI Spezialeinsatzkraft, begleitet Thore

Brian Spiller .... der Serienkiller hat ein neues Ziel

Robert Mason .... Brians mörderischer Gefährte

Angelo .... ein Nachbar von Robert und Brian

Giuseppe Gambrino ..... Boss einer Mafia Familie

Joe Montana .... Boss der Gambrino Familie in New York City

Salvatore Biondo .... Der Mafia Gangster findet eine besondere Lagerhalle (Gambrino Familie).

Frank Guitiero, Alfredo Ponti, Ricardo Massimo . Mafia Gangster

Christopher Wray .... FBI Direktor

Mister Wynn .... ein Hacker kommt frei

Der Mutant Matthew Steward .... alias Sinan Abbas, will zurück

Seet Smirl .... ein Späher der Cave People

Tan, Mot, Dra, Pre, und Fur .... Gestrandete in einer fremden Welt

Wungars .... große Echsen, welche Tans Volk als Nutztiere halten

Verschwörer

Gorden McKinsey .... Republikanischer Senator und Ölmagnat. Der Milliardär will die USA zu seinem Reich formen

Robin Higham .... Berater und persönliche Assistent des Senators

General Joseph L. Lengyel .... Kommandeur der Nationalgarde

William Bannigen ...... NSA Direktor und Gefolgsmann McKinseys. Er stellt das Einsatzteam der Expedition zusammen

NSA Agent Prien .... enger Vertrauter des NSA Direktors

Mitchel Prusak . . . . NSA Analyst findet die Tesla Papiere

Professor der Physik
Dr. Ron Bedard . . . . entschlüsselt die Formel und baut mit seinem Team den Dimensionsprojektor

Doktor Eric Denton . . . . . Wissenschaftlicher Beobachter der Mission

Sergeant Brian Chapek . .

Frederic Stanford . . . . Prospektor

Adrian Larson . . . . Landvermesser

Einleitung

Wir Menschen machen es uns gerne einfach. Das spiegelt sich auch darin wider, wie wir unsere Welt sehen. Alles in unserer Umgebung scheint das zu sein, was wir erblicken. Eine Blume ist eine Blume, ein Wald ist nichts weiter als eine große Gruppe einzelner Bäume, eine Stadt nichts weiter als ein Häusermeer.

Wirklich? Was verbirgt sich im tiefen Wald oder hinter den Fassaden einer Stadt? Gibt es da nicht den Schatten, der vieles verbirgt? Was lauert in besagtem Schatten? Wollen wir das überhaupt wissen? Wie ist es? Haben Sie nicht schon einmal eine Bewegung im Augenwinkel gesehen und als Sie sich umgedreht haben, war da nichts? Wieso sind Sie als Kind so ungern in den Keller gegangen oder haben sich gefragt, was da wohl unter dem Bett lauern könnte? Na also, dann sehen Sie die Welt, Ihre Umgebung differenzierter als gedacht. Doch ist das ein Vorteil? Ich möchte Sie mit diesen einleitenden Worten keineswegs verunsichern. Na ja, vielleicht ein wenig … Nein, ich möchte Sie auffordern, Ihre Welt genauer zu betrachten und zu hinterfragen. Dann sehen Sie vielleicht Dinge, die Sie bisher für unmöglich gehalten haben.

In der folgenden Geschichte zeige ich Ihnen eine bei Wissenschaftlern heiß diskutierte Version unserer Welt und …

Halt! Ich möchte nicht gleich zu viel verraten. Also betreten Sie mit mir zusammen diese Welt, um Abenteuer zu erleben und um meine Protagonisten zu begleiten.

Viel Vergnügen wünscht Ihnen

Marvin Roth

Prolog

Ein Windstoß wirbelte Blätter auf den Stufen der Broadway Cedar Subway Station auf, die wohl aus dem benachbarten Zuccotti Park herübergeweht waren. Staub schloss sich der Verwirbelung an, was die aus der Station eilenden Menschen mit mürrischen Gesichtern kommentierten. Unter ihnen befand sich ein eins-einundneunzig großer Hüne, den das stürmische Wetter nicht im Geringsten zu beeindrucken schien. Lediglich ein leichtes Blinzeln verriet, dass seine graublauen Augen ebenfalls unter dem Staub zu leiden hatten. Er blieb einige Schritte weiter stehen und drückte sein Basecap fester auf seine Kurzhaarfrisur. Danach zog er eine Schachtel Zigaretten aus seiner Umhängetasche und steckte sich einen Glimmstängel zwischen die Lippen. Gleich darauf verwehte der böige Wind die bläulichen Wölkchen der Zigarette. Langsam schritt der große Mann den Broadway entlang und ließ seine Blicke, gewohnt suchend, umherschweifen. Er ertastete mit allen Sinnen sein Umfeld und versuchte herauszufinden, ob etwas Ungewöhnliches vor sich ging. Er vertraute seinen Empfindungen und war durch unbewusstes Erahnen schon mancher Gefahr entgangen. An der Einmündung zur Maiden Lane blieb er vor Sushi & Noodles erneut stehen und sah den Weg zurück, den er gekommen war. Etwas war anders heute, etwas, das er nicht fassen konnte. Ein leichtes Frösteln legte sich auf seine Haut und er zog die Schultern hoch.

Was war falsch an diesem Morgen?

Die Passanten, die eilig ihren Zielen zustrebten, schienen die Veränderung nicht zu bemerken. Thore, so der Name des großen Mannes, schüttelte den Kopf und schalt sich selbst einen Narren. Litt er vielleicht an Paranoia? Nein, bestimmt nicht, versuchte er sich selbst zu beruhigen. Und doch wollte das warnende Gefühl nicht vergehen, sondern es verstärkte sich noch. Ein leichtes Vibrieren, kombiniert mit einem summenden Geräusch, drang nun in seine gespannten Sinne. Was war das, eine Maschine, ein Bohrer vielleicht? Es wurde ja immer irgendwo in Manhattan gebaut. Thore beschloss seine Empfindungen fürs Erste zu verdrängen und setzte seinen Weg fort. Immerhin hatte er nicht den ganzen Tag Zeit und wollte sich noch einen Coffee to go, im Jou Jou Café kaufen. Danach musste er seinen Dienst bei der Federal Reserve Bank of New York antreten. Vor dem Café verweilte Thore einen kurzen Moment und blickte sich gewohnheitsmäßig um. Seiner selbst auferlegten Routine folgend, schützte er sich damit vor unliebsamen Beobachtern. Er würde sie erkennen, und wenn er eines Tages einen Verfolger bemerken würde, war seine Tarnung nichts mehr wert. Doch alles war ruhig und Thore betrat das kleine Café.

Hinter dem Tresen hantierte ein Asiate an eine der Kaffeemaschinen. Durch die Türglocke, die aus drei unterschiedlich langen Metallröhren bestand, alarmiert, drehte sich der Asiate um. Als er Thore, wie er den großen Mann nannte, erkannte, huschte ein kleines Lächeln über seine Lippen. Dann jedoch wurde er übergangslos ernst. Angespannt fragte der Asiate:

»Thore, so wie immer?«

Der große Mann überlegte einen Moment und erinnerte sich an das merkwürdige Vibrieren. Doch es war noch zu früh, eine wirkliche Gefahr zu vermuten. So antwortete er mit dem gleichen Satz wie an jedem Morgen:

»So wie immer Jou Jou!«

Damit hatte Thore das verabredete Signal gegeben, damit alles nach Plan verlief. Der Asiate würde routinemäßig seine Meldung an einen unbekannten Mittelsmann weiterleiten. Er reichte dem großen Mann einen Pappbecher über den Tresen. Dieser warf eine Dollarnote auf den Tresen, griff sich den dampfenden Becher und verließ dann grußlos das Café. Ohne besondere Eile reihte sich Thore in den überschaubaren Passantenstrom ein und folgte der Straße. Vorbei an einem von Polizisten bewachten Eingang lief er zwanzig Meter weiter und blieb dann vor einer unscheinbaren Tür, die in ein Rolltor eingelassen war, stehen. Er schaute durch ein kleines Fenster, das in der grau lackierten Tür eingelassen war, und klopfte dann zweimal gegen das Metall. Hinter dem Fenster erschien das Gesicht seines Arbeitskollegen Moses Brown. Sein schwarzes Gesicht verzog sich zu einem breiten Grinsen und gleich darauf öffnete er die Tür. Thore betrat eine Art Garage, die nur die Zulieferer und das Wachpersonal zu sehen bekamen. Hier war nichts von dem prachtvollen Ambiente der Federal Reserve Bank of New York zu sehen. Nur die Kameras und das moderne Terminal der Wachmannschaft, das hinter einer Glasscheibe zu sehen war, vermittelten einen Eindruck der Wehrhaftigkeit.

»Mister Klausen«, polterte Moses Brown. »Das nächste Mal kannst du mir auch einen Kaffee mitbringen! Der duftet ja herrlich!«

Befreit grinste Thore zum ersten Mal an diesem Tag. Alles schien in bester Ordnung zu sein. Das unsichere Gefühl, das ihn wie ein Schatten begleitet hatte, war vor der Stahltür geblieben. Nun würde alles seinen geregelten Gang gehen. Zu Moses Brown gewandt, sagte er mit einem Augenzwinkern:

»Verträgst du denn so ein starkes Gebräu? Deine Frau hat mir anvertraut, dass du einen empfindlichen Magen hättest.«

»Was zur Hölle hast du mit meiner Frau zu tun, du unverschämter Kerl?«, grollte Moses Brown gespielt ärgerlich. »Sieh nur zu, dass du dich in deine Uniform zwängst, falls die dir noch passt. Dein Dienst beginnt in fünf Minuten!«

Dann drehte er sich um und strebte dem Wachbüro zu. Thore ging nach rechts und betrat einen schmalen Flur. Dort blieb er vor einer Fahrstuhltür stehen. Er zog eine Magnetkarte aus seiner Tasche und hielt diese an einen Scanner. Keine Minute später bestieg er den Lift, der sich sogleich in Bewegung setzte. Vier Stockwerke tiefer und damit gute sechzig Meter unter dem Straßenniveau verließ Thore den Fahrstuhl. Ihn erwartete ein hell erleuchteter Gang, der ruhig vor ihm lag. Hier unten hörte man nichts von der Hektik der Metropole, was Thore sehr genoss. Nach wenigen Metern betrat er die Umkleidekabine. Er zog erneut seine Magnetkarte aus der Tasche und entriegelte mit ihr seinen Spind. Einige Minuten später verließ er in Uniform und bewaffnet mit einer Pistole, die nun an seinem Gürtel hing, den Umkleideraum.

Da geschah es wieder. Ein Summen, das direkt aus den Wänden zu kommen schien, ließ die Luft vibrieren. Gleich darauf zitterte der Fußboden unter seinen Füßen und die Vibration übertrug sich auf seinen Körper. Thore versuchte sich am Türrahmen festzuhalten, zuckte aber erschreckt zurück. Das Vibrieren verursachte ein Gefühl, das demjenigen glich, ein unisoliertes Stromkabel zu berühren. Noch ehe er auch nur einen Gedanken darauf verwenden konnte, was dieses Phänomen ausgelöst hatte, verschwand dieses so plötzlich, wie es gekommen war. Das Licht flackerte, einige Neonröhren waren zerbrochen und die kleinen Glassplitter waren die einzigen Zeugen des unheimlichen Geschehnisses. Thore ging hinaus in den Flur und zum Aufzug hinüber. Dabei fragte er sich, was draußen, oben in den Straßen Manhattans geschehen war, dass ein solches Beben verursacht hatte. Selbst am 11. September 2001, an dem er Dienst gehabt hatte, war hier unten nichts von der Katastrophe zu spüren gewesen. Nicht einmal dann, als die Twin Towers des World Trade Centers einstürzten, obwohl die Gebäude nur drei Straßen entfernt gewesen waren. Hier in den Kellerräumen der Federal Reserve Bank mit ihrem Goldbunker hatte man keinerlei Erschütterung des Mauerwerks beobachten können.

Thore atmete auf, als die Lifttür vor ihm öffnete, doch er fürchtete sich vor dem, was ihn dort oben, auf den Straßen Manhattans erwartete.

***

Erbeben

Unzählige Alarmanlagen im Finanzbezirk Manhattans gellten gleichzeitig durch die Straßenschluchten. Panisch verließen die Menschen ihre Büros und rannten auf die Straße. Sofort manifestierte sich bei den Flüchtigen ein Begriff, der sich in den Albträumen der New Yorker wie ein Geschwür festgesetzt hatte. TERRORANSCHLAG! Die Geschehnisse des 11. Septembers 2001 waren unvergessen und erneut waberte Angst durch die Stadt, wie eine Woge aus ätzender, schmerzlicher Erinnerung. Ohne zu wissen, woher die vermeidliche Gefahr kam, rannten Männer und Frauen durch die Straßen, hielten sich dabei sinnloserweise die Ohren zu. Doch die hochfrequenten Schwingungen erfassten ihre Körper und gingen durch sie hindurch. Einige brachen auf der Stelle zusammen und entzogen sich, durch eine Ohnmacht, dem unheimlichen Geschehen. Andere übergaben sich und versuchten dann mit taumelnden Schritten dem Beben der Luft zu entkommen. Der Straßenverkehr war weitgehend zum Erliegen gekommen und die Taxis, Privatwagen und LKWs standen kreuz und quer auf den Straßen und Gehwegen. Ein Bus, der wohl Touristen durch Manhattan chauffiert hatte, war in eine Bäckerei gerast. Doch keiner der normalerweise streitfreudigen New Yorker nahm nun Notiz davon. Die Fahrgäste taumelten aus dem Fahrzeug und hielten sich dabei ihre Ohren zu. Doch gegen den unterschwelligen, permanenten Summton, der die Schwingungen, das Vibrieren der Luft, begleitete, half das nicht. Staub, der sich über Jahrzehnte in den Winkeln der Fassaden versteckt hatte, rieselte nun aus den Gemäuern. Ein feiner Nebel, ebenfalls in Schwingung versetzt, senkte sich über das Bankenviertel. Dabei entstanden seltsame, wellenförmige Muster, die sich scheinbar befreit von der Schwerkraft durch die Straßen bewegten. Doch keiner der Menschen, die sich unter dem Schleier aus feinster Materie bewegten, schenkte dem ungewöhnlichen Schauspiel die geringste Aufmerksamkeit. Sie waren mit sich und ihren Ängsten beschäftigt, taumelten ziellos umher oder brachen besinnungslos zusammen. Die ersten Fensterscheiben zerbarsten mit knallendem Geräusch. Scharfe Splitter regneten auf die Passanten. Schreiend versuchten sie, dieser neuen Gefahr zu entkommen, indem sie sich Schutz suchend an die Hauswände drückten. Doch der Kontakt zu den Wänden glich einem Stromschlag, da die Häuser genauso vibrierten wie jeder Gegenstand um sie herum. Einige Menschen stürzten zu Boden und wurden dort von den Schwingungen der Straße erfasst. Andere rannten, in der Hoffnung, den Vibrationen damit zu entgehen, so schnell es ging, davon. Mit einem seufzenden Geräusch endeten die Schwingungen abrupt und eine betäubende Stille erfüllte für eine Sekunde die Straßenschluchten. Selbst die Sirenen der Alarmanlagen hatten ihren Dienst eingestellt und der Verkehr war zum Erliegen gekommen. Die Menschen, die gerade eben noch höllische Qualen durchlebt hatten, sahen sich verwundert um, ohne zu verstehen, was ihnen gerade widerfahren war. Sie sahen nach oben, als ob sich dort ein Hinweis für das Erlebte finden ließ. Einige Hilfsbereite kümmerten sich um die am Boden Liegenden. Andere griffen nach ihren Handys, um Hilfe anzufordern. Doch die meisten Menschen klopften sich den Staub von ihrer Kleidung und setzten langsam ihren Weg fort. Niemand schien mehr in Eile, was an sich für den typischen New Yorker sehr seltsam war. Die Menschen bewegten sich traumatisiert und ein seelischer Schock schien ihre Bewegungen zu steuern.

Thore stieß die Tür, durch die er erst vor einigen Minuten die Federal Reserve Bank of New York betreten hatte, mit Schwung auf. Er wollte sehen, welche Katastrophe sich ereignet hatte. Die Stadt am Hudson River hatte schon einige Desaster erlebt. Doch heute schien es die Metropole besonders hart getroffen zu haben. Er lief bis zur Mitte der Straße und sah sich um. Langsam drehte er sich im Kreis, ließ seinen Blick nach oben und nach unten wandern, sah die benommenen Menschen, Fensterglas am Boden, doch sonst keine nennenswerten Schäden an den Gebäuden. Kein Haus war eingestürzt, kein Flugzeug vom Himmel gefallen. Was war nur geschehen? Sein Kollege Moses Brown stand im Türrahmen und hielt sich an dem Stahlrahmen haltsuchend fest. Auch er blickte fragend um sich, doch er zog es vor, die Straße nicht zu betreten.

»Siehst du was?«, rief er Thore zu. Doch der schüttelte nur den Kopf und ging langsam zurück zum Eingang. Dabei versuchte er einen Gedanken zu formulieren, den er bisher unter dem Eindruck der Vibrationen und des dunklen Summens verdrängt hatte. War das Luftbeben vielleicht kein Terrorakt? Er musste seinen vagen Verdacht überprüfen, und zwar sofort. Er eilte durch die Halle zu den Aufzügen. Als er mit dem Fahrstuhl, der unbeeindruckt von dem unbekannten Phänomen seine Arbeit verrichtet hatte, gefahren war, war ihm etwas aufgefallen. Je weiter er sich dem Erdgeschoss näherte, umso geringer war die Vibration geworden. Oder hatte er sich das nur eingebildet? Er wollte seiner eigenen Wahrnehmung nicht trauen, doch der Verdacht, der sich aus dem Erlebten formte, war so ungeheuerlich, dass er sofort seine Vermutung in der Realität überprüfen musste. Er drängte sich an seinem Kollegen vorbei und eilte zu den Aufzügen. In der Liftkabine wählte er das dritte Untergeschoss. Dort befand sich der Videoüberwachungsraum. Die Fahrstuhltür schloss sich und der Lift bewegte sich nach unten. Ungeduldig verharrte er vor der Lifttür. Als ein leiser Ton signalisierte, dass er das gewünschte Stockwerk erreicht hatte, öffnete sich endlich die Tür. Thore stürmte durch den angrenzenden Gang und stieß wenige Meter weiter die Tür des Videoraums auf. Die drei Techniker, die hier ihren Dienst taten, diskutierten aufgeregt. Noch ehe Thore eine Frage stellen konnte, sah er, warum die Männer so aufgeregt waren. Keiner der Bildschirme zeigte ein Überwachungsbild, sondern nur ein graues Flimmern. Sein Verdacht schien sich ein Stück weit zu bestätigen. Er musste unbedingt die Tresorräume kontrollieren. Doch dazu reichte sein Sicherheitsstatus nicht aus. Der diensthabende Supervisor würde ihn begleiten müssen. Ohne sich weiter um die Techniker zu kümmern, verließ Thore den Überwachungsraum und eilte weiter den Gang hinunter. Vor einer weiteren Tür blieb er kurz stehen, klopfte an und betrat, ohne auf eine Reaktion zu warten, das Büro. Ein kurzer Fluch verließ seine Lippen, als er erkannte, dass sich der Supervisor nicht in dem Raum befand. Wo war der Kerl nur? Um das herauszufinden, musste er erneut nach oben fahren. Moses Brown war normalerweise darüber informiert, wo sich das Sicherheitspersonal im Haus aufhielt. Doch was war heute schon normal? Mit wachsender Ungeduld fuhr Thore erneut nach oben. Überraschenderweise stand Moses direkt vor dem Fahrstuhl, als sich dessen Tür zur Seite schob. Er öffnete den Mund und wollte Thore wohl fragen, warum er schon wieder hier auftauchte. Doch noch ehe sein Kollege die erste Silbe geformt hatte, rief Thore:

»Moses, weißt du, wo der Supervisor sich befindet? Ich muss ihn dringend sprechen!«

»Was ist denn los Thom? Ist was passiert?«, fragte dieser, anstatt eine Antwort zu geben. Thore hätte den Mann am liebsten geschüttelt und erwiderte mit unterdrücktem Groll:

»Also Mann, weißt du, wo er ist, oder nicht?«

***

Verstörender Versuch

Colorado Springs – Dezember 1899

Mit eingezogenem Genick betrat Nikola Tesla das scheunenartige Gebäude. Es war kalt und ein eisiger Wind eroberte – von Westen kommend – das Land. Nikola schaute noch einmal prüfend zur Dachkante des Gebäudes, zu der Stelle, an der eine spezielle Hohlkugel an einem galgenartigen Balken angebracht war, und schloss dann eilig die Tür. Die wenigen Nachbarn hatten sich an diese merkwürdige Scheune gewöhnt, doch irgendwie schien dieser skurrile Bau nicht in diese Welt zu passen. Auf seinem Dach thronten zwei Holzgerüste, die wie kleine Ölbohrtürme aussahen, doch einen anderen, geheimen Zweck erfüllten. Der breitere Bohrturm, der mittig auf dem Dach des quadratischen Gebäudes platziert war, hielt eine Metallstange, die je nach Erfordernissen bis zu fünfzig Meter ausgefahren werden konnte.

Nikola ging einige Schritte in den großen Raum hinein, der circa zehn mal zehn Meter maß. Der heftige Winterwind war hier nur noch als ein fernes Säuseln wahrnehmbar. Für das Zeitalter ungewöhnliche Apparaturen, Spulen und Transformatoren füllten beinahe den gesamten Innenraum des Hauses. Ein dumpfes Brummen, das einem unbestimmten Rhythmus folgte, umhüllte Nikola. Noch im Gehen entledigte er sich seines Mantels, der ihm von einem herbeieilenden Mitarbeiter abgenommen wurde. Dann zog er seine Lederhandschuhe aus, behielt diese in seiner linken Hand und rief:

»Meine Herren, heute ist es so weit!«

Hinter den Maschinen und mannshohen Spulen traten weitere Männer, alle in fast bodenlange, weiße Kittel gehüllt, hervor und sammelten sich um Nikola. Der lächelte und sah die Männer der Reihe nach an. Dann sagte er, mit pathetisch klingender Stimme:

»Wenn dieser Versuch gelingt, werden wir Geschichte schreiben. Ja noch mehr! Wir werden die Welt verändern! Die ganze Menschheit wird von meiner Erfindung profitieren. Also lasst uns beginnen!«

Ein kurzer Applaus brandete auf und dann begaben sich die Mitarbeiter des Erfinders an ihre schon vorher benannten Stationen der Versuchsanordnung. Nikola bekam einen Laborkittel gereicht, den er mit einem kurzen Nicken annahm. Er zog den Mantel über und steckte seine Handschuhe in eine der Seitentaschen. Danach ging er zu einer Holzbühne, auf der eine Reihe Schaltkästen aufgebaut war. Dort angekommen stand er beinahe eine Minute vor der technischen Anordnung und zwirbelte sich dabei gedankenverloren seinen Schnauzbart. Keiner der Männer im Raum traute sich, den Erfinder in seiner Grübelei zu unterbrechen. Dann endlich schaute er auf und trat an ein Pult heran, auf dem eine Reihe Schalter und Drehknöpfe angebracht waren. Nikola ergriff einen großen Hebelschalter und drückte ihn nach vorne. Sofort schwoll das sanfte Brummen, das bisher den Raum erfüllt hatte, zu einem gewaltigen Dröhnen an. Da der Erfinder nun keine Möglichkeit mehr hatte, sich akustisch zu äußern, winkte er den beiden Männern, die neben einer mächtigen Kurbel Aufstellung genommen hatten, zu. Sofort griffen die Männer das Kurbelrad und drehten es gemeinsam. Ein Teleskopstab, der aus Eisen gefertigt war, schob sich aus der dafür vorgesehenen Dachluke. Nikola beobachtete seine Helfer so lange, bis der Stab völlig ausgefahren war. Nun war der Augenblick, auf den er viele Jahre hingearbeitet hatte, gekommen. Jetzt würde sich zeigen, ob seine Berechnungen stimmten. Er schloss für einen kurzen Moment seine Augen, atmete tief ein und dachte an die vergangenen Jahre voller Hoffnungen und Träume. Dann öffnete er seine Augen wieder, ließ die Luft aus seinen Lungen entweichen und legte einen markierten Schalter um. Mehrere Dinge geschahen simultan. Blitze, die aus einem Metallpilz fuhren, rasten durch den Raum und trafen einen schwarzen, gut zweieinhalb Meter hohen Zylinder, der wie eine antike Säule in den Raum ragte. Ozon füllte den Raum und das Knallen der Entladungen füllte das Versuchslabor. Der ausgefahrene Metallstab begann zu vibrieren und Elmsfeuer tanzte bläulich an der vermeintlichen Antenne. Ein ohrenbetäubender Donner erfüllte plötzlich das Labor und ließ die Männer vor Schmerz aufschreien. Der Metallstab glühte auf und warf ein gleißendes Licht in den Raum. Einige Laborassistenten taumelten geblendet davon, während andere einfach zu Boden sanken. Nikola

Tesla jedoch stand wie eine Galionsfigur auf seiner Arbeitsbühne und trotzte dem mechanischen Sturm. Zwar keuchte er mit weit aufgerissenem Mund, während seine Augen fast aus den Höhlen traten, doch sein Geist versuchte, jede Einzelheit zu erfassen. Ein kurzwelliges Vibrieren der Luft ließ die Versuchsanordnung erzittern. Gleichzeitig erstarben alle Geräusche und machten einem tiefen Summton Platz, der die Vibration begleitete. Der nun glühende Metallstab pulsierte nun ebenfalls und sandte, was die Männer im Inneren des Gebäudes nicht sehen konnten, eine leuchtende Spirale, geformt aus Licht, in die Atmosphäre. Ein mächtiges Wetterleuchten erfüllte die Landschaft und die wenigen Bewohner dieser Gegend sahen verwundert zu dem Schauspiel am Himmel auf.

Nicola Tesla konnte die Ereignisse um ihn herum, selbst mit seinem analytischen Verstand, nicht begreifen. Was hatte er falsch gemacht? Wo war der Fehler in seinen Berechnungen? Er musste den Versuch abbrechen, und zwar sofort. Er schaute nach unten auf die Schalterreihe, doch diese vibrierte hochfrequent. Dennoch griff er nach dem Hauptschalter und wurde sofort dafür bestraft. Ein Stromschlag schien seine Hand verbrennen zu wollen. Das Vibrieren verhinderte jegliche Berührung. Doch Nikola wusste, dass er etwas unternehmen musste. Das Leben seiner Mitarbeiter stand auf dem Spiel und seine eigenes natürlich auch. Nach einer Idee suchend schaute er sich um, bis sein Blick an der hölzernen Wand des Labors haltmachte. Die Bretter schienen ihre Stofflichkeit zu verlieren. Das Holz bewegte sich wie die Oberfläche eines Sees, der von einem sanften Windhauch getroffen wurde. Noch während sich die Wand physikalisch wie eine Flüssigkeit verhielt, verlor sie scheinbar an Substanz. Mit dem Interesse eines Forschers verfolgte Nikola dieses Phänomen und vergaß dabei völlig seine Umgebung. Sein Geist blendete das Vibrieren, das seine Zähne klappern ließ, und den penetranten Summton total aus. Wieso verhielt sich die Holzwand, als gäbe es keine Naturgesetze? Nun wurde sie sogar durchsichtig wie ein Vorhang und dahinter zeichnete sich die Landschaft Colorados ab. Eine letzte Wellenbewegung genügte, um den Vorhang, der einmal eine Holzwand gewesen war, zur Seite zu wehen. Der Wissenschaftler hatte sich getäuscht, als er dachte, die Grasebene Colorados zu sehen. Das, was sich außerhalb des Labors offenbarte, hatte nichts mit der Welt zu tun, die er kannte. In ein düsteres Rot gehüllt sah er in eine verbrannte Landschaft hinein. Vereinzelte Felsen und Mauerreste ragten aus einer grauen Ebene aus Asche hervor. Glühende Wolken zogen rasant schnell über einen schwefelgelben Himmel. Ein plötzlicher Windstoß wirbelte die Asche vom verbrannten Boden und enthüllte bleiche, menschliche Skelette. In diesem Moment handelte einer der Techniker. Er wankte durch das Labor und blieb vor einem armdicken Kabel stehen, das aus dem Gehäuse eines Transformators ragte. In seinen Händen lag eine große Axt, die er nun über seinen Kopf hob. Gleich darauf ließ er die Klinge der Axt nach unten schwingen. Mit einem einzigen Schlag durchtrennte der Techniker das Kabel. Sofort erstarben sowohl die furchtbaren Schwingungen wie auch das enervierende, summende Geräusch. Die Scheunenwand materialisierte sich vor Nikolas Augen und schien stabil wie immer. Der Erfinder wartete nicht, bis er begriff, was soeben geschehen war. Er sprang von seiner Arbeitsbühne, rannte zur Wand und betastete diese. Er spürte das Holz, das so stabil war, wie man es erwarten konnte. Dann rannte er zu Tür und stürzte ins Freie. Er rannte noch einige Meter, ehe er stehen blieb. Er drehte sich um seine eigene Achse und sah die Graslandschaft, die unversehrt vor ihm lag. Er atmete auf und blickte nun nach oben. Dort verschwand die Lichtspirale gerade hinter den Bergen und hinterließ nur ein schwaches Schimmern in den Wolken.

***

Wenige Minuten später am anderen Ende der Welt

Estcourt, Natal, Süd Afrika - 1899

Angespannt saßen die Soldaten der Dublin Fusiliers und der Durban Light Infantry, unter dem Kommando von Capitain Haldane, in den einfachen Eisenbahnwaggons. Sie kamen gerade von einem Einsatz gegen die aufständischen Buren und sollten nun weitere Freischärler in den umliegenden Gemeinden ausschalten. Das gleichmäßige Rattern, das bei Zugfahrten unausweichlich war, konnte die Männer in keiner Weise beruhigen. Sie wussten, was Krieg bedeutete, und hatten ihre Kameraden sterben sehen. Nun sollte ein weiterer Einsatz folgen. Angst, Hoffnungslosigkeit und Trauer lagen auf den Gesichtern der Soldaten, aber auch Trotz und Überlebenswille. Sie alle wollten wieder nach Hause und ahnten nicht, dass ihnen noch ein schlimmer Krieg bevorstand, der als der Burenkrieg in die Geschichte eingehen würde. Ein plötzliches Knallen übertönte das eintönige Rattern und die Soldaten schreckten aus ihrer abwartenden Haltung auf. Holzsplitter flogen ihnen um die Ohren und Einschusslöcher in der Waggonwand zeugten von einem Beschuss. Gleich darauf vervielfältigten sich die Schussgeräusche und den Soldaten blieb nichts anderes übrig, als sich so tief wie möglich zu ducken. Einige Schreie in den Waggons zeugten davon, dass Soldaten von den Geschossen getroffen worden waren. Die Offiziere, die in einem Salonwagen die Reise angetreten hatten, erblickten die burischen Angreifer, die sich am Rand der Eisenbahnstrecke verteilt hatten. Die Buren, ehemalige holländische Einwanderer, schossen auf den vorbeifahrenden Zug und wollten dabei so viele Soldaten töten, wie sie konnten. Die Offiziere zertrümmerten die Scheiben ihres Waggons und eröffneten nun ihrerseits das Feuer auf die Angreifer. Einer der Offiziere sprang auf und rief seinen Kameraden zu, dass er nach vorne zur Lokomotive wolle. Allen war klar, dass der Mann den Lokführer zur Eile antreiben würde, denn nur durch eine schnelle Fahrt würde man dem Hinterhalt entkommen können. Der Offizier öffnete die Waggontür, trat auf die Plattform hinaus und überlegte, welches der sicherste Weg über den Kohletender hinweg sein würde. Dann sprang er von der Plattform ab und zog sich an der schwarzen Metallwand nach oben. Mit unsicheren Schritten ging er, so schnell er eben konnte, über die aufgehäuften Kohlen hinweg. Dabei sah er sich sichernd um und hoffte von den Kugeln der Aufständischen verschont zu bleiben. Er hatte schon fast den hinteren Teil der Lokomotive erreicht, als er auf eine Leuchterscheinung am Himmel aufmerksam wurde. Eine Lichtspirale senkte sich rasend schnell herab, und noch ehe der Offizier sich fragen konnte, was dies zu bedeuten hatte, bäumte sich die Lokomotive vor ihm auf. Die tonnenschwere Zugmaschine schien aller Schwerkraft beraubt. Doch dieser Zustand dauerte nur den Bruchteil einer Sekunde. Dann fiel der Stahlkoloss zurück zu Boden. Die Schienen, auf denen er landen sollte, verformten sich im gleichen Moment, sodass die Räder der Lokomotive an ihnen vorbei in den Schotter des Gleisbettes krachten. Erneut bäumte sich die Zugmaschine auf, neigte sich und fiel mit ungeheurem Dröhnen zur Seite. Der Offizier wurde davon hochgewirbelt und starb sofort bei seinem Aufprall auf dem Grasland Natals. Die Waggons schoben sich berstend ineinander, während sich die Lichtspirale harmlos auflöste.

***

Unmöglich

In der Federal Reserve Bank of New York herrschte große Aufregung, wie auch in allen Gebäuden im Bankenviertel. Telefone klingelten, Bankangestellte standen in Gruppen zusammen und diskutierten, vor den Bildschirmen in den Konferenzräumen verfolgten geschockte Menschen die Nachrichten. Alle wichtigen TV-Kanäle strahlten Sondersendungen aus, doch niemand wusste, was eigentlich geschehen war. Man berichtete von unzähligen Verletzten, die durch das Ereignis, so nannten die Reporter den Vorfall, welcher durch Autounfälle oder herabstürzende Fassadenteile oder Glassplitter entstanden war, zu Schaden gekommen waren. In der prächtig ausgestatteten Lobby fand Thore Klausen schließlich den Supervisor. Der Mann unterhielt sich gerade aufgeregt mit einem der Direktoren. Thore trat zu den Männern und unterbrach – alleine durch seine Anwesenheit – deren Unterhaltung. Ohne Aufforderung zu sprechen, nutzte er die plötzliche Sprachlosigkeit der beiden und wandte sich an den Supervisor.

»Sir, wir haben keine Videoverbindung zu den Tresorräumen. Bitte lassen Sie uns nachschauen, ob alles dort unten in Ordnung ist.«

»Was soll denn nicht in Ordnung sein?«, blaffte der Supervisor.

»Das, Sir, möchte ich eben herausfinden. Ich kann nicht sagen warum, aber ich glaube, der Vorfall mit den Vibrationen war ein Angriff auf unsere Bank!«

Der Supervisor wurde blass und sah Hilfe suchend zu dem Vorstandsmitglied. Auch der hatte an Farbe verloren, als er an die Konsequenzen dachte, sollte der Wachmann vor ihm recht behalten. Mit befehlender Stimme, die seine eigenen Befürchtungen überdecken sollte, sagte das Vorstandsmitglied:

»Natürlich müssen wir nach diesem merkwürdigen Vorfall nachsehen, ob alles in Ordnung ist. Meine Herren, fahren wir nach unten und sehen nach.«

Nun mit einem Mal ungeduldig schritt der Anzugträger durch die Empfangshalle zu den Lifts hinüber. Dabei setzte er voraus, dass ihm der Supervisor und Thore folgen würden. Ungeduldig drückte er den Rufknopf und lief danach in kleinen Schritten hin und her. Endlich öffnete sich die Lifttür und die Männer betraten die Kabine. Der Supervisor hielt seine Berechtigungskarte vor einen Sensor und tippte im Anschluss eine Zahlenkombination in ein Tastaturpanel. Danach wählte er das Stockwerk, zu dem nur wenige Mitarbeiter Zugang hatten. Betretenes Schweigen lastete über den Männern, als der Lift nach unten fuhr. Jeder hing seinen Gedanken nach und war gleichzeitig gespannt, was sie dort unten in den Tresoren vorfinden würden. In den Gewölben, eingebettet im Granitfels Manhattans, lagerten hinter schweren Safetüren in Gitterzellen die Goldreserven vieler Nationen. Die Federal Reserve Bank galt als einer der sichersten Aufbewahrungsorte für Gold weltweit. Noch nie hatte es hier einen Einbruch oder auch nur einen Versuch gegeben, diese Bank auszurauben. Schließlich stoppte der Lift und die Tür glitt zur Seite. Die Männer betraten einen Flur, dessen Ausstattung, im Gegensatz zu den prachtvollen Räumen der Bank im oberen Bereich des Hauses, sehr einfach gehalten war. Nichts deutete darauf hin, dass es hier Tresorräume gab, die Werte in Milliardenhöhe beherbergten. Zwei Türen weiter betraten sie den Videoüberwachungsraum, in dem Techniker versuchten, die Anlage wieder zu aktivieren. Das graue Flimmern der Bildschirme zeigte, dass hier keine Informationen zu erwarten waren. So verließen die drei Männer, ohne auch nur ein Wort an die Techniker zu richten, den Raum. Nun ergriff der Supervisor die Initiative und ging schnellen Schrittes zu einer Tür, die erneut nur durch das Kartenprozedere geöffnet werden konnte. Gleich darauf gab die Tür den Weg frei und die Männer gelangten in einen Raum, der von einer massiven, runden Tresortür beherrscht wurde. Vor der Tür saßen zwei Wachmänner, die den unangemeldeten Besuchern erstaunt entgegenblickten. Der Anzugträger wies seinen Ausweis vor und befahl barsch:

»Öffnen Sie den Goldbunker!«

Die Wachmänner begriffen, dass jetzt nicht der Moment für Fragen war. Außerdem kannten sie das Vorstandsmitglied und mit einem der Bosse legte man sich besser nicht an. Sie gaben nun ihrerseits einen Zahlencode in ein Bedienfeld und drehten danach gemeinsam an einer großen Kurbel. Mit einem lauten Knacken entriegelte sich die Tür und schwang, unter Mithilfe summender Elektromotoren langsam auf. Der Supervisor hielt es nicht mehr an seinem Platz und so drängte er sich durch den schmalen Spalt, den die tonnenschwere Stahltür in diesem Moment freigab. Thore und der Anzugsträger eilten ihm hinterher, verfolgt von den fragenden Blicken der Wachleute. Hinter der blieben die Männer in einem Gang stehen, der auf der gegenüberliegenden Seite erstaunlich große, durch Gitter abgeteilte Lagerräume beherbergte. Auf den ersten Blick schien alles in Ordnung und die Gitter samt Türen unversehrt. Doch der zweite Blick raubte den Männern den Atem. Bis auf einige kleinere Paletten, auf denen nur wenige Goldbarren lagen, waren die Gitterabteilungen leer. Der Supervisor rannte von Abteil zu Abteil und schaute durch die Gitter, als könne er nicht glauben, was er dort sah, oder besser nicht sah.

»Das ist doch völlig unmöglich!«, schrie er außer sich! Dann rannte er zurück, blieb vor Thore stehen und griff mit beiden Händen an dessen Jackenrevers.

»Wie konntest du das wissen?«, schrie er mit sich überschlagener Stimme. Thore streifte ohne große Mühe die Hände des Mannes ab und schob ihn ein Stück von sich. Dann sagte er in gefährlich leisem Ton:

»Ich habe gar nichts gewusst. Aber hätten Sie sich einmal wirklich mit diesem Gebäude befasst, so wüssten Sie, dass man hier unten keine Erschütterungen spüren kann. Jedenfalls, wenn uns nicht gerade eine Bombe aufs Dach fällt. Also habe ich nachgedacht und Sie sofort kontaktiert. Das heißt, nachdem ich Sie endlich in dem Trubel gefunden hatte. Wissen Sie, ich habe Ihren Job erledigt, obwohl ich dafür nicht bezahlt werde. So, und nun würde ich vorschlagen, dass wir uns die Sache mal genauer ansehen und danach das FBI informieren. Wenn ich richtig liege, dann handelt es sich hier um den größten Goldraub der Geschichte.«

»Wir können doch auf keinen Fall die Behörden informieren!«, stammelte der Anzugsträger. »Wenn dieser Vorfall an die Öffentlichkeit dringt, dann bricht die Weltwirtschaft zusammen. Wissen Sie überhaupt, wie viele Nationen hier ihre Goldreserven gelagert haben? Ich muss unbedingt mit den Direktoren sprechen«, sagte er mit versagender Stimme und rannte aus dem Goldbunker. Thore sah dem Mann hinterher und wusste, dass er, so schnell es möglich war, seinen eigentlichen Dienstherren informieren musste.

***

Rogers Ahnung

Richard Miller saß in seinem Büro des New York Times Buildings, an der 620 Eight Avenue, die zwischen der 40. Und 41. Straße in Manhattan liegt. Selbst hier im achtzehnten Stock hatte er das Ereignis, wie es überall genannt wurde, bemerkt. Sofort dachte er an den 11. September 2001 und den Fall der Twin Towers. Er selbst hatte damals den Terroranschlag nicht miterlebt, da er zu dieser Zeit noch Reporter einer Provinzzeitung gewesen war. Doch im Laufe der Jahre hatte er schon einige ungewöhnliche Dinge erlebt, was er nicht zuletzt seinem alten Freund Hanky, Hank Berson, wie der mit richtigem Namen hieß, zu verdanken hatte. Nachdem das Zittern in seinem Büro nachgelassen hatte, war er sofort zum Fenster geeilt, konnte aber nichts Verdächtiges sehen. Gleich darauf klingelten die Telefone in der Redaktion Sturm. Jedermann versuchte herauszufinden, was gerade geschehen war. Richard schloss die Tür, die sein Office vom Großraumbüro trennte, und ergriff selbst den Hörer. Natürlich wollte auch er wissen, was geschehen war. Wenn es jemand wusste, dann Hanky. Dieser arbeitete für die Regierung, doch Richard wusste noch immer nicht, für welchen Dienst sein Freund arbeitete. Jedes Mal, wenn Richard Hanky danach fragte, bekam er von dem eine andere Antwort. Mal war es das FBI, dann der CIA oder der Secret Service. Hanky schien sich einen Spaß daraus zu machen, seinen Freund zu verwirren. Richard hatte natürlich versucht, Hankys Mitstreiter Walt Kessler auszufragen, doch auch der gab die gleichen konfusen, sich widersprechenden Auskünfte. Am Ende war es aber auch egal, für welchen Dienst die beiden arbeiteten. Sie waren bestens informiert und vernetzt. Das wollte sich nun Richard zunutze machen. Er konnte eine Titelstory gut gebrauchen und damit seinen Status in der Redaktion stärken. Außerdem interessierte ihn wirklich, was geschehen war. Tatsächlich ging der Rufton nur zweimal durch die Leitung, ehe am anderen Ende eine Stimme erklang.

»Richard, mein Bester«, rief Hanky ins Telefon. »Schön, dass du mich anrufst, aber im Moment ist es ungünstig.«

»Hast du mitbekommen, dass hier alles gezittert hat?«, fragte Richard, ohne auf den Einwand seines Freundes einzugehen.

»Deshalb habe ich gerade keine Zeit. Nein, ich habe nichts mitbekommen, da ich gerade in Philadelphia bin. Ich steige soeben in den Flieger und komme heute Mittag nach New York. Übrigens, falls du nun Walt anrufen willst, der ist bei mir. Also mein Alter, versuche so viel rauszufinden, wie du kannst. Hier ein Tipp von mir, sieh dich mal in der Federal Reserve Bank um. Ich melde mich nach der Landung.«

Roger nickte grinsend. Hanky wusste wieder einmal mehr als die anderen. Doch ehe er sich auf den Weg ins Bankenviertel machte, wählte er noch eine andere Nummer. Er musste etwas länger auf eine Antwort warten, als bei seinem Gespräch mit Hanky. Doch schließlich meldete sich eine gestresste Stimme:

»Spezialagent Thorn!«

»Roger, hier ist Richard Miller. Wie geht es?«

»Ach Richard! Hör zu Junge, ich habe im Moment viel zu tun.«

»Kann ich mir denken, Roger. Ich habe gerade mit Hanky telefoniert. Er ist auf dem Weg hierher. Weißt du schon, was passiert ist?«

»Nein, wie sollte ich? Hast du irgendwelche Informationen? Ich bin gerade auf dem Weg zum Bankenviertel. Dort soll es am heftigsten gezittert haben.«

»Ja, ich komme gleich nach. Willst du dort etwa zur Federal Reserve Bank?«

»Woher hast du denn diese Information? Du bist echt gut informiert, Rich.«

»Na ja, noch nicht ganz. Sag mal, war das ein Terroranschlag?«

Doch statt einer Antwort hörte Richard nur den Signalton und wusste, dass der FBI Beamte aufgelegt hatte. Mit einem Grinsen warf er sich seine Jacke über und schaute dabei zu dem laufenden Fernsehprogramm. CNN berichtete live und sprach dabei nur von dem »Ereignis«. Niemand kam auf die Idee, sich die Banken einmal anzuschauen. Das bestärkte Richard in seinem Gefühl, einer ganz großen Story auf der Spur zu sein. Pfeifend durchquerte er das Großraumbüro und fuhr hinunter zum Erdgeschoss. Er trat vor das Gebäude, blieb einen Moment stehen und horchte in sich hinein. Begab er sich gerade in ein neues Abenteuer? Was würde Rita dazu sagen? Nein, beruhigte er sich selbst. Das war New York City und er war sicher. Doch wenn Hanky und Walt hierher eilten, stimmte etwas nicht. Sein Reporter-Gen ließ ihn nicht ruhen und so winkte er ungeduldig ein Taxi herbei.

Es dauerte beinahe eine Stunde, ehe der Reporter den Finanzbezirk erreichte. Die Straßen waren völlig überlastet und jedermann schien auf der Flucht zu sein. Da jedoch niemand wusste, wovor er flüchten sollte und vor allen Dingen wohin, war das Chaos vorprogrammiert. Die Untergrundlinien waren vorsorglich geschlossen worden, sodass nur Buslinien, Taxis und Privatfahrzeuge zur Verfügung standen. Richard betrachtete das Chaos durch das Fenster des Taxis. Sein Fahrer, ein stämmiger, rothaariger Kerl, schwieg fast die ganze Fahrt über. Dies war für New Yorker Taxifahrer eher unüblich, doch der Mann schien mit seinen Sorgen beschäftigt zu sein. Immer wieder, eigentlich jedes Mal, wenn der Verkehr stockte, starrte er auf sein Handy. Richard ließ ihn in Ruhe und widmete sich seinen eigenen Gedanken. Noch immer war nichts Genaues über das Ereignis bekannt. Im Internet kursierten die wildesten Gerüchte und sogenannte Experten versuchten in den Sondersendungen der Nachrichtenkanäle, das Unerklärliche zu erklären.

Endlich stoppte das Taxi. Richard reichte dem Fahrer einige Dollarnoten. Dann stieg er aus dem Wagen und sah sich um. Obwohl bei dem Ereignis kein großer, sichtbarer Schaden an den Gebäuden entstanden war, hatten sich die Straßenschluchten Süd-Manhattans verändert. Angst, Panik, Schmerz und Verzweiflung klebten zäh an den nüchternen Zweckbauten. Eine dunkle, unsichtbare Aura der Gewalt lähmte das normale Leben. Der sonst betriebsame Stadtteil war zu einem bösen Ort geworden. Die Passanten und die unvermeidlichen Gaffer hielten sich so kurz wie möglich in der Gegend auf und die Polizisten, die vor den Banken patrouillierten, schienen unter extremen Stress zu stehen. Ihre Augen wanderten unruhig hin und her und Richard glaubte, wenn sich ein Passant irgendwie verdächtig verhalten würde, dann konnte ihn das teuer zu stehen kommen. Dennoch scheute sich der Reporter nicht, direkt auf einen der Polizisten zuzugehen. Schon von weitem hielt er seinen Presseausweis hoch, damit sich der Beamte nicht bedrängt sah.

»Hallo Officer«, rief er den Polizisten an, »ich habe eine Verabredung mit Spezialagent Roger Thorn vom FBI. Haben Sie ihn irgendwo gesehen oder wissen, wo ich ihn finden kann?«

Schließlich blieb er gut einen Meter vor dem Polizisten stehen. Der Cop besah sich den Ausweis mit einer skeptischen Miene, die sehr genau sein Verhältnis zur Presse widerspiegelte. Dann griff er mit einem schicksalsergebenen Schnaufer zu seinem Funkgerät und fragte nach dem FBI Agenten. Quakend kam die Antwort aus dem kleinen Lautsprecher des Gerätes. Richard verstand nur einen Bruchteil, da gerade in diesem Moment ein Rettungswagen der Feuerwehr mit eingeschalteter Sirene an ihm vorbeibrauste. Die beiden Männer schauten dem Einsatzwagen hinterher und sahen im gleichen Moment eine Rauchsäule zwischen den Hochhäusern aufsteigen. Es war jedoch nicht auszumachen, welches Unglück dort vorne geschehen war. Der Cop wandte sich nach diesem kurzen Moment der Neugierde an Richard und sagte:

»Sie sollen dort vorne am Nebeneingang warten. Agent Thorn kommt zu Ihnen, wenn er da drinnen fertig ist.«

Er zeigte auf das Bankgebäude und gab so zu verstehen, dass das Gespräch beendet war. Richard knurrte ein »Danke« und ging an dem Polizisten vorbei in die angegebene Richtung. Er wusste, dass er bestimmt einige Zeit warten musste, ehe sein Freund Roger Thorn zu ihm kommen würde. Geduld zeichnete seinen Beruf aus, doch wenn man lange genug wartete, wurde man oft genug mit einer guten Story belohnt. Was mochte in der Bank geschehen sein? Hatte man versucht, den größten Goldbunker der Welt zu berauben? Richard schüttelte seinen Kopf verneinend. Wie sollte das gehen? So ein blöder Gedanke! Der Bunker lag tief im Felsen, gesichert von tonnenschweren Panzertüren. Außerdem, wie sollten die potenziellen Räuber das Gold abtransportieren? Roger wusste nicht, dass er mit seinen Überlegungen richtiglag. So verwarf er diesen Gedankengang und versuchte sich einen Reim auf den Hinweis von Hank Berson zu machen. Er grübelte und fragte sich dabei: Was konnte sonst wohl geschehen sein? In diesem Moment verließ der FBI Spezialagent Roger Thorn das Bankgebäude. Das Gesicht seines Freundes hatte einen grauen Ton angenommen und Ratlosigkeit spiegelte sich auf seinem Gesicht. Als der FBI Mann den Reporter sah, winkte er diesen herbei.

»Richard, ich kann dir nichts sagen. Mein oberster Boss hat eine Nachrichtensperre verhängt. Das ist auch gut so, auch wenn es dir nicht gefällt.«

»Roger, kannst du wirklich gar nichts sagen? Du kennst mich und weißt, dass ich nichts ausplaudere, ehe du mir deine Zustimmung gibst.«

»Das glaube ich dir, mein Freund. Doch diese Sache ist zu groß für meine Verantwortung. Wenn das herauskommt, dann bricht die Weltwirtschaft zusammen. Also bitte schreibe auch keine Vermutungen. Okay? Ich sage dir als Erstem, was geschehen ist, sobald ich die Erlaubnis dazu erhalte.«

Richard nickte ergeben und überlegte noch, ob er Roger weiter bedrängen sollte, ihm mehr zu verraten, als ein schwarzer SUV neben ihnen anhielt. Die Türen öffneten sich und zwei Männer verließen den schweren Wagen. Walt Kessler und Hank Berson traten zu Roger und Richard.

»Na, da ist ja wieder die alte Truppe beisammen«, rief Walt Kessler launig und grinste dabei, als gäbe es keine Probleme auf der Welt. Hanky sah den FBI Mann mit brennenden Augen an und sagte dann fassungslos:

»Das kann doch nicht sein Roger!«

»Verdammt!«, antwortete dieser, »hast du schon wieder in meinen Gedanken rumgeschnüffelt?«

***

Leichte Erschütterungen

Schon seit Wochen registrierten die wenigen Nachbarn des Industriegebietes Hunts Point, das südlich der Bronx auf einer Halbinsel lag, wiederkehrende Erschütterungen. Eine neue Firma hatte das verrottete Lagerhaus an der Ryawa Avenue bezogen. Doch kein Firmenschild kennzeichnete die neuen Mieter, oder waren es Eigentümer? Von dieser Halle schienen die Erschütterungen auszugehen, was jedoch keinen der betrieblichen Anrainer störte. Der eine oder andere Arbeiter der Nachbarhallen vermutete, dass eine Maschine die Minibeben verursachte. Also kein Grund sich aufzuregen. Lieber eine neue Produktionsstätte in der Gegend als irgendwelche Penner, die nur Probleme machten, war die einhellige Meinung der Arbeiter. Wohlwollend betrachtete man die Lastzüge, die zu allen Tageszeiten die neue Firma anfuhren. Wenn ein Unternehmen so frequentiert wurde, dann zog dies vielleicht weitere Betriebe an.

Aus der alten Ölraffinerie auf der anderen Straßenseite beobachteten neugierige Augen die Aktivitäten des neuen Betriebes. Ein kleiner, magerer Mann kauerte auf einem alten Tank, gedeckt durch spärliche Bäume, die vereinzelt am Zaun wuchsen. Er hielt einen Notizblock in der Hand und notierte den Warenverkehr gegenüber. Vor einigen Tagen hatte er von der geheimnisvollen Firma gehört. Sofort war er in seinen Wagen gestiegen, um sich selbst ein Bild zu machen. Das Fehlen eines Firmennamens war verdächtig und so hatte er seinem Boss berichtet, was er beobachtet hatte. Jetzt war der Zeitpunkt, sich ins rechte Licht zu rücken, denn Joseph Corozzo war der neue Pate der Gambrino Familie. Der alte Boss, Franco Cali, war im März erschossen worden und noch wusste keiner, wer für die Tat verantwortlich war. Joseph Corozzo hatte die Führung der Mafia Familie übernommen und sich der alten Gangsterhierarchie entledigt. Er hatte langjährige Mafiosi einfach in Rente geschickt. Das war nicht ohne Murren geschehen, doch Geld und Drohungen hatten geholfen, die Wogen zu glätten. Der Beobachter, Salvatore Biondo, legte den Notizblock zur Seite und griff sich sein Fernglas. Gerade eben öffneten sich die Tore der Lagerhalle und zwei große Lastzüge rollten auf die Straße. Salvatore presste das Fernglas an seine Augen und konnte tatsächlich das Innere der Halle erkennen. Zunächst sah er nichts Verdächtiges. Einige Lastwagen parkten in der Lagerhalle und dazwischen liefen Arbeiter geschäftig herum. Hinter den geparkten Transportern konnte er eine große Maschine erkennen, die bläuliches Licht abstrahlte. Nur undeutlich waren säulenartige Gebilde zu sehen, von denen das Licht auszugehen schien. Salvatore drehte an der Feineinstellung seines Fernglases und erschrak. Er hatte Männer entdeckt, die kurzläufige Maschinenpistolen trugen. Sie patrouillierten zwischen den Lastwagen und sahen immer wieder zu der Maschine im hinten Bereich der Halle. Ihre Nervosität war bis zu dem Aussichtspunkt Salvatores zu spüren. Was geht da vor?, fragte sich der Mafiosi. Wieso brauchte man Bewaffnete, um eine Maschine zu bewachen? Ging es hier um eine Drogenproduktion oder … Sein Wissen beschränkte sich auf die normalen Verbrechen, wie Prostitution, Erpressung und den Handel mit Drogen. Hier war Salvatore überfordert. Noch immer durch das Fernglas starrend, suchte seine freie, linke Hand, nach seinem Handy. Ein plötzlicher summender Ton drang aus der Halle und die Luft begann heftig zu vibrieren. Er musste seinen Capo um Rat fragen, denn er fühlte, dass hier etwas vor sich ging, was er nicht verstand. Nach einem letzten Blick in das Halleninnere legte er sein Fernglas zur Seite. Schnell tippte er eine Nummer in das Zahlenfeld des Displays seines Smartphones. Vorsorglich hatte er auf eine Namensliste verzichtet, damit die Polizei, falls man ihn einmal verhaften würde, keine Namen zu den Telefonnummern erhielt. Schon nach dem dritten Klingelton wurde das Gespräch angenommen.

»Was gibt's?«, meldete sich eine Männerstimme, ohne sich namentlich zu identifizieren. Natürlich erkannte Salvatore seinen Capo an dessen Stimme. Deshalb antwortete er auch ohne Anrede.

»Ich bin hier bei der Halle, von der ich dir erzählt habe. Irgendetwas geht hier vor. Ich habe direktes Sichtfeld ins Innere. Dort sind ein paar Typen mit Uzis. Die Kerle laufen unruhig herum, gerade so, als hätten sie vor irgendwas Angst. Außerdem haben die eine merkwürdige Maschine dort. So etwas habe ich noch nie gesehen. Ja, und die Luft vibriert, dass mir fast schlecht wird. Also, was soll ich tun?«

»Bleib, wo du bist«, antwortete der Capo. »Hockst du noch auf dem alten Öltank?«

Doch statt eine Antwort zu erhalten, hörte er nur ein panisches Schreien. Dann ertönten Schussgeräusche, ehe ein Schmerzensschrei folgte. Nach einem gurgelnden Laut folgte ein Poltern und die Verbindung war unterbrochen. Verwundert sah der Capo auf sein Telefon. Dann jedoch reagierte er gewohnt schnell. Er tippte nun seinerseits eine Nummer und beorderte einige Männer zu sich.

***

Ungläubig schaute Salvatore auf die Blutlache, die sich unter ihm auf dem rostigen Metall des Öltanks ausbreitete. Irgendetwas hatte ihn am Kopf getroffen und ihm für einige Sekunden das Bewusstsein geraubt. Ein heftiger Kopfschmerz ließ seinen Blick verschwimmen. Er wischte sich über die Augen und stellte dabei fest, dass nicht der Schmerz seine Sicht vernebelte, sondern sein eigenes Blut. Er tastete halb blind herum, konnte aber sein Handy nicht finden. Ein starkes Pochen in seinem Kopf erinnerte ihn daran, dass er verletzt war. Vorsichtig betastete er seine Stirn und fand dabei eine ansehnliche Beule. Ein grässlicher Schrei beendete Salvatores Selbstdiagnose. Erschrocken sah er auf und verstand im ersten Moment nicht, was er sah. Zerlumpte Gestalten rannten aus der Lagerhalle, gefolgt von den Männern mit Waffen, die er zuvor in der Halle zwischen den Lastwagen gesehen hatten. Das Geratter ihrer Maschinenpistolen zerriss die Geräusche des Industriegebietes. Einer der Zerlumpten stand auf dem Öltank, der sich direkt neben dem von Salvatore befand. Ein schmutziges, vernarbtes Gesicht blickte in seine Richtung. In der Hand des merkwürdigen Mannes erkannte der Mafiosi eine Steinschleuder. Sofort war ihm klar, dass dieser Kerl auf ihn geschossen hatte. Ärgerlich griff Salvatore nach seiner Pistole und zog diese aus dem Schulterholster. Sofort richtete er die Waffe auf den zerlumpten Mann, jedenfalls hatte er das vorgehabt. Doch der Fremde befand sich nicht mehr auf dem benachbarten Öltank. Fluchend drehte der Gangster sich wieder in seine Bauchlage und zielte mit ausgestreckten Armen in seine momentane Blickrichtung. Ein ungleicher Kampf, so schien es zumindest im ersten Moment, war auf der Straße vor der Lagerhalle entbrannt. Die Männer mit den Maschinenpistolen feuerten auf die zerlumpten Gestalten. Diese jedoch schienen immer zu ahnen, wo die Kugeln der Maschinenwaffen einschlugen. Geschickt wichen sie aus und benutzten ihre primitiven Waffen mit erheblichem Erfolg. Dann plötzlich, wie auf ein geheimes Signal reagierend, rannten die Zerlumpten auf den Zaun der verlassenen Raffinerie – und damit direkt auf Salvatore – zu. Erstarrt blieb dieser auf seinem Tank liegen und hoffte so, der anstürmenden Truppe kein Ziel zu bieten. Tatsächlich rannten die in Lumpen gehüllten Männer zwischen den rostenden Öltanks hindurch, nachdem sie den Zaun in Windeseile überquert hatten. Vereinzelte Schüsse der Lagerhauswachen sirrten durch die Luft und prallten harmlos an den Öltanks ab. Die plötzliche Stille, die nun über dem sonst geschäftigen Industriegebiet lag, schmerzte beinahe in den Ohren. Die Welt schien für einen Moment den Atem angehalten zu haben. Dennoch lag eine ungewisse Drohung in der Luft. Salvatore wartete einen Moment, in dem er einfach ausgestreckt auf dem Tank lag, ehe er sich auf seine Ellenbogen stützte und erneut hinüber zur Lagerhalle sah. Dort schleppte man Verwundete zurück in die Halle, ehe sich die großen Rolltore langsam schlossen. Für einen Moment glaubte der Mafiosi Gestalten in Raumanzügen, wie man diese von den Bildern der NASA her kannte, zu sehen. Doch warum sollten denn Astronauten in einer Lagerhalle sein?

***

Unerwarteter Besuch

Lynch - Harlan County - Kentucky - circa 6 Monate zuvor

Frederic Stanford stieß die Tür des Cumberland Grill auf und trat ins Freie. Vor dem Lokal blieb er einen Moment stehen und schaute über den Parkplatz. Dort, auf der anderen Seite der kleinen, bescheidenen Mall, leuchtete das Neonschild von Joes Bar. Die einsetzende Dunkelheit ließ das Reklameschild aus der tristen Umgebung hervorstechen und schien ihn auffordernd anzublinzeln. Frederic überlegte, ob er hinübergehen sollte, vielleicht auf ein, zwei Bier, ehe er sich auf seinen Nachhauseweg machte. Niemand wartete auf ihn und es war nun schon an die drei Jahre her, seit Linda ihn verlassen hatte. In den guten Jahren, als der Bergbau hier in den Appalachen noch florierte, hatte sie gerne sein Geld ausgegeben. Da war das Leben noch in Ordnung gewesen, jedenfalls für Linda. Er hatte unterdessen in den Minen als Prospektor geschuftet und nur selten das Tageslicht gesehen. Als jedoch eine Mine nach der anderen geschlossen wurde und er schließlich keine Arbeit mehr gefunden hatte, war sie einfach abgehauen. Weiber - dachte er - verfluchte Schlampe! Soll sie der Teufel holen! Auf der anderen Seite kam er gerade so mit den paar Dollars aus, die er als Sozialhilfe bekam. Sein kleines Haus rottete vor sich hin, ja es brauchte dringend einen neuen Anstrich, doch Frederic sah den Verfall schon längst nicht mehr. Er hatte sich an die Tristesse des Verfalls gewöhnt, sah man diesen doch überall in dem kleinen Ort. Von den einst zehntausend Bewohnern waren nur noch einige hundert geblieben. In mutigen Momenten fragte er sich ab und zu, ob er nicht auch von hier verschwinden sollte. Doch seine phlegmatische Lebenseinstellung, die ihn seit seiner Arbeitslosigkeit ergriffen hatte, hinderte ihn daran neue Pläne zu schmieden. Selbst jetzt, bei der einfachen Entscheidung, ob er nun rüber in die Bar gehen sollte oder nicht, tat er sich schwer. Minutenlang stand er einfach am Rande des Parkplatzes und starrte ins Nichts. Das Leben war so sinnlos geworden und Frederic fragte sich oft am Morgen, ob er überhaupt aufstehen sollte. Endlich hatte er sich zu einem Entschluss durchgerungen. Er würde nach Hause fahren und auf seiner Terrasse vor dem

Haus ein Bier trinken. Er hatte keine Lust, sich die ewig gleichen Geschichten seiner Bergbaukumpels in der Bar anzuhören. Wenn er alleine war, dann musste er wenigstens nicht reden. Er konnte ja das Radio einschalten und beim Biertrinken ein wenig Musik hören. Froh darüber, einen Entschluss gefasst zu haben, ging Frederic langsam zu seinem in die Jahre gekommenen Pick-up Truck, einem Ford 150. Er öffnete die Tür und zog sich mit einem Ächzen auf den Fahrersitz. Sein Gehabe wie auch sein Verhalten passten zu einem Rentner, einem Oldtimer, wie man hier sagte. Doch auch wenn er wesentlich älter aussah, war Frederic erst achtundvierzig Jahre alt. Das mochte zum Teil an seinem schon grauen Vollbart liegen und auch an seinen ungepflegten langen Haaren. Er war ein richtiger Hillbilly und in einer größeren Stadt wäre er gut als Penner durchgegangen. Doch hier in den Bergen der Blue Rich Mountains passte sein Aussehen schon fast klischeehaft. Mit einem satten Brummen erwachte der Motor und Frederic ließ seinen Wagen langsam über den Parkplatz rollen. Dann beschleunigte er ein wenig und fuhr die Mainstreet entlang. An der Short Street bog er links ab und erreichte die Long Alley. Nach guten zweihundert Metern stoppte er und wollte in die Einfahrt zu seinem Haus einbiegen, doch dort parkten zwei neue, schwarze SUVs auf seinem Grundstück. Frederic starrte die Fahrzeuge an und fragte sich, wer dort parkte. Er kannte niemand, der sich solch teuren Autos leisten konnte. Außerdem bekam er nie Besuch, was ihm sehr recht war. Er marterte sein Hirn und versuchte zu verstehen, wieso die Wagen dort standen. Ein Gefühl der Gefahr ergriff seine Unentschlossenheit und formte diese in gefährlichen Ärger. Niemand hatte sein Grundstück ungefragt zu betreten. Niemand! Was bildeten sich diese Leute ein? Nur weil sie so schicke Autos fuhren, glaubten sie wohl, sich alles herausnehmen zu können. Doch nicht mit ihm! Mit einem Male waren seine Unsicherheit, sein Zögern unbemerkt verschwunden. Entschlossen drehte sich Frederic zur Seite und zog sein Gewehr aus der dafür vorgesehenen Halterung hinter seinem Sitz heraus. Danach stieg er, ohne besondere Eile, aus seinem Wagen. Er schloss die Autotür und ging auf sein Haus zu. Dabei hob Frederic seine Waffe und zielte aus der Armbeuge heraus auf sein Heim. Nach wenigen Schritten war er bei den fremden Wagen angelangt und blickte suchend ins Innere der Fahrzeuge. Es befand sich jedoch niemand in den SUVs, was ihn noch ärgerlicher machte. Wo waren die Kerle? Frederic vermutete einfach, dass es sich bei den ungebetenen Besuchern um Männer handelte. Frauen würden ihn bestimmt nicht beehren. Er sah zu seiner Haustüre, deren abblätternde Farbe vom maroden Zustand des Hauses Zeugnis gab. Gleichzeitig hob er sein Gewehr ein wenig an und zögerte erneut, als er sah, dass die Tür einen Spalt offen stand. Sie waren also drinnen! Einfach so! Ungefragt! Eine Unverschämtheit! Wie viele mochten es sein? Er war alleine und wer wusste, was geschah, wenn er sein Haus betrat? Wieder erfasste ihn seine Unentschlossenheit. Sollte er den Sheriff anrufen oder …? Ja es gab kein Oder! Nicht mehr! Er war alleine! Mit brennenden Augen starrte Frederic auf seine eigene Haustüre. Sein Körper versteifte sich und ein leichtes Zittern erfasste ihn. Verdammt, was sollte er nur tun? Der Mut seiner Jugend war längst verflogen. Frederic ahnte nicht, dass er in naher Zukunft noch viel Mut brauchen würde, ob er nun wollte oder nicht.

Plötzlich öffnete sich die Haustüre und ein Mann trat aus dem Haus. Er war mit einem dunklen Anzug bekleidet und sah wie ein Leichenbestatter aus. Seine dürre Gestalt schien diesen Eindruck noch zu verstärken. Obwohl die Nacht schon hereingebrochen war, saß auf der Nase des Fremden eine Sonnenbrille. Frederic war verwirrt. Was sollte das alles? War jemand gestorben und wenn ja, wer denn zur Hölle? Aber warum standen zwei Wagen in der Auffahrt?

Der dürre Mann hatte Frederic mittlerweile entdeckt und kam die Stufen der Eingangstreppe heruntergelaufen. Ohne auf das Gewehr in den Händen des Prospektors zu achten, kam der Fremde näher. Dabei streckte er seine ausgestreckte Hand nach vorne und rief mit der erfreuten Stimme eines Staubsaugervertreters:

»Mister Stanford! Schön, dass ich Sie nun kennenlernen darf. Wir haben schon ungeduldig auf Sie gewartet, mein Lieber! Na ja, jetzt sind Sie ja hier! Nur das zählt! Kommen Sie ins Haus! Wir haben einiges zu besprechen!«

Frederic wunderte sich, dass ihn der Fremde in sein Haus einlud, als ob es ihm gehören würde. Überrumpelt von der Situation fügte er sich und folgte dem Mann. Dabei formten sich seltsame, hausfrauliche Gedanken in seinem Kopf. Mein Gott, habe ich aufgeräumt? Was soll ich den Gästen nur anbieten? Mit Besuch habe ich nicht gerechnet. Hab ich noch Bier im Kühlschrank? Vielleicht mögen sie auch Kaffee?

Gleich darauf stand er in seiner eigenen Küche fünf, alle in schwarz gekleideten Fremden gegenüber. Die Küche war für so viele Leute eigentlich nicht geeignet, zumal sich Zeitungen, Kisten und schmutzige Kleidung auf den Stühlen stapelten. Nur ein einziger Stuhl war noch frei und stand vor dem ebenfalls mit Müll übersäten Küchentisch. Frederic schämte sich plötzlich. Seit Ewigkeiten hatte er keinen Besuch mehr gehabt und jetzt sah es hier aus, als sei er das größte Dreckschwein. Ärger formierte sich und Frederic schob seine schamhaften Gedanken zur Seite. Mit ärgerlicher Stimme rief er, lauter als nötig:

»Verdammt, was suchen Sie in meinem Haus? Wie kommen Sie überhaupt dazu, hier ungefragt einzudringen? Das gehört sich nicht! Los, verschwinden Sie!«

Dabei hob er sein Gewehr erneut, dessen Lauf bisher zum Boden gezeigt hatte. Die Hand des dünnen Mannes legte sich auf den Lauf der Flinte und er sagte mit sanfter Stimme:

»Aber, aber Mister Stanford, warum denn so feindselig? Wir sind hier doch unter Freunden.«

»Freunde?«, rief Frederic nun noch lauter. »Ich kenne Sie nicht einmal. Was zur Hölle wollen Sie von mir?«

Der schmale Mann lächelte, während die Gesichter der anderen Männer regungslos blieben, ehe er antwortete:

»Wir wollen Ihnen ein Angebot unterbreiten, dass Sie hier herausbringt. Eine erfolgreiche Zukunft liegt vor Ihnen, mein Lieber!«

***

Begehung

Sie mussten beinahe drei Stunden warten, ehe sie hinunter zu den Goldbunkern gebracht wurden. Einzig Richard Miller, dem New York Times Reporter, wurde der Zugang verwehrt. Mit einem resignierten Gesicht verabschiedete er sich von seinen Freunden und sah ihnen bedauernd nach, wie sie im Gebäude der Federal Reserve Bank verschwanden. Er wandte sich ab, verließ den gesicherten Bereich und rief sich ein Taxi. Er würde eben selbst ermitteln müssen und herausfinden, was geschehen war. Als nach endlosen Minuten des Wartens endlich ein Yellow Cab neben ihm stoppte, hatte er seine Frustration schon längst vergessen. Er hatte sein Smartphone am Ohr und sprach gerade mit einem Informanten im Pentagon.

Als der Aufzug im untersten Stockwerk der Bank stoppte, trat Hanky als Erster aus der Liftkabine. Walt Kessler und Roger Thorn folgten schweigend. Ein großer Mann in der Uniform des hauseigenen Sicherheitsdienstes trat auf die kleine Gruppe zu und lächelte freundlich. Mit einer rauen Stimme, die einen winzigen Rest eines Akzentes aufwies, fragte er höflich:

»Wenn Sie mir bitte folgen möchten, meine Herren. Ich bringe Sie zu den Goldbunkern.«

Hanky war von der Situation zu abgelenkt, sonst hätte er längst bemerkt, dass sich hinter diesem Wachmann mehr verbarg, als er preiszugeben schien. Der Wachmann Thore Klausen hingegen registrierte erleichtert, dass man ihm keinerlei Beachtung schenkte. Er gehörte zur Bank und damit irgendwie zum Inventar. Dies half dem Agenten, auch weiterhin nahezu unsichtbar zu agieren. Niemand würde sich an ihn erinnern und er konnte weiterhin Informationen sammeln. Doch die Zeit wurde knapp und seine Vorgesetzten mussten schnellstens informiert werden.

Gleich darauf standen die Männer vor der tonnenschweren Tresortür. Der Stahlgigant war zur Seite hin geöffnet und es schien unmöglich diese Tür auch nur einen Millimeter zu bewegen. Thore machte eine einladende Bewegung und Hanky schritt allen voraus durch in den Goldbunker. Er war keine fünf Schritte gegangen, registrierte dabei die Forensiker in ihren weißen Overalls und blieb abrupt stehen. Walt Kessler reagierte zu spät und rammte Hanky von hinten. Dieser reagierte aber nicht auf Walts Rempler, sondern starrte stattdessen in den großen Raum, der durch einfache Gitterwände unterteilt war. Doch noch ehe Walt und die anderen sich an Hanky vorbeidrängen konnten, fuhr dieser herum. Ohne Erklärung rief er laut und eindringlich:

»Alle raus! Schnell!«

Dann drehte er sich zurück und rief die gleiche Warnung in den Goldbunker hinein. Die dort arbeitenden Techniker des FBI wandten sich erstaunt zu Hanky um, folgten dann aber sofort seinen Anweisungen. Sie ließen ihre Gerätschaften einfach liegen und eilten dem Ausgang entgegen. Dank ihrer Ausbildung wussten sie, dass nach einem Alarmruf erst gehandelt werden musste und Fragen später zu stellen waren. Nachdem der letzte Mann den Goldbunker verlassen hatte, befahl Hanky dem Wachmann Klausen sofort die Tresortür zu schließen. Thore folgte der Anweisung, konnte aber nicht erkennen, warum dieser blonde FBI Mann diesen Befehl erteilt hatte. Was hatte dieser gesehen, was sonst niemand aufgefallen war. Er sah zu Hanky und seinen Begleitern hinüber, während sich die schwere Tür langsam schloss. Irgendetwas an diesem Mann war merkwürdig. Er strahlte eine enorme Autorität aus, die Thore vorher nicht bemerkt hatte. Wie konnte das sein? Er war geschult, Menschen zu beurteilen. Doch dieser Mann gab ihm Rätsel auf. Seine Betrachtung wurde durch das Gespräch der Männer unterbrochen.

»Roger«, sagte Hanky sichtlich erschrocken, »fordere sofort das Strahlenkommando an. Ich bin mir sicher, unsere Leute sind kontaminiert. Auch wir müssen getestet werden. Außerdem muss der Goldbunker vorerst verschlossen bleiben.«

»Wie kommst du denn darauf«, fragte Agent Thorn, dass der Bunker verstrahlt ist? Durch was denn bitte?«

Nun schaltete sich Walt Kessler ein, während die Gruppe der Forensiker sich langsam näherte. Sie wollten auch wissen, was sie übersehen hatten.

»Roger«, sagte Walt Kessler in ruhigem Ton, »Hanky hat recht. Ich habe es auch gespürt, und wenn ich mich nicht sehr täusche, dann können wir den Goldbunker nur mit Schutzanzügen betreten. Also los, fordere das Strahlenkommando an.«

Der Wachmann Thore Klausen, der aufmerksam zugehört hatte, verstand die Welt nicht mehr. Wie konnten diese Männer Strahlung spüren? Wer waren die Kerle? Natürlich blieb seine Frage unbeantwortet. Stattdessen kam dieser Hank Berson auf ihn zu und fragte:

»Wer hat den Goldbunker noch betreten?«

Thore benannte vier weitere Personen, darunter auch das Vorstandsmitglied und seinen direkten Vorgesetzten. Hanky forderte mit dringlicher Stimme, diese Männer sofort zu benachrichtigen.

»Sehen Sie zu, dass die Männer sofort zu uns kommen, aber erwähnen Sie mit keinem Ton, dass sie wahrscheinlich kontaminiert sind. Man kann nicht wissen, wie diese Leute darauf reagieren.«

Damit wandte sich Hanky ab und schien darauf zu vertrauen, dass Thore seine Anweisungen folgte. Was er nicht wissen konnte, war, dass Hanky den Gedankeninhalt des vorgeblichen Wachmanns blitzschnell überprüft hatte. Er wusste nun, dass er es mit einem Agenten des deutschen Geheimdienstes BND zu tun hatte. Doch dieses Wissen behielt Hanky vorerst für sich.

***

Mysteriöse Anwerbung

Borrego Springs – San Diego County – Kalifornien – circa 6 Monate zuvor

Das La Casa del Zorro Resort war ein wahrer Anachronismus in der Einöde des Anza-Borrego Desert State Park.

Hier, circa zwei Autostunden von San Diego entfernt, schien die Zeit in der ewigen Trockenheit der Sonora Wüste verweht zu sein. Kahle Felsen ragten aus dem sonnenverbrannten Boden. Nur die widerstandsfähigsten Gewächse, wie Dornenbüsche und der Saguarokaktus, fanden hier ihre Nische im Ökosystem des abgestorbenen Ödlandes. Die säulenförmigen Gewächse, die oft als Aussichtspunkt für Geier dargestellt werden, sind dies mitnichten. Vielmehr dienen diese speziellen Kaktusgewächse als lebende Wasserspeicher.

Inmitten dieser uralten Landschaft hatte sich eine kleine Siedlung namens Borrego Springs etabliert und bot den Touristen den scheinbaren Kontakt zur Wüste. Doch in einem der Hotels, wie dem schon erwähnten La Casa del Zorro Resort, konnte dies nur ein zivilisatorischer Traum sein. Wie sollte man die Wüste verstehen, wenn man im hauseigenen Swimmingpool badete oder im klimatisierten Hotelzimmer seinen Mittagsschlaf hielt? Dennoch betrachteten sich die Gäste des Hotels als Abenteuerurlauber.

Gleichwohl gab es auch Menschen, die hier arbeiteten, wie die Hotelangestellten und einen Mann, der sich über einen merkwürdigen Gast wunderte.

Adrian Larson klopfte sich den Staub von der Kleidung, als er aus seinem Jeep Geländewagen stieg. Er freute sich schon auf eine kalte Dusche und einen Drink an der Hotelbar. Während er über den Parkplatz vor dem Hotel lief, bemerkte er einige Autos, die heute Morgen noch nicht hier geparkt waren. Offensichtlich waren neue Gäste eingetroffen. Adrian konnte nicht verstehen, was jemand dazu bewegte, hier, inmitten der Wüste, Urlaub zu machen. Er war beruflich hier und zählte schon die Tage, bis er wieder in die Zivilisation zurückkehren konnte. Auf der anderen Seite konnte es ihm egal sein, wer hier sein Geld ausgab. Er jedenfalls wurde dafür bezahlt, dass er hier in der Wüste war und der Hotelbesuch war für ihn wie ein zusätzlicher Bonus zu seinem Honorar.

Adrian betrat die Hotelhalle, die nach dem gleißend hellen Licht der Wüste wie abgedunkelt wirkte. Er nickte der jungen Mexikanerin, die hinter dem Empfang stand, gutmütig zu, als sie aufsah. Sie lächelte ihn kurz an und vertiefte sich sogleich wieder in ihre Arbeit am PC. Sicherlich musste sie die neuen Gäste in ein System eintragen oder was sonst eine Rezeptionistin zu tun hatte. An der Hotelbar vorbei erreichte er schließlich den Flur, der zu seinem Zimmer führte. Mit einer müden Bewegung zog er seine Schlüsselkarte aus der Tasche und hielt diese an den Sensor. Die Tür entriegelte sich mit einem leisen Klicken und Adrian betrat sein Zimmer. Kaum hatte sich die Tür wieder ins Schloss gesenkt, streifte er die staubige Kleidung ab. Keine Minute später stand er unter der erfrischenden Dusche. Die Geschäftigkeit seines Arbeitstages endete unter dem kühlen Nass und eine wohltuende Müdigkeit breitete sich in seinem Körper aus. Doch noch war es nicht an der Zeit, sich einem erholsamen Schlaf hinzugeben. Sein Magen erinnerte ihn daran, dass er nur am frühen Morgen etwas zu essen bekommen hatte. So verließ Adrian die Dusche, trocknete sich ab und schlüpfte in eine leichte

Sommerhose. Ein weites Seidenhemd vervollständigte sein Outfit. Barfuß stieg er in seine bequemen Lederslipper, ehe er seine Schlüsselkarte in die Hosentasche steckte. Ein letzter Blick in den Spiegel zeigte ihm, dass seine noch feuchten, kurzen blonden Haare wild von seinem Schädel abstanden. Er zuckte nur mit seinen Schultern. Solche Frisuren waren im Moment modern und ersparten ihm die Mühe des Kämmens. Er grinste sein Spiegelbild kurz an und verließ danach das Zimmer. Kaum hatte er die Tür geschlossen, drang leise Musik an seine Ohren. Mexikanische Rhythmen begleiteten ihn zu dem hoteleigenen Restaurant. Der Kellner, ein kleiner, dunkelhaariger Mann, brachte ihn zu seinem Stammplatz, der sich direkt neben dem großen Fenster, das zur Hotelterrasse zeigte, befand. Gut gelaunt setzte sich Adrian und bestellte ein kühles Bier. Dann nahm er die Speisekarte zur Hand und studierte diese, als sähe er das Angebot der Speisen heute zum ersten Mal. Für ihn waren solche Routinen wichtig, damit er seinen Tagesablauf kontrollieren konnte. Dies war nötig für den blonden Mann, wollte er doch durch nichts an seinen schlimmen Erinnerungen kratzen. Nein, er wollte vergessen. Er wollte sein neues Leben genießen. Doch immer wieder versuchte das Dunkel ihn einzuholen, ihn hinab in die Erinnerungen stürzen, um seinen Lebensmut zu begraben. Er schloss für einen Moment seine Augen und sofort materialisierte das Bild eines kleinen Mädchens vor ihm. Eine dunkle Woge aus Schmerz rollte auf ihn zu und drohte ihn mit sich zu reißen. Doch bevor seine Erinnerung die Kontrolle seines Denkens erobern konnte, öffnete Adrian wieder die Augen. Noch immer hielt er die Speisekarte vor sich. Voller Konzentration starrte er auf die Liste der angebotenen Speisen. Die Zeilen verschwammen, als sich sein Blick trübte. Emotionen aktivierten seine Tränendrüsen und ließen sein Sichtfeld verschwimmen. Ohne dass er es bemerkt hatte, waren zwei Männer an seinen Tisch herangetreten. Adrian starrte weiter auf die Karte, bemerkte aber, dass jemand neben ihm stand. Zuerst vermutete er den Kellner dort, der auf seine Bestellung wartete. Als er dann den Kopf hob, um seine Bestellung zu ordern, erkannte er seinen Irrtum. Verwirrt schaute er die beiden Männer an, die hier irgendwie fehl am Platz zu sein schienen. Die eleganten, schwarzen Anzüge passten einfach nicht zu diesem Hotelresort in der Wüste. Was sind das für Kerle?, fragte sich Adrian. Gleichzeitig spürte er die Ernsthaftigkeit, welche diese Männer ausstrahlten. Eine unausgesprochene Drohung ging von ihnen aus, die irgendwie noch intensiver wurde, als einer der Anzugsträger ein Lächeln auf seine Lippen legte. Ohne Aufforderung begann der Mann zu sprechen:

»Mister Larson, wir freuen uns, Sie hier anzutreffen. Dürfen wir uns zu Ihnen setzen? Wir haben aufregende Neuigkeiten für Sie und möchten diese mit Ihnen besprechen.«

Noch ehe Adrian auch nur nicken konnte, setzten sich die Männer an seinen Tisch. Sie rückten umständlich ihre Stühle zurecht und schienen auf eine Reaktion ihres Gegenübers zu warten. Mit einer sich rasch steigernden Verärgerung rückte nun Adrian demonstrativ seinen Stuhl ein Stück vom Tisch weg und verschränkte zusätzlich seine Arme vor der Brust. Mit scharfer Stimme fragte er:

»Wie kommen Sie dazu mich hier einfach anzusprechen und sich dann auch noch ungefragt an meinen Tisch zu setzten? Ich kenne Sie nicht und ich habe auch kein Interesse, dies zu ändern. Also sehen Sie zu, dass Sie hier verschwinden!«

»Aber Mister Larson«, antwortete nun der andere Mann, »warum denn so gereizt? Wir haben Ihnen ein Angebot zu unterbreiten, was Sie unmöglich ablehnen können. Natürlich wissen wir, dass Sie hier an einem Projekt arbeiten. Doch wir haben schon mit Ihrem Vorgesetzten gesprochen und er stellt Sie für unsere Aufgabe gerne frei. Also bitte lassen Sie uns erst einmal erklären, um was es geht. Vorweg sei gesagt, dass die Ermittlungen gegen Sie eingestellt wurden. Sie wissen, wovon ich spreche, nicht wahr?«

Adrians Blut schien in seinen Adern zu gefrieren. Was wussten die Mistkerle vom tragischen Tod seiner Tochter? Ja, man ermittelte gegen ihn, als sei der Verlust seines Kindes nicht schon schlimm genug. Er hatte seine Aufsichtspflicht vernachlässigt und dadurch war er mittelbar an dem Tod seiner Tochter schuld. Der Staat hatte ihn angeklagt und eine Haftstrafe drohte. Doch er hätte alles getan, um dieses Unglück ungeschehen zu machen. Er hatte keine Angst vor einer drohenden Haftstrafe. Vielmehr sah er eine solche Strafe als seine Buße an, obwohl er wusste, dass dies nichts am Tod seiner Tochter ändern würde.

»Nun, dürfen wir Ihnen jetzt unser Angebot unterbreiten?«, fragte einer der Männer.

Adrian schreckte aus seiner Überlegung. Er hatte nicht darauf geachtet, wer ihn angesprochen hatte. Mit einigem Zögern bedeutete er den Männern, Platz zu nehmen. Was konnte es schon schaden, wenn er sich ihr Angebot anhörte? Noch war er ein freier Mann und noch konnte er entscheiden, wie seine Zukunft aussehen würde. Adrian wusste nicht, dass er mit diesem kleinen Kopfnicken einem Abenteuer zustimmte, dass ihn an die Grenzen seines Verstandes bringen würde. Niemand an seiner Stelle hätte dies ahnen können. So hörte er den Männern zu, die abwechselnd sprachen, aber dabei vermieden, wirklich konkret zu werden. Immerhin schien die Organisation, oder war es eine Firma, genügend Ressourcen und Verbindungen zu haben, ein Großprojekt zu starten. Die Zeit verging wie im Flug und die Nacht hatte sich längst über die Wüste gelegt. Schließlich erhoben sich die Männer und verabschiedeten sich mit dem Hinweis, dass sie ihn am kommenden Morgen abholen würden.

Adrian schaute den Männern nach, bis diese das Restaurant verlassen hatten. Doch sein Blick verweilte noch einen Moment in der Unendlichkeit, ehe er den Kellner herbeiwinkte. Sein Magen hatte sich gemeldet und er gab sich mit einem einfachen Sandwich zufrieden, da die Hotelküche inzwischen geschlossen hatte. Nach dem dürftigen Abendessen verließ er als letzter Gast das Restaurant. Ehe er sein Zimmer aufsuchte, schlenderte er zur Hotelterrasse. Gedankenverloren blieb er stehen und sah hinauf zum funkelnden Sternenhimmel.

***

Spuren

Inzwischen war ein Strahlenschutzkommando eingetroffen und Spezialisten, in monströse Schutzanzüge gehüllt, betraten den Goldbunker. Andere Männer und Frauen dieser Einheit versiegelten die Tresoretage und bauten ein durchsichtiges Zelt auf, das nur durch eine Schleuse betreten werden konnte. In das Zelt wurden Apparaturen, ein Untersuchungstisch und Computer gebracht. Eine weiße Trennwand sorgte für ein wenig Privatsphäre, wenn sich die vermeidlichen Patienten zum Zweck der medizinischen Untersuchungen entkleiden mussten. Zuerst wurde das forensische Team des FBI einzeln in das Zelt gebeten. Die Mediziner, die ebenfalls in Schutzanzüge gehüllt waren, zeigten besorgte Mienen, als sie der ersten Messwerte ansichtig wurden. Hanky beobachtete die von ihm initiierten Aktivitäten mit scheinbar distanziertem Interesse. Doch wer den Sonderermittler, der für den das FBI und den Secret Service arbeitete, kannte, der wusste, dass die zur Schau gestellte Gleichgültigkeit nur eine Maske war. Intensiv versuchte er die Lage zu beurteilen und gleichzeitig nach einem Weg zu suchen, Schaden von den ermittelnden Männern und Frauen fernzuhalten.

Warum, fragte er sich, war bei dem Goldraub Strahlung freigesetzt worden. Dabei erkannte er erstaunt, dass er eine weitere Fähigkeit seiner besonderen Gaben entdeckt hatte. Wieso war er in der Lage, Strahlung zu erkennen? Hanky horchte in sich hinein und rief den Moment, in dem er erkannt hatte, dass in dem Goldbunker Gefahr drohte, herbei. Was war es, das er bemerkt hatte? In dem Moment, als er sich diese Frage stellte, erhielt er die Antwort. Er hatte nicht die Strahlung bemerkt, sondern die Reaktion der Körperzellen der anwesenden Menschen. Sein Unterbewusstsein hatte in einer Nanosekunde die richtigen Schlüsse gezogen und er hatte die Warnung ausgesprochen. Welche Gaben, fragte er sich nach dieser Erkenntnis, schlummerten noch in ihm? Wie sollte er als einfacher Mensch – so sah Hanky sich selbst – mit all den Kräften umgehen, die ihm verliehen worden waren? Würde er irgendwann die Verantwortung, die seine speziellen Fähigkeiten mit sich brachten, nicht mehr tragen können?

Ein Räuspern Walts beendete Hankys Selbstbetrachtung.

»Was ist los, Junge? Alles klar?«

»Ach Walt, nichts ist klar. Ich mache mir Sorgen.«

Walt nickte nur. Er kannte seinen Freund gut und wusste, dass er mit ihm später noch ein ausführliches Gespräch führen musste. Der Seelenzustand Hankys war in letzter Zeit heftigen Schwankungen ausgesetzt. Zusammen hatten sie in den vergangenen Jahren tief in die Abgründe menschlicher Seelen geblickt. Das hatte Spuren hinterlassen, die nicht nur mentaler Natur waren. Gleichzeitig war Walt klar, dass er seinen Freund auf andere Gedanken bringen musste. Ihm war aufgefallen, dass sich der große Wachmann anders verhielt, als man erwarten konnte. Der Mann versuchte sein Interesse an den Ermittlungen zu verbergen. Doch wenn er sich unbeobachtet fühlte, konnte man sehen, dass er die Menschen um sich genau beobachtete. So fragte er Hanky unvermittelt:

»Was hältst du von dem Wachmann? Dem großen, meine ich? Irgendetwas stimmt mit dem Kerl nicht!«

Hanky schaute Walt verwundert an und richtete nun seine Aufmerksamkeit auf Thore Klausen. Bisher war es dem Hünen gelungen, seine wahre Identität zu verschleiern, nur nicht vor Hanky und Walt. Niemand wusste, dass er für den deutschen Geheimdienst, den BND, arbeitete. Doch Thore schien einen siebten Sinn zu haben. Nur Sekunden, nachdem Hanky sich erneut auf ihn konzentriert hatte, drehte er seinen Kopf in dessen Richtung. Mit brennenden Augen sah er hinüber zu ihm und Hanky las in seinen Gedanken, dass der Mann wusste, dass seine Tarnung aufgeflogen war. Hanky hatte den Wachmann schon vorher kontrolliert und war im Bilde. Doch nun galt es tiefer zu forschen und eine Entscheidung stand an. Ohne weitere Zeit zu verschwenden, lief Thore zu Hanky und blieb direkt vor ihm stehen. Mit ernstem Blick fixierte er sein Gegenüber und sagte dann leise, aber sehr eindringlich:

»Sie wissen, wer ich bin. Wie Sie mich enttarnt haben, ist mir schleierhaft, aber das spielt nun keine Rolle mehr. Bitte warten Sie noch, ehe Sie Ihre Vorgesetzten informieren. Ich habe nichts Böses im Sinn und bin von meiner Regierung dazu abgestellt worden, unsere Goldeinlagen zu schützen.«

»Na, das ist ja gründlich fehlgeschlagen«, warf Walt ein. Er stand direkt neben Hanky und hatte jedes, wenn auch leise gesprochenes Wort gehört.

»Warum sollte ich denn warten?«, fragte Hanky, obwohl er die Antwort schon in den Gedanken des Wachmannes gefunden hatte. Er wollte dem Fremden jedoch seine Gabe nicht offenbaren.

»Weil ich Ihnen, wenn wir etwas ungestörter sind, genauer darlegen möchte, wie ich arbeite. Sir, wir stehen doch beide auf derselben Seite!«

»Tun wir das?«, fragte Hanky, während er weiter in den Gedanken des Wachmannes forschte. Dabei erfuhr er erstaunt, dass dieser Mann vor ihm sich einem sehr hohen Ehrenkodex verpflichtet sah und seinem Gastland niemals schaden wollte. Dennoch war er ein Agent eines anderen Landes. Wie sollte er nur verfahren?

»Warten Sie hier«, sagte Hanky einfach. Dann bedeutete er Walt mit ihm hinüber zu Roger Thorn, dem FBI Spezialagenten, zu gehen. Dieser unterhielt sich gerade mit einem der Forensiker, welcher aufgeregt mit seinen Armen gestikulierte. Beim Näherkommen hörten sie, wie der Kriminaltechniker verzweifelt fragte:

»Wie können denn die Spuren direkt an der Wand enden?«

Walt und Hanky vergaßen für einen Moment, warum sie zu Roger gegangen waren. Diese Frage bedurfte einer Antwort. Besonders Walt interessierte, wie es möglich war, dass Spuren zur Wand führten. So befragte er den Forensiker eindringlich und fand so heraus, dass die Bunkerwand auf den ersten Blick hin unversehrt war. Hanky überließ es seinem Freund, sich mit dieser Frage zu beschäftigen. Im Moment konnten sie den Goldbunker ohnehin nicht betreten. So zog er Roger ein paar Schritte zur Seite, ehe er ihm zuraunte:

»Roger, ich habe ein Problem. Wir haben einen deutschen Agenten hier im Raum. Der Mann scheint integer, aber ich weiß natürlich, dass wir Vorschriften haben. Sollen wir ihn verhaften lassen?«

»Wen meinst du?«, fragte Roger und sah sich dabei im Vorraum des Goldbunkers um.

»Den Wachmann dort drüben.« Er sandte einen vielsagenden Blick in dessen Richtung.

»Du meinst Mister Klausen?«, fragte Roger alarmiert. Er selbst hatte mit dem Mann gesprochen und er fragte sich, warum ihm an dem nichts aufgefallen war. Natürlich forderte das Gesetz, dass man einen Agenten eines anderen Landes sofort inhaftieren musste. Doch ehe er eine Verhaftung durchführen würde, wollte er zuerst mit dem Wachmann sprechen. Vielleicht besaß er Informationen, die hilfreich bei den Ermittlungen sein würden. Im Moment durfte niemand den Raum verlassen, da sich jedermann einer Strahlenkontrolle unterziehen musste und gegebenenfalls einer Dekontaminierung. So schlug er Hanky vor, erst einmal mit dem Mann zu sprechen. Das war diesem sehr recht, da er möglichst viele Informationen brauchte, um die Ermittlungen zielführend zu betreiben. Roger winkte den Wachmann zu sich heran, der mit besorgtem Blick der Aufforderung folgte.

Walt unterdessen hatte seine Unterhaltung mit dem Forensiker beendet und drehte sich in Richtung Tresortür. Zuerst starrte er den Stahlkoloss an, schloss dann seine Augen und blieb erstarrt stehen. Die Geräusche um ihn herum wurden leiser und verschwanden dann gänzlich. Seine besonderen Sinne erschlossen den Raum um sich, wanderten dann zu der Stahltür und dann durch diese hindurch. Tastend bewegten sich seine imaginären Augen weiter, verharrten einen Moment bei den Gitterabteilen, um danach weiter in den hallenartigen Raum hineinzugleiten. Schließlich fand er, wonach er gesucht hatte. Er ertastete mit seiner Gabe die Spuren am Boden, folgte ihnen und gelangte an eine Betonwand. Er drang in die Wand ein und fühlte deren atomare Struktur. Ein mentaler Impuls genügte, um ihn durch die Wand zu bringen. Doch auf der anderen Seite erwartete ihn eine Überraschung. Dort fand er nur unversehrten Granitfelsen. Kein Tunnel, keine Höhle, nichts!

***

Sehr merkwürdig

Salvatore Biondo kletterte mühsam von dem rostigen Öltank. Sein Kopf brummte und Übelkeit wühlte sich durch seinen Magen. Der verdammte Kerl hatte mit einer Steinschleuder auf ihn geschossen. Das musste man sich mal vorstellen. Bestimmt, so überlegte der Mafia Gangster, habe ich eine Gehirnerschütterung. Doch darum konnte er sich später kümmern. In der Hierarchie der Mafiafamilie stand er ganz unten. Ja, er war noch nicht einmal vollständig in die Familie aufgenommen worden. Er musste sich noch bewähren, ehe er eines Tages dazugehören würde. Endlich hatte er den Abstieg geschafft und hielt sich an der rostigen Leiter fest. Sein Gleichgewichtssinn war gestört und die Welt schien zu wanken. Nach ein paar tiefen Atemzügen beschloss er, zuerst nach seinem Handy zu suchen. Es musste hier irgendwo im Dreck liegen. Unrat hatte sich über die Jahre angesammelt, was davon zeugte, dass dieses Öllager schon lange nicht mehr betrieben wurde. Aber das wusste Salvatore bereits. Sich mit der rechten Hand an der Tankwand stützend, ging er langsam an dem Behältnis entlang. Seine Augen tasteten den Boden ab und er fragte sich, ob sein Telefon den Sturz überstanden hatte. Dann endlich erblickte er das Gerät. Es lag halb in einer Laubaufhäufung. Zum Glück war das Handy nicht vollständig in den Blättern versunken. Langsam, beinahe wie ein alter Mann, beugte sich der Gangster nach unten. Mit zitternden Fingern griff er nach dem Telefon. Dabei überraschte ihn sein Magen und würgend erbrach sich Salvatore. Zum Glück hielt er sein Telefon schon in der linken Hand und es wurde somit von seinem Mageninhalt verschont. Der Mafiosi spuckte noch zwei-, dreimal aus und verfluchte dabei den Zerlumpten, der ihm diese Unannehmlichkeiten beschert hatte. Ein Geräusch, das er bestens kannte, ließ ihn seine Übelkeit vergessen. Polizeisirenen näherten sich. Das war zu erwarten gewesen. Die Schießerei vor der Lagerhalle konnte nicht unbemerkt geblieben sein. Irgendein besorgter Bürger hatte die Cops verständigt. Salvatore drehte sich um und sah, dass zwei Streifenwagen vor der Halle bremsten. Er selbst stand in guter Deckung und nur geübte Augen hätten ihn zwischen den Öltanks entdecken können. Die Türen der Polizeiwagen wurden aufgestoßen und uniformierte Beamte sprangen aus den Wagen. Sie zogen ihre Pistolen und richteten diese auf die Lagerhalle. Dabei blieben sie hinter den geöffneten Türen stehen. Weitere Streifenwagen trafen ein, deren Besatzung der gleichen Routine folgte. Gespannt, was nun passieren würde, schlich Salvatore ein Stück in Richtung Straße und ließ sich behutsam auf seine Knie sinken. Danach streckte er seine Arme aus und legte sich abstützend langsam auf den Boden. Zwischen Unrat und Gestrüpp war er nun gut verborgen. Eine unendlich scheinende Minute geschah zunächst nichts. Dann zerriss eine Lautsprecherstimme die gespannte Ruhe.

ACHTUNG! HIER SPRICHT DIE POLIZEI! WIR HABEN DIE HALLE UMSTELLT! KOMMEN SIE MIT ERHOBENEN HÄNDEN ZUM EINGANG UND VERLASSEN SIE DIE HALLE! SOLLTEN SIE BEWAFFNET SEIN, DANN LASSEN SIE IHRE WAFFEN IN DER HALLE! SIE HABEN EINE MINUTE ZEIT, EHE WIR IN DIE HALLE STÜRMEN!

Es dauerte keine dreißig Sekunden, ehe sich eine Tür öffnete, welche in das Rolltor der Lagerhalle eingelassen war. Vorsichtig schob sich ein einzelner Mann, der mit einem dunklen Anzug bekleidet war, ins Freie. Unter der Anzugjacke trug der Mann ein weißes Hemd und eine dunkle Krawatte. Mit erhobenen Händen ging er einige Schritte auf die Polizeibeamten zu und blieb schließlich stehen. Salvatore hob ein wenig seinen Kopf, um besser sehen zu können. Einen Anzugträger hätte er hier nicht erwartet. Der Mann schien keine Angst vor den bewaffneten Cops zu haben. Er lächelte sogar und rief mit ruhiger Stimme:

»Bitte meine Herren, lassen Sie Ihre Waffen sinken. Es besteht keinerlei Gefahr. Das kann ich Ihnen versichern. Wäre es möglich, dass ich mit dem Einsatzleiter sprechen kann? Ich bin unbewaffnet!«

Erneut hallte die Lautsprecherstimme über das Gelände.

LEGEN SIE SICH AUF DEN BODEN UND VERSCHRÄNKEN SIE IHRE HÄNDE ÜBER DEM GENICK!

»Muss das denn sein?«, protestierte der Anzugsträger genervt. Dennoch folgte er der Anweisung. Kaum lag er am Boden, rannten mehrere Polizisten mit angeschlagenen Waffen auf den Mann zu. Sie zerrten ihn zurück auf seine Füße und bogen ihm die Arme nach hinten. Handschellen klickten und der Mann lächelte erneut. Salvatore glaubte ein gefährliches Glitzern in den Augen des Mannes erkannt zu haben. Inzwischen sicherten die Cops die Eingangstür und zwei Beamte stellten sich seitwärts an das Tor. Ein Polizist in Zivil schritt nun langsam auf den Gefesselten zu. Er schien die Lage zu beurteilen und ließ sich Zeit bei seinen Betrachtungen. Schließlich stellte er sich direkt vor den Anzugträger. Ein Gespräch begann, doch es wurde so leise geführt, dass der Mafiosi kein Wort verstand. Der Zivilist griff nach einer Weile in die Jacke des Anzugträgers und zog ein flaches Etui hervor. Er schlug es auf und studierte dessen Inhalt. Dann wandte er sich ab und zog sein Telefon aus seiner Jackentasche. Er wählte eine Nummer und wartete einen Moment. Als die Verbindung zustande kam, veränderte der Cop seine Körperhaltung. Alle Lässigkeit und Selbstsicherheit, mit der sich viele Polizisten vor den Bürgern präsentierten, waren verflogen. Er sprach wohl mit einer Person, die Macht besaß. Der Cop hatte wieder das Lederetui in der Hand und las die Daten leise vor. Dann nickte er und beantwortete wohl einige Fragen des unbekannten Gesprächspartners. Dem Cop gefiel wohl nicht, welche Anweisungen er erhielt, was an seiner Mimik deutlich abzulesen war. Schließlich beendete er das Gespräch und steckte das Telefon zurück in seine Jacke. Er starrte noch einen Moment auf das Etui des Anzugträgers und rief dann mit wiedererlangter Autorität:

»Okay Männer! Der Einsatz ist beendet! Waffen runter! Befreit den Herrn von den Handschellen! Wir rücken ab!«

Damit ging er die wenigen Schritte zurück, wartete, bis ein Polizist dem Anzugträger die Handschellen abnahm, und sagte dann mit belegter Stimme:

»Bitte entschuldigen Sie die Unannehmlichkeiten Sir. Wir wussten nicht …«

Mit einer Handbewegung unterbrach der Anzugträger die Worte des Polizisten. Leise sagte er mit bestimmender Stimme:

»Ich vertraue darauf, Officer, dass die Angelegenheit in keiner Akte oder in einem Bericht erwähnt wird. Sie und Ihre Kollegen werden den Vorfall vergessen! Haben Sie mich verstanden?«

»Jawohl Sir! Verstanden! Wenn wieder etwas vorfallen sollte, dann benachrichtigen Sie mich bitte. Hier ist meine Karte.«

Der Einsatzleiter gab dem Anzugträger dessen Etui wie auch seine Visitenkarte der Polizei. Dann wandte er sich grußlos ab und marschierte zu seinem Einsatzwagen. Keine Minute später hatten alle Polizeiwagen den Einsatzort verlassen. Der Mann im Anzug blieb noch einen kurzen Moment vor der Halle stehen. Aufmerksam schaute er sich um. Dabei schien sein Blick Salvatore kurz zu streifen. Doch das konnte der Mafiosi sich auch nur eingebildet haben. Nach seinem Rundblick öffnete der Mann die Hallentür und war gleich darauf im Inneren des Gebäudes verschwunden.

Salvatore atmete erleichtert auf. Er war nicht entdeckt worden. Er grübelte, was dort direkt vor ihm geschehen war. Wer hatte so viel Macht, die Polizei nach einem Schusswechsel einfach nach Hause zu schicken? Was ging hier wirklich vor? Er würde es herausfinden!

***

So hell

Tan schloss geblendet seine Augen, als die Sonne hinter den Wolken hervorkam. Er blinzelte und wandte sich von dem Himmelslicht ab. Zum ersten Mal, seit er den Fremden gefolgt war, betrachtete er seine Umgebung. Wo war er nur? Wieso war es so hell? Der Himmel hatte sich verändert. Sein Sinn für das Praktische verbannte diese Fragen, wobei seine Angst eine entscheidende Rolle spielte. Tan versuchte sich zu orientieren. Zuerst war er durch die Ölraffinerie mit ihren rostigen Tanks gerannt. Solche Anlagen hatte er schon gesehen, wenn auch diese hier in einem so guten Zustand befand, wie er es nicht für möglich gehalten hätte. Hier waren kaum Zerstörungen zu sehen, was sehr verwunderlich war. Benutzten die Cave People diese Tanks mit ihren Rohren und Kesseln? Tan wusste nicht, was eine Ölraffinerie war, doch die Cave People verwendeten die Technik aus alten Tagen. Waren sie hier? War er in Gefahr? Wo waren Dra, Pre, Mot und Fur? Er hatte sie verloren, gleich nach dem Kampf mit den Fremden. Wieder quälte ihn eine Frage, die er nicht beantworten konnte. Er schlug sich mit der flachen Hand gegen den Kopf und versuchte dadurch die fragenden Gedanken zu verscheuchen. Es war wichtig, dass er sich auf seine Umgebung konzentrierte. Jede Ablenkung konnte seinen Tod bedeuten. Die Welt war gefährlich und er befand sich in einem fremden Land. Erneut wollte sich eine Frage formulieren, doch Tan stieß ein unwilliges Knurren aus. Wenn er diese Jagd überstand, würde er ins Tal der Väter gehen. Dort lebten die Alten, die seine Gedanken ordnen konnten.

Tan verließ das Gelände und rannte zwischen großen Lagerhallen hindurch und wunderte sich über diese Landschaft. Doch er war im Moment außerstande, sich Gedanken über diese Gebäude zu machen. Er rannte einfach weiter und hoffte dabei, seine Freunde zu finden. Um ihn herum sah er viele Ruinen, was ihn beruhigte. Solche Strukturen kannte er aus seinem Land. Plötzlich versperrte ein Drahtzaun seinen Weg. Ein Geräusch, das wie ein Kriegshorn klang, ließ ihn zusammenzucken. Galt das Signal ihm? Kamen die Cave People, um ihn zu holen? Seine Finger krallten sich in den Zaun und er versuchte dabei zu verstehen, was er da sah. Noch nie hatte er eine intakte Siedlung oder auch nur ein Haus gesehen. Er kannte nur Höhlen oder Zelte, die aus Tierfellen genäht waren. Aber dies waren keine Zelte, oder? Zwischen den merkwürdigen Zelten führte ein Weg, der völlig eben war. Nicht ein Stein lag auf ihm, keine Sanddüne unterbrach den geraden Verlauf. Wie war das möglich, bei dem ewigen Wind? Erst jetzt fiel Tan auf, dass es völlig windstill war. Das hatte er noch nie erlebt! Konnte der Wind denn schlafen? War das möglich? Erneut ertönte das Kriegshorn und Tan blickte suchend zur Wohnstraße hinüber. Einer dieser rollenden Kästen stand vor den merkwürdigen Bauten. Er hatte schon solche Gefährte gesehen. Zum ersten Mal vor einigen Tagen, als er und die anderen an dem neuen Weg auf Beute gelauert hatten. Fremde, vielleicht Cave People, hatten sich im Inneren der merkwürdigen Kutschen aufgehalten. Sie waren ihnen gefolgt und hatten sogar versucht, diese Kutschen anzuhalten. Beute machen war wichtig. Von was sollte man denn sonst leben?

Tan beobachtete weiter die vor ihm liegende Wohnsiedlung. Er wusste zwar nicht, wie er diese Gegend in sein Weltbild einordnen sollte, doch er hatte die Hoffnung, hier gute Beute machen zu können. Es gab große Mietshäuser und kleine Einfamilienhäuser, was er aufgrund seiner fehlenden Erfahrung nicht erkennen konnte.

Aus der Kutsche stieg nun ein Mann, der merkwürdig gekleidet war. Keine Felle oder starres Leinen. Nein, er war in Hosen aus dünnem Stoff gehüllt und seinen Oberkörper bedeckte er mit einer Art Hemd, das auch nicht viel Schutz vor der Witterung bot. Was war das nur für ein Stamm, der hier anscheinend völlig sorglos lebte? Tan sah sich nun nach Wachen um, die das Lager dieser Leute bewachte. Doch auch seine geübten Augen konnten keine Bewaffneten sehen. Der Mann war inzwischen zu seiner Behausung gegangen und im Inneren verschwunden. Tan beschloss, die Behausungen näher in Augenschein zu nehmen. Entschlossen packten seine Finger in die Maschen des Zauns und nur wenige Sekunden später war er über diesen geklettert. Sich noch einmal sichernd umschauend – er traute dem Frieden nicht – atmete er tief ein und lief dann, in einem schnellen Spurt, auf das erste Haus der Siedlung zu. Er überquerte die merkwürdige Straße und suchte dann im Garten des ersten Hauses hinter einem Busch Deckung. Verwundert wie ein Kind, betastete er die Blätter des Busches. Ein frischer Duft verwirrte seine Nase und gleich darauf bestaunte Tan einige fliegende Insekten, die den Busch umschwirrten. Solche Tiere gab es in seinem Land nicht. Er kannte nur Käfer, die furchtbar stanken, wenn man sie berührte. Ein dunkles Donnern ließ ihn zusammenzucken. Er blickte nach oben, zu dem fremden, blauen Himmel, wo weiße Wolkenberge langsam vorüberzogen. Ein Passagierflugzeug setzte gerade zur Landung auf dem benachbarten La Guardia Airport an. Dabei überquerte es denn Stadtteil Hunts Point in geringer Höhe. Tan, der natürlich auch noch nie ein Flugzeug gesehen hatte, begann angstvoll zu wimmern. Dies war wirklich ein verwunschenes Land und er wünschte sich zurück in die Steppenlandschaft seiner Heimat. Plötzlich überschwemmten andere, sehr laute Geräusche die Hörnerven Tans. Durch das Buschwerk hindurch sah er eine der merkwürdigen Kutschen. Doch diese war sehr groß und leuchtend gelb. Aus der Kutsche sprangen Kinder, die lachten und sich in einer fremden Sprache unterhielten. Vor seinem Busch blieben einige der Kinder stehen und Tan konnte zum ersten Mal Menschen aus diesem Land aus der Nähe beobachten. Sie sahen merkwürdig aus, mit ihrer glatten Haut. Wo waren ihre Pilze? Mussten sie sich nicht vor dem Gift in der Luft schützen? Tan sah hinunter zu seinen Armen, auf seine Symbionten, seinen Pilz. Erschrocken bemerkte er, dass sein Schutzpilz sich grau verfärbt hatte. Das konnte nur eines bedeuten: Wenn der Symbiont starb, dann starb auch er.

***

Einbindung

Roger Thorn sah hinüber zu dem Wachmann, den Hanky als Agenten des BND enttarnt hatte. Klausen hieß der Mann, und Roger war schleierhaft, wie es der deutsche Geheimdienst geschafft hatte, einen ihrer Leute hier zu platzieren. Schließlich war die Federal Reserve Bank nicht irgendein Bankhaus, sondern der zentrale Ort, an dem viele Nationen ihre Goldreserven eingelagert hatten. Roger war klar, dass nicht der Wachmann der Feind war und er hier nur die Einlagen seines Staates sichern sollte. Dennoch war der Mann ein Mitarbeiter eines anderen Staates, wenngleich Deutschland auch ein Verbündeter war. Bei diesem Gedanken fiel Roger sein Freund Yavuz ein, der, ohne auf Nationalitäten zu achten, ihm einfach und ohne Vorbehalt geholfen hatte. Yavuz war sogar zum Sonderermittler ernannt worden, obwohl er die deutsche Staatsbürgerschaft besaß. Wo war also der Unterschied? Galt nicht die alte Regel: Freund oder Feind? Roger wunderte sich über seine Schlussfolgerungen und eine Idee drängte sich in den Vordergrund seines Denkens.

Er wägte das »Für« und das »Wider« seiner Idee ab, bedachte dabei die rechtlichen Hintergründe und die Reaktion seiner Vorgesetzten und entschloss sich dann spontan, die Folgen seines kommenden Handelns fürs Erste zu ignorieren. Schon oft in seinem beruflichen Leben hatten sich seine Bauchentscheidungen als richtig herausgestellt. Entschlossen ging er zu dem Wachmann, der nahe an der Tür zum Flur stand, und blieb dicht vor ihm stehen.

»Na, Herr Klausen«, sprach Roger den Agenten an, »wollen Sie von hier verschwinden, oder warum stehen Sie so nahe am Ausgang?«

Der FBI Agent wollte seinen deutschen Kollegen mit dieser Frage aus dem Gleichgewicht bringen und dabei sehen, wie sich dieser verhielt. Thore Klausen ließ sich aber, durch so ein offensichtliches Manöver, nicht täuschen. Er war enttarnt worden, wenn er auch noch immer nicht wusste, wie er sich verraten hatte. Doch die Folge war eben, dass er sich in den nächsten Tagen oder sogar Wochen unangenehmen Befragungen stellen musste. Also was wollte der

FBI Mann? Er beschloss, dies herauszufinden. Was hatte er schon noch zu verlieren? Nicht ohne Ironie antwortete er deshalb:

»Man muss sich eben alle Möglichkeiten offenhalten Mister Thorn.«

Dabei grinste Thore unverschämt und Roger suchte verblüfft nach einer passenden Antwort. Der vorgebliche Wachmann schien sich nicht vor den Konsequenzen seines Handelns zu fürchten. Das gefiel Roger und er sprach einfach aus, was er dachte.

»Mister Klausen, Sie sind sich wohl bewusst, dass Sie hier illegal handelten, indem Sie für Ihre Regierung als Agent in dieser Institution arbeiteten. Dieser Job ist nun Geschichte und Sie können sich bestimmt vorstellen, was als Nächstes geschieht.«

Thore lächelte nun nicht mehr. Auf seinem Gesicht zeichnete sich Besorgnis ab. Er wusste, dass er vielleicht für Jahre in einem Militärgefängnis einsitzen würde. Damit endeten sein Familienleben, seine Freiheit, seine Träume und seine Hoffnungen. Auf der anderen Seite hatte er gerne für sein Land auf dessen Goldreserven geachtet und seinem Dienstherren gemeldet, wann ein Land Gold einlagerte oder seinen Bestand hier auflöste. Diese Informationen waren für die Regierung wichtig, konnte sie doch Rückschlüsse auf die wirtschaftliche Situation der betreffenden Länder ziehen. Roger sah natürlich den Stimmungswechsel seines Gegenübers. Der Mann tat ihm leid und so beschloss er, ihm einen Ausweg anzubieten.

»Okay Mister Klausen. In gewisser Weise sind wir Kollegen und ich habe mich entschlossen, Sie im Moment nicht zu verhaften. Ich bringe mich damit ebenfalls in Gefahr, suspendiert zu werden. Wenn Sie einwilligen, dann können Sie mir helfen. Also, hier mein Vorschlag. Fürs Erste bleiben Sie im Dienst und berichten mir, was hier in der Bank vor sich geht. Damit helfen Sie mir und Sie helfen sich selbst. Wie wir später weiterverfahren, wird sich zeigen. Also, was halten Sie von dem Vorschlag?«

Thore war von dem Angebot des FBI Agenten überrascht. Sofort eröffnete sich ihm eine Anzahl von Optionen. Sollte er sich in die Hände der FBI Agenten begeben oder das Angebot ablehnen. Konnte er sein bisheriges Leben weiterführen oder sollte er nur zum Schein auf das Angebot eingehen? Nein, wenn er eine Entscheidung traf, dann wollte er einen sauberen Weg gehen. In der Vergangenheit hatte er schon einige Entscheidungen unter falschen Voraussetzungen getroffen. Doch die Entscheidung war wichtig und dieses Mal würde er seinem Bauchgefühl folgen. Der Agent war ihm sympathisch und er glaubte dem Mann. Bei den beiden Begleitern des FBI Mannes war er sich nicht sicher. Doch das spielte im Moment keine Rolle. So räusperte sich Thore und sagte mit ernster Stimme:

»Mister Thorn, ich bin überrascht von Ihrem Angebot. Dennoch würde ich es gerne annehmen. Wie kann ich helfen?«

In diesem Moment trat Walt Kessler zu den Männern. In seiner üblichen, trockenen Art forderte er Roger Thorn auf, ihm zu folgen:

»Komm alter Junge. Die Techniker wollen mal sehen, wie viel Strahlkraft du besitzt. Sie kommen bitte auch, Mister Klausen.«

Damit zog er Roger am Arm mit sich. Während sie gemeinsam zu dem Zelt des Strahlenschutzteams gingen, raunte Walt:

»Was hast du denn mit dem Wachmann gequatscht? Ich denke, der ist vom BND?«

Noch ehe Roger Walt antworten konnte, erreichten sie den Eingang des Zeltes. Dort wartete bereits Hanky, der Thore mit einem prüfenden Blick streifte. Dann wandte er sich Roger zu, lächelte kurz, ehe er als Erster in das Zelt trat. Dort wurden die Männer schon von den Technikern, die in Strahlenschutzanzüge gehüllt waren, erwartet.

Eine gute halbe Stunde später verließen Hanky und die Anderen erleichtert das Untersuchungszelt. Bei ihnen waren nur minimal erhöhte Strahlungswerte gemessen worden. Bei den Forensikern, die den Goldbunker untersucht hatten, sah die Sache anders aus. Die Männer und Frauen mussten zur Dekontaminierung. Sie hatten mehr Strahlung aufgenommen und wurden im Moment zu den Fahrstühlen gebracht. In neue Strahlenschutzanzüge gehüllt verließ die Gruppe mit hängenden Köpfen den Vorraum des Goldbunkers.

Hanky drehte sich mit nachdenklicher Miene um und sah jeden seiner Begleiter einen Moment lang an. Bei Walt nickte er nur kurz. Sie kannten sich nun schon so lange, dass sie sich auch ohne Worte verständigen konnten. Danach musterte er Roger Thorn, Freund und FBI Agent. Auch ihn kannte er gut und wusste, dass er ihm sein Leben anvertrauen konnte. Zusammen hatten sie schon so manches Abenteuer bestanden. Danach sah er dem Agenten des deutschen Bundesnachrichtendienstes in die Augen. Er hatte schon vorher im Geist dieses Mannes geforscht und hatte Aufrichtigkeit und Mut gefunden. Durch das geistige Belauschen des Gesprächs, das Thore mit Roger vorher geführt hatte, wusste Hanky von dessen Angebot. Ja, es war gut, hier in der Bank einen Mann zu haben, der unauffällig beobachten konnte. Nach einer endlosen Minute begann Hanky schließlich zu sprechen und teilte seinen Mitstreitern seine Gedanken zu dem Goldraub mit.

»Mister Klausen«, begann er, »ich begrüße Sie zuerst in dieser besonderen Gemeinschaft, wenn im Moment auch nur als Gast. Sie wissen noch nicht, mit wem Sie es hier zu tun haben, aber ich kann Ihnen versichern, dass wir guten Willens sind. Die Umstände erlauben uns, die Gesetze etwas zu verbiegen, was zur Folge hat, dass Sie noch nicht inhaftiert sind. Was uns so besonders macht, erfahren Sie später. Viel wichtiger ist, dass wir alle Stillschweigen üben müssen, damit dieser Raub nicht bekannt wird. Die Börsen würden weltweit zusammenbrechen und der Handel gleich mit. Agent Thorn hat schon entsprechende Maßnahmen eingeleitet. Wer außer Ihnen und dem Chef des Wachdienstes hat Kenntnis von dem Raub?«

Thore überlegte einen Moment und es fiel ihm nur das Mitglied des Aufsichtsrates ein. Er benannte den Mann und Roger atmete erleichtert auf. Er hatte den Banker wie auch den Chef des Wachdienstes isolieren lassen. Alle anderen Personen, die bemerkt hatten, dass etwas hier unten nicht stimmte, schoben das auf den Vorfall am Morgen, an dem das Bankenviertel den Vibrationen ausgesetzt war. Roger sah sich veranlasst, seine Sicherungsmaßnahmen zu erklären. Nach einigen Minuten unterbrach Hanky die ausführlichen Erklärungen des FBI Agenten.

»Danke Roger, so weit hast du alles im Griff. Leider wird es nur eine Frage von Stunden sein, bis die Nachricht an die Öffentlichkeit dringt. Diese Stunden müssen wir nutzen, um so viel wie möglich über den Raub herauszufinden. Wer dies hier geplant hat, der hat schon vorher über enorme Ressourcen verfügt. Hier hat keine gewöhnliche Diebesbande zugeschlagen, das ist sicher. Ich habe das ungute Gefühl, dass bald noch etwas Schlimmes geschehen wird.

Darauf müssen wir vorbereitet sein. Also meine Herren, zuerst sehen wir uns in dem Goldbunker um.«

Einige Minuten später hatten die Männer Strahlenschutzanzüge angelegt. Mit einem mulmigen Gefühl betraten sie den riesigen Tresorraum.

***

Was sind das für Kerle?

Salvatore Biondo reckte seinen Kopf, um besser sehen zu können. Er war froh, dass die Cops verschwunden waren, ehe seine Kumpane auftauchten. Er wunderte sich, wo die Kerle blieben. Ein Blick auf seine Uhr belehrte ihn aber, dass nicht so viel Zeit vergangen war, wie er zunächst gedacht hatte. Endlich sah er einen alten Ford SUV um die Ecke biegen. Das mussten sie sein. Salvatore erhob sich aus seinem Versteck und eilte zum Zaun. Er zwängte sich unter dem Maschendraht hindurch und stand gleich darauf auf der Straße. Der SUV stoppte und das Fenster der Beifahrertür surrte nach unten. Dort saß feixend Frank Guitiero und winkte aus dem Wagen heraus.

So ein verdammter Idiot!, dachte Salvatore. Ausgerechnet diesen Deppen hatte der Capo geschickt. Na, das konnte ja heiter werden. Er rannte zum SUV und öffnete die hintere Tür. Er sprang in das Innere des Wagens und schob dabei den ebenfalls dümmlich grinsenden Alfredo Ponti zur Seite. Er schlug die Tür zu und schrie den Fahrer Ricardo Massimo an, sofort weiterzufahren. Erstaunt verschwand das Grinsen auf den Gesichtern der Gangster. Sie sahen die blutende Wunde an Salvatores Kopf und seine Entschlossenheit wischte alle Zweifel beiseite. Zum Fahrer gerichtet rief er nun:

»Sieh zu, dass du die Karre in der nächsten Seitenstraße abstellst. Möglichst so, dass man den Wagen nicht gleich findet. Danach werden wir uns von hinten der Lagerhalle nähern. Verstanden?«

Ricardo beschleunigte und gleich darauf bog er in die angegebene Straße ein. Auch hier zeigte sich der Niedergang dieses Industrieviertels. Nur jedes dritte oder vierte Grundstück war noch bebaut. Verfallene Lagerhallen beherrschten das Bild und so war es ein Leichtes, den SUV getarnt abzustellen. Sie blieben noch einen Moment sitzen und Salvatore berichtete, was er gesehen und erlebt hatte. Die Gangster sahen ihn dann ungläubig an und Alfredo hielt es für nötig, seine Position in der Gruppe wieder herzustellen. Deshalb befahl er barsch:

»Los Jungs. Aussteigen! Das sehen wir uns mal aus der Nähe an. Vergesst nicht eure Waffen und ein Brecheisen wäre auch nicht schlecht.«

Im Moment waren die Anderen zu gespannt zu sehen, was in der Halle vor sich ging, um Alfredos Anweisungen zu hinterfragen. Eilig und doch routiniert durch ihre Erfahrungen im Verbrechermilieu verließen sie das Fahrzeug, entsicherten ihre Waffen und Frank holte tatsächlich ein Brecheisen aus dem Kofferraum. Geduckt schlichen sie über das Grundstück, deren verfallene Halle anklagend ihre traurigen Mauerreste in die Höhe reckte. Gestrüpp und Unrat erschwerten ihr Vorankommen. Dann endlich erreichten sie die Rückseite des Grundstücks, auf der die angepeilte Halle stand. Ein neuer Zaun begrenzte das Grundstück und Salvatore prüfte, ob der Zaun zusätzlich gesichert war. Doch die Gangster hatten Glück. Hier, hinter der Halle war der Zaun die einzige Absicherung. Nicht einmal Kameras waren an der Halle angebracht. Man rechnete wohl nicht mit Besuch. Behände kletterten die Männer über den Zaun und rannten anschließend sofort zur Hallenrückwand. Suchend tasteten ihre Augen die Rückseite des Gebäudes ab, um eine Möglichkeit zu finden, in dieses einzudringen. Enttäuscht stellten die Gangster fest, dass es hier nur die raue Betonwand zu sehen gab. Alfredo ergriff die Initiative und lief nach links. Gleich darauf war er am Ende der Wand angekommen und verschwand hinter der Halle. Salvatore wollte es Alfredo gleichtun und eilte deshalb nach rechts. Doch, noch ehe auch er die Hausecke erreichte, hörte er einen leisen Pfiff. Er blieb stehen und schaute zurück. Alfredo stand an seiner Hallenecke und winkte aufgeregt. Sofort verwarf Salvatore seinen Plan, ebenfalls an der Längsseite der Halle nach einem Eingang zu suchen. Er eilte zurück und folgte Frank und Ricardo, die nun auch zu Alfredo liefen. Kaum standen sie schnaufend beisammen, sagte Alfredo aufgeregt:

»Da vorne ist ein Notausgang! Ich wusste doch, dass die Baubehörde Notausgänge verlangt. Los Jungs, mal sehen, ob die Tür offen ist!«

Tatsächlich war circa zehn Meter von ihrer Position eine Stahltür in der Hallenwand eingelassen. Die Männer rannten zur Tür und Salvatore hoffte, dass die Tür nicht abgeschlossen war. Doch wie bei allen Türen dieser Art befand sich nur ein Türknopf anstelle einer Klinke an dem Türblatt. Alfredo zog an dem Knopf, doch dadurch ließ sich dieser Eingang nicht öffnen. Frank trat vor, untersuchte die Tür und fand ein Schloss unter dem Knopf. Vorsichtshalber besah er sich die Ränder des Türblattes und nickte schließlich zufrieden. Er war der Einbruchsspezialist der Gangster und sagte mit wichtigem Ton:

»Wie es aussieht, ist die Tür nicht alarmgesichert. Jedenfalls konnte ich keine entsprechenden Kontaktgeber sehen.«

»Na dann mach die verdammte Tür auf!«, schnauzte Alfredo.

Frank zuckte nur mit den Schultern und zog aus seiner Jackentasche ein Bündel Dietriche hervor. Danach setzte er sich in die Hocke und begann mit seinen Instrumenten an dem Schloss herumzufummeln. Nach etwa drei Minuten, die anderen Gangster begannen schon nervös zu werden, zeigte ein leises Knackgeräusch an, dass die Türverriegelung entsperrt war. Frank zog an dem Knauf und öffnete die Tür nur einen Spalt. Gespannt wartete er auf eine Alarmsirene, doch nichts geschah. Er richtete sich wieder auf und sah durch den Spalt in das Innere der Halle. Danach überprüfte er noch einmal den Türrahmen, ehe er mit einem zufriedenen Lächeln verkündete:

»Bitte meine Herren. Treten Sie ein!«

Hinter der Tür erwartete die Männer ein schmaler Gang, der mehrere Türen und eine Stahltreppe, die nach oben führte, aufwies. Ihrem Instinkt folgend schlichen die Gangster zur Treppe und stiegen, so leise es Ihnen möglich war, die Stufen nach oben. Dort erwartete sie ein weiterer Gang, der ebenfalls durch Türen unterbrochen wurde. Sie verharrten einen Moment lauschend, ehe Frank die erste Tür vorsichtig öffnete. Er blickte in ein verlassenes Büro, das augenscheinlich schon eine lange Zeit unbenutzt war. Leise schloss er die Tür und eilte dann zur nächsten. Auch hier war das Ergebnis das gleiche. Doch ein brummendes Geräusch ließ ihn innehalten. Lief da eine Maschine? Er sah noch einmal in das zweite Büro, konnte aber kein Gerät finden, welches dieses Brummen erzeugte. Er schloss auch diese Tür und sah, wie Alfredo auf der anderen Seite des Ganges eine weitere Tür öffnete. Er sah kurz in das Zimmer und schloss gleich darauf wieder die Tür. Er wandte sich zu seinen Kumpanen um und sagte beinahe flüsternd:

»Dieses Büro hat ein Fenster zum Halleninneren.«

Ohne auf eine Antwort seiner Gangsterkollegen zu warten, öffnete er die Tür erneut und schlich gebückt in das Büro. Die Anderen folgten sofort und stellten sich seitlich neben das Fenster. Unter ihnen erkannten die Männer eine Reihe Lastwagen und Bewaffnete, die zwischen den Fahrzeugen patrouillierten. Rechts von ihrem Fenster waren eine Reihe merkwürdiger, technischer Geräte aufgebaut. Die Gangster hatten keine Ahnung, was sie dort sahen, und blickten sich fragend an. Doch noch ehe sie zu einem Ergebnis ihrer Beobachtung kommen konnten, wurde das Brummen lauter. Dann begann die Luft zu vibrieren und ihre Körper schlossen sich der Vibration an. Ihre Sicht verschwamm und Übelkeit wollte sich in ihren Mägen ausbreiten. Sie krümmten sich und hielten dabei sinnloserweise ihre Hände schützend vor die Ohren. Alfredo schloss seine Augen, versuchte die Vibration zu ignorieren und öffnete dann seine Augen wieder. Er stand noch neben dem Fenster, das ebenfalls heftig bebte, und sah hinunter zu den Geräten. Ein helles Leuchten strahlte von der Hallenwand und aus dem Leuchten heraus rollte ein Lastwagen.

***

Ankunft und Zweifel

New Mexico – irgendwo in der Wüste – circa 5 Monate zuvor

Die Fahrt durch die Wüste hatte Frederic Stanford müde werden lassen. Mit wenig Interesse blickte er aus dem Fenster und hoffte, dass die Fahrt in dem ungemütlichen Bus bald zu Ende gehen würde. Missmutig betrachtete er seine Mitreisenden, was seine Laune auch nicht besserte. Sie alle wirkten, als habe ihnen das Leben nicht besonders viel Erfolg beschert. Sein Sitznachbar hatte den Versuch unternommen, mit ihm ins Gespräch zu kommen. Doch Frederic hegte kein Interesse, neue Bekanntschaften zu machen. Er wollte seinen Job erledigen und dann ein neues Leben beginnen. Wie dies aussehen sollte, wusste er noch nicht. Aber das spielte auch keine Rolle. Irgendetwas würde sich schon ergeben. Eigentlich war er froh, dass die Kerle mit ihren schwarzen Anzügen ihn dazu gedrängt hatten, diesen Job anzunehmen. Die Vorauszahlung, ein sogenanntes Antrittsgeld, hatte ihn schließlich überzeugt. Doch bisher wusste er noch nicht, wohin es eigentlich gehen sollte und was für ein Bergbauprojekt geplant war. Dass ihn eine Minengesellschaft engagiert hatte, setzte Frederic als gegeben voraus. Wer sonst sollte ihn als Prospektor anheuern? In diesem Punkt irrte er sich gewaltig. Doch seinen Irrtum sollte er bald erkennen und vieles mehr, was ihm missfallen würde.

***

Einige Sitzreihen weiter hinten im Bus hing auch Adrian Larson seinen Gedanken nach. Mit weit mehr Interesse betrachtete er die Wüstenlandschaft und fragte sich, welches Projekt hier in der Wildnis geplant war. Die Gegend unterschied sich nicht sehr von der, in der er noch vor kurzem gearbeitet hatte. Borrego Springs im San Diego County hatte er verlassen und reiste nun durch eine weitere Einöde. Das Leben war ein Karussell und es würde ewig so weitergehen, wenn er nicht den Absprung schaffte. Diesen einen Job wollte er noch erledigen und sich danach eine lange Auszeit gönnen. Er würde reisen, in die Karibik vielleicht oder nach Europa? Ein heftiges Rütteln unterbrach seine Gedanken. Der Bus hatte die einsame Landstraße verlassen und fuhr nun über eine Schotterpiste. Dabei behielt der Fahrer die bisherige Geschwindigkeit bei, was zu einigem Chaos im Businneren führte. Getränke wurden verschüttet, Gepäckstücke fielen aus den Fächern und ein Mann kippte aus seinem Sitz. Er fiel hart auf den Gang und fluchte laut, als er versuchte auf die Füße zu kommen. Die Männer schimpften laut und forderten, dass der Fahrer die Geschwindigkeit verringerte. Tatsächlich kam er der Forderung nach, was aber der Tatsache geschuldet war, dass sie gerade einen Hügel überquert hatten und nun nicht mehr von der Straße aus zu sehen waren. Vor ihnen lag eine Senke, die sich deutlich von der vorher eintönigen Umgebung unterschied. Große Zelte und Wohncontainer waren in ordentlichen Reihen aufgebaut. Dazwischen standen Fahrzeuge, vom SUV bis hin zu schweren Baumaschinen. Dazwischen bewegten sich Menschen, die irgendwelchen Tätigkeiten nachgingen. Als der Bus sich dem Zeltlager weiter näherte, erkannten die Männer im Bus, dass das Gelände mit einem Drahtzaun gesichert war. Am Zaun entlang patrouillierten Bewaffnete in Camouflage- Kleidung, die soldatischen Uniformen sehr ähnlich sahen. Frederic Stanford legte seine zur Schau gestellte Gleichgültigkeit ab und begann aufgebracht zu schimpfen:

»He, die bringen uns in ein Gefängnis! Habt ihr das gewusst? Ich werde nicht in diesem Lager arbeiten. Ich will nicht eingesperrt werden. Fahrer, halte sofort an. ANHALTEN!«

Nun wurden auch weitere Fahrgäste unruhig und einige stimmten in Frederics Geschrei ein. Doch noch ehe der Protest zur Meuterei ausarten konnte, hatte der Bus das Lager erreicht, das Tor passiert und stoppte nun neben einem großen Zelt. Die Tür vorne schwang auf und eine hinreißende Blondine stieg in den Bus. Sie war ebenfalls in eine Art Wüstenuniform gekleidet und hielt ein Klemmbrett in ihren Händen. Sofort erstarb das Geschrei, was die junge Frau mit einem Lächeln quittiere. Wie eine Reiseleiterin schaute sie zuerst auf ihr Klemmbrett, auf dem eine Namensliste angebracht war, ehe sie die Männer musterte. Dann sagte sie mit bestimmter Stimme:

»Meine Herren, willkommen im Camp Alpha. Nachdem Sie die Überprüfung unserer Sicherheitskräfte absolviert haben, werden Ihnen Ihre Unterkünfte zugewiesen. Um 18 Uhr erhalten Sie die erste Unterweisung und danach steht für Sie im Versorgungszelt das Abendessen bereit. Wenn Sie mir nun bitte folgen möchten.«

Damit verließ die Uniformierte den Bus und stellte sich neben der Tür auf. Dort hatten zwei Sicherheitsleute, die wie Elitesoldaten aussahen, einen kleinen Tisch aufgestellt. Die Männer verließen den Bus und wurden aufgefordert, in einer Reihe anzutreten. Der Protest, der sie noch vor wenigen Minuten hatte schreien lassen, war einem unangenehmen Gefühl der Machtlosigkeit Platz gewichen. Die Verantwortlichen dieses Camps hatten psychologisch klug gehandelt. Sie hatten eine Frau in den Bus geschickt, was jeden Protest der Ankommenden verpuffen ließ. Danach wurde eine Struktur angeboten, die dem eines typischen Militärlagers gleichkam. Unbewusst wurde den Neulingen das Gefühl impliziert, dass es hier Autoritäten gab, denen man nicht widersprechen sollte. Dieses Konzept hatte sich schon früher, bei anderen Projekten, bewährt und wurde Assimilierung genannt.

Frederics Laune hatte sich verbessert. Zwar fühlte er sich noch immer nicht wohl, in einem bewachten Camp zu sein. Doch die erste Unterweisung hatte ihm gefallen. Er fühlte sich nun als Teil einer Gruppe, die Forschung betrieb und ihn als Fachkraft mit einbinden würde. Ein gewisser Stolz, dass man ausgerechnet ihn ausgewählt hatte, erfüllte ihn. Die Leute hier wussten, wovon sie sprachen, auch wenn er noch einiges nicht verstand. Doch schon am nächsten Tag sollte eine Ausbildung beginnen, die vielversprechend war. Nun saß er mit seinen neuen Kollegen in dem Versorgungszelt und ließ es sich schmecken. Es war lange her, dass er ein Teil einer Gemeinschaft gewesen war und er genoss es tatsächlich, hier zu sein.

Einige Tische weiter betrachtete Adrian Larson seine Situation um einiges kritischer. Hier wurde für sein Gefühl ziemlich dick aufgetragen. Die Erklärungen, nebst den projizierten Bildern, hatten ihn nicht beeindrucken können. Mit keinem Wort war erklärt worden, für wen sie hier nun eigentlich arbeiten sollten. Alles wurde unter dem Siegel der nationalen Sicherheit verkauft. Doch Adrian glaubte nicht, dass es sich hier um ein Projekt der Vereinigten

Staaten handelte. Selbst die uniformierten Wacheinheiten hatten keinerlei Kennung auf ihren Jacken, keine Militärabzeichen, keine Namensschilder. Faktisch, so überlegte Adrian, waren er und die Anderen hier gefangen. Er hatte die Bewaffnung der Sicherheitsleute gesehen und er vermutete sogar, dass diese Schießbefehl hatten, sollte es jemand wagen, das Lager zu verlassen. So beteiligte er sich nicht an den Gesprächen der Leute hier im Versorgungszelt. Er beschloss erst einmal abzuwarten, was man von ihm verlangte. In der Zwischenzeit würde er die Aktivitäten hier genau beobachten und versuchen herauszufinden, um was es hier eigentlich ging.

***

Überwältigt

Marta Brewster hatte ihre Hausarbeiten fast erledigt. Den ganzen Morgen schon wollte sie diese lästigen Arbeiten bewältigen, doch erst hatte ihre Freundin Larissa angerufen. Nach über einer Stunde endlosem Geplapper gelang es Marta schließlich ihre Freundin abzuwimmeln. Nachdem sie genervt das Telefonat beendet und sich in der kleinen Küche einen frischen Kaffee gebrüht hatte, setzte sie sich in ihren Lieblingssessel und schaltete den Fernseher ein. Dort lief gerade einer ihrer Lieblingssendungen und so vergingen weitere Stunden. Als sie dann auf die Uhr sah, erschrak sie. Wo war der Morgen geblieben? Sie hatte doch noch einige Dinge einzukaufen. Sie sprang auf, trug die leere Kaffeetasse in die Küche und eilte dann ins Bad. Ein kurzer Blick in den Spiegel genügte, um festzustellen, dass ihre Frisur für den bevorstehenden Einkauf gut genug war. Nachdem sie sich ihre Einkaufstasche gegriffen und die Autoschlüssel vom Haken an der Tür genommen hatte, verließ sie die Wohnung. Fast drei Stunden später betrat sie wieder ihre Wohnung. Im Supermarkt war einiges los gewesen. Gerade als sie zur Kasse gehen wollte, erzitterte der Markt und der Strom fiel für einen Moment aus. Die Menschen sahen sich verwirrt um und jeder schien das Bedürfnis zu verspüren, über dieses leichte Beben zu sprechen. Hier in New York City waren Erdbeben nicht üblich und das beunruhigte die Menschen. So standen die Leute zusammen und diskutierten aufgeregt. Marta beteiligte sich natürlich an diesen Gesprächen. Es war doch aufregend, so ein Beben zu erleben. Nach einer Weile erschlaffte jedoch das Interesse an den Gesprächen. Es war alles gesagt und Marta machte sich auf den Nachhauseweg. Als sie ihre Wohnung betrat, bemerkte sie, dass noch ziemliche Unordnung herrschte. Glenn, ihr Mann, würde nicht erfreut sein, wenn er nach Hause kommen und ein Chaos vorfinden würde. Er würde sie fragen, was sie den ganzen Tag getrieben hätte, und das wollte sie vermeiden. Eilig räumte Marta ihren Einkauf in den Kühlschrank. Danach ging sie hinüber ins Wohnzimmer und begann dort Ordnung zu machen. Gerade als sie eine Wolldecke, mit der sie sich gestern Abend vor dem Fernseher eingekuschelt hatte, ordentlich zusammenfaltete, nahm sie eine Bewegung vor dem Fenster wahr. Sie legte die Decke zur Seite und ging näher an das Fenster heran. Sie schob die Gardine ein wenig zur Seite und schaute nun, was dort draußen vor sich ging. Erst auf den zweiten Blick sah sie den Mann. Einen Moment starrte sie auf die zerlumpte Gestalt, die hinter einem Busch kauerte. Was wollte der Kerl? Beabsichtigte er einen Einbruch oder lauerte er jemandem auf. Auf jeden Fall gehörte er nicht hierher. Nun kamen die Penner schon in die Wohngebiete. Das ging gar nicht! Wo sollte das hinführen? Entschlossen drehte sich Marta um und lief in den Hausflur. Dort stand das Telefon auf seiner Ladestation. Schnell tippte sie die Nummer 911 ein und gleich darauf meldete sich ein Operator am anderen Ende der Leitung.

»Hier ist die Notrufzentrale. Welchen Notfall haben Sie zu melden?« »Vor unserem Haus versteckt sich ein Mann hinter einem Busch. Vielleicht will der jemanden überfallen, oder sonst was Schlimmes.« »Beruhigen Sie sich Ma'am, geben Sie mir bitte Ihre Adresse! Ich schicke einen Streifenwagen vorbei.«

***

Tan war erschüttert. Er wusste, dass er sterben würde. Sein Symbiont war gestorben und rieselte nun als grauer Staub von seinem mageren Körper. Er war den anderen in ein Abenteuer gefolgt und nun würde er hier, in diesem merkwürdigen Land sein Ende finden. Er ließ sich auf den Rasen des Vorgartens sinken und rollte sich zusammen. Noch einmal sog er den Duft der grünen Pflanzen ein, berauschte sich an den ungewohnten Farben und machte sich bereit, seinen Ahnen gegenüberzutreten. Tan schloss seine Augen und sandte seinen Geist aus, um die Schattenwelt zu finden. Dort hausten die Ahnen, dort würde er nun hingehen. Ein sich näherndes, lautes Jaulen unterbrach Tans Meditation. Erschrocken richtete er sich auf und spähte um den Busch herum zur Straße. Eine dieser merkwürdigen Kutschen kam direkt auf ihn zu. Der Wagen hatte bunte Lichter auf seinem Dach, die wild blinkten. Dazu jaulte die Kutsche noch immer. Noch ehe Tan reagieren konnte, öffneten sich Türen in dem Wagen und Männer sprangen heraus. Sie waren in blaue Gewänder gekleidet und hielten etwas in ihren Händen. Tan überlegte, ob dieses Etwas vielleicht eine Waffe war. Sofort zog er vorsichtshalber seine Schleuder aus dem Gürtel und legte einen Kiesel in die Wurfschlaufe. Den kleinen Stein hatte er aus einem Lederbeutel gezogen, der an seinem Gürtel baumelte. Grimmig erkannte er, dass es noch nicht Zeit zum Sterben war. Kampf war angesagt und er würde seine Feinde besiegen. Mit einem knurrenden Geräusch sprang er auf und spannte seine Schleuder. In diesem Moment hatten die von Marta gerufenen Polizisten den zerlumpten Mann gesehen und brüllten, er solle seine Waffe fallen lassen. Tan verstand nicht ein Wort und überlegte auch nicht, was die Worte wohl bedeuten mochten. Er ließ seine Schleuder sprechen und streckte damit einen der Blauen nieder. Der Stein hatte den Polizisten an der Stirn getroffen und er ging lautlos zu Boden. Noch bevor Tan den nächsten Kiesel aus dem Beutel gefischt hatte, traf etwas Spitzes seine magere Brust und sein Körper wurde von starken Schmerzen geschüttelt. Natürlich war Tan noch nie von einem Taser getroffen worden, deshalb wusste er auch nicht, was elektrischer Strom war. Hilflos zuckend stürzte er auf seine Knie und kippte dann haltlos auf den sorgsam gepflegten Rasen des Vorgartens. Der noch aktive Polizist ließ seine Taserpistole fallen und stürmte zu dem am Boden liegenden Tan. Grob drehte er diesem seine Arme auf den Rücken und legte dem Mann aus einer anderen Welt Handschellen an. Dann griff er zu dem an seiner rechten Schulter befestigten Mikrofon. Er rief die Einsatzzentrale und bat um einen Krankenwagen und um Verstärkung. Danach erhob er sich und ging hinüber zu seinem bewusstlosen Kollegen. Vorsichtig betastete er dessen blutende Stirn. Erleichtert stellte der Cop fest, dass sein Partner noch lebte und nur eine Platzwunde davongetragen hatte. Wenige Minuten später gellten erneut Sirenen in dem Wohnviertel. Der angeforderte Krankenwagen erreichte eine Minute vor den Polizeiwagen die Wohnstraße. Inzwischen war der getroffene Polizist aus seiner Ohnmacht erwacht. Er saß benommen auf dem Gehweg und fragte sich, wovon er eigentlich getroffen worden war. Zwei Sanitäter kamen angerannt und kümmerten sich sofort um den Verletzten.

Tan indessen versuchte nicht zu verstehen, welche Waffe ihm diesen grässlichen Schmerz zugefügt hatte. Der Schmerz war wieder gegangen und er konnte keine Wunde fühlen. Leicht benommen versuchte er sich aufzusetzen, doch ein weiterer Blauer hinderte ihn daran. So blieb ihm nichts anderes übrig, als zu beobachten, was um ihn herum geschah. Nach einer Weile näherten sich zwei Blaue und Tan machte sich bereit, sich zu wehren. Natürlich würden sie ihn nun foltern, um herauszufinden, wo sein Clan lagerte. Wenn er dieses Geheimnis preisgab, würden ihn die Blauen anschließend töten. Gefangene wurden niemals gemacht, da Nahrung knapp war und nicht an Feinde verschwendet wurde. Tan nahm natürlich an, dass diese für ihn universelle Regelung überall galt. So würde er schweigen, bis in den Tod, der eh nicht mehr lange auf sich warten lassen würde. Schließlich war der Pilz gestorben.

Doch es kam anders, als von Tan erwartet. Die Blauen packten ihn und stellten den verdutzten Tan auf seine Füße. Dann schleppten sie ihn, mehr oder weniger, zu einer der merkwürdigen Kutschen. Dort wurde er durch eine Luke ins Innere geschoben. Der Mann aus einer anderen Welt konnte nicht fassen, wie komfortabel diese Kutsche war. Er lag auf einer mit dunklem Leder bezogenen Bank, die äußerst bequem war. Für eine Sekunde vergaß er, dass man ihn gefangen hatte. Er hatte bei seinem Wohlbefinden nicht bemerkt, dass die Blauen vorne im Wagen Platz genommen hatten. Auf einmal setzte sich das Ding in Bewegung. Tan war noch nie in einer Kutsche gereist und richtete sich vorsichtig auf. Er spürte bei der Fahrt keinen Wind und bestaunte die durchsichtigen Fenster. Auch Glas kannte er nicht. Die Männer vor ihm unterhielten sich in einer fremden Sprache und manchmal antwortete die Kutsche ihnen. War sie lebendig, oder warum konnte die Kutsche sprechen? Dass es sich hier um den Polizeifunk handelte, konnte Tan nicht wissen. Für ihn schienen sich die Blauen nicht mehr zu interessieren. Das war Tan nur recht und so nutzte er die Gelegenheit aus, zu schauen, wohin die Reise ging. Was er sah, wollte nicht in sein Weltbild passen. Auf den breiten Wegen bewegten sich unzählige Kutschen, die vielfältige Formen und Farben besaßen. Am Rand der Wege reihten sich diese Bauten auf, die aus Stein zu sein schienen. Es waren aber auf keinen Fall Höhlen, sondern etwas anderes. In Tans Sprache gab es kein Wort für Haus, da es in seinem Lebensumfeld keine Häuser gab. Er vermutete zwar, dass dort die Fremden wohnten, wusste es aber nicht sicher. Er konnte sich nicht vorstellen, dass es so viele Leute geben konnte. Nahrung war knapp und selten. Wie konnte man so einen großen Clan denn nur ernähren? Gab es hier viele Jäger? In diesem Moment führte der Weg über ein großes Wasser und Tan starrte mit offenem Mund auf die weite Wasserfläche. Auch dort tummelten sich Fahrzeuge. Wie konnten denn nur so große Dinge auf dem Wasser schwimmen, ohne unterzugehen? Dann hatten sie die Brücke, Tan wusste natürlich auch nicht, was eine Brücke war, überquert, als ihre Kutsche von dem breiten Weg abbog. Sie fuhren nun zwischen den Steinzelten hindurch, wie Tan Häuser nun für sich bezeichnete, und hielten kurz darauf vor einem dieser Zelte an. Die Blauen stiegen aus der Kutsche und kamen zu seiner Luke. Die Tür wurde geöffnet und einer der Cops sagte zu Tan:

»Komm schon mein Freund. Aussteigen. Los gehts!«

Tan verstand nicht ein Wort des Polizisten, doch er verstand, was der Mann wollte. Da er nun neugierig war, was geschehen würde, bedauerte er es doch sehr, die bequeme Bank verlassen zu müssen. Er fügte sich seinem Schicksal und rutschte geschmeidig vom Rücksitz des Streifenwagens. Gleich darauf stand er vor den Polizisten und schaute diese fragend an. Er hatte seine Scheu vor dieser merkwürdigen Welt verloren und Wissbegier hatte Tan wie ein Fieber infiziert. Die beiden Polizisten packten den zerlumpten Mann an den Armen und führten ihn in ihre Polizeiwache. Staunend betrat Tan zum ersten Mal ein Haus. Sein Kopf ging hin und her und seine Sinne konnten die Vielfalt an Neuem nicht auf einmal bewältigen. Die Polizisten meldeten ihre Festnahme an der Rezeption und brachten ihren Gefangenen erst einmal in die Arrestzelle der Police Station. Man würde sich später mit dem Penner beschäftigen. Schließlich war er nicht der erste Obdachlose, den sie verhaftet hatten.

***

Fragen und Erkenntnisse

Wie Raumfahrer auf einer fremden Welt standen sie, in Strahlenschutzanzüge gehüllt, vor der Wand des Goldbunkers. Nur Walt hatte sich in die Hocke gesetzt und betrachtete die Spuren eines Fahrzeuges, das seinen Gummiabrieb auf dem Fußboden hinterlassen hatte. Die Spuren endeten an der Wand, die aus stabilem Stahlbeton bestand. Er rätselte noch immer, wie dies möglich sein konnte. Seine besonderen Sinne hatten die Wand durchdringen, aber nur massiven Granit hinter der Wand ertasten können. Fluchend erhob er sich und stemmte seine Fäuste in die Seiten. Mürrisch sagte er laut:

»Das gibts doch nicht! Die Wand ist stabil. Dort gibt es keine versteckten Türen, ja nicht einmal einen Tunnel oder Hohlraum hinter der Wand. Dort ist nur Fels. Also, wie geht das? Wie haben die Kerle es geschafft durch die Wand zu kommen, ohne diese zu beschädigen?«

Nachdenkliches Schweigen schlug ihm entgegen, bis unerwartet der angebliche Wachmann, der BND Agent Thore Klausen, laut überlegte:

»Wenn es nicht zu weit hergeholt wäre, würde ich sagen, wir haben es hier mit einer sogenannten Nanowand zu tun. Aber das gibt es bisher nur in Science Fiction Romanen.«

»So falsch finde ich diesen Denkansatz gar nicht«, warf Hanky ein. »Was, wenn man die atomare Struktur einer Wand verändern könnte? Wäre es dann vielleicht möglich, so eine Wand zu durchschreiten wie bei einem Nebel?«

»Nicht zu vergessen«, wandte nun FBI Spezialagent Roger Thorn ein, »der Raum ist immerhin verstrahlt. Vielleicht bist du auf dem Weg, das Rätsel zu lösen, Hanky.«

»Auf jeden Fall muss das Beben der Luft, dieses Vibrieren etwas mit dem Raub zu tun haben«, bemerkte Thore.

Hanky dreht sich zu dem Wachmann um, wollte sich mit der flachen Hand gegen die Stirn schlagen, was durch das Vorhandensein des Schutzhelmes unmöglich war. So ließ er seine Hand wieder sinken und sagte stattdessen mit aufgeregter Stimme:

»Natürlich, die Vibration. Dass ich nicht daran gedacht habe. Männer, wir müssen einen anderen Ansatzpunkt für unsere Ermittlungen finden. Wir können noch bis in alle Ewigkeit vor dieser Wand stehen, ohne dass wir herausfinden, was hier geschehen ist. Fakt ist, Gold im Wert von vielen Milliarden wurde gestohlen. Das ist eine riesige Menge und von einem normalen Raub kann hier nicht gesprochen werden. Da steckt viel mehr dahinter. Wer kann Interesse haben, das Gold an sich zu bringen? Diese Frage müssen wir uns stellen. Was macht man mit so viel Gold? Die Gangster, wenn wir jetzt mal so nennen wollen, können solche Mengen unmöglich in den Handel bringen. Also wozu das Ganze? Der Raub kann nur politische Gründe haben. Die Weltwirtschaft steht auf dem Spiel und natürlich damit auch die Wirtschaft der USA. Wenn wir herausfinden, wer Interesse an solch einem Coup haben könnte, wer Vorteile davon hat, dann sind wir der Lösung ein gutes Stück näher. Außerdem müssen wir überprüfen, wie weit dieses Beben zu spüren war.«

»Wo steht der nächste Seismograf?«, fragte Thore.

Die Männer sahen sich fragend an und es war Hanky, der erneut das Wort ergriff:

»Wir müssen einiges besprechen, ehe wir mit den Ermittlungen beginnen. Dazu schlage ich vor, dass wir uns in meinem Appartement zusammensetzen. Dort sind wir ungestört und können ohne mögliche Zuhörer unsere Strategie entwickeln. Zu dem üblichen

Kreis der Eingeweihten sollten wir Richard Miller dazuholen und natürlich Mister Klausen, der ja schon involviert ist. Mister Klausen, wie sieht es aus? Sind Sie dabei?«

»Thore bitte«, antwortete der Angesprochene. »Natürlich bin ich gerne bereit zu helfen. Doch lassen Sie mich eines vorwegsagen. Ich habe bei meiner Tätigkeit hier nie gegen die Interessen der USA gearbeitet. Mir liegt dieses Land genauso am Herzen wie Ihnen, meine Herren. Ich bedanke mich für die Chance, die Sie mir mit diesem Angebot bieten.«

»Na, wir werden sehen«, warf Walt mit einiger Skepsis ein. »Ich veranlasse, dass Sie für heute von Ihrem Dienst freigestellt werden. Nach der Dekontaminierung unserer Anzüge lassen Sie Ihre Uniform bitte hier. Zivil ermittelt es sich am besten.«

»Das hatte ich sowieso vor, Mister Kessler. Außerhalb der Bank trage ich nie Uniform.«

»Na, dann wäre das wenigstens geklärt«, kommentierte Hanky das Wortgeplänkel der beiden Männer ironisch und lächelte dabei zum ersten Mal seit Stunden.

»Na dann wollen wir mal«, sagte Roger Thorn und verließ ohne weiteren Kommentar als Erster den Goldbunker. Er hatte der kurzen Diskussion nur am Rande zugehört und intensiv über den Goldraum nachgedacht. Waren sie wieder einmal einer Verschwörung auf der Spur? Bestimmt! Nur Leute mit enormen finanziellen Mitteln konnten solch einen Raub planen und erfolgreich durchführen. Es war nun schon einige Jahre her, dass er eine Verschwörung aufgedeckt hatte. Damals hatten Nazis versucht, die Vereinigten Staaten von Amerika unter ihre Kontrolle zu bringen. Bis in höchste Regierungskreise waren Männer und Frauen in diesen Putschversuch verstrickt. Viele, bis dahin renommierte Politiker waren am Ende in den Staatsgefängnissen gelandet und würden bis zu ihrem Lebensende dort bleiben. Gab es erneut Politiker, die sich zusammengefunden hatten, um das Land unter ihre Kontrolle zu bringen? Roger hoffte, dass dies nicht der Fall war, auch wenn er mit der amtierenden Regierung und diesem verrückten Präsidenten nicht einverstanden war. Aber das spielte bei seiner Arbeit als Spezialagent des FBI keine Rolle. Für ihn standen die Bürger, die normalen Menschen im Vordergrund. Roger hoffte, dass er sich in seinen Vermutungen täuschte, doch seine Hoffnungen sollten sich nicht erfüllen. Es dauerte noch gute vierzig Minuten, ehe die Männer endlich das Bankgebäude verlassen konnten. Als sie auf dem Gehweg vor der Bank standen, atmete Walt geräuschvoll auf. Dann, seiner pragmatischen Art folgend, zog er sein Handy aus der Hosentasche und tippte auf eine Kurzwahltaste. Kurz darauf wurde er verbunden. Ohne eine große Erklärung sagte Walt nur:

»Richard, wir treffen uns bei Hanky! So in zwanzig Minuten. Okay?«

Nach einer kurzen Bestätigung des Reporters beendete Walt das Gespräch. Hanky hatte unterdessen in seiner Wohnung angerufen und seiner Verlobten Carmen ihr Kommen angekündigt. Thore stand schweigend daneben. Er spürte, dass er hier eine besondere Gruppe von Männern vor sich hatte. Diese Leute verfügten offenbar über eine enorme Macht, was ihr selbstsicheres Auftreten belegte. Das waren keine gewöhnlichen Ermittler. Er war hier der Außenseiter, das war ihm klar. Dennoch war er froh, diese Leute getroffen zu haben. Nun war er gespannt, wie es weitergehen würde. Doch noch mehr interessierte es ihn, was diese Männer so besonders machte. Erstaunt sah er auf, als ein schwarzer SUV direkt vor ihnen anhielt. Hanky und die anderen gingen zu dem Wagen und Walt winkte ungeduldig Thore herbei. Er hatte nicht registriert, dass einer seiner neuen Kollegen ein Fahrzeug bestellt hatte. Als sich die Türen des SUV schlossen, sagte Hanky nur:

»Zu meiner Wohnung.«

Der Fahrer nickte und fuhr los. Während der Fahrt herrschte Schweigen im Wagen und Thore nutzte die Zeit, um nachzudenken.

***

Gespanntes Beobachten

Kaum war der Lastwagen aus dem Licht herausgefahren, stoppte er. Männer in Schutzanzügen eilten herbei und zogen Hochdruckschläuche hinter sich her. Der Fahrer und sein Beifahrer verließen den Lastwagen. Auch sie trugen Schutzanzüge. Sie liefen durch die Halle und verschwanden in einem Container. Zur gleichen Zeit öffneten die Männer, die nun dicht am LKW standen, ihre Schläuche und eine weiße Flüssigkeit verteilte sich über das Fahrzeug.

Salvatore und seine Kumpane verfolgten das Geschehen, das sich unter ihnen in der Lagerhalle abspielte.

»Was machen die da?«, fragte Salvatore und bemerkte zuerst nicht, dass er seine Frage laut ausgesprochen hatte.

»Sie entfernen etwas Radioaktives«, vermutete Frank. »Ich hab so was schon einmal in einem Bericht im Fernsehen gesehen.«

Wieder sahen die Gangster nach unten zu dem Lastwagen und hätten beinahe vergessen, dass man sie von unten in der Halle auch sehen könnte. Alfredo bemerkte ihr unvorsichtiges Verhalten und flüsterte besorgt:

»Mensch, weg vom Fenster! Wollt ihr, dass wir entdeckt werden?«

Sofort zogen sich die Mafiosi von dem Fenster zurück. Natürlich hatte Alfredo recht und sie waren unvorsichtig gewesen. Dennoch war es wichtig zu wissen, was der Lastwagen geladen hatte. Doch niemand öffnete den Kastenaufbau des Transporters. Die Wäsche des LKW zog sich dahin und die Gangster wurden unruhig. Alfredo ging in den hinteren Teil des Büros und rief die Anderen zu sich. Kaum standen sie vor ihm, verkündete er, worüber er nachgedacht hatte:

»Männer, wir wissen nicht, was dort unten in der Halle vor sich geht. Es ist auch egal, warum der Lastwagen aus dem Licht kam und wieso dieser, wie Frank meint, anscheinend verstrahlt ist. Was ich weiß, ist, dass die Kerle dort unten etwas Wertvolles abtransportieren. Sonst wären sie nicht so schwer bewaffnet, oder? Also, hier können wir nichts mehr ausrichten. Aber ich kann euch sagen, was wir tun können. Wir verfolgen einen Truck, der die Halle verlässt und bei einer günstigen Gelegenheit schnappen wir uns den Lastwagen. Dann können wir immer noch sehen, welche Ladung sich darin befindet. Na, was meint ihr?«

Die Mafiosi stimmten Alfredo sofort zu und Salvatore ärgerte sich, dass nicht er auf diese Idee gekommen war. Nach einem letzten Blick hinunter in die Halle schlichen die Gangster aus dem Büro. Bemühten sich, so leise es eben ging, die Treppe nach unten zu gehen, und standen schließlich wieder vor der Halle. Nun rannten sie an der Halle entlang, bogen um die Ecke und eilten über das Trümmergrundstück, zurück zu ihrem Auto. Hastig stiegen sie ein und fuhren zurück zur Straße. Ohne sich ihrer Dreistigkeit bewusst zu sein, fuhren sie bis zur Vorderseite der Halle und Frank parkte ihren Wagen gleich in der Einfahrt des nächsten Grundstückes. Wenn nun ein Lastwagen die Halle verließ, konnten die Gangster diesen gleich sehen. Was sie aber nicht bedachten, war, dass auch sie von den Insassen des LKWs gesehen worden waren. Wieder war es Alfredo, der dies erkannte und auch dieses Mal hatte er eine Lösung parat. Er wies Frank an die Kühlerhaube zu öffnen und stieg selbst aus ihrem Wagen. Dann stellte er sich vor das Auto und schien interessiert in den Motorraum zu schauen. Nun sah der geparkte Wagen aus, als habe er eine Panne, und sein Fahrer versuchte herauszufinden, wo der Fehler war. Diese optimistische Täuschung funktionierte tatsächlich. Nach circa zwanzig Minuten des Wartens öffnete sich das Rolltor der Halle und das Geräusch eines startenden Motors hallte zur Straße. Gleich darauf schob sich der frisch gewaschene Lastwagen ins Freie und bog in Richtung der Gangster ab. Alfredo hantierte unterdessen im Motorraum herum und würdigte den vorbeifahrenden LKW keines Blickes. Dieser bog nach links in die nächste Straße ab und war gleich darauf aus dem Sichtbereich der Gangster verschwunden. Das Hallentor wurde wieder geschlossen und Ruhe kehrte ein. Nun hatte es Alfredo mit einem Mal eilig. Er schloss die Motorhaube, rannte um den Wagen herum und schwang sich dann auf den Beifahrersitz.

»Auf gehts!«, rief er Frank zu, der hinter dem Steuer saß. Gleich darauf startete dieser den Motor und nahm die Verfolgung des Lastwagens auf. Doch die günstige Gelegenheit, auf die Alfredo gehofft hatte, ergab sich vorerst nicht. Als Erstes tauchten zwei Humvees auf. Die militärischen Geländewagen waren wohl der Begleitschutz des Lastwagens. Sie fuhren vor den Gangstern, aus einer Seitenstraße kommend, auf die Durchgangsstraße. Einer der Geländewagen überholte den Truck und setzte sich vor diesen, während der zweite hinter dem Laster blieb. Alfredo beorderte Frank, sich etwas zurückfallen zu lassen, damit sie nicht die Aufmerksamkeit der Begleitfahrzeuge erregten. Die Fahrt ging nach Norden durch die Bronx bis zur Interstate 295, dann über den Hudson River zur Interstate 80 nach

Westen. Die Fahrt auf dem Freeway war nicht schwierig für die Verfolger, da sie auch im Abstand von hundert Metern den Lastwagen und seine Begleiter gut sehen konnten. In der Zwischenzeit hatte Alfredo mit ihrem Boss telefoniert und die Anweisung erhalten, erst einmal an dem Lastwagen dranzubleiben. Wenn sich die Lage ändern würde, dann sollte Alfredo noch einmal telefonieren. Ihm war klar, dass der Boss die Sache fürs Erste nicht an die große Glocke hängen wollte. Je weniger seiner Gangster von dem Lastwagen wussten, umso größer würde sein Profit am Ende sein. Nachdem der Truck das Stadtgebiet von New York City verlassen hatte, folgte er noch einer Weile der Interstate und bog dann überraschend auf die 287 Richtung Norden ab. An Mountain Lakes vorbei, passierten sie dann Boonton und Montvilee. Bei Riverdale wechselte der Konvoi erneut die Straße. Er fuhr von der Interstate ab und rollte langsamer werdend über die Landstraße 23. Nach einer halben Meile bog der Lastwagen gegenüber dem Riverdale Square Shopping-Center nach links ab. An einer Apartmenthaussiedlung vorbei fuhr der Truck zum Par View. Die Mafiosi konnten nicht erkennen, wohin der Lastwagen steuerte, da einer der Humvees direkt an der Ausfahrt geparkt hatte und anscheinend nach Verfolgern Ausschau hielt. Frank hatte schnell genug reagiert, als er den parkenden Geländewagen sah. Er steuerte ihr Fahrzeug auf den Parkplatz der Shopping Mall und hielt nun ebenfalls an. Alfredo begann heftig zu fluchen, während Frank aus dem Auto stieg und sich umschaute. Er sah gerade noch, wie der Lastwagen am Ende der Wohnsiedlung, rechts hinter dem letzten Wohnblock, aus seinem Sichtbereich verschwand. Dann stieg er wieder in den Wagen und berichtete von seiner Beobachtung. Alfredo sah noch einmal hinüber zu dem Humvee an der Abzweigung zur Wohnsiedlung. Mit einem leichten Grinsen sagte er dann:

»Ich glaube, der Lastwagen hat sein Ziel erreicht. Solange der Humvee dort drüben parkt, können wir nicht herausfinden, wo genau er entladen wird. Aber das finden wir später noch heraus. Ich glaube, wir haben uns nun eine kleine Pause verdient. Frank, fahr noch etwas näher an die Mall heran. Dort fallen wir nicht weiter auf. Also los, ich könnte jetzt gut einen Burger vertragen.«

***

Erster Übertritt

New Mexico – irgendwo in der Wüste – circa 4 Monate zuvor

Sie hatten viele Wochen trainiert. Jeder Tag fühlte sich an wie in einem Ausbildungslager der Spezialeinsatzkräfte. Doch jeden Tag fühlten sich die Männer besser, stärker, ja beinahe jünger. Unzählige Hämatome, Schürfwunden und Muskelkater waren vergessen, als es endlich hieß: Morgen beginnt der erste Einsatz.

Frederic Stanford, der Prospektor, hatte sich gut in die Gemeinschaft des Lagers eingefügt. Vergessen waren seine Ängste, hier gefangen, eingesperrt zu sein. Nein, er war nun ein Mitglied einer ganz besonderen Gruppe. Doch es war ihm bisher nicht gelungen, etwas über ihre bevorstehende Mission zu erfahren. Auch seine Kameraden rätselten, warum sie dieses Training absolvieren mussten. Man hatte sie sogar in einer Art von Raumanzügen in die Wüste geschickt. Schon alleine der Lehrgang, in dem die Handhabung der Schutzkleidung erläutert wurde, hatte ihre Spekulationen angeheizt. Wollte man sie zu einem anderen Planeten bringen? Steckte die NASA hinter dieser Ausbildung oder gar das Militär? Adrian Larson sah die beschwerliche Ausbildung mit anderen Augen. Er traute diesen Leuten hier nicht und fühlte, wie sich sein Magen meldete, wenn diese wieder eine Phrase über ihre angebliche besondere Qualifikation und ihren herausragenden Status in der Gesellschaft predigten. So einen Quatsch brauchte er nicht, und wenn er seine Kollegen anschaute, dann war er sich sicher, dass sich hier keine Elite zusammengefunden hatte. Die ständige Geheimniskrämerei nervte ihn zusätzlich. Die Gerüchteküche brodelte, wohl auch von der Lagerleitung initiiert, was die Männer bei der Ausbildung fokussiert halten sollte. Vor einigen Tagen war eine neue Gruppe im Lager eingetroffen. Diese Leute bewohnten einen besonderen Bereich des Lagers, zu dem man nur mit einer speziellen Ausweiskarte Zugang bekam. Auch hier wurden neue Gerüchte gestreut. Bei den »Neuen« sollte es sich um Wissenschaftler handeln und ein gewisser Professor Dr. Ron Bedard war Chef der Gruppe. Adrian hätte gerne mehr über diesen Professor erfahren, doch die Ereignisse der kommenden Tage boten für Nachforschungen keinen Raum.

Der nächste Morgen begann wie immer. Die Männer diskutierten beim Frühstück, welches Training für den heutigen Tag wohl anstand. Keiner ahnte, dass die Tage der Vorbereitung vorbei waren. Noch während die Männer ihre Morgenmahlzeit verzehrten, betraten mehrere Uniformierte und ein Zivilist das Versorgungszelt. Ein Rednerpult wurde hereingetragen, hinter dem der Zivilist Aufstellung nahm. Es wurde still im Zelt und nur das Geräusch der immer laufenden Stromaggregate drang von draußen herein. Gespannt schauten die Männer zu dem Zivilisten, den noch niemand zuvor im Lager gesehen hatte. Der Mann schaltete das Mikrofon am Rednerpult ein, und nach einem kurzen Knackgeräusch begann er zu sprechen.

»Guten Morgen! Ich darf mich Ihnen kurz vorstellen. Mein Name ist Ron Bedard und ich bin der wissenschaftliche Leiter dieser Mission. Sie haben ein hartes Training hinter sich gebracht und ich bin mir bewusst, dass Sie sich gefragt haben, für was die ganze Schinderei gut sein soll. Das Training diente ausschließlich dazu, Sie für diese Mission vorzubereiten. Aber ich will Sie nicht länger auf die Folter spannen, sondern erklären, um was es geht. Vor einigen Monaten ist es mir und meinem Team gelungen, eine Versuchsanordnung des Wissenschaftlers Nikola Tesla erfolgreich zu reproduzieren. Wie es zu dieser Wiederentdeckung kam, ist im Moment irrelevant. Fakt ist aber, dass wir ein Portal zu einer anderen Welt, zu einer Parallelwelt, öffnen konnten. Doch wie sich zeigte, ist diese Welt kein Ebenbild unserer Welt. Die Umweltbedingungen sind grauenhaft, doch wir haben die technischen Mittel, uns in dieser anderen Welt zu bewegen. Aus Gründen der Sicherheit kann ich Ihnen dazu leider noch nicht mehr sagen. Die Aufgabe, die sich Ihnen nun stellt, ist, dass Sie sich in der Parallelwelt umsehen und Erfahrungen sammeln. Ehe wir beginnen, unsere eigentliche Mission zu starten, brauchen wir Ihre Erfahrungen. Mit der Ausrüstung sind Sie vertraut und somit können wir beginnen. Folgen Sie nun meinen Mitarbeitern, die Ihnen Ihre Ausrüstung übergeben und Sie in Ihre Aufgabe einweisen. Ich danke Ihnen schon jetzt für Ihren Einsatz.«

Damit trat der Professor hinter dem Pult hervor, nickte den verblüfften Männern kurz zu und verließ danach das Versorgungszelt.

Dafür betraten ihre Trainer, die in den letzten Wochen jeden Einzelnen an den Rand der Leistungsfähigkeit gebracht hatten, das Zelt. Namen wurden aufgerufen und die dazugehörigen Männer begaben sich zu den Trainern. Nach und nach leerte sich das Versorgungszelt.

In ihre Schutzanzüge gehüllt bestiegen die Männer schwere Militärlaster. Die übliche Plane der Ladefläche war entfernt worden und so saßen sie Seite an Seite auf einfachen Holzpritschen. Die Kolonne, bestehend aus Humvees, Lastwagen und zwei Panzern, setzte sich langsam in Bewegung. Adrian saß auf der Ladefläche des dritten Lastwagens. Die Männer um ihn herum sahen sich ängstlich um. Niemand hatte auch nur im Entferntesten daran gedacht, dass sie sich in eine andere Welt begeben würden. Was kam auf sie zu? Ging es hier um Leben oder Tod? Doch noch ehe Panik um sich greifen konnte, rollte der Konvoi an und auf den abgesperrten Bereich des Lagers zu. Der erste Wagen, ein Humvee, fuhr in ein großes Zelt hinein. Gleichzeitig begann die Luft zu vibrieren. Einige Männer schrien angstvoll auf. Der Staub der Wüste wirbelte auf und hüllte die Fahrzeuge in einen ungewissen Nebel. Die Vibrationen verstärkten sich und ein tiefer Basston drang durch die Körper der Männer. Adrian klammerte sich verbissen an die Holzbank und versuchte gleichzeitig die aufkommende Übelkeit zu unterdrücken. Der Staubnebel verschwand in dem Moment, als der Lastwagen in das Zelt hineinfuhr. Ein grelles Licht erfüllte den Zeltraum und Adrian schloss geblendet seine Augen. Nur einen Moment später spürte er einen prickelnden Schmerz, der sofort wieder verebbte. Genauso verschwand das blendende Licht, und Adrian öffnete erleichtert seine Augen. Doch seiner Erleichterung folgte der nächste Schreck. Er sah nach oben und damit einen Himmel, den es so auf der Erde nicht gab. Glutrote Wolken zogen über das Firmament, durchsetzt mit schwefelgelben Feldern, die intensiv leuchteten. Dazu wehte ein böiger Wind, der an seinem Schutzanzug zerrte. Nach einer Weile ließ Adrian seinen Blick nach unten wandern und wunderte sich, dass sie sich noch immer in einer Wüste befanden. Irgendwie hatte er etwas anderes erwartet. Eine tropische Landschaft vielleicht? Er wusste es nicht. Sein Geist hatte zu wenig Zeit gehabt, sich auf diese Situation vorzubereiten. Er schloss kurz seine Augen und fragte sich, ob er vielleicht nur träumte.

***

Was für ein gutes Essen!

Man hatte Tan in eine Zelle gesperrt. Für die Cops war er nur ein weiterer Penner, den sie nun erkennungsdienstlich behandeln mussten. Vielleicht lag ja etwas gegen ihn vor. Auf alle Fälle hatte er einen Beamten angegriffen und verletzt. Dafür würde er auf jeden Fall vor den Richter müssen. Ein Beamter hatte versucht, den Penner zu befragen. Doch dieser sprach eine fremde Sprache und passte auch nicht so recht in das Bild eines normalen Penners. Schon alleine seine Kleidung war merkwürdig. Er trug eine Kombination aus Lumpen und Echsenhaut, was vielleicht einen weiteren Verstoß darstellte. Wie war er an die Echsenhaut gekommen? Doch vor allem stank der Penner fürchterlich. Die Beamten brachten den scheinbar verwirrten Mann nach der nutzlosen Befragung zurück in die Zelle. Dort saß er nun in der hintersten Ecke und schaute ängstlich zu den Beamten, die in regelmäßigen Abständen die Zelle kontrollierten.

Für den Mann aus einer anderen Welt waren die Erlebnisse in diesem fremden Land zu viel. Er hinterfragte nicht mehr, wohin man ihn gebracht hatte. Er verstand diese Welt nicht. Die Blauen hatten ihn immer wieder in einen großen Raum gebracht, der vor Menschen wimmelte. Es war laut und Gefangene wurden in den Raum gebracht, wo die Blauen mit ihnen sprachen. Sogar Frauen waren hier, sogar bei den Blauen. Das Stimmengewirr machte ihn fast verrückt. Dazu klingelte es ständig und die Blauen sprachen in einen Knochen, den sie sich an ihre Ohren hielten. Ein Blauer hatte ihn auf einen Stuhl gesetzt, der sehr bequem war. Tan hatte zwar schon Stühle gesehen, doch in seiner Welt waren sie selten. Man setzte sich einfach auf den Boden, bestenfalls auf ein mit Moos gefülltes Lager. Der Blaue sprach auf ihn ein, doch Tan verstand kein Wort. Diese Sprache war ihm fremd, wenn er auch manchmal dachte, dass die Cave People so ähnlich sprachen. Nur einmal in seinem Leben hatte er einen Mann der Cave People gesehen. Sein Stamm hatte ihn gefangen und die Ältesten wollten Informationen über sein Volk bekommen. Man hatte ihn gefoltert, doch der Gefangene hatte kein Geheimnis verraten. Zwar versuchte er mit den Alten zu sprechen, die jedoch seine Worte nicht verstanden. Schließlich hatte man ihn getötet und den Wungars zum Fraß vorgeworfen. Ja, die Blauen redeten fast wie die Cave People. Ein grausiger Schreck ließ ihn zusammenfahren. Vielleicht hatten die Cave People ihn gefangen. Dann war er verloren und würde seinen Clan niemals wiedersehen. Er fragte sich, wie es wohl seinen Begleitern in diesem fremden Land ergangen war. Würden Dra, Pre, Mot und Fur nach ihm suchen? Er glaubte nicht daran. In diesem Moment wurden die Gitter vor seiner Zelle geöffnet und mehrere Männer von den Blauen in den Raum geschoben. Wildes Geschrei füllte den Raum und Tan drückte sich noch weiter in die Ecke. Waren das auch Gefangene der Blauen? Die Männer, die wild um sich blickten und dabei in der fremden Sprache auf die Blauen einschrien, bemerkten Tan zunächst nicht. Die Gittertür schloss sich und das Geschrei verebbte. Einer der fremden Gefangenen entdeckte schließlich Tan, der in der Ecke kauerte. Der Mann machte die anderen Gefangenen auf den zitternden Tan aufmerksam. Sie umringten den Unglücklichen und musterten ihn wie ein exotisches Tier! Tan zitterte noch mehr und war gleichzeitig wütend, dass er den Feinden seine Angst zeigte. Einer der Männer sagte etwas zu ihm, doch Tan verstand nicht, was der Mann von ihm wollte. So schwieg er und wartete auf sein Ende. In diesem Moment drang eine Stimme von draußen herein und die Gittertür wurde erneut geöffnet. Zwei Blaue betraten die Zelle und riefen etwas. Sofort war das Interesse der anderen Gefangenen an Tan erloschen. Ein merkwürdiger Duft füllte den Raum. Die Blauen reichten jedem Gefangenen eine Tüte, so auch Tan. Der hatte noch nie einen Papierbeutel gesehen und nahm diesen, mit äußerster Vorsicht, von dem Blauen entgegen. Die anderen Gefangenen rissen die Beutel auf und untersuchten dann den Inhalt. Wieder begannen sie zu schreien und die Blauen schrien zurück. Vielleicht gefiel ihnen nicht, was die Blauen verteilt hatten.

Tan jedoch schnüffelte zuerst an der Tüte und öffnete diese dann vorsichtig. Ein nie gekannter Wohlgeruch erreichte seine Nase und Tan bemerkte, wie hungrig er war. Beherzt griff er in den Beutel und zog ein kleines, rundes Brot heraus, das noch warm war. Er kannte Brot, auch wenn es in seiner Welt anders aussah. Zwischen dem Brot erkannte Tan Fleisch, er hoffte, dass es Fleisch war, und konnte sein Glück kaum fassen. Behutsam biss er in das Brot und hätte dabei am liebsten geweint. So ein köstliches Mal hatte er noch nie in seinem Leben kosten dürfen. Ja, es war ihm nicht einmal bewusst gewesen, dass es so gutes Essen gab. Seine Mitgefangenen hatten sich in der Zwischenzeit beruhigt. Sie saßen auf den Bänken und unterhielten sich leise. Sie hatten ihr Interesse an dem zerlumpten Mann verloren und beachteten ihn nicht weiter. Erschöpft schloss der Mann aus einer anderen Welt seine Augen und versuchte die allgegenwärtigen Geräusche seiner Umgebung zu ignorieren. Ohne dass er es bemerkte, schlief er schließlich ein. Doch es war kein erholsamer Schlaf. Bilder des Erlebten geisterten durch seine Träume und sein Verstand versuchte auf diesem Weg, Ordnung in sein geistiges Chaos zu bringen.

Zwei Stunden später wurde die Zellentür erneut geöffnet und die Blauen kamen herein. Sofort wurde es wieder laut in der Zelle. Tan erwachte und sah sich verwirrt um. Noch ehe er begriff, was mit ihm geschah, wurde er von den Blauen gepackt und aus der Zelle geführt. Man brachte ihn in einen anderen Raum, wo weitere Blaue auf ihn warteten. Einer ergriff seine Arme und hielt Tans Hände fest. Ein anderer rieb mit einem feuchten Tuch über Tans Hände, ehe er jeden einzelnen Finger auf eine glatte, spiegelnde Fläche drückte. Ein Licht glomm unter der Fläche auf und er zuckte erschrocken zusammen. Natürlich wusste er nicht, was ein Fingerabdruckscanner war, und selbst, wenn man es ihm hätte erklären können, so würde Tan es nicht verstehen. Danach stellte man ihn vor eine Wand, an der merkwürdige Markierungen angebracht waren und ein Kasten mit einem magischen Auge auf ihn gerichtet war. Danach durfte sich Tan auf einen Stuhl setzen. Gerne hätte er gefragt, ob er noch so ein köstliches Brot bekommen könnte. Doch hier schien sich niemand für seine Bedürfnisse zu interessieren. So wartete er geduldig, was als Nächstes geschah. Die Blauen arbeiteten an fremden Geräten und kümmerten sich vorerst nicht um ihn. Nach einer Weile wurde Tan wieder aus dem Raum geführt und er erwartete, dass man ihn zurück in den Raum, aus dem er gekommen war, bringen würde. Stattdessen fesselte man ihn erneut und brachte ihn aus dem Haus. Dort wurde er schon erwartet und wieder in eine Kutsche gesetzt. Mittlerweile war es dunkel geworden, doch tausende Lichter erhellten die Nacht. Tan war so fasziniert von all dem Licht, dass er mit großen Augen aus dem Fenster des Polizeiwagens, den er für eine Kutsche hielt, schaute. Die Fahrt durch die Stadt war wie ein Wunder und er bedauerte es, dass sie schnell zu Ende war. Der Streifenwagen stoppte vor einem großen Haus und Tan wurde ins Freie gezerrt.

***

Besprechung

Thore war erstaunt, wie gelassen Hankys Freunde mit der momentanen Situation umgingen. Immerhin handelte es sich um den größten Goldraub der Geschichte. Die Leute, die den Raub durchgeführt hatten, wie auch die Hintermänner dieses Coups waren keine normalen Gangster. Nein, sie waren mit Sicherheit gut organisiert und vor allem gefährlich. Was sollte diese kleine Gruppe denn gegen diese Verbrecher ausrichten können? Noch während er grübelte, reichte ihm Hankys Verlobte einen Becher mit dampfenden Kaffee. Die junge Frau, eine Latina, lächelte Thore an und fragte mit einem leichten Akzent:

»Brauchst du Milch oder Zucker?«

Thore war erstaunt, wie locker diese Frau ihn mit »Du« ansprach, was durchaus nicht respektlos war. Er schüttelte nur seinen Kopf und lächelte verlegen zurück. Er saß noch alleine an einem großen Esstisch und kam sich dabei etwas verloren vor. Hanky telefonierte und lief dabei im Zimmer auf und ab, während Walt Kessler und der FBI Agent in Hankys Büro vor einem PC saßen. Gleich darauf ertönte die Klingel und ein weiterer Mann betrat die Wohnung.

Carmen begrüßte ihn herzlich und umarmte den neuen Gast. Sie plauderten einen Moment belanglose Alltäglichkeiten. Dann kam der Fremde in den Raum. Hanky winkte nur kurz und setzte sein Telefonat fort. Der Mann kam nun zu Thore und reichte diesem seine Hand.

»Hallo Mister Klausen«, sagte er und Thore war erstaunt, dass der Mann wusste, wer er war. »Darf ich mich vorstellen? Richard Miller.«

Er nahm wohl an, damit wüsste Thore, mit wem er es zu tun hatte. Richard sah den fragenden Blick seines Gegenübers und lächelte verschmitzt. Er setzte sich neben Thore und auch ihm wurde von Carmen eine Tasse Kaffee gereicht.

»Entschuldigung«, setzte Richard seine Vorstellung fort. »Sie wissen nicht, wer ich bin. Stimmts? Okay, ich bin Reporter bei der New York Times und ein langjähriger Weggefährte von Walt und Hanky. Ja, wir kommen sogar aus der gleichen Gemeinde.«

Ein Reporter, dachte Thore. Wieso lud man einen Reporter zu diesem Meeting ein, wo doch der Goldraub geheim gehalten werden sollte. Wie passte das denn zusammen? Was war das hier für eine Gruppe? Eine leichte Beunruhigung breitete sich in ihm aus. Wie konnte ein Land, eine Supermacht, wie die USA es waren, so einer unkonventionellen Gruppe die Ermittlungen in so einem wichtigen Fall übertragen? Mussten hier nicht die offiziellen Dienste wie das FBI, die NSA oder das CIA tätig werden, oder arbeiteten die Männer für eine dieser Organisationen? Zwar hatten sich Hanky, Walt und Roger Thorn als Mitarbeiter des FBI vorgestellt. Doch stimmte das? Er hatte sich FBI Beamte anders vorgestellt. Das Bild, das die Bevölkerung von den Agenten hatten – dunkler Anzug, Sonnenbrille und so – passte hier überhaupt nicht. Außer Agent Thorn waren die anderen sehr lässig gekleidet und Thore hatte bei Walt und Hanky auch keine Dienstwaffe am Gürtel gesehen. Richards Stimme riss Thore aus seinen Betrachtungen.

»Mister Klausen, oder darf ich Thore sagen?«

Dieser nickte nur verlegen und wandte sich nun dem Reporter zu.

»Also Thore, Sie wundern sich bestimmt über unsere Gruppe. Sie werden schnell merken, dass Sie sich hier bei besonderen Leuten befinden. Dennoch freut es mich, dass Sie mit dabei sind. Ich weiß zwar noch nicht, was genau in der Bank geschehen ist, doch Ihre Anwesenheit zeigt mir, dass wir dort einen Insider brauchen. Na ja, Hanky wird mir gleich die Fakten nennen.«

Wie auf ein geheimes Stichwort beendete Hanky sein Gespräch und kam zum Tisch. Er begrüßte den Reporter mit einem Klaps auf die Schulter und setzte sich ans Kopfende des Tisches. Vor ihm lagen, wie an jedem Sitzplatz, ein Schreibblock und ein Stift. Er notierte kurz einige Worte und rief dann laut:

»Walt, Roger, kommt ihr?«

Eine Minute später kamen die beiden Männer in den Raum und setzten sich. Carmen hatte auch Platz genommen und Thore wartete nun gespannt, wie dieses Meeting ablaufen würde. Hanky ergriff das Wort und informierte als Erstes den Reporter über die Vorfälle in der Bank. Richard Miller wurde blass, als er begriff, welche Konsequenzen dieser Raub für die Weltwirtschaft bedeuten würde. Danach begrüßte er Thore noch einmal in der Runde, der nur still den Konferenzteilnehmern zunickte. Er wusste im Moment nicht, was er hätte sagen sollen. So blieb er still und wartete ab. Nun kam Hanky zu dem eigentlichen Thema ihres Zusammentreffens:

»Wir müssen herausfinden, wie es möglich war, aus einer der sichersten Einrichtungen weltweit die dort eingelagerten Goldreserven vieler Nationen zu stehlen. Dazu müssen wir ermitteln, wer Interesse daran hat, solch einen Raub durchzuführen. Was war die Motivation? Dieser Raub ist so gigantisch, dass es nur an zweiter Stelle um das Gold gehen kann. Die Goldmenge an sich ist nicht zu verkaufen. Also stellt sich die Frage nach dem wirklichen Motiv. Was wollen die Hintermänner der Diebe erreichen? Es kann nur eine Antwort geben, und die ist politisch. Wer dieses Gold nun besitzt, wenn auch unrechtmäßig, besitzt ein Druckmittel von ungeheurer Stärke. Hier müssen wir mit unseren Ermittlungen beginnen. Gleichzeitig ist es wichtig, das geraubte Gold wiederzufinden. Dazu müssen wir unser Handeln ausrichten. Ich schlage vor, dass Richard seine Quellen vorsichtig befragt und nach politischen Außenseitern oder Gruppen fahndet, die in der Lage sein könnten, diesen Raub politisch auszunutzen. Thore, Sie ermitteln umsichtig, was sich in der Bank abspielt, wer unangemeldet in der Bank auftaucht oder sich nach den Goldreserven erkundigt. Nach zwei bis drei Tagen müssten wir hier schon mehr wissen und dann werden wir sehen, wie es weitergeht. Eine Bitte noch! Unterrichten Sie nicht Ihre Regierung oder Ihre übergeordnete Dienststelle. So, Walt, Roger, was habt ihr bisher herausgefunden?«

Noch bevor der FBI Agent sprechen konnte, ergriff Walt das Wort.

»Thore hat uns einen wichtigen Hinweis gegeben. Er fragte noch in der Bank nach den Standorten von Seismografen. Tatsächlich gibt es im weiteren Umfeld von New York City insgesamt vier Geräte, die für uns interessant sind. Wir haben die entsprechenden Stellen angerufen. In New Jersey, Pennsylvania, Connecticut und Massachusetts hat man das Ereignis in Manhattan aufgezeichnet. Wichtiger ist dabei, was die Institute außerdem registriert haben. Schon seit Tagen gab es Erschütterungen, wenn auch nicht so heftige wie heute früh.«

Thore nickte zustimmend und sagte zum ersten Mal etwas zu dem Thema. Er räusperte sich kurz, ehe er zu sprechen begann:

»Also hat sich meine Vermutung bestätigt. Das Beben der Luft, dieses furchtbare Zittern musste einen Ausgangspunkt haben. Was auch immer das Beben ausgelöst hat, konnte nicht im Granitfelsen, der den Goldbunker umgibt, zu finden sein. Also musste es an einem anderen Standort ebenfalls gebebt haben. So weit meine Theorie.«

»Um die Theorie unseres neuen Mitstreiters zu erhärten, sollten wir uns einmal den Ort der Beben ansehen. Gibt es eine Adresse zu den Daten?«, fragte Hanky.

Nun ließ sich Roger Thorn nicht mehr von Walt überrumpeln. Er hielt ein Blatt Papier in die Höhe und verkündete:

»Ja, die gibt es, und zwar in der südlichen Bronx. Dort ist ein altes Industriegebiet mit Lagerhallen und Ruinengrundstücken, die sich in einem maroden Zustand befinden. Der ideale Ort, um sich zu verstecken. Permanent finden dort Abbrucharbeiten statt und so kümmert sich kein Mensch um einige Erschütterungen. Unser Ziel ist die Ryawa Avenue Ecke Manida Street, direkt gegenüber der alten Ölraffinerie.«

»Dann wollen wir uns dort einmal umschauen. Auf gehts meine Herren! Thore, da es bereits Abend ist und die Bank geschlossen hat, kannst du uns begleiten, wenn du willst!«, kommentierte Hanky Rogers Ausführungen.

»Und ob ich will«, sagte Thore und hätte beim Aufstehen beinahe seinen Stuhl umgeworfen.

***

Unerwartete Entdeckung

New Mexico – irgendwo in der Wüste – circa 4 Monate zuvor – Teil 2

Die Männer des Wachkommandos waren nicht zum ersten Mal in der fremden Welt. Gleich nachdem es Professor Ron Bedard gelungen war, das Portal zu öffnen, waren die Security-Spezialisten, die unter der Leitung von General Steven Crowe standen, als Erste hindurchgegangen. Zwölf Söldner, in spezielle Kampfanzüge gehüllt, die den gebräuchlichen Strahlenschutzanzügen weit überlegen waren, schritten in soldatischer Kombatanordnung durch das Lichttor. Ohne sich von der fremdartigen Umgebung ablenken zu lassen, marschierten die Männer, ihre Waffen schussbereit erhoben, langsam über den steinigen Boden. Heftige Windböen zerrten an den Männern, die permanent ihre Umgebung musterten. So liefen sie eine Viertel-Meile in die Wüste hinein. Bisher war alles ruhig, von dem Wind einmal abgesehen. Ihre Mikrofone übertrugen nur natürliche Geräusche und den knirschenden Sand unter ihren Schuhen. Vor einer kleinen Anhöhe blieb der Trupp stehen und wartete auf die Anweisung ihres Squadführers. Dieser drehte sich um und erkannte in der Ferne das helle Leuchten des Portals. Beruhigt, dass der Zugang zu ihrer Welt noch offen war, wandte er sich seinen Soldaten zu. Ohne sein Mikrofon, das über eine Bluetoothfunktion mit den anderen Truppmitgliedern verbunden war, gab er mit seiner Hand ein stilles Zeichen. Vorerst wollte man sich mit großer Vorsicht durch das fremde Gelände bewegen. Die Söldner reagierten auf das Zeichen und gemeinsam stiegen sie langsam den Hügel hinauf. Fremdartig aussehende Büsche streckten ihre dornigen Äste weit von sich. Die Söldner hatten den Eindruck, die Äste würden nach ihnen greifen. Geschickt wichen sie den fremden Gewächsen aus. Wer konnte schon wissen, welche Gefahren auf dieser Welt drohten. Mühsam, durch ihre Schutzanzüge behindert, erreichte der Trupp schließlich die Anhöhe. Sie konnten nun weit in das öde Land schauen, das sich von den Wüsten der Erde merklich unterschied. Die Felsformationen schienen schroffer als gewohnt. Das Geröll und der bleifarbene Sand verstärkten diesen Eindruck. Kein Tier war zu sehen und beim Blick nach oben irritierten die schnellziehenden Wolken, die bedrohlich rot leuchteten. Schwefelgelbe Schlieren teilten die Wolken und bewegten sich konträr zur Zugrichtung der Wolken. Die Söldner betrachteten die bizarre Landschaft eine Weile, ehe ihr Truppführer das Signal zum Rückzug gab. Beim Abstieg vom Hügel geschah es dann. Der vorderste Söldner geriet ins Rutschen. Seine Stiefel verloren den Halt im lockeren Sand. Mit wild rudernden Armen versuchte er sein Gleichgewicht zu halten. Dabei fluchte er laut und bemerkte dabei nicht, dass er sein Mikrofon eingeschaltet hatte. Die Funkstille war gebrochen und das komplette Team hörte sein Geschrei. In diesem Moment teilte sich der Sand unmittelbar vor dem rutschenden Söldner. Ein flacher, schuppenbesetzter Kopf schob sich aus dem Boden. Einer der Männer beschrieb den Kopf später als echsenartig. Dem Kopf folgte ein breiter, ebenfalls flacher Körper, auf den der Soldat zurutschte. Nun schrie der Söldner angstvoll, als er das Tier sah, das sein zahnbewehrtes Maul aufklappte. Doch noch ehe das Biest den Mann angreifen konnte, zerriss das knatternde Geräusch einer Maschinenpistole, das eintönige Geräusch des ewigen Windes. Das Tier wurde von der Salve der Maschinenwaffe förmlich zerteilt. Gelbliche Flüssigkeit, wohl das Blut der Kreatur, sickerte in den grauen Sand. Die Söldner unterdessen rannten zu ihrem geschockten Kameraden, griffen ihn unter den Armen und zogen ihn den Hügel hinunter. Der Truppführer wartete, bis der letzte seiner Männer den Hügel verlassen hatte. Ohne besonderen Grund sah er noch einmal zu dem Kadaver der Echse. Dort schien sich die Erde zu bewegen. Hunderte, schwarzblauer, handtellergroßer Käfer begannen den Kadaver zu zerlegen. Angewidert rannte der Truppführer den

Hügel hinunter und als er bei seinen Männern angekommen war, befahl er so schnell wie möglich zum Portal zu rennen.

Seit diesem Tag waren die Söldner dutzende Mal in der fremden Welt im Einsatz gewesen. Dabei hatten sie die Gefahren der Bleiwüste, wie sie den fremden Ort nannten, kennen und fürchten gelernt. Heute begleiteten sie den ersten Besuch der neuen Arbeiter und Wissenschaftler. Ihr Befehl war einfach und ließ keine Interpretation zu. Er lautete: »Begleiten Sie die Erkundung. Sollten Sie oder die Arbeiter in Gefahr geraten, ziehen Sie sich sofort zurück. Sollte ein Arbeiter die Nerven verlieren, dann ist er zu eliminieren. Sollte ein Arbeiter oder ein Mitglied Ihres Kommandos durch ein Tier der Bleiwüste verletzt werden, gilt das Gleiche.«

Langsam rollten die Militärlaster durch das fremde Land. Gespannt beobachteten die Arbeiter ihre Umgebung. Nach einer Weile entdeckten sie die ersten Echsen, die wie urweltliche Monster über den Sand krochen. Doch sobald die Fahrzeuge sich näher als fünfzig Meter näherten, wühlten sich die Tiere in den lockeren Sand und verschwanden so von der Erdoberfläche. Auch der eine oder andere Käferschwarm wurde gesichtet, doch die erste Aufregung der Männer, die der fremden Umgebung geschuldet war, legte sich schnell. Stattdessen begriffen sie, dass hier ihr Einsatzort, ihre Arbeitsstelle sein würde. Wie sehr sie sich dabei täuschten, erfuhren sie erst später. Alle Arbeiten, die sie hier verrichten würden, dienten ihrem Training.

Der Tross aus Fahrzeugen wendete in einer großen Schleife durch das öde Land. Plötzlich blieb der vorderste Wagen, ein SUV, stehen. Die anderen Fahrzeuge stoppten ebenfalls und warteten ab. Der Einsatzleiter der Wachtruppe, die auf dem Beifahrersitz des Humvees saß, hatte etwas bemerkt. Er drehte sich zu einem Wissenschaftler um, der auf der Rückbank des Fahrzeugs saß.

»Doktor Denton, sehen Sie. Da vorne sind Mauerreste. Sie ragen kaum einen halben Meter aus dem Sand.«

»Sind Sie sicher Sergeant Chapek? Fahren Sie mal etwas näher heran.«

Der Wissenschaftler fühlte sich alles andere als wohl und verfluchte die Tatsache, dass er sich hatte überreden lassen, diese Arbeit anzunehmen. Doch jetzt war er hier und wusste, dass seine

Arbeitgeber skrupellose Menschen waren. Mit ihnen wollte er sich nicht anlegen und er konnte erst wieder in sein normales Leben zurückkehren, nachdem seine Arbeit getan war. Also fügte er sich in sein selbstgewähltes Schicksal, wenn auch ohne jegliche Euphorie. Nachdem ihm der Sergeant ein Zeichen gab, ließ der Fahrer das schwere Fahrzeug noch einige Meter weiter auf die vermeintliche Ruine zurollen. Dann stoppte er und wartete auf weitere Befehle. Sergeant Chapek beorderte weitere Söldner zu seinem Fahrzeug, die Geräuschgranaten, so nannten die Soldaten die kleinen Geräte, die Vibrationen und sirenenartigen Lärm verbreiteten, auslegen sollten. Die Söldner sprangen vom nächsten LKW und verteilten im Umkreis von circa fünfzig Metern die Geräte. Über ein Funksignal wurden diese dann aktiviert. Man hatte bei den vergangenen Einsätzen in der Bleiwüste gelernt, dass Geräusche die Tiere dieser Welt anlockten. So waren die hier agierenden Menschen einigermaßen sicher und konnten, während sich die Tiere mit den Geräuschquellen beschäftigten, ihren Aufgaben ungestört widmen. Das Sirenengeheul erklang und die Arbeiter, die nicht wussten, was hier eigentlich geschah, blickten mit schreckensweiten Augen um sich. Nach einigen Minuten tauchten tatsächlich einige Echsen auf und umrundeten die Lärmquellen. Dies war der Moment, auf den der Sergeant gewartet hatte. Er drehte sich wieder zu dem Wissenschaftler um und sagte:

»Kommen Sie Doktor Denton. Schauen wir uns doch mal diese Ruine an.«

***

Neue Jagdgründe

Dra, Pre, Mot und Fur hockten hinter einem Müllcontainer. Hier waren sie vor fremden Blicken geschützt und konnten beraten, was sie als Nächstes tun sollten. Die neue Umgebung bot so viele Möglichkeiten und die vier Jäger nahmen diese fremde Welt so hin, wie sie war. Keiner von ihnen versuchte, wie ihr Gefährte Tan, herauszufinden, warum dieses Land anders war als ihre Heimat. Im Gegenteil! Alles hier war aufregend und es gab viel Beute. Heute hatten sie schon hinter einem Supermarkt die Mülltonnen geplündert und herrliche Dinge gefunden. Sie aßen fremde Speisen, die köstlich geschmeckt hatten. Was ein Supermarkt war und dass Menschen darin Lebensmittel kaufen konnten, war in ihrer Gedankenwelt nicht verankert. Man jagte und die Beute gehörte dem Jäger. So einfach war das. Vor den vielen Menschen, die hier lebten, versteckten sich die Jäger. Sie wussten natürlich, dass sie sich in dem Gebiet eines fremden Stammes bewegten. Da war Vorsicht geboten, wenn auch keiner der Männer Angst vor den Fremden verspürte. Mittlerweile war es dunkel geworden und es war an der Zeit, sich für die Nacht einzurichten. Man brauchte ein Lager, das gut geschützt war. Eine Höhle wäre eine gute Wahl, doch wo sollte man eine solche finden? Die Jäger erhoben sich und warteten darauf, dass es wirklich Nacht wurde. Doch an diesem seltsamen Ort wurde es nicht völlig dunkel. Die Menschen hier hatten überall seltsame, kleine Feuer in durchsichtigen Kugeln an Stangen gehängt. Selbst ihre Kutschen verfügten über die Feuer, welche helles Licht ausstrahlten. Nach einer weiteren Beratung beschlossen die Jäger, eine Höhle zu suchen. Dabei mieden sie die belebten Straßen. Durch relativ dunkle Gassen schlichen sie durch die Stadt. Rechts und links ragten die steinernen Behausungen der fremden Menschen auf und Licht drang aus den Löchern der Steinbauten. Nach einiger Zeit fand Fur einen Abgang zu einem Keller, der nicht beleuchtet war. Er winkte seinen Gefährten zu und schlich vorsichtig die Treppe nach unten. Er stand vor einer Stahltür und betastete die glatte Fläche mit seinen Händen. Die Stahltür war kalt und glatt. Als er den Türgriff ertastete, wusste er zwar nicht, was er da gefunden hatte, aber zu seinem Erstaunen bewegte sich der Griff. Nach einer Weile, bei der er an dem Griff herumzerrte, öffnete sich die Tür. Instinktiv begriff der Jäger aus einer fremden Welt, dass er einen Zugang zum Inneren des Steinbaus gefunden hatte. Leise rief er nach seinen Gefährten, die sich schnell zu ihm gesellten. Beherzt, ihre Schleudern schussbereit vor sich haltend, folgten sie Fur in den dunklen Gang hinter der Tür. Angespannt versuchten sie die Dunkelheit mit ihren Augen zu durchdringen, doch es dauerte einen Moment, ehe sich ihre Sehnerven der Dunkelheit anpassten. Pre sah zuerst die rötlichen Augen, die aus der Finsternis heraus die Jäger zu beobachten schienen. Er stieß Mot an, der neben ihm stand, und flüsterte mit bebender Stimme:

»Da sind Erdwühler. Siehst du die glühenden Augen?«

Mot konnte im ersten Moment gar nichts erkennen. Doch Sandwühler waren eine Gefahr und die Biester schnell wie der Wind. Ihre Zangen waren scharf und wenn die Sandwühler angriffen, war Flucht die einzige Option. Dann sah Mot den leuchtenden Punkt, der in Wirklichkeit eine LED Lampe eines Gefrierschrankes war, und atmete erleichtert auf. Dies konnte kein Sandwühler sein und wenn, dann war er verletzt und alleine. Er hatte wohl nur noch ein Auge und sich deshalb hier unten, in dieser Höhle verkrochen. Wahrscheinlich hatte er mehr Angst vor den Jägern als diese vor ihm. Beruhigend flüsterte er seinen Begleitern zu, was er vermutete. Die Männer gaben sich mit der Erklärung zufrieden und der Vorfall war gleich darauf vergessen. Eine weitere Tür versperrte den Jägern nun den Weg. Fur, nun geübt mit Türen, drängte sich nach vorn und öffnete auch diese Tür. Er konnte sich sicher sein, dass seine Gefährten seine neue Fähigkeit bewunderten. Schließlich wusste er, wie man so ein Hindernis überwand. Der nächste Raum war ebenfalls dunkel und die Jäger mussten sich langsam vorantasten. Wieder war es Fur, der eine Entdeckung machte. Bei dem Tasten berührte seine Hand ein merkwürdig glattes Ding und Licht flammte in dem Raum auf. Erschrocken und gleichzeitig geblendet zuckten die Gefährten zusammen. Ihre Augen waren nicht an helles Licht gewöhnt und die Sonne sahen sie auf ihrer Welt nur sehr selten. Aufgeregt sahen sie sich, nachdem der erste Schreck überwunden war, in dem Kellerraum um. Zwischen Regalen, in denen Kartons, Plastikcontainer und ein alter Fernseher verstaut waren, stand ein in die Jahre gekommenes Sofa. An der rechten Wand brummte eine weiße Kühltruhe, die auch schon bessere Tage gesehen hatte. Daneben stand an die Wand gelehnt eine fleckige Matratze. An der linken Wand reihten sich Getränkekisten und ein Kleiderschrank im Stil der sechziger Jahre. Dra und die Anderen wussten nicht, was für einen Fund sie gemacht hatten. Wie auf ein geheimes Kommando hin, begannen die Männer die Dinge im Kellerraum zu untersuchen. Mot ging vorsichtig auf die Kühltruhe zu, seine Schleuder im Anschlag. Da brummte etwas und er wusste nicht, welch ein Tier sich in dieser Kiste befand. Als er sich auf Schrittlänge vor der Truhe befand, trat er gegen diese. Das Brummen veränderte sich für einen kurzen Moment, um dann gleich wieder in die bisherige Tonlage zurückzufallen. Weitere Tritte brachten kein neues Ergebnis und Mot entschloss sich, das Ding näher zu untersuchen. Er betastete die glatten Flächen und entdeckte dabei, dass die Kiste oben einen Deckel vorzuweisen hatte. Mutig streckte er seine rechte Hand aus und hob den Deckel an. Sofort traf ihn ein eisiger Hauch und der sonst tapfere Krieger ließ den Deckel wieder los. Nun begann die Kiste lauter zu brummen. Mot überlegte, ob er das Ding geweckt hatte. Doch all seine Überlegungen führten zu nichts. Wenn er wissen wollte, was sich in der Kiste befand, musste er den Deckel anheben. Bei seinem zweiten Versuch war er vorbereitet. Erneut öffnete er die Truhe und der Deckel schwang in eine aufrechte Position, wo er auch blieb. Kalte Luft strömte aus der Kiste und der Mann aus einer anderen Welt fragte sich, wie das nur sein konnte. Hatte man hier den Winter eingefangen? Da weiter nichts geschah, beugte sich Mot vor und schaute in die Kiste. Dort lagen kleine Kisten in bunten Farben, neben eingewickeltem Fleisch. War dies vielleicht die Vorratskammer eines Jägers. Sein Magen begann zu knurren, obwohl sie vor nicht allzu langer Zeit Essen in einer anderen, viel größeren Kiste gefunden hatten. Die Erinnerung an das wundervolle Mahl ließen seinen Magen noch lauter knurren. So griff er in die Kiste hinein und packte ein Fleischstück, das mit einer durchsichtigen Haut überzogen war. Er hätte beinahe vor Schreck aufgeschrien, als er die Kälte auf seiner Haut spürte. Doch er hatte schon genügend Winter erlebt und kannte auch gefrorenes Fleisch. Er warf das Fleischpaket auf den Boden und rieb sich seine kalten Finger. Er wusste, dass er nun warten musste, bis das Fleisch aufgetaut war. Neben ihm hantierte Dra an der Matratze und erkannte gleich darauf, dass es sich um eine Lagerstätte handelte. Er warf die Matratze um und setzte sich triumphierend auf sie. Voller Freude erkannte er, wie bequem die Matratze war, und legte sich zur Probe ausgestreckt hin. Fur sah ihn und lächelte. Hier hatten sie einen Ort gefunden, der schöner war als alles, was sie bisher gesehen hatten. Dann riss er eine Kiste auf und Kleidung fiel heraus. Natürlich kannten er und seine Gefährten Kleidung, doch so schöne, bunte Jacken und Hosen waren ihm noch nicht untergekommen. Er fand große und kleine Teile, welche aus dickem Material und andere hauchdünn. Sofort begann er die Kleidung vor sich auf dem Fußboden zu legen und überlegte, was ihm am besten gefiel. Pre, der staunend auf den Fund Furs schaute, riss gleich darauf einen anderen Karton auf. Weitere Kleidung fiel zu Boden und die beiden Jäger gingen in die Hocke, um ihren Fund zu sichern. Nach und nach öffneten die Jäger jeden Karton, durchwühlten die Schränke und Truhen. Dabei fanden sie Dinge, deren Funktion unergründlich war, aber auch Kleidung, die ihnen bessere Dienste leisten konnte als ihre. Nachdem der letzte Karton untersucht war, begannen die Männer ihre zerlumpten Sachen abzulegen, um die erbeuteten Stücke anzuprobieren. Pre bemerkte als Erster, dass ihr Symbiont, der Schutzpilz, gestorben war. Von seiner Haut rieselte grauer Staub und er rief voller Entsetzen:

»Wir werden sterben!«

***

Nähere Erkundung

Sie hatten Stunden gewartet. Einer der Mafiosi stand immer vor der Shoppingmall und beobachtete den auf der anderen Seite der Straße geparkten Humvee. Inzwischen war es dunkel geworden und Alfredo fürchtete schon, dass seine Idee, hier in der Mall abzuwarten, bis der verfolgte LKW wieder auftauchte, falsch gewesen war. In wenigen Stunden schloss das Einkaufszentrum und was dann? Missmutig ging er nach draußen zu Salvatore, der im Moment Wache hielt. Dieser lief ungeduldig auf dem Gehweg hin und her und rauchte dabei eine Zigarette nach der anderen. Als er Alfredo kommen sah, zeichnete sich Erleichterung auf seinem Gesicht ab. Er blieb stehen und wartete, bis Alfredo ihn erreichte.

»Und?«, fragte dieser. »Gibt's was Neues?«

»Ne!«, antwortete Salvatore schlecht gelaunt. »Sonst hätte ich schon Bescheid gesagt, oder? Wie lange wollen wir eigentlich noch warten? Hast du dir mal überlegt, dass der Lastwagen vielleicht weitergefahren und schon längst über alle Berge ist?«

»Ja, habe ich. Aber warum sollte dann der Humvee noch dort drüben stehen? Wir warten noch eine halbe Stunde und dann sehen wir nach. Egal ob der Geländewagen dort noch steht oder nicht. So, geh rein. Ich übernehme die letzte Wache.«

Sichtlich zufrieden mit der Ankündigung Alfredos ging Salvatore zum Haupteingang der Mall. Er würde sich noch eine Packung Zigaretten kaufen und dann Frank und Ricardo suchen. Die lungerten bestimmt am Essplatz herum und vertrieben sich die Zeit damit, hübschen Frauen hinterher zu starren. Doch kaum hatte er seine Zigaretten gekauft, klingelte sein Handy. Auf dem Display erkannte er die Nummer Alfredos. Eine unbestimmte Anspannung ergriff ihn und er nahm das Gespräch an. Sofort hörte er Alfredos aufgeregte Stimme:

»Salvatore, los schnell. Hol die Anderen. Der Truck ist aufgetaucht und der zweite Humvee. Beeil dich! Ich geh schon mal zum Auto.«

Alfredo beendete das Telefonat ohne ein weiteres Wort. Stattdessen sah er hinüber zur Durchgangsstraße. Der verfolgte LKW bog gerade auf die Straße ein und lenkte Richtung New York City. Doch das war dem Gangster egal. Wichtiger war, dass nun der Weg frei sein würde und damit der Weg zu dem geheimen Lager. Wenn er hier richtig Beute machen würde, dann war sein Weg nach oben in der Hierarchie der Gambrino Familie ohne Zweifel gesichert. Mit einem Lächeln auf den Lippen ging er langsam zu ihrem Fahrzeug. Die Anderen würden noch einige Minuten brauchen, ehe sie bei ihm sein würden. Das war gut so, denn er malte sich gerade seine Zukunft in den rosigsten Farben aus. Dabei vergaß er, dass es gerade in der Gambrino Familie in den letzten Jahren nicht so gut lief. Nachdem man Gotti verhaftet hatte, war es mit der Organisation bergab gegangen. Doch der Mafia Clan hatte überlebt, trotz aller Rückschläge. Die letzte Katastrophe musste die Familie in Las Vegas hinnehmen. Dort hatten unbekannte Killer fast alle Mitglieder vor Ort umgebracht. Hier, in New York City aber war alles ruhig und die Geschäfte liefen ungestört.

Alfredo bestieg den Wagen auf der Beifahrerseite und wartete auf seine Männer. Schneller als gedacht erreichten sie das Auto und Frank übernahm wieder das Steuer. Keine Minute später erreichten sie die Ausfahrt des Shoppingcenters. Alfredo deutete zur anderen Straßenseite, wo die Zufahrt zu dem dahinterliegenden Wohnviertel lag. Frank ließ einige vorbeifahrende Fahrzeuge passieren und überquerte die Durchgangsstraße. Gleich darauf passierten sie die Stelle, wo vorher der Humvee geparkt gewesen war. Mit angepasster Geschwindigkeit rollte der Wagen der Gangster an den Mehrfamilienhäusern vorbei, die unterhalb eines Berghanges standen. So weit hatte man den Lastwagen optisch verfolgen können. Doch nach dem letzten Reihenhaus war dieser dann nach rechts und damit Richtung Hügel abgebogen. Die Lichter der Fenster schafften eine vertraute Atmosphäre und ein Versprechen von Harmonie. Doch für solche Gedanken hatten die Gangster keinen Sinn. Vielmehr hatte sie eine erwartungsvolle Erregung ergriffen. Gebannt starrten sie nach vorne und konnten es kaum abwarten, ehe ihr Wagen nach rechts einbog. Der Weg führte zu dem bewaldeten Hügel und schließlich hinauf zur Kuppe. Doch dort war rein gar nichts zu sehen. Kein Gebäude, keine Lagerhalle, nichts. Alfredo befahl Frank anzuhalten und kaum stoppte der Wagen, sprang er aus dem Fahrzeug. Er zog sein Handy aus der Hosentasche und aktivierte die eingebaute Taschenlampe. Danach entfernte er sich suchend von ihrem Wagen. Seine Blicke suchten Spuren, Reifenspuren, wie sie ein schwerbeladener Lastwagen hinterlassen musste. Langsam folgte er dem Weg, der unbefestigt und recht ausgefahren war. Es gab zwar genügend Spuren, doch diese waren verwischt und damit undeutlich. Der Weg führte auf der anderen Seite des Hügelplateaus abwärts in die Dunkelheit. Nach circa hundert Metern teilte sich der sandige Weg. Alfredo blieb an der Abzweigung stehen und sah zuerst zur rechten Seite, wo die Behelfsstraße im Wald verschwand, und ging dann nach links. Diese Abzweigung schien noch nicht lange zu bestehen, denn an der hügelzugewandten Seite sah man noch die Spuren einer Planierraupe und deren breite Schaufel. Erdreich lag blank und unbewachsen vor ihm. Es würde kein Jahr vergehen und die Natur würde den freien Boden mit Gräsern und Sträuchern verdecken. Der Mafiosi folgte dem abzweigenden Weg weitere hundert Meter, bis sich der Weg zu einer Waldlichtung verbreiterte. Hier war der Wald eindeutig gerodet worden und die Spuren zeigten, dass schwerbeladene Lastwagen an dieser Stelle gefahren waren. Die komplette Lichtung war mit einem drei Meter hohen Maschendrahtzaun gesichert und der Weg von einem Tor versperrt. Am Tor selbst war eine große Warntafel angebracht, die darauf hinwies, dass das Betreten des Geländes strengstens verboten war und es sich hier um eine Einrichtung des US-Militärs handelte. Alfredo besah sich den Zaun misstrauisch, konnte aber keine weiteren Sicherungsmaßnahmen, wie zum Beispiel Überwachungskameras, erkennen. Trotzdem entschloss er vorsichtig zu sein. Er lief am Zaun entlang nach rechts und entdeckte nach guten fünfzig Metern mühsamen Gehens durch das angrenzende Unterholz eine Einbuchtung im Berghang. Fünfzehn Meter weiter war hier der Hang abgetragen und ein großes Rolltor markierte einen Eingang zum Berg. Dieser Zugang ins Innere des Hügels war vom Tor an der Straße nicht zu sehen. Ein tiefes Brummen ließ den Mafiosi zusammenschrecken. Er hatte bisher nicht bemerkt, wie still es in dem Waldstück war, obwohl die Durchgangsstraße keine Meile entfernt sein konnte. Das Brummen stammte eindeutig von einem Lastwagen. Da brauchte es nicht viel Verstand, um zu wissen, wohin der LKW wollte. Hastig sah sich Alfredo nach einem Versteck um und entschied schließlich sich vom Zaun zu entfernen und sich im angrenzenden Wald zu verstecken. Kaum hatte er hinter einem Baum Stellung bezogen, erhellten Scheinwerfer die Lichtung. Ein Humvee stoppte am Tor und ein Mann in soldatischer Camouflage gekleidet sprang aus dem Wagen. Er öffnete das Tor eilig und blieb dann neben dem Torflügel stehen. Der Humvee rollte langsam auf die Lichtung, gefolgt von einem Sattelzug. Bewaffnete in Kampfanzügen sprangen aus dem Militär-SUV und stellten sich sichernd auf. Langsam schwenkten sie ihre Maschinenwaffen ihrem Sichtfeld entlang und suchten nach einem potentiellen Gegner oder nach unbefugten Beobachtern. Alfredo war sich sicher, dass die Bewaffneten keine Sekunde zögern würden, einen ungebetenen Gast sofort zu eliminieren. Nach bangen Minuten schienen die Wachleute zufrieden und marschierten zum Rolltor. Der Humvee parkte etwas abseits und dessen Fahrer verließ ebenfalls das Fahrzeug. Nun rollte der Lastwagen auf das sich gerade öffnende Rolltor zu. Alfredo sah nur einen Tunnel, der sich in seinem Aussehen nicht sonderlich von normalen Straßentunneln unterschied. Ohne noch einmal anzuhalten, rollte der Lastwagen in den Tunnel und das Tor schloss sich hinter den Bewaffneten, die dem LKW gefolgt waren. Dann herrschte wieder Ruhe und Alfredo begriff, dass er hier wirklich etwas Großem auf der Spur war. Doch er brauchte Verstärkung. Eilends lief er nun durch den Wald zur Straße, bis er aus der Sichtweite des Tores war. Dann rannte er, wie von wilden Teufeln gehetzt, den Weg zur Kuppe hinauf und hoffte, dass seine Kumpane rechtzeitig ihr Auto versteckt hatten. Schwer schnaufend erreichte er schließlich das Hügelplateau, blieb stehen und sah sich suchend um. Seine Kumpel wie auch ihr Fahrzeug waren nicht zu sehen. Dann aber brummte erneut ein Motor und aus dem Gestrüpp heraus rollte ihr Wagen. Er stoppte direkt neben Alfredo, der sich eilig auf den Beifahrersitz schwang. Ohne auf die Fragen seiner Kumpane zu warten, sagte er schnaufend:

»Wir müssen sofort zum Boss! Mach schon Frank, fahr los!«

***

Ankunft in Big Apple

Sie waren quer durchs Land gefahren und hatten tausende Kilometer zurückgelegt. Eigentlich wollten sie nach Chicago, doch Brian hatte sich umentschieden. Auf ihrer Reise hatten sie sich unauffällig verhalten und nur zwei oder drei Anhalter ins ewige Nirwana geschickt. Robert hasste diese drogenverseuchten Typen wie die Pest und Brian war es egal, wen sie umbrachten. Die Tage und Wochen waren wie im Flug vergangen und dahingeschmolzen auf dem ewigen Band des Asphalts. Landschaften veränderten sich, doch die billigen Motels, die sie nachts aufsuchten, irgendwie nicht. Seit dem gestrigen Tag wurde Robert immer aufgeregter. Er hatte noch nie den Big Apple, wie man New York City auch nannte, besucht. Es rankten sich so viele Mythen um diese Stadt und er wollte herausfinden, ob seine Vorfreude berechtigt war. Brian indes sah ihre Ankunft mit praktischer Effizienz. Zuerst brauchten sie eine unauffällige Unterkunft. Seine Intention, der Gambrino Mafia Familie auch hier in New York City das Leben so schwerzumachen, wie es nur ging, setzte voraus, dass er und Robert unbeobachtet agieren konnten. Schließlich konnte man schlecht Waffen oder blutige Kleidung in einem Hotelzimmer lassen. Der Stadtteil Queens bot die Möglichkeit unterzutauchen. Außerdem gingen auch hier die Gambrinos ihrer mafiösen Tätigkeit nach. Sicher hatten die Gangster gehört, dass ihr Vetter Guiseppe Gambrino, auch Double G genannt, sein Leben in der Spielerstadt Las Vegas verloren hatte und viele andere mit ihm. Doch niemand wusste, wer für die Bluttat im Haus des Paten von Las Vegas verantwortlich war. Brian hatte die Nachrichten täglich verfolgt. Doch die Polizei tappte im Dunkeln. Vielleicht hatten sie auch kein großes Interesse daran, die Killer zu finden. Immerhin hatten diese die Stadt ein wenig sicherer gemacht. Brian grinste bei dem Gedanken, während er von der Interstate 80 auf die 280 wechselte. Danach ging es ein wenig nördlich auf der 95, ehe er an der 31th Street abbog und in den Lincoln Tunnel einfuhr. Robert sperrte seinen Mund vor Staunen auf, als ihr Wagen den Tunnel verließ. Nun war er in Manhattan und unzählige Wolkenkratzer ragten scheinbar bis zum Himmel hinauf. Brian grinste und gönnte seinem Freund die Freude. Vorbei an den Hudson Yards fuhr er zum Broadway, dann weiter zur 5th Avenue und parkte schließlich in einem Parkhaus in der 42. Straße. Auffordernd sah er Robert an und sagte dann wie ein stolzer Fremdenführer:

»Soll ich dir die Stadt und ihre Sehenswürdigkeiten zeigen? Na? Was ist? Steig schon aus. Es wird guttun, sich die Beine zu vertreten.«

Robert ließ sich nicht lange bitten und stieg mit einem erwartungsvollen Lächeln aus dem Wagen. Vom Rücksitz griff er sich seinen Rucksack und verließ danach mit Brian das Parkhaus.

Stunden später kehrten Brian und Robert von ihrem Ausflug zurück. Müde stiegen sie in ihr Fahrzeug und Brian fuhr gähnend die Rampe hinunter zur Straße. Es begann bereits zu dämmern, doch die Straßen waren immer noch voller Fahrzeuge. Auf den Bürgersteigen herrschte die gleiche Betriebsamkeit. New York City, die Stadt, die niemals schläft, dachte Robert, der diesen Satz irgendwann einmal gehört hatte. Seine euphorische Aufregung hatte sich gelegt und er war froh, dass er als Beifahrer sich nicht um den Verkehr kümmern musste. Er konnte entspannen und das Stadtleben an sich vorbeiziehen lassen. Gerade als er einen, wenn auch erschöpften, Wohlfühlstatus erreicht hatte, bemerkte er etwas anderes. Eine unbestimmte Drohung, verborgen hinter dem geschäftigen Treiben, lag wie ein Bodennebel auf den Straßen Manhattans. Das Böse war hier präsent und konnte jeden Moment einen unbedarften Menschen verschlingen. Wie zur Bestätigung seiner Empfindung hallten plötzlich Polizeisirenen durch die Straßenschluchten. Robert erschrak kurz, ehe er realisierte, dass niemand von ihrem Aufenthalt hier wusste. Also auch nicht die Polizei. Zwei Streifenwagen drängelten sich durch den dichten Verkehr und Brian fuhr sorgsam zur Seite. Die New Yorker um sie herum interessierten sich nicht für die Polizeiwagen, sondern kümmerten sich um ihre eigenen Angelegenheiten. Durch sein schlechtes Gefühl geleitet, betrachtete Robert nun die Passanten auf den Gehwegen, während Brian geduldig dem langsamen Verkehrsfluss folgte. Nun sah Robert, dass die vielen Leute, die sich hier in Manhattan zu Fuß bewegten, bedrückter wirkten als in seiner Heimatstadt Las Vegas. Natürlich gab es hier auch eine Menge Touristen, doch sie waren die Einzigen, die ein Lächeln auf ihren Lippen trugen. Er sah gestresste Mütter, die versuchten, ihre Kinder durch die Menge der Passanten zu navigieren. Daneben eilten Anzugträger mit verkniffenen Gesichtern vorbei. Eigentlich erst auf den zweiten Blick sah man die Obdachlosen, die sich eng an den Hausmauern entlangbewegten und dabei versuchten, niemandem im Weg zu stehen. Sie waren harmlos, auch wenn einige unter ihnen einen kleinen Taschendiebstahl auch nicht als echtes Vergehen werteten. Beinahe genauso unsichtbar verhielten sich die Drogendealer, die durchaus ins Straßenbild passten, da sie modisch gekleidet Interesse für die Schaufenster vortäuschten oder gelangweilt an den Hauswänden standen und auf Kunden warteten. Robert fühlte Groll in sich aufsteigen und den Wunsch, diese Verbrecher zu richten. Dabei vergaß er total, dass er und sein Begleiter Brian viel gefährlichere Straftäter waren als die Kleindealer auf der Straße. Sein Weltbild hatte sich in den vergangenen Monaten völlig verändert. Brian hatte ihm gezeigt, was Gerechtigkeit wirklich bedeutete. Sie waren auf einer Mission und Brian sagte einmal sogar auf einem von Gott gewollten Weg der himmlischen Rache. Sie waren die Kreuzritter, die ausgezogen, um die Welt vom Bösen zu befreien. Brian hatte Robert so indoktriniert, dass er sein tödliches Handeln als ehrenhaft ansah.

Es dauerte noch fast eine Stunde, ehe sie den Stadtteil Queens erreichten. Brian rollte langsam durch die Straßen und sah sich dabei suchend um. Dabei war er so konzentriert, dass er Roberts fragende Blicke einfach übersah. Die Häuser, die langsam an ihnen vorüberzogen, hatten nichts mehr mit Manhattan und seinen Megatürmen zu tun. Ein angestaubter Charme lag über den meist zweistöckigen Häusern, die oft aus den dreißiger Jahren des vorigen Jahrhunderts stammten. Hier schien das Leben in ruhigeren Bahnen zu verlaufen und manche Straßenzüge hätte man auch leicht in einer typischen amerikanischen Kleinstadt vermuten können. Nach weiteren dreißig Minuten blieb Brian vor einem Haus stehen, an dessen Veranda ein Schild angebracht war. Darauf stand in wacklig geschriebenen Buchstaben: »Zu vermieten!« Darunter befand sich eine Telefonnummer mit New Yorker Vorwahl. Brian fuhr ihren Wagen wie selbstverständlich in die Einfahrt und hielt an. Er drehte den Zündschlüssel nach links und der Motor erstarb. Danach stieg er aus und ging bis zu den Holzstufen, die zur Veranda führten. Dort blieb er stehen, stemmte seine Hände in die Hüften und betrachtete voller Interesse die Vorderfront des Hauses. Robert hatte inzwischen auch den Wagen verlassen und gesellte sich zu seinem Freund.

»Na, was meinst du Robert?«, fragte Brian. »Das Haus wäre doch gut für uns geeignet. Hast du die Garage am Ende der Auffahrt gesehen? Fast wie bei deinem Haus in Vegas.«

Robert nickte und besah sich das Haus nun mit mehr Interesse. Er ging die Treppe zur Veranda hoch, rüttelte an der Haustür, die natürlich verschlossen war, und versuchte dann, durch das Fenster, rechts neben der Haustüre in das Haus hineinzuschauen. Gleich darauf rief er erfreut:

»Es stehen sogar noch ein paar Möbel da drinnen. Ich würde mir die Bude gerne mal genauer ansehen.«

Brian nickte grinsend und stieg ebenfalls die Treppe hinauf. Kaum stand er neben Robert, hörten sie eine Stimme, die von der Straße aus zu ihnen heraufklang.

»Sind Sie die neuen Mieter?«, rief ein älterer Herr, der gerade seinen Hund ausführte.

Brian drehte sich zu dem Mann und rief, beinahe fröhlich:

»Das wäre schön! Oh, haben Sie einen schönen Hund, Mister. Welche Rasse ist das denn?« Noch während er fragte, eilte Brian die Stufen hinunter und den kurzen Weg zur Straße hinab. Mit einem strahlenden Lächeln blieb er vor dem Alten stehen, dem es sichtlich gefiel, dass sein Hund als schön bezeichnet wurde. Mit leicht kratziger Stimme sagte er dann, nun ebenfalls lächelnd:

»Ach, das ist nur eine Straßenmischung. Wer weiß schon, welche Rassen sich hier ein Stelldichein gegeben haben. Haha. Wann ziehen Sie denn ein?«

»Das kann ich Ihnen leider nicht sagen Mister. Wir haben das Haus gerade eben erst gesehen. Kennen Sie vielleicht den Vermieter, Sir?«

»Aber klar kenne ich den. Wir waren jahrelang, was sag ich, jahrzehntelang Nachbarn. Dieses Haus gehört Patrik Vabrese. Er hat bis vor einem halben Jahr hier gewohnt. Na ja und als seine Frau Anna gestorben ist, hat ihn hier nichts mehr gehalten. Er wohnt jetzt bei seinem Sohn.«

»Glauben Sie Mister … äh, wie ist Ihr Name?«

»Angelo, sagen Sie einfach Angelo. So nennt mich hier jeder.«

»Also Angelo, ich bin übrigens Brian und dort am Haus, das ist mein Kumpel Robert. Äh ja, glauben Sie, Ihr ehemaliger Nachbar würde das Haus an uns vermieten?«

»Wir werden sehen«, grinste der Alte, während sein Hund an Brians Hosenbein schnüffelte. Dann griff er in seine Jackentasche und zog ein Handy hervor. Etwas ungelenk aktivierte Angelo das Handy und wählte dann eine Nummer. Gleich darauf nickte der Alte und begann überlaut in das Gerät zu sprechen. Brian zog sich ein wenig zurück und wartete mit gebührendem Respekt auf das Ende des Telefonats. Schließlich beendete Angelo das Gespräch und steckte das Handy zurück in seine Jackentasche. Dann winkte er Brian heran und verkündete mit stolzem Lächeln:

»Mister Vabrese wird gleich hier sein. Sein Sohn wohnt nur ein paar Straßen entfernt. So, in der Zwischenzeit können Sie erzählen, was Sie in unser schönes Queens gelockt hat.«

***

Nächtliches Meeting

Sie hatten gerade Hankys Wohnung verlassen, als Rogers Handy klingelte. Mit einer Handbewegung bat er seine Begleiter zu warten. Der FBI Agent entfernte sich einige Schritte von der Gruppe und sprach leise in sein Telefon. Er schien nicht erfreut über den Gesprächsverlauf, was durch seinen Gesichtsausdruck gut abzulesen war. Immerhin behielt er die Contenance und versuchte seinen Ärger nicht in Worte zu fassen. Schließlich beendete er das Gespräch und wandte sich dann seinen Begleitern zu.

»Wir müssen unsere Pläne ändern«, grollte er. »Ich bin zurück zur Bank beordert worden. Dort findet in einer halben Stunde eine Krisensitzung statt. Hanky, ich glaube, du solltest dabei sein. Richard, du hast eh genug mit den besprochenen Ermittlungen zu tun. Außerdem ist im Moment die Presse dort auch nicht erwünscht. Walt, würdest du zusammen mit Thore zu dem Industriegebiet fahren und dich dort etwas umschauen?«

»Klar!«, antwortete Walt Kessler und schaute dabei Thore, den Neuen in ihrer Riege, fragend an. Dieser nickte nur, obwohl ihm bei der Sache nicht ganz wohl war. Noch immer plagten ihn Fragen, die er gerne beantwortet hätte. Doch vielleicht fand er mehr heraus, wenn er mit Walt alleine unterwegs war. Hanky ergriff nun das Wort und alle wussten, dass er derjenige war, der hier Entscheidungen traf.

»Okay Roger. Du hast unsere Truppe ja schon eingeteilt. Ich glaube, es ist eine gute Entscheidung, dass Walt und Thore sich schon einmal ein Bild von der Gegend machen, wo das zweite Beben registriert wurde. Außerdem bin ich auf diese Krisensitzung gespannt. Ich habe so eine Ahnung, dass wir dort in der Bank wichtige Erkenntnisse generieren können. Also gut. Walt, du fährst mit unserem Wagen und Roger und ich nehmen den Fahrdienst des FBI in Anspruch. Richard, wir melden uns bei dir, sobald die Sitzung zu Ende ist.«

Mit einem kurzen Abschiedsgruß auf den Lippen trennte sich die Gruppe. Richard orderte beim Concierge ein Taxi, Walt fuhr mit Thore in die Tiefgarage, Roger und Hanky stiegen in den am Straßenrand wartenden schwarzen SUV der FBI Fahrbereitschaft. Der junge Agent hinter dem Steuer wartete nur auf die Nennung des Fahrziels und fuhr dann sogleich los. Gerne hätte er gewusst, welcher Auftrag seine Kollegen durch die Nacht führte, doch er wusste, dass solche Fragen unangebracht waren. Immerhin waren seine Fahrgäste so etwas wie Superstars des FBI. Agent Thorn und Hank Berson hatten eine nationale Verschwörung verhindert, über die man in FBI Kreisen nur unter Vorbehalt sprach. Auf jeden Fall besaßen diese Agenten hinten im Wagen eine Machtfülle wie nur wenige Menschen in diesem Land. Mit einem scheuen Blick sah der junge FBI Agent immer einmal wieder in den Rückspiegel, der ihm den Blick nach hinten ermöglichte. Die beiden Männer saßen ruhig nebeneinander und schienen ihren Gedanken nachzuhängen. Die Fahrt durchs nächtliche Manhattan gestaltete sich ruhig und schneller als vermutet erreichten sie das Bankenviertel. Hanky stieg aus und bedankte sich bei dem Fahrer. Roger tat es ihm gleich und ordnete an, dass der junge Agent in der Nähe warten möge. Dieser bestätigte dies mit einem: »Ja Sir!«, und überlegte etwas verdrossen, warum er eine so schwierige Ausbildung zum FBI Agent durchlaufen hatte, wenn er nun als Chauffeur für die FBI Prominenz herhalten musste. In der Zwischenzeit waren seine Fahrgäste schon durch das Hauptportal im Bankgebäude verschwunden. Mit einem Seufzer parkte der junge Agent sein Fahrzeug. Er wusste, dass er in einer Halteverbotszone stand. Doch es musste ja auch einen Vorteil haben, wenn man für das FBI arbeitete. Er lehnte sich entspannt zurück und hoffte darauf, dass ihm ein übereifriger Streifenpolizist einen Strafzettel verpassen wollte.

Als Hanky und Roger in die prächtige Eingangshalle der Federal Reserve Bank traten, wurden sie schon erwartet. Ein magerer Bankangestellter mit dunkelgrauem Anzug und blassem Gesicht geleitete sie zu einem Fahrstuhl. Auch hier wurde nur das Nötigste gesprochen, was Hanky sehr recht war. Mit seinen übersinnlichen Kräften lauschte er nach Gedanken. Er stellte dabei fest, dass sich noch eine Vielzahl von Angestellten in dem Bankgebäude aufhielt. Er nahm die Gedanken der Menschen nur als ein leises Gemurmel wahr. Solange er sich nicht auf eine Person konzentrierte, blieben die Gedanken der Menschen auch ihm verschlossen. Nur die Anzahl der ihm umgebenden Personen konnte er jederzeit erkennen.

Der Fahrstuhl hielt an und der Bankmitarbeiter geleitete sie zu einem Konferenzraum. Nun lenkte Hanky seine Aufmerksamkeit auf die Teilnehmer des Meetings. Noch ehe sie den Raum betraten, wusste er, dass sich fünfzehn Menschen in dem Raum aufhielten: vier Mitglieder des Vorstandes, zwei Sekretärinnen, drei Bodyguards, der Justizminister der Vereinigten Staaten nebst dem Stabschef des Weißen Hauses. Dazu kam der Direktor des FBI, ein Beauftragter der CIA, der NSA Direktor William Bannigen und ein weiterer NSA Agent. Als Roger und Hanky den Raum betraten, erhellte sich das Gesicht des FBI Direktors Christopher Wray. Er kannte Agent Thorn und schätzte diesen sehr. Er selbst hatte Roger als leitenden Ermittler eingesetzt. Der blonde Mann an seiner Seite kannte den FBI Direktor bisher nur von Berichten und Fotografien. Hank Berson war ein Agent des FBI, doch zugleich verfügte er über eine Anzahl von Zugehörigkeiten anderer Dienste wie kein Ermittler zuvor in der Geschichte der USA. Dieser Mann agierte nach eigenem Dünken und war ein enger Freund des vorherigen Präsidenten Obama. Dass Agent Thorn es fertiggebracht hatte, diesen Mann für die anstehende Ermittlung mit ins Boot zu holen, war schon eine Leistung an sich. Natürlich wusste der FBI Direktor, dass Hanky und Roger zuvor bereits zusammengearbeitet hatten, aber von deren enger Freundschaft wusste er nichts. Mit einem Lächeln auf den Lippen ging der FBI Direktor auf die Neuankömmlinge zu.

»Agent Thorn«, begrüßte er Roger mit volltönender Stimme. »Wie ich sehe, haben Sie einen unserer besten Leute bei sich. Willkommen Mister Berson!«

Damit streckte er Hanky seine offene Hand hin, der diese ergriff und höflich schüttelte.

»Es ist mir eine Ehre, Mister Berson, Sie endlich einmal persönlich kennenzulernen. Leider sind die Umstände weniger schön.«

»Die Ehre ist bei mir«, entgegnete Hanky höflich distanziert. »Leider muss ich sehen, dass die Gruppe der Eingeweihten beträchtlich ist. Wie wollen Sie da die Geheimhaltung garantieren?«

»Machen Sie sich keine Sorgen, Mister Berson. Hier sind nur vertrauenswürdige Personen anwesend. Die Sekretärinnen und die Bodyguards werden den Konferenzraum gleich verlassen. Bitte setzen Sie sich, damit wir mit der Besprechung beginnen können.«

Tatsächlich begann die Krisensitzung zwei Minuten später. Christopher Wray übernahm die Vorstellung der anwesenden Personen und moderierte den Sitzungsverlauf. Hanky setzte sich bequem hin, öffnete eine Flasche Wasser und goss sein Glas halbvoll. Er schien sich nicht sonderlich für die Gesprächsrunde zu interessieren und ließ den Redefluss der Diskutierenden an sich vorbeiströmen. In Wirklichkeit aber überprüfte er die Anwesenden hier im Raum auf telepathischem Wege. Die Mitglieder des Aufsichtsrats waren sehr besorgt und bangten um ihre berufliche Existenz. Jeder von ihnen hatte das eine oder andere Geheimnis, was aber für die jetzigen Ermittlungen nicht relevant war. Den Stabschef des Weißen Hauses plagten andere Sorgen. Er wusste nicht, wie er den Präsidenten über diesen Goldraub unterrichten sollte. Der Mann konnte kein Geheimnis bewahren und würde den Raub unbedacht twittern oder irgendeinem Staatschef erzählen. Das musste verhindert werden! Auf der anderen Seite hatte er die Pflicht, dem Präsidenten, ob er diesen mochte oder nicht, den Vorfall zu melden.

Hanky zog sich aus den sorgenschweren Gedanken des Stabschefs zurück und war froh, dass er nicht in seiner Lage war. Der nächste Kandidat seiner Nachforschung war ungleich spannender. William Bannigen, seines Zeichens NSA Direktor, sah verdrossen in die Runde. Die monatelangen Planungen hatten Erfolg gezeigt und der Goldraub war gelungen. Nun musste er hier mit diesen Schwachköpfen zu nächtlicher Stunde zusammensitzen, wo er doch viel wichtigere Dinge zu tun hatte. Zum Glück begleitete ihn sein engster Vertrauter in dieser Sache, Agent Prien. Er sollte unbemerkt herausfinden, wie viel die Ermittler des FBI schon wussten. Waren er und seine Mitverschwörer noch sicher? Wusste jemand von Gordon McKinsey, dem Ölmagnat und republikanischen Senator? Nein bestimmt nicht. Niemand kam auch nur auf die Idee, es könnte sich bei dem Raub um eine Verschwörung handeln, den Beginn einer neuen Zeitrechnung. Sein Begleiter Agent Prien schien sich da nicht so sicher zu sein. Unruhig rutschte er auf seinem Stuhl hin und her und fühlte sich dabei alles andere als wohl in seiner Haut.

Hanky hatte sich zu den Gedanken des Senators Notizen gemacht und forschte nun in dem Gehirn des Agenten Prien.

So ein verfluchter Mist, dachte der. Muss ausgerechnet Agent Thorn die Ermittlungen leiten? Der Kerl ist gut, wirklich gut. Doch die größte Angst macht mir dieser Hank Berson an seiner Seite. Jetzt sieht er mich auch noch an! Diese Augen sind gruselig!

***

Unheimliche Gegend

In der Zwischenzeit waren Thore und Walt in dem Industriegebiet angekommen. Hier irgendwo hatte es mehrfach gebebt. Anders als in Down Town hatte das Erbeben der Luft, die ungewöhnlichen Schwingungen niemanden hier interessiert. Man schob dieses Ereignis industrieller Produktion zu und nahm gerne diese Belästigung hin. Immerhin deuteten diese ungewöhnlichen Aktivitäten auf eine neuerliche Belebung der Nachbarschaft. Jeder Betrieb war hier willkommen und gern gesehen.

Thore unterdessen versuchte vorsichtig herauszufinden, wer seine neuen Partner waren. Erst lud man ihn ein bei den Ermittlungen zu helfen, brachte ihn in eine schicke Wohnung am Central Park West, die bestimmt ungeheuer teuer war, und nun saß er mit Walt Kessler in einem alten Ford 150 Pick-up Truck. Wie passte das zusammen? Waren die Kerle reich und der Truck nur Tarnung? Wie viel Macht besaßen die Männer rund um Hank Berson, Hanky, wie ihn alle nannten. Selbst der Spezialagent Roger Thorn schien auf Hankys Anweisungen zu hören. Außerdem schienen zumindest Walt und Hanky über besondere Fähigkeiten zu verfügen. Wie konnte Hanky zum Beispiel wissen, dass der Goldbunker verstrahlt war? Auch die Aussage von Walt, dass hinter der Bunkerwand der Granitfels unversehrt sei, war mehr als erstaunlich. So fragte Thore nach einer Weile einfach:

»Walt, wie konntest du wissen, dass der Fels hinter der Mauer im Bunker intakt ist?«

Walt drehte seinen Kopf kurz zu Thore und lächelte dabei. Dann sah er wieder nach vorne und konzentrierte sich auf das Lenken des Fahrzeuges. Thore war verwirrt von der Reaktion Walts und wollte schon erneut fragen. Doch Walt kam ihm zuvor und begann einen Monolog, der Thore staunen ließ:

»Ich kann verstehen, mein Freund, dass dir einiges seltsam vorkommt. Hast du schon einmal von Mutanten gehört?«

Thore nickte nur und sofort wurde ihm vieles klar:

Natürlich hatte er schon von Mutanten gehört, aber nie daran geglaubt, dass es sie wirklich gab. Die X-Man Filme waren spannend gewesen, aber am Ende doch nur eine Hollywood-Produktion. Walt sprach ruhig weiter und Thore hörte angespannt und gleichzeitig aufgeregt zu.

»Ja, Mutanten, mein Lieber. Es gibt sie und ohne dir zu viel zu verraten, kann ich dir versichern, dass Hanky und ich Mutanten sind. Wie es dazu kam, werde ich dir mal in einer ruhigen Stunde erzählen. Zu deiner Frage, wie ich wissen konnte, dass der Fels unversehrt ist. Ganz einfach. Ich kann es fühlen. Ich bin in der Lage, Materie geistig abzutasten und, wenn ich möchte, diese zu verändern.«

Nun hielt es Thore nicht mehr aus. Er musste eine Zwischenfrage stellen. Deshalb unterbrach er Walt und fragte:

»Soll das bedeuten, du bist ein Telekinet oder Psychokinet, wie es manche Parawissenschaftler nennen?«

Nun grinste Walt wieder und es gefiel ihm, dass Thore so aufgeregt war. Im Allgemeinen waren seine und Hankys Fähigkeiten geheim und nur wenige Menschen wussten von ihren Kräften. Da tat es gut, einen Menschen zu treffen, der seine Fähigkeiten bewunderte.

»Ja, das bin ich mein Lieber. Aber Hanky hat viel mehr Power als ich. Er verfügt über Kräfte, die du dir kaum vorstellen kannst.«

Walt beendete unerwartet seine Konversation. Gebannt sah er nach vorne. In die Jahre gekommene Straßenlaternen erhellten nur ungenügend die Gasse vor ihnen. Die alten Industriegebäude, die Ruinen und der Müll, der sich auf verlassenen Grundstücken sammelte, vermittelten ein düsteres Bild. Hier waren Träume gestorben, Hoffnungen geflohen und morbide Tristesse hatte dieses Industriegebiet erobert. Gleichzeitig lag eine Aura der Gefahr über der Industriebrache und etwas anderes, das Walts Sinne alarmiert hatte. Etwas stimmte hier nicht und aus jahrelanger Erfahrung wusste er, dass nun seine gesamte Konzentration gefordert war. Wäre nur Hanky bei ihnen, dann könnten sie die Gefahr lokalisieren. Doch er hatte nur diesen BND Agenten neben sich, von dem er nicht wusste, wie er sich in einer Krisensituation verhalten würde. Thore hatte Walts Stimmungsumschwung bemerkt und fühlte, dass es für den Moment besser war, zu schweigen. Auch er bemerkte die düstere Stimmung und suchte hierfür eine Erklärung. Angestrengt betrachtete er die Straße und anliegenden Gebäude. Nahe einer Ruine glaubte Thore eine Bewegung gesehen zu haben. Doch dann waren sie auch schon vorbei und weitere Hallen schoben sich in ihr Sichtfeld wie Kulissen in einem Horrorfilm. Es fehlte nur noch eine dramatische Filmmusik und die Illusion wäre perfekt. Plötzlich hielt Walt den Wagen an und schaute gespannt nach links. Er hatte etwas bemerkt, was Thore entgangen war. Vielleicht setzte der Mutant ja auch seine übersinnlichen Fähigkeiten ein, die Thore verborgen blieben. Geduldig wartete er ab und versuchte etwas Ungewöhnliches an der Lagerhalle auf der linken Seite zu erkennen. Ohne eine Erklärung legte Walt den Rückwärtsgang des Pick-up Trucks ein. Dann rollte er langsam zurück, als suche er etwas Bestimmtes. Gleich darauf betätigte Walt erneut die Schaltung und lenkte den Truck auf ein verwildertes Grundstück. Er fuhr einige Meter und blieb dann neben einer verfallenen Mauer stehen. Dann zog er den Zündschlüssel ab und sagte auffordernd:

»Komm Thore, wir sehen uns die Halle dort vorne mal genauer an.«

Mit diesen Worten stieg er aus dem Wagen und Thore folgte Walt. Dabei hätte er sich gewünscht, dass der Mutant ihm mehr Informationen gegeben hätte. So stapfte er ihm hinterher, quer über das

Grundstück, und versuchte dabei so leise wie möglich zu sein. Er konzentrierte sich so sehr darauf, dem überall herumliegenden Müll auszuweichen und nicht in ein eventuelles Loch im Boden zu treten, dass er beinahe gegen seinen Begleiter geprallt wäre. Walt war plötzlich stehen geblieben und sah lauernd nach vorne. Er drehte nach einer Weile den Kopf und flüsterte Thore zu:

»Hier waren vor einigen Stunden schon einmal ein paar Leute. Sie sind zu der Halle geschlichen. Außerdem geht dort drinnen etwas vor, das ich nicht genau erfassen kann. Komm, wir sehen uns das mal genauer an.«

Ohne auf eine Antwort von Thore zu warten, schlich Walt weiter und kurze Zeit später standen sie dicht an der Hallenwand. Walt sah sich wieder suchend um, ehe er nach links abbog. Ergeben folgte ihm Thore. An der Hallenecke blieb Walt erneut stehen. Vorsichtig schob er seinen Kopf nach vorne und blickte um die Ecke. Dann gab er Thore ein Zeichen, ihm zu folgen. Gemeinsam schlichen sie nun an der Hallenwand entlang, bis Walt vor einer kaum sichtbaren Tür Halt machte. Die Tür war nur mit einem Schlüssel zu öffnen, das konnte Thore auch ohne übersinnliche Fähigkeiten erkennen. Was dann aber geschah, verblüffte ihn. Walt legte den Zeigefinger seiner rechten Hand auf das Schloss und gleich darauf zeugte ein leises Klickgeräusch davon, dass etwas mit dem Schließmechanismus geschah. Walt zog an dem Türknauf und tatsächlich öffnete sich die Tür gehorsam. Ich glaube, ich werde mir das Wundern abgewöhnen müssen, dachte Thore und folgte Walt ins Innere der Halle.

Wie schon zuvor die Mafiosi durchsuchten sie die angrenzenden Räumlichkeiten und stiegen dann ebenfalls die Treppe zur nächsten Etage nach oben. Schnell entdeckten sie das Büro mit dem Fenster zur Halle. Vorsichtig näherten sie sich dem Fenster und sahen gespannt in die Halle unter ihnen. An der hinteren Hallenwand war ein technischer Aufbau zu sehen, der im ersten Moment an den Bühnenaufbau einer Rockband erinnerte. Rechts und links standen zwei jeweils circa drei Meter hohe Gebilde, die wie zu groß geratene elektrische Spulen aussahen. Steuerungspulte, Kabel und Transformatoren füllten den Platz neben den Spulen. Einige Techniker hantierten an den Geräten, andere tippten etwas in ihre Tablets und ein einzelner Mann überwachte die Arbeiten mit angespanntem Gesicht. In der Mitte der Halle war eine Art Autowaschanlage aufgebaut. Dort befüllten gerade Männer in Schutzanzügen große Behälter mit einer Flüssigkeit. Im vorderen Teil der Halle stand ein großer Lastwagen, der soeben beladen wurde. Paletten wurden von einem großen Gabelstapler angehoben und in den Laderaum des LKWs verfrachtet. Walt wollte gerne wissen, was sich auf den Paletten befand, doch diese waren mit Planen abgedeckt. Er beugte sich noch ein wenig weiter nach vorn zum Fenster hin. Dann setzte er seine besondere Gabe ein. Wie von Geisterhand löste sich eine der Planen und rutschte zu Boden.

»Das ist ja … Wie kann das nur möglich sein?«, rief Thore aufgeregt.

***

Verwirrende Gefangenschaft

Die ganze Nacht über hatte Tan in einer Ecke gekauert. Er trug nun einen orangen Anzug, der ihm viel zu groß war. Seine Kleidung hatte man ihm abgenommen und ihn danach in einen kahlen Raum gebracht. Dort hatten ihn starke Männer gepackt und unter ein silbernes Ding gestellt, aus dem warmes Wasser rieselte. Natürlich wusste der Mann aus einer anderen Welt nicht, was eine Dusche war. Doch ihm gefiel das warme Wasser sehr, das ihn an die seltenen Regenfälle in seiner Heimat erinnerte. Doch der Regen war gefährlich, konnte er einem doch die Haut verbrennen. Dieser Regen jedoch war angenehm und spülte den Schmutz von Jahren von dem ausgemergelten Körper. Mit dem Wasser wurden auch die letzten Reste seines Symbionten, dem Pilz, weggespült. Allmählich begriff Tan, dass er doch nicht sterben würde, jedenfalls nicht jetzt. Einer der Männer trat vor und reichte Tan einen blassen Stein. Er wusste nicht, was er nun mit einem Stein anfangen sollte, doch als der Mann ihm durch einige Gesten klarmachte, er solle den Stein an seiner Haut reiben, fügte sich Tan. Was dann geschah, glich einem Wunder. Der Stein wurde glitschig und auf seiner Haut begann sich Schaum zu bilden. Dazu stieg ein betörender Duft auf und Tan rieb, mit einem Lächeln auf den Lippen, den Stein über seinen Körper. Nach einer Weile jedoch versiegte der warme Regen und der Mann reichte Tan ein Tuch. Gleich begriff der Krieger aus einer fremden Welt, wofür das Tuch war. Eifrig rieb er sich trocken und wartete, was nun kommen würde. Man reichte ihm eine kleine Hose, die Tan gehorsam anzog, und dann ein ärmelloses Hemd. Auch dieses Kleidungsstück nahm Tan gerne entgegen. Der Stoff schmiegte sich weich an seinen Körper. Er hätte nie geglaubt, dass Kleidung so angenehm sein konnte. Dann folgte der orangefarbene Overall, den er gehorsam überstreifte. Nachdem er auch noch Schuhe, die nicht aus dem Leder einer Echse gefertigt waren, sondern auch sehr weich und bequem waren, erhalten hatte, glaubte sich Tan in einer Wunderwelt zu befinden. Die Menschen hier waren freundlich und schenkten ihm Dinge. Warum taten sie das? Er war doch ein Krieger von einem anderen Stamm. Als er jedoch in eine Gemeinschaftszelle gebracht wurde, in der andere Gefangene in orangenen Anzügen ihn missmutig anstarrten, verflüchtigten sich Tans Freude und Dankbarkeit. Eine Gittertür wurde geöffnet und Tan in die Zelle geschoben. Die fremden Männer hier begannen ihm Dinge zuzurufen, die er nicht verstand. Einer, ein bulliger Kerl mit schwarzer Haut, wollte ihn gar schlagen. Doch Tan wich geschickt aus und versetzte seinem Gegner einen Schlag gegen dessen Schläfe. Der Schwarze fiel mit einem grunzenden Geräusch zu Boden und rührte sich nicht mehr. Zu seiner Sicherheit war Tan in eine Ecke zurückgewichen und hatte auf einen weiteren Angriff gewartet. Doch nichts geschah. Die anderen Männer kümmerten sich nicht mehr um ihn und unterhielten sich in ihrer Sprache. Nach und nach kehrte Ruhe in der Zelle ein und Tan setzte sich, den Rücken an die Wand gelehnt.

Geräusche unbestimmter Art weckten Tan und rissen ihn aus einem wirren Traum. Er war im Schlaf in seine Heimat zurückgekehrt, doch der Rat der Alten hatten ihn nicht mehr aufgenommen. Er war verbannt worden und musste ohne seine Sippe sein Dasein fristen. Er war durch fremde Lande gewandert, hatte heilige Stätten besucht und stand schließlich am großen Wasser. Sehnsüchtig hatte er den Wolken hinterhergeschaut, die mühelos die wilden Wasser überquerten. Dieser Weg war ihm versperrt. Er war am Ende der Welt, seiner Welt angelangt. Hunger quälte ihn, doch er wusste nicht, wo er Beute finden konnte. So saß er auf einem Felsen, während die Wellen des großen Wassers seine Beine umspülten. Ein Schrei ließ ihn aufhorchen und riss ihn aus der Traumwelt zurück in die Realität, die er nicht verstand. Tan schlug seine Augen auf und sah erstaunt, dass seine Mitgefangenen am Gitter standen. Sie riefen irgendetwas, was er nicht verstand. Nach einiger Zeit kamen die Männer in Blau und öffneten das Gitter. Die Gefangenen hatten ihr Geschrei eingestellt. Einzeln verließen sie die Zelle und stellten sich in einer Reihe auf. Tan hatte sich in der Zwischenzeit erhoben. Er beschloss sich den anderen Gefangenen anzuschließen. Nachdem alle Gefangenen im Gang aufgestellt waren, sagte einer der Blauen etwas und die Gruppe folgte der Wache gehorsam. Sie wurden durch Gänge geführt, an deren rechter und linker Seite sich weitere Zellen befanden. Tan war erstaunt, wie viele Gefangene es hier gab. Ein Stamm, der so viele Gefangene hatte, musste sehr mächtig sein. Schließlich gelangten sie in einen sehr großen Raum, in dem es köstlich roch. Der Krieger aus einer fremden Welt spürte, wie sich sein Magen vor Hunger verkrampfte. Doch er musste vorsichtig sein, damit er nichts falsch machte. Aufmerksam beobachtete er, wie sich die Gefangenen vor ihm verhielten. Sie stellten sich vor einer Theke an, auch wenn Tan nicht wusste, dass das, was er sah, eine Theke war. Dort nahm sich jeder ein dünnes Brett, das silbern glänzte. Das Brett hatte Mulden und Tan sah, dass die Männer, wie er in orange Overalls gekleidet, Essen auf die Silberbretter legten. In langsamen Schritt gingen die Männer die Theke entlang und schoben das Silberbrett, das sich mit Essen füllte, neben sich her. Zum Schluss griffen sich die Gefangenen ebenfalls silberfarbene Becher und gossen eine heiße Flüssigkeit hinein. Am Ende der Theke hoben die Gefangenen ihr Silberbrett an und gingen zu den aufgestellten Tischen. Davor standen Bänke, auf die sich die Männer setzten. Tan hatte nur einmal in seinem Leben einen Tisch gesehen. Das war im Versammlungsraum der Alten gewesen. Dort hatten die Frauen der Alten heilige Dinge gelegt, die niemand berühren durfte. Ein Gefangener hinter ihm schubste Tan und sagte etwas, das bestimmt nicht freundlich war. Er beeilte sich deshalb schnell einen der Tische zu erreichen. Als er einen freien Platz erspäht hatte, stellte er sein Silberbrett auf den Tisch und setzte sich. Er beugte sich zu seinem Essen hinunter und schnupperte. Mit seinen Fingern stopfte er das Essen in sich hinein und war glücklich, hier zu sein.

***

Neue Abenteuer

Die Nacht in dem Keller war sehr bequem gewesen. Dra erwachte als Erster. Es war dunkel und zunächst wusste er nicht, wo er sich befand. Die Schnarchgeräusche seiner Kameraden beruhigten ihn jedoch sofort. Er war nicht alleine in dieser Höhle. Allmählich kehrte seine Erinnerung zurück. Ja, er wusste, wo er sich befand. Sie hatten reiche Beute gemacht und sogar etwas zu Essen gefunden. Gähnend setzte er sich auf und sah, dass unter der Tür ein schmaler Lichtstreifen lag. War es schon Tag? Dra beschloss, die anderen noch nicht zu wecken, und schlich deshalb vorsichtig und, ohne ein Geräusch zu verursachen, zur Tür. Seine Finger tasteten dem Türblatt entlang und fanden schließlich die Türklinke. Langsam drückte er die Klinke nach unten und schob die Tür einen Spalt auf. Er sah hinaus in den Kellergang, der verlassen vor ihm lag. An der Decke brannte eines dieser kleinen Feuer und erhellte den Gang. Weiter vorn sah er plötzlich eine Bewegung und Dra zog die Tür so weit zu, dass er gerade noch durch den Spalt hinaus in den Gang sehen konnte. Aus einer anderen Tür im Gang trat eine kräftige, schwarze Frau und sah genau in seine Richtung. Ihr Gesicht veränderte von einer neugierigen Miene zu einer ärgerlichen Fratze. Sie lief auf die Tür, hinter der Dra stand, zu und gestikulierte dabei mit ihren Armen wild und drohend. Dra zog die Tür erschrocken zu und hielt die Klinke fest in seinen Händen. Von draußen wurde an der Tür gerüttelt. Die kräftige Frau versuchte in ihren Raum einzudringen, doch Dra hielt tapfer den Türgriff umfasst. Inzwischen waren seine Begleiter von dem Lärm erwacht und fragten, was denn los sei. Als Dra ihnen zurief, dass eine große schwarze Frau vor der Tür stehe und laut schreie, lachten seine Kameraden zuerst. Doch dann begriffen sie, dass ihr Versteck nicht mehr sicher war. Sie mussten diesen schönen Ort aufgeben. Bestimmt rief die fremde Frau Krieger ihres Clans herbei und es würde zum Kampf kommen.

Schnell rafften sie ihre Habseligkeiten zusammen und auf ein kurzes Signal hin riss Dra die Kellertür auf. Die schwarze Frau erstarrte für einen Moment, und ihre Augen rollten erschrocken in den Augenhöhlen hin und her. Dann schwang sie ihre mächtigen Arme und schrie dazu schrill. Beinahe hätte Dra einen Schlag erhalten, doch seine Stammesbrüder drängten von hinten nach und begannen nun ihrerseits zu schreien. Dra prallte gegen die Schwarze und hätte es nie für möglich gehalten, dass ein Mensch so massig und weich sein konnte. Er versank förmlich in ihrem riesigen Busen und zappelte dabei wie wild. Pre packte ihn von hinten und zog ihn von der Frau fort, während Mot und Fur ihre ganze Kraft einsetzten, um die riesige Frau zur Seite zu drängen. Dann waren sie alle an ihr vorbei und rannten zum Ausgang. Scheppernd flog die Außentür auf und die Männer standen vor dem Haus. Schnell versuchten sie sich zu orientieren, was im ersten Moment beinahe unmöglich war. Die optischen Eindrücke, wie auch der Lärm, der sie umgab, schien sie zu überwältigen. Die Straße war gefüllt mit langsam dahinrollenden Autos, Bussen und Lastwagen. Eilende Menschen schoben sich auf dem Bürgersteig an ihnen vorbei, ohne auch nur einen Blick auf die staunende Gruppe zu werfen. Dra war der Erste, der seine Fassung wiedergewann. Die schwarze Frau im Haus schrie noch immer und so war klar, dass er und seine Kameraden schnell das Weite suchen mussten. So entschied er sich, nach rechts dem Gehweg zu folgen. Er gab seinen Mitstreitern ein Zeichen und die Gruppe lief los. Dra überlegte während des schnellen Gehens, warum sich niemand für sie interessierte. Dabei betrachtete er die ihm entgegenkommenden Menschen. Dann erkannte er, warum sie niemand aufhielt. Sie trugen die gleiche Art von Kleidung wie die Menschen um sie herum. Er war sich sicher, wenn sie noch ihre alte Kleidung getragen hätten, dann wären sie nun in arger Bedrängnis. Je weiter sie liefen, desto mehr Menschen bevölkerten den Gehweg.

Nach circa vier Blocks blieben sie dann schließlich stehen und nahmen sich die Zeit, die Gegend um sich herum zu betrachten. Staunend sahen sie sich die Auslagen der Geschäfte an. Auch Schaufenster waren in ihrer Welt unbekannt. Sie liefen von einem Geschäft zum nächsten und konnten die Fülle und Vielfalt des Warensortiments nicht fassen. Wie war es denn nur möglich, dass es so viele Sachen gab? Wie reich war diese Welt, wo gleichzeitig ihr eigenes Volk ums Überleben kämpfen musste. War das gerecht oder interessierte dies niemanden? Fur blieb ein wenig zurück und starrte an der Pracht, dem Reichtum vorbei ins Leere. Auch er schien ähnlich wie Pre zu denken. Dicke Tränen rannen über seine schmutzigen Wangen, während sich sein Körper schüttelte. Dra rief die anderen herbei, die schon ein Stück weitergegangen waren. Gemeinsam gingen die Krieger zu ihrem Gefährten, umringten diesen, so wie es bei ihrem Volk üblich war, und wiegten ihn gemeinsam wie ein Kind. Dabei sangen sie leise das Lied der Trauer und des Trostes. Die Männer aus einer anderen Welt vergaßen dabei ihre Umwelt, das hektische Treiben New York Citys. Mit der Melodie des uralten Liedes reisten ihre Seelen zurück in die Einöde ihrer Ahnen. Dort vereinigten sie sich mit den Verlorenen, den Geistern ihrer Vorfahren. Sie schöpften aus dem Brunnen der Kraft neue Energien für bevorstehende Abenteuer. Die Melodie wechselte in ein harmonisches Summen, das von tiefen Basstönen durchdrungen war, ehe sie sich langsam in der Ferne verlor, um schließlich ganz zu verstummen. Die Krieger hatten nicht bemerkt, wie erst nur einige Passanten stehen blieben und dem Gesang lauschten. Aus wenigen wurden viele und zum Schluss standen wohl an die fünfzig Menschen um die Sänger herum. Als diese dann aus ihrer Meditation zurück in die Wirklichkeit fanden, bemerkten dies die Zuhörer und honorierten den Gesang mit tosendem Applaus. Die Krieger schreckten auf und sahen verständnislos zu den Menschen, die sie umringten. Keiner von ihnen wusste, was nun zu tun sei und wie sie reagieren sollten. Doch als sie die lächelnden Gesichter sahen, schwand ihre Angst und sie lächelten unsicher zurück. Ein Mann mit grauem Haar und bauschigen Vollbart trat vor und klopfte Dra, der am Vordersten stand, anerkennend auf die Schulter. Dann wandte er sich ab und ging seines Weges. Die anderen Passanten zerstreuten sich auch rasch und die Krieger standen wieder alleine im Strom der Passanten.

»Ein Ältester dieses Volkes hat mich berührt«, sagte Dra ergriffen. »Das ist erstaunlich. Noch nie hat mich ein Ältester berührt. Die Menschen hier sind sehr sonderbar!«

»Was machen wir jetzt?«, fragte Mot, ohne auf Dras Äußerung einzugehen.

Dra breitete seine Arme als Zeichen des Nichtwissens aus. Sie berieten nur einen Moment, ehe sie sich entschlossen, dem Weg weiter zu folgen. Dabei ließen sie sich Zeit und betrachteten die Schaufenster, die an ihrem Weg lagen. Schließlich passierten sie ein Lokal und blieben vor einem der großen Fenster erstaunt stehen. Dort drinnen saßen Menschen, die vor gefüllten Tellern saßen und es sich schmecken ließen. Sofort meldete sich der Hunger in ihren Mägen. Aber wie bekam man hier Essen? Instinktiv wussten sie, dass es auch hier, in dieser Welt, nichts umsonst gab. Doch sie konnte hier kein Essen rauben, da dort drinnen zu viele Leute waren. Sie konnten nicht so viele Gegner auf einmal besiegen. Mürrisch, den Geruch von köstlichen Speisen in der Nase, marschierten sie weiter die Straße entlang. Einige Minuten später erreichten sie einen kleinen Park. Doch nicht die für sie ungewöhnliche Vegetation interessierte sie, sondern ein kleines Gefährt, hinter dem ein einzelner Mann stand. An der Karre waren Bilder angebracht, die unverständliche Dinge zeigten. Doch der Geruch, der von dem kleinen Wagen zu ihren Nasen gelangte, signalisierte ihnen, dass es hier etwas Essbares gab. Angespannt näherten sie sich dem Verkaufswagen und ein Mann, der eine merkwürdige Kopfbedeckung trug, fragte lächelnd:

»Na meine Herren, wie wäre es mit einem Hotdog?«

***

Verwehte Spuren

New Mexico - irgendwo in der Wüste - circa 4 Monate zuvor - Teil 3

Es waren tatsächlich Mauerreste, die aus dem bleifarbenen Sand ragten. Fasziniert betrachtete Doktor Denton die Überreste eines Hauses. Bisher hatte niemand damit gerechnet, hier in der Parallelwelt Spuren von einer Zivilisation zu finden. Dennoch gab es diese, was die Ruine eindeutig belegte. Wer hatte hier gelebt und gab es Nachkommen der Erbauer? Nichts deutete darauf hin, dass es hier intelligente Wesen gab. Der Wissenschaftler wollte nicht über die Möglichkeit nachdenken, ob die einstigen Erbauer des verfallenen Gebäudes menschlich waren. Noch wusste man eigentlich gar nichts über diese Welt. Das einzig gesicherte Wissen bisher war, dass die geografischen Landmarken die gleichen waren wie auf der Erde. Also war dies so etwas wie eine zweite Erde, eine Welt in einer anderen Dimension. Doch bei der gleichen Geografie hörte die Gemeinsamkeit schon auf. Die Erde war ein blühender Planet mit unzähligen Tierarten, einer abwechslungsreichen Natur, bevölkert von Milliarden Menschen. Es gab Städte und unbewohnte Gebiete, Straßen verbanden Städte, Dörfer und Länder. Wälder wechselten mit grünem Agrarland, Wüsten grenzten an dichte Urwälder. Doch hier in dieser Parallelwelt lebte nicht viel. Man hatte Echsen und Käfer, ja sogar riesige Würmer gefunden. Doch diese Landschaft war weit von dem entfernt, was man als gesunde Ökologie verstand. War vielleicht eine globale Katastrophe schuld an dem desaströsen Zustand dieser Welt? Niemand wusste es und es schien die Initiatoren dieser Expedition auch nicht zu interessieren. Wichtig waren nur die geografischen Verhältnisse für diese Leute. Warum das so war, wusste hier niemand und merkwürdigerweise fragte auch keiner danach.

Vorsichtig näherte sich Dr. Denton der Ruine. An seiner Seite marschierte Sergeant Brian Chapek, dem nicht ganz Wohl in seiner Haut war. Zwar sicherten seine Männer mit schussbereiten Waffen die Umgebung. Doch man konnte nie wissen, was diese verfluchte Welt für Überraschungen parat hielt. Der Wind zerrte an ihren Schutzanzügen und eine Verständigung war nur über Funk möglich. Der Sergeant hörte den aufgeregten Atem des Wissenschaftlers in seinem Kopfhörer. Irgendwie bewunderte er diesen Mann, der noch der Faszination des Fremden unterlag. Er kümmerte sich nicht um mögliche Gefahren, jedenfalls vermittelte er diesen Eindruck. Noch ehe der Sergeant dem Doktor Anweisungen über das Verhalten geben konnte, sprang dieser über einen Mauerrest und war gleich darauf verschwunden. Der Soldat fluchte und schaute, seine Waffe im Anschlag, über die Mauer hinweg. Der Doktor war circa zwei Meter unter ihm auf einem Sandhügel gelandet und kroch auf allen vieren auf einen Treppenabgang zu. Dabei schnaufte er erregt, richtete sich schließlich auf und rief begeistert:

»Hier unten ist eine Tür! Tatsächlich, eine echte Tür! Wer hätte das gedacht? Kommen Sie Sergeant. Schnell! Ich will sehen, ob sich die Tür öffnen lässt.«

So ein verdammter Idiot, dachte der Soldat und sprang beherzt über die Mauer. Auch er landete auf dem Sandhügel und seine Stiefel versanken bis zu seinen Fußknöcheln darin. Mit soldatischer Erfahrung sah er sich um und stellte erleichtert fest, dass sich kein Tier dieser Welt hier aufhielt. Nach einem weiteren Rundblick beorderte er per Funk fünf weitere Soldaten zu der Ruine und stapfte dann hinüber zu dem Doktor. Dieser stand tatsächlich vor einer Tür, die irgendwie ganz normal aussah. Dunkelblaue Farbe blätterte von dem Türblatt und in gewohnter Höhe war sogar eine Türklinke angebracht. Nun fragte sich auch Sergeant Chapek, ob es hier Menschen gab beziehungsweise gegeben hatte. Irgendjemand musste ja schließlich dieses Haus gebaut haben. Vielleicht waren sie aber auch nicht die ersten Besucher dieser Welt und eine frühere Expedition hatte hier ein Gebäude errichtet. Doch er verneinte sofort wieder seine Idee. Es wäre schon ein besonderer Zufall, wenn eine andere Forschungsmission sich ausgerechnet die gleiche Stelle für ihre Forschungen auf dieser Welt ausgesucht hätte. Beim Doktor angekommen besah sich der Soldat nun auch die Tür und drückte dann, ohne sich zuvor mit dem Doktor abzusprechen, die Türklinke herunter. Es gab ein knirschendes Geräusch, das die Männer trotz des ewigen Windes hören konnten. Sonst geschah zuerst nichts. Die Türklinke ließ sich bewegen, doch die Tür blieb verschlossen. Nun war auch der Forschersinn des Sergeanten erwacht. Er drückte noch einmal die Klinke nach unten und drückte mit seiner Schulter gegen die Tür. Mit einem knarzenden Geräusch gab diese schließlich ihren Widerstand auf und öffnete sich. Ein dunkler Gang wurde sichtbar und eine weitere Treppe, die hinab ins Dunkle führte. Inzwischen waren die angeforderten Soldaten angekommen und bildeten einen absichernden Halbkreis um den Sergeanten und den Doktor.

»Eine Treppe, wie wir sie bauen würden«, murmelte Dr. Denton und schickte sich an, die Stufen hinabzusteigen.

Doch ein Soldat kam ihm zuvor. Er schob den Wissenschaftler einfach zur Seite, schaltete eine Lampe, die an seinem Anzug in Brusthöhe angebracht war, an und sah dann fragend zu seinem Truppführer. Der Sergeant nickte und der Soldat ging vorsichtig die Stufen hinunter. Ein weiter Söldner folgte mit angeschlagener Waffe. Dann jedoch hielt es der Doktor nicht mehr aus und er folgte den Männern. Hinter sich hörte er weitere Schritte auf der Treppe, doch er war so aufgeregt, dass es ihn nicht interessierte, wer ihm folgte. Die Treppe endete in einem schmalen Gang, an dessen Ende eine weitere Tür zu erkennen war. Der erste Soldat ging bis zur Tür, wartete dort auf seinen Kameraden und hantierte dann an der Türklinke. Auch diese Tür ließ sich öffnen. Das Türblatt schwang in den Gang hinein und die Söldner hoben ihre Waffen. Als nach einer Minute nichts geschah, betrat der erste Mann den dunklen Raum. Er schwenkte sein Gewehr nach rechts und dann nach links. Als er sicher war, dass ihn niemand angreifen würde, ging er weitere zwei Schritte nach vorn und vollführte eine komplette Drehung. Danach gab er ein kurzes »Okay«, und der zweite Bewaffnete folgte ihm in den Raum. Auch er hatte seine Lampe angeschaltet und sah sich misstrauisch in dem Kellerraum um. Von der Eingangstür aus verfolgte der Doktor die Aktionen der Söldner. Lichtfinger stachen ins Dunkle und enthüllten nur kahle Wände. Im hinteren Teil des Raumes lag ein umgestürzter Holztisch und daneben einige Hocker auf dem staubigen Boden. Dr. Denton betrat nun auch den Raum und lief zu dem umgestürzten Tisch. Er winkte die Söldner heran und forderte:

»Leuchten Sie mal hierher.«

Die Bewaffneten folgten der Anweisung und eine morbide Szene enthüllte sich vor den Männern. Hinter der Tischplatte lagen verstreut bleiche Knochen. Sie steckten zum Teil in grober Kleidung und stammten von mindestens drei Leichen. Als der Wissenschaftler einen weiteren Schritt nach vorne ging, sah er einen menschlichen Schädel, der ihn anzustarren schien.

***

Richtige Nachbarschaft

Brian Spiller war zufrieden. Schneller als erwartet hatten sie eine Bleibe gefunden. Der Alte, der sich Angelo nannte, hatte ihnen nicht nur geholfen, dieses Haus zu mieten, nein, er war zudem noch eine menschliche Enzyklopädie. Er wusste bestens über die Nachbarschaft und über den Stadtteil Queens Bescheid. Nachdem er den Sohn des Hausbesitzers, Enzo Vabrese, mit blumenreichen Worten überredet hatte die neuen Mieter zu akzeptieren, bat Brian den Alten, doch ein wenig zu bleiben. Nach einer kurzen Instruktion Angelos fuhr Brians Begleiter Robert zum nächsten Supermarkt, um das Nötigste für die nächsten Tage zu kaufen. Brian hingegen setzte sich mit Angelo in das noch voll möblierte Wohnzimmer. Ja, das Glück war wirklich auf der Seite der beiden Killer. Enzo Vabrese hatte noch nicht die Zeit gefunden, das Haus seines Vaters auszuräumen. Nun vermietete er es eben in dem Zustand, wie es war.

Sie plauderten eine Weile über belanglose Dinge, über Gott und die Welt, wie man so sagt. Doch Brian war sehr geschickt darin, Menschen zu manipulieren. So fiel es ihm auch nicht schwer, Angelo zu einem Thema zu leiten, das ihn besonders interessierte. Der Alte bemerkte die Manipulation nicht, ja er glaubte sogar, dass er das Thema Mafia in der Nachbarschaft selbst zur Sprache brachte.

»Eigentlich darf man es ja nicht laut sagen«, berichtete Angelo mit verschwörerischem Ton und beugte sich dabei ein wenig nach vorne. »Es gibt in dieser Gegend eine ganze Menge Kerle, die zur Mafia gehören. Zum Glück konnte ich mich immer aus deren Machenschaften heraushalten, was ich meinem alten Herrn verdanke. Der hat mir immer eingebläut, nie Geschäfte mit diesen Leuten zu machen. Ja nicht einmal einen Gefallen durfte ich von ihnen annehmen. So bin ich durch die Jahre gegangen, habe meine Familie ernährt und mich aus allem herausgehalten.«

Noch ehe das Gespräch nun in eine andere Richtung Abdriften konnte, lenkte Brian es gleich wieder in die gewünschte Richtung. So fragte er scheinbar beiläufig:

»Ich habe gehört, dass die Gambrino Familie in New York ganz schön zu leiden hatte. Ihr Boss war doch John Gotti, den die Presse als den Teflon Don bezeichnete.«

»Ja, John. Ich kannte ihn sogar. Am Ende haben sie ihn doch erwischt. 2002 ist er dann im Gefängniskrankenhaus gestorben, aber nicht in New York City, sondern in Springfield Missouri.«

»Mann, Angelo, du weißt wirklich Bescheid. Gibt es diesen Mafia Clan eigentlich noch, oder hat er sich nach Gotti aufgelöst?«, fragte Brian, obwohl er die Antwort natürlich kannte.

»Aber natürlich gibt es noch diese Mafia Familie. Bis 2019 war Francesco Cali ihr Pate. Man hat ihn erschossen. Tja, so geht es eben, wenn man ein Gangster ist. Wer heute der Boss ist, weiß ich nicht. Auf jeden Fall gehen die Kerle immer noch ihren Geschäften nach. Selbst hier in Queens kannst du sie sehen. Diese Typen zeigen sich offen, gerade so, als ob ihnen nichts passieren könnte.«

Brian machte ein besorgtes Gesicht, obwohl er sich innerlich freute, dass er einen so guten Informanten gefunden hatte. Sofort schloss er seine nächste Frage an.

»Sag mal Angelo, wo treiben sich die Kerle denn rum? Ich möchte nicht in Schwierigkeiten kommen, falls ich sie nicht erkenne.«

Nun lächelte der Alte väterlich. Brian hatte seinen Beschützerinstinkt geweckt und Angelo überlegte einen Moment, wie er diesem netten Mann helfen konnte. Er genoss es, dass Brian ihm seine Zeit schenkte und aufmerksam seinen alten Geschichten folgte. Meistens hatten die jungen Leute keine Zeit und wollten sich nicht mit den alten Leuten abgeben. So entschloss er sich, seinem neuen Nachbarn die Gegend zu zeigen. Damit verband er natürlich auch die Hoffnung, mehr Zeit mit Brian verbringen zu können. Gespräche und angenehme Gesellschaft waren in den letzten Jahren rar geworden und eine Abwechslung im sonst eintönigen Alltag kam gerade recht.

»Hör zu Brian. Was hältst du davon, wenn wir ein wenig durch die Gegend fahren? Dein Kumpel Robert müsste doch bald zurückkommen. Dann können wir los.

»Das ist eine großartige Idee Angelo. Vielen Dank! Ich hätte nicht gedacht, dass wir hier so gute Nachbarn finden würden. Ja, ich würde gerne meine neue Nachbarschaft kennenlernen. Magst du in der Zwischenzeit noch etwas trinken? Ich habe nur Wasser da. Ich hoffe, Robert bringt Bier mit und vielleicht etwas Hochprozentiges.«

»Jaja, Wasser ist prima! Alkohol vertrage ich eh nicht mehr so gut!«

Sie verbrachten die nächste halbe Stunde mit harmlosem Geplauder und Brian ließ die Worte an sich vorbeirieseln. Dann kam Robert endlich zurück. Mit Taschen beladen kam er schnaufend herein und rief:

»Brian, kannst du mir mal helfen? Im Auto warten noch einige Kisten mit Einkäufen.«

Brian entschuldigte sich kurz bei Angelo.

»Ich muss schnell meinem Kumpel helfen. Ich bin gleich zurück und dann können wir mit unserer Rundfahrt beginnen.«

Der Alte lächelte dankbar und gleichzeitig zufrieden. Dieser Brian hatte wirklich gute Manieren. Beim Auto angekommen informierte dieser in der Zwischenzeit Robert über das Gespräch mit dem Alten.

»Das ist ja super!«, kommentierte Robert die Neuigkeiten. »Ja klar, fahren wir noch ein wenig herum. Vielleicht finden wir ja auch ein Restaurant. Ich hätte jetzt nichts gegen ein Stück Pizza.«

Kurze Zeit später saßen sie zu dritt im Auto. Angelo bekam den Ehrenplatz auf dem Beifahrersitz, was er dankbar zur Kenntnis nahm. Er gab Robert Anweisungen, in welche Richtung er fahren sollte. So fuhren sie kreuz und quer durch Queens und Angelo erzählte mit stolzem Lokalpatriotismus, was sich in den Jahren hier alles ereignet hatte. Geduldig hörten Brian und Robert den Geschichten des Alten zu. Sie drängten ihn nicht, von der Mafia zu berichten. Robert fragte jedoch nach einer Weile:

»Angelo, wo können wir etwas essen gehen. Du weißt bestimmt, wo man eine gute Pizza bekommt.«

Der Alte nickte eifrig und ließ Robert nach rechts abbiegen. Von der 181sten Straße bogen sie auf den Union Turn Pike ein, welcher sich als ganz normale Stadtstraße erwies. Allerlei Geschäfte reihten sich hier aneinander. Meist waren die Gebäude einstöckig und schon etwas in die Jahre gekommen. Sie passierten einen Butcher Shop und zwei kleinere Tischen, die auf dem Gehweg standen. An diesen saßen einige Männer, die sich angeregt unterhielten. Angelo war plötzlich ganz aufgeregt. Hastig sagte er zu Robert:

»Nicht anhalten. Dort sitzen ein paar Mitglieder der Gambrino Familie.«

Nun erwachte in Brian sein mörderischer Jagdinstinkt. Gebannt starrte er zu den Männern und merkte sich den Namen der Metzgerei. Auf einem verwaschenen Schild konnte er »Salvatores Butcher Shop« lesen. Die Kerle an den Tischen unterhielten sich angeregt und achteten nicht auf die Fahrzeuge, die vorüberfuhren. Brian jedoch versuchte sich jedes Gesicht einzuprägen. Gleich darauf deutete Angelo zur gegenüberliegenden Straßenseite, wo ein Restaurant mit dem Namen »Carlos Pizza« mit einem großen Neonschild um Kunden warb.

»Die machen ganz gutes Essen«, rief Angelo und Robert wendete an der nächsten Kreuzung. Tatsächlich fand er nur wenige Meter von dem Restaurant einen Parkplatz am Straßenrand. Die Männer stiegen aus ihrem Fahrzeug und schlenderten auf die Pizzeria zu. Brian hörte nun nicht mehr auf das Geschwätz des Alten. Sein Blick wanderte vielmehr die Straße hinunter, zu der Metzgerei auf der anderen Straßenseite. Keine fünfzig Meter trennten ihn von den Gangstern der Gambrino Familie. Zu gerne hätte er gewusst, über was die Männer so eifrig sprachen. Bestimmt heckten sie wieder eine Teufelei aus. Doch nun waren er und Robert hier und es würde nicht lange dauern, bis sie mit ihrer Jagd beginnen konnten. Brian wusste zu diesem Zeitpunkt nicht, wohin ihn seine tödliche Passion führen würde. Doch selbst wenn er die Zukunft gekannt hätte, wäre er dennoch seinem finsteren Weg gefolgt?

»Kommst du nun?«, rief Robert. »Ich habe Hunger!«

***

Entdeckt

»Das kann doch nicht sein!«, rief Thore und starrte in die Halle unter ihm. »Wie kommt denn das Gold aus der Bank hierher?«

»Das weiß ich auch nicht«, antwortete Walt und starrte fasziniert zu den Goldbarren auf der Palette. Doch er besann sich schnell und zog sich vom Fenster zurück. Dabei griff er Thore am Arm und zog ihn mit sich.

»Pass doch auf«, maulte Walt, »sonst werden wir noch entdeckt.«

Thore sah Walt verwundert an, begriff aber gleichzeitig, dass dieser Recht hatte. Walt indessen griff nach seinem Handy und wählte Hankys Nummer. Schon beim zweiten Klingeln nahm dieser das Gespräch an. Im Hintergrund hörte Walt Stimmen, die laut zu diskutieren schienen. Dann meldete sich Hanky und die Stimmen wurden leiser. Wahrscheinlich verließ Hanky den Konferenzraum, um ungestört telefonieren zu können.

»Was gibt es, Walt?«, fragte er einfach.

»Hanky, wir haben das Gold gefunden, jedenfalls einen Teil davon.«

Noch ehe Hanky auf Walts Nachricht antworten konnte, hörte er laute Knallgeräusche und das Klirren von Glas. Er rief noch laut in das Telefon: »Walt, was ist denn los?«, doch er hörte nichts mehr. Das Gespräch war unterbrochen worden. Sofort konzentrierte sich Hanky auf Walts Gedankenströme und stellte erleichtert fest, dass sein Freund noch lebte. Unverzüglich eilte er zurück in den Konferenzraum und beugte sich zu Roger.

»Walt hat einen Teil des Goldes gefunden. Doch er wurde entdeckt und er wird beschossen. Ich muss sofort zu ihm!«

»Ich komme natürlich mit!«, rief Roger und sprang vom Stuhl auf. Bei den Konferenzteilnehmern entschuldigte er sich mit den nichtssagenden Worten:

»Agent Berson und ich sind zu einem dringenden Fall gerufen worden. Bitte halten Sie uns informiert!« Damit stürmte er mit Hanky aus dem Besprechungsraum. Zurück blieben fragende Gesichter und verwundertes Kopfschütteln. Was konnte denn im Moment wichtiger sein als der Goldraub?

Zwei Männer waren über diese Entwicklung sehr besorgt. William Bannigen, der NSA Direktor, erhob sich und forderte eine Unterbrechung der Sitzung. Ohne auf die Meinung der anderen Teilnehmer zu warten, verließ nun auch er, gefolgt von NSA Agent Prien, den Tagungsraum. Sie traten auf den Gang hinaus und schlossen die Tür. Mit angespannter Stimme befahl er seinem Untergebenen:

»Agent Prien, finden Sie heraus, ob am Ankunftsportal alles in Ordnung ist!«

Der Agent sah den Direktor fragend an, doch dieser hatte inzwischen sein Mobiltelefon aus der Jackentasche gezogen und wählte dort eine Kurzwahlnummer. Agent Brien wusste, dass er nun keine weiteren Anweisungen mehr erhalten würde, und ging zu den Aufzügen. Nun zog auch er sein Handy aus der Tasche, während er den Rufknopf des Fahrstuhls drückte.

Hanky und Walt waren in der Zwischenzeit vor der Bank angekommen. Ihr Fahrer hatte die beiden sofort bemerkt und startete den Wagen. Keine Minute später konnten die Männer einsteigen. Während Hanky dem jungen FBI Agenten das Fahrziel nannte, rief Roger per Handy Verstärkung zu ebendiesem Ziel.

Thore hatte noch einen letzten Blick in die Halle unter ihnen riskiert und sah, dass man sie entdeckt hatte. Söldner in Tarnanzügen richteten ihre Maschinenpistolen auf das Fenster, hinter dem Walt und Thore standen. Walt war mit seinem Telefon beschäftigt und bemerkte die drohende Gefahr nicht. Er hatte gerade zwei Sätze gesprochen, als Thore ihn, mit einem gerufenen »VORSICHT« zu Boden stieß, wo Walt unsanft landete. Gleichzeitig zersplitterte das große Fenster zur Halle und das Stakkato einschlagender Geschosse erfüllte den Raum. Thore lag ebenfalls am Boden und Walt befürchtete einen schrecklichen Moment lang, dass dieser von den Projektilen der Maschinenpistolen getroffen war. Als Thore sich dann aber zu Walt drehte und diesen fragend ansah, fühlte Walt eine befreiende Erleichterung. Doch zur Freude war nur wenig Zeit. Immer noch zerfetzten die Geschosse die Büroeinrichtung und perforierten die Decke und die Wand hinter ihnen. Von der Holztür war nur noch ein zerfetztes Türblatt übrig, dass fragmentarisch in den Scharnieren hing. Walt kroch zur besagten Türöffnung und Thore kroch hinterher. Gegen den Lärm des Beschusses rief er:

»Walt, hast du eine Waffe bei dir?«

Doch dieser schüttelte nur seinen Kopf und kroch weiter.

Das wars dann wohl, dachte Thore. Wir werden hier sterben. Mit einem grimmigen Gesichtsausdruck kroch er dennoch weiter. Sie erreichten den Gang und Thore vermutete, dass Walt über die Treppe nach unten flüchten wollte. Walt jedoch öffnete eine Tür an der gegenüberliegenden Seite des Flurs. Er robbte in den dahinter liegenden Raum und winkte Thore zu sich heran. Kaum war Thore in den Raum gekrochen, der sich als ein weiteres, verlassenes Büro entpuppte, schloss Walt die Tür. Der Beschuss hatte in der Zwischenzeit aufgehört und nur das Knacken der malträtierten Wände war noch zu hören. Thore sah zu seinem Begleiter, doch Walt schien nicht im Geringsten besorgt zu sein. Was ist nur mit dem Kerl los, fragte sich Thore. Hat der denn keine Angst?

Stattdessen öffnete Walt die Tür einen Spalt und gab Thore die Anweisung, sich hinter ihm zu halten. Das Gepolter von schweren Stiefeln auf der Treppe klang dumpf zu ihnen. Dazwischen wurden kurze Kommandos gerufen, die Thore jedoch nicht verstand. Sein Gehör hatte durch den Beschuss gelitten und er fragte sich unsinnigerweise, ob dies nun so bleiben würde. Er musste über seinen Gedanken lachen, wusste er doch, dass es für ihn und Walt kein Morgen geben würde. Eine erneute Salve aus einer Maschinenpistole ließ ihn jeglichen Gedanken vergessen. Er warf sich flach zu Boden und wartete auf sein Ende. Er blickte zu Walt hinüber, der immer noch an der Tür kauerte und durch den schmalen Spalt in den Gang hinaus spähte. Die Schritte der Söldner kamen näher und weitere Befehle wurden gerufen. Jeden Moment mussten die Bewaffneten in dieses Büro kommen und dann war alles …

Doch hier täuschte sich Thore. Die Befehlsrufe verwandelten sich in schrille Schmerzensschreie. Weitere Salven wurden abgefeuert, die plötzlich abbrachen. Nur das Schreien der Söldner war noch zu hören. Was war geschehen? War Verstärkung eingetroffen? Walt ließ Thore weiter im Unklaren. Stattdessen erhob er sich aus seiner kauernden Stellung und öffnete die Tür. »Komm«, sagte er einfach und ging in den Gang hinaus.

Thore, der mit der Situation völlig überfordert war, erhob sich vom Boden und folgte Walt vorsichtig. Als er den Flur betrat, sah er vier, nein fünf Söldner mit verrenkten Gliedern auf dem schmutzigen Boden liegen. Ihre Waffen lagen neben ihnen, doch keiner der Männer war noch in der Lage, diese zu ergreifen. Thore sah nun genauer hin und realisierte erstaunt, dass die Arme und Beine der Bewaffneten wohl an mehreren Stellen gebrochen waren. Unnatürliche Winkel ihrer Gliedmaßen ließen keinen anderen Schluss zu. Wie zerbrochenes Spielzeug lagen die Männer vor ihm. In den Gesichtern der Söldner spiegelte sich das Grauen, das sie gerade erlebt hatten.

»Warst du das?«, fragte Thore Walt.

»Wer denn sonst?«, antwortete dieser gelassen. Er schien, als würde ihn die Situation nicht im Geringsten beunruhigen. Mitleid mit den Verletzten hatte er auf jeden Fall nicht. Thore realisierte nun, welche Macht ein Telekinet wirklich besaß. Er erinnerte sich an das Gespräch mit Walt, das er auf der Herfahrt geführt hatte. Da war er noch fasziniert von den Kräften seines Begleiters gewesen. Ein Satz, der erst jetzt seine schreckliche Bedeutung offenbarte, drängte sich nach vorne. Walt hatte gesagt: »Hanky hat viel mehr Power als ich. Er verfügt über Kräfte, die du dir kaum vorstellen kannst.« Da hatte er wohl Recht. Er konnte es sich nicht vorstellen. Diese beiden Männer, Walt und Hanky, waren gefährlich. Wenn sie nur wollten, dann konnten sie die Weltherrschaft an sich reißen oder zu Göttern werden. Walt unterbrach die Gedanken seines Begleiters und sagte lapidar:

»Los komm schon, die Gefahr ist noch nicht beseitigt!«

***

Ein großes Ding

Voller Missmut saß Salvatore Biondo vor dem Italian Butcher Shop. Wieso nahm ihr Boss sie denn nicht ernst. Alfredo hatte noch in der Nacht mit ihm telefoniert. Sie alle, auch Frank und Ricardo, hatten gedacht, dass es für den Paten der Gambrinos nun kein Halten mehr gab. Ja, irgendwie hatten sie auf einen Angriffsbefehl gewartet. Natürlich konnten sie nicht alleine in diese Bunkeranlage eindringen. Doch die Familie hatte genügend Männer, um solch eine Aktion zu starten. Worauf also warteten sie hier? Lustlos biss er in sein Brötchen, das mit Pastrami aus Italien belegt war. Alfredo sah unterdessen auf seinem Smartphone nach, ob der Boss vielleicht eine Textnachricht gesendet hatte. Auch er war ungeduldig und eine unterschwellige Nervosität breitete sich in ihm aus. Frank und Ricardo schienen sich keinerlei Gedanken zu machen. Sie waren zufrieden mit ihrem Leben und am besten war es, wenn sie nichts tun mussten. Hier in der Sonne zu sitzen genügte völlig, um sie zufriedenzustellen. So unterhielten sie sich über alltägliche Dinge und lachten über anzügliche Witzeleien. Alfredo hörte kaum hin, als Frank laut fragte:

»Eh Jungs! War das eben nicht der alte Angelo in dem Pick-up Truck?«

»Wer?«, fragte Enrico interessiert.

»Na der alte Angelo. Der wohnt nur ein paar Blocks von hier entfernt. Den kennt doch jeder! Der schwatzt einem das Ohr blutig!«

»Na, dann muss er ja mit dir verwandt sein«, knurrte Alfredo.

»Da, jetzt hat der Pick-up gewendet. Mensch, die halten vor Carlos Pizza. Seht ihr jetzt? Das ist Angelo. Habe ich also recht gehabt!«

»Wer sind denn die Typen bei dem Alten?«, interessierte sich nun Alfredo. Er wollte immer darüber informiert sein, was in ihrer Gegend passierte.

»Keine Ahnung«, antwortete Frank und beugte sich ein wenig nach vorn, um besser sehen zu können.

»Na davon hast du ja genug«, kommentierte nun Salvadore, der sich nun auch in das Gespräch einschaltete. Frank ging ihm auf den Leim, indem er fragte:

»Von was habe ich genug?«

»Na von keiner Ahnung!«, grinste Salvadore.

Die andern lachten herzhaft, nur Frank schaute wütend in die Runde. Er würde es seinen Kumpels noch zeigen. Sie wussten ja nicht, wozu er fähig war. Das scherzhafte Gespräch ließ die Männer Angelo und seine Begleiter vergessen. Eine halbe Stunde später klingelte endlich Alfredos Handy.

***

Brian Spiller saß unterdessen am Fenster der Pizzeria und sah hinüber zu dem italienischen Butcher Shop. Robert Mason, sein mörderischer Kumpel, unterhielt sich angeregt mit Angelo, ihrem neuen Nachbarn. Eigentlich hatte Brian vorgehabt sich erst einmal hier in Queens einzuleben und seine Jagd auf die Mafiosi später zu beginnen. Doch nun bot sich vielleicht hier schon die Gelegenheit für einen ersten Angriff. Nur der Alte war im Weg, konnten sie ihm doch nicht von ihrem Vorhaben berichten. Nachdem Brian sich das letzte Stück Pizza, das tatsächlich großartig schmeckte, in den Mund geschoben hatte, sagte er mit besorgter Miene zu Angelo:

»Mein Freund. Wir haben deine Zeit schon über die Maßen strapaziert. Dabei habe ich ganz vergessen, dass ich in der City noch etwas zu erledigen habe.«

Robert durchschaute sofort Brians Manöver und setzte hinzu:

»Ach ja! Verdammt! Das hatte ich auch völlig vergessen. Angelo, sollen wir dir ein Taxi rufen, damit du nach Hause kommst?«

»Nein, braucht ihr nicht!«, klang es von der Theke herüber. Ihr Kellner hatte wohl das Gespräch der Männer belauscht. »Ich habe sowieso gleich Schichtende. Da kann ich Angelo doch mitnehmen.«

»Jungs«, sagte Angelo mit einem Lächeln auf den Lippen, »macht euch bloß um mich keine Gedanken. Ein Taxi? Also so was! In meiner Gegend brauche ich kein Taxi. Mich kennt hier jeder!«

Er drehte sich zur Theke hin und rief: »Danke Jessy! Ich nehme dein Angebot gerne an.«

Mit einem vielsagenden Blick signalisierte Brian Robert, dass es nun Zeit für ihren Aufbruch war. Er hatte vorher erneut durch das Fenster des Restaurants hinüber zu dem Butcher Shop geschaut und festgestellt, dass die Mafiosi im Begriff waren diese Örtlichkeit zu verlassen. Robert bezahlte die Rechnung, auch wenn Angelo laut protestierte, und verließ danach mit Brian das Restaurant. Gerade noch rechtzeitig sahen sie, wie sich ein alter Ford SUV vom

Straßenrand löste und an ihnen vorbeifuhr. Im Wagen saßen tatsächlich die vier Kerle, die vor dem Butcher Shop gesessen hatten. Robert öffnete den Pick-up und setzte sich hinters Steuer. Brian schwang sich auf den Beifahrersitz und kaum hatte er die Wagentür geschlossen, wendete Robert auch schon ihr Fahrzeug. Gute fünfzig Meter vor ihnen fuhr der Wagen der Gangster.

»Ich bin ja echt gespannt, wohin die Kerle wollen«, sagte Robert.

Die Fahrt führte aus der Stadt hinaus und ging nach Westen. Frank saß wie immer hinter dem Steuer und Alfredo wie selbstverständlich auf dem Beifahrersitz. Salvatore und Ricardo hatten es sich auf der Rückbank bequem gemacht und schwiegen. Jeder hing seinen Gedanken nach und alle spürten, dass die bevorstehenden Stunden gefährlich werden würden. So bemerkten die Gangster nicht, dass sie verfolgt wurden. Selbst der hier übliche dichte Verkehr regte sie nicht sonderlich auf. Alfredo hoffte, dass er mit seiner Vermutung richtiglag, dass sie hier einem großen Ding, wie er gerne sagte, auf der Spur waren. Wenn nur ein Bruchteil seiner Hoffnungen sich erfüllen würde, dann war sein weiterer Weg in der Mafia Familie Gambrino gesichert. Doch wer so eine Tarnung aufbaute und selbst die Polizei vor der Lagerhalle untätig wieder abgezogen war, konnte nur ein großes Ding am Laufen haben. Zum Glück war Salvatore nicht der Schlaueste, sonst hätte er sich den Erfolg ans Revers geheftet. Aber auch er würde wie die Anderen belohnt werden. Vielleicht nahm man ihn sogar als Vollmitglied in die Organisation auf. Unerwartet schnell erreichten sie das Einkaufszentrum, das sie bei ihrer ersten Observation schon kennengelernt hatten. Frank verließ die Straße und fuhr auf den Parkplatz der Shopping Mall. Alfredo sah hinüber zu der Stelle auf der anderen Seite der Straße, wo gestern Nacht der Humvee gestanden hatte. Heute parkte dort kein Wagen, was nichts anderes bedeutete, dass die Anlage im Wald im Moment unbewacht war. Gleich darauf sahen sie die Fahrzeuge der anderen Gangster. Sie parkten etwas abseits auf der weiten Fläche des Parkplatzes. Männer standen bei den Fahrzeugen und rauchten Zigaretten. Schon von weitem konnte jeder geübte Beobachter sehen, dass es sich bei den Männern nicht um Besucher des Einkaufszentrums handelte.

»Was für Idioten!«, schimpfte Alfredo. »Die können sich auch gleich ein Schild umhängen, auf dem steht: ›Achtung! Hier planen Gangster etwas Schlimmes!‹«

Frank grinste, verbiss sich aber jeglichen Kommentar. Er stoppte bei den Wagen und Alfredo ließ sein Seitenfenster herunter. Er rief aus dem Wagen den Männern zu, ihm zu folgen. Dann gab er Frank durch eine Handbewegung zu verstehen, dass er weiterfahren sollte. Dieser wendete bereits in einem großen Bogen und sah belustigt, wie die anderen Gangster hastig in ihre Fahrzeuge stiegen. Gleich darauf verließen die Mafiosi das Gelände des Einkaufszentrums.

Aus sicherer Entfernung beobachteten Robert und Brian das Geschehen auf dem Parkplatz. Sie warteten geduldig, bis der Konvoi der Gangster den Parkplatz verließ und gleich darauf, auf der gegenüberliegenden Seite der Straße, in Richtung einer Wohnsiedlung fuhr. Ohne auf eine Anweisung Brians zu warten, steuerte Robert den Wagen nun auch zur Ausfahrt des Parkplatzes und folgte den Gangstern in einiger Entfernung. Als der Konvoi die Siedlung passiert hatte und links in einen Waldweg abbog, stoppte Robert. Zu Brian gewandt sagte er nach kurzem Nachdenken:

»Wir sollten hier parken. Da fällt unser Wagen nicht so auf. Ich glaube, unsere Freunde sind ganz in der Nähe.«

***

Psyonischer Kampf

»Wir werden verfolgt«, sagte Roger Thorn ruhig, während sich ihr Fahrzeug durch den dichten Verkehr schlängelte. Der junge Agent, der als ihr Fahrer agierte, versuchte im Rückspiegel etwas zu erkennen. Doch außer einer Menge Autos sah er nichts. Wodurch hatte Agent Thorn bemerkt, dass sie verfolgt wurden? In diesem Moment begriff er, dass er noch viel lernen musste, um so versiert zu sein wie diese Agenten. Roger fragte nur kurz:

»Kannst du ihn ausschalten?«

Hanky nickte nur, drehte sich aber nicht einmal um. Er aktivierte seine besonderen Gaben und sofort hörte er Gedankenfetzen der Menschen um sich herum. Suchend tastete er sich von einem Menschen zum anderen, verweilte eine Millisekunde, ehe er sich dem nächsten Gedankenmuster zuwandte. Es dauerte keine Minute, ehe er ihren Verfolger identifiziert hatte. Er erkannte das Gedankenmuster sofort und für ihn fühlte sich das so an, als höre er eine bekannte Stimme.

Ein paar Wagenlängen hinter ihnen versuchte der NSA Agent Prien die Verfolgten nicht aus den Augen zu verlieren. Angestrengt spähte er nach vorn. Der Tag hatte begonnen und er wunderte sich, wie schnell die Nacht vergangen war. Dennoch fühlte er sich nicht müde. Er fragte sich, wohin die FBI Agenten fahren würden. Irgendwie konnte er die Kerle nicht leiden. Doch das tat hier nichts zur Sache. Im Gegenteil, es motivierte ihn sogar, herauszufinden, wieso die Männer so plötzlich die Sitzung verlassen hatten. Noch ehe er diesem Gedanken weiter nachgehen konnte, tauchte vor seinem inneren Auge das Bild seiner Mutter auf. Verwirrt schüttelte er den Kopf und fragte sich, warum er ausgerechnet jetzt an seine Mutter denken musste. Doch ihr Bild verblasste nicht und er spürte auf einmal das Bedürfnis, sie zu besuchen. Ja, er war schon lange nicht mehr bei ihr gewesen, obwohl sie nur eine Autostunde entfernt wohnte. Eine Stunde, das war wirklich nicht viel. Wenn er jetzt abbog, würde er bald die Interstate 95 erreichen. Sie konnten zusammen frühstücken, ja er konnte vorher ein paar Brötchen kaufen und vielleicht noch etwas Süßes. Ja, sie liebte süße Sachen, besonders Pralinen und Kuchen. Agent Prien blinkte an der nächsten Kreuzung nach links und fuhr auf den Expressway, der direkt zur Autobahn führen würde. Er freute sich über die Idee, seine Mutter zu besuchen. Wieso war ihm das nicht schon früher eingefallen? Mit einem glücklichen Gesicht entfernte er sich von den Verfolgten. Er hatte seinen Auftrag vergessen und dieser Zustand würde die nächsten Stunden anhalten.

»So!«, sagte Hanky. »Den wären wir los! Übrigens war unser Verfolger NSA Agent Prien gewesen. Diesem Kerl ist nicht zu trauen.«

»Was hast du denn mit ihm angestellt?«, fragte Roger schmunzelnd.

»Ach, eigentlich nicht viel. Er fährt nun seine Mutter besuchen. Er will mit ihr zusammen frühstücken.«

Nun lachte Roger laut und ihr Fahrer verstand gar nichts mehr.

»Wie weit ist es noch bis zum Industriegebiet Hunts Point?«, fragte Hanky den Fahrer.

»Wir müssten in spätestens fünf Minuten dort ankommen Sir«, antwortete dieser pflichtbewusst.

»Na, dann wollen wir mal sehen, was Walt in der Zwischenzeit so angerichtet hat«, sagte Hanky zu Roger.

»Da bin ich auch gespannt«, antwortete dieser. »Vor allem interessiert es mich, wie sich unser neuer Freund geschlagen hat.«

Es dauerte keine fünf Minuten, ehe ihr Fahrer vor einer großen Lagerhalle stoppte. Hanky und Roger sprangen aus dem Wagen und rannten auf das Gebäude zu.

»Walt, wo bist du?«, rief Hanky mit seinen telepathischen Sinnen.

»Was denkst du denn?«, kam die gedachte Antwort, die typisch für Hankys Freund war. Das Geräusch abgefeuerter Maschinenwaffen drang an sein Gehör. Gleich darauf »hörte« Hanky Walts Gedanken erneut. »An der rechten Seite der Halle ist eine Tür. Sag mir Bescheid, wenn du da bist. Dann öffne ich sie.«

»Alles klar mein Alter. Wir sind gleich da.«

Noch ehe Roger und Hanky loslaufen konnten, stoppten zwei Einsatzwagen des mobilen Einsatzkommandos des FBI neben ihnen. Männer in schwarzen Uniformen, ebenfalls schwarzen Helmen sprangen aus den Fahrzeugen. Sie hielten ihre Maschinenpistolen nach vorne und verteilten sich vor dem großen Rolltor. Der Einsatzleiter, ebenfalls ein FBI Agent, kam zu Roger gelaufen, der ihm erklärte, er solle versuchen, durch dieses Tor in die Halle einzudringen. Dann klopfte er dem Mann auf die Schulter und eilte zu Hanky. Zusammen rannten sie der Hallenwand entlang, während nun auch Schüsse von der Vorderseite der Halle zu hören waren.

»Wir sind da Walt«, rief Hanky telepathisch.

»Geht ein Stück zur Seite!«, kam kurz die Antwort.

Roger, der natürlich nichts von dieser besonderen Kommunikation bemerkt hatte, wurde von Hanky gepackt und nach hinten gezogen. Nur eine Sekunde später krachte es laut und die Stahltür wirbelte an den beiden Männern vorbei. Gute zehn Meter weiter schlug die Tür auf. Die schwere Stahltür lag nun wie ein zerknülltes Papier zwischen Unkraut und Müll.

»Mensch Walt«, schrie Roger erschrocken, »musst du immer so übertreiben?«

Doch Walt konnte ihn natürlich nicht hören. Trotz seiner telekinetischen Gabe waren er und Thore keineswegs sicher. Ständig versuchten weitere Söldner den Büroraum zu erreichen, in den Walt und Thore sich nach einer kurzen Feuerpause geflüchtet hatten. Der Weg nach unten war versperrt, auch wenn Walt immer wieder seine Kräfte spielen ließ. Doch die Soldaten hatten rasch gelernt und bewegten sich bei ihren Aktionen sehr schnell. Walt konnte die Angreifer nicht sehen und so tastete er zwar telekinetisch, aber blind herum. Dabei fand er eine Maschinenpistole, die wohl ein Soldat zurückgelassen hatte. Zwar brauchte Walt keine Waffe, da er sich mit seinen Gaben gut wehren konnte. Doch sein Begleiter Thore musste sich auch verteidigen können. So griff Walt mit seiner telekinetischen Gabe zu und die Waffe begann zu schweben. Geschickt bugsierte er die Maschinenpistole durch die Trümmer und danach hinauf zu ihrer Position.

Thore sah verwundert, wie sich die Waffe ihnen schwebend näherte. Direkt vor Thore landete die Maschinenpistole. Aufmunternd nickte ihm Walt zu und der BND Agent zog die Waffe zu sich heran.

Ein beruhigendes Gefühl durchströmte ihn und er war froh, sich nun auch gegen die Soldaten wehren zu können.

Zum Glück war Hanky mittlerweile eingetroffen. Er hatte weitere FBI Agenten mitgebracht, die den Gegner bestimmt beschäftigen würden. Thore lag auf dem Bauch und hatte seine Maschinenpistole im Anschlag. Die Tür zum Flur war nur angelehnt, was ihm die Gelegenheit bot, die Treppe im Auge zu behalten. Jedes Mal, wenn es wieder einmal ein Söldner geschafft hatte, Walts psyonischen Schlägen zu entgehen, feuerte Thore. Er wusste nicht, ob er tatsächlich schon einen Angreifer verwundet oder gar getötet hatte. Sicher war nur, dass es noch keiner bis zu der Tür geschaffte hatte, hinter der er lag. Von unten drang nun panisches Geschrei herauf, was darauf hinwies, dass Hanky nun seinerseits angriff. Er konnte keinen direkten telepathischen Impuls aussenden und damit die Gegner in eine tiefe Ohnmacht versetzen. Walt und Thore befanden sich in dem Gebäude und er wollte sie nicht verletzen. So sandte er eine Illusion aus, die eine Gefahr vorgaukelte. Die Söldner sahen plötzlich grauenhafte Monster auf sich zukommen. Sie feuerten auf die imaginären Gestalten und zogen sich dabei zurück.

Auch Thore sah die schrecklichen Gestalten. Voller Angst schoss auch er eine Salve durch den Türspalt. Walt war nur eine Sekunde von der Illusion gefangen. Schnell schirmte er sein Gehirn vor Hankys Gedankenangriff ab. Gerade als er zu Thore eilen wollte, um diesen zu beruhigen, erschütterte ein starkes Beben den Raum. Eine Explosionswelle raste durch den Flur und Walt griff telekinetisch zu.

Thore wurde von unsichtbaren Kräften gepackt und nach hinten in den Raum geschleudert. Keine Sekunde zu früh, wie sich gleich zeigte. Eine Feuerlohe fauchte durch den Flur und zu der Stelle, wo Thore noch vor einer Sekunde gelegen hatte. Walt wurde ebenfalls von der Schockwelle erfasst und davongeschleudert. Noch während er durch die Luft wirbelte, stabilisierte er sich mit seiner Gabe selbst und zog sofort danach Thore zu sich heran. Er umfasste den großen Mann mit seinen Armen und hielt ihn dicht an sich gedrückt.

Thore bemerkte, dass er plötzlich schwerelos wurde. Er spürte Walts starke Arme, die ihn umschlungen hielten, aber gleichzeitig auch, dass sie nicht auf dem Boden standen. Er blickte besorgt nach unten und hätte sich bei anderer Gelegenheit bestimmt gefreut einen Telekineten in Aktion zu sehen. Doch im Moment tobte ein Krieg um ihn herum. Die Feuerlohe war inzwischen verschwunden, doch ein anderer Schrecken wartete bereits. Ohne Vorwarnung senkte sich der Fußboden, ehe er komplett in die Tiefe stürzte. Ein Gefühl des Fallens breitete sich in seinem Magen aus, aber er fiel nicht. Zusammen mit Walt schwebte er nun gute drei Meter in der Luft. Von dem einstigen Büro war vorerst nichts mehr zu sehen. Eine Trümmerlandschaft lag unter den Männern.

Nun wartete Walt nicht länger auf einen weiteren Angriff ihrer Gegner. Er musste zuerst diese Lagerhalle verlassen. Dann konnte er zusammen mit Hanky einen weiteren Angriff planen. So schwebte er, Thore noch immer haltend, in den Flur hinaus. Von der Treppe war nichts mehr zu sehen, doch das kümmert Walt nicht. Er visierte die Wand hinter dem Treppenhaus an, die sich gleich darauf knarrend nach außen bog, um schließlich explosionsartig wie Glas zu zerspringen. Trümmerteile flogen davon und schlugen in einer Halle, die auf dem Nachbargrundstück stand, wie Geschosse ein.

Thore sah mit großen Augen dieser Demonstration der Macht fassungslos zu.

Gleich darauf schwebten sie aus der mit Gewalt geschaffenen Öffnung ins Freie. Einige Meter weiter landete Walt sanft und ließ Thore los. Hanky und Roger kamen herbeigelaufen. Sie hatten bemerkt, wie sich die Wand gebogen hatte, und Hanky war mit Roger in Deckung gegangen.

»Mann oh Mann, Walt! Da hast du es wieder einmal gewaltig krachen lassen!«, rief Roger aufgebracht. Doch als er Walt grinsen sah, verflog sein Ärger sofort. Er war froh, dass den Männern nichts geschehen war.

***

Beschwerliche Bedingungen

New Mexico – irgendwo in der Wüste – circa 3 Monate zuvor

Jeder weitere Tag wurde zur Qual. Mittlerweile waren die Arbeiter zu erschöpft die fremde Welt als etwas Besonderes zu sehen. Jeder wusste nun, dass sie sich, nach dem Durchgang des Portals, auf einer Parallelwelt der Erde befanden. Schwere Planierraupen schoben Wege, die ins Nichts führten. Andere Trupps bauten Brücken über imaginäre Flüsse, Söldner jagten einheimische Raubtiere oder inszenierten Gefechtsübungen. Der Prospektor Frederic Stanford leitete eine Gruppe Bergarbeiter, die eine Rampe in den Felsen gruben. Er war einer der wenigen, die Gefallen an ihrer Arbeit fanden. Ihm war zwar immer noch nicht klar, wozu seine Männer, wie er die Bergleute nannte, hier gruben, doch er würde es noch früh genug erfahren. Das genügte ihm und es war wirklich aufregend, dass er hier die modernsten Bergbaumaschinen zur Verfügung hatte. Dem Landvermesser Adrian Larson erging es ähnlich. Zwar hatte er nur zwei weitere Männer an seiner Seite, doch das genügte. Ihn faszinierte der Umstand, dass wesentliche Landstrukturen sich in beiden Welten nicht unterschieden. Er wusste nicht, was in dieser Zwillingswelt geschehen war und eigentlich war ihm das auch egal. Jeden Abend kehrten sie zurück ins Lager und damit in ihre eigene Welt. Ein anderes Team brachte spezielle Technik in die Parallelwelt.

Mächtige Sattelschlepper rollten auf den neugeschaffenen Wegen und brachten Energietransformatoren, Tesla Spulen, Schaltpulte und Kabel. Dr. Denton leitete den Aufbau der speziellen Technik. Auf einer breiten Plattform, die auf ein umgebautes Kettenfahrzeug montiert war, wurden die Tesla Spulen geschraubt. Nach einer Weile erkannten die anderen Expeditionsteilnehmer, was der Doktor dort installierte. Es handelte sich um eine kleinere Version des Dimensionstores, durch das sie alle jeden Tag in diese Welt kamen. Der hier gebräuchliche Name für das technische Wunderwerk war einfach nur: »Das Tesla Portal«. Dann kam der Tag, auf den die Leitung des Lagers sehnlichst gewartet hatte. Am frühen Morgen waren zwei Hubschrauber vor dem Lager gelandet. Männer und Frauen in Freizeitkleidung stiegen aus den Helikoptern und stiegen in extra bereitgestellte Geländewagen. Diese fuhren zu einem der großen Versorgungszelte, wo die Lagerleitung die Besucher erwarteten. Nach einer kurzen Begrüßung wurde die Gruppe in das Zelt geführt und dort mit Schutzanzügen versorgt. Danach bestiegen die Besucher wieder die Geländewagen. Über das in den Schutzanzügen integrierte Funksystem wurden die Gäste über die Besonderheiten ihres Ausflugs informiert. Staunend passierten sie das Tesla Portal und betraten eine fremde Welt. Natürlich waren sie vorher schon über die Besonderheiten der Parallelwelt informiert worden. Es war dennoch etwas Anderes, diese Welt mit eigenen Augen zu sehen. Der permanente Wind, die schnell dahinziehenden Wolken mit ihren bizarren Farbenspielen, die bleigraue Wüste verfehlten nicht ihre Wirkung. Ängstlich und doch fasziniert betrachteten sie ihre Umgebung. Beruhigende Worte erklangen in den Kopfhörern, die dank der Eskorte der Wacheinheit ihre Wirkung erzielten. Nach kurzer Fahrt hielt der kleine Konvoi vor der Panzerplattform an. Dort warteten bereits Dr. Denton und sein Team. Er begrüßte die Gäste über die Funkanlage und gab dann einem der Techniker ein Zeichen. Dieser tippte eine Zahlenfolge in das Bedienpanel vor ihm und ein Vibrieren erfüllte die Luft. Vor den staunenden Augen der Zuschauer flammte ein helles Licht vor der Plattform auf. Elmslichter tanzten über die Tesla Spulen und einmal entlud sich ein greller Blitz, der in den wolkigen Himmel schoss. Gleich darauf verschwamm ein circa zehn Meter breiter und fünf Meter hoher Bereich der Landschaft. Zuerst waberte ein Flimmern in dem Feld, ehe sich dahinter eine Landschaft formte, die sich nicht markant von der hiesigen unterschied. Man erkannte eine Wüstenlandschaft, deren Sand aber die gewohnte gelblichgraue Farbe zeigte. Einige trockene Büsche verstärkten den Eindruck der Einöde. Auf ein Kommando des Doktors hin setzte sich die Wagenkolonne wieder in Bewegung. An ihre Spitze fuhr ein Humvee, in dem vier Söldner saßen. Er fuhr auf das leicht flimmernde Bild zu und ohne anzuhalten hindurch. Die Besucher konnten sehen, wie das Fahrzeug ohne Probleme durch die Wüste davonfuhr. Nach einem weiteren Signal des Doktors passierten nun die Fahrzeuge der Besucher ebenfalls das Tesla Portal. Gleich darauf befanden sie sich wieder in ihrer gewohnten Welt. Aufatmend öffneten sie ihre Schutzanzüge, während ihre Fahrer zurück zum Lager fuhren.

Dr. Denton war froh, dass die Präsentation gut gelaufen war. Natürlich hatten sie das transportable Tesla Portal vorher getestet. Sie wollten sich ja nicht vor den Geldgebern blamieren, die heute das Camp besucht hatten. Nachdem der Druck der Präsentation nun von ihm gewichen war, konnte er sich seiner eigentlichen Leidenschaft widmen. Er wusste, dass er hier maximal nur noch einige Tage forschen konnte. Dann würde das Lager geräumt und sie zum eigentlichen Ort der Mission gebracht werden. Über Funk beorderte er zwei Söldner zu sich und marschierte dann mit ihnen zusammen zu der nahegelegenen Ruine. Dort hatte er in dem Keller weitere Räume gefunden. Nach sorgfältiger Analyse der Knochen war er zum Schluss gelangt, dass hier wirklich Menschen gelebt haben mussten. Diese Erkenntnis war schockierend und der Doktor wollte mehr über ihr Schicksal erfahren. Vielleicht lebten noch Nachfahren der Verstorbenen hier in der Gegend. Doch er hatte bisher keinerlei Hinweise dafür gefunden. Wer waren diese Menschen gewesen? Hatten sie auch ein Portal benutzt, um in diese Welt zu kommen, oder waren sie gar hier geboren worden? Gab es in dieser Parallelwelt eine menschliche Zivilisation, oder war diese in einer fürchterlichen Katastrophe untergegangen? So viele Fragen und so wenig Zeit, Antworten zu finden. Was, so fragte er sich, wenn er tatsächlich auf Menschen dieser Welt treffen würde? Ohne diesen philosophischen Gedanken vertiefen zu können, verließ der Doktor nach einigen Stunden die Kellerräume der Ruine. Er hatte nichts Neues entdeckt und beschloss am nächsten Tag wiederzukommen. Als er dann aus dem Keller kommend ins Freie trat, wurde ihm klar, dass sein Plan von der Lagerleitung zunichtegemacht wurde. Fast alle Gerätschaften waren schon abtransportiert worden. Das bewegliche Tesla Portal war bereits demontiert und auf die Tieflader verladen worden. Vor der Ruine wartete ein Humvee und am Steuer saß Sergeant Chapek. Über Funk hörte der Doktor dessen ärgerliche Stimme:

»Verdammt Doc, wo bleiben Sie denn? Haben Sie nicht die Aufforderung gehört, dass wir uns zurückziehen?«

»Nein, habe ich nicht«, entgegnete Dr. Denton. »Wir waren doch dort unten in der Ruine. Wieso haben wir es plötzlich so eilig?«

»Keine Ahnung«, antwortete der Sergeant. »Ich folge nur meinen Befehlen.«

Der Doktor bestieg den Militärwagen, wie auch seine Begleiter, die auf dem Rücksitz Platz nahmen. Er sah sich noch einmal bedauernd um, wohl wissend, dass er niemals wieder zu diesem Ort zurückkehren würde.

Gleich darauf passierten sie das Tesla Portal, was sie zurück in ihre Welt brachte.

Im Lager herrschte ein aufgeregtes Gewimmel. Lastwagen wurden beladen, Zelte abgebaut, Transformatoren abgeschaltet und verpackt. Nach der Dekontaminierung entledigte sich der Doktor seines Anzugs und ließ ihn achtlos fallen. Er rannte hinüber zu dem Container, der sein Labor enthielt. Dort waren ebenfalls Arbeiter mit Verladearbeiten beschäftigt. Mit einer bösen Vorahnung betrat er sein kleines Labor. Im hinteren Bereich stand eine Metallkiste, deren Deckel er nun öffnete. Tatsächlich waren die Artefakte, die Knochen, die er entdeckt hatte, verschwunden.

***

Jagdszenen

Sie hatten den Hotdog Verkäufer einfach niedergeschlagen. Fur war der Erste, der den dampfenden Behälter sah. So öffnete er den Deckel des Wurstbehälters und sah hinein. Er kannte keine Würste, doch aus dem Behälter stieg ein verführerischer Duft. Er schnüffelte wie ein Tier und in seinem Leben hatte er gelernt, dass er sich auf seinen Geruchssinn verlassen konnte. Doch das heiße Wasser hinderte ihn daran, sich eine Wurst zu nehmen. So blickte er suchend auf die kleine Arbeitsfläche des Hotdog Wagens, fand aber nichts, was er als Werkzeug benutzen konnte. Dass Gestöhne des Wurstverkäufers, der blutend am Boden lag, unterbrach seine Suche. Mit einem verärgerten Knurrlaut fuhr er herum und sah hinunter zu dem Verletzten. Dieser blutete stark aus einer Kopfwunde und hielt in seiner rechten Hand die Wurstzange. Fur erkannte sofort, für was dieses Werkzeug diente. Er bückte sich hinunter und entriss dem Verkäufer die Zange. Dra, Pre und Mot plünderten inzwischen den Verkaufsstand. Sie rissen die Verpackungen der Hotdog Brötchen auf, fanden in Plastik eingeschweißte Würste und einen Behälter mit Gurkenscheiben. Während sie aufgeregt ihre Beute in die Taschen ihrer Jacken und Hosen steckten, blieben die ersten Passanten stehen. Erschrocken beobachteten sie den Wurstraub und einige Beobachter zückten ihre Handys. Einige filmten die Jäger aus einer anderen Welt und ein kleiner asiatischer Mann wählte den Notruf der Polizei. Ein paar Jugendliche fanden Gefallen an dem Treiben und feuerten die Räuber mit derben Sprüchen an. Fur hatte unterdessen mit der Zange eine Wurst aus dem Wasser gefischt und biss direkt ein Stück ab. Doch die Wurst war natürlich genauso heiß wie das Wasser. Mit einem Schmerzensschrei spukte er das

Wurststück aus und befühlte seinen Mund. Seine Kameraden indes bemerkten die steigende Anzahl der Gaffer. Sie hoben ihre Schleudern und legten jeweils einen kleinen Stein in die Wurfschlinge. Damit sahen sie drohend zu den Menschen, die sie nun umringten. Schneller als erwartet, tauchte ein Polizist auf. Er blieb kurz stehen, sprach schnell in sein Funkgerät und forderte damit Unterstützung an. Dann zog er seine Waffe aus dem Holster und zielte damit auf die Wursträuber. Langsam bewegte er sich auf Fur und seine Kameraden zu. Laut rief er auffordernd:

»Lassen Sie Ihre Waffen fallen und nehmen Sie Ihre Hände hoch.«

Weiter kam er nicht, denn ein kleiner Stein traf ihn mit Wucht an der Stirn. Sofort platzte die Haut auf und Blut rann dem Officer über das Gesicht. Der Polizist taumelte nach hinten und feuerte, eher aus Versehen, einen Schuss ab, ehe er zu Boden stürzte. Die Kugel fand ihr Ziel und traf Mot an der Schulter. Er wurde herumgerissen und stürzte laut schreiend zu Boden. Die Umstehenden rannten entsetzt auseinander und schrien dabei panisch. Einige stürzten übereinander, schrien noch mehr, rappelten sich wieder auf und suchten dann das Weite. Der Polizist wischte sich das Blut aus dem Gesicht und hob erneut seine Waffe. Zitternd richtete er diese auf die wilden Kerle. Ein weiterer Kiesel traf nun seine Hand, welche die Pistole hielt. Mit einem jaulenden Schmerzensschrei ließ er die Waffe fallen. Er rieb sich die malträtierte Hand und wich einige Schritte zurück. Dra ergriff die Initiative und zog den verletzten Mot auf die Füße.

»Wir müssen hier weg! Es sind zu viele Feinde! Los, helft mir Mot zu tragen!«

Pre und Fur gehorchten und hoben ihren Gefährten an. Dra übernahm die Führung und rannte, seine Schleuder zum Angriff erhoben, durch den Park davon. Fur hatte sich Mot über die Schulter gelegt und rannte Pre hinterher, während Pre als Letzter ihren Rückzug sicherte. Ein lautes Sirenengeräusch spornte die Männer an, schneller zu laufen. Der Feind näherte sich und blies das Jagdhorn. Parkbesucher wichen erschrocken aus, als sie die wilden Kerle kommen sahen. Das Jaulen der Sirene näherte sich schnell und Dra sah sich alarmiert um. Einer dieser merkwürdigen Kutschen, welche die Menschen hier verwendeten, kam auf dem Weg hinter ihnen her. Auf dem Dach des Gefährts blinkten bunte Lichter. Pre blieb stehen und spannte seine Schleuder. Gleich darauf prallte ein Stein auf die Windschutzscheibe des Polizeiwagens. Doch außer einem Riss in der Frontscheibe zeigte der Steinschuss keine Wirkung. Der Streifenwagen behielt seine Richtung bei und war schon auf wenige Meter herangekommen. Dra befahl seinen Begleitern, vom Weg herunter und zwischen die Büsche zu laufen. Instinktiv hatte er begriffen, dass ihnen der Polizeiwagen dorthin nicht folgen konnte. Gleich darauf zwängten sie sich durch das Buschwerk und fanden dahinter eine halbhohe Mauer. Diese begrenzte den Park zur Straße hin. Fur übergab Pre den inzwischen bewusstlosen Mot, der immer noch stark blutete. Gemeinsam kletterten sie über die Mauer und rannten über die Straße. Dabei wichen sie geschickt dem fließenden Verkehr aus. Einige Autos mussten eine Vollbremsung vollführen, um zu verhindern, dass sie die Männer überfuhren. Weitere Wagen konnten nicht so schnell reagieren und fuhren krachend in die Fahrzeuge vor ihnen. Das alles interessierte die Flüchtigen nicht. Dra sah vor sich ein großes Haus mit einer breiten Tür. Viele Menschen betraten und verließen das Haus, aber niemand beachtete die Krieger. Ohne zu wissen, was sich in dem Haus befand, winkte Dra seine Kameraden herbei und betrat dann mit ihnen das Haus. Ein riesiger Raum, gefüllt mit Kleidung und noch mehr Menschen, lag vor ihnen. Natürlich hatten die Flüchtenden noch nie ein Kaufhaus von innen gesehen. Neben der Tür stand ein Wachmann, dem die ungewöhnlichen Besucher natürlich sofort aufgefallen waren. Dienstbeflissen ging er auf die Gruppe zu und wollte sie gerade fragen, was sie hier zu suchen hatten, als er den verwundeten Mann auf der Schulter eines anderen sah. Trotzdem ging er weiter und stellte sich den Kriegern in den Weg. Da auch er eine Uniform trug, vermutete Dra, dass er einen weiteren Feind vor sich hatte. Ohne Vorwarnung schlug er dem Wachmann ins Gesicht, dessen Nase sofort brach. Doch dieser gab sich nicht so schnell geschlagen. Er zog seine große Mac Lite Taschenlampe aus dem Gürtel und schlug zurück. Dra versuchte dem Schlag auszuweichen, konnte aber nicht verhindern, dass ihn die schwere Taschenlampe an der Halsbeuge traf. Der Schlag zeigte Wirkung und Dra fiel auf seine Knie. Beflügelt vom Erfolg seiner Aktion hob der Wachmann erneut sein zweckentfremdetes Schlaginstrument. Pre hatte inzwischen den bewusstlosen Mot auf den Boden gelegt und griff nun gemeinsam mit Fur den Wachmann an. Ein wildes Handgemenge entstand, bei dem sich der Wachmann tapfer wehrte. Zwei beherzte Männer, die ihre Frauen beim Shopping begleiteten, sahen die Schlägerei und griffen ein. Sie zerrten an den Kriegern, schlugen zu und ernteten ihrerseits auch Schläge.

Weil Dra und seine Kameraden begriffen, dass sie hier unterlegen waren, ergriffen sie die Flucht. Sie rannten aus dem Kaufhaus zurück auf die Straße und ließen ihren Kameraden zurück. Damit retteten sie ihm das Leben, was sie natürlich nicht wissen konnten. Aus ihrer Lebenserfahrung heraus wussten sie, dass manchmal ein Krieger, der zudem nicht mehr lange zu leben hatte, zurückgelassen werden musste. Das war eben so und Zeit für Trauer war später noch.

Nun ungehindert rannten die drei Krieger den Bürgersteig entlang. Auf das Chaos vor dem Kaufhaus achteten sie dabei nicht. Autos standen ineinander verkeilt, kreuz und quer auf der Straße und deren Fahrer stritten laut miteinander. Die Verursacher der Unfälle hatten in der Zwischenzeit eine Querstraße erreicht, in der merklich weniger Verkehr herrschte. Sie bogen ab und rannten nun diese Seitenstraße entlang. Nach einer Weile, sie hatten inzwischen mehr als einen Kilometer zurückgelegt, blieben sie stehen und sahen sich um. Die Gegend hatte sich verändert und war nicht so bevölkert. Einige Menschen mit dunkler Hautfarbe lungerten auf den Gehwegen herum. Noch hatten sie die drei Krieger nicht bemerkt.

Pre sah in diesen jungen Menschen keine Bedrohung und setzte sich, um sich auszuruhen, auf eine Treppe, die zu einem Haus führte. Dra und Fur taten es ihm gleich, waren sie doch auch erschöpft. Eine kleine Rast war sehr willkommen und Fur bemerkte, wie sein Magen knurrte. Er hatte völlig vergessen, dass er und die Anderen Beute gemacht hatten. Aus seiner Jackentasche zog er eine Packung Würste heraus, drehte diese in seinen Händen und versuchte die Plastikumhüllung aufzureißen. Doch dies misslang und Fur zog ein Messer aus der Tasche. Er stach in die Verpackung und schnitt diese dann geschickt auf. Gerade als er sich die erste Wurst in den Mund stopfte, sah einer der jungen Schwarzen die seltsame Gruppe.

»Hey Leute!«, rief er laut. »Was sind denn das für Typen da drüben?«

***

Durchs Gestrüpp

Robert schnaufte schwer, als er Brian den Hügel hinauf folgte. Er war einfach nicht fit und hatte in den letzten Jahren auf Sport verzichtet. In Las Vegas war es ja auch oft sehr heiß und Sport im Freien an manchen Tagen sogar gefährlich. So war jedenfalls bisher seine Ausrede formuliert, wenn er nach seinen Aktivitäten gefragt wurde. Natürlich wusste er, dass er sich selbst etwas vormachte. Sport war einfach nicht sein Ding und die Anstrengung, die damit verbunden war, machte es noch schlimmer. Im Moment allerdings hätte er es begrüßt, wenn er sich in einem besseren körperlichen Zustand befunden hätte.

Als Brian plötzlich stehen blieb, war Robert erleichtert. Er brauchte dennoch zwei Minuten, ehe er seinen Freund erreichte. Schwer atmend blieb er neben Robert stehen und wartete darauf, dass sich sein Atem beruhigte. Brian schien der Aufstieg nicht im Geringsten angestrengt zu haben. Ja, er schien nicht einmal zu bemerken, dass sein Freund Konditionsprobleme hatte. Stattdessen schaute er konzentriert nach vorne und schien etwas zu beobachten. Robert atmete noch einmal tief ein und ließ danach die Luft langsam wieder aus seiner Lunge strömen. Dann fragte er interessiert:

»Was gibt es dort zu sehen Brian?«

»Eigentlich nicht viel«, antwortete Brian. »Doch gerade dieser Umstand gefällt mir nicht. Da vorne ist ein kleines Plateau, das von Buschwerk umgeben ist. Ich sehe Reifenspuren, aber keine Fahrzeuge.«

»Vielleicht sind die Mafiatypen weitergefahren?«, versuchte Robert zu erklären, warum dort drüben keine Autos geparkt waren.

»Dann sehen wir mal, wer Recht hat. Los komm!«

Doch anstatt dem Weg weiter zu folgen, verließ Brian diesen und zwängte sich zwischen zwei Büschen hindurch. Ergeben folgte ihm Robert und kämpfte sich durch das Unterholz. Nach circa dreißig Metern blieb Brian stehen und sah sich zu Robert um. Er legte den rechten Zeigefinger auf seine Lippen und signalisierte damit seinem Partner, dass er sich leise bewegen sollte. Robert versuchte sein Bestes und schob sich schließlich an Brians Seite. Dort wartete er und versuchte zu erkennen, was sein Kumpel entdeckt hatte.

Brians gesamte Körperhaltung war angespannt und er glich in diesem Moment eher einem Raubtier als einem Menschen. Sein Gesicht hatte sich ebenso verändert. Ein diabolisches Grinsen lag starr auf seinen Lippen und seine Augen glitzerten kalt.

Robert kannte diesen Zustand seines Freundes. Schon oft hatte er ihn beobachtet, ehe er ein Leben auslöschte. Bei ihm verhielt es sich ganz anders. Er tötete aus Wut und fiel dabei in einen gewissen Rausch. Nach einem Kill fühlte er sich immer schlecht und sein Gewissen, jedenfalls der erbärmliche Rest, den er sich aufbewahrt hatte, versuchte ihn von diesem düsteren Weg abzubringen. Dieses Gefühl der Unsicherheit und des Bedauerns verflüchtigte sich jedoch immer recht bald.

»Da vorne steht jemand«, flüsterte Brian fast unhörbar.

Robert kniff seine Augen zusammen und musste eine Weile suchen, ehe er einen Mann entdeckte, der neben einem Baum Deckung gesucht hatte. Die Blätter einiger Büsche und das hier herrschende Zwielicht machten ihn fast unsichtbar. Robert bewunderte Brains Gabe, Menschen aufzuspüren. Er wäre bestimmt an dem Mann vorbeigelaufen und damit vielleicht in sein Verderben.

Der Beobachtete schien zu spüren, dass er nicht mehr alleine war. Er wurde unruhig und sah sich suchend um. Dann wechselte er seine Position und schlich einige Schritte in Richtung des Plateaus. An dieser Stelle war das Buschwerk nicht so dicht, doch vielleicht fühlte sich der Mafiosi dort sicherer als im dunklen Unterholz.

Brian nutzte diese Gelegenheit und schlich dem Gangster hinterher. Dieser war im Moment durch sein eigenes Gehen abgelenkt und konnte daher seine Umgebung nicht gebührend beobachten.

Robert folgte Brian in einigem Abstand. Er wusste, dass ein erfolgreiches Heranpirschen nur mit einem Jäger funktionierte. Zwei

Personen verursachten zu viel Lärm und wurden daher schnell entdeckt.

Brian bewegte sich geschmeidig zwischen den Büschen hindurch und war nach einigen Augenblicken nur noch wenige Meter von dem Mafioso entfernt. Der Gangster wähnte sich in Sicherheit, nachdem er einen prüfenden Blick über das Plateau geworfen hatte. Er zündete sich sogar eine Zigarette an und richtete sich zu seiner vollen Größe auf. Nun war er wirklich gut zu erkennen, selbst für Robert, der beileibe kein geübter Beobachter war. Plötzlich sah er in Brians Hand ein Messer blitzen und eine dunkle Erregung packte ihn. Brian schlich noch einige Schritte nach vorn und stand gleich darauf weniger als einen Meter hinter dem Mafioso. Einen Atemzug später schnellte er nach vorn, umschlang den Hals des Mannes mit dem linken Arm und stach mit dem rechten zu.

Gezielt bohrte sich die Klinge in die Niere des Gangsters, was dazu führte, dass ein unmenschlicher Schmerz durch dessen Körper raste. Unfähig, auch nur einen Laut von sich zu geben, sackte der Mann nach unten und fiel auf seine Knie. Er wäre wohl völlig zusammengebrochen, doch Brian hielt ihn eisern fest. Brian stach noch zweimal kurz hintereinander in die Niere seines Opfers und final durchtrennte er dann dessen Kehle. Danach entließ er den Mafioso aus seiner Umklammerung.

Haltlos brach der Mann zusammen und blieb reglos auf dem Waldboden liegen. Brian säuberte sein Messer an der Kleidung seines Opfers und durchsuchte anschließend die Taschen des Toten. Mit einem breiten Grinsen zog er ein Bündel Autoschlüssel aus einer Jackentasche. Danach drehte er sich um und winkte Robert herbei.

»Na, habe ich es dir nicht gesagt? Wenn wir ahnungslos auf das Plateau gelaufen wären, dann würden wir nun vielleicht hier liegen. So, nun wollen wir mal sehen, wo die Kerle ihre Wagen geparkt haben.«

Robert nickte nur und war von der Kaltblütigkeit seines Freundes fasziniert.

Ohne dass sie auch nur einen weiteren Blick auf die Leiche geworfen hätten, verließen sie den Ort des Todes. Sie blieben weiter in Deckung und schlichen zwischen den Büschen am Rand des Plateaus entlang. Es dauerte nicht lange, ehe sie den ersten Wagen im Unterholz fanden. Er parkte nur etwa zehn Meter vom Rand des Unterholzes entfernt und war vom Weg aus kaum zu sehen. Der SUV war unbewacht und so suchten sie nach den anderen Fahrzeugen. Dies bedeutete keine große Anstrengung, denn die Mafiosi hatten ihre Wagen nur wenig weiter im Unterholz geparkt. Nachdem Robert und Brian alle Autos überprüft hatten, öffneten sie eines davon und durchsuchten es. Schnell fanden sie einige Handfeuerwaffen samt Munition. Die Gangster hatten sich wohl mit größeren Kalibern bewaffnet und verzichteten daher auf ihre Pistolen. Dabei hatten sie natürlich nicht mit den beiden Killern aus Las Vegas gerechnet.

Brian und Robert steckten jeder zwei Pistolen und genügend Munition in ihre Taschen, ehe sie aufbrachen. Robert wollte schon zur Straße laufen, als Brian ihn mit einem Vorsichtsruf davon abbrachte.

Er hatte ein dunkles Brummen vernommen, das sich langsam in ihre Richtung bewegte. Hinter Bäumen versteckt beobachteten die Killer den Weg, der über das Plateau führte. Gleich darauf rollte ein militärischer Humvee-Geländewagen langsam an ihnen vorbei. In dem Fahrzeug saßen Uniformierte, die sich sichernd umsahen. Dann waren sie vorbei und ein mächtiger Sattelzug schob sich über die Hügelkuppe. Mit brennenden Augen verfolgte Brian den Lastwagen und schob sich erst hinter dem Baum hervor, als der LKW nicht mehr zu sehen war. Dann rief er mit erregter Stimme:

»Robert, wegen diesem Sattelzug sind die Mafiatypen hierhergekommen. Los, wir müssen hinterher, sonst verpassen wir die Show.«

Ohne auf eine Antwort von Robert zu warten, rannte Brian los. Doch er lief nicht zum Waldweg, sondern parallel zu diesem durchs Unterholz.

Robert fluchte, als er an die neuerliche Kraftanstrengung dachte, folgte aber gehorsam seinem Freund. Zum Glück führte ihre Laufstrecke nun bergab und das Unterholz war nicht so dicht, wie befürchtet. Der Humus des Waldbodens ließ ihre Schritte fast lautlos werden und nur ab und zu knackte ein Ast. So gelangten sie zu einer Weggabelung und Robert überließ Brian die Entscheidung, welchen Weg sie nun wählen sollten. Brian steuerte zielsicher den rechten Weg an und verschwand gleich darauf wieder im Unterholz. Robert hastete hinterher und fragte sich, wie lange dieser Lauf wohl dauern würde. Seine Frage wurde gleich darauf beantwortet. Vor ihnen erklangen Schussgeräusche, die hohl durch den Wald echoten. Brian verlangsamte seinen Lauf und Robert konnte aufschließen. Vorsichtig, jede Sichtdeckung nutzend, pirschten sich die Männer vor. Erneut hallten Schüsse durch das Unterholz, was Brian keine Sekunde zu beeindrucken schien. Dann blieb Brian stehen und deutete nach vorn:

»Da sind sie Robert. Ich bin echt gespannt, um was es hier geht!«

***

Heftige Reaktion

Agent Thorn hatte in der Zwischenzeit weitere Verstärkung angefordert.

Walt und Hanky waren zurück zur Straße gelaufen und berieten ihr weiteres Vorgehen. Das Spezialeinsatzkommando brachte gerade einen Sprengsatz am Rolltor der Halle an, mit dessen Hilfe sie sich einen Zugang verschaffen wollten. Der Seiteneingang war nach der heftigen Explosion verschüttet und nicht mehr zugänglich.

Thore Klausen, der BND Agent und vorgebliche Wachmann der Federal Reserve Bank, stand etwas abseits. Er war immer noch beeindruckt, über welche Psykräfte Walt verfügte. Die letzten vierundzwanzig Stunden waren dazu geeignet, seine bisherige Weltanschauung komplett zu revidieren. Offenbar war nichts in der Welt so, wie es den Anschein hatte. Zweifel drohten seine Überlegungen zu belasten. So fragte er sich, was er bei dieser Truppe um Hank Berson sollte. Wie konnte er denn solchen Leuten helfen? Walt und Hanky alleine stellten schon eine beachtliche Macht dar und doch wollten sie, dass er mit von der Partie war.

Hanky winkte Thore heran und wollte gerade etwas zu ihm sagen, als die Luft erneut zu vibrieren begann. Ein tiefer Basston erschütterte die Menschen und einige Männer des Spezialeinsatzkommandos sanken wimmernd auf ihre Knie oder wankten um ihr

Gleichgewicht ringend. Thore, der dieses Phänomen schon erlebt hatte, atmete flach und öffnete seinen Mund. So versuchte er dem Einfluss der Schwingungen zu entgehen oder diese zumindest etwas abzuschwächen. Hanky hielt beide Hände an seinen Kopf gepresst und ein langer, quälender Laut verließ seine Kehle. Dann brach er völlig überraschend zusammen und schlug hart auf den Asphalt der Straße. Walt erging es nicht besser. Auch er taumelte und versuchte mit ausgestreckten Armen wie ein Artist auf dem Hochseil zu balancieren. Dabei setzte er ungewollt seine telekinetische Kraft ein. Autos stürzten um und rollten wie Spielzeug davon, ein Tank der benachbarten Raffinerie wurde wie eine leere Coladose zusammengepresst, eher er zur Seite kippte.

Thore eilte zu Walt und wollte helfen, auch wenn er nicht wusste wie. Doch noch ehe er Walt erreichte, brach auch dieser besinnungslos zusammen.

Das Vibrieren verlor nach einer Weile seine Intensität, oder die Menschen in dessen Einflussbereich gewöhnten sich an den Effekt. Thore hatte sich neben die beiden Mutanten gekniet und brachte sie lehrbuchhaft in eine stabile Seitenlage. Sie atmeten noch, wenn auch flach. Roger Thorn kam mit unsicheren Schritten heran und fragte:

»Was ist mit den beiden? Sind sie okay?«

»Kann ich nicht sagen«, antwortete Thore. »Ich bin kein Mediziner. Aber ich glaube schon! Vielleicht reagieren ihre Gehirne anders als bei uns Normalsterblichen.«

Roger nickte nur und sah sich nach den Männern des Spezialkommandos um. Schon von weitem konnte er sehen, dass sie im Moment keinen Angriff durchführen konnten. So setzte er sich einfach auf den Boden neben seine Freunde.

Thore, der auch noch unter den Schwingungen litt, tat es ihm gleich. So saßen sie eine Weile still da und hofften, dass das unangenehme Dröhnen bald aufhörte. Als ihr Wunsch sich erfüllte, reagierten sie zuerst nicht. Wie ein Nachklang vibrierten ihre Körperzellen noch eine weitere Minute. Danach stellte sich völlige Stille ein. Zumindest fühlten die Männer so, da auch ihre Hörnerven sich erst wieder an die normalen Geräusche gewöhnen mussten.

Zuerst wurde Thore wieder munter und erhob sich ächzend. Er schüttelte seinen Kopf, als müsse er böse Geister aus seinem Inneren vertreiben, und fragte dann mit gespieltem Eifer:

»So Agent Thorn. Was machen wir jetzt? Wollen wir die Bude nun stürmen oder nicht?« Dabei grinste er frech zu Roger hinunter, der immer noch auf der Straße saß.

»Nun mal langsam mein Lieber«, antwortete Roger. »Ich muss erst mal meine Knochen sortieren. Außerdem sollten wir uns zunächst um Walt und Hanky kümmern.«

»Um mich braucht sich keiner zu kümmern«, knurrte Walt und öffnete seine Augen. Dann versuchte er sich aufzurichten, was erst beim zweiten Versuch gelang.

»Ich dachte, du bist ohnmächtig«, sagte Roger erleichtert.

»Ohnmächtig? Ich? Papperlapapp! Ich habe mich nur ein wenig ausgeruht«, behauptete Walt und lachte verlegen. »Was ist denn mit Hanky los? Will der Kerl hier den ganzen Tag herumliegen?«

»Nein, will er nicht«, erklang es schwach. »Mann, habe ich Kopfschmerzen. Hat jemand eine Aspirin dabei?«

Auf diese Weise blödelten die Männer noch eine Weile herum und überspielten damit ihre Ängste und das Gefühl der Hilflosigkeit. Sie waren hier einem Gegner begegnet, den man wirklich ernst nehmen musste. Sie beschlossen auf die Verstärkung zu warten, ehe sie mit dem Angriff begannen.

Sie mussten noch eine gute halbe Stunde verharren, ehe weitere sechzig Mann eintrafen. Die schwarzen Truppentransporter hielten mitten auf der Straße an und die schwerbewaffneten Elitekämpfer sprangen von den Wagen. Ein Offizier kam gemessenen Schrittes zu Roger und salutierte kurz. Roger winkte ab und informierte den Offizier über die Lage. Dann entließ er den Mann, der sogleich seine Befehle weitergab. Binnen kürzester Zeit waren die Kämpfer an ihren vorgesehenen Positionen und warteten auf das Angriffssignal.

Roger rief ein kurzes »Go« und die Männer duckten sich.

Gleich darauf erschütterte eine heftige Explosion die Halle und eine Druckwelle, gefüllt mit Staub, brauste über die Männer des FBI. Der Qualm hatte sich noch nicht verzogen, als die ersten Spezialkräfte die Lagerhalle stürmten. Ihre Gewehre vor sich haltend rannten sie in das Gebäude hinein und suchten gleich die nächste Deckungsmöglichkeit. Als Vorhut sicherten sie damit die nachrückenden Kräfte. Eine weitere Gruppe drang in die Halle ein und rückte weiter vor. Bisher war kein einziger Schuss gefallen und Thore fragte sich, ob es wohl einen Geheimausgang in dem Gebäude gab. Doch er verwarf diesen Gedanken. Es mussten sich bestimmt mehr als vierzig Feinde in der Halle aufhalten. Er hatte sie doch durch das Fenster des Büros gesehen. Wieso wehrten sie sich nicht? Was war hier los? Walt hielt es nicht mehr länger aus. Auch ihn plagten die gleichen Fragen. Ohne auf Hanky oder die anderen zu warten, lief er zum demolierten Eingang der Halle und verschwand gleich darauf in ihrem Inneren.

Hanky folgte ihm fluchend und Roger schloss sich ihm mit gemischten Gefühlen an.

Thore, der eigentlich immer bedacht agierte, sammelte sich kurz und folgte den Männern.

Mittlerweile hatte das Spezialeinsatzkommando die gesamte Halle unter seiner Kontrolle. Doch nirgends waren sie auf Widerstand getroffen. Kein einziger Feind hatte sich blicken lassen. Misstrauisch untersuchten die Spezialisten die komplette Halle, selbst die völlig zerstörten Büros an der Seite. Am Hallenende angekommen blieb der leitende Offizier stehen und senkte seine Waffe.

Vor ihm ragte technisches Gerät auf, Spulen und Transformatoren, Bedienpulte und eine Menge dicker Kabel. Kopfschüttelnd betrachtete er die Anordnung. Hier endete seine Kompetenz. Hier mussten Fachkräfte ihr Wissen erproben. Erstaunt bemerkte er, wie Walt Kessler neben ihn trat. Eigentlich hatte er noch keine Entwarnung gegeben und das Gebäude für gesichert erklärt. Trotzdem verbiss er sich einen Kommentar. Er hatte schon merkwürdige Gerüchte über Walt Kessler und Hank Berson gehört. Wenn diese Männer hier vor Ort waren, dann ging es um eine große Sache.

Walt besah sich das Szenarium mit großem Interesse und betrachtete dabei auch den Fußboden vor ihm. Dann sagte er zu dem Offizier:

»Also hier sind sie verschwunden.«

Dieser sah Walt verwundert an und verstand nichts.

Hanky und Roger kamen heran und betrachteten ebenfalls die technische Anlage. Dann sprachen sie leise miteinander und der Offizier entfernte sich diskret.

Weiter vorne brach plötzlich ein Tumult los. Männerstimmen überschlugen sich, bis der Offizier bei einer Gruppe Spezialisten anlangte.

Ohne zu fragen, warum die Männer so aufgeregt waren, brüllte er: »Ruhe« und die Männer schwiegen sofort.

Ein mutiger Spezialist ließ sich nicht von dem Offizier beeindrucken. Mit vor Eifer gerötetem Gesicht trat er einen Schritt vor. In seinen Händen hielt er einen Goldbarren. Mit lauter Stimme rief er:

»Sehen Sie nur Sir, was wir gefunden haben! Der Lastwagen hier ist voller Gold.«

»Nein, Sie haben hier gar nichts gefunden«, sagte Roger Thorn. »Haben Sie mich verstanden?«

***

Umzug und neues Land

New York City – Industriegebiet Hunts Point, Bronx – 3 Monate zuvor

Frederic Stanford saß buchstäblich auf gepackten Kisten. Er wartete, zusammen mit den Männern und Frauen des technischen Teams, auf ihren Abtransport. Noch immer wusste hier keiner, wohin es eigentlich gehen sollte. Seit zwei Tagen befand sich das Lager in Auflösung. Eine Einheit der Nationalgarde, die sich mit Logistik beschäftigte, war eingeflogen worden. Diese Soldaten waren schweigsam und beantworteten keinerlei Fragen der Arbeiter. Anscheinend war ihnen ein Redeverbot auferlegt worden. Gekonnt verluden sie die schweren Baumaschinen auf große Sattelschlepper, füllten Container mit technischem Equipment, bauten Zelte ab und verluden alles, was transportabel war. Sogar der Zaun, der das Lager umgab, wurde abmontiert.

Frederic fand die Tatsache interessant, dass hier alle Spuren verwischt wurden. Niemand sollte später Rückschlüsse auf den Zweck dieses Lagers ziehen können. Diese Überlegung beunruhigte den

Prospektor und er fragte sich, ob nach dem kommenden Einsatz die Spuren ebenso geflissentlich beseitigt würden. Wenn ich diesen Gedanken zu Ende denke, dann muss ich davon ausgehen, dass alle Mitwirkenden dieses Projektes ebenfalls verschwinden müssen, schoss es ihm in den Kopf.

Diese Einsicht, dass sein Leben nur so lange von Wert war, wie er dem Projekt dienen konnte, veränderte Frederics Einstellung zu seiner Arbeit. Natürlich konnte er jetzt nicht mehr einfach kündigen. Dann würden die Wachsoldaten ihn sofort in die Wüste führen, ihn eliminieren und dann verscharren. Nein, er musste einen Weg finden, sich bei passender Gelegenheit abzusetzen, zu fliehen. Beunruhigt sah er zu seinen Arbeitskollegen, die zum Teil euphorisch auf den, wie sie sagten, »richtigen Einsatz« warteten.

Niemand schien sich Gedanken über die Zukunft zu machen. Durch die geschickte Propaganda der Lagerleitung fühlten sie sich sogar als Mitglieder einer Elite. Mit denen konnte er nicht über seinen Verdacht sprechen. Nein, auf keinen Fall! Vielleicht würde einer von ihnen sogar der Lagerleitung Meldung erstatten und dann waren seine Stunden auf dieser Welt gezählt. Der Einzige, den er ins Vertrauen ziehen konnte, war Adrian Larson, der Landvermesser. Mit ihm verstand er sich ausgesprochen gut und es hatte sich zwischen ihnen so eine Art Freundschaft gebildet. Ja, er würde mit Adrian sprechen, sobald sich eine Möglichkeit bot.

Eine Stunde später fuhren fünf Reisebusse vor und die Arbeiter wurden in Gruppen zu den Bussen gerufen. Schnell waren alle Passagiere eingestiegen und die Fahrt begann.

Adrian hatte es geschafft in den gleichen Bus wie Frederic zu steigen. Er setzte sich neben seinen Arbeitskollegen und schob seinen Rucksack unter den Sitz. Die beiden Männer hatten sich in den vergangenen Tagen angefreundet. Abends verbrachten sie gerne Zeit miteinander, diskutierten oder sprachen über Gott und die Welt. Adrian schätzte den rauen Kerl, dem seine Arbeit in der Bergbaubranche anzusehen war.

Die vielen Schichten unter Tage hatten seine Gesichtszüge mit zahllosen Falten übersäht. Seine Haut glich gegerbtem Leder und seine Stimme hörte sich kratzig an. Dennoch steckte ein intelligenter Mann hinter der rauen Schale, der in die Welt passte. Adrian war eher der elegante Typ, doch gerade die Unterschiedlichkeit der beiden Männer zeichnete ihre Sympathie füreinander aus.

So unterhielten sich Adrian und Frederic während der Fahrt über das bisher Erlebte und versuchten herauszufinden, was eigentlich der wirkliche Zweck ihrer Arbeit sein mochte. In der Zwischenzeit glitt die eintönige Wüstenlandschaft vorbei, doch niemand hier im Bus interessierte sich für die karge Natur. Zu lange Zeit hatten sie hier verbracht und jeder Einzelne sehnte sich nach grünen Pflanzen oder dem Trubel der Zivilisation. Als die Reisebusse unerwartet von dem Highway abbogen, wurden die Arbeiter unruhig.

Sie befanden sich noch immer in der Wüste und man hatte ihnen doch versprochen in die Zivilisation zurückzukehren. Gleich darauf entspannten sich alle, denn vor ihnen lag ein Flugfeld und auf der Rollbahn wartete eine DC 10.

Die Busse fuhren direkt zur Maschine und hielten dicht daneben an. Hier gab es keine Sicherheitskontrolle oder auch nur eine Abfertigungshalle. Einzig ein alter Tower ragte seitlich aus dem Wüstenboden und bildete damit einen markanten Orientierungspunkt in dieser Einöde. Dreißig Minuten später befanden sie sich in der Luft und die trockene Landschaft lag weit unter ihnen.

Fünf Stunden später, die Nacht war inzwischen hereingebrochen, landete das Flugzeug auf dem La Guardia Airport in New York City. Erneut warteten Reisebusse direkt am Rollfeld, was äußerst ungewöhnlich war. Hier herrschten andere Sicherheitsvorschriften als in der Wüste. Doch offenbar verfügten die Organisatoren der Mission über beste Verbindungen.

Den Arbeitern war das recht, hofften sie doch auf einen kühlen Drink in irgendeiner Bar.

Natürlich bekamen die Arbeiter des Teams keine Gelegenheit, sich frei in der Stadt zu bewegen. Sie wurden in einen umzäunten Wohnkomplex im Norden der Bronx gebracht und bezogen unwillig das kasernenähnliche Gebäude. Hier gab es in der Kantine zwar auch Bier, doch sonst wirkte diese Behausung noch trister als der Aufenthalt in der Wüste. Wieder glich das Gelände dem des ersten Lagers. Es war eingezäunt und wurde von bewaffneten Söldnern bewacht.

Fragen über den Grund dieser Internierung beantwortete die Lagerleitung nur ungenügend. Es wurde nur auf die Geheimhaltung der Mission hingewiesen.

Doch viel Zeit, diese Frage zu diskutieren, blieb den Arbeitern ohnehin nicht.

Schon am nächsten Morgen wurden sie in ein heruntergekommenes Industriegebiet gebracht. Die Busse fuhren direkt in eine sehr große Lager- oder Werkshalle, dessen Rolltor sofort nach der Einfahrt geschlossen wurde. Nach der ersten Besprechung wurden die Arbeitsteams eingeteilt und die bisher eingetroffenen Gerätschaften des ersten Lagers gesichtet. Die Männer und Frauen wunderten sich, dass in so kurzer Zeit der Transport aus der Wüste nach New York City möglich war. Den ganzen Tag über trafen weitere Lieferungen ein, die ebenfalls gesichtet, ausgepackt oder verstaut wurden. Dennoch dauerte es eine ganze Woche, bis die Anlage betriebsbereit war.

Am nächsten Morgen war es dann so weit. Adrian Larson war als Landvermesser besonders gespannt, wie es auf der »anderen Seite«, wie er gerne sagte, aussehen würde. Immerhin befanden sie sich hier in einem dichtbesiedelten Gebiet. Hatten die Menschen in der Parallelwelt ebenfalls auf der Halbinsel Manhattans gesiedelt oder war dieser Landstrich unberührt geblieben? Zweifellos war der Kontinent auch in der anderen Welt besiedelt worden, was die Knochenfunde und die Ruine in der Wüste bewiesen hatten. Zuvor wusste man nicht einmal, ob sich überhaupt der Homo sapiens dort entwickelt hatte.

Mit einiger Ungeduld hatte sich Adrian seinen Schutzanzug übergestreift und die schweren Kopfhörer über die Ohren gezogen. Diesen Schallschutz trugen hier in der Halle alle Mitarbeiter, damit sie wenigstens ein wenig vor den Schwingungen des Tesla Portals geschützt waren. An das Vibrieren der Luft hatten sie sich mehr oder minder gewöhnt, obwohl dieser Zustand der Vibration immer noch sehr unangenehm war. Dann endlich kam der Befehl, die Fahrzeuge zu besteigen. Nach fünf Minuten wurde dann ein Countdown heruntergezählt und danach das Tesla Portal aktiviert. Zum ersten Mal wurde die große Halle erschüttert und Staub rieselte von der Decke. Ein tiefer Basston erfüllte den Raum und ein Ozongeruch breitete sich aus. Durch seine Schutzbrille hindurch beobachtete Adrian, wie sich blitzförmig Energien aus den Tesla Spulen knatternd entluden.

Ein grelles Energiefeld entfaltete sich und wurde nach wenigen Sekunden durchscheinend. Die Hallenwand hinter der Projektion war nicht mehr zu sehen. An ihrer Stelle sah man nun eine fremde Landschaft, aus deren schorfigem Grund vereinzelte Ruinen ragten. Ein lauter Signalton jaulte durchdringend durch die Halle und übertönte das dunkle Brummen der Tesla Spulen. Zuerst setzte sich ein Humvee-Geländewagen in Bewegung und passierte das Tesla Portal. Seine Konturen verschwammen und es bot sich den Betrachtern ein Bild, das flimmerte wie heiße Luft über dem Asphalt einer Straße im Hochsommer. Der Militärwagen fuhr circa fünfzig Meter in die fremde Landschaft hinein, ehe er anhielt. Vier in Schutzanzüge gehüllte Söldner verließen den Wagen und drehten sich, ihre Waffen im Anschlag sichernd, um ihre eigene Achse. Ein weiterer Bewaffneter stieg auf das Dach des Humvees und hob ein großes Fernglas. Dieses war an die Schutzausrüstung des Helmes angepasst worden und der Soldat konnte – trotz Maske – die Umgebung gut beobachten. Nachdem auch er keine Gefahren erkennen konnte, gab er per Hand ein Zeichen in Richtung des Tesla Portals. Daraufhin rollte eine schwere Caterpillar Planierraupe auf das Portal zu und schließlich hindurch. Adrian rutschte auf dem Sitz eines zweiten Humvees unruhig herum. Als Nächstes würde nun das Fahrzeug, in dem er saß, in die Parallelwelt vorstoßen. Dann war es so weit. Der Humvee setzte sich in Bewegung und rollte auf das flimmernde Bild zu.

Beim Passieren des Portals spürte Adrian wie immer ein leichtes Prickeln, was auf die Vibrationen seiner Körperzellen zurückzuführen war, und gleich darauf befand er sich in der Parallelwelt. Sofort spürte er beim Aussteigen den permanenten Wind, den er schon aus der Wüste kannte. Nur eines war hier anders als vorher: Er fühlte sich beobachtet.

***

Patrouille

In seinem graubraunen Schutzanzug aus Bleifolie und Karvaechsenleder war Seet Smirl in der Ruinenstadt fast unsichtbar. Nur ein geübter Beobachter würde ihn zwischen den wilden Sträuchern der Jolabüsche und dem Mandogestrüpp bemerken. Er war auf seiner täglichen Patrouille, um nach den verfluchten Pilzjägern Ausschau zu halten. Immer wieder drangen die Primitiven in das Gebiet der Cave People ein. Langsam wurden die Kerle lästig und hielten sein Volk davon ab, ungestört nach den Hinterlassenschaften des alten Volkes zu suchen. Seet sah nach oben, in den ewig wolkenverhangenen Himmel. Es wurde langsam Zeit, dass er sich auf den Rückweg machte. Er musste vor der Dunkelheit zurück in die Caves. Niemand wollte in der Nacht draußen sein. Bei Einbruch der Dunkelheit begannen die Karvaechsen ihre Jagd. Diese Bestien konnte man nur mit einer Jagdgruppe erlegen. Seet verdrängte den Gedanken an die Echsen und wollte vor seiner Heimkehr noch einmal seinen schwierigen Weg von oben betrachten. Schon oft hatte er von den Türmen des alten Volkes Gefahren rechtzeitig bemerkt.

Die Ruinenlandschaft bot für potenzielle Angreifer unzählige Verstecke, die man vom Boden aus nicht erkennen konnte. Er befestigte seinen Kurzspeer an seinem Rucksack und zurrte diesen fest. Dann lief er schnell und geschickt zwischen den Trümmern der Ruinen hindurch zum nächsten Turm. Hierbei handelte es sich um ein ehemals zwanzigstöckiges Bürohaus, das in Teilen zerstört und natürlich baufällig war.

Seet wusste nichts von dem großen Krieg und den Raketen, die hier Tod und Zerstörung gebracht hatten. Ja, er konnte sich nicht einmal eine intakte Stadt vorstellen. Schon seit Generationen lebte sein Volk im Untergrund und über die Stadt gab es nur Mythen und Geschichten, welche die Alten seines Volkes abends an den Feuern erzählten. Seet stieg über einen Schutthaufen und sah vor sich den dunklen Eingang des Turmes. Aus einer Schlaufe am Gürtel zog er ein armlanges Messer hervor. Er musste jeden Moment mit einem Angriff rechnen und er wollte vorbereitet sein. Wie jedes Mal, wenn er eine Ruine betrat, verspürte er ein ungutes Gefühl in seiner Magengegend. Auch hier konnten die Pilzjäger oder eine Echse lauern. An die verdammten Käfer wollte er erst gar nicht denken. Diese Krabbeltiere lebten eigentlich nur in dem Ödland vor der Stadt, doch man hatte auch schon Nester der Biester in den Ruinen gefunden. Gegen die Käfer würde ihm sein Messer nichts nutzen. Da half nur noch eine schnelle Flucht. Trotz seiner Befürchtungen rührte sich nichts und der Turm schien im Augenblick ein sicherer Platz. Beherzt durchquerte er die völlig zerstörte Empfangshalle des Bürogebäudes. Hier lagen nur noch vereinzelt Trümmer der ehemaligen Einrichtung herum. Sonst war die Halle leer und übersichtlich. Seet beeilte sich trotzdem die freie Fläche schnell zu überqueren. Am Treppenhaus angekommen atmete er erleichtert auf und sah nach oben. Auch auf den Stufen hatte sich Unrat gesammelt, doch in dem spärlichen Licht, dass der Tag hereinschickte, konnte er erkennen, dass der Weg frei war. Seet verließ sich jedoch nicht auf den ersten Augenschein. Vorsichtig schlich er die teilweise zerstörten Stufen nach oben, sprang über ausgefranste Löcher im Boden, die aussahen, als habe ein großes Tier ein Stück Beton herausgerissen. Doch Seet konnte sich nicht vorstellen, welche Macht den massiven Beton überhaupt beschädigen konnte. Nach einem mühsamen Aufstieg erreichte er schließlich ungehindert das letzte Stockwerk, das man betreten konnte. Über ihm ragten rostige Stahlträger in den düsteren Himmel und es schien beinah so, als zeigten riesige Finger anklagend zu dem wolkenverhangenen Firmament. Langsam ließ sich Seet auf die Knie sinken und legte sich dann vollends auf den Bauch. So rutschte er behutsam zur Kante des Gebäudes. Auch hier oben drohten Gefahren. Knochengeier konnten hier lauern. Sie waren die einzigen flugfähigen Tiere, die Seet kannte, und einige Exemplare konnten so groß wie ein ausgewachsener Mann werden. Die Geier jagten normalerweise nach Kleingetier, das sich hier in den Ruinen verbarg. Nur selten hatte man einen der Vögel unten am Boden gesehen. Doch hier oben stürzten sich die Raubvögel unerwartet von einer Mauer oder einem höhergelegenen Turm auf ihre Opfer. Die Vögel sahen allerdings sehr schlecht und konnten nur schnelle Bewegungen registrieren. Daher bewegte sich Seet auch sehr langsam.

Der Blick von einem Turm aus berauschte den Späher immer wieder. Weit konnte er über die Trümmerwüste blicken, die seine Heimat war. Aufmerksam suchte er die Route ab, die er für seinen

Nachhauseweg ausgewählt hatte. Seine Augen wanderten auf dem Weg, den später seine Beine beschreiten würden.

Er wollte sich schon zufrieden zurückziehen, als ihn ein dunkler Basston erschreckte. Dazu begann zuerst die Luft und gleich darauf das komplette Gebäude zu vibrieren. Voller Panik versuchte er sich irgendwo festzuhalten und ergriff eher zufällig eine Eisenstange, die aus einer geborstenen Wand ragte. Er schrie erschrocken auf, als er die Stange berührte. Auch sie vibrierte hochfrequent, so dass Seet sie nicht anfassen konnte. Die Stange schlug heftig gegen seine Finger und wenn Seet seine Hand nicht vorher zurückgezogen hätte, wäre sein Schutzhandschuh bestimmt zerrissen.

Irgendwie kam er auf seinem Rücken zum Liegen. Seine Augen suchten den Himmel ab und er hoffte, dass die Knochengeier ebenfalls von diesem Vibrieren betroffen waren und nicht jagen konnten. Nach unendlich scheinenden Minuten verebbte das Luftbeben und hörte schließlich völlig auf. Seet blieb noch einen Moment ruhig liegen und fragte sich, was denn gerade geschehen war. Natürlich fand er keine Erklärung und er beschloss, den Alten von dem Vorfall zu berichten. Die Wolken zogen gewohnt schnell über ihn hinweg. Allmählich verschwand der Schrecken aus seinem Denken und er wollte sich gerade aufrichten, als er eine Bewegung über sich wahrnahm. Er hatte in den vergangenen Jahren gelernt, sich in so einer Situation völlig ruhig zu verhalten.

Wegrennen war keine Option und würde wahrscheinlich sein Ende bedeuten. So starrte Seet angespannt nach oben und versuchte zu erkennen, was sich da über ihm bewegt hatte. Erstaunt sah er ein kleines Objekt, das unmöglich ein Tier sein konnte. Aber was war es dann? Ein Geier bestimmt nicht und sonst flog nichts in der Luft herum. Trotzdem schwebte das Ding keine zwanzig Meter entfernt und vielleicht zehn Meter über ihm. Mal bewegte es sich langsam, gerade so, als suche es etwas; dann schoss es davon, um an anderer Stelle einfach anzuhalten. Wie ist denn so etwas möglich, fragte Seet sich. Allmählich entfernte sich das Schwebeding und verschwand dann schließlich hinter einem der Türme. Seet wollte sich gerade aufrichten, als er ein anderes Geräusch vernahm. Kam das Schwebeding zurück? Erschrocken sah er hinauf zu dem Wolkenhimmel. Doch dort fand er nicht den Verursacher des Brummens.

Das Geräusch kam von unten und wurde lauter. Immer noch auf dem Betonboden liegend, drehte sich Seet um und kroch dann, so schnell er konnte, zur Dachkante. Vorsichtig schob er seinen Kopf nach vorne und blickte hinunter zu der schuttbedeckten Straße. Ein gelbes Monstrum schob sich durch Schutt und schob diesen einfach beiseite. Fasziniert bestaunte er das Stahlmonstrum.

Die Alten hatten von Maschinen berichtet, welche die Menschen einst beherrscht hatten. Er hatte sogar bei seinen Streifzügen Maschinen gesehen, die aber nutzlos zwischen den Türmen standen. Niemand wusste mehr, wie man die Maschinen zum Leben erwecken konnte. Sein Volk nutzte Kutschen, die von gezähmten Echsen gezogen wurden. Doch solche Kutschen wurden nur selten benutzt, da sie langsam und unpraktisch waren.

Ein Späher rannte fünfmal so schnell und konnte sich bei einem Angriff sofort verstecken. Es war sogar schon einige Male zu schweren Unfällen gekommen, als die Echsen versuchten ihrer Knechtschaft zu entkommen. Kutschen waren umgestürzt oder die Echsen hatten den Kutscher sogar getötet. Doch diese Maschine dort unten war in einem guten Zustand. Wenn er dieses Gefährt doch nur erbeuten könnte…

Mit so einem Gerät würde sein Volk die Vorherrschaft in diesem Bezirk gewinnen.

Seet wusste natürlich, dass er niemals in der Lage sein würde, diese Maschine an sich zu bringen. Dennoch musste er wissen, wer das Monstrum steuerte und zu welchem Stamm der Fahrer gehörte. So schnell er konnte, rutschte er rückwärts, damit er nicht von der Straße aus gesehen werden konnte. Dann richtete er sich auf und rannte zur Treppe. Geschickt sprang er die Stufen nach unten und erreichte nach erstaunlich kurzer Zeit die Eingangshalle. Nun musste er vorsichtig sein, um nicht entdeckt zu werden. Er sah sich sichernd um und stellte erleichtert fest, dass sich niemand in der Halle befand. So schnell er konnte, rannte er auf einen Schutthaufen zu, der sich am Ende der Halle befand. Dort warf er sich in Deckung, ehe er langsam nach oben kroch. Vorsichtig schob er seinen Kopf über den Schutthaufen und erschrak ein weiteres Mal. Dort auf der Straße liefen Menschen in neuen Schutzanzügen.

***

Ohne Hoffnung

Mitchel Prusak hatte jegliches Zeitgefühl verloren. Er wusste nicht, ob es Tag oder Nacht war, noch welches Datum man schrieb. Er war gefangen, saß in einer Zelle, einem Raum, der nicht zu einem Gefängnis gehörte. Man hatte ihn weggesperrt und offensichtlich vergessen. Er wusste nicht einmal, wo er sich befand. Die Wachen behandelten ihn mit stiller Gleichgültigkeit. Weder beantworteten sie seine Fragen, noch zeigten sie eine Gefühlsregung, wenn er wieder einmal seine Zelle in einem Wutanfall verwüstete.

Immer wieder dachte er an den verhängnisvollen Tag, an dem er auf die Tesla Papiere gestoßen war.

Zuerst war ihm nicht klar gewesen, was er da vor sich hatte. Er hatte in dem streng gesicherten Archiv der NSA eigentlich nach einer anderen Information gesucht. Beim Durchsehen der Regale hatte er, in einer der oberen Reihen, einige verstaubte Kartons entdeckt. Eine unbestimmte Neugierde ließ ihn die fahrbare Leiter holen und die Stufen nach oben steigen. Auf kleinen Schildern, die an den Kartons befestigt waren, war zu lesen gewesen:

Nikola Tesla – 8. Januar 1943 – Beschlagnahmt vom Office of Alien Property Custodian – Überstellt zur NSA 17. September 1963.

Nikola Tesla, dieser Name war ihm ein Begriff, allerdings nur aus einigen Artikeln in Fachzeitschriften und einer Dokumentation der BBC. Wieso, fragte sich Mitchel Prusak, war die Hinterlassenschaft des Wissenschaftlers hier gelagert worden? Hatte er bei seinen Forschungen etwas entdeckt, dass vor der Öffentlichkeit verborgen werden musste? Nachdem diese Frage den NSA Analysten mehrere Tage beschäftigt hatte, las er in der Zwischenzeit alles, was es über das verkannte Genie zu berichten gab. Er hatte online und in der Staatsbibliothek gestöbert, Bücher gekauft, das interne Netzwerk der NSA durchforstet und dann eine Entscheidung getroffen, die sein Leben drastisch verändern und ihn am Ende in diese Zelle bringen sollte.

Erneut war er mit dem Fahrstuhl hinunter in die Katakomben des NSA Gebäudes gefahren. Nach mehreren Kontrollen hatte er das Archiv betreten und die Regalreihe, die er gesucht hatte, schnell gefunden. Er hatte sich erneut die fahrbare Leiter geholt, kurze Zeit später die erste Teslakiste von dem Regalbrett gezogen und diese zu einem kleinen Tisch am Ende der Regale geschleppt. Nachdem er den Karton geöffnet und einen ungeordneten Wust an Papieren vorgefunden hatte, war er auf einige handgeschriebene Notizen und in der letzten Kiste hatte Mitchel einen Stapel Tagebücher gestoßen.

Man hatte Nikola Teslas Hinterlassenschaft einfach in die Pappkisten geworfen und sich danach nicht mehr um den Inhalt gekümmert.

Der Analyst erinnerte sich, die Papiere, soweit dies möglich war, zuerst nach Jahren sortiert, danach die Bücher durchgeblättert und ab und zu einen Eintrag gelesen zu haben. Im dritten oder vierten Tagebuch war er dann auf einen Eintrag gestoßen, der sich von den anderen unterschied.

Dick war ein Datum unterstrichen: 12. Dezember 1899. Darunter prangte die Überschrift: Dimensionstor oder Pforte zur Hölle? Elektrisiert von diesem Eintrag hatte Mitchel weitergelesen.

Heute führte eine Fehlschaltung beim Versuch siebzehn zu einem erstaunlichen Effekt, der meine Mitarbeiter völlig verstörte; mich auch, wenn ich ehrlich bin. Nachdem ich die Spulen neu kalibriert hatte, veränderte ich die Stromzufuhr und gleichzeitig die magnetische Ausrichtung um zwei Grad. Damit wollte ich die Stromübertragung zwischen den Spulen optimieren. Als ich den Versuch startete, kam es zu einem erschreckenden Nebeneffekt. Die Wand hinter den Spulen wurde durchsichtig. Zuerst hatte ich vermutet, ich hätte die atomare Struktur der Wand verändert. Doch gleich darauf bemerkte ich meinen Irrtum. Durch die nun durchsichtige Wand sah ich nicht das Bild der Landschaft um uns herum, sondern eine veränderte Welt. Ein tiefes Brummen ließ meine Assistenten taumeln, der Antennenstab glühte und ein Vibrieren der Luft ließ meine Zähne klappern. Ich versuchte nach einer Weile - die Zeit schien sich zu dehnen oder war vielleicht in diesem Moment nicht mehr existent – das Experiment abzubrechen. Der Schalter, der dem Toben der Elemente ein Ende bereiten konnte, vibrierte so stark, dass es mir unmöglich machte, ihn auch nur zu berühren. Einer meiner Mitarbeiter erkannte die Gefahr und trennte mit einer Axt das Hauptstromkabel einfach durch. Das Vibrieren und der Basston waren sofort beendet und die Holzwand hinter den Spulen wieder stabil. Ich überzeugte mich selbst davon, dass die Wand wieder das war, was sie sein sollte, nämlich stabil. Danach ging ich nach draußen und stellte erleichtert fest, dass sich die Welt nicht verändert hatte.

Dem Eintrag waren einige technische Tabellen angefügt, die Mitchel nicht verstanden hatte. Hastig hatte er daraufhin die folgenden Seiten umgeblättert, doch zu seiner Enttäuschung keine weitere Beschreibung dieses Experiments oder Folgeversuche gefunden.

Nachdem er einen Moment die Worte, die Nikola Tesla in seinen Aufzeichnungen selbst notiert hatte, überdacht hatte, erkannte der Analyst das enorme Potential seiner Entdeckung.

Sein Entschluss, den NSA Direktor William Bannigen direkt zu informieren, war der größte Fehler seines Lebens gewesen. Der Direktor hatte den Tagebucheintrag selbst durchgelesen, Mitchel dann streng angesehen und den Analysten gefragt:

»Agent Prusak, haben Sie mit irgendeinem anderen über Ihre Entdeckung gesprochen?«

»Nein Sir, selbstverständlich nicht!«

»Wo befinden sich die Unterlagen?«

»Sie sind immer noch im Archiv. Allerdings habe ich die Kartons noch nicht wieder in das Regal geräumt.«

»Gut, gut«, hatte der NSA Direktor gemurmelt und dann für einen Moment geschwiegen. Nachdem er diese Entdeckung für sich bewertet hatte, stand sein Entschluss fest.

Er hatte begriffen, dass der Analyst auf etwas gestoßen war, das unendliche Möglichkeiten bot. Doch zuerst musste er sich mit einem Mann besprechen, der analytisch dachte und eine Machtfülle in seiner Person vereinte, die mehr als beachtenswert war. Mit brennenden Augen sah er Mitchel an und erkannte, dass dieser Mann zu viel wusste. Er würde plaudern, irgendwann und irgendwo. Das Geheimnis musste gewahrt werden. Doch er wollte honorieren, dass der Agent direkt zu ihm gekommen war. Diese menschliche Anwandlung rettete Mitchel das Leben.

Doch was war ein Leben in Gefangenschaft denn wert?

Mitchel unterbrach seine schmerzhafte Rückschau. Er sah sich in seiner Zelle um und Verzweiflung drohte ihn zu übermannen. Doch da vernahm er ein Geräusch, das er in seiner Gefangenschaft noch nie gehört hatte. Etwas knallte und Mitchel zuckte erschrocken zusammen. War das ein Schuss gewesen? Dann hörte er das Geräusch schwerer Stiefel, die an seiner Zelle vorbeirannten. Wieder knallte es und Mitchel erkannte, dass es sich um Schussgeräusche handelte. Wurde das Gebäude, in welchem sich seine Zelle befand, etwa angegriffen? Wer hatte Interesse an einem Angriff und wem galt dieser? Vielleicht wollte ihn jemand befreien. Doch Mitchel negierte diese Überlegung sofort. Er hatte keine mächtigen Freunde und was war sein Leben schon wert? Also musste der Angriff, wenn es denn einer war, einem anderen Zweck dienen. Gab es noch mehr Gefangene in dieser Einrichtung? Bestimmt! Es wäre vermessen zu denken, dass er hier der einzige Gefangene war. Vielleicht konnte er ja, im Zuge dieser Befreiung, ebenfalls entkommen. Dazu jedoch mussten die Angreifer von seiner Existenz erfahren. Wieder knallten Schussgeräusche durch den Gang vor seiner Zelle. Mitchel begann zu schreien, um Hilfe zu rufen, während er mit seinen Fäusten gegen die Tür schlug.

***

Unerwarteter Angriff

Alfredo hatte die Mafiosi zu der Stelle geführt, an der er letzte Nacht die Einfahrt eines Lastwagens in den Berg beobachtet hatte. Frank überprüfte den Maschendrahtzaun und stellte erleichtert fest, dass dieser nicht unter Strom stand. Auch sonst waren keine weiteren Sicherungstools zu erkennen. So griff er, nachdem er einen fragenden Blick zu Alfredo warf, nach einer Drahtzange. Er hatte das armlange Werkzeug an einen Baum angelehnt, als sie vor einigen Minuten hier eingetroffen waren. Sorgsam durchtrennte er das Drahtgeflecht und trat danach einen Schritt zurück. Aus einiger Entfernung war so nicht zu erkennen, dass der Zaun beschädigt war. Das brummende Geräusch eines sich nähernden Lastwagens veranlasste die Gangster, hinter den Bäumen und im Unterholz in Deckung zu gehen. Der gleichen Routine der vergangenen Nacht folgend, rollte zuerst ein Humvee durch das Zauntor und blieb in der Mitte des freien Platzes stehen. Bewaffnete stiegen aus und überprüften das Gelände. Nun kam es darauf an, ob einer der Söldner, die Gangster wussten nicht, dass es sich um angeheuerte Kämpfer handelte, den durchtrennten Abschnitt im Zaun entdeckte. Dies schien nicht der Fall zu sein, denn die Söldner senkten ihre Waffen und der Humvee fuhr zur Seite. Einer der Bewaffneten tippte eine Zahlenfolge in ein Panel, das neben dem Rolltor befestigt war. Der Eingang zum Berg öffnete sich und Licht flammte in dem Tunnel auf. Der Lastwagen setzte sich in Bewegung und fuhr in den Tunnel ein.

»Nun müssen wir uns beeilen, Jungs!«, rief Alfredo und trat hinter einem Baum hervor. Die Söldner bestiegen den Humvee und folgten dem Lastwagen, der sich nun schon vollends im Tunnel befand. Auf ein Zeichen von Alfredo trennten sich die Gangster und rannten über die freie Fläche. Ihr Ziel war das Rolltor, das sie passieren mussten, ehe sich dieses schloss. Voller Erschrecken erkannten die Mafiosi, dass der Humvee, der nun ebenfalls in den Tunnel gefahren war, plötzlich anhielt. Die Insassen des Militär-SUV hatten die anstürmenden Gangster wohl gesehen. Söldner sprangen aus dem Wagen und brachten ihre Maschinenpistolen in den Anschlag.

Alfredo und dessen Männer ließen sich jedoch nicht von ihrem Plan abbringen. Sie rannten weiter. Während des Laufens hoben auch sie ihre Waffen und feuerten sofort auf die Söldner, die sich noch nicht in Stellung gebracht hatte. Zwei von ihnen brachen von Kugeln getroffen zusammen. Die anderen drei Söldner handelten ihrer Ausbildung entsprechend. Einer sprang hinter den SUV und ging dort in Stellung. Die beiden anderen warfen sich zu Boden, um so die Angriffsfläche zu verringern. Das Knallen der abgeschossenen Gewehre hallte durch den Tunnel, doch die Gangster kümmerte das nicht. Sie rannten weiter auf die Soldaten zu und wie durch ein Wunder war bisher noch kein Mafioso getroffen worden. Alfredo feuerte mit seiner Maschinenpistole auf die am Boden liegenden Söldner. Er traf einen der Männer. Blut spritzte aus der Halsschlagader des Kämpfers. Alfredo wollte schon jubeln, als neben ihm einer seiner Kumpane zusammenbrach. Er stoppte eine Sekunde und sah zu dem Getroffenen. Dem Mann war nicht mehr zu helfen. Sein Brustkorb war aufgerissen und sein Gesicht war nur noch eine blutige Masse. An Alfredos Gesicht vorbei sirrten Kugeln und er spürte den heißen Odem des Todes. Reaktionsschnell warf er sich zu Boden und ging hinter der Leiche seines Kumpans in Deckung. Weiter hinten wurde Frank, der vor Schmerzen lauthals schrie, getroffen.

Nun wagte sich der Söldner hinter dem SUV ein wenig aus seiner Deckung. Ruhig legte der Scharfschütze sein Gewehr an und zielte konzentriert. Er hatte einen Gangster im Visier und wollte gerade den Abzug betätigen, als seine Welt aufhörte zu existieren. Er spürte nicht einmal den Treffer, der zuerst seinen Unterkiefer zertrümmerte und dann durch den Rachen direkt die Wirbelsäule erreichte. Dort zerfetzte das Geschoss zwei Wirbel und die Nervenbahnen. Das noch funktionierende Gehirn schaltete auf Shock Modus und damit das Schmerzempfinden ab. Doch noch ehe die Hirnzellen auch nur einen Gedanken formulieren konnten, entwich das Leben und der leblose Körper des Söldners brach zusammen. Der letzte verbliebene Soldat nutze die kurze Ablenkung, die – durch das Schreien Franks – die Aufmerksamkeit der Gangster auf ihren Kumpel lenkte. Er sprang auf und hechtete zurück in den Humvee. Ohne auf die erneuten Schüsse der Gangster zu achten, startete er das Fahrzeug und trat auf das Gaspedal. Dass er dabei den Körper seines toten Kameraden überrollte, kümmerte ihn im Moment nicht. Kugeln pfiffen durch das Wageninnere und ein Geschoss streifte seine Schulter. Der brennende Schmerz schien den Mann noch mehr anzuspornen. In halsbrecherischer Geschwindigkeit raste er durch den Tunnel. Nach fünfzig Metern fuhr er in eine weite Kaverne ein, lenkte nach rechts und blieb vor einem Stahltor stehen. Nur schemenhaft hatte er seine Kameraden gesehen, die hinter Containern und Kisten standen oder lagen. Die Söldner wussten zwar nicht, wer sie da angriff, doch die Schüsse aus dem Tunnel hatte sie alarmiert. Die wenigen Arbeiter, die hier die Paletten mit Gold für einen weiteren Transport präparieren sollten, waren durch die Stahltür in einen weiteren Tunnel geflüchtet. Hier befanden sich Versorgungscontainer und die Unterkünfte, die aus Fertigteilen errichtet worden waren. Der geflüchtete Söldner verließ den Humvee und begab sich rennend zu seinem Vorgesetzten. Rasch informierte er seinen Offizier von dem plötzlichen Überfall. Der hörte konzentriert zu, gab seine Befehle und sprach anschließend in sein Funkgerät. Er hatte nur noch sechzehn Mann zur Verfügung, die Arbeiter und den Gefangenen nicht mitgerechnet. Niemand hatte hier im Berg mit einem Angriff gerechnet. Erstaunt stellte der Offizier fest, dass sich niemand auf seinen Funkruf meldete. Nach mehreren Anrufen gab er seine Versuche auf. Seine Gedanken rasten, als er realisierte, dass etwas da draußen passiert war. War ihre Mission gescheitert? Hatte man die Lagerhalle in Hunts Point und damit das Tesla Portal entdeckt? Wie sollte er sich nun verhalten? Flüchten und so viel Gold wie möglich retten? Doch wohin sollten er und seine Männer flüchten? Für dieses Szenario war weder ein Plan ausgearbeitet noch Befehle hinterlegt worden.

Am Hallenausgang wurden die ersten Schüsse abgefeuert und dem Offizier war klar, dass er sofort eine Entscheidung treffen musste.

Die Gangster im Tunnel ahnten nichts von den Nöten des Offiziers. Eng an die Tunnelwände gedrückt, kleine Nischen zur Deckung nutzend, drangen sie weiter vor. Sie wussten nicht, was vor ihnen lag und mit wie vielen Gegnern sie zu rechnen hatten. Ihr Wille, hier große Beute zu machen, trieb die Männer an. Sie hatten in ihrem Leben schon einige Kämpfe bestanden und das Adrenalin in ihren Körpern vertrieb die Angst. Vorsichtig arbeiteten sie sich von Deckung zu Deckung, auch wenn diese manchmal nur aus einem Kabelschacht oder einem kleinen Felsvorsprung bestand. Als sie circa dreißig Meter zurückgelegt hatten, erkannten die Mafiosi, dass der Tunnel weiter vorne endete und in eine Halle mündete.

Plötzlich hallten wieder Schüsse durch den Tunnel, was die Gangster veranlasste, sich noch enger an die Tunnelwände zu drücken. Ein weiterer Mafioso wurde tödlich getroffen. Sein letzter Schrei zerrte an den Nerven der Angreifer. Alfredo feuerte seine Männer an und rannte anscheinend angstfrei einige Meter weiter nach vorne. Dann drückte er sich wieder eng an die Felswand und schaute zurück. Er wollte sicherstellen, dass seine Kumpane ihm auch wirklich folgten. Außer Frank, der verletzt weiter vorne im Tunnel lag, befanden sich die verbliebenen Männer in seiner Nähe. Sie alle sahen nach vorne, feuerten ab und zu und huschten weiter.

Alfredo wollte sich schon wieder nach vorne wenden, als er hinter dem letzten Mann seiner Gruppe ein ihm Unbekannter auftauchte. Der Fremde hatte sich wohl angeschlichen und war von niemandem bemerkt worden. Als Alfredo das Gesicht des Fremden sah, gefror ihm das Blut in den Adern. Der Kerl lächelte diabolisch, sah sogar kurz zu Alfredo, ehe er dem Mann vor sich ein Messer in dessen Genick rammte.

***

Psyonische Untersuchung

Mit sorgenvollem Gesicht hatte Hanky die Lagerhalle verlassen. Er musste erst einmal seine Gedanken ordnen, ehe er sich wieder den Ermittlungen zuwenden konnte. Er ging an den Einsatzfahrzeugen vorbei, die kreuz und quer auf der Straße des Industriegebietes parkten. Das komplette Gelände der Lagerhalle war abgesperrt und von den Männern des Spezialkommandos gesichert. Als Hanky in die nächste Querstraße abbog, verebbte der Lärm der Befehle, Rufe und laufenden Motoren der Fahrzeuge, die immer einsatzbereit gehalten wurden. Das ewige Summen der Stadt blieb und mischte sich mit dem Rauschen der nahen Autobahn. Hankys aufgewühlte Gedankenwelt begann sich zu beruhigen. Er atmete tief ein. Eine Frage quälte ihn, ja sie hatte sein Selbstbewusstsein erschüttert. Warum war er bei dem Luftbeben in Ohnmacht gefallen und die anderen Menschen nicht? Doch auch Walt hatte das Bewusstsein verloren, was Hankys Ängste noch verstärkte. In den letzten Jahren hatte er für sich ein Selbstbild entwickelt und sich eingebildet, alle Gefahren abwehren zu können. Von diesem hohen Ross war er nun schmerzhaft gestoßen worden. Er war eben doch nur ein Mensch, wenn auch mit besonderen Fähigkeiten ausgestattet. Er dachte kurz an die Zeit, ehe sein Geist erweckt worden war, dann an seine große Liebe Carmen. Ja, er mutete ihr manchmal viel zu, wenn er sich in neue Abenteuer stürzte. Er musste, nein, er wollte in Zukunft mehr Zeit mit ihr verbringen. Das Leben war einfach zu kurz. In diesem

Moment spürte er den Nachklang des Luftbebens und seine Sinne erfassten, dass er es hier mit einer anderen, neuen Art von psyonischer Energie zu tun hatte. Er verankerte einen permanenten Befehl in seinem Gehirn, dass es sofort seine besonderen Sinne blockieren musste, wenn das Luftbeben erneut aktiviert wurde. Hanky hoffte, dass diese Maßnahme ihn nun schützen würde.

Er öffnete ebendiese Sinne und verband sich mit Walts Gehirn. Auch hier verankerte er den gleichen Befehl. Walt bemerkte von dieser Manipulation nichts, doch Hanky würde ihn später darüber informieren. Bei dem Gedanken, wie sich Walt über die ungefragte Veränderung an ihm meckern würde, musste Hanky lächeln. Walt war eben mehr geerdet als er und stand mit beiden Beinen in der Wirklichkeit. Er sprach aus, was er dachte, und manchmal handelte er auch einfach impulsiv. Doch Hanky wusste, dass er keinen besseren Kameraden und Freund auf dieser Welt finden konnte. Mit sich im Reinen ging Hanky zurück zur Lagerhalle. Unbewusst hatte er seine Sinne noch aktiviert und spürte plötzlich vergangene Energien, die langsam verwehten. Interessiert fokussierte er sich auf die energetischen Schatten und sah schemenhaft die Menschen, die die Signaturen hinterlassen hatten. Er bemerkte einen Mann auf einem Öltank, der die Halle beobachtete. Ein anderer Schemen tauchte seitlich des Beobachters auf und Hanky erkannte, dass dessen Signatur nicht von dieser Welt stammte. Der Schemen strahlte hell und Hanky spürte eine unbestimmte Strahlung. Hanky sah in Richtung der Halle, wo weitere vier hellstrahlende Schemen mit Menschen kämpften. Dann rannten die vier davon und ihre Signaturen wurden von der Zeit verwischt. Noch ehe sich Hanky fragen konnte, wie Menschen aus einer anderen Welt hier nach New York City gelangen konnten, hörte er Walt, der nach ihm rief. Er kam zu Hanky gelaufen und begann sofort diesem seine Gedanken darzulegen. Natürlich blieb er dabei Walt, der seine eigene Sicht auf die Welt hatte. So beschrieb er Zusammenhänge, die höchst spekulativ waren, als handele es sich dabei um alltägliche Gewissheiten.

»He Hanky, wo hast du denn gesteckt? Ich habe mir die Anlage am Ende der Halle einmal genauer betrachtet. Ich glaube, ich weiß, wohin die Leute aus der Halle verschwunden sind.«

»So, glaubst du das?«, warf Hanky mit ironischer Stimme ein.

Walt stutzte kurz, ließ sich aber nicht von seinem Freund vom Thema abbringen. Sie kannten sich einfach zu gut, um solche Einwürfe negativ zu bewerten. Das Gegenteil war der Fall. Mit einer kritischen Hinterfragung konnte man die momentane Lage noch einmal überdenken, was schon oft zu neuen Erkenntnissen geführt hatte. So berichtete Walt, ohne auf Hankys Einwurf zu reagieren:

»An was erinnert dich diese technische Installation? Ich will es dir sagen. Recht schnell ist mir dabei das Star Gate in den Sinn gekommen. Ich weiß, ich weiß. Das war nur ein Film. Aber wenn man die Fakten betrachtet, die Spuren im Goldbunker, die an der Wand endeten, das Verschwinden der Menschen aus der Halle, bestätigen meinen Verdacht. Natürlich handelt es sich bei der Anlage nicht um ein Star Gate, sondern um ein Dimensionstor oder Portal, wenn du willst.«

Hanky wurden einige Sachverhalte plötzlich klar. Walts Vermutungen passten zu seinen Beobachtungen und speziell zu den Schemen, die nicht von dieser Welt zu sein schienen. War es tatsächlich möglich ein Dimensionstor zu bauen? Wenn ja, welche Gefahren oder Möglichkeiten entstanden für die Menschheit? Unverantwortliche Leute, Verbrecher hatten offensichtlich sich dieser Technik bedient. Neugier war von jeher eine Triebfeder menschlichen Erfindungsgeistes. So unterlag Hanky in diesem Moment auch dieser Versuchung. Er versuchte sich vorzustellen, was sich hinter dem Portal verbarg. Wie war diese Welt, wie sah es dort aus? Glich sie der unseren oder hatte es in dem Paralleluniversum eine völlig andere Entwicklung stattgefunden. Es gab dort Menschen, das hatte er in seiner psyonischen Nachforschung erkannt. Sosehr ihn diese Fragen auch beschäftigten, eine Antwort würde er erst erhalten, wenn er diese andere Welt mit eigenen Augen sehen konnte. Zu Walt gewandt sagte er deshalb nur:

»Dann lass uns zusammen mal dieses Star Gate anschauen. Vielleicht finden wir heraus, wie es funktioniert.«

Damit packte er Walt am Arm und zog diesen zum Eingang der Halle. Dort herrschte emsiges Treiben. Mitglieder der forensischen Abteilung untersuchten die vorhandenen Spuren. Sie wollten herausfinden, wie viele Menschen sich hier aufgehalten hatten. Hanky bestaunte die aufwendige Dekontaminationsanlage, die sowohl für

Menschen wie auch für große Maschinen oder Fahrzeuge ausgelegt war. Also gab es dort, in der anderen Welt eine erhöhte, radioaktive Verstrahlung. Diese Strahlung hatten sie schon in dem Goldbunker registriert. Die Untersuchungen hatten aber ergeben, dass bei einem kurzen Aufenthalt in der verstrahlten Zone keine gesundheitlichen Spätfolgen zu befürchten waren. So trat er zusammen mit Walt an den technischen Aufbau heran. Tatsächlich sahen sie auf dem Boden Reifenspuren, die plötzlich endeten. Beim genaueren Betrachten konnte man sogar Fußspuren erkennen, die von schweren Stiefeln herrühren konnten.

»Sicher ist«, sagte Walt unvermittelt und bezog damit Hanky in seinen Gedankengang ein, »dass die Flüchtigen nicht viel Zeit hatten, abzuhauen. Da müssten doch die Schaltungen zur Aktivierung des Portals noch unverändert sein, oder?«

Hanky sah seinen Freund verblüfft an. Walt war einfach ein Pragmatiker und kam deshalb oft zu erstaunlich einfachen Lösungsansätzen. Vielleicht hatte er ja mit seiner Schlussfolgerung Recht.

»Lass es uns herausfinden«, sagte Hanky einfach. Doch er hatte den Verdacht, dass dies nicht so einfach sein würde. Sie gingen hinüber zu dem Schaltpult, welches dem Portal am nächsten war. Hier sahen sie einen kleinen Bildschirm, der im Moment nicht eingeschaltet war, und eine Reihe Schalter und Schieberegler. Walt starrte einen Moment auf das Schaltpult, umrundete schließlich das Gerät und schüttelte dann seinen Kopf.

»Das kann es nicht sein«, sagte er bestimmt. »Die Kabel führen nur zu einem kleinen, handelsüblichen PC. Damit steuert man vielleicht eine Videoanlage oder sowas.« Ohne auf Hankys Kommentar zu warten, ging weiter zum nächsten Pult. Auch hier betrachtete er sich das Bedienfeld genau, ging in die Hocke und folgte danach gebückt den angeschlossenen Kabeln.

»Hier sind wir auch falsch«, behauptete er einfach. »Ich weiß zwar nicht, wozu dieses Bedienpult dient, doch im Moment können wir es erstmal ignorieren.«

»Vielleicht sollten wir einen Spezialisten hinzuziehen?«, schlug Hanky vor. Walt überlegte kurz, ehe er fragte:

»Woher bekommen wir jetzt auf die Schnelle einen Elektroingenieur? So einen Fachmann könnte ich gut gebrauchen. Ich habe das Gefühl, dass wir nicht viel Zeit haben.«

Hanky teilte Walts Einschätzung. Er drehte sich um und lief zu Walts Erstaunen zum Halleneingang. Während Walt erneut die Kabel überprüfte, fragte Hanky einen der Männer des Spezialeinsatzkommandos:

»Haben Sie in Ihrem Team auch Spezialisten zur Bombenentschärfung oder einen Elektronikfachmann?«

»Beides, Sir! Warten Sie einen Moment! Ich hole die Männer.«

Schon eine Minute später kehrte Hanky mit den beiden Männern zu Walt zurück.

»So mein Lieber«, sagte er, »hier ist deine Verstärkung. Erkläre den Spezialisten bitte, wonach wir suchen.«

»Okay! Na das ging ja flott«, freute sich Walt. »Also meine Herren, das Problem ist folgendes. Wir wollen die Anlage hier wieder in Betrieb setzen. Bitte verändern Sie keine der Einstellungen. Ich vermute, die Maschinerie ist durch eine Zeitschaltuhr deaktiviert worden. Also müssen die Einstellungen noch in dieser Konfiguration funktionieren. Die Einheit, welche die Anlage startet, muss mit dieser verbunden sein. Außerdem müssen wir herausfinden, wo diese verdammte Zeitschalteinheit sich befindet. Haben Sie verstanden, worum es geht?«

Ein Einfaches »Ja Sir!« war die Antwort, die Walt bekam.

***

Beschwerlich

New York City – Industriegebiet Hunts Point, Bronx – 2 Monate zuvor

Niemand hatte mit so einer geballten, städtischen Struktur gerechnet. Hier, auf der Welt, die wir als die unsrige bezeichnen, befand sich kein Industriegebiet, sondern eine große Anzahl von

Hochbauten. Zum Glück waren die ersten Meter gut befahrbar und nicht von einem Haus versperrt. Etwas seitlich einer Straße hatte sich das Tesla Portal geöffnet. Wie immer sicherten zuerst die Schutzeinheiten den Vorstoß in die Parallelwelt, ehe die Wissenschaftler und die Arbeiter das fremde Land betraten. Der schwere Geländewagen rollte in die Straße zwischen den Ruinen und stoppte nach einigen Metern. Zuerst blieben die Söldner im Fahrzeug und orientierten sich. Die Männer waren von der Größe der Ruinen beeindruckt und suchten mit ihren Ferngläsern die Umgebung ab. Hier war die Sicherung der Arbeiter viel anspruchsvoller, da es in den Bauten unzählige Verstecke für potentielle Angreifer gab. Nach einigen Minuten – es hatte sich nichts in den Fensterhöhlungen und auf der Straße gerührt – verließen die Söldner den Humvee. Mit angeschlagenen Gewehren patrouillierten sie und durchsuchten die unmittelbare Umgebung. Außer dem ewigen Wind waren keinerlei Geräusche zu hören. Diese Stadt schien verlassen und tot zu sein. Nicht einmal ein Tier zeigte sich und die Männer fragten sich, ob es auch hier Raubechsen gab. Nach weiteren dreißig Minuten folgten weitere Fahrzeuge, unter anderem auch eine schwere Planierraupe. Adrian Larson verließ den SUV, der ihn durch das Portal gebracht hatte, und sah auf seinen Kompass. Dann zog er eine altmodische Faltkarte aus seiner Tasche, studierte diese kurz und bestimmte danach die Richtung, wo der Bulldozer die Straße vom Schutt befreien sollte. Danach ließ er von einem Assistenten Drohnen starten, damit er einen besseren Überblick gewinnen konnte. Danach wandte er sich an den befehlshabenden Offizier:

»Ich muss da rauf!«, sagte er bestimmt. »Wenn's geht, aufs höchste Gebäude der Gegend.«

»Das kann sehr gefährlich sein«, gab der Offizier zu bedenken.

»Das ist mir schon klar«, erwiderte Adrian ungehalten. »Aber ich muss mir einen Überblick verschaffen. Wir hatten nicht mit einer Stadt gerechnet. Also müssen wir uns der neuen Situation stellen und so viele Informationen wie möglich sammeln. Geben Sie mir zwei oder drei Männer zum Schutz mit. Das müsste genügen.«

Der Offizier nickte zustimmend und beorderte drei Söldner zu sich. Adrian informierte die Männer kurz über seine Absicht und sah sich gleichzeitig um. Etwa hundert Meter entfernt fand er das höchste Gebäude, das von hier aus sichtbar war. Er deutete auf die Ruine und marschierte los. Die Söldner folgten ihm. Ein Soldat übernahm die Führung. Adrian war das recht, denn er war sich sicher, dass die Männer bestens ausgebildet waren. Sie wussten, was sie taten, und hatten schon so manches Gefecht, manchen Kampf überstanden. Sie kamen gut voran, obwohl einige Trümmer und Geröll die Straße versperrten. Schließlich standen sie vor dem Gebäude und schauten nach oben. Teile der Fassade fehlten, waren herausgebrochen und lagen vor ihnen auf der Straße. Hier hatte ein schrecklicher Kampf stattgefunden, der mit aller Härte geführt worden war. Raketen waren in Gebäude eingeschlagen und dem Angreifer schien es egal gewesen zu sein, wie viele Leben er dabei auslöschte. Zum Glück war der Kampf schon lange vorbei, was die verwaschenen Spuren an der Hauswand bezeugten. Generell unterschieden sich die Häuser nicht markant von den Bauten New York Citys. Dieser Umstand ängstigte ihn mehr als eine fremde, futuristische Welt mit exotischer Formgebung. Hier schien alles zweckgebunden und jegliche architektonische Finesse fehlte. Einer der Söldner entdeckte einen Eingang und gleich darauf betraten sie das Gebäude. Eine kleine, unmöblierte Eingangshalle erwartete die Männer. Nichts hier deutete auf die einstigen Bewohner hin. Einige Meter weiter fanden sie drei Lifttüren, die allerdings geschlossen waren. Da es in diesem Hochhaus keinen Strom zum Betreiben der Fahrstühle mehr gab, ignorierten die Männer die Fahrstühle. Direkt hinter den Aufzügen hing eine Tür schief in den Angeln. Ein Söldner stieß die Tür auf und sah in den Raum dahinter. Er fand ein ganz normales Treppenhaus, dessen Stufen allerdings mit erheblichen Mengen an Schutt bedeckt waren. Mühsam überstiegen die Männer die Schutthaufen und folgten der Treppe nach oben. Im vierten oder fünften Stockwerk fehlte ein Stück der Treppe und der Wand. Der Wind fauchte herein und schien den Männern zuzuflüstern, dass hier ihr Weg zu Ende sei. Nach einem prüfenden Blick entschied Adrian, dass er auf jeden Fall versuchen wollte, den Abgrund zu überwinden. Er besprach sich kurz mit seinen Begleitern, die ihn auf die möglichen Gefahren aufmerksam machten. Schließlich warf einer der Söldner ein Seil, an dessen Ende ein Wurfanker befestigt war, über die fehlenden Stufen. Er hatte ein

Fenster anvisiert, welches rahmenlos immerhin noch seine Aufgabe erfüllte, das Treppenhaus zu erhellen. Beim zweiten Wurf verhakte sich der Wurfanker tatsächlich und der Soldat befestigte das Seil an einer Stahlarmierung, die aus der geborstenen Wand ragte. Dann zog er noch einmal an dem Seil und nickte befriedigt, als er feststellte, dass dieses hielt. Danach griff er das Seil und hakte wie ein Bergsteiger einen Karabiner, der an seinem Gürtel befestigt war, ein. Dann trat er auf die nur wenige Zentimeter breiten Mauerreste der Treppe. Stück für Stück kletterte er so weit, bis er die intakten Stufen erreichte. Er stieg noch einige Stufen weiter und gab nun Adrian das Zeichen, ihm zu folgen. Er stellte sich nicht so geschickt an wie der Soldat zuvor, doch nach einigen Mühen stand auch er auf sicherem Grund. Die beiden anderen Söldner überwanden den Abgrund sehr gekonnt und der Aufstieg ging weiter. Auf ihrem Weg nach oben versperrten zwei weitere tiefe Spalten den Aufstieg. Sie überwanden auch diese Hindernisse und schließlich erreichten die Männer das oberste Stockwerk. Als sie ins Freie traten, nahm der Anblick der Ruinenstadt Adrian fast den Atem. Er sah ein Häusermeer, das bis zum Horizont reichte, und nur der Ozean begrenzte die Megacity. In der Ferne schienen vereinzelt dünne Rauchsäulen in den wolkenverhangenen Himmel aufzusteigen. Dann plötzlich sahen sie es. Riesige Vögel kreisten über der Stadt. Adrian und seine Begleiter waren zu weit entfernt, um die Art bestimmen zu können. Die Soldaten beobachten eine Weile die Vögel, entschieden aber dann, dass von ihnen im Moment keine Gefahr ausging. Adrian zog eine Kamera aus der Tasche und filmte, sich langsam um sich selbst drehend, die Ruinenstadt. Gerade als er das Signal zum Aufbruch geben wollte, begann einer der Vögel, seine Kreise über ihnen zu ziehen. Die Soldaten feuerten sofort auf das imposante Tier, das bestimmt eine Flügelspannweite von drei Metern besaß. Der Vogel reagiert unglaublich schnell und drehte ab. Er verschwand in einem Sturzflug in den Straßenschluchten und damit aus dem Feuerbereich der Soldaten. Sie rannten bis zur Dachkante und sahen hinunter, doch der Vogel war verschwunden. Ein Geräusch, kaum wahrnehmbar, ließ die Männer herumfahren. Eine Echse, kleiner als seine Artgenossen in der Wüste, kroch aus der Tür, die zum Treppenhaus führte. Noch ehe die Söldner auf die Echse feuern konnten, sprang diese nach vorne und riss ihr Maul auf. Die Soldaten wichen ihrerseits keinen Schritt zurück, sondern nahmen das Tier ins Visier und feuerten. Tödlich getroffen brach die Echse nur wenige Meter vor ihnen zusammen und blieb schließlich still liegen. Die Söldner rückten vor und überzeugten sich davon, dass von diesem Tier keine Gefahr mehr ausging. Adrian war froh, dass er diese Männer an seiner Seite hatte. Ohne sie wäre er verloren gewesen. Nach einem letzten Blick über die Ruinenstadt gab er das Signal zum Aufbruch. Der Rückweg gestaltete sich einfacher, jedenfalls für die Soldaten. Adrian musste aber auf halben Weg nach unten eine Pause einlegen. Er betrat eines der Stockwerke und sah sich um. Doch auch hier war kein einziges Möbelstück zu finden und so setzte er sich einfach auf den Boden. Die Soldaten taten es ihm gleich und ließen sich neben Adrian nieder. Einer der Männer drehte sich zu ihm und fragte völlig unvermittelt:

»Was glauben Sie Sir, wer hat diese Riesenstadt erbaut?«

Adrian hatte sich diese Frage auch schon gestellt und bisher keine Antwort gefunden. Doch er vermutete, dass sich das Leben hier in dieser Parallelwelt ähnlich zu ihrem eigenen entwickelt hatte. Sein Mund sprach eine Antwort aus, die er sich selbst noch nicht zugestanden hatte. Mit leiser Stimme sagte er:

»Diese Stadt haben Menschen gebaut. Ich hoffe nur für uns, dass niemand mehr übrig ist. Sonst haben wir wirklich ein Problem.«

***

Angst und Feinde

Als Mot aus seiner Ohnmacht erwachte, verstand er nicht, was er sah. Lichter zogen am Himmel über ihn hinweg und er schien selbst zu schweben. Doch sah er den wirklichen Himmel? Wo waren die Wolken, die ewig über die Welt zogen? Nein, das konnte kein Himmel sein. Doch was war es denn, was er sah? Die Höhlen, die er kannte, sahen völlig anders aus und selbst die riesigen Türme, die sie erst vor wenigen Wochen betreten hatten, waren kalt und leer. Mit seinen Freunden war er durch die Wüsten gezogen auf der Suche nach neuen Jagdgründen. Dabei waren sie auf eine riesige Ruinenstadt gestoßen. Ohne zu wissen, was eine Stadt ist, hatten sie die Hinterlassenschaft einer vergangenen Zivilisation betreten. Dort waren sie auf Fremde getroffen, die sich mit monsterartigen Maschinen zwischen den Türmen bewegten. Lange hatten sie die Fremden beobachtet und gerätselt, ob es sich hier um die sagenumwobenen Cave People handelte.

Schließlich waren sie zu einem leuchtenden Tor gelangt und den Fremden durch das Licht gefolgt.

Die Bewegung der Lichter wurde langsamer und Mot erkannte, dass er solche schon gesehen hatte. Erst letzte Nacht hatten er und seine Freunde einen Unterschlupf gefunden und dort solche magischen, kalten, kleinen Feuer gesehen. Er war also hier in einer Behausung der Fremden. Erst jetzt drangen Geräusche an sein verwirrtes Bewusstsein. Pieptöne, Rufe von Menschen, die er nicht sehen konnte, und hastige Schritte vermischten sich zu einer furchtsamen Melodie. Mot versuchte seinen Kopf zu drehen, was einen schlimmen Schmerz in seiner Schulter auslöste. Nun erinnerte er sich an den Vorfall im Park, auch wenn er natürlich nicht wusste, was ein Park war. Dort hatten sie Beute gemacht und mit einem Krieger dieser Welt gekämpft. Dabei war er von etwas getroffen worden, wohl einem Geschoss aus der Schleuder seines Gegners. Seine Jagdgefährten hatten ihn davongeschleppt und plötzlich war es dunkel um ihn geworden. Wo waren die anderen? Befanden sie sich auch in dieser Behausung? Hatte man sie gefangen oder gar getötet. Mot hob nun, den Schmerz ignorierend, seinen Kopf ein wenig und erkannte, dass er auf einer rollenden Lagerstätte lag. Dieser Umstand verwirrte ihn erneut und als er den grünmaskierten Menschen gewahr wurde, die neben seinem seltsamen Gefährt rannten, gab er seinen Wunsch nach Verstehen auf. Erschöpft ließ er seinen Kopf wieder auf die Lagerstatt sinken und schloss die Augen. Plötzlich blendete ihn ein starkes Licht, das durch seine geschlossenen Lider drang. Mot öffnete seine Augen erneut und wurde im gleichen Moment von starken Händen ergriffen. Man hob ihn an und legte ihn auf ein anderes Bett. Voller Angst sah er zu dem großen Licht, das gleich darauf von einem maskierten Mann verdeckt wurde. Dieser beugte sich über Mot und drückte ihm eine Maske auf Mund und Nase. Der Jäger wollte sich noch wehren, doch gleich darauf versank sein Bewusstsein erneut in einer erlösenden Dunkelheit.

Einige Straßen entfernt bereiteten sich Mots Kameraden auf einen Kampf vor. Die Männer mit der schwarzen Haut formierten sich und schrien dabei unverständliche Worte. Dra ließ sein erbeutetes Essen einfach fallen und zog seine Schleuder aus dem Gürtel. Aus einem Beutel, der ebenfalls am Gürtel befestigt war, angelte er einen kleinen, runden Stein und legte ihn in die Wurfschlinge. Pre und Fur folgten seinem Beispiel und sahen dabei grimmig zu den schwarzen Männern, die langsam auf sie zukamen. Einer der Schwarzen hatte ein Messer gezückt, das er lässig in seiner rechten Hand hielt. Dra sah das Messer und wunderte sich über die Körpersprache des Fremden. Der Mann schien beim Gehen eine unhörbare Melodie zu hören, denn er bewegte sich tänzelnd. Die anderen Schwarzen liefen auch nicht wie Krieger und vielleicht kannten sie ja auch keine Stammeskriege. Doch dieses seltsame Verhalten konnte Dra nicht beunruhigen. Er schrie dem Messermann zu, er solle stehen bleiben. Doch dieser tänzelte weiter und schrie nun ebenfalls etwas. Nun wurde es Dra zu viel und er wollte nicht riskieren, dass die Schwarzen ihm und seinen Gefährten zu nahe kamen. Er hob seine Schleuder zur Drohung, doch die einzige Reaktion des Schwarzen war ein hämisches Lachen, das von fremden Worten begleitet wurde. Dra zögerte keinen Moment mehr. Er spannte seine Schleuder und schoss. Der kleine Kieselstein traf den Mann mit dem Messer an der Stirn. Dieser brach sofort ohnmächtig zusammen und fiel hart auf den Gehweg. Die anderen Schwarzen schrien empört auf und zogen ebenfalls Messer aus ihren Taschen. Einer von ihnen hielt plötzlich ein schwarzes Metallding in seinen Händen. Fur schoss sofort auf den Mann und traf dessen Mund. Die Vorderzähne des Angreifers wurden von dem Geschoss zertrümmert und der Stein traf im gleichen Moment den Rachen des Schwarzen. Blut spritzte aus seinem Mund und röchelnd griff er sich an seinen Hals. Die Pistole landete klappernd auf dem Asphalt, wo sie unbeachtet liegen blieb. Für einen kurzen Moment schien die Szenerie zu erstarren. Die Kontrahenten starrten sich wortlos an und jeder schien die Situation abzuschätzen. Dann stürzten die Schwarzen, wie auf ein geheimes Zeichen hin, auf die Jäger zu. Die Distanz für die Steinschleudern wurde zu kurz und die Angegriffenen mussten sich mit Schlägen ihrer Haut erwehren. Pre zog ein Steinmesser und stach auf jeden ein, der sich ihm näherte. Dra schlug einfach mit seiner Schleuder zu, während Fur nach den Schwarzen trat. Nach einem kurzen, aber hart geführten Kampf lösten sich die Kämpfenden voneinander. Die Schwarzen entfernten sich langsam rückwärtsgehend von den drei Jägern und blieben dann in gebührendem Abstand stehen. Sie schauten hinunter zu ihren auf dem Gehweg liegenden Kumpanen. Sie riefen sich etwas zu und steckten ihre Messer in die Jackentaschen. Ihre Gegner beobachtend, bückten sie sich und packten ihre verwundeten Kameraden. Sie zogen sie auf die Füße und schleppten die Männer davon. Dabei riefen sie den Männern irgendwas Unverständliches zu und drohten dabei mit den Fäusten. Die Jäger blieben vorerst in einer lauernden Abwehrstellung und warteten, bis sich die Schwarzen außer Reichweite ihrer Schleudern befanden. Dann erst kümmerten sie sich um ihre blutenden Wunden. Sie hatten sich alle einige ungefährliche Stiche und Schnittwunden beim Kampf zugezogen. Schnell rissen sie Stoffstreifen von ihrer Kleidung und verbanden damit ihre Wunden. Sie hatten den Kampf bestanden, auch wenn ihre Gruppe nur aus drei Jägern bestand. Doch sie beschlossen weiterzuziehen, da die Gegend nicht sicher war. Sie brauchten ein Versteck, einen Ort, an dem sie ausruhen konnten. Da sie im Moment keine weitere Konfrontation mit den Schwarzen suchten, entfernten sie sich in entgegengesetzter Richtung. Dra sah, eher durch Zufall, die zurückgelassene Schusswaffe der Schwarzen. Ohne zu wissen, um was es sich bei dem Ding handelte, hob er die Waffe auf und verstaute sie in seinem Beutel. Dann folgte er seinen beiden Begleitern, die sich schon ein Stück entfernt hatten. Ungehindert wanderten die Jäger durch die Stadt, mieden dabei Menschenansammlungen und Blickkontakt. Es gab viele Wunder zu sehen, doch die meisten Dinge, die sie sahen, waren ihnen so fremd, dass sie nicht verstanden, was sie sahen. Es gab Tiere, die von Menschen durch die Stadt geführt wurden. Sie sahen kleine Nager, die beim Näherkommen davonrannten und sich dann irgendwo versteckten.

Geflügelte Tiere segelten über ihren Köpfen oder saßen auf Mauern und Bäumen. Selbst die Bäume waren so fremd und von einer Art, die es so nicht in der Welt der Jäger gab. Schließlich erreichten sie eine riesige Grünfläche, deren Ende sie nicht erkennen konnten. Die großen Häuser reihten sich wie eine Festung aneinander und begrenzten den Park. Dra deutete auf eine Gruppe Bäume und die Jäger rannten eilig über die Straße. Das Hupen der Autos erschreckte sie nicht mehr und gleich darauf überdachte saftiges Grün die kleine Gruppe. Die Männer ließen sich unter einem Baum nieder und genossen es für einen Moment, einfach auf dem mit Gras bedeckten Boden zu sitzen. Dann sahen sie sich, mit dem Rücken an einen mächtigen Baumstamm gelehnt, sichernd um. Die Erfahrung mit den Schwarzen hatte gezeigt, dass diese Welt viele Gefahren barg und man sich vorsichtig verhalten musste. Es war jedoch niemand in ihrer unmittelbaren Nähe und der nächste Weg, der durch das Grün führte, war etwa zwanzig Meter, also eine Schleuderschussweite, von ihnen entfernt. Sie beschlossen, ihre unterbrochene Essenspause nun fortzusetzen. Sie leerten ihre Taschen und legten die gesamte Beute vor sich. Gerecht teilten sie die Hotdog Brötchen, die Packungen mit der Wurst und sogar den Inhalt eines Gurkenglases, das Fur mitgeschleppt hatte. Zufrieden kauend sahen die Jäger dem Treiben im Park zu. Sie verstanden nicht, warum diese Menschen langsam zwischen den Bäumen schlenderten, oder sich für eine Weile auf Bänke setzten. Plötzlich entdeckten sie zwei große Tiere, auf denen Krieger saßen. Die Tiere rannten in ihre Richtung. Die Jäger duckten sich hinter dem Baum.

***

Killer, Söldner und Mafiosi

Die Söldner beluden, so schnell es eben machbar war, den Truck. Sie stapelten die Paletten mit den Goldbarren in den Laderaum und wussten gleichzeitig, dass sie nur einen Teil retten konnten. Schon jetzt lag der Truck schwer in seinen Federn und hatte sein zulässiges Ladegewicht schon längst überschritten. Der befehlshabende Offizier kam vom Tunneleingang herbeigerannt und versuchte mit seiner Stimme den Kampfeslärm zu übertönen.

»Stoppt das Beladen Männer! In fünf Minuten wagen wir den Ausbruch!«

Sofort ließen die Soldaten alles liegen und stehen. Sie rafften ihre Ausrüstung zusammen und sprangen in das Führerhaus des Lastwagens. Sie drängten sich zu fünft in die Kabine und dachten dabei nicht an die Arbeiter, die ahnungslos in einem Nebentunnel auf Anweisungen warteten. Für die restlichen Söldner standen nur zwei weitere Humvees bereit. Bedauernd ließ der Offizier noch einmal seinen Blick über die in dem Stollen gelagerten Goldpaletten wandern, ehe er zum nächsten Geländewagen rannte. Dabei dachte er keine Sekunde an die Arbeiter, die hier zurückbleiben mussten. Sein Befehl hätte sowieso ihre Eliminierung enthalten und spätestens nachdem die Operation abgeschlossen sein würde, sollten die Männer sterben. Der Fahrer wartete nur auf den Befehl seines Vorgesetzten, der diesen mit einem einfachen Nicken erteilte. Der Humvee rollte langsam auf den Tunnelausgang zu. Die dort postierten Söldner jagten noch einige Garben in den Tunnel, ehe sie eilig in den Wagen stiegen. Der zweite Geländewagen nahm die restlichen Kämpfer auf. Hinter sich hörten die Soldaten das tiefe Brummen des LKWs.

Alfredo war von seinen Gefühlen hin- und hergerissen. Die Soldaten vor ihm verließen ihre Stellungen. Niemals hätte er damit gerechnet, dass ausgebildete Kämpfer vor seiner Truppe flüchten würden. Gleichzeitig drohte Gefahr von hinten. Der unbekannte Kerl hatte schon zwei seiner Männer erledigt. Alfredo hatte mehrfach auf den Mann geschossen, doch dieser schien schon vorher zu wissen, wohin die Kugeln flogen. Wie ein Geist war er immer wieder hinter einem Felsvorsprung verschwunden und Minuten später an anderer Stelle wiederaufgetaucht. An der gegenüberliegenden Tunnelseite wütete der zweite Killer. Dieser Kerl hatte drei Mafiosi hinterrücks ermordet. Doch dieser Mann hatte kein Messer verwendet, sondern eine Pumpgun. Erst als Alfredo zu der anderen Seite des Tunnels geschaut hatte, sah er zwei Tote. Den dritten Mord erlebte er mit, ohne eingreifen zu können. Der fremde

Killer schlich sich an einen Mafioso von hinten heran, der seine Aufmerksamkeit nach vorne gerichtet hatte. Ohne Gnade und mit einem ebenso diabolischen Grinsen hielt er den Lauf der Pumpgun direkt an den Hinterkopf des Ahnungslosen. Dann feuerte der Killer und der Kopf des Gangsters zerbarst in einer blutigen Wolke. Alfredo stockte der Atem und er richtete seine Maschinenpistole auf den Killer. Doch auch dieser Mann war blitzschnell hinter einem Felsvorsprung in Deckung gegangen. In diesem Moment hörte der Beschuss der Söldner völlig auf und für eine Sekunde herrschte völlige Stille im Tunnel. Dann heulten schwere Motoren auf und ein Humvee fuhr in den Tunnel ein. Seine Insassen feuerten aus dem Wagen heraus, was die Mafiosi dazu veranlasste, sich zu Boden zu werfen. Die die Gangster feuerten zurück, doch niemand konnte erkennen, ob auch nur ein Söldner getroffen worden war. Schon war der Geländewagen vorbei und raste dem Ausgang des Tunnels entgegen. Es folgte der Sattelzug, der nur langsam beschleunigen konnte. Doch aus der Fahrerkabine heraus feuerten weitere Söldner. Der Truck nahm Fahrt auf und war von den feuernden Banditen nicht aufzuhalten. Alfredo sah dem Lastwagen hinterher und damit auch, wie der unheimliche Killer auf seiner Tunnelseite auftauchte. Er lächelte Alfredo an, zeigte mit seinem Zeigefinger auf diesen und las von dessen Lippen die Worte: »See you later« ab. Dann rannte er neben dem Auflieger des Lastwagens her und sprang in den Zwischenraum der Zugmaschine. Geschickt hangelte er sich nach oben und verschwand aus dem Sichtbereich Alfredos. Der zweite Humvee konnte nicht so schnell beschleunigen, was den Gangstern die Möglichkeit gab, diesen gezielter unter Feuer zu nehmen. Schmerzensschreie aus dem Inneren des Wagens zeugten von verletzten Soldaten, deren eigner Beschuss schließlich endete. Der Humvee fuhr Schlangenlinien, wurde langsamer und blieb schließlich stehen. Noch ehe Alfredo befehlen konnte, das Fahrzeug zu stürmen und den Söldnern den Rest zu geben, sah er den zweiten Killer. Dieser rannte zur Fahrerseite, riss dort die Tür auf und zog den verwundeten oder toten Söldner aus dem Wagen. Dann sprang er selbst hinters Steuer. Aus dem Wageninneren hörten die Gangster, die ihren Beschuss mittlerweile eingestellt hatte, drei oder vier Schüsse. Dann ruckte der Wagen an und brauste davon. Zwar feuerten nun die Gangster dem SUV hinterher, doch ihre Kugeln zeigten keine Wirkung. Als der Humvee schließlich den Tunnel verlassen hatte, erhob sich Alfredo. Mit hängenden Schultern betrachtete er die Toten, die im Tunnel lagen, und ahnte, dass er bald eine Entscheidung treffen musste. Die Frage war, ob er den restlichen Männern trauen konnte oder ob er seinen Boss informieren musste. Doch zuerst wollte er nachsehen, ob sich der Kampf gelohnt hatte. Er beorderte zwei Mann zum Tunnelausgang. Dort sollten sie Wache halten, damit er von dieser Seite aus keine unangenehme Überraschung erleben musste. Mit den verbliebenen Gangstern ging er vorsichtig durch den Tunnel und erwartete jeden Moment einen Angriff. Niemand wusste, wie viele Gegner dort vorne noch warteten. Als sie die Kaverne erreichten, blieben die Gangster erstaunt stehen. Die in den Fels gehauene Halle war größer, als es sich Alfredo vorgestellt hatte. Ja eigentlich hatte er nur verschiedene Stollen erwartet. Er bewunderte für einen kurz Augenblick die technische Leistung der Bergarbeiter und fragte sich gleichzeitig, ob die Gegner, mit denen sie sich angelegt hatten, vielleicht viel zu mächtig für die Mafia waren. Bestimmt hatten die geflohenen Söldner schon längst Alarm geschlagen und ihre Befehlshaber informiert. Die Frage war, wie lange eine Reaktion, ein Gegenangriff auf sich warten lassen würde. Mit den wenigen Männern konnte er die Kaverne nur für eine kurze Zeit verteidigen. Doch wollte er das überhaupt? Zuerst musste er wissen, was hier zu finden war. Entschlossen betrat er endlich die Felshalle und sah gleich darauf eine Reihe von Paletten, die an den Wänden entlang aufgereiht standen. Auch die anderen Gangster hatten die Paletten entdeckt und rannten aufgeregt zu diesen. Freudenschreie hallten durch die Felshalle. Die Männer griffen sich einige Goldbarren und hielten sie triumphierend nach oben. Dieser Jubel erschreckte Alfredo und er wusste, dass es von nun an schwierig sein würde, die Kerle unter Kontrolle zu halten. Schnell schob er ein neues Magazin in seine Waffe und behielt diese in seiner rechten Hand. Nun war es wichtig, dass er einen kühlen Kopf bewahrte. Er musste die Männer beschäftigen und ihnen damit keine Chance lassen, auf dumme Ideen zu kommen. Ein Notfallplan formierte sich in seinem Denken. Er legte ein Lächeln auf sein Gesicht und rief, als er bei seinen Kumpanen angelangte war:

»Holt die Autos und verladet so viel Gold wie möglich. Auf geht's, oder wollt ihr darauf warten, bis die Soldaten mit Verstärkung zurückkommen?«

Die Mafiosi ließen sich nicht zweimal bitten und eilten zu dem Ausgang der Kaverne. Einige von ihnen schleppten unsinnigerweise Goldbarren mit sich, was Alfredo mit einem verächtlichen Blick quittierte. Er selbst blieb in der Felshalle und beschloss, sich erst einmal umzuschauen. Drei weitere Stolleneingänge ließen ihn vermuten, dass es hier noch mehr zu entdecken gab. So schritt er, seine Waffe immer noch im Anschlag haltend, an der Wand der Halle entlang. Im ersten Stollen fand er weitere Paletten mit Gold. Doch die schiere Menge des Edelmetalls drohte sein Handeln zu lähmen. Wie sollte er diese Menge abtransportieren und was geschah dann? Würde sein Boss versuchen alles an sich zu bringen? Bestimmt war dessen Gier groß genug für solche Gedanken oder sollte er, Alfredo, selbst so viel Gold wie möglich zur Seite schaffen? Wie würde dann seine Zukunft aussehen? Konnte er in Saus und Braus leben, oder würde er zum Gejagten werden? Wie auch immer er sich entscheiden würde, sicher war, dass er von nun ab niemanden mehr trauen konnte. Zu dieser Erkenntnis gelangt, wusste Alfredo, dass er möglichst viele Goldbarren an sich bringen musste. Er verließ den Stollen und kehrte in die Kaverne zurück. Ein geschlossenes Stahltor, das wohl einen weiteren Stollen abriegelte, erregte seine Aufmerksamkeit.

***

Vermutungen und Gerüchte

Richard Miller sah sich in dem Großraumbüro der New York Times am falschen Platz. Er sollte jetzt bei Hanky und Walt sein und nicht hier, hinter seinem Schreibtisch, sitzen. Doch Hanky hatte ihn beauftragt, die öffentliche Entwicklung zu beobachten. Das Luftbeben und dessen Folgen wurden in allen Medien diskutiert. Fachleute gaben ihre Kommentare ab, Behörden verweigerten jegliche Stellungnahmen, Verschwörungstheoretiker verbreiteten krude Theorien. Auf allen Kanälen liefen Sondersendungen, Reporter berichteten aus dem Bankenviertel und befragten Menschen, die sich dort während des Bebens aufgehalten hatten. Doch niemand kam auf die Idee, dass es sich bei dem Ereignis nur um die Nebenwirkungen eines enormen Raubzuges gehandelt hatte. Gerade als Richard genervt die Redaktion der New York Times verlassen wollte, klingelte sein Handy.

»Hey Rich«, klang es aus dem Hörer. »Hier ist Walt. Hanky wollte dich sprechen. Warte mal, ich gebe dich weiter.«

Noch ehe Richard etwas sagen konnte, erklang Hankys Stimme.

»Hallo mein Lieber. Entschuldige, dass ich mich erst jetzt bei dir melde. Wir hatten hier viel um die Ohren und eine Sache hatte ich dabei fast vergessen.«

Richard fragte nicht, wo Hanky und Walt sich im Moment befanden, doch wenn Hanky sagte, sie hatten viel zu tun, dann war die Lage kritisch. Das wusste er aus Erfahrung, hatte er doch schon einige Abenteuer mit diesem Mann erlebt. So fragte er einfach:

»Wie kann ich dir helfen, mein Freund?«

»Rich, versuche etwas über Gorden McKinsey herauszufinden. Er scheint in den Goldraub verwickelt zu sein oder er ist sogar der Initiator der ganzen Geschichte.«

»Meinst du etwa Senator McKinsey? Der hat doch Geld im Überfluss! Er gehört mit seinen Firmen zu den größten Ölmagnaten.«

»Genau den meine ich. Überprüfe mal, wann und wo er sich in den, sagen wir mal, in den vergangenen sechs Monaten aufgehalten hat. Mit welchen Gruppen er zusammengetroffen ist und welche er finanziell unterstützt. Dabei findest du vielleicht auch heraus, wie seine Beziehungen zu William Bannigen, dem NSA Direktor, sind. Aber sei vorsichtig bei deinen Nachforschungen. Diese Männer sind gefährlich!«

»Okay Hanky! Ich mache mich gleich an die Arbeit! Wo kann ich dich erreichen?«

»Am besten, du versuchst Walt anzurufen. Du hast ja seine Nummer. So Rich, ich muss jetzt auflegen. Bis später!«

Damit war das Gespräch beendet und Roger sah auf seine Notizen, die er gewohnheitsmäßig auf einen Block notiert hatte. Was hatte ein Senator, so fragte er sich, mit einem Goldraub zu tun? Hatte der Kerl nicht schon genügend Geld oder gab es ein anderes Motiv, das viel größer war? Richard erinnerte sich an die Naziverschwörung, die zum Ziel hatte, die Weltherrschaft an sich zu reißen. Auch damals waren hohe Regierungsmitglieder und Industrielle in die Verschwörung involviert. Weltherrschaft schloss der Reporter aus, da dies ein zu großes Ziel darstellte. Aber ein Land, eine Nation zu übernehmen, war machbar. Richard spürte, dass sich seine Vermutungen richtig anfühlten und seine Nackenhaare stellten sich auf. Kalter Schweiß bildete sich auf seiner Stirn, als er daran dachte, dass Hanky auch den NSA Direktor William Bannigen verdächtigte. Die NSA war ein mächtiges Instrument und in der Lage, jeden einzelnen Bürger der USA zu überwachen.

Sie konnte Bankkonten sperren, Lebensläufe ändern, Verhaftungen veranlassen und vieles mehr. Wenn diese Leute eine Verschwörung planten, dann waren die Chancen für einen Erfolg ziemlich hoch. Mit grimmigem Eifer machte sich Richard an die Arbeit. Zuerst rief er das Wikipedia-Profil des Senators auf und las konzentriert, was dort an Informationen geboten wurde. Der Lebenslauf war die übliche und zu erwartende Auflistung von Schulen, Eliteuniversitäten, Militärdienst und Aufstieg in den Aufsichtsrat eines familiengeführten Unternehmens, das sich in der Ölförderung engagierte. Einige Jahre später kandidierte Gorden McKinsey für den Senat des Bundesstaates Texas. Firmengelder finanzierten seinen Wahlkampf und wie nicht anders zu erwarten, hatte er bald den Senatorenposten inne. Weitere Verweise zeigten politische Erfolge wie auch den wirtschaftlichen Aufstieg seiner Firmen. Trotz all dieser Erfolge war der Senator für die Öffentlichkeit nahezu unsichtbar. Man sah ihn nie bei Debatten, er gab keine persönlichen Statements und äußerte sich nie über die jeweilige Regierung, die in Washington regierte. Trotzdem war er nun schon seit mehr als dreißig Jahren im Amt und Senator seines Staates Texas. Richard suchte noch eine Weile im Internet, fand aber zu seinem Bedauern keine weiteren erhellenden Informationen. Zuletzt rief er ein Bild des Senators auf und sah dem Mann quasi in die wasserblauen Augen. Sofort spürte Richard die Aura der Macht, die den Mann umgab. Ein beinahe körperliches Unbehagen machte sich in ihm breit. Warum wurde dieser Kerl immer wieder von den Wählern im Amt bestätigt?

Nachdem er das Foto bestimmt fünf Minuten angestarrt hatte, schloss Richard die Webseite und stand auf. Er musste erst einmal einen Kaffee trinken und vielleicht fand er auch etwas Süßes im Automaten.

Nach einer kurzen Pause kehrte Richard zu seinem Schreibtisch zurück. Doch eine wirkliche Entspannung war bei seinem kurzen Ausflug ausgeblieben. Zu sehr bedrückte ihn die fast körperlich spürbare Bedrohung. Die letzten Jahre hatten gezeigt, dass in der Politik alles möglich war. Autokraten übernahmen weltweit die Macht und das Volk jubelte ihnen sogar noch zu. Auch hier in den USA war alles möglich und noch nie schien die Zeit mehr bereit für einen diktatorischen Präsidenten. Die Freiheit stand auf dem Spiel. Nicht mehr und nicht weniger. Mit grimmiger Entschlossenheit öffnete er erneut den Browser an seinem PC und tippte einfach den Namen des NSA Direktors, William Bannigen, ein. Hier fand er wesentlich mehr Informationen zur Person des Direktors. Richard achtete darauf, nur allgemeine Informationen aufzurufen, da er wusste, dass bei der NSA sofort ein stiller Alarm ausgelöst wurde, wenn er zu lange mit seiner Recherche die digitalen Wege verfolgte. Einmal auf dem Schirm dieses Geheimdienstes konnte man keinen Schritt mehr unbeobachtet tun. Telefone würden abgehört, ein Bewegungsprofil erstellt, Bankkonten überwacht und Kontakte zu allen Personen dokumentiert. Nach nicht einmal fünf Minuten lockte sich der Reporter wieder aus dem Internet aus. Er sah auf seine Notizen und eine Idee formte sich in seinem Denken. Warum sollte er sich auf eine Internetrecherche beschränken? Er war schließlich Reporter der New York Times. Nein, er musste persönlich aktiv werden. Ein Reporter, der offen mit den Verschwörern, denn so bezeichnete Richard den Senator und den NSA Direktor nun, kommunizierte, schien diesen Leuten vielleicht nicht so gefährlich wie ein verdeckter Ermittler.

So griff er zu seinem Telefon und wählte direkt die Zentrale der NSA an. Er hatte sich natürlich auch Verbindungsdaten und die Telefonnummern der Verschwörer notiert. Zwar konnte man im

Internet keine private Telefonnummer dieser Männer finden. Doch sie betrieben Büros und diese Informationen waren frei zugänglich.

Irgendwie gefiel es dem Reporter, dass er die NSA anrief. Zuerst meldete sich eine freundliche Telefonistin, die ihn gerne mit einem Sachbearbeiter verband. Als dieser nach einer kurzen Pause das Gespräch annahm, stellte sich Richard als Reporter der New York Times vor. Er gab vor, an einer Reportage zu arbeiten, die sich mit dem Direktor der NSA beschäftigen würde. So bot er an, dass der Chef dieses Geheimdienstes selbst Einfluss auf den Artikel nehmen könnte. Dazu wäre allerdings ein persönliches Treffen notwendig. Sollte der Direktor die Anfrage zu einem Interview ablehnen, dann musste er eben den Artikel in der Times so akzeptieren, wie es der Reporter niedergeschrieben hatte. Der Sachbearbeiter wollte eine Interviewanfrage auf keinen Fall zusagen. Jedoch wollte er gleichzeitig nicht die Verantwortung für eine Absage tragen. So verwies er Richard an die nächsthöhere Entscheidungsebene und wurde gleich mit dieser verbunden. Ein Beamter, der sich merklich reservierter meldete, bekam den gleichen Sermon von Richard zu hören. Dem Reporter gefiel es, diese Leute zu nerven, und er lehnte sich entspannt in seinem Bürostuhl zurück. Erneut wurde Richard weitergeleitet und er wiederholte diese Prozedur noch einige Mal. Das Zauberwort New York Times geleitete ihn durch alle Instanzen und schließlich wurde er zum Vorzimmer des Direktors durchgestellt. Eine freundliche Dame teilte Richard mit, dass sie schon von seinem Anliegen informiert worden war. Zu Richards großem Erstaunen erhielt er von der Assistentin des Direktors einen Termin am nächsten Tag.

***

Durch die Ruinenstadt

New York City – Industriegebiet Hunts Point, Bronx – 4 Wochen zuvor

Täglich öffnete sich das Tesla Portal und die schweren Maschinen wurden von den Arbeitern hinüber in die Parallelwelt gefahren. Aus Sicherheitsgründen brachte man an jedem Abend alles Material zurück, da man immer noch nicht sicher wusste, ob es dort drüben noch Menschen gab.

Ein ungutes Gefühl begleitete die Männer und die wenigen Frauen. Wenn sie durch die Straßenschluchten fuhren, fühlten sie, dass ihnen forschende Augen folgten. Doch bisher waren sie auf nicht einen einzigen Menschen dieser Welt getroffen. Die Unsicherheit jedoch blieb. Nach mühevollen Tagen hatten die Arbeiter einen Weg bis zu dem Pendant des Harlem Rivers freigelegt. Tatsächlich fanden sie sogar Überreste von Brücken, wobei eine davon offenbar noch einigermaßen intakt war. Sie mussten den Fluss auf jeden Fall überqueren, um in ihrer Welt nach Manhattan zu kommen. Hier in der Parallelwelt war die Besiedlung ähnlich verlaufen und so reihte sich auf der anderen Flussseite Haus an Haus.

Der Expeditionsleiter Doktor Eric Denton stieg aus dem Geländewagen und kletterte auf dessen Dach. Er schob das Spezialfernglas an seine Sichtmaske und folgte suchend dem Flussverlauf. Der Doktor hatte sich in den letzten Wochen zu einem Abenteurer entwickelt. Er genoss den Thrill, sich täglich in einer fremden Welt zu bewegen, die er für sich »Erde zwei« getauft hatte. Gefahren schienen überall zu lauern, doch die ihn begleitenden Söldner vermittelten ihm ein Gefühl von Sicherheit, ja beinahe von Unbezwingbarkeit. Dennoch wurde er nicht leichtsinnig. Man hatte inzwischen etliche Tiere beobachten können, die zwischen und in den Ruinen lebten. Sicherlich handelte es sich bei diesen Spezies um mutierte Versionen ihrer Vorfahren. Das Leben fand immer einen Weg zum Überleben und eine Anpassung in Form einer Mutation war dazu einfach nötig. Wer sich nicht anpassen konnte, der starb. So einfach funktionierte die Natur. Doch philosophische Betrachtungen halfen ihm heute nicht weiter. Die Männer warteten auf eine Entscheidung und er musste diese treffen. Der Blick durch das Fernglas brachte dem Doktor keine neuen Erkenntnisse und so befahl er, dass er die noch erhaltene Brücke inspizieren wollte.

Der Arbeitertrupp schob mit schweren Bulldozern den Weg frei, während die Söldner das sie umgebende Gelände absicherten. Rattenähnliche Tiere, die ihren Artgenossen auf der Erde um einiges überlegen waren, sprangen zwischen den Ruinen aus ihren Bauten und rannten mit zirpenden Geräuschen davon. Diese Nager hatte man schon in den vergangenen Tagen gesehen und sie als ungefährlich eingestuft. Auch an die merkwürdigen, großen geierartigen Vögel hatte man sich gewöhnt. Die Tiere zeigten ein großes Aggressionspotential, doch mit einigen Salven der Maschinenpistolen vertrieb man sie leicht. Schlimmer waren hingegen die Echsen. Man hatte Exemplare entdeckt, die mehr als drei Meter in der Länge maßen. Sie ließen sich leider nicht verscheuchen und so wurden die Söldner zu Jägern. Den Männern war es egal, ob sie mit ihren Abschüssen das ökologische System dieser Gegend veränderten oder gar aus dem Gleichgewicht brachten. Schließlich wollten sie hier nicht für immer bleiben. Sollte die Natur dieser Welt für einen Ausgleich sorgen oder aber es eben lassen. Die menschlichen Eindringlinge verhielten sich nicht anders wie einst die Konquistadoren, die Jahrhunderte zuvor in Südamerika großen Schaden angerichtet hatten.

Nach etwas mehr als zwei Stunden erreichte der Trupp die Brücke. Die Planierraupen fuhren zur Seite. Nun waren die Soldaten am Zug. Sie mussten, wie immer, zuerst dafür sorgen, dass der weitere Weg frei von allen Gefahren war. Die Männer liefen langsam im sogenannten Erkundungsmodus zur Brücke. Zuerst prüften sie den Zustand der Brücke, besonders den der Fahrbahn. Doch außer einigen kleinen Löchern im Beton, die aussahen, als ob hier Granaten explodiert wären, befand sich die Brücke in einem erstaunlich guten Zustand. Trotzdem liefen die Söldner nur langsam und vorsichtig und brauchten so eine gute halbe Stunde, ehe sie die Mitte der Brücke erreichten. Ein Schuttberg, der irgendwie fehl am Platze wirkte, behinderte ihr Vorankommen. Alarmiert näherten sich die Soldaten dem Hindernis und erkannten auf dessen Oberseite verrosteten Stacheldraht, der auch gut von der Erde stammen konnte. Ein Soldat ließ sich auf die Knie sinken, die Waffe dabei im

Anschlag, und besah sich den Schuttberg genauer. Gleich darauf machte er mit seiner linken Hand ein Zeichen, worauf sich seine Kameraden sofort um mehrere Meter zurückzogen. Er hatte kleine Metallstäbe, die kaum aus dem Schutt herausragten, erspäht. Wenn er sich nicht getäuscht hatte, dann handelte es sich bei den Stäben um Auslöser, die das Militär gerne bei Landminen verwendete. Nachdem seine Kameraden ihren Sicherheitsabstand zu ihm erreicht hatten, klappte der Soldat ein spezielles Visier am Helm herunter. Danach schaltete er die Infrarotoptik ein. Die Landschaft und das Hindernis vor ihm sah er nun in einem tristen Grau. Ruhig ließ er die Optik über die Barrikade gleiten. Dann klappte er das Visier wieder nach oben und sagte ruhig in sein Funkmikro:

»Das Hindernis ist kalt. Kein verdeckter Feind! Empfehle einen Mann des Bomb-Squads anzufordern. Das Gelände vor uns ist vermint.«

Während einige Soldaten an der Barrikade blieben und die Brücke zu sichern, eilten zwei Söldner zurück und erstatteten dem Doktor Bericht. Dann stiegen sie eilig in einen Geländewagen und brausten davon. Ihr Auftrag war es einen Spezialisten zu holen, der sich mit Entschärfungen auskannte. Doktor Denton jedoch hielt es nicht in seiner Warteposition. Aufgeregt lief er zu den Soldaten an der Barriere und betrachtete diese wie das siebte Weltwunder. Nun bestätigte sich seine Vermutung. Er hatte Recht behalten! Noch immer lebten hier Menschen und sein Forscherdrang hätte zu gerne einen Menschen dieser Welt mit eigenen Augen gesehen. Soziologisch beschäftigte ihn natürlich die Frage, was hier in dieser Welt geschehen war. Hier hatte es einst eine Zivilisation gegeben, die der ihren gar nicht so unähnlich war. Das Multiversum, das von Wissenschaftlern schon seit vielen Jahren als gegeben angesehen worden war, hatte sich mit der Funktionalität des Tesla Portals bestätigt. Es gab Parallelwelten und diese Welt, die »Erde zwei«, war nur eine von vielleicht Tausend oder Millionen Varianten des gleichen Planeten. Bei dieser Vorstellung schwirrten die Gedanken nur so durch des Doktors Kopf. Es war nicht auszudenken, wenn der Menschheit der Kontakt zu ihren Brüdern und Schwestern anderer Welten gelingen würde. Die Geschichte der Menschheit stand, wenn man es klug anstellte, an einer Zeitenwende. Zauderer hätten vermutlich unendlich viele Einwände gegen eine solche Vereinigung der Welten. Doch der Doktor dachte nicht eine Sekunde an mögliche, nicht wiedergutzumachende Konsequenzen. Er war ganz Wissenschaftler, der Moral hinter die Forschung stellte. Sollten sich doch Soziologen und Politiker um solche Fragen kümmern.

Ungeduldig wartete er nun auf der Brücke, wie eine Wache auf und ab gehend, auf die Rückkehr der beiden Soldaten. Endlich war das Brummen des schweren SUVs zu vernehmen. Er sah in die Richtung des erwartenden Wagens. Anstatt eines Geländewagens brausten zwei heran. Hart bremsend stoppten sie vor der Brücke. Aus dem ersten Fahrzeug kletterten Soldaten, die schwere Schutzkleidung trugen. Roboterhaft ungelenk gingen die Männer zur Brücke. Weitere Soldaten folgten den Entschärfungsspezialisten und trugen dabei einige Kisten mit Ausrüstung mit sich. Aus dem zweiten Wagen stiegen der Prospektor Adrian Larson und der Prospektor Frederic Stanford. Die Männer grüßten den Doktor knapp und folgten den Soldaten. Doch sie interessierte nicht die bevorstehende Entschärfung der Landminen, sondern der Zustand der Brücke. Sie näherten sich dem vom Rost zerfressenen Geländer und sahen darüber hinweg. Dann legten sie sich auf den Boden und schoben sich so weit wie möglich nach vorne über den Brückenrand hinaus. Schließlich erhoben sie sich wieder und eilten zu den Soldaten. Dort sprachen sie den befehlshabenden Offizier an, der den Männern gespannt zuhörte.

»Die vermuteten Minen dürfen auf keinen Fall explodieren. Die Integrität der Brücke ist sowieso schon zweifelhaft und könnte durch eine schwere Erschütterung zerstört werden. Das hätte zur Folge, dass das ganze Bauwerk einstürzt«, sagte Adrian Larson mit eindringlicher Stimme.

»Nach der Entschärfung müssen hier sowieso erst einmal Statiker prüfen, ob wir diese Brücke überhaupt benutzen können. Schließlich wollen wir mit schwerem Gerät über den Fluss«, fügte Frederic Stanford hinzu. Der Offizier nickte zustimmend und ließ die Brücke räumen. Nur die beiden Männer des Bomb-Squad blieben zurück. Dann gab der Offizier den Befehl zu Entschärfung, ehe er in Deckung ging.

***

Fahrt nach Rikers

Walt hatte sich das Öffnen des Tesla Portals wesentlich einfacher vorgestellt. Generell war seine Idee, dass die Einstellungen der Geräte seit dem letzten Durchgang unverändert geblieben waren, richtig. Da jedoch einige Computer in dieses System integriert waren, verhinderte dies die Wiederinbetriebnahme. Die Computer waren Passwort-geschützt und im Moment war kein Informatiker vor Ort, der dieses Problem lösen konnte. So war die Gruppe um Hank Berson für den Moment nicht in der Lage, ihre Ermittlungen erfolgreich fortzuführen. Hanky jedoch lehnte es ab, einen Spezialisten des FBI oder anderer staatlicher Organisatoren anzufordern. Nachdem er herausgefunden hatte, dass der NSA Direktor selbst in diesen Goldraub verwickelt war, traute er keiner Ermittlungsbehörde.

Walt hatte sich lautstark über Hanks »NEIN« beschwert.

Roger, der gerade versucht hatte, telefonisch weitere Informationen zu dieser Lagerhalle zu ermitteln, brach sein Telefonat ab und stellte sich zu Hanky und Walt. Er hörte sich die Argumente, das Für und Wider, an und dachte einen kurzen Moment nach. Dann erhellte sich sein Gesicht und er fragte Hanky:

»Sage mal, mein Lieber, besitzt du noch immer die vom letzten Präsidenten genehmigten Sondervollmachten?«

»Ja, Roger. Warum?«

»Weil ich dann eine Möglichkeit hätte, Walts Problem, was ja auch unser Problem ist, zu lösen.«

»Wie das?«, fragte Walt gespannt und reckte seinen Kopf nach vorne, als ob er durch diese Haltung schneller an die gewünschte Information gelangen konnte.

»Ich kenne einen Hacker, der im Moment allerdings im Gefängnis sitzt. Der Bursche hat das Pentagon und das Weiße Haus gehackt. Irgendwie hat er dabei allerdings einen Fehler gemacht und ist dadurch gefangen worden. Ich kann mich nicht mehr genau erinnern, aber ich glaube, er hat Gesprächsprotokolle des Präsidenten veröffentlicht.«

»Ja wo sitzt dieses Computergenie denn ein, Roger?«, fragte Walt ungeduldig. Er konnte es kaum abwarten das Tesla Portal zu öffnen.

»Gar nicht weit, Walt. Nur eine Meile Luftlinie würde ich mal schätzen. Der Hacker sitzt in Rikers.«

»Du meinst die Gefängnisinsel im Hudson? Ist die so nahe?«

»Ja, Walt, ich sagte Luftlinie. Mit dem Auto, schätze ich, sind es sieben oder acht Meilen. Von hier aus müssen wir erst rüber nach Queens und dann über die Rikers Island Bridge. Aber das ist nicht so einfach. Vor der Brücke ist schon der erste Kontrollpunkt, den man passieren muss. Ohne triftigen Grund darf niemand auf die Insel. Deshalb fragte ich Hanky nach seinen Vollmachten.«

»Okay Roger«, sagte Hanky, »lass uns rüber nach Rikers fahren. Bis wir dort sind, habe ich mit einigen Leuten telefoniert, die höchst vertrauenswürdig sind. Die besorgen mir jede Genehmigung und setzen sich mit den entsprechenden Stellen in Verbindung. Wartet noch unser Fahrer?«

»Den hätte ich beinahe vergessen«, sagte Roger und verließ die Halle.

»Und du mein Lieber«, sagte Hanky zu Walt, »versuchst weitere Erkenntnisse über diese uns fremde Technik zu gewinnen. Vielleicht setzt du dazu mal deine besonderen Gaben ein.«

Damit ließ Hanky Walt, der seinem Freund mit verblüfftem Blick und offenem Mund hinterher sah, einfach stehen.

»So eine Unverschämtheit«, brummte er dann und ging durch die Halle zu dem technischen Aufbau vor dem eigentlichen Tesla Portal. Bei den Schaltpulten angelangt, sah er den BND Agenten Thore Klausen auf dem Boden sitzen. Um ihn herum stapelten sich Kisten und er hatte eine Reihe Papiere auf dem Boden verteilt. Konzentriert studierte er gerade einen Schaltplan und fuhr mit seinem Zeigefinger einer Linie entlang. Walt trat interessiert näher und fragte in seiner saloppen Art:

»Wo hast du denn das ganze Zeug her, Thore?«

»Aus den Trümmern der Büros da drüben«, antwortete Thore, ohne aufzusehen.

»Und was sind das für Papiere?«

Nun sah Thore auf und verkündete hoffnungsvoll:

»Ich glaube, das ist die Betriebsanleitung der Anlage hier.«

Nun hatte er Walts Interesse geweckt, der sich in diesem Augenblick die Kisten genauer ansah. Er entdeckte Beschriftungen an deren Seite, konnte jedoch nichts damit anfangen. Deshalb nahm er sich den erstbesten Karton und öffnete diesen.

In der Zwischenzeit ließen sich Roger und Hanky nach Rikers Island chauffieren. Der junge Agent wagte nicht nach dem Grund der Fahrt zu fragen. Doch die Fahrt zur Gefängnisinsel, die von der Bevölkerung als zweites Alcatraz bezeichnet wurde, war für ihn ein besonderes Ereignis. Er hatte schon viel von dieser staatlichen Einrichtung gehört, in der rund siebzehntausend weibliche und männliche Gefangene ihrer trüben Zukunft entgegensahen. Viele sprachen auch von der Hölleninsel und achtzig Prozent der Insassen waren drogenabhängig. Gleichzeitig war das Gefängnis Arbeitsplatz für über siebentausend Vollzugsbeamte und circa tausendfünfhundert Zivilangestellte. All diese Zahlen schwirrten dem jungen Agenten durch den Kopf. Als er sein Fahrzeug am ersten Kontrollpunkt zum Stehen brachte, fühlte er die banale Realität dieser Einrichtung. Nachdem ein Wachmann ihre Ausweise, die alle das Siegel des FBI besaßen, kontrolliert hatte, bat er den Agenten, einen Moment zu warten. Der Beamte ging gemessenen Schrittes zu seinem Wachhäuschen und telefonierte kurz. Danach kam er zu Wagen zurück und sagte mit befehlsgewohnter Stimme:

»Fahren Sie über die Brücke und parken auf dem rechten Parkplatz. Sie werden dort abgeholt.«

Der junge Agent nickte gehorsam und ließ ein ironisches:

»Ja, Sir!« verlauten, ehe er anfuhr und die Kontrollstelle passierte. Die Fahrt über die Brücke, die zur Insel führte, schien eine Reise in eine andere Welt zu sein. Tausende Straftäter hatten diese Brücke überquert und damit ihre Freiheit, jedenfalls für eine bestimmte Zeit, verloren. Ihre trüben, zornigen, traurigen und hasserfüllten Gedanken schienen sich als dunkles Gefühl in den Beton der Brücke verankert zu haben. Auch Roger und Hanky bemächtigte ein Unbehagen, das sie im Moment nicht erklären konnten. Mit einem Aufatmen bog der junge Agent, nachdem er die Brücke überquert hatte, wie angewiesen auf einen Parkplatz ein, der auf der rechten Seite der Straße lag. Schnell fand er eine Parklücke und steuerte den SUV hinein. Kaum stand das Fahrzeug und der Motor erstarb, hielt hinter ihrem Wagen ein Kleinbus. Die Tür des Busses öffnete sich und ein weiterer Wachmann stieg aus dem Gefährt. Hanky wies den jungen Agenten an, im Wagen zu warten, was dieser mit einem Seufzer kommentierte. Warten, so schien es ihm, war das Einzige, was er in den letzten Tagen zu tun hatte. Doch er wollte nicht jammern. Seine Zeit würde noch kommen und dann würde er hinten im Wagen sitzen und sich durch die Gegend fahren lassen.

Roger wurde inzwischen von dem Wachmann begrüßt, während Hanky um den Wagen herum zu den Männern ging. Auch er erhielt einen kräftigen Händedruck von dem Vollzugsbeamten. Er forderte die beiden Männer auf ihm zu folgen. Gemeinsam stiegen sie in den Bus, der gleich darauf anfuhr. Sie passierten, ohne zu halten, einen weiteren Checkpoint und fuhren dann an einer Reihe großer Gebäude vorbei. Die sternförmig angelegten Bauten bildeten das Herzstück der Anlage und beherbergten die meisten Gefangenen. Doch der Bus fuhr an ihnen vorbei, bog dann rechts ab und in ein Industriegebiet ein. Lagerhallen, Fabrikationsgebäude, Lagerplätze für Container ließen beinahe vergessen, dass man sich auf einer Gefängnisinsel befand. Der Bus bog nach kurzer Zeit nach halblinks ab und folgte einer Straße aus Betonplatten, die an einer Mauer entlangführte. Am Ende der Mauer führte der Weg nach links und ein zweistöckiges Gebäude war zu sehen. Der Busfahrer lenkte um das Gebäude herum und blieb dann davor stehen. Der Vollzugsbeamte erhob sich von seinem Sitz und geleitete Roger und Hanky nach draußen. Als Hanky den Bus verließ, fiel ihm eine Grünfläche auf, die bis zum Hudson River reichte. Nur ein, allerdings drei Meter hoher, Drahtzaun behinderte den Blick auf die Wiese und die dahinterliegende Wasserfläche. Doch noch ehe er seine widersprüchlichen Eindrücke verarbeiten konnte, verließ ein Mann das Gebäude, vor dem sie standen. Er war etwas übergewichtig und sein Sportsakko spannte um die Taille. Sich mit einem Taschentuch über die schweißnasse Stirn wischend, rief er, noch bevor er bei den Männern angelangt war:

»Willkommen meine Herren. Ich habe die Nachricht Ihres Vorgesetzten bekommen. Eine Ehre, dass mich der Direktor des FBI höchstpersönlich angerufen hat. Allerdings wollte er mir nicht sagen, wie ich Ihnen helfen kann.«

»Na das werde ich Ihnen gleich mitteilen Mister …?«

»Ach natürlich, ich habe mich noch nicht vorgestellt. Ich bin Bruce Golding, der Direktor von Rikers Island. Na ja, wohl nicht mehr lange, nachdem unser Herr Bürgermeister Bill de Blasio letztes Jahr beschlossen hat, mein Gefängnis zu schließen. Aber na ja, das kann noch dauern und hat ja wohl mit Ihrem heutigen Besuch bei uns nichts zu tun.« Dabei grinste der Direktor verlegen und wischte sich abermals über seine Stirn.

Hanky ergriff nun das Wort und fragte mit einem breiten Lächeln:

»Wie geht es Ihrer lieben Frau Claire? Hat sie die OP gut überstanden? Ich hörte, sie backt den besten Apfelkuchen der Stadt.«

Der Direktor sah verstört zu Hanky und versuchte herauszufinden, woher er diesen Mister Berson wohl kannte. Er konnte sich natürlich nicht erinnern, da es keine entsprechende Erinnerung an Hanky gab. Dieser hatte kurz in den Gedanken des Direktors geschnüffelt und einige Informationen, wenn auch unwichtige, erhalten. So wollte er sichergehen, dass dieser Mann nicht in das Komplott verwickelt war. Der Direktor war noch immer verwirrt und dennoch blieb er höflich, als er antwortete:

»Oh ja, Claire geht es wieder besser. Gott sei Dank! Mister Berson, haben Sie denn den Kuchen meiner Frau schon einmal probiert?«

»Nein, leider nicht lieber Direktor. Vielleicht ergibt sich ja mal wieder eine Gelegenheit, dass wir uns sehen. Doch nun zu der Angelegenheit, weshalb wir hier sind.«

Mit wenigen Worten, die zugleich geheimnisvoll klangen, erläuterten Hanky und Roger ihr Anliegen. Zuerst sträubte sich der Direktor, doch als Roger ihm zusicherte, dass er alle erforderlichen Papiere sofort anfordern würde und diese von höchster Stelle abgesegnet sein würden, lenkte der Direktor ein. Dennoch dauerte es noch fast eine Stunde, ehe die beiden FBI Männer zu einem Verhörzimmer eines Seitengebäudes gebracht wurden. Dort warteten sie gespannt auf das Eintreffen eines besonderen Gefangenen.

Bald darauf betrat ein großer Afroamerikaner, in Begleitung zweier Wärter, das Verhörzimmer. Hanky war einigermaßen überrascht von der Statur des Gefangenen. Seine muskulösen Oberarme schienen den orangenen Overall beinahe zu sprengen.

Roger grinste ungeniert, als er Hankys verdutztes Gesicht sah, und sagte dann:

»Setzen Sie sich Mister Wynn. Ich möchte Ihnen ein Angebot machen!«

***

Heißer Ritt

Noch nie in seinem ganzen Leben hatte sich Robert Mason so lebendig gefühlt. Er dankte tatsächlich Gott für diese Bewusstseinserweiterung, die ihm Brian Spiller, der Serienkiller, eröffnet hatte. Robert dachte nicht eine Sekunde darüber nach, dass auch er mittlerweile zu dieser kriminalistischen Spezifikation gehörte. Er konnte nicht einmal mehr sagen, wie viele Menschen er bisher getötet hatte. Brian war sein Lehrer, sein Mentor und sein einziger Freund. Robert sah sich auf einer Mission. Er wollte das Verbrechen bekämpfen und so viele Gangster töten, wie er nur konnte. Skrupel empfand er dabei nicht, sondern ein erhabenes Gefühl, das ihn bei jedem weiteren Mord, bei jeder Tötung, weiter von dem Denken normaler Menschen entfernte.

Nun saß er hinter dem Steuer eines Humvees, eines militärischen SUVs. Neben und hinter ihm befanden sich tote Söldner auf den Sitzen. Er hatte diese Soldaten getötet, jedenfalls die meisten von ihnen. Als er den SUV enterte, waren einige dieser Kämpfer schon schwer verwundet, getroffen von den Kugeln der Mafia Gangster. Robert hatte ihnen den Rest gegeben. Ohne lange zu hinterfragen, wer diese Söldner waren, hatte er sie erschossen. Sein Denken stufte einfach diese Männer als Verbrecher ein, auch wenn er natürlich nichts über die Hintergründe ihres Einsatzes kannte. Vor ihm rumpelte ein großer Sattelzug durch den Wald. Auf diesen Sattelzug war Brian aufgesprungen und versuchte ihn zum Halten zu bringen. Allerdings befanden sich weitere Söldner in der Fahrerkabine und die waren bewaffnet. Auch der zweite SUV, der vor dem Lastwagen fuhr, stellte eine weitere Bedrohung dar. Dabei war nicht auszuschließen, dass die Soldaten per Funk oder Handy, Verstärkung angefordert hatten. Robert musste nun sehen, wie er seinem Freund in diesem Kampf helfen konnte. Der Truck verließ nun den Waldweg und passierte die Stelle, wo Robert und Brian ihr Fahrzeug geparkt hatte. Eine Sekunde lang überlegte Robert, ob er den SUV hier stehen lassen sollte, um in seinen eigenen Wagen umzusteigen. Doch er verwarf diese Idee gleich darauf. Das Militärfahrzeug bot ihm besseren Schutz und im Falle einer Polizeikontrolle war das Fahrzeug dazu geeignet, auch einmal einen Streifenwagen von der Fahrbahn zu rammen. Außerdem lagen die Waffen der toten Soldaten samt Munition im Wageninneren. Bestimmt konnte er die Maschinenpistolen und Pistolen noch gut gebrauchen. Inzwischen hatte der Sattelzug die Wohnsiedlung passiert und bog nun auf die vor ihm liegende Landstraße ein. Dabei sah Robert auch den vorausfahrenden Humvee, der nach links in Richtung Westen abbog. Damit war klar, dass der Konvoi sich von New York City entfernen wollte. Noch konnte Robert nicht bestimmen, wohin die Reise wohl gehen würde. Er folgte dem Truck und bog auch auf die Landstraße ein. Noch schien keiner der Söldner, die sich im vorausfahrenden Truck und dem Humvee davor befanden, zu ahnen, dass der letzte Wagen in der Reihe nicht mehr in ihrer Hand war. Ob man Brian schon entdeckt hatte, fragte sich Robert? Doch nichts wies darauf hin. Er fragte sich, ob Brian einen Plan hatte und wie er den Truck zum Stehen bringen würde. Doch er kam nicht mehr dazu, weiter über diese Frage nachzudenken. Ohne dass er es bemerkt hatte, fuhren plötzlich zwei weitere militärische Geländewagen hinter ihm. Erst als das Funkgerät, das auf der Mittelkonsole angebracht war, zum Leben erwachte, sah er erschrocken in den Rückspiegel. Mit leichten Störgeräuschen erklang eine Stimme aus dem Lautsprecher:

»Patriot drei. Wie sieht es bei euch aus? Hier ist Patriot fünf.«

»Hallo Patriot fünf! Drei hier. Wir fahren nach Westen. Mussten Berglager verlassen. Unbekannte Angreifer haben uns gezwungen einen Teil der Ware in Sicherheit zu bringen.«

»Das sehe ich! Bin direkt hinter dem Konvoi mit zwei Wagen. Ich habe Anweisung, Sie sicher ins nächste Depot zu geleiten.«

»Was ein Glück fünf. Hatte noch keine Zielvorgabe.«

»Dachte ich mir doch, drei. Okay! Ich überhole nun den Konvoi. Fahren Sie etwas langsamer. Danach folgen Sie mir! Ende!«

Danach knackte es wieder in dem Funkgerät und es wurde still.

Robert sah sich schnell im Innenraum seines gekaperten Fahrzeuges um. Blut klebte an den Seitenfenstern und die von ihm getöteten Söldner hingen schlaff in den Sitzen. Geistesgegenwärtig zog er den locker sitzenden Helm des Toten auf dem Beifahrersitz von dessen Kopf. Schnell presste er den Helm auf seinen Kopf und zog aus seiner Jackentasche seine Sonnenbrille. Er setzte sie auf und hoffte, dass die Söldner der Verstärkung ihm diese Maskerade abkauften. Kaum war er fertig, als der erste Humvee zum Überholen ansetzte. Die Männer in diesem Wagen sahen zu ihm herüber. Mit entsetzten Augen erkannten sie das viele Blut, die Einschusslöcher und tote Kameraden. Doch der Fahrer schien unverletzt und steuerte tapfer das Fahrzeug. Als Aufmunterung und Respekt für diesen armen Soldaten hoben die Söldner ihre Daumen nach oben. Dann waren sie vorbei. Der zweite Humvee blieb hinter Roberts Wagen, was diesem sichtlich missfiel. Langsam schob sich der erste militärische Geländewagen an dem Sattelzug vorbei. Robert hoffte, dass Brian unentdeckt bleiben würde. Doch wie sollte das gehen? Er verbarg sich zwischen der Zugmaschine und dem Aufleger. Dort musste er gesehen werden. Gespannt schaute Robert nach vorne und wünschte sich, dass sich Brian unsichtbar machen würde. Doch seine Hoffnung wurde jäh zerstört. In dem Moment, als der überholende Humvee an der Zugmaschine angekommen war, spie eine abgefeuerte Salve aus einer Maschinenpistole Tod und Verderben. Brian hatte das Feuer auf den Geländewagen eröffnet und die Insassen des Wagens dabei völlig überrascht. Die Front und die Seitenscheibe des Geländewagens zerbarsten. Geschosse rissen grässliche Wunden in die Körper des Fahrers und dessen Beifahrer. Der Fahrer wurde nach hinten gerissen und fiel gleich darauf wieder nach vorne. Dabei verriss er das Steuer und der Humvee prallte zuerst gegen die Zugmaschine des Sattelschleppers. Der Fahrer des LKWs wurde von diesem Aufprall überrascht und sein Fahrzeug geriet ins Schlingern. Staub aufwirbelnd rumpelte der Lastwagen auf dem Seitenstreifen entlang, ehe er mit einer kühnen Lenkbewegung zurück auf die Straße schoss. Dabei rammte er den führungslosen Geländewagen, der daraufhin nun auf der linken Seite von der Straße abkam, in den angrenzenden Graben raste und sich gleich darauf mehrfach überschlug. Robert hatte seine Geschwindigkeit verringert, was ihm schließlich das Leben rettete. Dem Lastwagen vor ihm schien das gleiche Schicksal wie dem verunglückten Humvee bevorzustehen. Er raste auf die linke Seite der Straße zu und drohte nun ebenfalls in den Graben zu rutschen. Hinter Robert setzte gleichzeitig der verbliebene Geländewagen zum Überholen an. Robert trat reaktionsschnell auf die Bremse. Der Humvee überholte Roberts Wagen und setzte sich vor diesen. Doch die Söldner in diesem Fahrzeug hatten keinen Blick für ihn und seinen Geländewagen. Sie schauten nach vorne und schienen sich schreiend zu streiten. Der Fahrer des LKWs riss heftig am Steuer, um sein Fahrzeug auf der Straße zu halten. Dabei versetzte er den Sattelzug in eine heftige Schlingerbewegung, die schließlich dazu führte, dass sich die Zugmaschine querstellte. Der schwere Auflieger schob durch sein Gewicht und die enorme Bewegungsenergie die Zugmaschine über den Asphalt der Straße. Plötzlich sah Robert seinen Freund Brian, der für das ganze Desaster verantwortlich war. Er stand tatsächlich noch auf einer Drahtplattform, die direkt an der Zugmaschine angebracht war. Seinen linken Arm hatte er durch einen Haltegriff geschoben und in der rechten Hand hielt er eine Maschinenpistole. Robert konnte nicht glauben, dass sich sein Freund bei dieser wilden Fahrt noch auf den Beinen halten konnte. Tatsächlich schien Brian keinerlei Angst zu empfinden. Im Gegenteil! Brians Gesicht zeigte ein böses Lachen und er hob erneut seine Waffe. Wie er in dieser Lage noch daran denken konnte, seinen Angriff fortzusetzen, war Robert schleierhaft. Dennoch spie seine Waffe erneut Verderben aus. Er schaffte es tatsächlich den Humvee, der inzwischen versuchte dem schlingernden Auflieger des Trucks auszuweichen, zu treffen. Einige Geschosse schlugen in das Fahrzeug ein, was den Fahrer des Geländewagens veranlasste, auf die Bremse zu treten. Dabei hatte er nicht mit Roberts Wagen gerechnet. Dieser sah das Fahrzeug der Söldner auf sich zukommen und hielt sein Steuer fest. Als der vor ihm bremsende Wagen näherkam, beschleunigte Robert und rammte den an der linken hinteren Seite. Der harte Aufprall rüttelte Robert durch, doch er behielt sein

Fahrzeug unter Kontrolle. Der andere Wagen jedoch drehte sich um seine eigene Achse, schlitterte an Robert vorbei und überschlug sich schließlich. Der Sattelzug verlangsamte seine Geschwindigkeit rutschend und funkenschlagend. Brian warf seine Maschinenpistole weg und zog eine Pistole aus seinem Gürtel. Robert fuhr näher heran und sah, wie sich sein Freund zur Fahrerkabine hangelte. Sich am Türgriff des Beifahrers haltend feuerte er durch die Seitenscheibe der Zugmaschine, bis sein Magazin leer war. Dann kletterte er rasch zurück und damit hinter die Kabine. Mit einem letzten lauten Krachen kam der Sattelzug zum Stehen. Brian sprang von der Plattform und lief auf Robert zu, der seinen Humvee neben dem verunglückten Lastwagen gestoppt hatte. Entschlossen riss Brian die Beifahrertür auf und sah zu der Leiche auf dem Sitz. Er griff nach vorne und zerrte den Toten aus dem Wagen. Doch anstatt nun selbst einzusteigen, griff er sich die Maschinenpistole des Söldners, die im Fußraum lag. Dabei grinste er, als wäre die Welt in bester Ordnung.

»Los Robert! Komm schon, unsere Arbeit ist noch nicht erledigt!«

Dann trat er einen Schritt zurück, entsicherte die Waffe und bückte sich zu dem Toten. Er zog zwei weitere Magazine aus dessen Uniformtaschen und wollte sich gerade aufrichten, als das Knattern einer anderen Maschinenwaffe ihn zusammenzucken ließ. Geschosse schlugen in den Humvee der Killer knallend ein. Brian ließ sich gedankenschnell fallen und robbte eilig hinter den Humvee. Robert stieß die Fahrertür auf und sprang aus dem Wagen. Dann hastete er geduckt zur hinteren Wagentür und öffnete diese. Dort, auf dem Rücksitz, lagen drei weitere Leichen. Robert folgte Brians Vorbild und griff sich auch eine Waffe. Er lud diese durch und spähte durch das Wageninnere zu dem havarierten LKW. Von dort aus wurde auf sie gefeuert. Auch der voranfahrende SUV hatte gestoppt und ein Söldner rannte feuernd in die Deckung der Zugmaschine.

»Was für ein Spaß!«, schrie Brian und feuerte nun seinerseits.

***

Eigensicherung und Befreiung

Die Stahltüre war nur mit einem breiten Riegel verschlossen. Alfredo legte sein Ohr an das kalte Metall und lauschte. Er hörte Stimmen, die miteinander diskutierten. Wer befand sich hinter der Tür? Die Söldner oder Soldaten, jedenfalls die Uniformierten waren geflüchtet und der Mafioso glaubte nicht, dass sie hier einige Kameraden zurückgelassen hatten. Also, wer hielt sich hinter der Stahltüre auf? Alfredo wusste, dass es nur einen Weg gab, dies herauszufinden. Er musste die Tür öffnen. Nun verfluchte er die Tatsache, dass er all seine Männer weggeschickt hatte. Ein zweiter Mann zur Absicherung wäre jetzt gerade sehr von Nutzen. Aber es war, wie es war. Ehe er seine Idee, Gold für sich selbst beiseitezuschaffen, verfolgen konnte, musste er erst wissen, wer sich noch in dieser unterirdischen Lagerstätte befand. Schnell sah er noch einmal durch die Kaverne und lauschte, ob seine Kumpane schon zurückkehrten. Aber das konnte nicht sein, sie waren erst vor kurzem aufgebrochen. Dann legte er noch einmal sein Ohr an die Tür, doch dahinter war es ruhig geworden. So zog Alfredo seine Pistole aus dem Gürtel und schob den Riegel zurück. Ein scharfes Klacken, das auch hinter der Tür zu hören sein musste, ertönte. Vorsichtig stellte sich der Mafiosi seitlich neben die Tür und trat dann gegen das Türblatt. Die Tür schwang auf, aber sonst geschah nichts. Ungeduldig, schließlich hatte er keine Zeit zu verlieren, rief Alfredo:

»Wer immer da drinnen ist, kommt raus. Euch geschieht nichts. Los, macht schon oder soll ich die Tür wieder verriegeln?«

Eine lange Minute geschah nichts und Alfredo überlegte, ob er noch einmal rufen sollte. Dann aber schoben sich vorsichtig ein Kopf und dann der dazugehörige Mann durch die Türöffnung. Der Arbeiter, es kann sich nur um einen solchen handeln, denn der Kerl trägt einen blauen Overall, dachte Alfredo, sieht ängstlich aus.

»Komm raus! Wenn du eine Waffe hast, dann lege sie auf den Boden!«, befahl der Mafioso.

»Bitte erschießen Sie mich nicht, Mister! Ich habe keine Waffen und die anderen auch nicht.«

»Wie viele seid ihr denn?«, wollte Alfredo wissen.

»Insgesamt acht Leute. Also sieben sind noch im Stollen.«

»Okay! Alle rauskommen, aber dalli!«, befahl Alfredo laut. Tatsächlich folgten die Männer den Anweisungen des Gangsters. Als sie schließlich ängstlich vor ihm standen, sagte der Mafioso:

»Eure Arbeitgeber haben euch hier zurückgelassen. Wisst ihr warum?« Die Männer schüttelten unisono ihre Köpfe.

»Dann will ich es sagen! Sie wollten, dass ihr hier verreckt. Also gut, ich habe heute meinen guten Tag. Seht zu, dass ihr von hier verschwindet, und haltet euch von den Kerlen fern, die euch engagiert haben. Am besten, ihr verlasst die Stadt, oder besser noch den Staat. So, nun haut ab, ehe ich es mir noch anders überlege. Rennt geradeaus zum Wald, da ist ein Loch im Zaun und lasst euch nicht von meinen Männern erwischen, die bestimmt gleich zurückkehren.«

Alfredo hatte die letzten Worte noch nicht fertig gesprochen, als die ersten Arbeiter schon zum Tunnel rannten, der ins Freie führte. Alfredo wusste selbst nicht, warum er diese Männer mit guten Ratschlägen versorgt hatte. Vielleicht hatte er an seine eigene Flucht gedacht und wenn er etwas Gutes an diesem Tag tat, dann würde es sich vielleicht später auszahlen. Nachdem der letzte Mann im Tunnel verschwunden war, zog Alfredo eine Holzkiste heran und stellte diese vor das Türblatt. So war er sich sicher, dass die Tür nicht zuschlagen konnte. Danach zog er wieder seine Waffen und betrat den Raum hinter der Stahltüre. Erstaunt blieb er stehen und sah vor sich einen schmalen Felsengang. Rechts und links waren jeweils fünf Türen in den Felsen eingefügt. Schnell überprüfte Alfredo die Räume hinter den Türen, fand aber nur kleine, karge Unterkünfte, mit jeweils vier Etagenbetten und einigen Spinden. Am Ende des Ganges fand er schließlich einen Seitenstollen, der nach rechts führte. Hier gab es nur drei Türen. Eine rechts, eine links und eine am Ende des Ganges. Der Gangster überprüfte die erste Tür auf der rechten Seite und fand darin eine Art Kontrollzentrum. Auf einer Reihe von Bildschirmen konnte er verschiedene Szenen erkennen. Einmal sah er die große Kaverne von oben, dann die drei Lagerstollen und auf einem weiteren Bildschirm den Tunnel, der ins Freie führte. Der letzte Bildschirm war in vier Segmente unterteilt. Hier war zu beobachten, was sich vor dem Eingang zum Tunnelsystem abspielte. Er konnte nun sehen, wie die Arbeiter tatsächlich zu dem Loch im Zaun rannten und danach im dahinterliegenden Wald verschwanden. Sonst war es ruhig und Alfredo froh, dass sich seine Kumpane so viel Zeit ließen, ehe sie hierher zurückkehrten. Nur ungern verließ er die Wachstation. Von hier aus konnte er rechtzeitig sehen, wenn sich draußen etwas tat. Eilig rannte er zur anderen Gangseite und öffnete die dortige Tür. Sichtlich enttäuscht fand er einen weiteren Schlafraum vor, auch wenn dieser nur ein Bett enthielt, dazu eine Sitzecke und einen Schreibtisch. Eine weitere Tür war im Hintergrund zu erkennen, doch der Gangster verzichtete, auch diese zu überprüfen. Hier hatte wohl der Kommandierende gewohnt. Alfredo hatte das Militär und insbesondere Offiziere schon immer gehasst. Für ein halbes Jahr hatte er selbst Militärdienst ableisten müssen, war aber dann unehrenhaft entlassen worden, und das nur, weil er illegale Pokerrunden organisiert hatte. Mit einem Fluch auf den Lippen kehrte er zurück in den Gang und ging auf die letzte noch verbliebene Tür zu. Dabei bemerkte er, dass diese Tür stabiler als die bisherigen war. Statt einer Türklinke war ein Riegel angebracht, der Alfredo zur Vorsicht mahnte. Er schlich sich auf leisen Sohlen an die Tür heran und hob seine Pistole, ehe er den Riegel zurückzog. Danach stellte er sich seitlich neben die Tür und rief laut:

»Wer immer dort drinnen ist, soll jetzt langsam herauskommen. Heben Sie Ihre Hände und bewegen Sie sich langsam. Achtung! Ich bin bewaffnet!«

Tatsächlich hörte Alfredo Schrittgeräusche, die sich der Tür näherten. Dann schob sich ein noch recht junger Mann durch die Türöffnung. Gehorsam hatte er seine Arme in die Luft gestreckt. Vor der Tür blieb der Mann stehen und sah Alfredo fragend an. Aus irgendeinem Grund lächelte er plötzlich und sagte unvermittelt:

»Bin ich froh, dass Sie nicht zu den Wärtern gehören. Ich bin hier gefangen gehalten worden. Danke Sir, dass Sie mich befreit haben!«

»Wer bist du denn überhaupt?«, fragte Alfredo unsicher, was er mit dem Kerl anfangen sollte.

»Ich bin Mitchel Prusak und ich habe für die NSA als Analyst gearbeitet. Bei meiner Arbeit bin ich auf spezielle Akten gestoßen, die mich schließlich hierhergebracht haben. Die Mistkerle haben mich einfach eingesperrt! Ohne Prozess! Das muss man sich mal vorstellen. Bitte Sir, lassen Sie mich gehen!«

Alfredo konnte mit den Informationen nichts anfangen und eigentlich war ihm dieser Mitchel egal. Dennoch ließ er sich erklären, worum es bei seiner Entdeckung ging. Er horchte auf, als das Wort Portal fiel und sein verbrecherisches Gehirn zeigte Alfredo sofort unzählige Möglichkeiten auf, wie er so ein Portal zu Raubzügen nutzen konnte. Zusammen begaben sich die beiden Männer, auf Anweisung des Mafioso, in den Kontrollraum. Dort setzten sie sich vor die Monitore und Alfredo hörte den Schilderungen des NSA Agenten gebannt zu, während er die Überwachungsbilder im Auge behielt. Nach einigen Minuten besann sich der Gangster auf seinen eigentlichen Plan. Er unterbrach den Redefluss von Mitchel, der es sichtlich genoss, endlich wieder einen Gesprächspartner gefunden zu haben, und sagte bestimmt:

»Wenn du hier rauswillst, dann solltest du nun gehen. Meine Kumpels werden bald zurück sein und ich weiß nicht, wie sie auf einen Fremden reagieren.«

Alfredo gab dem NSA Agenten die gleichen Anweisungen zur Flucht wie schon vorher den Arbeitern. Mitchel hielt es keine Sekunde länger auf dem Stuhl. Beim Hinausrennen rief er noch ein »Danke« und verschwand aus dem Sichtbereich des Gangsters. Alfredo überprüfte unterdessen erneut die Überwachungsmonitore und verließ dann eilig den Raum. Während der Unterhaltung mit dem NSA Agenten war er auf eine Idee gekommen, die er nun umsetzen wollte.

***

Über die Brücke

New York City – Industriegebiet Hunts Point, Bronx – 4 Wochen zuvor

Die beiden Bombenentschärfer lagen auf dem Boden und trugen vorsichtig, Schicht um Schicht, Erdreich und Schutt ab. Allmählich legten sie dabei insgesamt vier Sprengfallen frei. Die Technik und der Aufbau der Sprengsätze unterschieden sich nicht sehr von der irdischen. Dennoch, oder vielleicht gerade deshalb, arbeiteten die Männer hochkonzentriert. Die metallenen Hüllen der Bomben waren verwittert und zeigten beträchtliche Spuren von Erosion. Schon die leichtesten Erschütterungen konnten die Sprengsätze zu Explosion bringen, was verheerende, wenn nicht gar tödliche Folgen für die beiden Experten mit sich bringen würde. Nach weiteren schweißtreibenden Minuten zogen sie gemeinsam eine der Minen aus dem Schutt. Die Bombenentschärfer untersuchten die gefährliche Apparatur von allen Seiten. Dabei fanden sie keine nutzbaren Verschraubungen, außer einer großen, die den Zündstift arretierte. Dann legten sie die Bombe vorsichtig auf den Boden und gingen langsam, jegliche Erschütterung vermeidend, zum Ende der Brücke zurück. Dort wartete der kommandierende Offizier, der die Aktion mittels eines Fernglases aus sicherer Entfernung beobachtet hatte. Er erhob sich, als die Männer ihn fast erreicht hatten. Natürlich hätten die Bombenexperten sich auch per Funk mit ihrem Vorgesetzten vom Bombenfundort aus unterhalten können. Doch rein psychologisch war es zu verstehen, dass sich die Männer für einen Moment von den Sprengsätzen entfernen wollten. Ohne Einleitung begann einer der Spezialisten zu sprechen.

»Folgendes! Wir haben vier Landminen gefunden. Der Zustand der Sprengfallen ist sehr bedenklich. Die Dinger können jeden Moment losgehen. Es ist uns nicht möglich die Minen zu entschärfen. Bleibt nur die Sprengung als einzige Option.«

»Aber doch nicht auf der Brücke!«, empörte sich der Offizier lautstark.

»Nein Sir! Das wäre zu gefährlich. Die Bomben können wir auch nicht in den Fluss werfen. Die Druckwelle, die bei einer oder mehreren Explosionen entstünde, würde vielleicht das Bauwerk beschädigen.«

»Also, was für Möglichkeiten haben wir dann noch?«

»Es bleibt uns nur eine Möglichkeit«, antwortete nun der zweite Experte mit ruhiger Stimme. »Die Minen müssen abtransportiert werden und einen Mindestabstand von einer halben Meile zur Brücke aufweisen, ehe wir sie gezielt sprengen können.«

»Du meine Güte«, sagte der Offizier nun in normaler Gesprächslautstärke. »Das wirft unseren Zeitplan gehörig durcheinander.«

In einiger Entfernung, gut verborgen zwischen verwilderten Sträuchern, beobachtete Seet Smirl, der Späher der Cave People, die Fremden. Sie waren mit ihren schweren Fahrzeugen bis zum Weg übers Wasser gefahren. Dort hatten sie angehalten und hantierten nun auf der Brücke herum. Seet war noch nie auf der anderen Seite gewesen. Die Alten hatten ihn eindringlich davor gewarnt, dort hinüberzugehen. Seet ahnte nichts von den Sprengfallen, ja, er wusste nicht einmal, was eine Landmine war. Seine Waffen waren Schleuder, Messer und Speer. Mehr kannte er nicht. Zwar hatten die Alten von fantastischen Kriegsmaschinen erzählt, die es früher einmal gegeben haben sollte, doch Seet glaubte den Alten nicht. Er konnte sich nicht vorstellen, dass es tatsächlich einmal so eine Technik gegeben hatte. Aber sein Weltbild wankte, seitdem die Fremden in sein Land gekommen waren. Sie besaßen riesige Maschinen, die mit einem Gebrüll, das einem Ungeheuer alle Ehre gemacht hätte, alles niederwalzten, was ihnen in die Quere kam. Dazu kamen die schnellen Kutschen, die völlig ohne Zugtiere zwischen den Ruinen herumfuhren. Seet überlegte gerade, ob er sich näher an die Fremden heranschleichen sollte, als er eine Gruppe Männer auf sich zukommen sah. Jeweils zwei Fremde gingen hintereinander und trugen eine Art Trage. Auf der Trage lag nur ein metallener Gegenstand, der nicht sehr schwer sein konnte. Seet hätte sich zugetraut zwei oder drei von diesen Dingern zu tragen. Entweder waren die Fremden sehr schwach oder die Metalldinger waren sehr wertvoll, vielleicht aber auch zerbrechlich. Die Fremden mit den Tragen gingen sehr langsam und wurden von anderen begleitet. Die Gruppe näherte sich dennoch zusehends Seets Beobachtungsstellung. Er musste eine Entscheidung treffen. Blieb er in Deckung liegen und beobachtete er die Fremden weiter oder zog er sich zurück. Weil die Gefahr entdeckt zu werden, immer größer wurde, schlich sich Seet, jede Deckung ausnutzend, davon. In circa hundert Metern Entfernung erhob sich ein großer Turm. Von dort aus konnte er die Fremden weiter beobachten. Seet rannte nun geduckt zu dem verfallenen Bauwerk und verschwand in dessen Innerem. Inzwischen hatten die Söldner die vier Landminen auf Krankentragen bis zu einem freien Platz getragen. Den Soldaten war der Schweiß in Strömen über Gesicht und den Nacken gelaufen, obwohl die Sprengsätze nicht mehr als drei Kilogramm wogen. Angst hatte ihren Organismus in Aufruhr versetzt. Angst, von diesen Sprengsätzen zerrissen zu werden, hielt sie wie in einem Würgegriff umklammert. Endlich gab einer der Sprengmeister das erhoffte Kommando und die Söldner legten ihre Fracht vorsichtig auf dem Boden ab. Dann zogen sich die Soldaten eiligst zurück und warfen sich hinter einer Geröllhalde in Deckung. Genau auf dieser Halde hatte Seet noch vor wenigen Minuten gelegen und die Fremden beobachtet. Die Sprengmeister unterdessen hoben vorsichtig die Landminen von den Tragen und legten diese dann dicht nebeneinander. Dann zog ein Spezialist einen kleinen Sprengsatz aus der Tasche, tippte etwas in ein digitales Panel und legte danach die kleine Bombe zwischen die Landminen. Danach erhob er sich vorsichtig und verließ zusammen mit seinem Kollegen die Freifläche. Sie kletterten in circa fünfzig Metern Abstand zu den Landminen über eine Mauer und legten sich dahinter auf den Boden. Über Funk gaben sie den Befehl:

»Außenmikrofone abschalten. Die Sprengung erfolgt in einer Minute!«

Seet hatte gerade die dritte Etage des Turms erreicht und sah aus einer Fensterhöhlung hinunter zu dem freien Platz. Er erkannte gerade noch, wie zwei Fremde über eine Mauer stiegen und dahinter verschwanden. In der Mitte des Platzes lagen nun die metallenen Gegenstände. Seet hätte zu gerne gewusst, um was es sich bei den Dingen handelte. Warum hatten die Fremden diese Metallobjekte auf die freie Fläche gelegt? Sollten Tiere angelockt werden oder waren dies Opfergaben für ihre Götter. Seet lehnte sich ein Stück aus dem Fenster, um besser sehen zu können. In diesem Moment blendete ihn ein greller Blitz und eine unsichtbare Faust schien ihn getroffen zu haben. Ein unglaublich lauter Donner begleitete die Druckwelle, die den Späher durch den Raum schleuderte. Seet wollte schreien, doch er konnte seine eigene Stimme nicht hören.

Unsichtbare Tastversuche

Walt stand vor der Bühne, die von den beiden Tesla Spulen flankiert wurde. Er starrte auf den Boden und folgte mit seinen Augen den Spuren, die einen Meter weiter wie abgeschnitten endeten.

Dann blickte er auf und sah nur die triste Wand der Lagerhalle vor sich. Sein Körper versteifte sich und Walt schloss seine Augen. Er aktivierte seine mentalen Kräfte und versuchte dabei sich eine Barriere vorzustellen, an der die Spuren endeten. Um sich sein Handeln selbst vorstellen zu können, erdachte er zwei Arme, selbstverständlich mit Händen daran, die er unsichtbar für jeden Betrachter nach vorne streckte. Er tastete herum, fand aber keinen Widerstand. Walt ließ die imaginären Arme wachsen und hielt nun die Handflächen nach vorne. Plötzlich bemerkte er eine Veränderung. Er spürte ein leichtes Kribbeln, und das in seinen nur durch den Geist geschaffenen Händen. Natürlich wusste Walt, dass er nicht diese Hände an sich spürte, sondern dass seine besondere Gabe eine unsichtbare Energie aufgespürt hatte. Er ließ seine geistigen Arme weiterwachsen und die Hände tauchten in die Energie ein. Gleich darauf begannen seine Geisthände zu flackern und sich wellenartig zu bewegen. Walt fühlte nun die fremde Energie deutlicher, wenn auch noch immer sehr zart. Leichte Wellen umspülten seine Geisthände warm. Für Walt fühlte es sich an, als ob er diese in einem Sprudelbad hin und her bewegte. Walt trat mit seinem realen Körper einen Schritt nach vorne und schob so seine Geistarme weiter in die Wand aus Energie. Sofort spürte er eine Veränderung. Eine saugende Kraft zog ihn langsam auf die Energiewand zu und nur mit starker Willensanstrengung konnte er seine Geistarme zurückziehen. Er stemmte sich mit aller Kraft gegen den Sog, der ihn plötzlich entließ. Stolpernd taumelte Walt zwei, drei Schritte zurück und fiel auf den Boden.

Thore, der eben noch neben den Apparaturen gekniet und versucht hatte die Anordnung zu verstehen, kam herbeigestürzt und half Walt auf die Beine.

»Walt«, rief er laut, »was ist denn passiert? Ist dir schlecht geworden?«

»Nein, nein! Alles gut Thore! Ich habe etwas entdeckt.«

»Ja was denn? Ich sehe nichts!«, sagte Thore, nun etwas leiser und blickte suchend nach vorn.

»Da vorne ist so eine Art Energiemauer. Ich kann dir nicht sagen, was es genau ist.«

»Eine Energiemauer«, sagte Thore zu sich selbst. Seine Ehrfurcht in der Stimme ließ Walt lächeln und den für ihn unangenehmen Vorfall beinahe vergessen.

In diesem Moment betraten Hanky und Roger die Halle. In ihrer Begleitung befand sich ein sehr großer Schwarzer, der mit enormen Muskeln ausgestattet war. Walt und Thore wurden auf die drei Männer aufmerksam. Thore konnte sich einen Kommentar nicht verkneifen. Er sagte leise zu Walt:

»Mann, was für ein Riese. Wo haben Hanky und Agent Thorn den denn gefunden?«

»Das werde ich sie gleich fragen«, antwortete Walt und marschierte in Richtung der Angekommenen. Hanky wusste, wie sein Freund tickte. Walt polterte gerne und sagte, was er gerade dachte. Deshalb kam er ihm zuvor, als er laut verkündete:

»Meine Herren, darf ich euch Mister Wynn vorstellen? Er ist ein besonderer Computerspezialist und wird sich die mysteriöse Anlage einmal genauer anschauen.«

Walt konnte nicht anders, als doch einen Kommentar zur Konstitution des muskelbepackten Mister Wynn auszusprechen. So legte er ein Lächeln auf seine Lippen und sagte:

»Na prima! Hoffentlich zerquetschen Sie, Mister Wynn, nicht alle Tastaturen!«

Für einen Moment wurde es still in der Halle und Hanky atmete hörbar ein. Doch dann begann Mister Wynn laut und herzhaft zu lachen. Er ging auf Walt zu, klopfte diesem freundlich auf die Schultern, was Walt mit einem Ächzen tapfer ertrug. Dann marschierte der Muskelberg an Walt vorbei und auf die technische Anordnung zu. Thore, der noch auf dem Boden zwischen allerlei Kabeln saß, schaute Mister Wynn staunend an. Er selbst war kein kleiner Mann, doch dieser Hüne ließ selbst ihn schmächtig aussehen. Thore erhob sich und begrüßte den Großen kurz, ehe er zu Hanky und Walt hinüberging.

»Walt, du solltest Hanky von deiner Entdeckung berichten«, sagte er eindringlich.

Walt nickte und ging mit Hanky einige Schritte zur Seite. Roger telefonierte schon wieder. Er hatte die Order, seine Vorgesetzten auf dem Laufenden zu halten, was er stündlich tat. Auch wollte er noch den NSA Agenten Prien überprüfen, den Hanky mit einem mentalen Befehl zu seiner Mutter geschickt hatte. Mittlerweile musste der Agent bestimmt wieder zurück sein. Roger beendete seinen Rapport und telefonierte danach mit einigen Kollegen. Dann ging er zu Hanky und sagte leise:

»Ich fahre zurück nach Down Town. Dort schaue ich nochmals bei der Bank vorbei und will mal sehen, was Agent Prien so treibt.«

»Alles klar Roger«, antwortete Hanky. »Sag Bescheid, wenn du Hilfe brauchst.«

Roger nickte nur und ging zu dem SUV, wo sein Fahrer schon auf ihn wartete. Hanky sah dem abfahrenden Wagen noch einen Moment hinterher, während er versuchte, ihre bisherigen Ermittlungen einzuordnen. Nach einigen Minuten, der SUV mit Roger war schon längst nicht mehr zu sehen, ging Hanky zurück in die Lagerhalle, wo Walt ihn schon ungeduldig erwartete. Zusammen mit ihm begab er sich zu der Stelle, wo Walt die Energiemauer gespürt hatte. Zuerst fühlte Hanky nichts. Zweifelnd sah er seinen Freund an, der mit erwartungsvollem Gesicht auf die Reaktion Hankys wartete.

Dieser drehte sich wieder in Richtung des unsichtbaren Energiefeldes um und schloss die Augen. Dann öffnete der Mutant seine Sinne und versuchte die vielfältigen, übersinnlichen Eindrücke, die sofort auf ihn einstürmten, zu kanalisieren. Nach und nach schob er dabei die Gehirnwellenmuster der in der Halle Anwesenden zur Seite. Dabei spürte er ein Art Hintergrundrauschen, dem er nun folgte. Eine Schwingung, die sich ihm als bewegte Energiewirbel darstellte, erregte seine Aufmerksamkeit. Die Wirbel pulsierten, bogen sich mal in die eine Richtung und dann wieder in die Andere. Es schien, als ob starke Kräfte an den Wirbeln ziehen würden. Hanky überlegte, ob er mit seinen psyonischen Kräften die Wirbel beeinflussen konnte. Noch während er über eine Strategie nachdachte, näherte sich sein außerkörperlicher Geist, sein mentales Abbild in dieser magischen Welt, ohne sein bewusstes Zutun, einem Energiewirbel. Erst jetzt erkannte der Mutant, wie riesig diese Wirbel waren. Auch erkannte er nun ein sanftes Farbenspiel, das sich von der Drehung des Wirbels unabhängig über das Energiegebilde bewegte. Dieser Farbschleier übte eine gewisse Faszination auf den Mutanten aus. Gerade als er mit seinem Astralkörper noch näher an das Phänomen heranrücken wollte, bemerkte er, dass sich der Farbschleier von dem Kreisel löste und wie ein lebendiges Wesen auf ihn zu schwebte. Hanky reagierte nun instinktiv und löste seinen Astralkörper auf. Danach zog er seine tastenden Sinne zurück und öffnete die Augen. Walt stand noch immer neben ihm und Hanky bemerkte erst jetzt, dass dieser seinen Arm um ihn geschlungen hatte. Verwundert sah Hanky seinen Freund an und fragte erstaunt:

»Warum hältst du mich denn fest Walt?«

»Weil du schon über eine Stunde hier stehst und beinahe umgefallen wärst. Du hast gewankt, als ob du einem Sturm standhalten müsstest.«

»Tatsächlich? Okay! Danke Walt! Ich muss mich erst einmal hinsetzen.«

Als er hinüber zu den Schaltpulten gehen wollte, vor dem einige Bürostühle standen, bemerkte er, wie seine Knie weich wurden. Walt erkannte sofort die Schwäche seines Freundes und griff beherzt zu. Thore eilte zu den beiden und half, Hanky zu einem Stuhl zu bringen. Kaum saß dieser dann sicher, rannte Thore davon und kam gleich darauf mit einer Flasche Wasser zurück.

»Ich muss etwas essen«, sagte Hanky schwach und schloss die Augen.

»Ich besorge etwas«, rief Thore und rannte aus der Halle.

***

Feindliches Jagdrevier

Die großen Tiere, die jeweils einen Krieger trugen, waren schon bedenklich näher gekommen. Dra nahm seine Schleuder und legte einen Kieselstein in die Schlinge. Er wartete noch einen kleinen Moment, spannte dann die Schleuder und wollte eines der Tiere treffen. Doch sein Schuss verfehlte sein Ziel und traf anstatt des Tieres seinen Reiter am Hals. Der Polizist kippte nach hinten, ließ aber dabei die Zügel nicht los, was zur Folge hatte, dass sich sein

Pferd auf die Hinterbeine stellte. Dabei wieherte es laut protestierend und warf damit gleichzeitig seinen Reiter ab. Kaum war dieser hart auf den Rasen gefallen, scheute das Pferd erneut und rannte nach zwei Drehungen durch den Park davon. Der zweite Reiter wurde von den Steinen Pre und Furs getroffen und kämpfte um die Kontrolle seines Reittieres. Dieses bockte und schlug mit seinen Beinen aus, so dass man denken konnte, hier fände ein Rodeo statt. Als weitere Steine das Pferd trafen, galoppierte es ebenfalls los, ohne dass sein Reiter dies verhindern konnte. Dra sprang nun aus der Deckung des Baumes hervor und rannte auf den am Boden liegenden Polizisten zu. Der Beamte setzte sich gerade auf und betastete seinen Hals, als er einen schweren Schlag von Dra erhielt. Benommen sackte der Cop zusammen und blieb schließlich mit geschlossenen Augen auf dem Rasen liegen. Pre bückte sich und zog den langen Schlagstock des Polizisten aus dessen Gürtel. So eine glänzende Waffe hatte er noch nie erbeutet. Triumphierend eilte er zu seinen Freunden und zeigte ihnen seine Kriegsbeute. Dann aber forderte er seine Begleiter auf, schnell von der Kampfstätte zu verschwinden. Die Krieger rannten los, passierten dabei verwunderte Parkgänger und verschwanden dann, vor fremden Blicken geschützt, zwischen einigen Büschen. Dort setzten sich die Jäger aus einer fremden Welt erst einmal auf den Boden, um zu beratschlagen. Am Stand der Sonne konnten sie ablesen, dass dieser Tag bald enden würde. Da sie sich in dieser Welt nicht auskannten und daher nicht wussten, welche Gefahren hier lauerten, mussten sie einen Unterschlupf finden. Nach einer kurzen Rast, bei der sie die letzten Reste ihrer Hotdog Beute verspeisten, brachen die Jäger wieder auf. Sie schlichen zwischen den Büschen entlang und mieden, soweit es eben ging, freie Flächen. Dabei fanden sie einen großen See. Pre konnte der Versuchung nicht widerstehen und probierte das Wasser. Es schmeckte köstlich und so tranken er und seine Kameraden, bis ihre Mägen gefüllt waren. Dass sie dabei von anderen Parkgängern beobachtet wurden, störte die Jäger nicht. Die Spaziergänger schüttelten nur verwundert ihre Köpfe, doch in New York City gab es eben eine Menge merkwürdiger Typen, die man besser nicht ansprach. Ungehindert liefen Pre, Dra und Fur weiter durch den Central Park. Die Sonne war mittlerweile schon hinter den riesigen

Türmen der Wolkenkratzer verschwunden und ihre Schatten legten sich auf Bäume, Büsche, Wege und den Rasen. Als die Dämmerung hereinbrach, gelangten die Jäger an eine Straße, die durch den Park führte. Doch sie hatten längst ihre Scheu vor den seltsamen Kutschen verloren und überquerten die dicht befahrene Straße schnell. Einige Autofahrer hupten wütend, als die zerlumpten Gestalten direkt vor ihren Autos auftauchten, was aber Dra und seine Begleiter nicht kümmerte. Hinter der Straße schloss sich ein weiterer Teil des Central Parks an. Immer noch auf der Suche nach einem Unterschlupf für die Nacht gelangten sie schließlich an eine Backsteinmauer. Die Mauer war über drei Meter hoch, doch für die Jäger stellte dies kein Problem dar. Bestimmt fanden sie hinter der Mauer einen Unterschlupf für die kommende Nacht. Sie berieten kurz und einigten sich dann darauf, die Mauer zu erklimmen. Dahinter würden sie dann schon sehen, ob es ein Versteck für sie gab. Dra stellte sich mit dem Rücken an die Mauer, da er der Größte der Gruppe war. Dann formte er mit seinen Händen eine Räuberleiter. Pre war der Erste, der seinen Fuß in die Hände seines Kameraden stellte und sich nach oben streckte. Dann setzte er einen Fuß auf Pres Schulter und erreichte so die Mauerkrone. Geschickt zog er sich nach oben und saß schließlich auf der Mauer. Von seiner Position aus konnte er eine Anzahl großer und kleiner Gebäude erkennen. Begeistert berichtete er den Anderen, was er sah. Nun folgte Fur und gleich darauf saß auch dieser auf der Mauer. Die Männer legten sich nun auf die Mauer und jeder von ihnen streckte einen Arm nach unten. Dra sprang in die Höhe und ergriff zuerst Pres Arm und gleich darauf erfasste er Furs Hand. Rasch wurde er nun nach oben gezogen, und gelangte gleich darauf zu seinen Freunden. Nun wieder beisammen, sondierten sie gemeinsam die Lage. Noch liefen einige Menschen zwischen den Häusern herum, doch nach und nach wurde es still in dem umgrenzten Gebiet. Dra glaubte, er habe eine Bestie schreien gehört, was die Anderen mit derben Sprüchen kommentierten. Schließlich brach die Nacht herein und nur die Lichter der Stadt erhellten die Parklandschaft. Pre erhob sich und lief vorsichtig auf der Mauer entlang. Nach nur wenigen Metern erreichte er ein Dach, das nur eine leichte Neigung aufwies. Vorsichtig betrat der Jäger das Dach und stellte erfreut fest, dass es ihn trug. Er winkte seine Kameraden herbei, die ihm eiligst folgten. Pre erreichte die Dachkante und sprang. Er landete federnd auf seinen Füßen und sah sich rasch um. Niemand schien bemerkt zu haben, dass er in das Gelände eingedrungen war. Dra und Fur folgten rasch und standen gleich darauf neben ihrem Kameraden. Aus der Dunkelheit heraus brüllte plötzlich ein Tier und die Jäger erschraken. Gleich darauf stimmten andere Tiere in das Gebrüll ein, die aber anscheinend zu einer anderen Rasse gehörten. Die Jäger zogen ihre Schleudern aus dem Gürtel und sahen sich ängstlich um. Wo waren sie nur hier hineingeraten? Wieso gab es hier Tiere, die, wenn man dem Gebrüll glauben konnte, sehr groß waren. Verließen sie erst zur Nacht ihre Bauten, um auf die Jagd zu gehen? Vorsichtig, auf jedes Geräusch achtend, folgten die Männer dem Weg, auf dem sie vom Dach aus gelandet waren. Auch hier gab es viele Bäume und Büsche, dazwischen kleinere und größere Häuser. Pre hatte eine Idee und teilte diese sogleich mit seinen Freunden. Wenn es hier Tiere gab, dann konnte man sie jagen. Damit wäre ihr Nahrungsproblem für eine Zeit gelöst. Die beiden anderen fanden Pres Idee großartig. Mit veränderter Motivation schlichen sie nun an den Häusern entlang. Dabei gelangten sie an eine halbhohe Mauer. Hinter der Mauer ging es einige Meter hinab und ein Graben mit Wasser endete vor einer weiteren Mauer. Hinter der zweiten Mauer befanden sich wieder Büsche und Bäume. Schon wollten die Jäger weitergehen, als sich aus den Büschen heraus ein großes Tier mit braunem Fell schob. Auf allen vieren lief es ein Stück auf die Jäger zu, stellte sich dann auf seine Hinterbeine und erhob seine Tatzen. Ein mächtiges Brüllen überzeugte die Jäger, dass dieses Tier keine Beute für sie war. Froh, dass das Ungeheuer hinter den Mauern lebte, beeilten sich die Jäger, weiter zu laufen. Ein kleineres Gebäude erreichten die Männer nach nur wenigen Schritten. Sie schlichen zu der einzigen Tür und lauschten. Als sich nichts rührte, versuchte Pre die Tür zu öffnen. Voller Verwunderung stellte er fest, dass diese unverschlossen war. Vorsichtig betraten die Jäger den Raum hinter der Tür. Ein bläuliches Licht erfüllte das Innere des Hauses. Vor sich sahen die Jäger eine Wand, in die Glasscheiben eingelassen waren. Auf der anderen Seite des Ganges reihten sich Bänke der Wand entlang. Fur ging vorsichtig zu einem der Fenster und sah hindurch.

Zuerst konnte er nur Steine und Sand erkennen. Dann aber sah er ein Reptil, das er zu kennen glaubte. Durch den Sand wand sich eine große Schlange, die nun auf ihn zukam. Fur ging einen Schritt zurück und keuchte dabei schwer. Diese Biester konnten einen umbringen. Seine Kameraden sahen auch in das Terrarium und erschraken genauso. Nachdem sie einige Terrarien betrachtet hatten, war den Jägern klar, dass sie hier nicht übernachten wollten. Eilig verließen sie das Gebäude und wandten sich dem nächsten zu. Ein großer Glasbau war ihr nächstes Ziel. Auch hier war die Tür unverschlossen. Sie betraten das Haus, folgten einem kurzen Gang und öffneten die nächste Tür. Tropisch warme Luft, gefüllt mit exotischen Düften, empfing die Jäger. Es gab sogar Bäume und andere merkwürdige Pflanzen, die hier im Haus wuchsen. Dazu kam eine Fülle von Geräuschen, welche die Männer noch nie vernommen hatten. Schweiß legte sich auf ihre Haut und gleichzeitig fröstelten die Jäger. Was war das nur für eine merkwürdige Welt? So eine Vielfalt an Pflanzen und Tieren kannten sie nicht. Sie hätten es sich in ihren kühnsten Träumen nicht vorstellen können, dass so eine Welt wirklich existierte. Nun aber waren sie hier und mussten einen Weg zum Überleben finden. War das hier ein Jagdrevier und wenn nicht, wo befanden sie sich denn dann? Leider konnten die Jäger das Bronzeschild nicht lesen, vor dem sie standen. Dort stand in fetten Lettern:

TROPENHAUS – CENTRAL PARK ZOO – NEW YORK CITY

***

PIZZA-PIZZA

Thore war froh, für eine Weile aus der Lagerhalle herauszukommen. Vor dem Rolltor blieb er stehen und sah auf sein Handy. Dort hatten sich einige Textnachrichten seiner Frau Birgit angesammelt. Sie war natürlich darüber informiert, dass ihr Mann für den deutschen Geheimdienst BND arbeitete. Da blieb es nicht aus, dass Thore manchmal für ein paar Tage nicht nach Hause kam. Er tippte nur: »ALLES OKAY – MELDE MICH, SOBALD ES GEHT – LOVE YOU.«

Natürlich wusste er, dass er seinen Dienstherren informieren musste, doch Thore fühlte sich gleichzeitig dem FBI Agenten Roger Thorn verpflichtet, der es bisher unterlassen hatte, ihn als Spion zu verhaften. Dieser Konflikt belastete Thore sehr und er wusste nicht, wie er aus dieser Zwickmühle entkommen konnte. Wenn er seinen Dienstherren informierte, dann würde er eine Entwicklung in Gang setzen, die zu schweren diplomatischen Zerwürfnissen führen konnte. Außerdem wusste Thore, dass es bei einer solchen Informationskette immer Leute gab, die ihren Mund nicht halten konnten. Noch war es ihnen gelungen, den Goldraub geheim zu halten, und so beschloss Thore, erst dann den Raub zu melden, wenn die Geheimhaltung gebrochen und der Vorfall öffentlich gemacht worden war.

Froh, eine Entscheidung getroffen zu haben, sah Thore sich nun vor der Halle um. Da er mit Hanky und Walt hierhergekommen war, hatte er selbst kein Fahrzeug, das er benutzen konnte. Doch darüber machte sich Thore keine Sorgen. Schließlich standen hier genügend FBI Beamte und Spezialkommandos herum, deren Auftrag im Moment die Bewachung der Halle war. Natürlich standen die Männer und Frauen der Einsatzgruppen bereit, sofort helfend einzugreifen, sollte es die Situation erfordern. Thore ging zu einer Gruppe Männer, die beisammen standen und sich leise unterhielten. Als er sich näherte, verstummte das Gespräch und fragende Blicke trafen den BND Agenten. Thore setzte ein gewinnendes Lächeln auf und fragte, als sei es das Normalste der Welt:

»Wer von den Herren kann mich zum nächsten Restaurant oder Pizza Service fahren. Agent Berson und Kessler sind wie ich schon den ganzen Tag hier und langsam brauchen wir etwas zu essen.«

Die Spezialisten sahen sich einen Moment verwundert an, ehe einer der Männer auf einen einzelnen Mann zeigte, der an einen Truck lehnte.

»Fragen Sie den leitenden Agenten Fabrizio. Der kommandiert unser Squad.«

»Danke meine Herren«, sagte Thore freundlich und genoss für eine Sekunde die Verwunderung, die er bei den Spezialisten erzeugt hatte. Bestimmt hatte bisher noch niemand die FBI Beamten gefragt, ob sie Pizza holen könnten. Thore ging auf Agent Fabrizio zu, der angespannt auf sein Handy sah und Thore erst in dem Moment wahrnahm, als dieser bereits vor ihm stand. Fragend sah er den BND Agenten an und beschloss, als Thore ihn noch musterte:

»Was kann ich für Sie tun, Mister Klausen?«

»Oh, Sie kennen mich«, antwortete Thore erstaunt.

»Natürlich kenne ich Sie, Mister Klausen. Wer mit dem berühmten Roger Thorn und dem noch viel geheimnisvolleren Hank Berson eine Ermittlung leitet, der muss auch ein besonderer Mensch sein. Außerdem weiß ich schon ganz gerne, mit wem ich es zu tun habe. Doch bei Ihnen, Mister Klausen, bin ich mir noch nicht ganz klar. Für welchen Dienst arbeiten Sie eigentlich? NSA? CIA? Secret Service?«

Thore schmeichelte es, dass dieser erfahrene FBI Agent zu mindestens seinen Namen kannte. Er hatte zudem schon vermutet, dass Hanky, Walt und Roger besondere Männer waren und er hatte selbst erlebt, welche besonderen Kräfte sie besaßen. Zumindest Walt und Hanky waren Mutanten. Doch selbst die eigenen Leute wussten wohl nicht, zu was die beiden Mutanten wirklich in der Lage waren. Trotzdem durfte Thore seine eigene Identität nicht offenbaren. So antwortete er nur:

»Das darf ich Ihnen leider nicht sagen, Kollege. Aber Sie dürfen versichert sein, dass wir auf der gleichen Seite stehen. Hören Sie, Agent Fabrizio, Mister Berson, Mister Kessler und ich haben den ganzen Tag noch nichts zu essen bekommen. Können Sie mir einen Agenten und einen Wagen ausleihen, damit ich für uns etwas besorgen kann?«

»Nein, Mister Klausen«, antwortete der Agent und Thore machte ein verblüfftes Gesicht. Doch noch ehe er auf das »Nein« antworten konnte, fuhr Agent Fabrizio fort:

»Ich fahre Sie natürlich selbst. Das ist doch Ehrensache. Außerdem bin ich in dieser Gegend aufgewachsen und kenne mich daher gut aus.«

Thore grinste nun und wusste sofort, warum ihn der Agent chauffieren wollte. Der Kerl war neugierig und wollte herausfinden, wer Thore eigentlich war.

Da kann er sich die Zähne ausbeißen, dachte Thore und folgte dem Agent, der schon auf einen SUV zulief. Natürlich war der Wagen schwarz und hatte getönte Scheiben. Etwas anderes hätte Thore auch verwundert.

»So, auf was haben Sie denn Appetit?«, fragte Agent Fabrizio, kaum dass sie im Wagen saßen.

»Ich dachte an Pizza. Das geht am schnellsten und man kann sie aus der Hand essen.«

Der Agent nickte nur und startete den Motor des schweren Wagens. Dann bog er zügig auf die Straße und beschleunigte. Mit einem Mal sagte er unvermittelt:

»Ich weiß, wo wir hinfahren. Ganz in der Nähe ist ›PIZZA-PIZZA‹. Den Laden gibt es schon seit Ewigkeiten. Ich glaube, da nehme ich mir auch eine Pizza mit. Mann, mir läuft schon jetzt das Wasser im Mund zusammen.«

Thore grinste, wusste er doch, dass das lockere Geplauder des FBI Agent nur dazu dienen sollte, die Stimmung aufzulockern. In einem unbedachten Moment würde der Agent Thore dann wieder fragen, zu welchem Verein er gehörte. Der BND Agent ging auf das Spiel ein und so plauderten die beiden Männer, als befänden sie sich bei einem Football-Spiel oder in irgendeiner Kneipe. Kurze Zeit später stoppte der Agent seinen Wagen vor einem nicht sehr beeindruckenden Haus in der Bronx. Es unterschied sich nur durch seinen orangen Anstrich, an dem die Zeit erhebliche Spuren des Verfalls hinterlassen hatte, von den anderen, mehrstöckigen Bauten. Haus klebte an Haus und in der untersten Etage des orangen Hauses blinkte in einem sehr schmutzigen Schaufenster ein Neonschild, das anzeigte, dass der Laden offen war. Über dem Schaufenster befand sich ein Reklameschild, auf dem stand tatsächlich PIZZA-PIZZA. Rechts neben dem Schaufenster führte eine Glastür, die natürlich auch ungeputzt war, in das Lokal.

Hier hätte ich niemals eine Pizza bestellt, dachte Thore und folgte dem FBI Mann in die Pizzeria. Drinnen erwartete sie ein Raum, der direkt als Filmkulisse für einen Mafia Film, der in den Dreißigern spielte, dienen konnte. Am Fenster standen zwei kleine, runde Tische. Gegenüber wartete die wuchtige Holztheke auf Kundschaft. Links davon befand sich ein länglicher Gastraum, dessen Mobiliar seit Generationen unverändert schien. Hinter der Theke stand ein fetter Mann, der gegen alle behördlichen Vorschriften der Stadt New York City eine dicke Zigarre in seinem Mundwinkel hängen hatte. Eine dünne, bläuliche Rauchfahne schlängelte sich der Decke entgegen und verschwand im düsteren Zwielicht des Raumes.

»Salvatore!«, rief der FBI Agent, »bist du es wirklich?«

»Ich werd's schon sein, wenn ich hier stehe«, antwortete der Dicke, während Thore fasziniert die Zigarre betrachtete, die bei jedem Wort des beleibten Mannes in dessen Mundwinkel auf und ab wippte. Das Ding schien mit der Lippe des Kerls verwachsen zu sein, denn sonst hätte die Zigarre aus dessen Mundwinkel fallen müssen. Sichtlich abgelenkt, hörte Thore nur mit halbem Ohr dem Gespräch der Männer zu. Sie kannten sich wohl aus alten Tagen und hatten sich viel zu erzählen. Nach einigen Minuten, die Zigarre hing immer noch im Mundwinkel dieses Salvatores, wurde Thore ungeduldig. Unhöflich unterbrach er das Geplauder und sagte zu Agent Fabrizio:

»Wollten wir nicht ein Paar Pizzas bestellen? Die anderen warten und haben Hunger.«

Der Dicke und der Agent stutzten einen Moment und lachten dann, als hätten sie einen guten Scherz gehört. Dann nahm der Wirt – Thore vermutete zumindest – dass es sich um den Inhaber dieses Lokals handelte - die Bestellung auf. Er notierte alles auf einen schmalen Block, riss dann eine Seite heraus und reichte den Zettel durch eine Durchreiche, die Thore bisher nicht aufgefallen war. Anschließend hieb die Hand des Dicken auf eine Klingel und er drehte sich wieder zu dem Agenten um. Der Mann beachtete Thore mit keinem weiteren Blick und setzte die Unterhaltung an der gleichen Stelle fort, an dem der BND Agent diese unterbrochen hatte.

»Soso«, sagte er, die Zigarre baumelte noch immer, »du bist jetzt also beim FBI! Ich wusste immer, dass aus dir etwas wird. Aber musstest du unbedingt zu den Feds gehen? Bei deiner Intelligenz hättest du auch was anderes werden können. Dein Kumpel da, ist der auch bei der Truppe?« Dabei fixierte der Dicke kurz Thore und widmete sich gleich darauf wieder dem Agenten.

»Ja, kann man so sagen«, antwortete Fabrizio und man sah ihm an, dass er eben diese Frage selbst gerne geklärt sehen würde.

»Und die Militärtypen, die hier seit einigen Wochen in der Gegend sind, was ist mit denen?«

Nun horchte Thore auf. Schnell überlegte er, ob er sich in das Gespräch einschalten sollte, doch er vertraute darauf, dass Agent Fabrizio genügend Erfahrung besaß, um aufmerksam zu werden. Er sollte Recht behalten. Der Agent spielte den Harmlosen und fragte den Dicken interessiert:

»Welche Militärtypen meinst du?«

»Na, die im Industriegebiet mit den schweren Lastzügen herumfahren. Jeder hier in der Nachbarschaft fragt sich, was die da treiben.«

***

Durch den Zaun

Im zweiten Nebenstollen angelangt, sah sich Alfredo nochmals genau um. Hier lagerten an die zwanzig Paletten mit Goldbarren. Wenn er doch nur eine dieser Paletten in Sicherheit bringen konnte, dann wäre er für den Rest seines Lebens versorgt. Doch sein Hauptinteresse galt in diesem Moment einem gasbetriebenen Gabelstapler. Dieser stand an der Seite des Stollens und diente dem Be- und Entladen der Lastwagen. Seine Idee, die er nur schemenhaft erkannt hatte, wurde plötzlich klar. Ohne weiter über seinen Plan nachzudenken, schwang sich der Gangster auf den Sitz des Gabelstaplers. Zum Glück, ja, er hatte es eigentlich vermutet, steckte der Schlüssel im Zündschloss. Alfredo hatte zwar noch nie auf einem Stapler gesessen oder gar ein solches Gerät bedient, aber so schwer würde es bestimmt nicht sein, dieses Gefährt in Gang zu setzen. Alfredo drehte den Schlüssel und trat mit dem linken Fuß das Bremspedal nach unten. Tatsächlich startete der Motor des Staplers. Der Reihe nach betätigte der Mafioso alle Hebel und fand so heraus, welche Funktion diese hatten. Dann rollte er langsam bis zu der Palette, die der Kaverne am nächsten war. Dort senkte er die Hebegabel und ließ sein Gefährt langsam nach vorne rollen. Als die Gabel unter der Palette verschwunden war, zog Alfredo an dem Griff, der die Hebevorrichtung aktivierte. Langsam hob sich die Palette vom Boden und als diese zirka zwanzig Zentimeter über dem Felsboden schwebte, ließ er den Hebel los. Vorsichtig fuhr er dann rückwärts in die Kaverne und drehte den Stapler. Danach wechselte er zum Vorwärtsgang und fuhr quer durch die Felsenhalle auf den Tunnel zu, der zum Ausgang führte. Anfangs beschleunigte der Stapler recht gut, doch die Endgeschwindigkeit, mit der die schwere Maschine durch die Halle rollte, war nur mäßig. Alfredo hoffte, dass er genügend Zeit finden würde, um seine Beute in Sicherheit zu bringen. Ungeduldig saß er hinter dem Steuer des Gabelstaplers und wünschte sich lautlos: Fahr doch schneller – BITTE!

Im Tunnel angekommen rollte der Stapler gemächlich dem Ausgang entgegen und der Gangster starrte angestrengt nach vorne. Noch war keiner seiner Kumpane dort aufgetaucht, doch es konnte jetzt nur noch Minuten dauern, ehe sie zurück waren. Das monotone Geräusch des Staplermotors zerrte an den Nerven des Gangsters und er malte sich Horrorszenarien aus, was alles geschehen konnte. Die Leichen der Soldaten und seiner Kumpane, die immer noch in dem Tunnel lagen, förderten seine düsteren Gedanken. Hier waren Männer gestorben, die für einen Schatz gekämpft hatten, den sie nun niemals erbeuten würden. Dabei erinnerte sich Alfredo an die beiden Unbekannten, die mit einer Kaltblütigkeit gemordet hatten, die selbst ihn erschüttert hatte. Das satanische Gesicht des einen Killers würde ihn noch lange verfolgen. Wer waren die Kerle und wie war es ihnen gelungen, ihm und seinen Männern zu folgen? Alfredo wusste, dass er diese Fragen im Moment nicht beantworten konnte. So konzentrierte er sich auf den Tunnelausgang, der zum Glück schon merklich näher gerückt war. Weitere Minuten vergingen zögerlich, doch schließlich fuhr Alfredo den Stapler ins Freie. Sofort sah er, in banger Erwartung, nach rechts. Doch noch sah er kein Fahrzeug, das sich dem Gelände näherte.

Warum brauchen die Idioten denn so lange?, fragte er sich. Gleichzeitig war er froh, dass er noch alleine war. Sein Gefährt rollte indessen weiter geradeaus, genau auf die Stelle zu, wo der Zaum zerschnitten war. Als er sich nur noch drei Meter vor dem Zaun befand, hörte er plötzlich Motorengeräusche. Gehetzt sah Alfredo sich um, doch er konnte noch kein sich näherndes Fahrzeug erkennen. Als er wieder nach vorne sah, hätte der Gangster fast vor Schreck aufgeschrien. Die Goldpalette schob sich, immer noch auf der Gabel des Staplers ruhend, durch den Maschendrahtzaun. Das Gelände hinter dem Zaun fiel leicht bis zum Waldrand ab. Der Stapler schob sich nun auch durch den Zaun und Alfredo trat auf das Bremspedal. Doch das Gewicht des Staplers und seiner Fracht waren zu viel für die Bremsen. Ungehindert und ohne dass Alfredo etwas hätte ändern können, durchbrach der Stapler völlig den Zaun und rollte den sanften Abhang hinunter. Gleich darauf erreichte er das Unterholz des Waldes. Mit der Wucht eines Panzers walzte der Stapler Büsche nieder und Alfredo sah voraus, was kommen musste.

Entschlossen ließ er das Lenkrad los, drehte sich zur Seite und sprang von dem nun immer schneller werdenden Gefährt. Ungelenk landete er zwischen dornigen Büschen, stolperte noch zwei Schritte nach vorne, ehe er den Halt verlor. Er stürzte zu Boden, überschlug sich zwei-, dreimal, ehe er von einem Baum hart abgebremst wurde. Japsend blieb er einen Moment liegen, während er das Brechen von Ästen hörte. Dann folgte ein dumpfer Aufprall, ehe es ruhig wurde. Nur das Brummen des Motors war noch zu hören. Alfredo richtete sich auf und klopfte sich, ohne darüber nachzudenken, Blätter und Dreck von seiner Kleidung. Dann lief er zu der Stelle, wo er vom Stapler gesprungen war. Er folgte der gut sichtbaren Spur und sah das Gefährt etwa zwanzig Meter weiter. Es lag auf der Seite und die Räder drehten sinnlos in der Luft. Die Palette mit dem Gold war von der Gabel gerutscht und lag an der Böschung. Der Mafioso rannte zu dem Stapler und langte mit seinem rechten Arm in das Innere der Fahrerkabine. Hastig drehte er den Zündschlüssel und zog diesen dann aus dem Zündschloss. Der Motor erstarb und die Räder kamen zur Ruhe. Doch es wurde nicht still. Von oben drangen nun laute Motorengeräusche an seine Ohren und er wusste, dass seine Kumpane eingetroffen waren. Hastig stapfte Alfredo den Hang hinauf und erreichte bald den Waldrand. Zu seinem Erstaunen hatten sich die Büsche weitgehend wieder aufgerichtet und von der Fahrspur des Gabelstaplers war kaum noch etwas zu sehen. Selbst der Zaun war wieder in seine Ausgangsposition zurückgeschwungen. Nur beim näheren Hinschauen war zu erkennen, dass er hier durchtrennt worden war. Sorgen bereiteten Alfredo die Reifenspuren, die bis zum Zaun gut sichtbar waren. Hinter einem Baum blieb er in Deckung stehen und sah hinüber zum Tunneleingang. Die Fahrzeuge seiner Kumpane waren inzwischen nicht mehr zu sehen. Wahrscheinlich parkten sie schon in der Kaverne und die Mafiosi beluden gerade die Wagen mit Goldbarren. Vielleicht suchten die Männer auch nach ihm, doch Alfredo hatte nicht vor, in das unterirdische Lager zurückzugehen. Nein, er würde warten, bis seine Kumpane von hier verschwanden. Danach würde er hinunter zu der Siedlung am Fuße des Hügels laufen und sich dort ein Fahrzeug besorgen. Anschließend würde er nach und nach das Gold aus dem Wald holen und dann für immer verschwinden. Noch während er an die bevorstehende Plackerei dachte, wenn er Goldbarren um Goldbarren aus dem Wald schleppen musste, hörte Alfredo erneut Motorengeräusche. Zuerst dachte er, seine Kumpane würden schon jetzt aus dem Stollen zurückkehren. Doch er hatte sich getäuscht. Vor dem Tor des umzäunten Geländes tauchten mehrere Humvees, ein Lastwagen der Armee sowie zwei große Sattelzüge auf. Kamen nun die Soldaten zurück, die er und seine Männer vertrieben hatten oder folgte eine weitere Goldanlieferung? Alfredo war froh, dass er sich nicht mehr in dem unterirdischen Goldlager befand. Es gab nur einen Ausgang und dieses Mal war die Anzahl der Soldaten so groß, dass sie sich bestimmt nicht mehr so einfach überrumpeln lassen würden. Zwei der Humvees stoppten neben dem Tunneleingang und Soldaten sprangen aus den Wagen. Schnell verteilten sich die Bewaffneten mit angeschlagenen Maschinenpistolen taktisch und sicherten den Eingang. Weitere militärische Geländewagen fuhren mit hoher Geschwindigkeit in den Tunnel. Der Lastwagen stoppte ebenfalls vor dem Eingang und von dessen Ladefläche sprangen Soldaten, die eiligst in den Tunnel rannten. Die Sattelzüge parkten direkt am Zaun, keine zehn Meter von Alfredo entfernt. Mit ihren breiten Reifen verwischten sie die Fahrspuren des Gabelstaplers, was Alfredo zufrieden zur Kenntnis nahm. Auch versperrte einer der Aufleger die Sicht zum Zaun und damit zur Lücke darin. Eigentlich wäre nun der Moment für Alfredo gekommen, sich aus dem Staub zu machen. Doch seine Neugierde hielt ihn an seinem Platz hinter dem Baum. Er setzte sich in die Hocke und spähte unter dem Auflieger des Lastwagens hindurch, hinüber zum Tunneleingang. Schon drangen die ersten Schussgeräusche an seine Ohren, die eindeutig aus dem Tunnel kamen. Seine Kumpane saßen in der Falle. Doch die Mafiosi würden erbitterten Widerstand leisten und ihr Leben teuer verkaufen. Dennoch war sich Alfredo im Klaren, dass er seine Kumpels wohl niemals wiedersehen würde. Ein melancholisches Gefühl des Bedauerns und der Trauer erfüllte ihn plötzlich. Doch er musste an sich denken und vielleicht war dies die Möglichkeit unentdeckt unterzutauchen. Sein Boss musste davon ausgehen, dass all seine Männer bei dieser Aktion ums Leben gekommen waren. So setzte sich Alfredo hinter den Baum und wartete, bis das Drama im Berg zu Ende war. Dann konnte sein neues Leben beginnen.

***

Irrsinnige Mordgier

Robert legte sein Gewehr an und zielte. Dabei war es ihm egal, wie viele Geschosse neben ihm ins Blech des Fahrzeuges schlugen. Seine Wahrnehmung hatte sich verändert. Er war so sehr fokussiert, dass er alle störenden Geräusche ignorieren konnte. Adrenalin ersetzte Angst und es erging ihm so wie schon Millionen Soldaten vor ihm. Er befand sich in einer Art Rausch, einem Blutrausch vielleicht. Alle Bedenken und jegliches Mitleid waren nicht mehr existent und einem bösartigen Killerinstinkt gewichen. Als sich einer der gegnerischen Soldaten ein kleines Stück aus seiner Deckung erhob, feuerte Robert einen einzelnen Schuss ab. Doch der genügte völlig. Der Kopf des Soldaten wurde nach hinten gerissen, nachdem seine Stirn von Roberts Kugel getroffen wurde. Das Geschoss zerstörte Gehirngewebe und riss ein weit größeres Loch am Hinterkopf des Soldaten. Dies alles geschah im Bruchteil einer Sekunde. Robert sah, wie der Mann fiel, und wusste, dass sich dieser Gegner nie mehr erheben würde. Doch er hielt sich nicht weiter mit diesem Gedanken auf. Ein anderer Soldat sprang aus seiner Deckung und wollte offenbar zum Führerhaus des LKWs laufen. Doch er war noch keine zwei Schritte gelaufen, als er von einer Maschinenpistolengarbe Brians niedergemäht wurde. Der Killer schrie in hochdissonanten Tönen und drückte damit seine Begeisterung aus. Zwei weitere Soldaten wollten den Truck umgehen, um dann von hinten anzugreifen. Doch Robert sah ihre Beine hinter dem Lastwagen. Er legte an und schoss dem ersten Soldaten das eine Bein direkt unter dem Knie ab.

In Filmen sieht man immer mal wieder, dass jemand einen Treffer aus einem Gewehr erhält und dann mit einer blutenden Wunde davonläuft, dachte er. In Wirklichkeit aber reißt so ein Geschoss grässliche Wunden und es ist nicht selten, dass dabei ein Körperteil einfach abgerissen wird, konstatierte er für sich.

Der Soldat stürzte sofort und Robert sah das blasse, vor Panik verzerrte Gesicht des getroffenen Soldaten. Mit einem weiteren Schuss beendete Robert das Leben des gestürzten Soldaten. Brian war inzwischen auf den zweiten Soldaten hinter dem Lastwagen aufmerksam geworden. Todesverachtend sprang er aus seiner Deckung hinter dem SUV und rannte hinüber zu dem Lastwagen. Heftiger Beschuss begleitete ihn bei dieser verwegenen Aktion. Doch die Kugeln schienen zu langsam für Brian zu sein. Sie schlugen immer eine Handbreit hinter seinen Schuhen in den Asphalt der Straße ein. Der kümmerte sich nicht darum und gelangte ungeschoren zu dem Lastwagen. Dort duckte er sich unter den Auflieger des Sattelzuges und blieb in einer hockenden Stellung sitzen. Im nächsten Moment war der verbliebene Soldat hinter dem Auflieger angekommen und wollte gerade um die Ecke sehen, als Brian angriff. Er hatte sich auf den Boden gelegt und war schnell zum Ende des Trucks gerobbt. So tauchte er unerwartet hinter dem Soldaten auf und schoss sofort. Der Getroffene taumelte noch ein paar Schritte nach vorn und brach dann ohne jegliche Abwehrreaktion zusammen. Robert war dieser Aktion seines Freundes so fasziniert gefolgt, dass er es versäumt hatte, auf die verbliebenen Soldaten zu achten, die bisher aus dem Schutz ihres Humvees aus gefeuert hatten. So übersah er, dass zwei weitere Soldaten aus ihrer Deckung sprangen und auf seine

Position zurannten. Brians Warnschrei riss Robert aus seiner Faszination und er drehte sich im letztmöglichen Moment wieder um. Sein Finger betätigte den Abzug der Maschinenpistole, ohne dass er sich dessen bewusst war. Keine drei Meter vor ihm brachen die beiden Soldaten getroffen zusammen. Robert wartete noch einen Moment, doch außer dem schweren Atmen eines Verwundeten war es totenstill. Brian rannte heran und gab dem sterbenden Soldaten den Gnadenschuss. Dann ging er, ohne sich weiter mit den Leichen zu beschäftigen, zu dem Führerhaus des havarierten LKWs. Er zog die Fahrertür auf und stieg auf die erste Stufe. Robert hörte einen weiteren Schuss und erhob sich dann vorsichtig. Es wurde still und die Alltagsgeräusche schienen nur zögerlich zurückzukehren. Kein weiterer Gegner tauchte auf, was hoffen ließ, dass sie auch dieses Mal siegreich einen weiteren Schusswechsel überstanden hatten. Er konnte nicht glauben, dass der Spuk vorbei war und er, wie auch sein Kumpel Brian, überlebt hatten. Er ging hinüber zu dem Lastzug, wo Brian gerade zurück auf die Straße sprang. Er lachte laut und schrill, was Robert mit Grausen registrierte. Brian war gruselig und manchmal fürchtete sich Robert vor ihm. Bei ihm angekommen, fragte Robert vorsichtig, um seinen Freund nicht gegen sich aufzubringen:

»So, Brian. Wie geht es nun weiter?«

»Na du stellst vielleicht Fragen«, antwortete der Killer immer noch lachend. »Wir sehen uns jetzt an, was die Kerle transportiert haben. Bist du denn nicht neugierig?«

»Sollten wir nicht schnellstens abhauen?«, traute sich Robert zu fragen. »Es dauert bestimmt nicht lange, ehe die Bullen hier auftauchen.«

»Na und?«, konterte Brian. »Meinst du, vor denen habe ich Angst?«

Robert gab sich geschlagen, da er wusste, dass seine Argumente nicht fruchten würden. So vertraute er sich ein weiteres Mal der Führung Brians an. Was sollte er auch sonst tun?

Brian war inzwischen an dem Sattelschlepper entlang nach hinten gelaufen und stand nun vor der Ladeklappe des Aufliegers. Behände griff er nach dem Verschlussriegel und stellte einen Fuß auf die Stoßstange. Dann stieg er hinauf und öffnete die Verriegelung. Die Tür schwang auf und die beiden konnten ins Innere des Aufliegers blicken. Vor ihnen standen Paletten, die mit Goldbarren bestückt waren. Nun verschlug es sogar Brian die Sprache. Kein Lachen kam mehr über seine Lippen und eine fast andächtige Stille kehrte ein. Nach langen Sekunden endlich sagte er mit bedeutungsschwerer Stimme:

»Da drinnen liegt unsere Zukunft Robert. Wir werden nie mehr Geldsorgen haben oder eine Tankstelle überfallen müssen. Los! Mach schon! Hol' den SUV, damit wir so viel Gold wie möglich mitnehmen können.« Robert gehorchte sofort und rannte zu dem mit Einschusslöchern durchsiebten Fahrzeug.

Einem Wunder gleich sprang der Motor sofort an und Robert fragte sich, wie es sein konnte, dass keiner der Reifen beim Schusswechsel getroffen worden war. Er legte zuerst den Rückwärtsgang ein, wendete das Fahrzeug und bugsierte dieses dann hinter den LKW. Dann stieg er aus und zerrte die Leichen der toten Soldaten vom Rücksitz. Ohne jegliche Würde warf er sie einfach auf die Straße, bevor er die Heckklappe des Militärfahrzeuges öffnete. Dort entfernte er all die Dinge, die ihm nicht wichtig erschienen. Dann half er Brian, Goldbarren aus dem LKW zu bergen. Niemals hätte er vermutet, wie schwer so ein Barren war, doch er schleppte eifrig einen nach dem anderen zu dem Humvee. Der Wagen ächzte nach einer Weile in seiner Federung, doch Robert und Brian schleppten schweißgebadet weiterhin Goldbarren um Goldbarren zu dem Fahrzeug. Als sie für eine Minute erschöpft innehielten, hörten sie eine sich näherkommende Polizeisirene. Fahrer anderer Wagen hatten die Polizei alarmiert und sich rasch von dem Ort der Schießerei entfernt. Robert und Brian sprangen in den Humvee und rasten davon.

***

Ermittlung

Roger Thorn, der FBI Spezialagent, wies seinen Fahrer an, vor der Federal Reserve Bank anzuhalten und danach in der Nähe zu parken. Vor dem Haupteingang der Bank stieg Roger aus dem Wagen und sah sich um. Die meisten Schäden des Luftbebens waren inzwischen beseitigt worden und die Straßen gesäubert. Vereinzelt streiften noch einige Reporter Teams durch das Bankenviertel und berichteten mit Liveschaltungen ihren Sendern. Roger betrat das Foyer der Bank und wandte sich dem Infoschalter zu. Der junge Mann hinter dem Schalter schien bestens informiert und wusste, wer Roger war.

»Mister Thorn, die Sitzung ist längst beendet«, begrüßte er Roger. »Es sind nur noch zwei Vorstandsmitglieder im Haus. Möchten Sie mit einem der Herren sprechen?«

Roger bejahte und ließ sich die Namen der Banker nennen. Er kannte beide Männer und so entschloss er sich, auch mit beiden zu reden. Der junge Mann telefonierte kurz und geleitete dann Roger zu einem Aufzug. Mit einer Codekarte schaltete der junge Rezeptionist den Fahrstuhl frei und drückte für Roger den Knopf der Chefetage. Dann lächelte er noch einmal freundlich und zog sich zurück. Die Aufzugtüren schlossen sich und Roger entspannte für einige Sekunden, als er der üblichen Fahrstuhlmusik lauschte. Mit einem kurzen Ruck stoppte der Fahrstuhl und ein leises »Bing« signalisierte, dass die gewählte Etage erreicht war. Die Lifttür fuhr zur Seite und Roger betrat eine weitere Lobby. Teure Teppiche lagen auf edlem Marmor, der Empfangstresen war in dunklem Mahagoni gehalten und die kleine Sitzgruppe an der Seite hätte auch gut in fürstliche Räumlichkeiten gepasst. Doch der ganze Prunk war Roger völlig egal. Er musste einen Goldraub aufklären, der wohl einmalig in der Geschichte war. Kaum das Roger den Lift verlassen hatte, kamen zwei Männer in teuren Anzügen, denen man ihre gesellschaftliche Position sofort ansah, auf ihn zugeeilt.

Ihr Verhalten jedoch sprach eine eigene Sprache. Die Banker waren nervös und es schien, als ob sie froh wären, dass Roger sie aufsuchte. Gemeinsam geleiteten sie den FBI Agenten in einen Besprechungsraum, boten ihm etwas zu trinken an und schlossen leise die Tür. Kaum, dass sie an dem Konferenztisch Platz genommen hatten, kam Roger sofort zur Sache.

»Meine Herren, ich darf Ihnen versichern, dass wir ein gutes Stück mit den Ermittlungen vorangekommen sind. Auch konnten wir bereits einen kleinen Teil der Beute sicherstellen. Nachdem wir die genaue Anzahl der Goldbarren dokumentiert haben, führen wir diese, so unauffällig wie möglich, ihrer Bank wieder zu. Was mich im Moment interessiert, ist, wie viel Gold geraubt wurde. Haben Sie das in der Zwischenzeit feststellen können?«

Die Banker waren gut vorbereitet. Sie hatten die Zahlen präsent. So öffnete der Banker, der rechts neben Roger saß, einen Ordner und begann mit seinem Bericht.

»In der Federal Reserve Bank lagerten vor dem Raub 550.000 Goldbarren, die sechzig Staaten bei uns eingelagert haben. Jeder Barren wiegt 12,44 kg und so lag der Bestand bei 6.842 Tonnen. Geraubt wurden nach unseren Unterlagen 753 Tonnen mit einem aktuellen Marktwert von circa zweiundvierzigkommazwei Milliarden Dollar.« Roger schwindelte bei diesem Betrag und er rechnete, wie viel Lastwagenladungen dies waren.

Wenn man dreißig Tonnen als Ladung für einen LKW annahm, dann waren circa fünfundzwanzig Lastwagen nötig, um das Gold abzutransportieren, überlegte er.

Sie hatten gerade einmal einen Lastwagen sichergestellt.

Der Bänker fuhr mit seiner Auflistung fort.

»Somit haben wir elf Prozent des bei uns eingelagerten Goldes verloren. Das mag nicht viel klingen, doch wenn dieser Raub öffentlich wird, dann wiegt der Prestigeverlust weit mehr als zweiundvierzig Milliarden. Das kann ich Ihnen versichern.«

Noch ehe der Banker weitere Zahlen präsentieren konnte, brach der FBI Agent die Besprechung ab.

Höflich und noch ein wenig benommen von dem Umfang des Raubzuges verabschiedete er sich und verließ den Konferenzraum. Dabei beschäftigte ihn vordringlich die Frage: Wo waren die anderen vierundzwanzig Lastwagen, die zum Transport des geraubten Goldes nötig waren.

Als er schließlich das Bankgebäude verließ, atmete Roger tief durch. Er spürte beinahe körperlich die Last dieser Ermittlung auf seinen Schultern. Er musste sich mit Hanky besprechen und vielleicht hatte die forensische Abteilung des FBI inzwischen herausgefunden, wem der beschlagnahmte Lastwagen in der Lagerhalle gehörte. Zuerst wollte er sich aber mit dem NSA Agenten Prien befassen. Dieser Mann war in den Raub verwickelt und Roger hoffte, von ihm etwas über die Hintermänner des Raubzuges zu erfahren. Natürlich war ihm klar, dass der Mann nicht freiwillig etwas verraten würde, doch Roger hoffte, dass er den NSA Agenten aus der Reserve locken konnte. Sein Fahrer stoppte vor einem irischen Pub, der – so hatten Rogers Informanten ihn wissen lassen – die Lieblingskneipe des Agenten war. Der junge FBI Agent, der heute nur als Fahrer agiert hatte, wollte Roger vor dem Lokal aussteigen lassen und sich danach nach einem Parkplatz umschauen. Doch Roger entschied für ihn völlig überraschend, dass der junge Agent mit in den Pub kommen sollte. So fuhr der Agent weiter und fand nach kurzem Suchen tatsächlich einen Parkplatz in einer Nebenstraße. Roger stieg aus dem Wagen und wartete, bis sein Kollege ums Fahrzeug herumeilend zu ihm aufschloss.

»Ach, übrigens: Wie heißen Sie?«, fragte Roger. »Leider habe ich mir bei dem ganzen Trubel Ihren Namen nicht gemerkt. Entschuldigung!«

»Mark Henderson, Sir. Sie brauchen sich nicht zu entschuldigen. Im Gegenteil, es ist mir eine Ehre, bei Ihnen zu sein.«

»Ehre? Wieso denn das?«, fragte Roger geschmeichelt.

»Na ja, Sir, Sie sind so etwas wie eine Legende beim FBI und außerdem kennen Sie auch noch die Agenten Berson und Kessler. Über Sie wird so einiges erzählt.«

»Ach, das sind doch nur Gerüchte«, wollte Roger die für ihn nun peinliche Situation umgehen. Noch ehe Agent Henderson weitere Schmeicheleien von sich geben konnte, wechselte Roger das Thema. Er instruierte seinen jungen Kollegen, wie er nun vorgehen wollte. Der Plan war, dass sie in den Pub gingen und, wenn der NSA Agent sich dort aufhalten würde, die Überraschten spielen würden. Ihm würden sie erzählen, dass sie sich hier als Kollegen zu einem Bier getroffen hatten.

Der Plan war einfach, ja fast ein wenig plump. Aber vielleicht funktionierte er deshalb besonders gut. Gleich darauf erreichten die FBI Agenten den Pub. Roger stieß die Tür auf und sagte laut, als spräche er mit seinem Kollegen:

»Mensch Mark, jetzt freue ich mich wirklich auf ein frischgezapftes Bier. Das haben wir uns nach diesem Tag redlich verdient.«

»Das stimmt wohl Roger«, antwortete Agent Henderson und vergewisserte sich durch einen schnellen Blick, ob er nicht damit einen Schritt zu weit gegangen war. Aber Roger grinste nur und drängelte sich durch die dicht vor dem Tresen stehenden Männer. Er hob den Arm, damit einer der Barkeeper auf ihn aufmerksam wurde, und rief laut:

»Zwei Guinness bitte!«

Agent Henderson hatte sich mittlerweile zu Roger durchgekämpft und war gerade dabei, seine Krawatte zu lockern, als ein Mann neben sie trat. Er hielt ein Whiskyglas in der Hand und versuchte sich ein wenig Raum zwischen den eng stehenden Männern zu schaffen. Roger nahm gerade die zwei Gläser Bier entgegen, von denen er eines seinem Kollegen reichte. Sie stießen die Gläser aneinander und schienen den Mann neben ihnen nicht wahrzunehmen.

»Auf einen schönen Abend Mark«, rief Roger und nahm einen herzhaften Schluck des Gerstensaftes. Dieser trank auch durstig und wischte sich dann mit dem Handrücken den Mund ab. In diesem Moment drängte der Mann mit dem Whiskyglas sich weiter nach vorne und rief laut, um gegen die recht laute Geräuschkulisse des Lokals anzukommen:

»Agent Thorn, was machen Sie denn hier?« Roger drehte sich verwundert dreinschauend zu dem Mann um und sagte mit überrascht klingender Stimme:

»Agent Prien, Sie hier? Verfolgen Sie mich etwa?« Dann lachte er laut und trank noch einen Schluck Bier, ehe er zu Mark sagte:

»Darf ich vorstellen! Spezialagent Prien von der NSA.«

***

Auf der anderen Seite

New York City – Industriegebiet Hunts Point, Bronx – 4 Wochen zuvor

Unablässig fuhren große Sattelschlepper durch das Tesla Portal hinüber in die Parallelwelt. Sie transportierten Stahlkabel, Eisenplatten und anderes Baumaterial. Zusätzlich passierten Busse das Portal, welche Arbeiter zur Brücke brachten. Es galt dieses Hindernis auf dem Weg zum Zielpunkt schnellstens zu überwinden, damit die eigentlichen Arbeiten begonnen werden konnten. Auf der anderen Seite verfolgte der Späher der Cave People, Seet Smirl, das Eindringen der Fremden in das Territorium seines Volkes mit Sorge. Täglich berichtete er den Alten von den Fremden und forderte eindringlich, dass die Eindringlinge vertrieben werden sollten.

Die Alten hatten sich daraufhin zur Beratung zurückgezogen und Seet wieder an die Oberfläche geschickt. Dort sollte er erkunden, wo ein möglicher Angriff sinnvoll sein würde. Seet rannte durch die Tunnel, die sein eigentliches Zuhause waren, bog mal rechts, mal links ab, kletterte Leitern empor und zwängte sich durch enge Röhren. In diesem Labyrinth kannte er sich aus. Hier war er aufgewachsen und zum ersten Mal auf die Jagd gegangen. Er kannte jeden Ausstieg im Umkreis von drei Meilen und so war es für ihn kein Problem, in der Nähe der Brücke aus dem Untergrund aufzutauchen. Vorsichtig schob er seinen Kopf aus einer engen Erdspalte, die zwischen Mauerresten gut verborgen war. Vor ihm krabbelten einige schwarze Käfer über das Geröll. Sie nahmen keine Notiz von dem Späher, sondern folgten ihren eigenen Wegen. An normalen Tagen hätte Seet die Käfer eingesammelt und als Beute mit nach Hause genommen. Aus den Insekten ließ sich eine kraftvolle Suppe kochen, die besonders bei den Kindern beliebt war. Doch heute hatte der Späher eine andere Aufgabe. Er sah hinüber zur Brücke, wo sich in den letzten Tagen einiges verändert hatte. Die Fremden veränderten den Weg über das Wasser. Zuerst hatten sie dicke Stahlseile auf den löchrigen Belag der Brücke gelegt, die sie auf beiden Seiten des Flusses verankerten. Dazu wurden von den Fremden lange Eisenanker mit einer Maschine in den Boden getrieben. Das Hämmern der Maschine hatte die letzten Raubechsen vertrieben und so eine weitere Nahrungsquelle der Cave People vernichtet. Bald würde der Hunger das Leben seines Volkes bestimmen. Das wusste Seet und es machte ihn wütend. Am liebsten würde er gleich hier die Eindringlinge angreifen. Doch er war alleine und was konnte er schon ausrichten? Das Volk der Fremden schien aus vielen Menschen zu bestehen, was einen Angriff noch sinnloser erscheinen ließ. Außerdem waren sie gut ausgerüstet und ihre Schutzkleidung zeigte den Reichtum dieses Volkes deutlich. Doch was wollten die Fremden hier in seinem Land? Hier gab es nichts, was die Fremden gebrauchen konnten. Seet schob sich ein wenig weiter aus der Erdspalte und spähte hinüber zur Brücke. Dort sah er, wie Maschinen große, silbern schimmernde Platten von einem großen Wagen luden. Dort wurden die Platten von kleineren Maschinen weiter zur Brücke transportiert. Einige Fremde legten die Platten auf die Stahlseile und befestigten diese mit kleinen, ebenfalls glänzenden Klammern. So folgte Platte um Platte und nach recht kurzer Zeit führte ein silberglänzender Weg über die Brücke. Seet gefiel dieser Anblick, hatte er doch etwas Geheimnisvolles. Gerne wäre er über diesen silbrigen Weg geschritten, um das Gebiet auf der anderen Seite des Flusses zu erkunden. Seine sehnsüchtigen Gedanken wurden von einem tiefen Brummen unterbrochen. Große Fahrzeuge auf Ketten rollten an seiner Position so dicht vorbei, dass die Erde vor ihm zu zittern begann. Schnell duckte sich der Späher und rutschte gleichzeitig zurück in die Erdspalte. So nahe war er den Fremden noch nie gekommen und er wollte nicht von ihnen gefangengenommen werden.

Frederic Stanford, der Prospektor, winkte mit seinen Armen und eine große Planierraupe setzte sich in Bewegung. Das schwere Fahrzeug, das gute vierzig Tonnen wog, sollte nun die Tragfähigkeit der Brücke testen. Statiker hatten berechnet, dass die Spannbrücke, die auf der Basis der Fahrbahn montiert worden war, ohne Probleme über hundert Tonnen Druckgewicht tragen konnte. Die Theorie war die eine Seite der Medaille und ein praktischer Test die andere. Dem Fahrer des Bulldozers war nicht wohl in seiner Haut, als er sein Gefährt langsam auf die Aluminiumplatten lenkte. Er spürte sofort, wie sich die Stahlkabel unter den Platten spannten, und hoffte, dass die Statiker richtig kalkuliert hatten. Im Schritttempo rollte der Stahlgigant auf die Brücke und der Fahrer achtete genau darauf, dass er sein Gefährt in der Mitte der Aluminiumplatten hielt. Knackende Geräusche des beanspruchten Materials drangen nicht in die Fahrerkabine, da der Motor der Planierraupe diese übertönte. Dennoch glaubte der Fahrer zu spüren, wie die Stahlkabel sich leicht bewegten. Als er die Brückenmitte erreichte, wusste er, dass er hier die kritischste Stelle der Konstruktion passierte. Gerne hätte er den Bulldozer beschleunigt, um so schnell wie möglich diese angstvolle Fahrt hinter sich zu bringen. Doch er hielt sich strikt an die Vorgaben der Ingenieure, da ihm bewusst war, dass ihn Panik ins Verderben führen würde. Meter um Meter rollte die Planierraupe über die Brücke und näherte sich der anderen Flussseite. Am Ende der Brücke standen Söldner und Ingenieure zusammen und beobachteten die Fahrt mit Spannung. Dann endlich verließ der Bulldozer die Brücke und hielt einige Meter weiter an. Der Fahrer sprang aus der Kabine seines Gefährts und atmete befreit durch. Gerne hätte er sich seine schweißnasse Stirn abgewischt, doch der Helm seines Schutzanzuges hinderte ihn daran.

Noch drei Testfahrten bestätigten die Berechnungen der Ingenieure. Dann gab Dr. Denton den Befehl, die Mission fortzuführen. Baumaschinen rollten über die Brücke, während Adrian Larson, in Begleitung einiger Söldner, einen Weg durch die Ruinenstadt suchte. Keiner der Männer bemerkte, dass wachsame Augen sie verfolgten. Sie fühlten sich, auch wegen ihrer hervorragenden Ausrüstung bestärkt, sehr sicher. Die fremde Welt, diese »Erde zwei«, wie sie von den Männern genannt wurde, hatte ihren Schrecken verloren. Selbst das Tragen der Strahlenschutzausrüstung war alltäglich geworden und behinderte nur noch wenig die Bewegungsfreiheit ihrer Träger. Dieses gewachsene Vertrauen wurde brachial erschüttert, als der Angriff begann.

Aus dem Funkgerät heraus befahl der Truppführer, der im ersten Wagen saß:

»Anhalten, wir haben etwas gefunden!«

Sofort stoppte der vorderste Humvee und ein Soldat sprang aus dem Wagen. Der nachfolgende Geländewagen hielt ebenfalls an. Dessen Insassen sahen gespannt nach vorne und sahen, wie der

Soldat mit vorsichtigen Schritten langsam vor das Fahrzeug lief und etwas betrachtete. Adrian Larson, der im zweiten Wagen saß, lauschte gespannt auf die Stimme, die in seinem Headset erklang.

»Sir, ich glaube, dort liegt eine Puppe.«

»Kehren Sie sofort um. Das könnte eine Sprengfalle sein!«, befahl der Offizier.

»Das kenne ich aus Afghanistan«, ertönte die Stimme eines Mannes über den Funkkanal.

»Die Wagen sofort zurücksetzen!«, befahl der Offizier.

Der Soldat, der die Puppe entdeckt hatte, war inzwischen wieder im Fahrzeug angelangt. Gerade als er die Tür schloss, landete ein großer Betonbrocken auf der Motorhaube des Humvees. Der heftige Aufprall ließ die Federung des Wagens brechen und auch die Vorderachse brach. Zum Glück hatte der Offizier rechtzeitig den Befehl zum Rückzug gegeben, sonst wäre der Betonbrocken auf dem Dach des Geländewagens gelandet. Ihrer Ausbildung folgend, sprangen die Soldaten aus den beiden Fahrzeugen und hoben suchend ihre Waffen. Einer bemerkte eine Bewegung auf einem Dach der vierstöckigen Gebäude und schoss sofort. Laut knatternd entlud sich seine Maschinenpistole und ihre Projektile zerfetzten die Dachkante. Weitere Steine prasselten nun, von den die Soldaten umgebenden Gebäuden, auf die Männer nieder. Geschickt wichen die Söldner den heranfliegenden Brocken aus. Kurz darauf flog ein Gegenstand, der funkensprühend zwischen den Soldaten landete, durch die Luft. Jemand schrie: »DECKUNG!« und alle Soldaten warfen sich auf den Boden. Im gleichen Moment erschütterte eine Explosion die Straße zwischen den Ruinen. Die primitive Bombe hatte zum Glück keine Schäden angerichtet, so dass drei Soldaten in das nächste Haus stürmten. Sie feuerten Salven in das Halbdunkel der Ruine und drangen dann in das Gebäude ein. Ein anderer Trupp tat es ihnen gleich und stürmte die gegenüberliegende Ruine. Adrian Larson, der nur mit einer Pistole bewaffnet war, rannte zu einer Mauer, presste sich dicht an die verwitterten Steine und blickte nach oben.

Wer lauert da?, fragte er sich, und kniff die Augen zu Schlitzen zusammen. Sind das die gleichen Leute, die die Brücke vermint haben? Auf jeden Fall waren er und die Soldaten hier unerwünscht. Adrian glaubte sich in einem Kriegsfilm versetzt, so irreal erschien ihm die ganze Situation. Eine weitere Bombe flog von den Häusern und explodierte neben dem Humvee, den Adrian gerade verlassen hatte. Schrapnelle, glühende Metallsplitter surrten durch die Luft. Neben dem Landvermesser schlugen einige dieser Schrapnelle in der Hauswand ein und Adrian war froh, dass er nicht getroffen wurde. Flugs rannte auch er in die Ruine hinein. Hier schien es im Moment sicher zu sein, jedenfalls sicherer als auf der Straße. Er hörte das Knattern der Maschinenpistolen durch die Ruine hallen. Aus seinem Headset kam ein unverständliches Stimmengewirr, das er nicht verstehen konnte. Weitere Schüsse fielen und der Landvermesser glaubte nun, andere Waffengeräusche zu hören. Die Straße war im Moment verlassen, stellte er mit einem raschen Blick fest. Nur die beiden beschädigten Humvees standen noch dort. Adrian zog seine Waffe aus dem Holster und entsicherte sie. Der große, halbdunkle Raum vor ihm schien verlassen, doch sein Instinkt sagte ihm etwas anderes. Eine unsichtbare Gefahr lauerte hier und etwas oder jemand starrte ihn an. Langsam drehte sich Adrian mit vorgestreckter Waffe um sich selbst. Er versuchte seinen Instinkt zu widerlegen und hoffte dabei inständig, dass ihm keine Gefahr drohte. Doch dann löste sich etwas von der Decke des Raumes, landete federnd auf dem Boden und rannte fauchend auf ihn zu. Adrian glaubte, sein Herz würde stehenbleiben, als er die Kreatur sah. Ein zahnbewehrter Rachen schien auf ihn zuzufliegen und drohte den Landvermesser zu verschlingen. Adrian richtete seine Waffe auf das Monster und schoss.

***

Versuche

Inzwischen war die Nacht hereingebrochen und das FBI Spezialeinsatzteam wurde abgelöst. Vor der Lagerhalle war ein Kommen und Gehen. Fahrzeuge wurden umgeparkt und zwei große Sattelzüge, mit dem FBI Symbol auf der schwarzen Lackierung, wurden auf der anderen Straßenseite abgestellt. Der eine Truck mutete im ersten Moment wie ein Imbisswagen an, was er eigentlich auch war. Diese Versorgungseinrichtung wurde eingesetzt, wenn ein Einsatz der Beamten länger als einen Tag dauerte. Der zweite Auflieger diente als mobiles Hotel. Natürlich war der Raum in dem Trailer begrenzt, bot aber immerhin zwölf Betten. Hier konnten die Agenten, die sich vor Ort im Einsatz befanden, wenigstens für einige Stunden ausruhen. Gerade zum Wachwechsel kehrten Thore und Spezialagent Fabrizio zur Lagerhalle zurück. Als Thore den Food-Truck sah, fluchte er. Der FBI Agent beruhigte Thore und sagte erinnernd:

»Wir haben doch nicht nur Pizza besorgt, sondern haben doch auch einige Informationen erhalten.«

Der BND Agent nickte nur und stieg aus dem Wagen. Er ging zur Heckklappe des SUVs und packte fünf Pizzaschachteln, die er in die Lagerhalle trug. Fabrizio folgte mit weiteren Pizzen und gleich darauf saßen Walt, Hanky, Fabrizio, Thore und sogar Mister Wynn vor dem technischen Aufbau. Für einen Moment waren die Ermittlungen zum Goldraub ebenso vergessen wie auch die Versuche, die merkwürdige Anlage in Betrieb zu nehmen. Kauend berichtete Thore von seinem Einkauf und den Aussagen des Pizzabäckers. Agent Fabrizio warf einen flüchtigen Blick auf sein Handy, zog seine Augenbraue erstaunt nach oben und sagte, nachdem Thore geendet hatte:

»Jetzt wissen wir auch, wem der Sattelschlepper mit dem Gold gehört.«

Alle sahen gebannt zu dem Agenten und Mister Wynn war versucht zu fragen, welches Gold der FBI Agent meinte. Doch in letzter Sekunde hielt er sich zurück. Das ging ihn alles nichts an und bevor er aufgefordert wurde, den Kreis der Agenten zu verlassen, stand er auf und schlenderte betont lässig zu den Schaltpulten hinüber. Er wollte sich die Chance, die Agent Thorn und Berson ihm verschafft hatten, vorzeitig seine Haft zu beenden, nicht vermasseln.

Hanky sah dem großen Mann hinterher und freute sich über dessen Einstellung. Zu Agent Fabrizio sagte er aber dann tadelnd:

»Mister Fabrizio, wenn Sie uns Ermittlungsergebnisse mitteilen wollen, dann stellen Sie vorher sicher, dass sich nur autorisierte Personen in Hörweite befinden.«

»Entschuldigung Agent Berson. Ich war einen Moment abgelenkt. Das kommt nicht mehr vor. Kann ich jetzt sprechen?«

Hanky nickte, was Thore gut gefiel. Er hatte schon gedacht, er müsse den Kreis der Anwesenden verlassen, aber mit der Geste Hankys war er autorisiert, bei dieser Besprechung anwesend zu sein.

»Natürlich Agent Fabrizio«, sagte Hanky. »Also, wem gehört der Truck?«

»Der National Rifle Association, also der NRA, die größte Waffenlobby in den USA.«

Walt sperrte seinen Mund auf, doch kein Ton verließ diesen. Hanky schaute grimmig. Der NRA hatte er noch nie getraut und vor allem nicht ihren Einfluss auf die Politik. Leider war der amtierende Präsident dieser Organisation sehr zugeneigt, was ihm zusätzlich missfiel. Ausgerechnet die Waffenlobby war, wie es schien, in den Goldraub verwickelt. Zumindest einige seiner Mitglieder. Hanky befürchtete, dass bei ihren Ermittlungen eine Verschwörung aufgedeckt wurde, die alles Bisherige in den Schatten stellte. Damit wurden seine und die Arbeit der Ermittlungsbehörden erschwert, wenn nicht sogar torpediert. Doch Hanky wollte sich noch mit Walt besprechen, ehe er in diese Richtung ermitteln würde. Aber zuerst galt es ihre Anstrengungen hier zu verstärken und das Rätsel der technischen Anlage zu lösen. So sagte er noch, ehe sich die kleine Gesprächsrunde auflöste:

»Okay meine Herren. Wir haben gesehen, dass draußen schon die Wachablösung, wenn ich dies so formulieren darf, erfolgt ist. Natürlich können wir nicht über Tage ohne Schlaf auskommen. Wer zurück nach Hause fahren möchte, der kann das tun. Ich persönlich wohne nur zwanzig Minuten Fahrzeit von hier entfernt. Dennoch ziehe ich es vor hierzubleiben. Sagen wir mal, für alle Fälle. Wer sich entschließt nicht nach Hause zu fahren, für den gibt es die Möglichkeit, einige Stunden in dem großen Trailer vor der Tür auszuruhen oder zu schlafen. Das war's fürs Erste. Wir sehen uns spätestens morgen früh.«

Zu Walt gewandt sagte er nun leiser:

»Ich werde Carmen anrufen, damit sie mir frische Klamotten bringt. Brauchst du auch was?«

»Ja klar Hanky. Wenn du mit ihr telefonierst, dann spreche ich kurz mit ihr, wenn es recht ist. So, jetzt muss ich mal nachsehen, wie unser Mister Wynn zurechtkommt. Ich muss aufpassen, dass der Kleine nach dem Essen kein Schläfchen hält.«

Damit ließ Walt Hanky stehen und ging grinsend zu den Schaltkonsolen. Hanky musste auch lächeln. Walt brachte es immer wieder fertig angespannte Situationen mit seinen flapsigen Sprüchen aufzulösen. Dafür war ihm Hanky sehr dankbar und er lächelte noch, als er mit seiner Partnerin Carmen sprach. Denn Mister Wynn als den Kleinen zu bezeichnen, wenngleich der muskelbepackte Mann über zwei Meter maß, war an sich schon eine nette Untertreibung.

Bis in die späte Nacht versuchten einige Techniker, Walt, Thore und Mister Wynn die Anlage in Betrieb zu setzen. Doch alle Versuche scheiterten an einer mysteriösen Fehlermeldung, die aber nur als Zahlencode auf den Bildschirmen erschien. Schließlich war es ausgerechnet Thore, der die richtige Idee hatte. Die Techniker und Hankys Männer standen gerade diskutierend zusammen, als Thore, wohl zum hundertsten Mal, die Geräte abgeschritten und dabei betrachtet hatte. Dann materialisierte sich eine Idee in seinem Kopf, die er unbedingt sofort mit den Anderen besprechen musste. So gesellte er sich wieder zu der Gruppe der Diskutierenden. Ohne darauf zu achten, was die Männer gerade besprachen, sagte er laut:

»Ich glaube: Ich kenne die Lösung unseres Problems!«

Sofort verstummten alle Gespräche und die Männer sahen Thore gespannt an. Was wusste er, was sie nicht wussten? Thore ließ seine Zuhörer nicht lange im Unklaren. So verkündete er, zuerst etwas mysteriös, in dem er eine Frage stellte:

»Was braucht man, wenn man ein Auto starten will?«

»Einen Schlüssel!«, schoss es aus Walt heraus.

»Ja, das auch Walt. Aber was löst der Schlüssel denn aus?«

»Na, dass der Motor startet«, antwortete Walt, nun schon etwas ungeduldig. Er hasste Rätsel und wollte wissen, was Thore herausgefunden hatte. »Also Thore, was willst du uns sagen?«

»Ein Auto braucht einen Motor, der es antreibt. Das Gleiche gilt hier auch. Woher sollen die Tesla Spulen ihre Energie beziehen? Na? Durch die Motoren der Stromgeneratoren. Wenn diese nicht laufen, dann erhalten die Spulen keinen Strom, also kann die Anlage nicht funktionieren.«

»Womit er Recht hat«, sagte Mister Wynn, während die Techniker des FBI zu den Generatoren rannten, die an der seitlichen Hallenwand aufgebaut waren. Hanky und Walt verfolgten diesen erneuten Versuch mit Spannung. Gerade sie waren es, die von der Aktivierung besonders betroffen sein würden. Ihre Gehirne waren mutiert und daher besonders bei gewissen Energien gefährdet. Sie kannten nun die Gefahr für sie selbst und wappneten sich mental davor. Walt und Hanky fassten sich an den Händen und schlossen danach ihre Augen. Das Knattern der startenden Motoren der Generatoren kündigte den bevorstehenden Stromfluss an. Die Fehlermeldung auf den Bildschirmen verschwand und ein roter »GO-BUTTON« leuchtete stattdessen auf. Mister Wynn sah fragend in die Runde und die Techniker nickten zustimmend. Er betätigte den »GO-BUTTON« und die Luft begann zu vibrieren, während sich um Walt und Hanky eine Energieblase bildete.

***

In den News

Roger Thorn hatte Spaß, jedenfalls schien es so. Er unterhielt sich so laut und war so gesellig, dass seine Barnachbarn ebenfalls einen unterhaltsamen Abend im Pub verbrachten. Niemand hätte vermutet, dass Roger ein Schauspiel aufführte, und selbst sein Begleiter, der junge Agent Mark Henderson, fiel auf Rogers Scharade herein. Sogar der misstrauische NSA Agent Prien, dem das Spiel galt, wurde mit jedem Glas Hochprozentigem zugänglicher. Längst hatte er vergessen, dass er Roger als Bedrohung angesehen hatte, und fand ihn nun eigentlich ganz sympathisch. Sie plauderten über vergangene Erlebnisse und schwadronierten über ihre Arbeit. Hier wurde es für Roger interessant. Geschickt lenkte er das Gespräch auf die nahe Zukunft und versuchte so, den NSA Agenten aus der Reserve zu locken.

»Wenn man bedenkt«, sagte er mit leicht lallender Stimme, »dass die Politik unsere Arbeit mehr und mehr erschwert, dann frage ich mich, wozu das alles?«

»Genauso ist es!«, pflichtete Agent Prien ihm bei.

Mark Henderson nickte und bestellte eine neue Runde Getränke.

»Ich möchte gerne wissen«, fuhr Roger fort, »wohin das nur führen soll? Die Politiker müssten uns nur mal einen Tag begleiten, damit ihnen klar wird, wie es um die Gesellschaft steht. Man kann doch keinem mehr trauen. Manchmal wünsche ich mir, wir hätten einen Präsidenten, eine Regierung, die durchgreift und für Recht und Ordnung sorgt«. Roger ließ diese Worte wirken, in dem er sein Bierglas ergriff und einen großen Schluck des Gerstensaftes trank. Agent Prien leerte sein Whiskyglas, während der Barkeeper die bestellte Runde vor die Männer auf den Tresen stellte. Agent Prien ergriff das neue Glas und sagte mit verschwörerischer Miene:

»Vielleicht werden Ihre Wünsche bald erfüllt, Agent Thorn.«

»Das wäre toll«, antwortete Roger. »Doch ich glaube nicht, dass sich etwas ändert. Wie auch?« Nun dachte der NSA Agent einen Moment nach, was mit seinem alkoholvernebelten Geist nicht so einfach war. Er glaubte, dass Roger ein Kandidat für die Verschwörung war, den er nur für die Idee eines neuen Amerikas gewinnen musste. Die neuen Führer der USA und der Welt brauchten dringend Spezialisten in allen Bereichen. Agent Prien war so sehr von den Umsturzgedanken seiner Gruppe überzeugt, dass ihm die reale Sicht der Geschehnisse verloren gegangen war. Gerade als er seinem potentiellen neuen Verbündeten seine Ideologie erklären wollte, wurde es still in dem Pub. Die Menschen schauten zu den überall an den Wänden installierten TV-Monitoren. Dort lief eine Reportage, die einen Unfall zeigte. Im Liveticker lief unterhalb der Bilder die Schlagzeile der Reportage:

GOLDTRANSPORTER ÜBERFALLEN – VIELE TOTE – DIE POLIZEI ERMITTELT – IST DAS MILITÄR INVOLVIERT? – DAS WEISSE HAUS SCHWEIGT – GOLDTRANSPORTER ÜBERFALLEN –

Der NSA Agent sah Roger mit blassem Gesicht an und sagte:

»Ist dass das Gold aus der Bank?«

»Na hoffentlich nicht«, antwortete Roger und dachte gleich an die Konsequenzen. Wenn nun öffentlich werden würde, woher das Gold kam, dann war die wirtschaftliche Katastrophe da. Er verfluchte die Tatsache, dass ausgerechnet jetzt dieser Bericht im Fernsehen ausgestrahlt worden war. Er war kurz davor gewesen, mehr Informationen von dem NSA Agenten zu erhalten.

Doch noch war nichts verloren. Im Gegenteil, vielleicht war dies eine Gelegenheit, das Vertrauen des NSA Agenten zu gewinnen. In Sekundenschnelle hatte Roger einen Plan und setzte diesen sofort um. So sagte er, mit nun nüchterner Stimme:

»Agent Prien, ich fahre sofort zu dem Tatort. Wenn Sie möchten, dann nehmen wir Sie mit. Agent Henderson, holen Sie den Wagen. Ich begleiche unterdessen die Rechnung. Auf geht's!«

Der junge Agent fragte nicht lange nach, sondern eilte aus dem Pub. Roger winkte dem Barkeeper und bat um die Rechnung. Gleich darauf beglich er die Rechnung und während er den Kartenbeleg unterschrieb, sah er den NSA Mann fragend an.

»Na wie steht's? Kommen Sie nun mit oder nicht?«

Der NSA Agent überlegte eine Sekunde, ob er Probleme bekommen würde, wenn er den FBI Agenten folgte. Auf der anderen Seite ergab sich vielleicht die Möglichkeit, die FBI Männer anzuwerben. So nickte er nur und folgte Roger nach draußen.

Mit eingeschalteter Sirene lenkte der junge FBI Beamte den schweren SUV durch das nächtliche New York. Gespannt folgte er dem Gespräch der beiden Agenten und erfuhr so mehr über den Goldraub in der Federal Reserve Bank.

»Ich bin gespannt, ob es sich um das Gold aus der Bank handelt«, sagte der NSA Agent.

»Ich auch«, erwiderte Roger. »Das ist unsere erste heiße Spur in dem Fall.« Dabei verschwieg er dem NSA Mann das Lagerhaus und das dort ein weiterer Lastwagen mit Goldladung sichergestellt worden war. »Es kann natürlich auch sein, dass es sich bei dem Transport um eine normale Aktion der Regierung handelt.«

»Das glaube ich allerdings nicht«, erwiderte Agent Prien. Gleichzeitig beschlich ihn wieder ein Angstgefühl. Wenn die Verschwörung fehlschlug, dann würde er den Rest seines Lebens im Gefängnis verbringen, oder schlimmer, man konnte ihn wegen

Verschwörung zum Tode verurteilen. Was sollte er nur tun? War der Plan noch zu retten, der mit dem Goldraub nur den Anfang des Komplottes bildete oder war es nicht schlauer sich ins Ausland abzusetzen, um so einer Strafverfolgung zu entgehen? Konnte er vor den mächtigen Männern fliehen, die aus dem Geheimen heraus die Dinge kontrollierten? Erst jetzt wurde dem NSA Agenten klar, welchen gefährlichen Weg er eingeschlagen hatte. Sicherheit würde es für ihn wohl nie mehr geben. Er hatte sich von schönen Worten blenden lassen. Seine Unzufriedenheit mit dem Leben und die Chance, eine besondere Stellung in der Gesellschaft einzunehmen, waren der Grund für seine Entscheidungen gewesen. Zweifel nagten an ihm und die Zukunft erschien ihm düsterer als jemals zuvor.

Unerwartet schnell erreichten sie den Tatort und wurden von den Cops durch alle Absperrungen geleitet. Ihr Status als FBI und NSA Mitarbeiter gewährte ihnen Zutritt. Mark parkte auf Rogers Anweisung direkt hinter dem ersten verunglückten Humvee. Die Agenten stiegen aus und wurden sofort von einem Polizeibeamten empfangen. Der Mann mittleren Alters schien froh zu sein, dass nun das FBI am Tatort eingetroffen war. Er berichtete, dass die Toten, die wohl alle zur Nationalgarde gehörten, noch nicht geborgen und abtransportiert worden waren. Auch war er verärgert, dass sich so schnell Pressevertreter und Fernsehteams eingefunden hatten. Seine Beamten hatten alle Mühe, die Presseleute auf Abstand zu halten.

Roger entschied, dass er und seine Kollegen sich erst einmal einen Überblick verschaffen wollten. Er bedankte sich bei dem Detektiv und ging zu dem verunglückten Geländewagen.

Ein grauenhaftes Bild bot sich ihm gleich, als er die ersten Leichen im Wageninneren zu sehen bekam. Roger versuchte distanziert zu bleiben. Er hatte in seinem Leben schon einige Leichen gesehen, doch jedes Mal war er erneut erschüttert. Er umrundete den verunglückten Wagen, betrachtete sich die Uniformen der Toten und zog einem einen Ausweis aus der Brusttasche. Tatsächlich hatte er hier einen Nationalgardisten vor sich. Die Ausmaße der Verschwörung schienen enorm zu sein, wenn die Hintermänner des Goldraubes sogar die Nationalgarde für ihre Zwecke missbrauchen konnten. Roger ging wortlos zum Sattelschlepper hinüber, der quer auf der

Straße stand. Dabei erblickte er zerfetzte Körper, die auf dem Boden lagen, und als er einen Blick ins Führerhaus warf, hätte er sich beinahe übergeben. Dort war alles voller Blut und es war nicht einmal ersichtlich, wie viele Männer dort drinnen gestorben waren. Eine oder mehrere Granaten hatten ihre Körper zerfetzt.

Agent Henderson kam zu Roger gerannt und rief:

»Sir, das müssen Sie sich ansehen. Der Sattelzug hat tatsächlich Gold geladen. Aber ich glaube, eine halbe Palette fehlt.«

Roger folgte seinem jungen Kollegen zum Ende des Lastzuges und sah in den Laderaum. Tatsächlich standen dort Paletten mit Gold. Auch fehlten einige Goldbarren auf einer Palette. Er fragte sich, wer den Goldtransport angegriffen und dann noch die Zeit gefunden hatte, um einen Teil des Goldes zu rauben.

***

Lagerfeuer

In der Meldezentrale der Feuerwache acht in der 51. Street poppte auf dem Bildschirm des wachhabenden Operators eine Meldung in roter Schrift auf. Der Operator klickte mit seiner Computermaus auf die Meldung und las gleich darauf: RAUCHMELDER IM TROPENHAUS CENTRAL PARK ZOO AUSGELÖST! Diese Meldung war ein Kategorie 2 Alarm, der besagte, zuerst mit dem Auslöseort des Alarms zu sprechen. Danach konnten weitere Maßnahmen eingeleitet werden.

So griff der Operator zum Telefon und wählte die Nummer, die unter dem Alarm eingeblendet war. Es dauerte einen Moment, ehe jemand das Gespräch annahm. Eine müde Stimme meldete sich:

»Central Park Zoo, Verwaltung. Was kann ich für Sie tun?«

»Guten Morgen. Hier ist die Feuerwache acht. Einer Ihrer Rauchmelder hat einen Alarm ausgelöst.«

»Einen Alarm? Wo denn?«, fragte der Angerufene nun munterer.

»Im Tropenhaus. Bitte sehen Sie nach, was den Alarm ausgelöst hat. Falls Sie unsere Hilfe brauchen, melden Sie sich bitte noch einmal.«

»Ja, mach ich! Danke sehr! Ich schicke gleich die Haustechnik los.«

Damit unterbrach der Angestellte des Zoos die Verbindung und wählte gleich darauf eine Kurzwahlnummer. Eine brummige Stimme meldete sich mit:

»Muller hier. Was gibt's?«

»Carl, hier Jo, schicke mal einen deiner Männer ins Tropenhaus. Dort ist der Rauchmelder angesprungen. Aber bitte gleich. Die Feuerwehr hat mich gerade angerufen.«

»Ach, vielleicht ist einer der Melder kaputt. Verdammt, die hängen unterm Glasdach. Na das wird ein Spaß. Also gut. Ich sage dir gleich Bescheid.«

Tatsächlich schickte der Vorarbeiter der Haustechnik gleich zwei seiner Mitarbeiter zum Tropenhaus. Die beiden Arbeiter schulterten ihre Arbeitstaschen und gingen los. Unterwegs trafen sie einige Tierpfleger, die auf dem Weg zu den Tiergehegen waren. Am Tropenhaus war es noch still, doch als die Techniker das große Gebäude betraten, rochen sie sofort den Rauch. Feuchtwarme Luft mischte sich mit dem typischen Geruch verbrannten Holzes. An Palmen und Farnen vorbei marschierten die Männer zum Zentrum des großen Raumes. Noch bevor sie dort ankamen, sahen sie eine Rauchfahne, die zur Glasdecke aufstieg. Nach der nächsten Biegung blieben sie erstaunt stehen.

Das hatten sie nicht erwartet. Auf einer Steinplattform, um die einige Bänke gruppiert waren, brannte ein Lagerfeuer. Über dem Feuer hingen die Überreste eines Tiers. Beim genaueren Hinschauen erkannten sie, dass das Grillgut wohl eine Echse war: ein kleiner Kaiman oder ein junger Alligator. Um die Feuerstelle herum lagen drei verwahrlost aussehende Männer. Die Kerle schliefen friedlich, als sei dies hier ein Camp Ground. Die Techniker wussten nicht, ob die Eindringlinge einfach nur dumm oder gar gefährlich waren. So zogen sich die beiden Männer zurück und liefen zum Ausgang. Vor der Halle funkten sie ihren Boss an und berichteten, was sie gefunden hatten.

Nach einigem Hin und Her glaubte der Leiter der Haustechnik dem Bericht seiner Arbeiter. Er wies sie an, vor der Halle zu warten. Dann griff er zum Telefon und rief Jo in der Verwaltung an. Nun berichtete er ihm, was seine Männer herausgefunden hatten. Jo reagierte zunächst auch ungläubig, verständigte aber gleich darauf das nächste Polizeirevier. Schließlich trafen nach weiteren zehn Minuten drei Streifenwagen vor dem Zoo ein. Am Eingang wartete bereits Jo und geleitete die sechs Polizisten zum Tropenhaus. Dort wurden sie bereits von Carl, dem Leiter der Haustechnik, und seinen beiden Kollegen erwartet. Sie beschrieben den Cops, wo sie die Eindringlinge finden konnten. Die Polizisten forderten die Zoomitarbeiter auf, vor dem Tropenhaus zu warten. Dann betraten sie das Gebäude. Die Cops zogen ihre Waffen und schlichen durch den künstlichen Regenwald. Gleich darauf sahen sie das Feuer und die schlafenden Männer. Im ersten Moment noch etwas amüsiert über diesen Einsatz, näherten sich die Polizisten den Jägern aus einer fremden Welt. Gerade als der erste Cop die Schlafenden mit einem Ruf wecken wollte, erwachte einer der Jäger. Verwirrt blinzelte er und erkannte dann, wo er sich befand. Natürlich wusste er nicht, was ein Zoo oder gar ein Tropenhaus war, doch er erinnerte sich an den letzten Abend, an dem sie dieses merkwürdige Gebäude betreten hatten. Er wollte sich gerade strecken, um seine Müdigkeit zu vertreiben, als er die Cops bemerkte. Sofort war er hellwach und rief seinen Freunden eine Warnung zu. Die beiden anderen Jäger schreckten auf und griffen sofort nach ihren Schleudern. Nun riefen die Polizisten Warnungen und forderten die Jäger auf, die Hände zu heben. Diese verstanden wieder kein Wort und schrien nun ihrerseits.

Zwei Kulturen standen sich hier gegenüber, die jeweils nicht erkannten, warum geschrien wurde. Eine gefährliche Spannung baute ihr negatives Energiefeld auf und entlud sich gleich darauf in ungeplanten Aktionen.

Es war Dra, der seine Schleuder spannte und sofort schoss. Der beschleunigte Kiesel traf einen der Beamten an dessen Schulter. Der Cop schrie schmerzvoll auf, was seinen Kollegen neben ihm dazu verleitete, von seiner Schusswaffe Gebrauch zu machen. Er feuerte, ebenfalls recht ungezielt, und verfehlte den Jäger nur um Millimeter. An dessen Wange streifte ihn ein heißer Hauch, und dies im selben Moment, als der Donner der Waffe ihn erreichte. Angstvoll schrie Dra auf und betastete gleich die brennende Stelle mit seiner Hand. Seine Freunde spannten nun ihre Schleudern und beschossen die Polizisten. Ein weiterer Cop wurde an der Brust getroffen, was ihn einen halben Meter nach hinten taumeln ließ. Nun feuerten auch die anderen Polizisten und nur ihrem Glück oder den reaktionsschnellen Bewegungen der Jäger war es zu verdanken, dass es keine Toten gab. Fur wurde in den Oberschenkel getroffen und sein Bein knickte weg. Pre rannte todesmutig auf die Polizisten zu, von denen einer seinen Taser gezogen hatte. Er zielte auf den Heranstürmenden und betätigte den Auslöser. Die Kontaktnadeln, die einen dünnen Draht mit sich zogen, durchdrangen Pres Haut und sofort jagte ein heftiger Stromstoß durch seinen Körper. Schreiend ließ er sich fallen und verstand nicht, was mit ihm geschah. Nun wollte auch Dra sich auf die Feinde stürzen, doch auch er wurde von einem Taser getroffen. Wie sein Jagdfreund stürzte er zu Boden und schrie jämmerlich. Sofort sprangen die Polizisten zu den Jägern und legten ihnen Handschellen an. Den am Bein verletzten Fur behandelten sie etwas behutsamer. Zwar wurde auch er gefesselt, doch einer der Beamten sprach beruhigend auf den Mann ein, während seine rechte Hand auf der blutenden Wunde lag. Nur Minuten später trafen Sanitäter, die sich um die Wundversorgung Furs kümmerten, ein. Sie brachten ihn ins nächste Krankenhaus, währenddessen Dra und Pre in einem Polizeitransporter zum Untersuchungsgefängnis gefahren wurden.

***

Im Schutz der Dunkelheit

Sie hatten Glück, wie schon so oft. Mit hohem Tempo fuhren Robert und Brian Richtung Westen und damit fort von der Stelle, an der sie den Goldtransport überfallen hatten. Die Killer waren noch immer berauscht von ihrem Erfolg. Die Morde an den Soldaten hatten ihnen erneut den Kick gegeben, den sie so nötig brauchten. Der Rausch der Gefahr, wenn das Adrenalin durch ihre Körper strömte, erzeugte ein düsteres Suchtverhalten. Immer wieder wollten die Killer morden und dabei fehlte ihnen jegliches Gefühl für ihre Opfer. Sie hatten für sich eine eigene Moral geschaffen, die jeden Mord rechtfertigte. Mal traf es einen Penner, der – ihrer Meinung nach – sowieso nichts vom Leben hatte. Mal andere Gangster, wie die Gambrino Familie, die den Tod verdienten, und ein weiteres Mal waren es eben Soldaten der Nationalgarde, die den verhassten Staat verkörperten. Alleine ihrer Skrupellosigkeit verdankten die Killer, dass sie bisher ungeschoren davongekommen waren. Nun galt es zuerst, ihre Beute in Sicherheit zu bringen. Dieser unerwartete Raub garantierte ihnen für die nächsten Jahre ein sorgenfreies Leben, jedenfalls aus finanzieller Sicht. Doch allzu viele Sorgen machten sich die Killer ohnehin nicht, da ihr Weltbild dies nicht zuließ. Als sie etwa eine Stunde gefahren waren, bogen sie nach Süden ab. Eine weitere halbe Stunde später wechselten sie erneut den Highway und steuerten nach Osten. In der Zwischenzeit war es tiefe Nacht und die Nachrichtensender berichteten über das Massaker auf der Landstraße. Über den Goldtransporter wurde nicht berichtet, noch nicht.

Dennoch wusste Brian, dass nun die Fahnder des FBI im Einsatz sein würden. Er grinste, als er an die bestimmt errichteten Straßensperren im Osten der Stadt dachte. Er lobte sich selbst, dass er – zusammen mit Robert – einen weiten Bogen um New York City geschlagen hatte. Erst in den frühen Morgenstunden würden sie, vom Süden herkommend, die Stadt erreichen. Einzig ihr von Einschusslöchern durchsiebtes Fahrzeug machte ihm Sorgen. Wenn ein übereifriger Cop den militärischen Geländewagen erblickte, dann konnte es nochmal eng werden. Deshalb verbot es sich von selbst, eine Raststätte oder einen Rastplatz anzufahren. Dort gab es zu viele Zeugen und die konnten er und Robert nicht gebrauchen. Als sie sich schließlich der Stadt näherten, wurde der Verkehr, selbst zu dieser frühen Stunde, dichter. Doch kein anderer Fahrer kümmerte sich um den Humvee. Schließlich erreichten die Killer unangefochten Queens. Hier ruhte das Leben noch und die Straßen lagen still vor ihnen. Als die beiden schließlich in die Auffahrt ihres gemieteten Hauses einbogen, atmete Robert befreit auf. Er sprang aus dem Wagen und lief zur Garage, die halbverborgen im hinteren Teil des Grundstückes lag. Dort öffnete er das Holztor und zog es auf. Brian war unterdessen im Haus verschwunden. Ihn schien es nicht zu kümmern, ob ein neugieriger Nachbar vielleicht sah, was hier geschah. So rannte Robert zurück zum Wagen und fuhr diesen dann in die Garage hinein. Danach schloss er das Tor und blieb einen Moment davor stehen. Die Morgendämmerung setzte bereits ein und er genoss diesen Augenblick der Stille. Alles war friedlich und ruhig. Die Welt schien für einen Moment den Atem angehalten zu haben, ehe das Erwachen der Großstadt seine Hektik verbreiten konnte. Schließlich ging Robert zum Haus, in dem sie noch keine Nacht verbracht hatten. Er betrat die Küche, wo es sich Brian am Tisch gemütlich gemacht hatte. Dieser saß zurückgelehnt auf einem Stuhl und hatte eine Flasche Bier in der Hand, während seine Beine auf einem zweiten Stuhl lagen. Lächelnd blickte er seinem Freund entgegen, ehe er fragte:

»Willst du auch ein Bier, Robert?«

»Nein«, antwortete dieser leise. »Ich will nur noch ins Bett. Doch bevor ich schlafen gehe, noch eine Frage: Was machen wir denn mit meinem Auto? Das steht immer noch auf dem Parkplatz der Wohnsiedlung.«

Brian lächelte immer noch und antwortete:

»Das sehen wir später mein Freund. Lege dich erstmal hin. Alles andere besprechen wir, wenn du wieder auf bist.« Damit nahm er einen tiefen Schluck aus der Flasche und schloss seine Augen. Vielleicht, so überlegte Robert, musste Brian auch erst einmal abschalten, ehe er sich schlafen legte.

Keine fünf Minuten später lag Robert im Bett und war gleich darauf eingeschlafen. Traumbilder zogen an ihm vorbei und er sah sich und Brian, wie sie auf die Soldaten schossen. Er sah die Toten, mit ihren starren Augen und fassungslosen Gesichtern. Doch selbst im Traum fühlte Robert kein Bedauern. Er hatte sein Mitleid verloren, hinter sich gelassen, wie seine Heimat, wie sein Haus in Las Vegas. Er wachte erst am späten Nachmittag auf und rieb sich verschlafen die Augen. Stimmen hatten ihn geweckt, die wohl aus der Küche kamen. Robert ging jedoch erst einmal ins Bad und wusch sich. Danach kramte er in seinem Koffer und zog frische Kleidung hervor. Er kleidete sich an und ging dann hinüber in die Küche. Dort erwarteten ihn frischer Kaffeeduft und ein gedeckter Tisch. Am Herd hantierte Angelo, ihr Nachbar, wie selbstverständlich und rührte in einer Pfanne. Brian saß wieder, oder immer noch, am Küchentisch und ließ es sich schmecken. Er hatte einen Teller voller Rührei und Schinken vor sich stehen. Daneben dampfte frischer Kaffee aus seiner Tasse und er rief mit halbvollem Mund:

»Angelo, Robert ist wach. Ist die nächste Ladung Rühreier fertig?«

»Kommt sofort!«, rief der Alte belustigt vom Herd her. Er rührte noch zweimal in der Pfanne herum, ehe er diese zum Tisch trug.

»Guten Morgen«, sagte Robert, da er nicht wusste, wie er diese Situation beurteilen sollte. Was machte denn der Alte schon wieder hier? Die Euphorie des gestrigen Tages war verflogen und Roberts Laune war nicht die beste. Er machte sich, wieder einmal, Sorgen. Wie sollte es nun weitergehen? War das Gold im Schuppen sicher? An wen sollten sie die Barren verkaufen? Wem konnten sie trauen? Was, wenn jemand den Humvee dort entdeckte? Dann würden die Cops bald vor ihren Türen stehen. Also mussten sie zuerst das Gold verstecken und dann den Militärwagen loswerden. Auch sein Auto stand noch vor der Stadt, geparkt vor einigen Mietshäusern. Würde das Auto mit dem fremden Nummernschild dort nicht bald auffallen? Wie sollten sie zu dem Parkplatz gelangen. Die Fragen surrten durch Roberts Kopf und verursachten ihm Kopfschmerz.

Wie auf Knopfdruck stellte der Alte, nachdem er Robert einen Teller, gefüllt mit Rührei reichte, eine Frage:

»Wo ist eigentlich euer Auto? Ich hab's nicht in der Einfahrt gesehen.«

Brian lachte und fragte stattdessen:

»Glaubst du wirklich Angelo, dass wir nach unserer Kneipentour noch fahren konnten? Also wirklich, wie denkst du über uns?«

»Und wie seid ihr dann heimgekommen?«, wollte der Alte wissen. Robert ging die Fragerei auf die Nerven. Was ging den Alten an, was sie taten. Zumindest hatte Brian ihm durch seine Antwort versteckt mitgeteilt, was er diesem Angelo bisher erzählt hatte.

»Na, was glaubst du?«, setzte Brian sein Spiel fort und schien sich dabei auch noch zu amüsieren.

»Ihr werdet wohl ein Taxi genommen haben, oder?«, spekulierte Angelo nun.

Brian nickte und nahm einen Schluck Kaffee. Dann wechselte er so abrupt das Thema, dass Angelo seine Fragen vergaß.

»Wie sieht es hier in der Gegend eigentlich mit der Sicherheit aus? Gibt es in der Nachbarschaft auch Street-Gangs?«

»Oh, da schneidest du aber ein Thema an, Brian«, antwortete Angelo und sein Gesicht verfinsterte sich. »Die Gangs sind überall. Sie haben die Straßen untereinander aufgeteilt. Ich sage dir, das war früher nicht so. Da hatten wir die Mafia und sonst nichts. Da wusstest du, wie du dich verhalten musstest. Aber mit diesem Gangabschaum ist hier kein normaler Bürger mehr sicher. Da müsste mal einer kommen und aufräumen, jawohl aufräumen!«

Robert sah sofort ein verdächtiges Glitzern in Brians Augen. Das war nicht gut und er würde nicht ruhen, bis Robert mit ihm zusammen auf einen neuen Kreuzzug ging. Sie hatten doch wirklich genug Probleme und er hatte mit Brian vereinbart, fürs Erste unauffällig zu leben. Brian jedoch sah nun Angelo gespannt an und sagte dann mit gefährlicher Stimme:

»Darüber hast du aber nichts gesagt, mein Freund, als wir nach einem Haus gesucht haben. Jetzt will ich es genau wissen. Also, welche Gang beansprucht zum Beispiel unsere Straße?«

***

Feuerkraft

Parallelwelt – 3 Wochen zuvor

Direkt vor Adrian stürzte die Bestie zu Boden. Der Kiefer der Echse schnappte noch einmal nach ihm und die gefährlich scharfen Zähne verfehlten ihn nur knapp. Ein letzter Atemzug des Tieres ließ Adrians Schutzmaske beschlagen, bevor dessen Kopf auf den Beton der Ruine sank. Der Landvermesser brauchte einige Minuten, ehe sich sein Puls beruhigte. Diese Welt war gefährlich und es war ein Wunder, dass es erst jetzt zu einem Angriff gekommen war. Draußen auf der Straße ratterten noch immer die Schnellfeuergewehre und kurze Befehle oder Lageberichte wurden per Funk übermittelt. Adrian hörte nur unkonzentriert zu. Er konnte mit den militärischen Kürzeln nichts anfangen und helfen konnte er schon gar nicht. Er war Landvermesser und nicht auf einen Kampf vorbereitet. Nicht zum ersten Mal fragte er sich, warum er so dumm gewesen war und sich von den Männern im Anzug hatte anheuern lassen. Er wusste immer noch nicht, wer hinter der ganzen Operation stand und für wen er arbeitete. Niemand würde ihn suchen, wenn er hier, in dieser fremden Welt, die seine Kollegen als »Erde zwei« bezeichneten, sterben würde. Wie auch? Wer konnte ihn hier schon finden? Hoffnungslosigkeit wischte die Versprechungen seiner geheimnisvollen Arbeitgeber beiseite. Adrian war sich sicher, dass er dieses Abenteuer nicht überleben würde. Da konnte er auch gleich sterben und der ganzen Sache ein Ende bereiten. Wie in Trance verließ er die Ruine und trat auf die Straße. Betonbrocken, von den Dächern geworfen, schlugen neben ihm wie Geschosse ein. Soldaten belegten die Dachkanten mit Gewehrfeuer, was die unsichtbaren Angreifer nicht zu beeindrucken schien. Als ob ihm nichts geschehen könne, lief der Landvermesser auf der Straße herum und wartete, dass irgendjemand, oder irgendetwas, sein Leben beendete. Die Soldaten riefen ihm zu, dass er in Deckung gehen sollte, doch Adrian kümmerte sich nicht darum. Er schaute nach oben zu dem wolkenverhangenen Himmel, dessen Farbenspiel so fremdartig anmutete. Würde sich hier sein Schicksal entscheiden? Plötzlich sah Adrian eine vertraute Bewegung über sich. Dort flog ein Flugzeug, nein dort flog eine Drohne. Wie kam denn eine Drohne hierher? Noch ehe er sich mit dieser Frage weiter beschäftigen konnte, sah er, wie es bei der Drohne aufblitzte. Gleich darauf schlugen kleine Raketen auf den Hausdächern ein und es regnete noch mehr Steine. Der Führungsoffizier gab über Funk dem Drohnenpiloten, der sonst wo an einem PC saß und das Fluggerät bediente, Zielanweisungen. Adrian starrte noch immer nach oben und erschrak, als er von zwei Soldaten gepackt wurde. Sie zerrten ihn in eine der Ruinen und retteten ihm damit das Leben. Nur Sekunden später erschütterten heftige Explosionen die maroden Bauten und ein

Staubschleier senkte sich über die Kampfzone. Es folgte eine betäubende Stille, die genauso schmerzte wie der Kriegslärm zuvor. Selbst der ewige Wind schien zu verharren und Adrian wusste, dass Menschen gestorben waren. Doch er lebte noch und plötzlich war er froh, dass er den Überfall wie auch den Angriff der Echse überlebt hatte. Seine kurze Depression war gewichen und neuer Lebenswille durchströmte ihn. Er hatte in seinem Schockzustand, der durch den Angriff der großen Echse ausgelöst worden war, nicht bemerkt, wie einer der Soldaten einen pistolenähnlichen Gegenstand aus seinem Waffengürtel zog. Er setzte das Gerät an den Rücken des Landvermessers und drückte den Auslöser. Eine haarfeine Nadel bohrte sich durch den Schutzanzug und drang in die Haut Adrians ein. Eine Droge, welche zur Aufhellung des Bewusstseins in der psychiatrischen Therapie eingesetzt wurde, gelangte so in den Organismus des Mannes. Den Einstich bemerkte Adrian nicht, sondern nur die Wirkung der Droge. Hätte sein Urteilsvermögen normal funktioniert, so wäre ihm sein Stimmungsumschwung sofort aufgefallen oder zumindest merkwürdig vorgekommen. So wartete er geduldig, bis der Truppführer das Zeichen zur Weiterfahrt gab. Er interessierte sich nicht für die Opfer des Angriffs, auch nicht, als er eine zerfetzte Leiche eines Menschen sah. Der Angreifer war augenscheinlich ein Mensch dieser Welt gewesen. Wäre Adrian bei klarem Verstand gewesen, dann hätte er sich voller Grauen abgewandt.

***

In den nächsten Stunden widmeten sich die Arbeiter, die mittlerweile mit schwerem Gerät eingetroffen waren, der Freilegung der teilweise verschütteten Straßen. Morgen würden sie, wenn alles planmäßig verlief, den Zielpunkt der Mission erreichen. Dann musste Frederic Stanford sein Können beweisen und die Ausschachtung leiten. Für Adrian würde die Arbeit beendet sein und er hoffte, dass er dann die Umgebung erkunden konnte. Er wollte wissen, wer hier gelebt und welche Katastrophe diese Welt heimgesucht hatte. Die Droge verzerrte noch immer die Realität und vermittelte dem Landvermesser ein Trugbild der Wahrheit.

Es dauerte einen weiteren Tag, ehe der Räumtrupp den Zielpunkt erreicht hatte. Auch hier war die Bebauung dicht, doch im Vergleich zu dem Bankenviertel in New York City gab es hier keine Hochhäuser. Drei- und vierstöckige Ruinen zeugten davon, dass dieser Stadtteil einmal ein Wohnviertel gewesen war.

Der Prospektor Frederic Stanford hatte den Trupp dieses Mal begleitet. Während Adrian seine Messgeräte aufstellte, mit denen er den exakten Standort der bevorstehenden Grabungen festlegen konnte, stand Frederic für eine Weile einfach still in dem Trümmerfeld. Er betrachtete sich die Umgebung, besonders die Ruinen, die nahe am Zielpunkt lagen. Diese verfallenen Gebäude stellten ein hohes Sicherheitsrisiko dar. Der Prospektor wusste aus Erfahrung, dass Grabungen, wie er sie durchführen musste, zu schweren Erschütterungen des Umfeldes führen würden. Um die Sicherheit der Arbeiter zu gewährleisten, musste zuerst das Umfeld in einem kontrollierbaren Zustand gebracht werden. Unter dem Schutt einer zerstörten Zivilisation wartete harter Granit. Dieses geologische Hindernis musste beseitigt werden und Frederic würde Sprengstoff einsetzen müssen. Er rief einen Mann herbei, der in ihrer Welt als Baustatiker gearbeitet hatte. Zusammen gingen sie zu der ersten Ruine, die, wenn sie kollabierte, auf den Grabungsort stürzen würde. Fünf Soldaten begleiteten unaufgefordert die beiden Männer. Ohne Vorwarnung schlugen plötzlich Gesteinsbrocken vom Dach der Ruine. Frederic wurde von einem Soldaten gepackt und nach hinten gezogen. An der Stelle, wo der Prospektor eben noch gestanden hatte, krachte ein großer Betonbrocken auf den Boden. Sein Begleiter, der Statiker, hatte nicht so viel Glück. Ein großer Stein, der etwa Melonengröße hatte, traf den Mann am Kopf. Sofort brach dessen Genick und im gleichen Moment wurde seine Schädeldecke zertrümmert. Leblos brach der Statiker zusammen und lag schließlich tot im Dreck einer fremden Welt. Noch während Frederic nach hinten und damit in Sicherheit, gezerrt wurde, brach um ihn herum die Hölle los. Maschinengewehrfeuer sorgte für eine Symphonie der Gewalt, welche die Soldaten sofort in einen gnadenlosen Kampfmodus versetzte.

***

Nur Sekunden

Die heftigen Vibrationen der Luft, das kurzwellige Zittern des Bodens wie das Krachen der Überschlagsblitze überraschten die Menschen in der Lagerhalle. Natürlich hatten sie mit solchen Effekten gerechnet, dennoch war das Erleben dieses Ereignisses etwas völlig anderes. Sie hatten sich auf die mechanischen und tonalen Auswirkungen des Versuches nicht vorbereitet. Die Körper der Anwesenden wurden ebenfalls in Vibration versetzt, während sich zwischen den Tesla Spulen eine Energiewand knisternd aufbaute. Ozongeruch erfüllte die Halle, während die ersten Menschen zusammenbrachen. Gekrümmt lagen sie auf dem Hallenboden und bedeckten die Ohren mit ihren Händen. Einige übergaben sich, während andere versuchten, kriechend die Halle zu verlassen. Unbeeindruckt von dem Geschehen schwebten Walt und Hanky in der von ihnen geschaffenen energetischen Blase. Die überdimensionalen Energien prallten an dem durch psyonische Kräfte geschaffenen Schutzfeld wirkungslos ab. Der Schutzeffekt war mit dem des Faraday'schen Käfigs vergleichbar, der Menschen vor starken Überschlagsblitzen bewahrt. Die beiden Mutanten vernahmen nicht einmal das Krachen der Blitze. Auch die Schwingungen, welche inzwischen auch Luftbeben genannt wurde, übertrugen sich nicht auf die Energieblase. So konnten Walt und Hanky, wenn auch manchmal durch die Blitze geblendet, ohne Einschränkung zu den Tesla Spulen und der sich dazwischen spannenden Energiewand schauen. Wie auf einem altmodischen TV-Gerät flimmerte dort ein Bild, ehe sich dieses stabilisierte.

Viel konnten die beiden nicht erkennen, da das gezeigte Bild beinahe völlig im Dunkeln lag. Lediglich einige Silhouetten von Häusern, die wohl an einer Straße standen, waren zu erkennen.

Sofort begriff Hanky, was er dort sah. Wie er schon vermutet hatte, sahen sie direkt in eine Parallelwelt hinein. Da sie sich hier auf ihrer Seite des Universums befanden, genauer gesagt in New York City auf dem Planeten Erde, und es immer noch tiefe Nacht war, musste eben auch auf der anderen Seite Nacht sein. Mit einem Winken machte er auf sich aufmerksam und der schwarze Hüne am Kontrollpult, Mister Wynn, reagierte sofort. Mit wenigen Schaltungen deaktivierte er die Anlage und die Energiewand löste sich auf. Sofort endete das Luftbeben und nur noch die Generatoren erzeugten stetigen Lärm. Thore lief zu den Aggregaten und schaltete auch diese aus. Walt und Hanky entzogen ihrer Schutzblase die mentalen Energien, die sich daraufhin auflösten. Langsam schwebten die Mutanten zu Boden und Hanky wollte gerade etwas sagen, als eine Sirene jaulend vor etwas warnte. Walt schien zu ahnen, warum dieser Alarm ausgelöst worden war. Er rannte aus der Halle zu einem Ausrüstungstruck und kam gleich darauf mit einem Geigerzähler zurück. Er schaltete das Gerät ein und ging langsam zu der Stelle, wo noch kurz vorher die Energiewand gestanden hatte. Konzentriert sah er auf die Skala, die oben am Gerät angebracht war. Dann gab er grinsend, was seine Erleichterung widerspiegelte, bekannt, dass nur minimale Strahlenwerte angezeigt würden. Die Männer versammelten sich vor den Schaltpulten und setzten sich auf alle verfügbaren Stühle und einige einfach auf den Hallenboden. Hanky blieb stehen und wartete einen Moment, bis Ruhe einkehrte. Er schloss er kurz seine Augen und konzentrierte sich auf das, was er nun sagen wollte. Dann hob er den Kopf und begann zu sprechen:

»Als Erstes, liebe Kollegen des FBI und der Spezialkräfte, möchte ich Sie noch einmal darauf hinweisen, dass Sie alle der Geheimhaltungspflicht unterworfen sind. Das Gleiche gilt natürlich auch für unsere, sagen wir einmal, freien Mitarbeiter, Mister Klausen und Wynn. Was wir gerade erlebt haben, bestätigt meine Vermutung, dass wir es hier mit einer technischen Einrichtung zu tun haben, die es ermöglicht, ein Tor oder ein Portal zu einer Parallelwelt zu öffnen. Ich weiß, das hört sich sehr utopisch an, doch es besteht kein Zweifel. Nur so konnte eine bisher unbekannte Gruppe in die Federal Reserve Bank eindringen. Wie das möglich war, wissen wir bisher nicht, doch es laufen neben unseren Ermittlungen hier vor Ort weitere an anderer Stelle. Über die wissenschaftlichen Hintergründe zu dem Portal kann ich noch nicht viel sagen. Doch es gilt in Fachkreisen als bewiesen, dass es sogenannte Multiversen gibt. Nur dadurch lässt sich die Urknalltheorie erklären. Okay. Ehe ich zu weit abschweife, möchte ich nun zu der Planung der nächsten Stunde kommen. Heute Nacht können wir nur vorbereitend tätig werden. Das heißt, folgende Punkte müssen abgearbeitet werden.

Ich werde die entsprechenden Agenten später noch genauer instruieren. Wir brauchen folgende Ausrüstungen: Strahlenschutzanzüge mit Sauerstoffversorgung oder Filter, die vor Radioaktivität schützen, Dekontaminierungsduschen, Gefechtskopfhörer, die so viel Lärm wie möglich von uns fernhalten, weiter mindestens zwei Einsatztruppen, voll bewaffnet und ein internes Funksystem, wenn möglich in den vorher genannten Kopfhörern integriert. Dazu für die Einsatzteams Humvees mit aufgesetzten Maschinengewehren. Das war's fürs Erste. Wer aktuell nichts mit den Vorbereitungen zu tun hat, sollte sich nun etwas ausruhen. Wir sehen uns morgen früh. Danke!«

Walt, der neben Thore stand, betrachtete den großen Mann von der Seite. Er sah, wie es in ihm arbeitete und er über die Erklärungen nachdachte. Doch ehe er noch etwas sagen konnte, trat ein Agent der Spezialeinheit heran, der eine Reisetasche trug. Er stellte sich vor Thore und hielt diesem die Tasche entgegen. Thore sah den Mann verwundert an, doch ehe er eine Frage stellen konnte, sagte dieser nur:

»Hier ist Ihre Kleidung zum Wechseln und Grüße von Ihrer Frau.«

Ohne auf eine Antwort zu warten, drehte sich der Mann um und ging davon. »Sag mal Walt«, sagte er mit gespielt knurriger Stimme, »hast du das eingefädelt? Ja und überhaupt, wieso bekomme nur ich frische Kleidung? Stinke ich etwa?«

Nun musste Walt laut lachen und dies tat ihm sichtlich gut. So eine kleine Entspannung wirkte Wunder. Dann legte er seine rechte Hand auf die Schulter des BND Agenten und sagte, immer noch amüsiert:

»Nein, mein lieber, du stinkst nicht, jedenfalls noch nicht. Hanky und ich haben unsere Taschen schon im Trailer.«

»Was für ein Trailer?«, fragte nun Thore.

»Na den Trailer auf der anderen Straßenseite. Dort kannst du dich umziehen, sogar duschen und, wenn du willst, auch ein paar Stunden schlafen. Wer weiß, was uns morgen Früh noch bevorsteht. Also leg dich hin. Ich wecke dich, wenn es losgeht.« Damit schob er Thore ein Stück Richtung Hallenausgang und sah dann dem Deutschen lächelnd hinterher. So langsam mochte er den großen Kerl, auch wenn er ihm zuerst nicht getraut hatte. Dann ging er hinüber zu Hanky, der gerade seine letzten Anweisungen einem uniformierten FBI Agenten gab. Walt stellte sich neben Hanky und wartete, bis der Agent sich entfernte. Dann drehte er sich zu seinem Freund um und fragte:

»Also, was hast du morgen früh vor? Lass mich raten, du willst durch das Gate, dort hinüber in die Parallelwelt?«

»Genau mein Lieber, das habe ich vor. Und weißt du was? Du kommst mit! Na, jetzt verschlägt es dir wohl die Sprache, mein Alter?«

»Mir doch nicht!«, konterte Walt. »Ich dachte schon, du wolltest mich hier alleine lassen. Natürlich komme ich mit. Jemand muss ja schließlich auf dich aufpassen, sonst machst du nur wieder irgendeinen Unsinn!«

»Na dann sind wir uns ja wieder einmal einig Walt. So, jetzt lass uns noch etwas trinken und dann legen wir uns noch für ein paar Stunden hin. Wie ich sehe, kannst du dich kaum noch auf den Beinen halten.«

Noch ehe Walt protestieren konnte, legte Hanky seinen Arm um Walts Schulter und lief los. Walt streifte Hankys Arm von seiner Schulter und sagte gespielt empört:

»Lass das! Was sollen denn die Leute denken?«

***

Interview

Richard Miller hatte die Frühmaschine nach Washington genommen. Er war erstaunt, wie viel Betrieb schon am Morgen auf dem La Guardia Flughafen in New York City herrschte. Das Flugzeug war gut besetzt und die meisten Passagiere trugen Businesskleidung. Wahrscheinlich handelte es sich um Mitarbeiter von Regierungsbehörden, die jeden Tag die anderthalb Stunden Flug auf sich nahmen. Kaum war das Flugzeug auf dem Dulles International Airport südlich von Washington gelandet, rollte es auch schon zu einem

Gate. Der Reporter wunderte sich, wie schnell die Fluggäste die Passagierkabine verließen und auch er selbst stand keine zwanzig Minuten später vor dem Terminal. Richard überlegte, ob er noch schnell einen Kaffee trinken sollte, ehe er sich ein Taxi rief. Er wollte sich gerade umdrehen, um im Terminal das Heißgetränk zu kaufen, als ein junger Mann, in einen schwarzen Anzug gekleidet, ihn unvermittelt ansprach:

»Mister Miller, guten Morgen. Wie war Ihr Flug?«

Richard war ein wenig überrascht, doch er versuchte sich dies nicht anmerken zu lassen. Natürlich stand vor ihm ein Agent der NSA, mit dessen Direktor er heute Vormittag einen Interviewtermin vereinbart hatte. William Bannigen, der NSA Direktor, ließ ihn, Richard, vom Flughafen abholen. Doch Richard ließ sich von diesem subtilen Versuch, ihn einzuschüchtern, nicht beeindrucken. Vielmehr fand er es sehr aufschlussreich, dass man ihm so viel Aufmerksamkeit schenkte. Natürlich wusste man bei der NSA, dass Richard Miller nicht nur ein Reporter der New York Times war, sondern auch ein informeller Mitarbeiter des CIA. So beschloss der Reporter, das Spiel mitzuspielen, und fragte etwas von oben herab:

»Und welchen Namen benutzen Sie heute, Agent …?«

»Oh, Verzeihung Sir! Ich hatte mich noch nicht vorgestellt. Ich bin Agent Silver und das nicht nur heute, wenn ich das bemerken darf.«

»Na gut Agent Silver. Ich vermute, Sie sollen mich abholen und zur NSA bringen. Aber ehe wir fahren, würde ich mir noch gerne einen Kaffee bei Starbucks holen.« Ohne auf eine Antwort oder eine Reaktion des jungen Agenten zu warten, ließ Richard diesen stehen und ging zurück ins Terminal. Dabei glitzerten seine Augen vor Vergnügen. Er liebte es, Leute zu verblüffen und wenn er damit den NSA Agenten etwas aus der Fassung brachte, umso besser.

Eine halbe Stunde später begann die Fahrt nach Norden. An Washington vorbei fuhr die Limousine zu der Zentrale der NSA. Als sie schließlich den Baltimore-Washington Parkway erreichten, sah Richard das in der Frühsonne glitzernde Hauptgebäude der NSA. Der ganze Komplex war von einem enormen Parkplatz umgeben, der einem mittleren Flughafen gut zu Gesicht gestanden hätte. Gleich darauf passierte der schwarze Wagen ein Wachhaus und wurde, ohne jegliche Kontrolle von dem diensthabenden Wachmann, durchgewinkt. Vor dem überdachten Haupteingang stoppte die Limousine und der NSA Agent stieg eilig aus. Richard ließ sich erneut Zeit, doch er wollte es dann doch nicht übertreiben. Dennoch konnte er sich die sprachliche Spitze nicht verkneifen. Als er neben dem Agenten stand und sich noch einmal umgeschaut hatte, fragte er diesen:

»Agent Silver, können wir nun hineingehen?«

Die Gesichtsfarbe des Agenten wechselte in ein empörtes Rot, doch er blieb weiter ausgesucht höflich. Er geleitete den Reporter durch eine Sicherheitsschleuse und dann zu den Fahrstühlen. Nachdem sie die Liftkabine betreten hatte, sah Richard auf seine Uhr. Er hatte noch immer einige Minuten Zeit, ehe das Meeting mit dem NSA Direktor William Bannigen beginnen sollte.

Agent Silver hätte gerne einen Kommentar zu dem sichtlich arroganten Verhalten dieses Reporters abgegeben. Der Kerl trug seine Nase ziemlich hoch! Was bildete er sich ein? Nur weil er Reporter der New York Times war, glaubte er, sich alles herausnehmen zu können. Doch Agent Silver schwieg und versuchte, den Gast des Direktors möglichst zu ignorieren. Als endlich der Lift in der Chefetage hielt, atmete er auf. Nun brauchte er den Reporter nur noch bei der Sekretärin des Direktors abzuliefern, dann war sein Auftrag erledigt. Die Sekretärin, eine hochgewachsene, sehr elegante Frau mittleren Alters, erwartete Richard Miller mit einem freundlichen Lächeln. Sie vermied es aber, dem Reporter die Hand zu geben, und führte ihn stattdessen in einen kleinen Konferenzraum. Dort stand schon eine silberne Kanne mit Kaffee, Gebäck und zwei Tassen aus edlem Porzellan. Richard wurde aufgefordert einen Moment zu warten. Der Direktor würde in einigen Minuten für ein Gespräch bereit sein. Damit schloss die Dame die Tür und Richard war alleine. Doch er traute dem Frieden nicht. Bestimmt gab es hier im Raum Überwachungskameras nebst Mikrofonen. Man würde ihn hier einige Minuten alleine lassen, um zu beobachten, wie er sich verhielt. Wahrscheinlich saß ein Profiler an den Bildschirmen und versuchte den Gast des Direktors zu beurteilen. Natürlich flossen hier alle Informationen über den Lebensweg des Reporters zusammen und waren in einer elektronischen Akte gespeichert. Hier bei der NSA überließ man nichts dem Zufall, doch Richard wusste von seiner, geheimen, Arbeit für die CIA über Prozedere dieser Art bestens Bescheid. Man ließ ihn tatsächlich zwanzig Minuten warten, ehe sich die Tür des Konferenzraumes wieder öffnete. Zwischenzeitlich hatte Richard sich schon am Kaffee bedient und er kaute genussvoll an einem Keks herum. Der Direktor der NSA betrat den Raum und ging direkt auf Richard zu. Mit einem freudigen Lächeln, als würde er sich über ein Wiedersehen mit dem Reporter freuen, streckte er seine Hand aus und Richard ergriff diese. Es folgte ein kräftiger Männerhändedruck, ehe sich der Direktor neben Richard setzte.

»Wie ich sehe«, begann Direktor Bannigen, »haben Sie sich schon selbst bedient. Sind die Kekse gut?«

Richard nickte nur und grinste ebenfalls. Der Direktor schenkte sich auch eine Tasse Kaffee ein und fragte dann gespannt:

»So Mister Miller, über was unterhalten wir uns denn heute?«

»Direktor Bannigen, erstmal vielen Dank, dass Sie mich so kurzfristig empfangen haben. Ich kann mir vorstellen, dass Sie viel zu tun haben. Deshalb komme ich auch gleich zum Punkt. Ich recherchiere im Moment über die Verflechtungen der Sicherheitsbehörden von privaten oder politischen Gruppen und deren Einfluss. Mir sind dabei einige Informationen zugetragen worden, die ich gerne verifiziert hätte. Meine erste Frage zielt genau auf diesen Punkt. In welchem Verhältnis stehen die NSA und im Besonderen Sie, Herr Direktor, zur NRA, also der National Rifle Association, kurz: der Waffenlobby?«

Der Direktor zeigte mit keiner Reaktion, dass ihm diese Frage unangenehm sein könnte. Er antwortete nach einer kurzen Bedenkzeit:

»Natürlich, Mister Miller, gibt es Kontakte zur NRA. Ohne Zweifel. Doch ich, wie auch unsere Behörde, müssen mit Organisationen wie der NRA kommunizieren. Doch das hat nichts mit persönlichen Vorlieben oder unangemessenen Kontakten zu tun. Im Gegenteil! Washington, und damit meine ich auch den Präsidenten, ist der Auffassung, dass gerade die NRA einen erheblichen Part in der Landesverteidigung leistet.« Richard nickte und notierte etwas auf einem Block, den er selbst mitgebracht hatte. Er sah kurz auf seine

Notizen und tat so, als müsse er über seine nächste Frage nachdenken. Stattdessen bereitete er den nächsten Schritt vor, der den Direktor ins Wanken bringen sollte. Ohne auf die letzte von ihm gestellte Frage noch einmal einzugehen, fragte er nun:

»Wie Sie ja wissen, hat es in New York einen Anschlag gegeben, über den die Öffentlichkeit bisher nur dürftige Informationen erhalten hat. Im Zuge dieses Geschehens sind Sie, Mister Bannigen, einige Stunden nach dem Anschlag vor der Federal Reserve Bank of New York City gesehen worden. Um es präziser zu definieren, Sie haben sich mehrere Stunden in der Bank aufgehalten. Stehen der Anschlag und Ihr Aufenthalt in der Bank in direktem Zusammenhang?«

Das bisher freundliche Gebaren des NSA Direktors wich einer kühlen Distanziertheit. Richard merkte, wie sich der Mann verkrampfte. Dennoch antwortete der Direktor sofort und so, wie es Richard erwartet hatte.

»Dazu, Mister Miller, kann und darf ich Ihnen keine Auskunft geben. Die Nationale Sicherheit erfordert hier die genannten Vorgänge erst einmal genauestens zu untersuchen. Weitere Fragen?«

Richard murmelte mehr zu sich selbst, jedenfalls vorgeblich, denn er wollte den Direktor weiter bedrängen und aus dessen Körpersprache seine Schlüsse ziehen.

»Soso, die nationale Sicherheit!« Er notierte wieder etwas auf seinem Block und bemerkte dabei, dass der Direktor begann, sich sichtlich unwohl in seiner Haut zu fühlen.

Richard nutzte die Situation und formulierte die nächste Frage:

»Wie ist Ihr Verhältnis zu Senator Gorden McKinsey?«

Mit dieser Frage schockierte der Reporter den NSA Direktor. Er fragte sich, was dieser New York Times Reporter wirklich wusste. Wer hatte ihn über den Senator informiert? Es konnte kein Zufall sein, dass dieser Mister Miller, nach der Frage seines Aufenthaltes in der Federal Reserve Bank, ausgerechnet nach seinem Verhältnis zu Gorden McKinsey fragte. Er musste den aufdringlichen Reporter schnellstens loswerden und dann herausfinden, ob es einen Verräter, einen Maulwurf in der NSA gab oder ob es auf des Senators Seite eine undichte Stelle gegeben hatte. Es war schon schlimm genug, dass einige FBI Beamten, an erster Stelle dieser Hank Berson und Roger Thorn, das Tesla Portal in der Süd-Bronx gefunden hatten. Dazu kam der noch immer ungeklärte Überfall auf den Goldtransport. Der Senator tobte ohnehin schon und William Bannigen fürchtete, dass die ganze Aktion Goldraub zu einem Desaster führen würde. Doch er musste nun dem Reporter eine Antwort geben. In dem Moment, in dem er zu sprechen begann, drückte er einen Knopf auf einem einfachen Funkmelder, der seine Sekretärin das Signal gab, ihn aus dem Sitzungsraum zu holen.

»Mister Miller, Sie überraschen mich. Wie kommen Sie denn nun auf Senator McKinsey? Natürlich kennen wir uns, ist er doch, als Senior Senator, auch für die Belange der Nachrichtendienste in unserem Land mit verantwortlich. Auch so kennen wir uns sehr gut und wie Sie bestimmt wissen, habe ich am Anfang meiner Karriere für seinen Stab gearbeitet.«

In diesem Moment wurde die Tür des Konferenzraumes geöffnet und die Sekretärin des NSA Direktors kam mit einem Bedauern auf ihrem Gesicht in den Raum. Ohne dazu aufgefordert zu sein, sprechen zu dürfen, sagte sie mit bestimmter Stimme:

»Direktor Bannigen. Ein dringendes Gespräch aus Washington!«

Der Direktor gab sich überrascht, entschuldigte sich bei Richard und versprach, ihre Unterhaltung an einem anderen Tag fortsetzen zu wollen. Dann stürmte er aus dem Raum und rief noch im Hinausgehen:

»Agent Silver bringt Sie zurück zum Airport. Auf Wiedersehen!«

Damit war das Interview beendet und Richard erhob sich. Er war durchaus zufrieden mit diesem Treffen. Hatten ihm doch die nicht ausgesprochenen Worte des Direktors mehr verraten als das Gesagte. Gut gelaunt trank er noch schnell einen Schluck Kaffee und folgte dann der Sekretärin hinaus in die Lobby.

***

Gefangen

Die drei Jäger aus einer anderen Welt hockten verängstigt in dem Gefangenentransporter. Noch nie in ihrem Leben waren sie im Inneren der merkwürdigen Kutschen gewesen. Die fremden Krieger hatten sie überwältigt und dann gefesselt. Es gab keine größere Schmach als die Gefangenschaft. Nun war ihr Schicksal besiegelt und nur noch der Tod konnte Erlösung bringen. Dra vermisste seine Heimat, die zwar öde und gefährlich war, doch in der er zuhause war. Hier, im Stammesgebiet der Fremden, war er ein Außenseiter. Er verstand diese Welt nicht. Alles war so anders, so fremd. Die Menschen hier lebten ein gutes Leben und mussten nicht hungern. Dennoch erlaubten sie nicht, dass er und seine Jagdkameraden sich ihren Anteil nahmen und ebenfalls mit gefüllten Bäuchen durchs Leben gingen. Doch nun war eh alles vorbei. Die Krieger in ihren blauen Uniformen würden ihn, Pre und Fur bestimmt bald töten. Er sah zu seinen Freunden, die wohl ähnliche Gedanken hatten. Sie saßen still da und ihre Augen waren geschlossen. Bestimmt nahmen sie gerade Abschied von ihren Ahnen und bereiteten sich auf das Unvermeidliche vor. Nach einer Weile verlangsamte das Gefährt seine Geschwindigkeit und blieb schließlich stehen. Die hintere Tür wurde aufgestoßen und zwei Krieger stiegen in den Innenraum des Transporters. Sie griffen sich zuerst Fur und zogen ihn ins Freie. Zitternd vor Furcht leistete er keinen Widerstand. Dra sah dies mit Verärgerung. Ein Jäger durfte keine Furcht zeigen, selbst wenn er dem Tod gegenüberstand. Die Krieger schleppten Fur davon und zwei andere Krieger traten ins Sichtfeld. Auch sie kamen, um sich den nächsten Gefangenen zu greifen. Gleich darauf wurde Pre ins Freie gezerrt. Vor lauter Angst begann dieser zu schreien. Er rief die Götter der Ahnen um Hilfe und Tränen rannen über sein schmutziges Gesicht. Dra senkte seinen Kopf. Er wollte das unwürdige Verhalten seiner Kameraden nicht mehr sehen. Was sollten die blauen Krieger nur von ihnen denken? Sie würden als Feiglinge gebrandmarkt werden und einen unrühmlichen Tod sterben. Gleich darauf war er an der Reihe. Die Krieger bestiegen den Transporter und ergriffen ihn. Dra folgte willig und ließ sich abführen. Mit hocherhobenem Haupte ging er zwischen den Kriegern und folgte ihnen ohne Angst in ein großes Haus. Sie sollten sehen, dass er stark und mutig war. Selbst in der Gefangenschaft war er immer noch Dra, der Jäger. Dennoch wurde er nicht anders behandelt als seine Kameraden. Man führte ihn durch das Haus, das voller Krieger und anderen Menschen war. Vielfältige Geräusche drangen auf Dra ein und er fragte sich, was dies alles zu bedeuten hatte. Wieso hatte man ihn hierhergebracht? Sie erreichten einen großen Raum, der vor Stimmen nur so schwirrte. Es war laut, ja beinahe unerträglich laut. Dazwischen klingelte es immer wieder und Krieger liefen geschäftig umher. Andere saßen mit ihren Gefangenen an Tischen und sprachen mit ihnen. Seine zwei Wachen führten Dra durch den Raum hindurch und auf der anderen Seite betraten sie einen hell erleuchteten Gang. Rechts und links waren Gittertüren zu sehen, hinter denen Männer und Frauen, natürlich in verschiedenen Zellen, untergebracht waren. Dieser Stamm muss sehr mächtig sein, dachte Dra, als er die vielen Gefangenen erblickte. Vor einer der Gittertüren blieben seine Wächter schließlich stehen und öffneten eine Gittertür. Der eine Krieger nahm Dra die Fesseln ab und schob ihn in die Zelle. Dann sagte er etwas, das Dra nicht verstand. Als sich die Tür geschlossen hatte, sah sich Dra in der Gefängniszelle um. Sieben Männer, unterschiedlichster Hautfarbe, standen am Gitter oder saßen auf Bänken, die an der Wand angebracht waren. Keiner der Männer gehörte zu Dras Jagdgruppe. Er war alleine mit den Fremden. Ein kleiner, drahtiger Kerl sprach Dra, der natürlich kein Wort verstand, an. Ohne sich um den Fremden zu kümmern, setzte sich der Jäger einfach auf den Boden. Er spähte durch die Gitter und versuchte zu erkennen, was draußen vor sich ging. Der kleine Kerl redete immer noch auf Dra, der ihn aber völlig ignorierte, ein. Dies war dem Kleinen nach einer Weile zu viel. Er fühlte sich ignoriert, was bei ihm bei seiner Körpergröße schon öfter passiert war. Doch von diesem Neuankömmling wollte er diese Schmach nicht akzeptieren. Nachdem der Neue ihn weiterhin, trotz deftiger Drohungen, einfach ignorierte, sah sich der kleine Mann zum Handeln genötigt. Er wollte hier in der Zelle nicht als Schwächling dastehen und so versetzte er Dra, nach einer weiteren, geschrienen Warnung, einen Tritt. Was nun geschah, hätte keiner der Gefangenen für möglich gehalten. Dra packte das Bein des Kleinen, schnellte im gleichen Moment in die Höhe und stand gleich darauf auf seinen Füßen. Das Bein des Kleinen, der nun auf seinem zweiten Bein versuchte die Balance zu halten, hielt er immer noch umklammert. Dra packte nun mit der zweiten Hand das Bein und drehte sich schnell nach links. Dabei zog er das Bein und damit den kleinen Mann mit. Der schrie aus Leibeskräften, doch keiner seiner Zellengenossen griff helfend ein. Mit der Drehbewegung brachte Dra den Kleinen aus seinem Gleichgewicht. Eine weitere halbe Drehung folgte und Dra ließ das Bein des Mannes los. Dieser flog im hohen Bogen durch die Zelle und krachte zuerst gegen die Wand und dann zu Boden. Dort blieb er wimmernd liegen, während sich Dra wieder auf den Zellenboden setzte. Als sei nichts geschehen, starrte er wieder in den Flur vor der Zelle. Er wartete, dass man ihn holte und dann tötete. Die anderen Gefangenen schienen diese Furcht nicht zu teilen. Nachdem er dem kleinen Mann eine Lektion erteilt hatte, hielten die Männer Abstand zu dem Jäger. Keiner wollte sich mit dem Neuen anlegen. So vergingen die Stunden, ohne dass etwas Bemerkenswertes geschah. Dann jedoch drang ein köstlicher, fremder Duft an Dras Nase. Zwei Krieger schoben eine Kiste, die auf Rädern stand, durch den Zellengang. Vor jeder Gittertür blieben sie stehen und reichten flache, rechteckige Gegenstände in die Zellen. Brachten die Krieger ihren Gefangenen tatsächlich etwas zu essen? Nahrung war doch knapp und man verschwendete diese nicht noch an Gefangene. Dies war wirklich eine merkwürdige Gegend der Welt, in der er sich befand. Hier schienen alle Sitten und Regeln seiner Heimat unbekannt zu sein. Als die Krieger mit der Kiste vor seiner Zelle anhielten, stand Dra mit einer geschmeidigen Bewegung auf. Seine Zellengenossen schienen ihre Furcht vor ihm verloren zu haben. Sie drängten sich an ihm vorbei und nahmen die rechteckigen Platten von den Kriegern entgegen. Dra beobachtete kurz ihr Handeln und streckte dann seine Hände nach vorne. Auch er bekam ein Tablett mit Essen. Sorgsam balancierte er die wertvolle Nahrung und setzte sich wieder auf den Boden. Er stellte das Tablett vor sich und betrachtete die ihm fremde Nahrung mit Andacht. Dann nahm er den Löffel, ein Gegenstand, der ihm von zuhause bekannt war, und versuchte die Speisen. Als er den ersten Bissen Fleisch in seinen Mund geschoben hatte, schloss er seine Augen. So etwas Schmackhaftes hatte er noch nie gegessen. Es grenzte an ein Wunder, dass es solches Essen überhaupt gab. Er hätte vor Freude laut lachen können, doch er musste sich vorsehen und durfte in dieser Umgebung keine Schwäche zeigen. So aß er still und voller Behagen, bis sein Tablett völlig geleert war. Zufriedenheit breitete sich in ihm aus, doch auch eine erwachende Neugierde. Er fragte sich, wo seine Kameraden sein mochten und ob auch sie so ein gutes Essen bekommen hatten. Einige Zeit später wurden die leeren Tabletts wieder abgeholt und Dra sah den Kriegern hinterher. Er glaubte nun nicht mehr, dass man ihn gleich umbringen würde. Vielleicht nahmen ihn die Krieger ja in ihre Gruppe auf, wenn er sich richtig verhielt. Wo es so gutes Essen gab, da wollte er bleiben. Doch wie sollte er den Kriegern klarmachen, dass er zu ihnen gehören wollte? Er kannte ihre Sprache nicht und er überlegte, wie er ihnen mitteilen konnte, dass er eine Bereicherung für ihren Stamm sein würde. Dra grübelte und versuchte eine Lösung zu finden. Dabei achtete er nicht auf seine Umgebung und so traf ihn ein harter Schlag gegen seinen Kopf, völlig unerwartet.

***

Unerwartete Möglichkeiten

Alfredo hatte die ganze Nacht im Wald hinter dem Zaun verbracht. Als Erstes war er darauf angewiesen zu erfahren, was sich in dem Berglager abspielte. Zuerst waren seine Kumpane in den Tunnel gefahren, der zu der großen Kaverne führte. Dort wollten sie so viel Gold bergen, wie es nur möglich war. Bestimmt hatten sie in ihrer Gier keine Wachen aufgestellt und das war wohl ihr Untergang gewesen. Kurze Zeit später waren die Soldaten gekommen, die ihrerseits einen Teil des Goldes abtransportieren wollten. Nur aus den heftigen Schussgeräuschen, die gleich darauf ins Freie drangen, konnte Alfredo folgern, welches Drama sich im Berg abspielte. Dann, wohl nach einer guten halben Stunde, verklangen die letzten Schüsse und es wurde ruhig. Da weder seine Kumpane noch die Soldaten das Berglager verließen, überlegte der Mafioso, was er nun tun sollte. Nachschauen kam nicht in Frage. Er konnte seinen eigenen Kumpanen nicht mehr trauen und schon gar nicht den Soldaten. Wahrscheinlich hatten sie sich gegenseitig umgebracht oder belauerten sich im besten Fall. Alfredo konnte das eigentlich egal sein. Er bedauerte für keine Sekunde den Entschluss, sich davonzumachen. Seine Gangsterkumpel waren nie Freunde oder gar Familie gewesen. Nein, er hatte sich immer alleine durchschlagen müssen und auf das ganze Mafiagehabe konnte er gerne verzichten. Ohne die ganzen Verpflichtungen, die er in den Jahren angesammelt hatte, wie die unliebsamen Angewohnheiten war er nun frei. Dies begriff er in völliger Klarheit und war froh, dass er die Fesseln, die er als Treue zur Familie definiert hatte, endlich abgestreift hatte. Die Nacht verging langsam und die Geräusche des Waldes waren Alfredo fremd. Dennoch fürchtete er sich nicht, sondern gelangte zu einer ungewohnten inneren Ruhe. Irgendwann war er dann eingeschlafen, doch wirre Träume plagten ihn die halbe Nacht. Es war sein Instinkt, der ihn plötzlich weckte. Noch halb verschlafen schlug er seine Augen auf, blieb aber ansonsten ruhig liegen. Er lauschte in die Nacht hinein und hatte zuerst befürchtet, dass ihn die Soldaten aufgespürt hätten. Doch von dem Berglager kam kein Geräusch. Es war still, zu still. Nicht einmal die Tiere des Waldes rührten sich. Das konnte nur bedeuten, dass sich jemand in unmittelbarer Umgebung aufhielt. Wer schlich sich da an? Ja, wer wusste denn, dass er, Alfredo, hier im Wald hinter dem Zaun war? Egal wer sich da anschlich, es musste sich um einen Gegner, einen Feind handeln. Alfredo war alleine und wollte es auch bleiben. Nach einigen Minuten hatte sich noch immer nichts getan und der Mafioso fragte sich, ob ihm seine Nerven wohl einen Streich gespielt hatten. Da knackte es leise im Unterholz. Alfredo zog seine Pistole. Also hatte er sich doch nicht getäuscht. Ganz in seiner Nähe hielt sich jemand auf, schlich sich vielleicht an, um ihn zu erledigen. Das Herz des Mafioso schlug plötzlich schneller und kleine Schweißperlen bildeten sich auf dessen Stirn. Die Gefahr schien greifbar und er wollte nicht, dass sich sein Traum hier in einen blutigen Albtraum verwandelte. Gerade erst hatte er beschlossen, ein freies Leben zu führen, und schon war dieser Plan gefährdet. Der

Gangster versuchte etwas in der Dunkelheit zu erkennen, doch die Dunkelheit lag auf ihm wie eine schwere Last. Gerne hätte Alfredo jetzt einen deftigen Fluch in den Wald geschrien, doch er musste sich ruhig verhalten. Eisige Finger schienen seinem Rückgrat entlangzuwandern und seine Kehle war mit einem Male staubtrocken. Ein Kratzen im Hals reizte zum Husten, doch der Gangster zwang sich, keinen Laut von sich zu geben. Erneut knackte ein Zweig, doch dieses Mal schien das Geräusch näher zu sein als noch vor wenigen Minuten. Wer bist du, dachte Alfredo und bereitete sich gleichzeitig auf einen Angriff vor. Konnte sein Gegner ihn sehen? Wenn ja, warum schoss er nicht? Hatte er keine Waffe oder wollte der Kerl ihn mit einem Messer erledigen? Bestimmt war der Unbekannte hinter dem Gold her, das nur wenige Meter entfernt zwischen dem Gestrüpp der Böschung lag. Aus dem Dunkel heraus drang plötzlich eine leise Stimme an Alfredos Ohren.

»Hallo Mister! Bitte nicht erschrecken! Ich bin es, Mitchel Prusak. Sie haben mich befreit. Erinnern Sie sich?«

Natürlich erinnerte sich Alfredo an den NSA Analysten. Es war noch keinen halben Tag her, seit er ihn, aus für ihn selbst unverständlichen Gründen oder einer Gefühlsduselei heraus, befreit hatte. Wieso war der Kerl noch hier? Er hätte doch schon längst über alle Berge sein können. Und wie hatte er Alfredo in der Nacht hier im Wald nur finden können? Der Gangster beschloss seinen Fragen nachzugehen und rief Mitchel ebenso mit gedämpfter Stimme herbei. Trotzdem wollte Alfredo wachsam bleiben, er wusste ja nie, was einen Menschen antrieb. Es knackte noch zwei-, dreimal im Gehölz und dann sah der Mafioso den Mann. Er schlich vorsichtig auf Alfredo zu und versuchte zum Glück, dabei leise zu sein. Als er nur noch einen Meter von dem Gangster war, sagte Alfredo, natürlich immer noch flüsternd:

»Das ist nahe genug! Setzt dich auf den Boden!«

Mitchel gehorchte und ließ sich vorsichtig auf dem Waldboden nieder. Er rutschte noch ein wenig hin und her, bis er eine einigermaßen bequeme Stellung gefunden hatte. Alfredo wartete schweigend und hielt dabei seine Waffe schussbereit. Dann fragte er gespannt:

»Was willst du denn von mir? Du müsstest doch längst meilenweit entfernt sein.«

»Das stimmt Sir. Doch nachdem Sie mich befreit hatten, sah ich die Soldaten zurückkommen. Deshalb blieb ich auch im Wald. Ich hatte mich vorne am Tor versteckt und dabei auch gesehen, wie Sie mit dem Gabelstapler eine Palette Gold in Sicherheit gebracht haben. Übrigens sehr clever Sir.«

»Aha«, antwortete Alfredo. »Du hast es auf das Gold abgesehen!«

»Eigentlich nicht direkt, wenn ich es so sagen darf. Nein, mir ist beim Warten eine Idee gekommen. Wie Sie ja wissen, bin oder besser war ich Analytiker der NSA. Dadurch bin ich in der Lage, komplexe Sachverhalte zu erkennen und diese auch zu beeinflussen. Nun Sir, Sie sind alleine und haben ein Problem.«

»Ich habe kein Problem«, fiel der Gangster dem NSA Mann in die Rede.

»Doch, das haben Sie Sir. Lassen Sie mich erklären. Also, wie gesagt, ich habe Ihr Problem überdacht. Alleine wird es für Sie schwer sein, das Gold in Sicherheit zu bringen. Doch selbst wenn Ihnen das unerkannt gelingt, folgt das nächste Problem. Wohin sollen Sie sich nun wenden? Sie können zwar von diesem Ort fliehen, aber was dann? Selbstredend müssen Sie eine andere Identität annehmen, denn Sie können sicher sein, dass die Leute, für die Sie bisher gearbeitet haben, Ihnen auf den Fersen sein werden. Es ist nicht einfach an neue Papiere zu kommen und an Ihre bisherigen Kontakte können Sie sich nicht wenden. Doch hier komme ich ins Spiel. Wenn Sie mich an Ihrer Beute beteiligen, ich glaube, es ist genug Gold für uns beide dort unten im Wald, dann helfe ich Ihnen aus Ihrer Misere. Durch meine Ausbildung und meine Arbeit für die NSA bin ich in der Lage, uns beiden eine neue Identität zu schaffen. Ich kann am PC sehr viel bewirken und ich kann, nachdem wir von hier verschwunden sind und das Gold in Sicherheit gebracht haben, nach einer Möglichkeit suchen, das Gold in Geld umzuwandeln. Na, wie hört sich das an, Sir?«

Alfredo senkte seine Waffe und dachte nach. Der Mann hatte Recht. Es war nicht damit getan, das Gold an sich zu bringen, aber wenn der Kerl die Fähigkeiten besaß, die er eben geschildert hatte, dann musste Alfredo ihn zum Partner machen. Zu seinem Erstaunen gefiel ihm die Idee eigentlich ganz gut, einen Helfer zu haben. Er konnte sich ja immer noch später entscheiden, ob er sich den Mann vom Hals schaffte oder nicht. So traf Alfredo eine Entscheidung, die, so hoffte er, sein Leben in andere Bahnen lenken würde.

»Okay mein Freund. Ich bin mit deinen Vorschlägen einverstanden. Über deinen Anteil an der Beute müssen wir noch sprechen. Zuerst ist es wichtig, das Gold von hier fortzuschaffen. Doch ich glaube, wir warten erstmal den Morgen ab, damit wir sehen, wohin wir treten. Ich will mir im Dunkeln nicht die Knochen brechen. Und den Sir kannst du auch vergessen. Ich bin Alfredo.«

»Nicht mehr lange«, antwortete Mitchel mit einem Grinsen, das Alfredo allerdings nicht sehen konnte. »Du kannst dir schon jetzt überlegen, welchen Namen du gerne annehmen würdest. Dann schaue ich mal im Netz, ob es dort eine passende Identität für dich gibt.« Alfredo dachte darüber nach und fand die Idee, ein Anderer zu werden, toll.

***

Digitale Spurensuche

Thore hatte schlecht geschlafen. Die Enge der Schlafkabine im Trailer machte ihm zusätzlich zu schaffen. Nach nur drei Stunden erwachte er und wusste, dass er nicht mehr zu Ruhe kommen würde. Außerdem hielt ihn ein Gedanke in seinem Bann. Dem würde er nachgehen, und zwar gleich. Leise zog er sich an, ging kurz ins extrem kleine Badezimmer und verließ dann den Trailer. Draußen war es noch dunkel, doch die Stadt sandte ein stetiges Brummen, das von unzähligen Fahrzeugen der nahen Autobahn erzeugt wurde. Selbst jetzt, in den Stunden bevor die Sonne die Stadt am Hudson River aus der Nacht befreien würde, waren schon viele Menschen unterwegs. Thore streckte sich und zündete sich eine Zigarette an. Dann ging er hinüber zu dem Versorgungstruck, wo einige Männer und Frauen der FBI Spezialkommandos standen. Thore grüßte mit einem Kopfnicken und bestellte sich an der Theke einen Kaffee. Er nahm den Becher mit der heißen Flüssigkeit entgegen und sah hinüber zu der Lagerhalle. Er gönnte sich einige Minuten des Nichtstuns, rauchte seine Zigarette zu Ende und lief dann gemächlich zum Eingang der Halle. Diese war voll erleuchtet und Thore war überrascht, als er vor den Schaltpulten und Computern Mister Wynn sitzen sah. Entweder war der riesige Mann die ganze Nacht hier gewesen oder er konnte auch nicht schlafen. Doch Mister Wynn war genau der richtige Ansprechpartner für Thore. Als er näher kam, sah Thore, dass der Computerexperte der Anlage weitere Bildschirme und Rechner hinzugefügt hatte. Seine großen Finger tanzten elegant über die Tastaturen, die Mister Wynn ständig wechselte. Er rollte mit seinem Bürostuhl zwischen den verschiedenen Terminals hin und her, tippe hier etwas ein, dann gab er am nächsten PC einen Befehl und am dritten öffnete er mehrere digitale Schaubilder und Diagramme. Thore beobachtete Mister Wynn eine Weile, bis der sich irgendwann einmal umdrehte und Thore fragte:

»Was kann ich für Sie tun, Mister Klausen?«

Thore musste nicht lange überlegen, was er sagen wollte. Deshalb vermied er alle höflichen Floskeln und sagte einfach:

»Ich brauche eine Internetrecherche. Können Sie mir dabei helfen?« Mister Wynn lachte sein grollendes Lachen und antwortete:

»Na klar, kann ich, wenn's mich nicht zurück ins Gefängnis bringt!«

»Na prima«, freute sich Thore und zog sich nun auch einen Stuhl heran. Er setzte sich und sagte mit leiser Stimme:

»Wir müssen einen Senator und den Chef der NSA überprüfen. Ich weiß zwar, dass Agent Thorn schon in dieser Richtung ermittelt, doch ich habe mir dazu meine eigenen Gedanken gemacht. Ehe Sie, Mister Wynn, hier eintrafen, gab es ein Feuergefecht mit einer militärischen Einheit. Wir haben bisher festgestellt, dass einige Ausrüstung, die hier zurückgeblieben ist, wie auch der LKW da vorne, der Nationalgarde gehört. So, wie finden wir nun heraus, welche Einheit hier im Einsatz war und wer hat diese Einheit hierher befohlen. Wenn wir das wissen, dann überprüfen wir Truppenbewegungen, die es hier in New York City eigentlich gar nicht geben dürfte. Das ist erst einmal unser erster Ansatzpunkt.«

»Ja und was ist mit dem Direktor der NSA und nach welchem Senator suchen wir hier?«, fragte der Programmierer.

»Wollen wir doch erstmal sehen, ob wir eine Verbindung zwischen dem NSA Direktor und der Nationalgarde finden. Wenn wir dann so weit sind, sehen wir uns das Bewegungsprofil des NSA Direktors an. Ich glaube, wenn wir diese Daten zusammenbringen, dann sind wir einen erheblichen Schritt weiter.«

»Und Sie sind sich sicher, Mister Klausen, dass ich nicht für diese Ermittlungen zur Rechenschaft gezogen oder gar angeklagt werden kann?«

»Ganz sicher!«, sagte Thore und wusste, dass er sich die Genehmigung zu diesen Ermittlungen später noch von Hanky oder sogar Agent Thorn holen musste. Er hoffte, dass ihm dies gelingen würde, besaß er doch selbst hier keinerlei Handlungsbefugnisse. Mister Wynn beendete bei einem Rechner das laufende Programm und Thore fragte neugierig:

»Wofür laufen denn die ganzen Rechner, die Sie hier installiert haben?«

»Oh, das habe ich Ihnen noch gar nicht gesagt. Also ich habe mir gedacht, dass es sinnvoll wäre, alle Festplatten und deren Programme zu kopieren. Damit sich die Anwendungen nicht gegenseitig stören, habe ich für jeden vorhandenen PC einen weiteren hinzugefügt. Zum Glück haben mir Ihre Kollegen vom FBI die nötigen Rechner schnell besorgt. So, dieser Rechner ist jetzt frei!« Dabei deutete der große Mann auf den Bildschirm eines PCs. Dann begann er, für Thore nicht zu deutende Symbolgruppen in die Tastatur zu hämmern. Die Finger des Mannes bewegten sich unablässig, gerade so, als ob Mister Wynn einen diktierten Text schreiben würde.

Befehlszeile an Befehlszeile reihte sich aneinander und Thore fragte sich, wie er sich nur so viele Befehle merken konnte.

Es verging eine gute halbe Stunde, in der nur das Klappern der Tastatur zu hören war. Das tiefe Brummen eines Lastwagens drang in die Stille der Halle. Thore, der froh über diese Ablenkung war, stand von seinem Bürostuhl auf und ging interessiert zum Hallenausgang. Dort rangierte ein großer Sattelzug und schob den Auflieger rückwärts zum Hallentor. Die Nacht hatte sich bereits verabschiedet und die ersten zögerlichen Sonnenstrahlen vertrieben die Dunkelheit. Thore reckte sich und zündete sich eine weitere Zigarette an. Ohne dass er es bemerkte, war Walt Kessler neben ihn getreten. Launig begrüßte er den BND Agenten mit den Worten:

»Guten Morgen. Du solltest dir lieber ein Frühstück holen, anstatt einen Glimmstängel zu rauchen.«

»Ah, die Morgenpredigt!«, konterte Thore und inhalierte tief. »Auch dir einen guten Morgen Walt. Ja, ich glaube, jetzt meldet sich der erste Hunger. Ich werde mir gleich was am Food-Truck holen. Doch zuerst muss ich kurz mit dir reden.«

Die beiden Männer gingen ein Stück zur Seite, damit die Entladung des Lastwagens beginnen konnte. Leise berichtete Thore und erklärte Walt seine Idee. Als er zu dem Punkt kam, mit dem er Mister Wynn Straffreiheit bei der Internetrecherche versprochen hatte, runzelte Walt kurz seine Stirn, nickte dann aber. Er versprach über diese Angelegenheit mit Roger und Hanky zu sprechen. Inzwischen wurde der Lastwagen entladen und die angeforderten Schutzausrüstungen wie auch die Dekontaminierungsschleusen wurden an der Hallenwand abgestellt.

Walt und Thore kehrten nach ihrem kurzen Frühstück in die Halle zurück und begutachteten die angelieferten Waren. Danach begaben sie sich zu Mister Wynn, der gerade eine Landkarte der USA studierte. Als er die Männer kommen sah, drehte er sich erwartungsvoll zu ihnen um. Dann berichtete der Computerspezialist von den ersten Ergebnissen seiner Recherche.

»Ich hätte nicht gedacht«, begann er, »dass es so detaillierte Informationen über den NSA Direktor William Bannigen gibt. Natürlich habe ich geschützte Kanäle benutzt, um an die Informationen zu gelangen. Doch der NSA führt ein sehr genaues Bewegungsprofil seiner Mitarbeiter. Sehr interessant, muss ich sagen.«

Walt erstarrte für einen Moment und fragte zur Sicherheit noch einmal nach:

»Wollen Sie damit sagen, Mister Wynn, dass Sie die NSA gehackt haben?«

»Ja, genau! Mister Klausen hat mir dafür sein Okay gegeben. Aber keine Sorge. Ich habe Proxy-Server verwendet. So kann man mich im Netz nicht orten.«

»So, Mister Klausen hat dies genehmigt! Also gut, wenn das so ist. Dann unterrichten Sie uns bitte, wenn weitere Ergebnisse vorliegen. Ach noch etwas. Ist die Anlage bereit für einen weiteren Versuch?«, fragte Walt zum Schluss und deutete auf die großen Energiespulen. Mister Wynn nickte bestätigend und widmete sich wieder seiner Recherche.

Da Walt im Moment keine weiteren Informationen erhalten konnte, verließ er erneut die Halle. Er wollte mit Hanky ihr weiteres Vorgehen besprechen. Allerdings hatte er ihn an diesem Morgen noch nicht gesehen, doch er glaubte nicht, dass sein Freund noch schlief. Tatsächlich erschien Hanky gleich darauf vor der Halle. In der linken Hand hielt dieser einen Kaffeebecher und seine rechte Hand hielt das Handy des Mutanten an dessen Ohr. Walt näherte sich seinem Freund und wartete, bis dieser sein Telefonat beendet hatte. Als Hanky sein Handy schließlich in die Hosentasche schob, begrüßte Walt ihn:

»Guten Morgen, mein Lieber. Wie hast du geschlafen?«

»Na ja, geht so. Dir auch einen guten Morgen. Bevor ich's vergesse, liebe Grüße von Carmen. Übrigens habe ich schon mit Richard und Roger gesprochen. Beide ermitteln und Richard hat gerade seinen Besuch bei William Bannigen beendet. Er versucht nun einen Termin mit Senator McKinsey zu bekommen. Ich bin mal gespannt, ob dieser Termin funktioniert. Roger hat einen Lastwagen mit einem weiteren Teil des geraubten Goldes gefunden. Na ja, eigentlich haben die Staate Trooper den Truck entdeckt. Der Lastwagen wie auch dessen Begleitfahrzeuge wurden überfallen und jetzt kommts: Alle getöteten Männer gehörten der Nationalgarde an.«

Walt reagierte wenig erstaunt und kommentierte Hankys Bericht mit den Worten:

»Der Lastwagen in der Halle gehört ja auch der Nationalgarde und die Soldaten, mit denen wir uns hier an der Halle ein Feuergefecht geliefert haben, waren bestimmt auch Nationalgardisten. Zu dumm, dass die Kerle abgehauen sind.«

»Da mach dir mal keine Sorgen Walt. Ich glaube, wir finden sie bald. Dann müssen wir gerüstet sein. Hier haben wir es mit einer handfesten Verschwörung zu tun. Ich habe dir doch berichtet, was ich bei dem nächtlichen Meeting herausgefunden habe. Der Drahtzieher ist vermutlich dieser Senator McKinsey. Ich würde zu gerne mit Richard zu dem Interview fahren. Aber erst muss er ja einen Termin bekommen. Also gut Walt, komm, wir sichten jetzt meine Bestellung. Ich hoffe, dass man uns alles geschickt hat.«

»Na ja, der Lastwagen war auf jeden Fall voll beladen«, sagte Walt.

***

Bohrungen

Parallelwelt – 3 Wochen zuvor

Seet Smirl, der Kundschafter, hatte zum ersten Mal in seinem Leben das Stammesgebiet seines Volkes verlassen. Er war nachts, in der gefährlichsten Zeit überhaupt, in der Echsen überall lauerten, den Weg über das Wasser geschlichen. Nun befand er sich im Territorium der Verstoßenen, der Parias, die von dem Rat der Cave People verstoßen worden waren. Seet selbst hatte es in seinem jungen Leben noch nicht erlebt, dass ein Mitglied seiner Sippe verstoßen wurde. Doch er hatte die alten Geschichten an den Feuern gehört. Es hatte eine Zeit gegeben, als großer Unfriede herrschte. Damals verbannte der Rat Männer und Frauen, die sich nicht an Sitten und Regeln seines Volkes hielten. Diese Parias lebten nun auf der anderen Seite des Wassers. Wie sich der Stamm hinter dem Wasser nannte, war Seet nicht bekannt. Doch es war ratsam, dass er sich vorsichtig auf dem fremden Territorium bewegte. Erstens kannte er sich hier nicht aus und zweitens wollte er nicht in Gefangenschaft geraten. Die Fremden schien dies alles nicht zu interessieren. Ihnen war es egal, wer über welches Gebiet herrschte. Mit ihrer Ausrüstung und mit den furchtbaren Waffen, die sie mit sich führten, konnten sie jeden Gegner besiegen. Er hatte bisher noch nicht herausfinden können, welche Ziele die Fremden hatten. Wollten sie die Länder der Cave- People besiegen? Natürlich kannte Seet das Volk der Jäger. Doch sie stellten eigentlich keine Bedrohung für sein Volk dar. Nein, sie waren eher lästig und stahlen, was sie konnten.

Als der Tag anbrach, Seet hatte sich in einer Ruine in der Nähe der Brücke verkrochen, hörte er schon von fern das Getöse der Maschinen, die die Fremden mit sich führten. Heute schienen die Maschinen noch mehr zu brüllen als die Tage zuvor. Seet legte sich auf den Bauch und spähte zu der Brücke hinüber. Dort bewegten sich wahre Giganten langsam über die freigelegte Straße. Dazwischen liefen viele Fremde und gestikulierten mit ihren Armen. Vielleicht lenkten sie so die Giganten oder gaben ihnen die Richtung vor. Es dauerte noch eine ganze Weile, ehe die erste Maschine auf die Brücke fuhr. Langsam, fast zögerlich, rollte das Maschinenmonstrum über die Brücke. Es knirschte, knackte und knarrte so laut, dass es der Späher bis zu seinem Versteck hören konnte. Der Weg über das Wasser schien zu protestieren, als wolle er die Last nicht tragen. Dennoch hielt die Brücke der Belastung stand, und die Maschine erreichte ohne Probleme das andere Ufer. Rasselnd kam das Stahlungeheuer vor dem Gebäude zum Stehen, in dem sich Seet verbarg. In den nächsten Stunden passierten mehr Fahrzeuge die Brücke, als Seet Finger hatte. Langsam schob sich die Kolonne durch die engen Straßen, was dem Späher die Gelegenheit bot, den Fahrzeugen zu folgen. Er rannte durch Ruinen, kletterte auf Dächer, um sich einen Überblick zu verschaffen, und musste – auf Straßenniveau – manchmal von einem Haus zum nächsten spurten. Dabei durfte er nicht entdeckt werden, sonst war seine Mission zu Ende und er würde nicht mehr nachhause kommen. Diese Welt, seine Welt bestrafte Fehler sofort und gnadenlos. Verborgen hinter dem rostigen Stahlträger einer Ruine spähte Seet über die freie Fläche, die er überwinden musste. Das nächste Haus stand ungefähr zwanzig Meter entfernt, was nicht gut war. Selbst ein schneller Spurt würde ihn für mehrere Sekunden deckungslos und für jeden Beobachter sichtbar machen. Angestrengt beobachtete er seine Umgebung. Alles schien ruhig und die Fahrzeuge der Fremden würden erst in einigen Minuten hier auftauchen. Dies wusste er aus seinen bisherigen Beobachtungen. Erst sandten die Fremden zwei kleine Fahrzeuge. Wenn nichts geschah, dann folgten fünf Minuten später die großen Maschinen. Die kleinen Fahrzeuge hatten seine Position vor circa einer Minute passiert. Also war Seet klar, dass er die freie Fläche nun bald überqueren musste. Ein letzter Rundblick und der

Späher spannte seine Muskeln. Doch noch in letzter Sekunde hielt er inne, denn er hatte eine Bewegung gesehen. Im ersten Stock des gegenüberliegenden Hauses sah er ihn. Zuerst bemerkte Seet nur einen Schatten, der sich bewegte. Nach genauerem Hinsehen erkannte er einen alten Strahlenschutzanzug, seinem eigenen gleich, der sich langsam an eine Fensterhöhle heranschob. Darin musste einer der Parias stecken, da war sich Seet sicher. Eigentlich unterschied sich dieser Späher dort drüben überhaupt nicht von den Männern seines Stammes. Hätte Seet, wie geplant, die freie Fläche überquert, dann hätte ihn der Paria entdeckt. Seet starrte zu dem anderen Späher und wartete geduldig. Er konnte sich erst von seiner Position entfernen, wenn der andere verschwand. In diesem Moment begann die Erde leicht zu zittern und gleich darauf rollte eine der schweren Maschinen an der Ruine vorbei.

Einige Meilen entfernt lief der Prospektor Frederic Stanford unruhig auf und ab. Heute sollte die Bohrung beginnen. Schwere Planierraupen hatten eine Rampe ausgehoben, bis sie auf Granit gestoßen waren. Der harte Fels bedurfte einer speziellen Bearbeitung. Hier konnte man nur erfolgreich graben, wenn das entsprechende Equipment vorhanden war. Er hatte mit dem Teamleiter gesprochen, der sein Problem sofort verstand. Bei der Planung der Arbeiten hatte er deshalb schon vor einiger Zeit schweres Gerät angefordert. Als er Frederic mitteilte, was er geordert hatte, verschlug es dem Prospektor beinahe die Sprache. Der Teamleiter hatte eine Gripper-TBM, eine Tunnelbohrmaschine neuester Bauart, zur Verfügung. Frederic wagte nicht zu fragen, woher der Teamleiter so eine spezielle Maschine hatte. Die Verantwortlichen dieser Mission mussten ungeheure Geldmittel zur Verfügung haben. Nach einer Weile untätigen Wartens sah der Prospektor den Tross der Baumaschinen auf sich zukommen. Langsam rollte er durch die von Trümmern und Geröll freigelegte Straße, die durch ein Ruinenfeld führte. Eine halbe Stunde später endlich fuhren die Baumaschinen, begleitet von Soldaten der Nationalgarde, auf den freien Platz, der inzwischen von den Arbeitern angelegt worden war. Das Pioniercorps der Soldaten hatte vor einigen Tagen die Ruinen im Umkreis von hundert Metern gesprengt und den Schutt einfach zur Seite geschoben.

Adrian Larson sprang aus einem Humvee und lief zu Frederic. Die beiden Männer hatten sich in den vergangenen Monaten angefreundet. Begeistert klopfte der Landvermesser dem Prospektor auf die Schulter und schaltete das interne Funksystem ein.

»So mein Alter. Jetzt kannst du zeigen, was du kannst. Ich bin gespannt, wie der Bohrer funktioniert.«

»Ich auch«, gab Frederic kleinlaut zu. Ihn belastete die Verantwortung, die er im Moment ertragen musste. Würde die Bohrmaschine mit ihrem Bohrkranz den Stein wie gewünscht zerschneiden? Außerdem war ihm das Bohrteam nicht bekannt. Die Männer waren erst jetzt zu dem Expeditionsteam gestoßen. Frederic fragte sich, ob die Arbeiter mit den extremen Umweltbedingungen in dieser Welt zurechtkamen. Nach einer weiteren Stunde war der Bohrer einsatzbereit. Vorsichtig war das Gerät über die Rampe nach unten gebracht worden. Zwar hatte der Bohrkranz einen Durchmesser von dreikommaacht Metern, doch erst hier vor Ort würde man sehen, ob dieses Maß ausreichen würde, um den erforderlichen Stollen zu graben.

Frederic ging langsam die Rampe nach unten und stellte sich seitlich neben die große Maschine. Auf sein Zeichen hin wurde der Bohrkranz aktiviert. Mit einem hohen Summen begann sich der Bohrkranz zu drehen. Gleichzeitig bewegte sich die schwere Maschine langsam nach vorn. Mit einem kreischenden, hohen Ton fräste sich der Bohrer in das Granitgestein. Wie ein überdimensionaler Maulwurf grub sich die Maschine Meter um Meter in den Fels.

Adrian war ebenfalls zur Bohrstelle gelaufen und sah fasziniert zu der monströsen Maschine. Er liebte Technik und was dieses Gerät vollbrachte, war einfach nur erstaunlich. Ja, bald würden sie die vorberechnete Position erreicht haben und dann konnte die eigentliche Mission beginnen. Er bemerkte bei seinen freudigen Überlegungen nicht, dass er von einer Droge euphorisiert wurde. Ihm kam überhaupt nicht in den Sinn, dass man ihn nach dem Ende der Unternehmung nicht mehr brauchen würde.

***

Wut

Gefolgt von seinem engsten Stab verließ Senator Gorden McKinsey das Parlamentsgebäude in Austin, Texas. Er hatte keinen Blick für die prächtigen Räume, die ihn einst so beeindruckt hatten. Als Ölmagnat hatte er sich spät für Politik interessiert und auch heute war sein Engagement für die Belange der Volksvertretung eher gering. Er galt als unangenehmer Verhandlungspartner und kümmerte sich in erster Linie darum, seine eigenen Firmen nach vorne zu bringen. Dennoch verfügte der Senator über einen enormen Einfluss in politischen Kreisen. Er war gut vernetzt und machte keinen Hehl daraus, dass er militanten Gruppen sehr nahestand. So war es nicht verwunderlich, dass ihn heute der Kommandeur der Nationalgarde, General Joseph L. Lengyel, begleitete. Er befehligte 358.000 Soldaten aller Waffengattungen und übte damit eine Macht aus, die der Öffentlichkeit weitestgehend verborgen blieb.

Der Senator eilte die Stufen des Parlamentsgebäudes hinunter und stieg in eine wartende Limousine. Normalerweise hätte sein Dienstwagen in der Tiefgarage des Parlaments warten sollen. Doch der Senator hatte es eilig und ihm war egal, dass seine Leibwächter protestiert hatten, als er den Wagen zum Eingang beordert hatte. Der General stieg ebenfalls in die gepanzerte Limousine. Als der Berater und persönliche Assistent des Senators, Robin Higham, ebenfalls Platz genommen hatte, schloss einer der Leibwächter die Tür des Wagens und gab das Signal zur Abfahrt. Kaum hatte der Wagen Fahrt aufgenommen, polterte der Senator los:

»Was für eine verdammte Scheiße läuft da in New York, Joseph?«

Der General zuckte unmerklich zusammen. So einen Ton war er nicht gewohnt und Ärger kochte in ihm hoch. Was bildete sich der Alte nur ein, so mit ihm zu sprechen. Doch sein soldatischer Ehrgeiz wie auch seine Selbstbeherrschung obsiegten über seinen Ärger. Mit ruhiger, beinahe stoischer Stimme antwortete er dem Senator:

»Das kann ich auch noch nicht sagen. Das FBI hat Ermittlungen nach dem Goldraub aufgenommen, was ja auch zu erwarten war. Allerdings hatten wir nicht damit gerechnet, dass das Lagerhaus in der Süd- Bronx so schnell gefunden wird. Leider hat das FBI seine Sonderermittler Hank Berson und Walt Kessler eingeschaltet. Natürlich ist auch Spezialagent Roger Thorn dabei. Er leitet die Ermittlungen.«

»Wieso haben Sie das nicht unterbunden Robin?«, fauchte er seinen Assistenten an. »Haben wir denn niemanden beim FBI?«

»Doch Herr Senator. Doch leider nur einige für unsere Zwecke unwichtige Agenten«, antwortete Robin Higham bedauernd. »Dass ausgerechnet dieser Hank Berson ermittelt, ist fatal. Über diesen Mann kursieren ja die wildesten Gerüchte.«

»Was soll ich mit Gerüchten anfangen, Higham? Kann der Kerl unsere Pläne gefährden?«

»Das kann er auf jeden Fall!«, gab der General kleinlaut zu. »Doch es scheinen noch andere Parteien auf die Goldtransporte aufmerksam geworden zu sein. Ein Truck wurde auf einer Landstraße nahe New York City überfallen und alle Soldaten getötet. Ich nehme an, meine Männer wollten einen Teil des Goldes in Sicherheit bringen, nachdem das Bergzwischenlager überfallen wurde.«

»Das ist ja unglaublich!«, empörte sich der Senator weiter. Dann schwieg er einen Moment und fragte dann mit gefährlich leiser Stimme: »Wenn das FBI die Lagerhalle Hunts Point gestürmt hat, dann ist wohl auch das Tesla Portal in ihre Hände gefallen? Oder haben Ihre Leute das Portal zerstört?«

»Das kann ich nicht sagen, Senator. Jedenfalls haben sich alle Techniker, Arbeiter und Soldaten durch das Tor gerettet. Ich hätte erfahren, wenn es Gefangene gegeben hätte.«

»Das interessiert mich nicht!«, schrie der Senator nun ungehalten. »Wenn wir den Zugang in die Parallelwelt verloren haben, wie kommen wir dann an das dort verbliebene Gold?«

»Wir haben doch noch das transportable Tesla Portal drüben«, warf der Berater ein. »Oder haben Ihre Männer die Anlage schon zurückgeholt General?«

»Nein, das Portal ist noch in der Parallelwelt Mister Higham«, antwortete General Lengyel. »Nur wissen wir nicht, an welcher Position das Portal geöffnet wird.«

»Verdammt General. Ich hoffe für Sie, dass Ihre Männer dafür eine gute Stelle finden!« An seinen Assistenten gewandt, fauchte er dann: »Verbinden Sie mich sofort mit dem NSA Direktor.«

Einige Minuten später telefonierte Senator Gorden McKinsey mit William Bannigen. Der Senator schäumte noch immer vor Wut, versuchte aber sich zu beherrschen. Die NSA und ihr Direktor in persona war ein wichtiger und nicht zu unterschätzender Partner, den er besser nicht verärgern sollte. Sie besaß Mittel, die Karrieren zerstören konnte. Der Senator war sich sicher, dass William Bannigen genügend Informationen gesammelt hatte, um ihn in schwere Bedrängnis, wenn nicht sogar ins Gefängnis zu bringen. So begann Gorden McKinsey das Telefonat mit sachlicher Stimme:

»Hallo William, wir haben ein Problem, wie Sie wissen. Ich möchte darüber mit Ihnen sprechen, aber nicht am Telefon. Wann können wir uns sehen?«

»Senator, gut dass Sie mich anrufen. Ich weiß Bescheid. Es ist noch ein anderer, unangenehmer Faktor hinzugekommen, über den wir uns auch unterhalten sollten. Leider kann ich im Moment nicht zu Ihnen kommen, da ein Meeting mit dem Präsidenten ansteht.«

»Hat er von der Sache Wind bekommen?«, entfuhr es dem Senator ungewollt. Sofort bemerkte er seinen Fauxpas und erneuter Ärger wallte in ihm auf. Doch er versuchte sofort seinen Fehler wieder einzufangen. »Bevor Sie etwas sagen, William. Ich könnte gegen Abend in Washington sein und dann besprechen wir die Dinge unter vier Augen.«

»Washington geht nicht heute Abend. Ich bin ab dem späten Nachmittag in New York City. Dort könnten wir uns treffen, wenn es nicht zu viel Umstände macht.«

»Alles klar, William. New York ist genauso gut. Ich melde mich, sobald ich gelandet bin!« Damit beendete Senator McKinsey das Gespräch und schloss für einen Moment seine Augen. Er hatte damit gerechnet, dass es bei der Aktion Schwierigkeiten geben würde, doch allmählich entwickelte sich die ganze Angelegenheit in eine Richtung, die fast nicht mehr beherrschbar war. Er musste sofort handeln, sonst waren alle Arbeit und alles Geld, das er bisher investiert hatte, verloren. Nach einigen Sekunden sah er auf und sagte zu seinem Assistenten:

»Bereiten Sie alles für einen Flug nach New York City vor. Wir fliegen in zwei Stunden. In der Zwischenzeit bringen Sie mich zu meiner Stadtwohnung. Ich habe noch einiges vorzubereiten. General, es wäre nützlich, wenn Sie Ihren Koffer packen. Sie begleiten mich. Vielleicht können Sie dort Ihre Männer unter Kontrolle bringen.«

***

Nachbarschaft

Robert sorgte sich, denn Brian begann unkontrolliert zu agieren. Sich mit dem Alten, diesem Angelo, einzulassen war ein Fehler gewesen. Der Mann war ein Schwätzer und schon bald würde die ganze Nachbarschaft wissen, dass er und Brian hier eingezogen waren. Aufmerksamkeit war das Letzte, was sie gebrauchen konnten. Sein Pick-up Truck, der noch immer das Las Vegas Kennzeichen trug, stand nach wie vor auf dem Parkplatz der Wohnsiedlung. Dort würde er irgendwann auffallen, das war sicher. Zwar parkte dort immer mal wieder ein Besucher der Anwohner, doch er wollte sich nicht zu sehr auf sein Glück verlassen. Die Cops in der Gegend waren im Moment besonders wachsam, da keine zwanzig Meilen von der Siedlung entfernt der Goldtransport überfallen worden war. Von ihm und Brian überfallen worden war! Dass sie dieses Abenteuer, dieses Feuergefecht überstanden hatten, grenzte an ein Wunder. Schon in Las Vegas hatten Brian und er mehrere Schusswechsel ohne Schaden überstanden. Doch irgendeinmal würde es anders ausgehen. Da war er sich sicher. Nun trottete er hinter Brian und dem Alten hinterher, durch eine Nachbarschaft, die ihm fremd und wenig vertrauenserweckend erschien. Brian gab sich locker und gesprächig, doch Robert wusste, dass er sich nur mit dem Alten unterhielt, um neue Opfer zu finden. Robert konnte nicht verstehen, dass er schon wieder mordlüstern war. Hatten sie nicht erst gestern genügend Aufregung gehabt? Er fühlte noch immer diese seltsame Taubheit, die er immer spürte, wenn er einen Menschen ermordet hatte. Klar, er tötete gerne, er hatte seit seinem ersten Kill das Gefühl, wirklich zu leben. Dieses großartige Gefühl hatte ihm Brian geschenkt und er wollte es nicht mehr missen. Doch so blutgierig wie sein Freund war er nicht. Er konnte auf eine passende Gelegenheit warten und dann mit Genuss töten. Brian jedoch suchte ständig nach neuen Opfern und brachte sie damit beide in Gefahr.

Am Ende der Straße blieb der Alte stehen und deutete auf ein bestimmtes Haus. Robert war zu sehr mit seinen Gedanken beschäftigt gewesen, um der Unterhaltung, die Brian und Angelo geführt hatten, zu folgen. Er trat einen Schritt näher und hörte Angelo sagen:

»Da, in dieser Bude haben sich die Latinos eingenistet. Sie nennen sich Sepultureros, also die Totengräber. Noch besteht die Gang nur aus circa zwanzig Typen, soweit ich weiß. Doch ich glaube, es werden immer mehr.«

»Wohnen die Kerle dort?«, fragte Brian darauf sichtlich interessiert.

»Nein, mein Freund. Wo die leben, weiß ich nicht. Sie benutzen das Haus als Treffpunkt und um Party zu machen. Die Typen tauchen meistens erst nachts auf, doch das werdet ihr bald an dem Lärm merken. Ihr wohnt ja nur ein paar Häuser entfernt.«

In diesem Moment fuhr eine Lincoln Limousine an den Männern vorbei, stoppte kurz und wendete. Das Auto fuhr auf sie zu und hielt dann direkt vor ihnen am Straßenrand. Getönte Scheiben verhinderten einen Blick ins Innere des Wagens und Robert machte sich für eine Auseinandersetzung bereit. Er tastete nach seiner Pistole, die in seinem Hosenbund, verdeckt durch sein Sweatshirt, steckte. Robert spürte, wie er sich wünschte, jemanden zu töten. Der Rausch der Gefahr hatte ihn zum Süchtigen gemacht. Die Gefahr war zu einem geliebten Partner geworden. Vergessen waren die Zweifel, die er noch vor wenigen Minuten gespürt hatte. Auch Brians Haltung hatte sich verändert. Er stand neben dem Alten und starrte mit tückisch glitzernden Augen auf das Fahrzeug. Nur Angelo schien diese Anspannung nicht zu bemerken. Er lächelte sogar und klopfte gegen die Seitenscheibe des Lincolns. Die Scheibe senkte sich gleich darauf und ein beleibter Mann, mit schütterem Haar, wurde sichtbar. Ohne eine Begrüßung sprach er Angelo an:

»Sag mal Angelo, was sind das für Leute, mit denen du hier herumspazierst?« Dabei musterte er Brian und Robert ungeniert.

Der Alte hingegen verkündete beinahe stolz:

»Das sind meine neuen Nachbarn. Darf ich vorstellen: Robert und Brian aus Nevada.«

»Nevada?«, blaffte der Dicke. Nun sah er Brian direkt an und schien sofort zu spüren, dass dieser Mann gefährlich war. Dennoch versuchte der Beleibte gelassen zu bleiben. »Was bringt jemand dazu von Nevada nach Queens zu ziehen?« Brian beschloss sich nun in das Gespräch einzuschalten. So sagte er mit offensichtlicher Ironie in der Stimme:

»Vielleicht die gute Luft hier. Mit wem haben wir denn das Vergnügen?«

Noch ehe der Mann im Fahrzeug etwas erwidern konnte, versuchte Angelo, der nun auch die sich aufbauende Spannung bemerkte, die Situation zu entschärfen.

»Brian, Robert, darf ich euch vorstellen: Joe Montana. Er führt hier einige Geschäfte und wohnt ebenfalls in unserer Nachbarschaft, nur ein paar Straßen weiter.«

Brian starrte Joe Montana weiter an und fragte interessiert:

»So, ein paar Geschäfte, welche denn?«

»Das geht dich einen Scheißdreck an!«, blaffte der Dicke. Dann sah er Angelo mit einem grimmigen Gesicht an:

»Pass nur auf Angelo, mit wem du dich herumtreibst. Du solltest wissen, wer hier deine Freunde sind. Verstanden?«

»Ja klar, Joe! Das weiß ich doch«, stammelte der Alte. »Du kannst dich immer auf mich verlassen.«

Der Dicke nickte nur, bedachte Brian und Robert noch einmal mit einem warnenden Blick und sagte dann zu seinem Fahrer:

»Na los, fahr schon weiter!«

Das Seitenfenster schloss sich und der Lincoln fuhr davon.

»Wer war das denn?«, fragte Robert, während er dem Wagen nachschaute. Angelo wartete mit seiner Antwort, bis der Lincoln um die nächste Ecke bog. Dann flüsterte er, als ob der Dicke ihn noch hören könnte:

»Das war Joe Montana, der neue Don der Gambrinos. Ihr wisst schon, die Mafia Familie. Allerdings ist dies nicht sein richtiger Name. Den kennt hier keiner. Ist aber egal. Vor ihm solltet ihr euch in Acht nehmen.«

Brian lächelte schon wieder böse. Er freute sich, dass er hier nach Queens gekommen war. Hier gab es genau die Aufregung, die er suchte. Dieser Jon Montana würde nun auch auf seine Liste kommen, und zwar ganz nach oben. Wenn der Mafioso gewusst hätte, dass er, Brian und Robert, schon einige seiner Männer umgebracht hatten, dann wäre der Gangster wohl nicht so leichtsinnig gewesen, sich zu zeigen. Doch wie es bei Brian üblich war, wechselte er unvermittelt das Thema. Er drehte sich zu Angelo und fragte den Alten:

»Mein Bester, kannst du mir für ein, zwei Stunden dein Auto leihen? Wir müssen noch Roberts Truck abholen. Na, wie sieht es aus?«

***

Bergungspläne

Die Nacht war ereignislos zu Ende gegangen und der Morgen brachte leichten Nieselregen. Alfredo Ponti saß hinter einem Busch und fror. Außerdem war er müde und hungrig. Dennoch musste er noch ausharren, um zu erfahren, ob die Soldaten nun in dem Berglager blieben oder nicht. Er vermutete, dass seine einstigen Mafia Kollegen alle tot oder zumindest gefangen waren. Mit einigem Bedauern, das ihn selbst erstaunte, dachte er an Frank Guitiero, Ricardo Massimo und Salvadore Biondo, mit denen er auf die Spur des Goldes gestoßen war. Sie waren nie Freunde gewesen, nein eher Kumpels, die viel zusammen erlebt hatten. Wahrscheinlich waren sie alle nicht mehr am Leben. Doch Alfredo wollte sein bisheriges Leben hinter sich lassen. Somit hätte er seine Kumpane sowieso nie mehr gesehen. Doch dieser Gedanke verstärkte nur seine morgendliche Schwermut und er schloss für einige Sekunden seine Augen.

»Ist alles in Ordnung?«, flüsterte eine Stimme neben ihm.

Alfredo erschrak. Mitchel Prusak, der ehemalige NSA Analyst, hatte sich herangeschlichen, ohne dass Alfredo dies bemerkt hatte. Das zeigte ihm, wie übermüdet er war. Doch an Schlaf konnte er im

Moment nicht denken. Es stand zu viel auf dem Spiel. So antwortete er leicht gereizt dem Analysten:

»Ja, alles okay. Ich frage mich nur, wann und ob die verdammten Soldaten von hier verschwinden. Wie sollen wir sonst das Gold unbemerkt von hier wegschaffen?«

»Da habe ich eine Lösung!«, überraschte Mitchel den Mafioso. »Ich bin den Abhang hinuntergelaufen und nicht einmal fünfzig Meter auf einen Waldweg gestoßen. Also, wenn wir uns einen Transporter besorgen können, dann brauchen wir das Gold nur die paar Meter durch den Wald zu tragen.«

Alfredo drehte sich zu seinem neuen Partner um und klopfte ihm anerkennend auf die Schulter.

»Prima, mein Freund! Es war eine gute Idee gewesen, dich aus deiner Gefangenschaft zu befreien. Einen Weg sagst du? Na klar, da vorne ist doch eine Abzweigung. Dass ich daran nicht gedacht habe. Na manchmal steht man eben auf der Leitung. Also gut, dann brauchen wir hier nicht mehr auf die Soldaten zu warten. Lass uns zu dem Einkaufszentrum gehen, dort gibt es eine Autovermietung. Wir nehmen uns einen kleinen Lastwagen und dann später das Gold. Außerdem könnte ich jetzt auch einen Kaffee vertragen.«

Mitchel stimmte mit einem Kopfnicken dem Plan Alfredos zu. Kurze Zeit später standen die beiden Männer auf dem von dem NSA Analysten entdeckten Waldweg. Der Weg zur Mall dauerte allerdings länger, als Alfredo vermutet hatte. Sie liefen nicht auf dem Waldweg, sondern durch den angrenzenden Wald, um damit zu vermeiden, von den Soldaten, die irgendwann aus dem Berglager kommen mussten, überrascht zu werden. Schließlich erreichten sie die Wohnsiedlung und konnten das Einkaufszentrum auf der anderen Seite der Landstraße erkennen. Es regnete nun in Strömen und die Männer waren völlig durchnässt. Gerade als sie den Parkplatz der Wohnsiedlung überquerten, hörten sie das tiefe Brummen eines Lastwagens. Die Männer blieben zwischen den geparkten Wagen stehen und sahen einen Konvoi aus dem Wald kommen. Zuerst bogen zwei Humvees auf die Straße ein, dann folgte ein Armeelastwagen und dahinter fuhren zwei Sattelzüge. Den Abschluss bildeten zwei weitere Geländewagen. Alfredo sah, ohne in Deckung zu gehen, dem Konvoi hinterher. Hier auf dem Parkplatz fiel er nicht auf und die Soldaten, die in den Lastwagen und Humvees saßen, schenkten ihm keinerlei Beachtung. Der Mafioso wollte etwas zu Mitchel sagen, konnte ihn aber nirgends entdecken. Als der Konvoi die Landstraße erreicht hatte, tauchte der NSA Analyst hinter einem geparkten PKW wieder auf. Alfredo schüttelte nur belustigt seinen Kopf und sagte:

»Los, beeil dich. Ich bin klatschnass und will mir keine Erkältung einfangen.«

Einige Minuten später überquerten die beiden Männer die Landstraße und liefen danach über den Parkplatz zum Eingang des Einkaufszentrums. Dort blieb Alfredo stehen und betrachtete sein Spiegelbild in einem Schaufenster. Er sah einen verwahrlosten, schmutzigen Kerl und wusste, dass er seinen Anblick als Erstes ändern wollte. Der Kaffee musste noch einem Moment warten. Er blickte sich um, sah ein Geschäft und eine Idee stand plötzlich vor seinem geistigen Auge. Er betrachtete sich die Idee einen Moment von allen Seiten und befand sie für gut. Mitchel hatte sich ebenfalls in der Schaufensterscheibe betrachtet und versuchte seine Kleidung in Ordnung zu bringen. Alfredo stellte sich neben seinen neuen Partner und sagte einfach:

»Komm, wir müssen uns erstmal neu einkleiden. Ich hab da gerade eine Eingebung gehabt.« Damit drehte er sich um und ging an der Schaufensterfront vorbei in Richtung eines Military Shops. Mitchel runzelte fragend seine Stirn, folgte dann aber dem Mafioso. Dieser öffnete bereits die Tür des Geschäftes, das erst seit wenigen Minuten geöffnet war. Daher war der Verkaufsraum noch ohne Kundschaft. Einige Verkäufer ordneten die Waren. Ein kleiner Mann, der eifrig herbeieilte, begrüßte die morgendlichen Kunden und fragte, was wohl alle Verkäufer fragen:

»Wie kann ich Ihnen helfen?«

Alfredo antwortete launig:

»Indem Sie uns passende Outdoorkleidung zeigen, mein Bester. Wenn's geht, im Military Style. So, wie die Nationalgardisten rumrennen.« Der Verkäufer lächelte und führte seine Kunden in die entsprechende Abteilung. Ja, hier draußen, am Rande der Megacity New York, kamen oft Kunden, die ihre Alltagskleidung gegen Camouflage-Jacken und –Hosen tauschten. Die gaben ihnen ein Gefühl der Freiheit oder eine gewisse Verbundenheit mit den Streitkräften der USA. Wer wusste das schon? Aber wenn die Städter dann den Laden in militärischem Outfit verließen, veränderte sich ihr Verhalten und sogar ihr Gang.

Alfredo wusste genau, was er wollte, und gab dem Verkäufer präzise Anweisungen. Mitchel hatte längst begriffen, warum Alfredo gerade dieses Geschäft ausgewählt hatte. Wenn sie später zurück in den Wald gingen, um das Gold zu bergen, dann würden sie auf den ersten Blick den Soldaten gleichen, die im Berglager ein und aus gingen. Nach beinahe einer Stunde war es endlich geschafft. Alfredo und Mitchel trugen das Outfit der Nationalgarde, nebst Stiefeln und Mützen. Der Mafioso kaufte noch zwei Jagdmesser und zwei ebenfalls in Tarnmuster gefertigte Rucksäcke. Dann bezahlte er mit einer Kreditkarte.

Mitchel wollte schon protestieren. Wusste er doch, dass gerade Kreditkarten leicht zu überprüfen waren und damit eine Spur zu ihrem Aufenthaltsort legten. Doch Alfredo winkte beruhigt ab, packte seine alten Sachen in den Rucksack und forderte Mitchel auf, es ihm gleichzutun. Dann verließen sie den Laden.

»Keine Angst mein Freund«, sagte Alfredo dann zu dem NSA Analysten. »Die Kreditkarte ist nicht meine. Du verstehst? Habe ich von einem Kumpel, der sie von einem Touristen oder was weiß ich von wem hat. Solange die Karte funktioniert, benutzen wir sie. Für später habe ich noch ein paar andere in der Tasche. So komm, jetzt frühstücken wir erst mal.«

Der Rest des Vormittags verging schnell. Nach dem Frühstück in einem Ihop-Restaurant mieteten sich Alfredo und Mitchel bei U-Haul einen mittelgroßen Truck. In den Papieren gab Alfredo an, dass er einen Familienumzug mit dem Lastwagen bewerkstelligen wollte. Ziel: Miami, Florida. Der Angestellte hinter dem Tresen sah etwas neidisch auf den Zielort der angeblichen Reise und legte Alfredos Papieren eine Liste der U-Haul Vertretungen in Süd-Florida bei. Dann wies er Alfredo darauf hin, dass das Fahrzeug vollgetankt zurückgegeben werden musste. Danach legte er einen Autoschlüssel auf den Tresen und sagte seinem Kunden die Nummer des Parkplatzes, auf dem er den Kleinlaster finden konnte. Mit einem zufriedenen Lächeln verließ Alfredo, gefolgt von Mitchel, das Büro der Leihwagenfirma. Als sie dann in den Lastwagen gestiegen waren, sagte Alfredo:

»Jetzt müssen wir nur noch ungesehen das Gold in Sicherheit bringen. Hast du dir schon überlegt, wohin wir fahren sollen?«

»Das kommt darauf an. Zuerst, denke ich, fahren wir tatsächlich nach Süden. Miami klingt doch vielversprechend. Unterwegs besorge ich mir noch einen Laptop, damit ich ein wenig im Net stöbern kann.«

»Was willst du denn im Internet finden?«, fragte Alfredo, wobei er sich extra begriffsstutzig stellte.

»Na ja, wir brauchen doch einiges für unser neues Leben. Fangen wir mit sauberen Ausweispapieren an. Dann folgen Bankkonten und natürlich einen Abnehmer für das Gold.«

***

Der Durchbruch

Parallelwelt – einige Tage zuvor

Die letzten Tage waren extrem anstrengend verlaufen. Die Arbeiter konnten nur in Drei-Stundenschichten arbeiten. Die Belastung durch die Strahlenschutzanzüge war höher als erwartet. So hatte man vor zwei Wochen begonnen, Wohncontainer, mit besonderer Strahlenabschirmung aufzustellen. Innerhalb kürzester Zeit war ein kleines Camp entstanden, dessen einzelne Module durch transparente Schlauchtunnel verbunden waren. Immer mehr Gerät wurde herbeigeschafft und bereitgestellt. Schwere Bulldozer schafften das abgebaute Gestein an die Oberfläche. Die Rampe, die zum Zielpunkt führen sollte, maß mittlerweile mehr als achtzig Meter. Das gesamte Personal, inklusive der Soldaten, blieb vor Ort, was logistisch sinnvoll war. So sparte man sich die ständigen Transporte durch unsicheres Gelände. Dennoch trafen nach und nach weitere Lastwagen und Tieflader ein. Große Radlader, die als Gabelstapler nutzbar waren, reihten sich an der Rampe auf und warteten auf ihren Einsatz. Ein umgebauter Tieflader jedoch brachte das wichtigste technische Equipment. Dieser besondere Transport wurde von mehreren Sicherheitsteams begleitet. Es war wichtig, dass diese Fracht ohne Beschädigung ans Ziel gelangte. Als der Tieflader auf das Gelände vor der Rampe fuhr, erwartete Professor Ron Bedard diesen schon ungeduldig. Noch bevor der Fahrer des Tiefladers den Motor seines Fahrzeuges abstellte, kletterte der Professor auf den Tieflader. Er winkte seine Assistenten, die gleich darauf die ersten Schutzplanen der Gerätschaften entfernten, ungeduldig herbei. Nach etwa zwei Stunden intensivster Prüfungen und Kontrollen war der Professor beruhigt. Das transportable Tesla Portal war einsatzbereit. Nach einer kurzen Pause, in der sich die Arbeiter erholen konnten, begannen die finalen Arbeiten. Der Sattelzug fuhr langsam die aus dem Granitfels gefräste Rampe nach unten. Am Ende der Rampe befand sich eine fußballfeldgroße Fläche, die es dem Sattelzug ermöglichte, problemlos zu wenden. Arbeiter dirigierten den Auflieger in eine schon vorher markierte Parkposition. Schwere Stahlstützen wurden unter der Ladefläche des Aufliegers positioniert und ausgefahren. Es folgten Stahlplatten, die als Rampe dienen würden und an der Plattform des Aufliegers verschraubt wurden. Ein weiterer Sattelzug war in der Zwischenzeit eingetroffen und wurde seitlich geparkt. Arbeiter befreiten die auf dem Auflieger stehenden Generatoren von ihren Schutzumhüllungen. Hochspannungskabel wurden zu dem Tesla Portal gelegt und angeschlossen. Techniker überprüften die Anlage und gaben nach weiteren vierzig Minuten das Zeichen, dass das Portal einsatzbereit war. Nun folgten mehrere Probeläufe mit den großen Bulldozern, die anstatt einer Schaufel Lastgabeln montiert hatten. Zehn Maschinen fuhren nacheinander die Rampe hinunter, dann einzeln auf den Aufleger, auf dem das Tesla Portal installiert war. Dann rollten sie rückwärts von der Plattform und kehrten über die Rampe zur Oberfläche zurück. Die Zeiten jedes Bulldozers wurden gestoppt und notiert. Fast drei Stunden übten die Fahrer der großen Maschinen die Ein- und Ausfahrt des Transportweges über die Rampe. Zum Schluss der Übung parkten die Bulldozer der Reihe nach auf der Rampe. Sie waren für den Einsatz bereit. Als es bereits dunkel wurde, versammelten sich die Männer und Frauen des operativen Teams in einem

Zelt, das in der Mitte der Wohncontainer errichtet worden war. Offene Fragen wurden besprochen und diskutiert. Allgemein war eine Spannung der Versammelten spürbar. Die Arbeit der vergangenen Monate war nun abgeschlossen und der eigentliche Einsatz stand unmittelbar bevor. Am nächsten Morgen sollte es losgehen und erst dann würde es sich zeigen, ob man richtig und gut vorbereitet war.

Der nächste Tag begann für die Arbeiter sehr früh. Schon um 4:30 Uhr schrillte eine Sirene, die jeden im Camp weckte. Eilig verrichteten Arbeiter und Techniker ihre Morgentoilette, zogen ihre Overalls über und nahmen ein kurzes Frühstück ein. Danach kam die lästige, aber nötige Prozedur, bei der sie ihre Strahlenschutzanzüge überstreiften. Diese war nötig, da die Strahlenbelastung vor Ort erheblich war. Nach und nach verließen die Teams ihre Unterkünfte und sammelten sich unter Scheinwerferlicht vor dem Camp. Noch war es dunkel, doch der neue Tag würde nicht lange auf sich warten lassen. Die Soldaten gingen in vorbereitete Stellungen und sicherten so das Areal vor unliebsamen Besuchern. Heute konnte man keine Ablenkung gebrauchen. Es stand zu viel auf dem Spiel. Sattelzüge fuhren in vorbestimmte Positionen und Techniker eilten die Rampe hinab. Professor Ron Bedard war einer der Ersten, die am Tesla Portal ankamen. Seine Techniker starteten die Generatoren, die mit lautem Brummen ansprangen. Computer wurden hochgefahren, Programme aufgerufen. Ein Team aus Arbeitern machte sich bereit, um nach dem Öffnen des Portals eine weitere Rampe an dem Auflieger zu befestigen. Dies konnte erst geschehen, wenn man wusste, wie das Bodenniveau auf der anderen Seite beschaffen war. Der Professor sah sich noch einmal prüfend um und gab dann den entscheidenden Befehl, das Portal zu aktivieren. Sofort wurde das Brummen der Generatoren lauter und die Tesla Spulen wurden mit Energie versorgt. Ein bläuliches Elmsfeuer waberte über die Spulen, ehe sich zwischen ihnen ein Energiefeld entfaltete. Die Felswand hinter dem Auflieger verblasste und machte einem neuen Bild Platz. Ein großer Raum, der im Halbdunkel einer Notbeleuchtung lag, wurde sichtbar. Gleichzeitig erbebte die Luft und von den Wänden des Granitfelsens rieselten Staub und einige kleine Steine. Besorgt sah der Professor nach oben und hoffte, dass keine der Steine die Anlage beschädigten. Dann senkte er seinen

Blick und gab den Arbeitern die Order, nun das Höhenniveau zu kontrollieren. Fünf Männer durchschritten den Energievorhang und befanden sich im gleichen Moment in einem Goldbunker der Federal Reserve Bank. Erleichtert stellten sie fest, dass der Prospektor Frederic Stanford hervorragende Arbeit geleistet hatte. Das Bodenniveau auf dieser Seite des Tesla Portals wich nur circa dreißig Zentimeter von der Plattform des Tesla Portals ab. Eilig durchquerten sie das Portal erneut, um vorbereitete Stahlplatten zu holen. Die Installation der Platten, die auch auf dieser Seite als Rampe dienen sollten, war in Minuten geschehen. Dann kam die Stunde der Verlademannschaften. Gleich vier Teams, zu je fünf Mann, durchschritten die Energiewand. Sie ließen sich von dem Luftbeben, das auch im Goldbunker merklich spürbar war, nicht beeindrucken. Sie kannten den Effekt und wussten, wie sie sich verhalten mussten. Ihnen folgten zwei kleiner Radlader, welche die Aufgabe hatten, die Paletten mit den Goldbarren durch das Tesla Portal auf die Ladefläche des Tiefladers zu bringen. Dort wurden die Paletten von den großen Bulldozern aufgenommen und über die Rampe nach oben transportiert. Die fünf Teams im Bunker rangierten, so schnell sie konnten, die Goldpaletten in Abholpositionen und benutzten dabei die hier im Bunker vorhandenen Hubwagen. Ein Strom ineinandergreifender Arbeitsabläufe begann und der Goldbunker leerte sich zusehends. Als die letzte Palette nach einer halben Stunde verladen war, erlosch das Tesla Portal. Doch der Goldraub war noch nicht beendet. Die Kabel zu den Generatoren wurden gelöst und die Rampen entfernt. Danach wurde der Sattelzug mit dem Tesla Portal um zwanzig Meter versetzt. Das gleiche Prozedere spielte sich erneut ab. Kabel wurden angeschlossen, Rampen installiert und das Portal aktiviert. Zielstrebig drangen die Teams in den zweiten Goldbunker ein und begann sofort mit ihrer Arbeit. Sie wussten, dass sie jeden Moment entdeckt werden konnten. Soldaten sicherten die Tresortür und falls sich diese öffnen sollte, würden sie sofort aus ihren Schnellfeuerwaffen das Feuer eröffnen. Doch nichts rührte sich bis auf das anhaltende Beben und so konnten die Teams mehr Goldpaletten erbeuten, als vorgesehen. Logistische Probleme bekamen die Fahrer der Bulldozer. Sie konnten das Gold nicht so schnell die Rampe hinaufbugsieren, wie es nötig war. Sie begannen das Gold an den Wänden der Rampe abzustellen, was natürlich die Bewegungsfreiheit der Maschinen erheblich beeinflusste. Als endlich die letzte Palette aus dem Bunker gebracht wurde, atmete so mancher Arbeiter befreit auf. Die Teams kehrten zurück in die Parallelwelt, gefolgt von den beiden kleineren Radladern. Zum Schluss verließen die Soldaten den Goldbunker und das Tesla Portal schloss sich. Die Generatoren wurden abgeschaltet und nur das Motorengeräusch der Bulldozer echote an den Wänden der Rampe. Professor Ron Bedard, der maßgeblich an der Planung und dem Bau des Tesla Portals beteiligt gewesen war, lehnte sich erschöpft in seinem Bürostuhl zurück. Er hatte seine Arbeit getan, doch eine psychische Erleichterung wollte sich bei ihm nicht einstellen. Vorsichtig formte sich in ihm ein Gedanke, der ihn sehr erschreckte. Wie geht es nun weiter? Brauchte man ihn noch?

***

Vorstoß in eine andere Welt

Thore rauchte eine letzte Zigarette vor der Halle. Rund um ihn herum war hektische Betriebsamkeit. Spezialkommandos des FBI bereiteten sich auf einen Einsatz vor, bei dem sie nicht wussten, was sie erwarten würde. Alle Männer und Frauen, die an dem bevorstehenden Vorstoß beteiligt sein würden, trugen schwere Strahlenschutzanzüge. Die restlichen Menschen, die in der Halle bleiben würden, hatten einen Hörschutz über ihre Ohren gezogen, wie sie sonst nur von Soldaten an Geschützlafetten getragen wurden. Ein FBI Spezialist sah auf seine Uhr und forderte Thore auf, sich in die Halle zu begeben. Der BND Agent nahm einen letzten, tiefen Zug und warf dann die Zigarette auf den Boden. Er trat die Glut aus und zog sich den Schutzhelm über den Kopf. Sofort veränderte sich seine Sicht auf die Welt. Er schien nun in seinem eigenen Kosmos zu sein und alles außerhalb seines Schutzanzuges war irgendwie weit entfernt. Eine Stimme erklang laut in seinem Kopfhörer und Thore regulierte die Lautstärke auf ein erträgliches Maß. Langsam, sich an den Schutzanzug gewöhnend, ging Thore durch die Halle. Er passierte bereitstehende Spezialisten, die ihre Helme schon geschlossen hatten. Die Männer und Frauen waren alle bewaffnet und Thore fragte sich, warum eigentlich er keine Waffe bekommen hatte. Als er Mister Wynn sah, der ebenfalls einen riesigen Kopfhörer trug und vor den Bedienpulten stand, winkte er kurz zu, ehe er sich neben Walt und Hanky stellte. Die beiden Mutanten trugen farblich gekennzeichnete Schutzanzüge, die sie als Leiter dieser Expedition kenntlich machte. Walt sagte über das Funksystem zu Thore:

»Bleibe ein wenig hinter uns. Hanky und ich errichten wieder einen mentalen Schutzschirm. Sobald das Portal sich geöffnet hat, gehen wir zuerst durch das Energiefeld. Du folgst uns dann zusammen mit dem ersten Einsatzteam. Okay, es geht gleich los. Wir sehen uns drüben.«

Thore wollte noch etwas entgegnen, aber Walt hatte inzwischen den Funkkanal gewechselt. Eine Stimme erklang im Funk, die wohl Mister Wynn gehörte.

»Achtung! Noch eine Minute bis zur Öffnung! Stellen Sie alle den Funkbetrieb ein und wappnen sich für das Luftbeben. Noch 50 Sekunden! Bei 10 zähle ich herunter. Danach schreiten die Mannschaften nach Plan durch das Portal. Noch 40! Noch 30! Noch 20! 10, 9, 8, 7, 6, 5, 4, 3, 2, 1. Energie!«

Es geschahen mehrere Dinge gleichzeitig. Die Generatoren fuhren auf Leistung und ihr Lärm erfüllte die Halle. Überschlagsblitze fuhren aus den Tesla Spulen. Um die beiden Mutanten bildete sich eine schillernde Energieblase und sie schwebten, als seien sie schwerelos, über dem Hallenboden. Vor ihnen, zwischen den Spulen, auf denen Elmsfeuer tanzten, bildete sich eine Energiewand, die zuerst weiß flimmerte, ehe sie durchscheinend wurde und eine Trümmerlandschaft zeigte. Die Luft vibrierte stark und diese Vibrationen setzten sich am Hallenboden fort. Thore war froh, diese speziellen Kopfhörer zu tragen. Gebannt sah er durch seine Helmscheibe nach vorne und beobachtete, wie die Energieblase, die Walt und Hanky umhüllte, langsam nach vorne schwebte. Dann berührte sie die Energiewand und eine Lichtkaskade sprühte Funken durch den Raum. Gleich darauf hatte die Blase samt ihrer Passagiere die Energiewand durchdrungen und die erste Kommandoeinheit marschierte mit angeschlagenen Waffen auf die Energiewand zu. Keiner der Männer und Frauen zögerte auch nur einen Moment. Thore bemerkte fasziniert, wie die Spezialisten durch den Energievorhang schritten. Er erinnerte sich an den Film Stargate Atlantis. Doch das war nur ein Film, eine Fiktion gewesen. Dies hier war echt, war real. Noch ehe der letzte Spezialist durch die Energiewand schritt, sprang Thore auf die etwas erhöhte Plattform, auf der das Tesla Portal installiert war. Er verlangsamte seinen Schritt ein wenig, so, als ob er noch überlegen müsse, ob er durch das Portal gehen würde. Doch dann vergaß er alle Befürchtungen und bewegte sich bis zu dem Energiefeld. Ohne weiter nachzudenken, tat er seinen nächsten Schritt, fühlte ein leichtes Kribbeln am ganzen Körper und stand gleich darauf in einer fremden Welt.

»Weitergehen, weitergehen«, erklang es in seinem Kopfhörer und Thore beeilte sich dem Befehl Folge zu leisten. Nach circa 10 Metern erreichte er Walt und Hanky, die inzwischen die Energieblase aufgelöst hatten. Fasziniert betrachtete Thore die neue Umgebung. Er befand sich in einer Ruinenstadt, in der einst Menschen gelebt hatten. An diesem Punkt seiner Überlegung stockte er. Hatten hier wirklich Menschen gelebt oder waren es andere, ihm unbekannte Wesen? Auf jeden Fall hatte der Tod hier reiche Beute gemacht. Leere Fensterhöhlungen schienen ihn stumm und anklagend anzustarren. Verkohlte Mauerreste erzählten eine traurige Geschichte. Thore fröstelte es. Er fror angesichts dieser bedrückenden Umgebung und er meinte die Verzweiflung der Sterbenden zu fühlen. Ein Blick zu dem wolkenverhangenen Himmel trübte seine Stimmung weiter. Was war das nur für eine Welt? Warum war hier so viel Unheil geschehen. Er dachte an seine Heimat, in der alles sauber und grün war. Doch gleichzeitig fielen ihm die Kriegsgebiete in seiner Welt ein. Im Nahen Osten wüteten immer noch schreckliche Kriege und dort lebten tatsächlich noch Menschen. Dort gab es Städte, die dieser hier glichen. Er begriff plötzlich, dass seine Welt nicht viel besser war als diese. Vielleicht war man den letzten Schritt noch nicht gegangen, doch wer wusste, ob er nicht hier die Zukunft seiner Welt sah. Thore bemerkte, wie merkwürdig still der Funkverkehr war. Niemand sagte ein Wort, nur der Wind sandte sein ewiges Lied zu den Außenmikrofonen der Schutzanzüge.

Thore ging nun endgültig zu Walt und Hanky und stellte sich neben sie. Die beiden Mutanten schienen ihn nicht zu bemerken. Sie starrten zum Straßenrand hinüber und plötzlich hörte er Walts Stimme im Kopfhörer.

»Wie Müll! Sie haben sie wie Müll einfach weggeworfen!«

Thore verstand zunächst nicht, was Walt so aufbrachte, und sah nun auch in die Richtung, in die die Mutanten blickten. Dann erkannte er, was Walt so aufgebracht hatte. Dort, vor einer Ruine lagen tote Menschen. Sie trugen keine Schutzanzüge und lagen mit verrenkten Gliedern im Dreck. Es mochten zirka zwanzig Leichen sein, die hier ohne Würde abgelegt worden waren. Tiere, welcher Art auch immer, hatten die Körper zum Teil angefressen und schreckliche Wunden hinterlassen. Thore hoffte für die Verstorbenen, dass sie schon tot gewesen waren, ehe die Aasfresser kamen. Erschüttert wandte er sich ab und schloss die Augen. So hatte er sich das Abenteuer in einer anderen Welt nicht vorgestellt. Waren die Toten Mitglieder der Gruppe gewesen, die das Tesla Portal errichtet und benutzt hatten? Flohen sie durch das Portal und wurden hier, in dieser fremden Welt, in dieser traurigen Gegend einfach umgebracht? Thore wusste, dass niemand seine Fragen beantworten konnte. Am liebsten wäre umgekehrt, zurück durch das Portal in seine Welt und einfach nach Hause gegangen.

Schwermut versuchte ihn zu übermannen. Doch dann erwachte sein Ärger. Nein, er würde nicht zurückgehen, sondern die Killer, die schamlosen Leute jagen und zur Strecke bringen. Er verfluchte die Hintermänner, die den Goldraub initiiert hatten und denen ein Menschenleben nichts bedeutete. Als Thore sich wieder zu Walt und Hanky umdrehte, sah er, dass sie vor den Leichen in die Hocke gegangen waren. Offenbar wollten sie herausfinden, wie diese Menschen gestorben waren. Zögernd ging Thore zu den Mutanten und wunderte sich, dass er nichts hörte. Hatte er unbewusst seine Funkanlage ausgeschaltet? Er konnte sich nicht erinnern, doch der kleine Moment der Ruhe hatte ihn zu einem Entschluss geführt und das war gut so. Er drehte am Knopf des Reglers und hörte sogleich Walts vertraute Stimme.

»Wir müssen die Leichen bergen und zurückbringen. Ein Forensikteam soll dann die Untersuchungen führen.«

Hanky stimmte sofort zu und gab Anweisung, dass einer der Spezialisten zurück in die Lagerhalle gehen sollte, um ein Team zur Bergung der Leichen anzufordern. Als er dann das Signal zum Aufbruch gab - er wollte zumindest die unmittelbare Umgebung erkunden - erfolgte ein Angriff.

Eine Raubechse, bestimmt drei Meter messend, schob sich über einen Schuttberg und rannte mit geöffnetem Rachen auf die Gruppe zu. Vielleicht wollte sie die Leichen verteidigen, wenn sie diese als ihre Beute ansah, oder einfach Jagd auf die Eindringlinge machen? Thore sah erschrocken zu der Bestie und verfluchte die Tatsache, dass er keine Waffe trug. Die Raubechse hatte den Fuß des Schuttberges fast erreicht, als sie von einer unsichtbaren Kraft gestoppt wurde. Dann erhob sie sich in die Lüfte und wirbelte gleich darauf, sich überschlagend, davon. Walt hatte mit seinen mentalen Kräften eingegriffen und die Gefahr für den Moment gebannt.

***

Aufdringlich

Angelo hatte sich nicht abwimmeln lassen. Brian hatte ihn gebeten, ihm und Robert für zwei Stunden sein Auto zu überlassen. Doch der Alte zeigte sich stur und entwickelte ungeahnte Finessen, um mit seinen neuen Nachbarn so viel Zeit wie möglich verbringen zu können. Robert war genervt, doch Brian zeigte sich weiterhin gelassen. So saßen sie in dem alten Ford Angelos, dessen Keilriemen quietschte und dessen Federung in jeder Kurve knackende Geräusche von sich gab. Brian lenkte den Oldtimer durch die Straßen der Megacity, während Angelo, der natürlich auf dem Beifahrersitz thronte, unablässig redete. Robert, auf der Rückbank sitzend, versuchte das endlose Gelaber zu ignorieren. Er sah aus dem Fenster und betrachtete die vorüberziehende Großstadt, mit all ihren Menschen und Geschäften. Er war große Menschenansammlungen gewohnt, doch in New York City schien jede einzelne Straße belebt zu sein. Ihm wurde erst jetzt bewusst, wie viele Menschen in dieser

Stadt lebten. Dabei kam er sich klein und unbedeutend vor, eben wie einer unter acht Millionen. Dennoch war er anders als die Menschen dieser Stadt. Er und Brian gehörten zu einer relativ kleinen Gruppe, die einer Leidenschaft nachgingen, die der Normalbürger nicht verstehen konnte. Sie waren Jäger, die aus der Herde der Ahnungslosen jederzeit ein Opfer auswählen konnten. Niemand schien auch nur zu ahnen, dass sich sein Schicksal von einer zur anderen Sekunde erfüllen konnte. Im Moment jedoch beschränkten sie ihre Beute auf Kriminelle, was sich aber durchaus ändern konnte. Robert wusste nicht, dass er sich wie ein Süchtiger verhielt und die Auswahl der Opfer nur eine scheinbare Rechtfertigung für seine Mordlust darstellte. Die Zeit floss so träge wie der Verkehr und Robert wurde schläfrig. Er schloss seine Augen und ließ es zu, dass seine Gedanken zurück nach Las Vegas eilten. Dort hatte er viele Jahre gelebt und ein ganz normales Leben geführt. Es war nicht immer leicht gewesen und in den letzten Jahren hatten ihn immer mehr Probleme bedrängt. Er war friedfertig, ja sogar ängstlich gewesen, was manche Menschen dazu verleitet hatte, ihm das Leben noch schwerer zu machen. Doch dann, in einer Lebensphase, die eigentlich keinen Ausweg mehr bot, war Brian aufgetaucht. Er hatte sich an seine Seite gestellt, ohne zu fragen, wer er, Robert, war oder was er dachte. Durch diesen Fremden konnte er sein bisheriges Leben hinter sich lassen. Erst zögerlich, doch dann mit erwachendem Selbstvertrauen, wählte er einen Weg, den nur die wenigsten Menschen gehen wollten. Er war zum Killer geworden, oder war er schon immer einer gewesen? Hatte Brian nur seine gutbürgerliche Schutzhülle zerrissen und ihm das richtige Leben gezeigt? Für Robert war die Antwort eindeutig. Ja, er hatte sein altes Leben nun endgültig abgestreift und er wollte die Euphorie, die er jedes Mal bei einer Tötung fühlte, nicht mehr missen.

Unerwartet schnell erreichten sie ihr Ziel und Robert schreckte aus seinen Tagträumen auf, als der Wagen bremste. Er schaute sich blinzelnd um und erkannte die Wohnsiedlung, auf dessen Parkplatz sein Pick-up Truck stand. Der Alte redete noch immer und Robert hätte Angelo am liebsten zum Schweigen gebracht. Ein Schuss in den Hinterkopf oder seinen Gürtel um den Hals würde das Leben der Nervensäge schnell beenden. Brian beobachtete seinen Freund im Rückspiegel und schien dessen Gedanken zu erahnen. Er schüttelte leicht den Kopf und seine Augen sandten eine ernsthafte Warnung aus. Brian lenkte den alten Ford durch die Reihen der hier geparkten Autos und fand eine Parklücke, die nur wenige Meter von Roberts Truck entfernt lag. Er schaltete den Motor aus und verließ den Wagen. Er streckte sich, als hätte er eine lange Reise hinter sich. Dann sah er sich um, als suche er etwas. In Wirklichkeit hielt er nach eventuellen Verfolgern Ausschau. Er hatte so ein Gefühl, dass sich jemand in der Nähe aufhielt, den er kannte.

Angelo war ebenfalls, so wie auch Robert, ausgestiegen und sah sich verwundert um. Diesen Vorort von New York City hatte er noch nie besucht und der nahe Wald gefiel ihm besonders. Er hatte in seinem Leben Queens nicht oft verlassen und einfach vergessen, dass es vor der Stadt ländlich anmutende Gegenden gab. Gleichzeitig fragte er sich, wo denn seine neuen Freunde letzte Nacht gefeiert hatten. Jedenfalls hatten sie ihm das erzählt. Er überlegte, ob er Brian, den er besonders ins Herz geschlossen hatte, dazu befragen sollte. Doch er entschied sich dagegen, was ihm letztlich das Leben rettete. Diesen Robert mochte er nicht besonders. Brians Freund war eher ruhig, um nicht zu sagen maulfaul. Angelo lächelte bei diesem Begriff. Er war jedenfalls nicht maulfaul, das war sicher. Robert kam um den Wagen herum und kramte in seinen Hosentaschen, wohl um den Autoschlüssel seines Pick-ups zu finden. Brian hatte sich schon darauf eingestellt, dass er mit Angelo zurück nach Queens fahren und Robert mit seinem Auto folgen würde. Doch diese Absicht wurde von einer zur anderen Sekunde gegenstandslos für ihn. Er wollte gerade etwas sagen, als ein U-Haul Kleintransporter die Straße heraufkam. Eher zufällig blickte Brian in diese Richtung. Er erkannte den Fahrer sofort, auch wenn dieser eine Camouflage-Jacke trug, wie sie das Militär oder die Nationalgarde als Uniform benutzte. Es war der Mafioso, den er im Tunnel gesehen hatte und beinahe sein Opfer geworden wäre. Der Kleinlaster passierte den Parkplatz, ohne dass dieser seine Geschwindigkeit verringert hätte. Dies zeigte Brian, dass der Gangster ihn nicht gesehen hatte. Brian traf eine Entscheidung, die seinem Naturell entsprach. Er musste diesen Mafiatypen verfolgen und zur Strecke bringen.

Das war seine Mission und von der würde er sich nicht abbringen lassen. So sagte er zu Angelo mit ernster Stimme:

»Mein Freund, du musst leider alleine zurück in die Stadt fahren. Robert und ich haben noch etwas zu erledigen.«

Angelo zeigte sich unbeeindruckt und seine Gesichtszüge veränderten sich so sehr, als habe er eine Maske abgezogen. Selbst seine leicht gebückte Haltung straffte sich und Angelo wirkte mit einem Male nicht mehr alt und gebrechlich. Er rieb sich nachdenklich über seine Nase und stellte sich zwischen Robert und Brian. Als er zu sprechen begann, glaubte Robert, dass er nun wieder belangloses Geschwätz zu hören bekommen würde. Doch hier täuschte er sich, und zwar gewaltig.

»So meine Freunde, ich glaube, es ist an der Zeit, dass ich euch reinen Wein einschenke«, begann Angelo. »Mir ist klar, dass ihr mich bisher als vertrottelten alten Kerl gesehen habt. Das ist okay und entspricht meiner Tarnung. Ich jedoch habe gleich erkannt, mit wem ich es zu tun habe. Ihr seid vom gleichen Schlag wie ich und habt einiges auf dem Kerbholz. Deshalb hatte ich mich dazu entschlossen, euch ein wenig Aufmerksamkeit zu schenken. Ich werde langsam alt und ich sehe den Tag kommen, an dem ich nicht mehr auf meine Nachbarschaft achten kann. Seit nunmehr über vierzig Jahre sorge ich für ein gewisses Gleichgewicht in meiner Gemeinde. Doch nun, da ihr ebenfalls in Queens lebt, könnt ihr mir und ich euch helfen.«

»Ich verstehe überhaupt nichts«, sagte Robert und stemmte seine Hände in die Seiten. »Was denkst du denn, wer wir sind?«

»Wer du bist, Robert, weiß ich noch nicht. Aber den da«, und damit zeigte er auf Brian, »den kenne ich. Es ist schon ein paar Jahre her, da war Brian eine große Nummer. Man nannte ihn den Schlächter von Virginia, wenn ich mich recht erinnere. Du giltst als tot, hingerichtet in einem dieser verdammten Gefängnisse. Wie kommt's, dass du hier frei herumläufst?«

Brian lächelte und verschränkte seine Arme. Dann fragte er mit ruhiger Stimme zurück:

»Erst einmal interessant ist, wer du bist. Also erzähle weiter, aber schnell, ich habe es eilig!«

»Okay, wie der Herr wünscht. Ich mache euch klar, wer ich bin.« Angelo nickte. »Vor vielen Jahren arbeitete ich für die Genovese Familie. Das ist der älteste Mafia-Clan in unserer Stadt. Er operiert hauptsächlich in Manhattan, wo er heute noch zu finden ist. Ihr seid hinter der Gambrino Familie her, das ist klar. Sie agiert heute in Queens und noch immer in Brooklyn, wo sie eigentlich herkommt. Aber ich will nicht abschweifen. Jedenfalls war ich der Auftragskiller für den Genovese Clan, zu dem übrigens auch einmal der berühmte Lucky Luciano gehörte.«

»Und du kannst trotzdem friedlich in Queens leben? Wie geht das denn?«, fragte Brian erstaunt.

»Na, das ist doch ganz einfach. Niemand, außer ein paar Leuten der Genovese Familie, die natürlich informiert sind, weiß bis heute, wer ich wirklich bin und was ich getan habe. Ich bin sozusagen in Rente und brauche nicht mehr für sie arbeiten, es sei denn, es liegt etwas Außergewöhnliches vor.«

»Das ist ja ein Ding«, entfuhr es Robert.

»Das kannst du wohl sagen«, entgegnete Angelo in seinem breiten Queens Dialekt. Dann sah er zu Brian und versuchte offensichtlich interessiert in dessen ausdruckslosem Gesicht zu lesen.

Brian hingegen überlegte fieberhaft, wie er nun handeln sollte. Brachte er den Killerrentner gleich um, dann war er diese Sorge fürs Erste los. Aber wenn man es genau betrachtete, dann bot dieser alte Kerl viele Möglichkeiten und besaß die nötigen Ortskenntnisse. Er kannte jeden wichtigen Mann in Queens und vielleicht darüber hinaus. Sein Instinkt hatte ihn bei diesem Mann im Stich gelassen oder hatte er unterschwellig bemerkt, was hinter der Fassade des alten Kerls wirklich steckte? Fakt war, er hatte sich mit ihm eingelassen und sich darüber hinaus auch noch wohl in seiner Gegenwart gefühlt hatte. Brian kam zu einer Entscheidung und ehe er es sich noch einmal anders überlegen würde, sagte er:

»In Ordnung Angelo. Du hast uns hinters Licht geführt. Ich will aber dein Vertrauen in uns und deine Beichte honorieren. Wir werden in der nächsten Zeit sehen, ob du als dritter Musketier etwas taugst.«

»Dritter Musketier«, krähte der Alte und fand den Vergleich zu den Romanfiguren von Alexandre Dumas großartig. Er lachte laut und schlug sich auf seine Schenkel. Dann aber wurde er schlagartig ernst. Er sah Robert und Brian an und sagte dann überraschenderweise:

»Nun sollten wir aber aufbrechen, sonst geht uns Alfredo Ponti durch die Lappen. Wenn ich mich nicht irre, dann ist er vor ein paar Minuten in einem U-Haul Truck an uns vorbeigefahren.«

»Respekt!«, sagte Brian. »Das hast du bemerkt? Okay, dann los!«

***

Unter Zeitdruck

Natürlich hatte Alfredo Ponti, Brian gesehen. Wer konnte diesen Typen vergessen? Noch immer war ihm das grausige Grinsen des Killers präsent. Er hatte mitansehen müssen, wie er einen seiner Kumpane ermordete, und das, ohne eingreifen zu können. Doch eine andere Frage quälte ihn. Was hatte der alte Angelo mit diesem Kerl und seinem Begleiter zu tun? Warum war der Killer überhaupt noch hier? Hatte er auf ihn gewartet oder versuchte auch er Gold aus der Kaverne zu stehlen. Na, da würde er sich wundern, denn im Berg hielten sich mit Sicherheit immer noch Soldaten auf. Sollte er doch in sein Verderben laufen. Jetzt galt es erstmal, das Gold aus dem Wald zu schaffen. Zum Glück hatte er Hilfe, auch wenn sein neuer Kumpel nicht besonders kräftig aussah. Verstohlen blickte er zu dem NSA Analytiker, der die Gangster auf dem Parkplatz bestimmt nicht wahrgenommen hatte. Mitchel tippte auf seinem neuen Tablett herum, das sie gerade erst in der Mall gekauft hatten. Er war dabei so konzentriert, dass er seine Umgebung nicht beachtete.

Alfredo schüttelte den Kopf. Er konnte nicht verstehen, was die Menschen so an Tabletts und Smartphones faszinierte. Doch im Moment war er froh, dass er jemanden an seiner Seite hatte, der alle behördlichen Probleme, und vielleicht mehr, lösen konnte und sei es mit einem Tablett. Den Mafioso plagten ganz andere, reale Sorgen. Würde der Killer ihm folgen oder wartete er, bis sie aus dem Wald zurückkamen. Zusätzlich bestand noch die Gefahr, dass sie auf dem Weg zum Goldversteck den Soldaten begegneten, die das Berglager bewachten. Er sah in den Rückspiegel, wohl das zehnte Mal in zwei Minuten, doch der Waldweg hinter ihm lag verlassen da. Endlich erreichte er das Plateau und nur wenige hundert Meter weiter die Weggabelung. Links ging es zum Berglager, rechts führte der Weg zu der Stelle, wo er das Gold bergen wollte. Dreihundert Meter weiter erreichte er unangefochten sein Ziel. Ein kleiner, mit Laub bedeckter Forstweg, der von dem Waldweg kaum zu sehen war, sollte als Versteck für den Kleinlaster dienen. Er wies Mitchel an auszusteigen, um ihn in den Forstweg zu dirigieren. Der ehemalige NSA Analyst tat, wie ihm geheißen, und sprang aus dem Lastwagen. Alfredo setzte zurück und fuhr, von Mitchel dirigiert, so weit in den Forstweg, wie er konnte. Äste schrammten über den Kastenaufbau, doch Kratzer im Lack waren das Letzte, was Alfredo interessierte. Er schaffte gute fünfzehn Meter, ehe die Steigung des Weges eine Weiterfahrt verhinderte. Der Mafioso stellte den Motor ab, stieg aus dem Fahrzeug und begutachtete dessen Parkposition. Dann lief er hinunter zum Waldweg und sah sich dort um. Zufrieden stellte er fest, dass der Kleinlaster erst bei genauerem Hinsehen entdeckt werden konnte. Alfredo lauschte und glaubte in der Ferne ein leises Motorgeräusch gehört zu haben. Doch vielleicht täuschte er sich auch. Der Killer würde doch nicht so dumm sein, ihm mit seinem Wagen zu folgen. Dennoch plagten ihn Zweifel. War es denn nicht schon genug, dass er sich vielleicht mit den Soldaten herumschlagen musste? Einen weiteren Gegner konnte er nun wirklich nicht gebrauchen. Er ging zurück zum Kleinlaster und öffnete die hintere Tür. Mitchel wartete geduldig, doch seine Unruhe war ihm deutlich anzusehen. Dann stiegen die beiden Männer den Abhang hinauf. Der Weg durch den Wald war zwar beschwerlich, aber Alfredo vertraute auf seine Kondition. Der direkte Weg zum Gold betrug theoretisch nur circa fünfzig Meter, doch in Wirklichkeit mussten die Männer zwischen den Bäumen einen regelrechten Slalom laufen. So betrug die tatsächliche Entfernung rund siebzig Meter. Der Anstieg zum Gold forderte mehr Kraft von ihnen, als gedacht. Als sie dann vor den umgestürzten Paletten standen, begann Alfredo zum ersten Mal die Anzahl der Barren zu überprüfen. Er hatte mit dem Gabelstapler, der wie ein gefallenes Urtier seitlich an der Böschung lag, drei übereinandergestapelte Paletten gestohlen. Auf jeder Palette waren achtzig Goldbarren gestapelt, was bedeutete, dass hier zweihundertvierzig Goldbarren liegen mussten. Der Mafioso begann zu rechnen. Jeder Goldbarren wog 12.5 Kilogramm und hatte am Markt einen Wert von 625.000 Dollar, jedenfalls ungefähr, da der Tagespreis schwankte. Schnell rechnete er aus, dass hier Goldbarren im Wert von 150 Millionen Dollar lagen. Er rechnete das Gewicht aus und kam auf unglaubliche 3.000 Kilo oder drei Tonnen. Das war eine Menge, ein Gewicht, mit dem er nicht gerechnet hatte. Wie zur Hölle sollte er es schaffen, drei Tonnen Gold den Abhang hinunterzutragen. Mitchel schien ähnliche Gedanken zu haben. Er sah den Abhang hinunter und grübelte. Dann griff er sich einen Goldbarren und hob diesen hoch. Erstaunt wog er den Barren in seinen Händen, drehte sich dann um und warf den Goldbarren den Hang hinab. Der Barren flog nur etwa drei Meter, prallte auf den Waldboden und rollte danach einen weiteren Meter abwärts. Alfredo hatte dem Experiment interessiert zugeschaut und nickte dann zustimmend. Nun hob auch er einen Goldbarren an, holte aus und warf ihn ebenfalls. Er flog einige Zentimeter weiter und rollte ebenfalls nach dem Aufprall den Abhang ein Stück hinunter.

»Prima Idee Mitchel«, lobte Alfredo den NSA Mann. »So sparen wir uns das ständige Hin-und-Herlaufen. Doch bevor wir weitermachen, lass uns erst zum Waldrand gehen. Wir müssen sicher sein, dass vor dem Eingang zum Berglager alles ruhig ist.«

Mitchel nickte nur und die Männer stiegen circa zwanzig Meter weiter den Abhang hinauf. Am Waldrand, etwa fünf Meter vom Zaun entfernt, blieben sie hinter den Bäumen stehen und sahen auf den freien Platz vor dem Eingang des Berglagers. Die Fläche lag verlassen vor ihnen und das Rolltor zum Tunnel war geschlossen. Nichts deutete auf die Kämpfe im Berglager hin. Nur die Reifenspuren der Lastwagen zeugten davon, dass hier, vor kurzer Zeit, noch Aktivitäten stattgefunden hatten. Alfredo suchte nun genau nach den Spuren des Gabelstaplers, mit dem er durch den Zaun gefahren war. Er fand die Spuren, doch sie waren zum Teil von anderen überlagert. Die Öffnung im Zaun allerdings war bei genauerer Betrachtung gut zu erkennen. Alfredo wusste, dass es nur eine Frage der

Zeit war, bis die Spur zum Zaun gefunden und überprüft worden war, warum der Zaun ein Loch aufwies. Der Mafioso wusste, dass er nun schnell handeln musste. Er eilte zurück zu den Goldpaletten und begann sofort damit einen Barren nach dem anderen den Hang hinabzuwerfen. Mitchel unterstützte ihn dabei nach Kräften. Als der letzte der 240 Barren geworfen war, gönnten sich die Männer eine kurze Pause.

In den Minuten der Ruhe, die nur durch ihr erschöpftes Atmen unterbrochen wurde, hatte Alfredo plötzlich das Gefühl, beobachtet zu werden. Er sah sich um, doch der Wald war zu dicht, um einen eventuellen Beobachter zu entdecken. War der Killer hier und lauerte, um überraschend zuschlagen zu können? Alfredo beschloss rasch weiterzuarbeiten und trotzdem wachsam zu sein. Er stieg den Abhang hinunter bis zu der Stelle, in der das Gold nun lag. Erneut begann er einen Barren nach dem anderen zu werfen. Seine Arme brannten, doch er ignorierte die Übersäuerung seiner Muskeln. Die Arbeit war noch lange nicht geschafft und wenn er morgen einen Muskelkater hatte, dann war das eben so.

Nach der zehnten Etappe, sie konnten den Kleinlaster schon deutlich sehen, legten Alfredo und Mitchel eine größere Pause ein. Erschöpft saßen sie, jeder an einen Baum gelehnt, schwer atmend auf dem Waldboden. Die Geräusche des Waldes suggerierten Ruhe und Sicherheit. Alfredo hätte zu gerne einige Stunden geschlafen, doch ihm war klar, dass er nun all seine Kräfte mobilisieren musste. Ein Geräusch ließ ihn zusammenzucken. Er hörte das Brummen eines großen Lastwagens, der sich wohl dem Berglager näherte. Nur Minuten später drangen die Motorgeräusche anderer Fahrzeuge an seine Ohren. Gleichzeitig glaubte Alfredo, dass der unsichtbare Beobachter nähergekommen war. Er hatte keine Ahnung, wie er die Annäherung wahrnahm, doch er vertraute seinen Instinkten.

Mit schmerzendem Rücken stand er auf und lief, ohne Mitchel zu sagen warum, hinunter zum Transporter. Dort schloss er die Fahrerkabine auf und kletterte ins Innere. Neben dem Sitz zog er eine Pistole aus dem Staufach und lud die Waffe durch. Er griff sich noch drei Ladestreifen, die er in seine Jacke stopfte. Dann verließ er das Fahrzeug und lauschte. Wo verdammt bist du?, dachte er und bewegte sich langsam auf die derzeitige Position des Goldes zu.

Mitchel saß noch am Boden und sah sich ebenfalls alarmiert um. Dann stand er geschmeidig auf, seine Erschöpfung schien verflogen zu sein und fragte leise:

»Was ist denn los? Hast du etwas gehört oder gesehen?«

»Nein, aber ich glaube, wir werden beobachtet. Ich weiß noch nicht, wer sich da anschleicht, aber wir sollten wachsam sein. Zum Glück ist das Gelände bis zum Lastwagen nicht mehr so dicht bewaldet. Los, schnell! Schaffen wir das Gold ins Auto. Ich glaube, uns bleibt nicht mehr viel Zeit.«

***

Heiße Spur!

Einige Stunden zuvor hatte Roger einen Anruf erhalten. Verschlafen richtete er sich in seinem Bett auf und blickte auf seine Uhr. Als er bemerkte, dass es schon acht Uhr war, erschrak der FBI Agent. Er griff sein Handy, dessen unangenehmer Sirenenton ihn zu nerven begann. Er nahm das Gespräch an und fragte:

»Hallo, hier ist Roger Thorn. Wer ruft denn so früh an?« Dabei erinnerte sich Roger, dass er erst gegen vier Uhr früh ins Bett gekommen war. Kein Wunder, dass er noch so müde war.

Am anderen Ende der Verbindung meldete sich Thore Klausen, der BND Agent.

»Guten Morgen, Agent Thorn. Entschuldigung, wenn ich Sie geweckt habe. Aber ich habe nicht viel Zeit. Wir starten bald das nächste Experiment. Ich habe hier, unter Mithilfe von Mister Wynn, eine Computerrecherche durchgeführt.«

»Aha«, murmelte Roger und schwang sich aus dem Bett.

»Dabei haben wir einige interessante Dinge gefunden. Erstaunlich war, dass wir das Bewegungsprofil von William Bannigen, dem NSA Direktor, leicht finden konnten. Das brachte uns auf eine andere Idee. Wir haben den hier in der Lagerhalle sichergestellten Lastwagen untersucht und dabei das eingebaute Navigationssystem ausgelesen. Das brachte uns zu einem Ort, der etwas außerhalb von

New York City liegt. Also dorthin ist der Lastwagen mehrfach gefahren.«

»Weiter!«, sagte Roger, der nun hellwach war und ins Badezimmer stürmte, im Befehlston.

»Der Zielpunkt liegt in einem Waldgebiet, was uns zuerst sehr seltsam vorkam. Daher haben wir ein Satellitenfoto von diesem Standort aufgerufen. Wir haben eine freie Fläche, eine Art Lichtung in dem Wald gefunden, was uns nicht wirklich half. Mister Wynn hatte dann die Idee, sich verschiedene Bauanträge anzusehen, was nichts brachte. Er wühlte sich durch eine Menge historischer Dokumente, jedenfalls durch die Akten, die im Netz verfügbar waren, und hat schließlich einen Treffer gelandet.«

»Nun machen Sie es nicht so spannend Mister Klausen. Also was hat er gefunden?«, rief Roger, während er im Bad wie ein gefangener Tiger auf und ab rannte.

»Dort, wo wir die Lichtung gefunden haben, befindet sich ein altes Bergwerk, wo vor Generationen Silber abgebaut worden ist.«

»Das heißt?«, fragte Roger und begann unterdessen seine Zähne zu putzen. Er wusste, dass er jetzt schnell handeln musste und jede Minute zählen würde.

»Jetzt kommt's!«, sagte Thore. »Die Nationalgarde hat vor circa einem Jahr die Mine gekauft. Wir vermuten, dass sie das alte Bergwerk als Lager, zumindest als Zwischenlager, für das Gold nutzt. Wenn man bedenkt, wie viel Gold entwendet wurde, dann braucht man einen logistischen Plan, die Beute wegzuschaffen. Die Leute, die hinter dem Raub stecken, haben bestimmt damit gerechnet, dass die Lagerhalle irgendwann entdeckt werden würde. Nur haben sie nicht vermutet, dass der Standort der Halle so schnell auffliegen würde.« Roger hatte seine Katzenwäsche inzwischen beendet. Auf seinem Weg zurück ins Schlafzimmer sagte er zu Thore:

»Senden Sie mir bitte die Koordinaten auf mein Handy. Ich mache mich gleich auf den Weg. Übrigens, tolle Arbeit. Danke dafür und geben Sie meinen Dank an Mister Wynn weiter.« Damit beendete Roger das Telefonat und rief gleich Mark Henderson, den jungen FBI Agenten, der Roger gestern Nacht begleitet hatte, an. Zu Rogers Erstaunen hörte sich Mark schon sehr munter an.

»Guten Morgen Sir«, begrüßte er Roger freundlich, doch für Freundlichkeit hatte Roger im Moment keinen Sinn. So sagte er nur:

»Holen Sie mich sofort ab. Ich warte vor dem Haus.«

Damit beendete Roger das Gespräch und wählte die Nummer des FBI Direktors Christopher Wray. Seine Sekretärin nahm das Gespräch an und Roger erklärte ihr eindringlich, dass er sofort verbunden werden musste. Zum Glück stellte die Sekretärin keine Fragen und verband Roger sofort. Vielleicht hatte sie auch die Anweisung, Roger sofort zu verbinden. Nach nicht einmal zehn Sekunden war der Direktor in der Leitung.

»Agent Thorn«, fragte der Direktor, »was gibt es?«

»Wir haben eine heiße Spur. Doch ich glaube, am Telefon kann ich Sie nicht informieren. Sind Sie in Washington oder noch in New York?«

»Da haben Sie Glück, Agent Thorn. Ich bin gerade auf dem Weg zum Flughafen, um zurück nach Washington zu fliegen.«

»Welcher Airport?«, fragte Roger.

»La Guardia«, antwortete der FBI Direktor.

»Sir, bitte warten Sie dort auf mich. Ich komme, so schnell es geht.«

»In Ordnung. Ich weise meinen Chauffeur an, vor dem Terminal für Privatmaschinen zu parken. Dort erwarte ich Sie.« Es war der Direktor, der nun seinerseits das Telefonat beendete.

Roger nahm seine Dienstwaffe aus dem Safe und entnahm auch seine Reservewaffe, die er am rechten Knöchel in ein Beinholster steckte. Dann verstaute er noch einige Ersatzmagazine. Ein Blick aus dem Fenster verriet ihm, dass er seine Regenjacke brauchte, die er schnell über sein Jackett zog. Er blieb noch einmal kurz stehen und überlegte, ob er etwas vergessen hatte, und verließ gleich darauf seine Wohnung. Vor dem Haus blieb er unter dem überdachten Eingang stehen und blickte die Straße hinunter. Roger hoffte, dass Agent Henderson bald eintraf. In der nun erzwungenen Wartezeit überdachte er noch einmal alle Fakten. Sie hatten es mit einer handfesten Verschwörung zu tun, wenn nicht gar mit einem Umsturzversuch. Roger hatte das schon einmal erlebt und fragte sich, wie es denn nur sein konnte, dass er wieder gegen mächtige Männer ermitteln musste. Er würde den Verschwörern die Suppe versalzen, sie zur Rechenschaft ziehen und ihnen die biedere Maske der vorgetäuschten Rechtschaffenheit von ihren hässlichen Gesichtern reißen. Fünf Minuten später traf Agent Henderson ein und Roger stieg eilig in den schwarzen SUV. Der Regen prasselte gegen die Windschutzscheibe, was zu Rogers Stimmung passte. Er gab seinem Kollegen die Anweisung, zum Airport La Guardia zu fahren, und zog danach sein Handy aus der Jacke.

Der BND Agent Klausen hatte mittlerweile die Zielkoordinaten der Waldlichtung nebst einer Routenkarte und einen Link für das Navigationssystem geschickt. Im Anhang der E-Mail fand Roger noch eine Luftaufnahme des Geländes wie einige Dokumente zu der Silbermine. Der FBI Agent studierte die Unterlagen und prägte sich dabei die wichtigsten Daten ein. Als sie den Airport erreichten, dirigierte Roger seinen Kollegen zu dem Gate, wo der FBI Direktor auf ihn warten sollte. Gleich darauf parkte Agent Henderson hinter einer schwarzen Lincoln-Limousine.

Roger verließ seinen Wagen und rannte zu der Limousine des Direktors. Er öffnete die linke hintere Tür und sah kurz in den Innenraum des Wagens. Christopher Wray winkte ihn herein und Roger bestieg das Dienstfahrzeug seines Vorgesetzten. Gleichzeitig verließ der Fahrer des FBI Direktors den Wagen. Nun allein, begann Roger sofort mit seinem Bericht. Er schilderte sein Treffen mit dem NSA Agenten am vorigen Abend und dem nachfolgenden Einsatz, der ihn vor die Grenzen der Stadt geführt hatte. Der Überfall auf den Goldlaster beschäftigte natürlich auch heute noch die Presse und die Fernsehstationen. Doch zum Glück war noch keine Information über den Raub in der Federal Reserve Bank durchgesickert. Dann kam Roger zu den Informationen, die er heute Morgen von dem BND Agenten Klausen erhalten hatte. Er erwähnte diesen Agenten bei seinem Bericht nicht, da noch geklärt werden musste, wie die rechtliche Lage des Mannes zu bewerten war. Immerhin war er ein Agent eines anderen Staates. Die Nachricht von einem möglichen Lagerort und die Verwicklung der Nationalgarde setzten auch den FBI Direktor in Stress. Unabhängig von Roger überdachte er das Ausmaß der Verschwörung. Er musste bedacht und mit größter Vorsicht agieren, um die Verschwörer in Sicherheit zu wiegen. Er beschloss, sofort ein Team zusammenzustellen, welches den NSA Direktor und auch den Senator Gorden McKinsey überwachen sollte. Diese Männer sollten keinen Schritt mehr machen können, ohne dass dies registriert wurde. Auch General Joseph L. Lengyel, seines Zeichens der Kommandeur der Nationalgarde, würde überwacht werden. Roger sollte Verstärkung erhalten. Der Direktor forderte sofort per Telefon ein Spezial Kommando des FBI in Quantico, Virginia an. Dort befand sich das Trainings- und Ausbildungszentrum des FBI. Dann wandte er sich zu Roger und sagte:

»Agent Thorn, erneut stehen Sie an vorderster Front. Wir werden zusammen die verdammten Verräter ausschalten. Sie sollen im Gefängnis verrotten, diese Mistkerle. Okay! Sie bekommen Ihre Verstärkung. Das Sondereinsatzteam steht für diesen Einsatz unter Ihrem Befehl. In zwei Stunden wird das Team hier eintreffen. Der Swatcommander meldet sich direkt nach der Ankunft bei Ihnen. Ich organisiere den Transport, damit Sie sich sofort zu der Silbermine begeben können. Unternehmen Sie nichts, bevor das Einsatzteam bei Ihnen ist. Verstanden? Ich möchte Sie nicht verlieren.«

»Danke Sir!«, sagte Roger und verließ die Limousine. Die Regenwolken hatten sich mittlerweile verzogen und die ersten Sonnenstrahlen ließen die nassen Straßen glitzern. Trotzdem rannte Roger zu seinem SUV, wo ihn Agent Henderson und ein köstlicher Duft von frischem Kaffee erwartete. Roger bedankte sich bei seinem Kollegen, der die Wartezeit genutzt hatte, um Kaffee zu besorgen. Er informierte seinen Kollegen nach einem belebenden Schluck des Heißgetränks über ihr weiteres Vorgehen und die Planung für den Tag.

Circa eine Stunde später erreichten sie den Parkplatz der Siedlung, die vor dem bewaldeten Gebiet lag. Dort stellten sie ihr Fahrzeug am Rand des Parkplatzes ab und studierten gemeinsam die Satellitenkarte. Es war noch relativ früh am Tag, was die mäßige Belegung des Parkplatzes erklärte. Die Arbeiter, die hier in den Wohnblöcken lebten, befanden sich schon an ihren Arbeitsplätzen oder waren auf dem Weg dorthin.

Roger und Mark machten sich nicht die Mühe, die Kennzeichen der hier geparkten Fahrzeuge zu kontrollieren. Ihr Fokus lag woanders und sie überlegten, wie sie nun vorgehen wollten. Sollten sie warten, bis das Spezialteam des FBI hier eintraf oder war es vielleicht sinnvoller, das Terrain vorher zu erkunden. Doch Roger wollte nicht warten, denn die Verstärkung würde frühestens in drei bis vier Stunden vor Ort sein, auch wenn der Direktor etwas anderes versprochen hatte. Er stellte seinem Kollegen frei, im Wagen zu warten, war dann aber froh, dass dieser darauf bestand ihn zu begleiten. So verließen die Agenten ihren Wagen und gingen um die Wohnblocks herum zum Waldweg. Schon nach wenigen Minuten verschwand die Hektik der Megacity und die Ruhe des Waldes umgab die Männer. Mit strammen Schritten erklommen sie den Hügel und erreichten schon bald das Plateau. Erstaunt betrachteten sie die zahlreichen Reifenspuren, konnten aber kein Fahrzeug ausmachen. Nach dem Plateau senkte sich der Waldweg und die Agenten folgten diesem bis zur Weggabelung. Noch einmal zogen sie die Satellitenkarte zu Rate und fanden gleich darauf die Weggabelung. Roger beschloss, die ehemalige Silbermine zu umgehen, umso die Gefahr ihrer Entdeckung zu verhindern. Er wählte den rechten Weg aus und marschierte mit Mark bis zu einer Stelle, die ihm geeignet erschien. Dabei passierten sie den kleinen Forstweg, den Roger aber nicht in Betracht zog. Er ging rund zweihundert Meter weiter und bog dann links in den Wald ein. Agent Henderson hinterfragte die Entscheidung des Senior Agenten nicht. Er folgte einfach seinem Kollegen durchs Unterholz. Der Abhang, den sie erklommen, war dicht bewachsen, was ihr Vorankommen erschwerte. Dann aber lichtete sich der Wald und ein Zaun versperrte den Weg.

***

Nach dem Raub

Das Tesla Portal war geschossen, doch die Arbeit war noch lange nicht beendet. Insgesamt waren vier Lastzüge für den Abtransport des Goldes vorgesehen. Zwei Goldbunker waren geleert und damit ein Drittel des in der Bank eingelagerten Goldes geraubt. Das war eine unglaubliche Menge und laut mehrfacher Zählung standen 767

Paletten Gold auf der Rampe und dem Gelände des Camps. Der Wert der Beute belief sich auf über eine Billiarde Dollar. Allerdings ließen sich solche Goldmengen nicht verkaufen, was auch nicht der Sinn der Unternehmung war. Mit so viel Gold war im Vorfeld nicht gerechnet worden und daher war die logistische Planung völlig falsch. Mit jedem Lastzug konnten maximal fünfzehn Paletten abtransportiert werden. Also wurden mit jeder Fahrt der vier Lastzüge nur sechzig Paletten abtransportiert. Demnach waren mindestens zwölf Fahrten nötig, was viel Zeit erforderte. Jeder Lastwagen musste durch unsicheres Gebiet eskortiert und sehr vorsichtig über die Brücke gelotst werden, um dann durch das Tesla Portal in die Lagerhalle zu gelangen. Dort mussten Mannschaft und Lastwagen dekontaminiert werden, ehe sie die Fahrt zum Berglager fortsetzen konnten. So war nur eine Fahrt mit jeweils vier Sattelschleppern pro Tag möglich. In der Realität bedeutete dies, dass dreizehn Tage notwendig waren, um das geraubte Gold in Sicherheit zu bringen. So musste das Camp noch zwei Wochen bestehen bleiben und gesichert werden.

Schon am Tag nach dem Raub war es zur Katastrophe gekommen. Es waren zwar acht Lastzüge zum Berglager geschickt worden, doch dann hatte das FBI die Lagerhalle entdeckt. Bei dem entstehenden Feuergefecht waren viele Männer der Nationalgarde verletzt oder getötet worden. Die Einsatzleitung konnte nur den Rückzug durch das Tesla Tor befehlen. Hastig verließen die Männer und Frauen das Lagerhaus und flüchteten in die Parallelwelt. Die Toten und Verwundeten schleppten sie mit sich. Ein Techniker stellte noch einen Timer, der das Tesla Portal nach weiteren fünf Minuten schließen sollte. Doch er hatte in der Eile vergessen, die Selbstzerstörungssequenz zu aktivieren. So blieb die Anlage unversehrt, aber inaktiv zurück. Als das Portal tatsächlich erlosch, fühlten die Männer und Frauen des Goldraubteams eine unbestimmte Hoffnungslosigkeit. Zwar besaß das Team noch ein funktionstüchtiges Tesla Portal, mit dem sie in ihre Welt zurückkehren konnten. Die Frage war aber, ob die Soldaten und die Teamleitung dies zulassen würden. Sie mussten davon ausgehen, dass als Erstes das Gold geborgen wurde, ehe die Mannschaft der Arbeiter nach Hause durfte. Noch während die geschockten Arbeiter und Techniker auf die Stelle starrten, an der bis eben der Zugang zu ihrer Welt gelegen hatte, kümmerten sich die Soldaten um die Toten und Verwundeten. Dies taten sie auf eine Weise, die grausam und erschreckend war. Den Toten zogen sie die Kleidung aus und ließen deren Körper nackt auf dem schuttübersäten Boden liegen. Die Verwundeten wurden von ihnen nacheinander kurz untersucht und in zwei Gruppen aufgeteilt. Die leicht Verwundeten durften zur Seite treten und die Menschen, die schwerer verletzt waren und vielleicht sogar eine Operation brauchten, blieben zurück. Gewaltsam raubte man ihnen die Schutzanzüge und dann die Kleidung. Verstört ließen die Männer und Frauen diese Ungeheuerlichkeit mit sich geschehen. Als der letzte Verwundete entkleidet war, hoben die Soldaten ihre Schnellfeuergewehre und schossen die Menschen nieder. Schreiend brachen die Verwundeten tödlich getroffen zusammen. Zwei Soldaten traten vor und schossen jedem einzelnen ihrer Opfer in den Kopf. Dann wandten sie sich ab und trieben die restlichen Menschen durch die Straßen der Ruinenstadt. Erst als sie an der Brücke ankamen, durften die verstörten Menschen eine kurze Rast einlegen. Ein Lastwagen rollte heran und die Arbeiter und Techniker kletterten, auf Anweisung der Soldaten, auf die Ladefläche des LKW. Als sie nach einer holprigen Fahrt endlich das Camp vor der Rampe erreichten, sprangen die Menschen von der Ladefläche und rannten zu ihren Wohncontainern. Es fühlte sich für sie beinahe wie ein Wunder an, dass die Soldaten sie wortlos gewähren ließen.

Adrian Larson, der Landvermesser, erinnerte sich an seine Befürchtungen. Durch die Hektik der letzten Stunden hatte die Lagerleitung es versäumt, die Männer mit der Droge in einen euphorischen Zustand zu versetzen. Alte Ängste und Zweifel regten sich und als eine Gruppe von Männern und Frauen in den Wohnbereich stürmten, wusste Adrian, dass es nun an der Zeit war, sich eine Fluchtstrategie zu überlegen. Er war schockiert, als er von den Ankömmlingen erfuhr, dass es einen Angriff auf die Lagerhalle gegeben hatte. Dabei waren Soldaten, aber auch Techniker des Tesla Portals verwundet und getötet worden. Als das Portal aufgegeben werden musste, waren die Überlebenden in die Parallelwelt geflohen. Doch dass die Soldaten die Verwundeten einfach erschossen hatten, machte Adrian fassungslos. Er hatte also Recht mit seinen

Vermutungen, dass die Arbeiter und Techniker am Ende der Expedition getötet werden sollten. Man brauchte keine Mitwisser, so dass nur die für den Erfolg relevanten Menschen hoffen durften, einige Tage länger zu leben.

Der Landvermesser ging niedergeschlagen zu dem Container, den er sich mit elf anderen Arbeitern teilte. Die einfachen Feldbetten waren mit Planen voneinander getrennt, was wenigstens einen kleinen Raum für jeden schaffte. Doch von Privatsphäre konnte natürlich nicht die Rede sein. Er legte sich, so wie er war, voll angezogen auf sein Bett. Unbemerkt nahm er eine fötale Haltung an und schloss dann seine Augen. Was sollte er nun tun? Tränen der Verzweiflung mischten sich mit Wut, die sich gegen ihn selbst richtete. Warum hatte er sich nur von diesen Leuten anwerben lassen? Wie konnte er sein Leben retten, was sollte er tun? Gegen die Soldaten hatte er keine Chance, das war klar. Doch waren sie nicht auch in dieser furchtbaren Welt gefangen? In diesem Moment erkannte Adrian, dass es einen Ausweg gab. Nur wenige Meter entfernt stand die Lösung seiner Probleme. Sie hatten noch ein Tesla Portal, das zwar etwas kleiner war als das in der Lagerhalle, aber es funktionierte genauso.

Dies war der Weg in die Freiheit. Sofort kehrte ein Hauch von Zuversicht in sein Denken zurück. Er wurde noch gebraucht, da er der Einzige im ganzen Team war, der eine geeignete Position finden konnte, von der sie in ihre Welt zurückgelangen konnten.

Wie zur Bestätigung seiner Gedanken hörte er auf einmal eine Stimme, die nach ihm rief. Adrian setzte sich auf, wischte sich das tränennasse Gesicht ab und erhob sich. Er schob den Vorhang zur Seite und sah einen Soldaten vor sich. Der Mann, er war noch recht jung, beorderte ihn, ohne jegliche Freundlichkeit, zur Lagerleitung. Der Landvermesser folgte dem Soldaten und fragte sich, ob der Mann seine eigene Lage beurteilen konnte. Vielleicht zählte er sich auch zu der Elite, die dieses Abenteuer auf jeden Fall überleben würde. Nach wenigen Minuten erreichte Adrian den Container der Lagerleitung. Dort erwarteten ihn der befehlshabende Offizier, Professor Ron Bedard, Dr. Eric Denton und – was Adrian erstaunte – der Prospektor Frederic Stanford. Einige weitere Techniker befanden sich ebenfalls im Raum, doch ihnen schenkte Adrian keine

Aufmerksamkeit. Er fühlte die Anspannung, die jeden hier ergriffen hatte, und wusste, dass alle ihn in diesem Moment wirklich brauchten. So beschloss Adrian selbst die Initiative zu ergreifen. Ungefragt ergriff er das Wort und zu seinem Erstaunen protestierte keiner der Anwesenden.

»Ich weiß, was geschehen ist, und nun brauchen Sie meine Expertise. Das Lagerhaus ist verloren und damit steht der Erfolg der Unternehmung, der Goldraub, wenn ich es so nennen darf, in Frage. Doch ich habe mir das Problem von allen Seiten betrachtet und eine gangbare Lösung gefunden. Wie wir ja alle wissen, haben wir noch ein Tesla Portal. Von den Technikern habe ich erfahren, dass das Portal nicht so leistungsfähig ist wie das Portal in der Lagerhalle. Okay, also hier mein Vorschlag. Ich muss eine Position, einen Ort, eine Stelle finden, von der wir zurück in unsere Welt gelangen können. Wenn ich diese Stelle gefunden habe, bringen wir das mobile Portal an diesen Ort. Ich würde empfehlen, sobald ich den Ort definiert habe, das Gold sofort dorthin zu bringen. Ist das Portal installiert, dann muss jemand hinüber in unsere Welt und dort mindestens zehn Sattelzüge organisieren, die jeweils vier Mal eingesetzt werden müssen, um das ganze Gold in ein Zwischenlager zu transportieren. Das zeitaufwendige Dekontaminieren würde ich erst an einem sicheren Ort durchführen. So, das ist das Vorgehen, wie ich es mir überlegte habe.«

»Okay!«, sagte Professor Bedard und bat Adrian an den Planungstisch.

***

Düsteres Land

Sie hatten sich rund zweihundert Meter von dem Portal entfernt, das von Spezialisten des FBI gesichert wurde. Die Straße, der sie folgten, war weitgehend von Schutt und Unrat befreit und Reifenspuren, die eindeutig von schweren Lastwagen und Maschinen verursacht worden waren, hatten sich in den porösen Asphalt eingeprägt. Im Gegensatz zu dem relativ guten Zustand der Straße waren die umgebenden Ruinen dem Verfall preisgegeben. Es war ein apokalyptisches Bild, das sich der Gruppe um Hank Berson bot. Hier war eine Zivilisation untergegangen und wie ein Mahnmal des Irrsinns verrotteten deren Bauwerke im ewigen Wind der geschändeten Natur. Die Gruppe bewegte sich vorsichtig und nur das Atmen der Männer war im Funk zu hören. Niemand hatte im Moment das Bedürfnis sich zu unterhalten. Vielmehr schien das Ruinenfeld wie eine schwere Last, wie eine traurige Erinnerung auf den Seelen des Expeditionstrupps zu liegen.

Plötzlich blieb Hanky stehen und bedeutete seinen Begleitern per Handzeichen, stehen zu bleiben. Er schien zu lauschen. Seine Augen waren geschlossen und seine übersinnlichen Sinne wanderten tastend durch die Ruinen. Er hatte einen Impuls empfangen, zu kurz, um diesen zu analysieren. Der Mutant wusste, dass ihm dieses Wellenmuster, wie er es nannte, fremd war. Er war in der Lage, jedem denkenden Gehirn ein Wellenmuster zuzuordnen und es in seinem Gedächtnis abzuspeichern. Ja, er war sich sogar sicher, dass jedes Hirnwellenmuster so einzigartig wie ein Fingerabdruck war. Dieses kurze Aufflackern eines Musters kannte er definitiv nicht.

Doch wie konnte es sein, dass das Muster verschwunden war? Die einzige Möglichkeit, dass ein Gehirn aufhörte Wellenmuster auszustrahlen, war, wenn das Gehirn starb. Doch jeder Tod verursachte zuerst eine Schockwelle und ein Nachklingen, das ein geübter Telepath empfangen konnte.

Hanky untersuchte dieses Phänomen schon länger und vertrat die Theorie, dass sich eine Energie von einem Sterbenden löste, die man als Seele bezeichnen konnte.

Doch hier war niemand gestorben, jedenfalls nicht der Sender des kurzen Impulses. Konnte es sein, dass hier in den Ruinen ein anderer Mutant, vielleicht ein Telepath, lebte? Nur so war es zu erklären, dass der Impuls verstummt war. Der fremde Mutant hatte seine Gedanken abgeschirmt.

Hanky war alarmiert und tastete nun intensiver seine Umgebung ab. Ein fremder Mutant konnte Gefahr bedeuten und Hanky sah sich in der Verantwortung, für die Sicherheit seiner Begleiter zu sorgen. Als er nach einigen Minuten keinen Erfolg bei seiner Suche hatte, öffnete er seine Augen und gab das Zeichen zum Weitergehen. Meter um Meter liefen die Männer der Gruppe sorgsam der Straße entlang, als befänden sie sich in einem Minenfeld.

Nach weiteren hundert Metern stoppte Hanky erneut. Er hatte eine Bewegung registriert, die sich einige Meter über ihm befand. Sofort tastete er mental das Gebäude vor sich ab. Sofort spürte er eine Person, die sich neben einer Fensterhöhlung im ersten Stock der Ruine versteckte. Dort oben lauerte ein Mensch und es war sicher, dass es sich nicht um einen der Goldräuber handelte. Der Mutant konnte offen die Gedanken des Fremden lesen und war gleichzeitig erstaunt, hier einen Überlebenden der Apokalypse oder einen Nachfahren derer gefunden zu haben. Es gab also tatsächlich Menschen in dieser Parallelwelt.

Leise gab er über Funk seine Entdeckung weiter, forderte aber seine Begleiter auf, sich unbedingt passiv zu verhalten. Der Fremde in der Ruine schien zwischen Neugierde und Angst zu schwanken. Hanky sandte auf telepathischem Weg beruhigende Impulse aus. Er hatte erkannt, dass dieser Mensch dort in der Ruine nicht der gesuchte Telepath war. Aus den Gedanken des Fremden konnte Hanky lesen, dass es sich bei diesem um einen Beobachter, einen Späher handelte. Die Frage war nun, für wen beobachtete er diese Straße. Hanky beschloss dieses herauszufinden und verband seinen Geist mit dem des Fremden. Sofort wollten sich Bilder, Erinnerungen des Spähers in den Vordergrund schieben, doch Hanky widerstand der Versuchung, sich diese Erinnerungen anzusehen. Vielmehr blockierte er den Erinnerungssektor im Gehirn des Fremden und analysierte danach dessen erlerntes Wissen. Schnell fand er einen Zugang zu dessen Sprachzentrum. In Sekundenschnelle speicherte Hanky die dort vorhandenen Informationen. Die Sprache des Fremden war einfach strukturiert und somit leicht zu erlernen. Sofort verstand Hanky, was der Beobachter dachte. Doch auf einmal stockte Hanky in seinem mentalen Download. Er hatte Worte, Begriffe, Bezeichnungen gefunden, die nicht in das Sprachbild dieses einfachen Idioms passten. Wie war es nur möglich, dass im Gedankenpool des Beobachters englische Begriffe abgespeichert und verankert waren. Ja, der Mann benutzte die Begriffe, als seien diese ein Teil seiner Sprache. Hatte er oder sein Volk, nein es war eine Sippe, ein Stamm, irgendwann einmal Verbindung zu der Erde gehabt? Wie sonst war es zu erklären, dass er englische Worte kannte? Hanky beschloss den Beobachter zu fragen. Hanky drang nun präsenter in den Geist des Fremden ein und sprach ihn auf telepathischem Weg an:

»Keine Angst Seet Smirl. Ich habe dich längst gesehen. Du kannst dich ruhig zeigen. Dir wird nichts geschehen. Wir kommen als Freunde.«

»Wer bist du, dass du meinen Namen kennst und in meinem Kopf sprichst? Bist du ein Gott?«

»Nein Seet Smirl, ich bin ein Mensch wie du. Nur komme ich aus einer anderen Gegend.«

»Willst du und deine Stammeskrieger unser Land erobern? Hier gibt es nicht viel. Also ziehe weiter zu anderen Jagdgründen.«

»Wir brauchen euer Jagdrevier nicht. Dort, wo wir leben, gibt es genug Nahrung. Wir wollen nur dich und dein Volk besuchen.«

»Wozu sollte das gut sein? Außerdem lügst du!«

»Warum lüge ich, Seet Smirl?«

»Weil es nirgendwo genügend Nahrung gibt. Viele sterben den Hungertod.«

»Das ist traurig Seet Smirl. Ich will dir beweisen, dass ich nicht lüge, indem ich dir ein Geschenk mache. Bitte warte einen Moment.«

Hanky schaltete sein Mikrofon ein und informierte seine Begleiter:

»Ich habe einen Menschen dieser Welt entdeckt. Er versteckt sich in der Ruine vor uns. Er ist ein Beobachter und es ist wichtig, sein Vertrauen zu erlangen. Zwei Mann des Spezialkommandos gehen bitte schnell zurück in die Lagerhalle. Ich brauche hier einige Kisten mit haltbaren Nahrungsmitteln. Also Dosenfleisch, Brot und so weiter. Beeilt euch, wir dürfen keine Zeit verlieren.«

Sofort eilten zwei FBI Männer durch das flimmernde Tesla Portal. Hanky unterdessen sprach weiter mit dem Späher.

»Seet Smirl. Gleich werden meine Männer mit Geschenken hier sein. Willst du nicht aus deinem Versteck kommen, damit ich dich sehe?«

»Nein, das will ich nicht. Doch sage mir, wer du bist und wie deine Stimme in meinen Kopf kommt.«

»Oh entschuldige Seet Smirl. Ich bin Hank Berson. Ich besitze die Gabe, ohne Worte zu sprechen. Kennst du nicht auch jemanden, der das kann?«

Hanky versuchte mit dieser Frage herauszufinden, ob der Beobachter den anderen Telepathen kannte. Doch eine sofortige Angstreaktion des Spähers kam für Hanky völlig unerwartet. Seet wollte davonlaufen, was Hanky unbedingt verhindern wollte. So sandte er beruhigende Impulse aus, während er den Fluchtimpuls des Spähers ausschaltete. Hanky hasste es eigentlich, andere Personen mental zu beeinflussen. Die Versuchung, Macht über andere Wesen zu erlangen, war einfach zu gefährlich. Dieser Versuchung wollte Hanky auf keinen Fall folgen, denn ihm war klar, dass er dadurch seine Menschlichkeit opfern würde.

Seet ließ sich beruhigen, vermied es aber weiterhin für die Fremden unsichtbar zu bleiben. Hanky, der die Sprache des Beobachters inzwischen völlig beherrschte, unterhielt sich mit diesem eine Weile. Seets Vertrauen zu dem Fremden wuchs, doch seine Vorsicht ließ ihn weiter hinter der Mauer verharren. Dann stellte er eine Frage, die Hanky schon längst erwartet hatte.

»Warum tötet dein Volk seine eigenen Stammesmitglieder? Lüge mich nicht an. Ich habe die Toten gesehen.«

»Ich habe auch die Toten gesehen und meine Freunde werden sie an einen würdigen Platz bringen, damit sie ehrenvoll zu den Ahnen reisen können. Doch nicht wir haben diese Menschen getötet, sondern ein abtrünniger Stamm. Wir sind auf der Suche nach diesem Stamm, um ihre Anführer zu bestrafen.«

»Du meinst, Parias haben die Menschen getötet? Mein Volk kennt Parias. Wir selbst haben vor ewigen Zeiten schlechte Menschen verbannt. Sie sind nun Parias und leben auf der anderen Seite des Wassers.«

»Hast du gesehen, wohin unsere Parias gegangen sind?«

»Oh ja! Ich beobachte sie schon seit vielen Tagen. Deine Parias sind auch über den Fluss gegangen. Sie sind sehr mächtig und beherrschen große Maschinen. Seid ihr auch so mächtig?«

»Aber ja Seet. Wir brauchen uns nicht zu fürchten. Doch sieh nur, dort kommen meine Boten und bringen dir die versprochenen Geschenke. Es handelt sich um Nahrungsmittel. Ich werde mich nun mit meinen Freunden zurückziehen. Wenn du möchtest, dann treffen wir uns bald wieder.«

Hanky wartete, bis die FBI Männer die Pakete abgestellt hatten, und beorderte alle Teilnehmer des Erkundungstrupps zurück zum Tesla Portal. Die Leichen waren inzwischen abtransportiert und wurden schon von Forensikern des FBI untersucht. Zügig durchschritten die Männer das Portal. Auf der anderen Seite wartete bereits Mister Wynn auf die Rückkehr des Trupps. Hanky war der Letzte, der durch das Portal trat und dann das Signal zum Abschalten gab. Merkwürdigerweise hatte sich sein Organismus anscheinend an die fremden Energien und das Luftbeben gewöhnt. Denn erst jetzt fiel ihm auf, dass er ohne einen mentalen Schutzschirm durch das Portal geschritten war. Das Portal erlosch und das Team musste zur Dekontaminierung. Hanky überlegte indes, ob der fremde Telepath eine Gefahr darstellte.

***

Eingeweiht

Kaum war Richard Miller, Reporter der New York Times, aus Washington zurückgekehrt, als ihn eine Textnachricht auf seinem Smartphone erreichte. Ein Unbekannter, der wohl zu dem Kreis des NSA Direktors William Bannigen gehörte, hatte Folgendes gesendet:

BANNIGEN TRIFFT HEUTE ABEND SENATOR McKINSEY IN NEW YORK CITY! INFORMIEREN SIE IHRE FREUNDE UND SCHÜTZEN SIE UNSERE NATION! ICH GEBE IHNEN SPÄTER DEN TREFFPUNKT UND DIE UHRZEIT.

Richard sah elektrisiert auf die Nachricht und überlegte, wie er nun vorgehen sollte. Was wusste der Informant über seine Freunde? Wahrscheinlich war er ein NSA Mitarbeiter, dem die Machenschaften des Direktors missfielen. Doch der Mann hatte Recht, er musste Hanky, Walt und Roger informieren. Zusammen konnten sie dann besprechen, ob und wie sie dieses Treffen observieren konnten. Der Reporter, der auch als informeller Mitarbeiter der CIA arbeitete, steckte sein Handy zufrieden zurück in die Jackentasche. Sein Interview mit dem Direktor des NSA hatte diesen wohl in Panik versetzt. So hoffte Richard zumindest. Er überlegte kurz, ob er zuerst in sein Büro fahren oder Hanky gleich telefonisch informieren sollte. Doch der Reporter traute den elektronischen Medien, wozu das Mobiltelefon zählte, nicht im Geringsten. Gerade die Geheimdienste, an vorderster Front die NSA, hatten enorme Möglichkeiten. Ein Telefon abzuhören, war eine leichte Übung für diese Organisationen. Auf der anderen Seite wusste Richard nicht, wo sich Hanky, Walt und Roger gerade aufhielten. So beschloss er, Walt anzurufen, da Hanky nur selten sein Handy benutzte. Tatsächlich erreichte er Walt, welcher aber einen sehr gestressten Eindruck machte. Er wollte Richard, der natürlich nicht wissen konnte, dass sein Freund gerade erst aus der Parallelwelt zurückgekehrt war, abwimmeln. Der Reporter blieb seinem Beruf entsprechend hartnäckig und sagte:

»Walt, ich muss unbedingt mit euch sprechen, und zwar persönlich und nicht am Telefon.«

Für einen Moment schwieg Walt und Richard hörte im Hintergrund undefinierbare Geräusche und Stimmen. Dann war auf einmal Hanky am Telefon. Auch er wirkte gestresst, was Richard an dessen Stimme erkannte. Die sonst üblichen Freundlichkeiten blieben unausgesprochen. So fragte der Mutant:

»Wo bist du gerade Richard?«

»Ich stehe vor dem Gebäude der Times.«

»Okay, bleibe dort. Du wirst abgeholt. Bis gleich!«

Damit war die Verbindung unterbrochen und Richard rätselte, was wohl geschehen war. Er lief auf dem Bürgersteig vor dem Gebäude der New York Times auf und ab. Das Leben in der Stadt hatte sich wieder normalisiert und die New Yorker hatten das Luftbeben wohl schon vergessen.

So waren die Menschen hier und diese Lebenseinstellung war vielleicht gar nicht so verkehrt. Doch Richard konnte nicht so locker sein. Er hatte schon viel Schlimmes erlebt und wusste, dass man dem schönen Schein nicht trauen konnte. Es gab keinen einzigen Moment, wo das Böse nicht versuchte, seinen Einfluss zu vermehren. Richard glaubte fest daran, dass es dieses undefinierbare Böse war, das die Welt in Unfrieden hielt. Doch er hatte schon vor langer Zeit beschlossen, sich zu wehren und mit seinen Mitteln gegen alle, die das Böse in ihr Leben gelassen hatten, zu kämpfen.

Ein schwarzer SUV bremste etwa zwanzig Minuten, nachdem Richard mit Walt und Hanky telefoniert hatte, am Straßenrand und blieb direkt vor Richard stehen. Das getönte Fenster der Beifahrertür fuhr herunter und der Reporter sah einen in schwarzer Kampfausrüstung gekleideten Mann hinter dem Steuer sitzen. Noch ehe sich Richard darüber wundern konnte, drehte der Mann sich ihm zu und rief:

»Mister Miller?« Richard nickte und trat an das Fahrzeug heran. Der Uniformierte sagte nun etwas leiser:

»Agent Berson hat mich geschickt. Ich soll Sie abholen.«

Richard zögerte einen kleinen Moment, stieg dann aber in das Fahrzeug des Fremden. Kaum hatte Richard die Tür geschlossen, als der Fahrer seinen SUV beschleunigte und sich geschickt durch den Verkehr schlängelte. Richard wollte schon fragen, wohin die Fahrt gehen sollte, doch dann beschloss er, lieber zu schweigen. Er würde seine Neugierde schon unter Kontrolle halten können. Bei der Fahrt durch die Stadt schaute sich Richard aufmerksam um und als er erkannte, dass der Fahrer seinen Wagen in Richtung Bronx lenkte, wunderte sich der Reporter. Schließlich fuhren sie in ein heruntergekommenes Industriegebiet, das Richard schon einmal zur Recherche einer Reportage besucht hatte.

Hunts Point war aber eher uninteressant und der Reporter fragte sich, was Hanky und Walt hier zu tun hatten. Gleich darauf bogen sie in eine Straße ein, die von schwerbewaffneten FBI Spezialisten bewacht wurde. An einer Straßensperre wurden sie angehalten und Richard musste seinen Ausweis vorzeigen. Der FBI Spezialist sprach in sein Mikrofon, welches an seiner Schulter befestigt war, und gab nach einem kurzen Moment den Ausweis zurück. Dann winkte er und der SUV fuhr los. Keine zweihundert Meter weiter, bog der Wagen um eine Ecke und hielt mitten auf der Straße vor einer großen Lagerhalle an.

Richard stieg aus und betrachtete verwundert die hier geparkten Fahrzeuge. Hier standen Wohntrailer, ein Versorgungswagen, daneben gepanzerte Fahrzeuge wie auch einige schwarze SUVs, wie der, den er gerade verlassen hatte. Zwischen den Fahrzeugen hielten sich schwer bewaffnete Einheiten des FBI auf. Hier waren bestimmt mehr als fünfzig FBI Agenten im Einsatz.

Richard war beeindruckt und überlegte, wieso hier keiner seiner Pressekollegen zu sehen war. So eine Demonstration staatlicher Macht konnte doch nicht unbemerkt bleiben. Doch noch ehe er diese Frage zu Ende denken konnte, sah er Walt auf sich zukommen. Auch er trug die Einsatzkleidung des FBI Spezialkommandos und sein erster Gesichtsausdruck verhieß nichts Gutes. Die Männer begrüßten sich mit einem kurzen, kräftigen Händedruck.

Dann sagte Walt zu dem Reporter:

»Rich, lass uns ein paar Schritte gehen.«

Richard nickte nur und so gingen die Männer die Straße entlang.

»Was ich dir nun berichten werde, Rich«, begann Walt, »muss unter allen Umständen vertraulich behandelt werden. Du darfst mit niemandem darüber sprechen, was du hier zu sehen und zu hören bekommst. Nicht einmal deiner Rita, deiner lieben Ehefrau, darfst du etwas erzählen. Das musst du mir versprechen Rich!«

Der Reporter hatte seinen Freund noch nie so ernsthaft erlebt und stimmte dessen Bedingungen mit einem besorgten Gefühl zu.

In den nächsten zwanzig Minuten weihte Walt den Reporter nun ein und schilderte alle Fakten und Erlebnisse, die diesen Einsatz nötig gemacht hatten. Als er geendet hatte, zog Richard sein Smartphone aus der Tasche und zeigte Walt die Nachricht, die er erhalten hatte. Danach berichtete er von seinem Treffen mit dem NSA Direktor.

Walt schwieg und seine Miene sagte mehr als tausend Worte. Dann erklärte er Richard, dass Roger Thorn bereits in diese Richtung ermittelte, da Hanky bei einer Nachtsitzung schon auf den NSA Direktor aufmerksam geworden war.

Inzwischen hatten sie kehrtgemacht und sahen Hanky, der am Versorgungstruck stand. Walt und Richard gingen zu ihm und Hanky begrüßte Richard mit einem kurzen »Hallo«.

Während Hanky gleich darauf herzhaft in sein Sandwich biss, bestellte sich auch Walt etwas zu essen. Auch Richard durfte sich etwas aussuchen.

Kurz darauf standen die Männer einige Minuten beisammen, ehe sie ihre Konversation fortsetzten. Hanky, der sich zusammen mit Walt und Richard einige Meter von dem Versorgungstruck entfernt hatte, hörte sich kauend nun ebenfalls den Bericht des Reporters an.

»Du sagtest, das Treffen soll abends stattfinden? Okay, das passt Rich«, sagte Hanky abschließend und knüllte seine Papierserviette zusammen. »Da sind wir auf alle Fälle dabei!«

Richard, der nun auch über das Tesla Portal Bescheid wusste, ließ es sich – als alle ihre kleine Mahlzeit beendet hatten – nicht nehmen, dieses erstaunliche technische Gerät anzuschauen. Zwar waren seine Freunde sichtlich nicht in der Laune, für ihn eine Führung zu veranstalten, doch Walt erbarmte sich schließlich und führte seinen Freund in die Lagerhalle. Das, was der Reporter zu sehen bekam, war nicht so eindrucksvoll, wie er es sich vorgestellt hatte. Doch alleine die Möglichkeit. In eine Parallelwelt zu reisen, faszinierte ihn sehr. Nach nicht einmal zehn Minuten bugsierte Walt den Reporter aus der Halle. Erklärend sagte er dazu nur:

»Rich, wir wollen heute noch einmal hinüber. Deshalb müssen wir uns jetzt vorbereiten. Du verstehst. Wir sehen uns heute Abend!«

Richard nickte und nahm sich vor, beim nächsten Mal dabei zu sein.

***

Showdown im Wald – Teil 1

Roger lag verborgen im Unterholz. Er spähte angestrengt zu dem Zugang der vermeintlichen Silbermine hinüber. Dort war ein modernes Rolltor installiert worden und Kameras überwachten das umzäunte Gelände davor. Es war still und friedlich hier draußen. Die Großstadt schien fern. Roger verstand, warum immer mehr

Menschen in ihrer Freizeit in die Wälder kamen und dort die Natur genossen. Der Wald war ein besonderer Ort, der Ruhe bot und die Hektik verscheuchte. Neben Roger lag sein Kollege Mark Henderson, der ebenfalls aufmerksam die Umgebung beobachtete. Er war nervös und konnte es nicht abwarten, bis endlich ihre Verstärkung in Form eines FBI Spezialkommandos eintreffen würde. Deshalb flüsterte er Roger zu, dass er sich mal ein wenig umschauen wolle. Roger stimmte dem zu und sah, wie sich der junge Agent durch die Büsche davonschlich. Keine Minute später hatte ihn der Wald verschluckt und Roger konnte, selbst bei genauer Beobachtung, nicht feststellen, wo sich sein Kollege im Moment befand.

Auch an anderer Stelle bewegte sich eine kleine Gruppe auf die ehemalige Silbermine zu. Brian Spiller, der Serienkiller, ging im Bewusstsein, zuerst aus dem Todestrakt in die AREA 51 verschleppt worden, von dort geflüchtet zu sein und seitdem wieder sein Unwesen treibend, voran. Ihm folgte Angelo, der schon einige Jahre auf dem Buckel hatte und – als Rentner – von seinen Mitmenschen als völlig harmlos eingestuft wurde. Ihm würde jeder sein Kind anvertrauen und den Hausschlüssel geben, wenn man im Urlaub war und jemand die Blumen versorgen musste.

Doch der gemütliche Alte spielte nur den Biedermann. Schon seit seiner Jugend verspürte er den Drang Menschen zu töten. Er hatte viele Morde auf dem Gewissen und seine Leidenschaft zum Beruf gemacht. Er hatte für die New Yorker Unterwelt lästige Personen getötet. Seine unscheinbare Gestalt hatte ihn beschützt wie ein Zaubermantel, der unsichtbar machte.

Der Alte hielt gut mit, was Robert Mason, der Dritte im Bunde, vorher bezweifelt hätte. Er, der Begleiter Brian Spillers, traute dem Alten nicht und seine Eröffnung, dass er für die Mafia gemordet hatte, bestärkte zusätzlich sein Misstrauen.

An dem Plateau des Bergrückens angekommen, legten sie eine kleine Rast ein. Brian überlegte, wo sie sich auf die Lauer legen sollten, und kam zu dem Schluss, dass der Waldrand, in der Nähe des Tores der Umzäunung, der beste Platz sein würde. Von dort aus konnten sie sehen, wer das Gelände betrat.

Nach einigen Minuten brachen sie wieder auf und folgten dem Waldweg. An der Weggabelung hielten sie sich links, bis sie am Wegende das Tor sahen. Brian gab die Anweisung, nun rechts den Weg zu verlassen, um im Wald parallel zum Weg bis zum Tor vorzudringen.

Kaum waren sie im Schatten des Waldes eingetaucht, hörten sie Motorgeräusche. Brian verfluchte diese Tatsache. Sein erstes Ziel war der Mafioso, der mit einem U-Haul Mietlastwagen hier in den Wald gefahren war. Ihn wollte er finden und, wenn es möglich war, den Kerl töten. An dem Berglager war er nur mäßig interessiert. Schließlich hatten Robert und er schon Beute gemacht und sie in Sicherheit gebracht. Von dem Beobachtungspunkt am Tor wollte er sich zuerst nur umschauen und Anzeichen dafür finden, wo sich der Mafioso gerade aufhielt. Da störte jede Einmischung von dritter Seite erheblich.

Nur Minuten später näherten sich tatsächlich schwarze SUVs und ein Radpanzer, der das Logo des FBI an seiner Seite trug. Dies konnte Brian durch die Zweige und belaubten Äste des Unterholzes gut erkennen. Er stieß einen derben Fluch aus und signalisierte seinen Begleitern stehen zu bleiben. Als die Fahrzeuge die drei Killer passiert hatten, wartete Brian noch einen Moment. Dann schlichen sie weiter durch das Unterholz.

Unterdessen arbeitete sich Mark Henderson, der Junior FBI Agent, durch das Gestrüpp einer Buschgruppe. Vorsichtig schob er die Äste zur Seite und bemühte sich dabei, so leise wie möglich zu sein. Er hatte in etwa hundert Metern und etwas unterhalb am Hang eine Bewegung gesehen. Doch gerade die Ruhe des Waldes trug Geräusche weit und schon das Knacken eines brechenden Astes konnte ihn verraten. Endlich, nach mühsamen Minuten, lagen die Büsche hinter ihm. Er folgte einem unsichtbaren Slalomkurs, der ihn von Baum zu Baum brachte. Als er so weitere fünfzig Meter unbemerkt vorangekommen war, huschte er zu einer alten, moosbedeckten und recht großen Wurzel. Die Wurzel samt Baumstumpf zeugte davon, dass ein starker Wind den damaligen Baum umgerissen hatte. Dadurch war die Wurzel aus dem Erdreich gehebelt worden. In der dadurch geschaffenen Mulde konnte sich der Agent gut vor Blicken schützen. Er gönnte sich einige Sekunden der Erholung, denn das Anpirschen war anstrengender gewesen, als er vermutet hätte. Mark atmete noch einmal tief durch und schob dann seinen Kopf langsam in die Höhe. Er sah zwei Männer, die Dinge durch den Wald den Abhang hinunterwarfen. Der Agent fragte sich, was die Männer warfen. Ein Sonnenstrahl traf ein rechteckiges Objekt, das das gebündelte Licht reflektierte und für einen Sekundenbruchteil mit einem goldenen Schein das Zwielicht des Waldes erhellte.

Jetzt erkannte Mark, was die Männer warfen. Es waren Goldbarren! Doch wie kamen den Goldbarren in den Wald und an diesen Abhang? Hatten die beiden das Gold aus dem ehemaligen Silberbergwerk? Agent Thorn vermutete dort ja ein Lager der Goldräuber. Doch wie hatten die beiden Männer von dem Goldraub erfahren? Die Sache war doch topsecret.

Der junge FBI Beamte überlegte, was er nun tun sollte. Musste er Roger Thorn, der sein Senior Agent war, über seine Entdeckung informieren oder sollte er fürs Erste von hier aus beobachten, wie die Unbekannten das Gold fortschafften? Doch wohin brachten sie die Barren überhaupt?

Noch während er überlegte, hörte er Motorengeräusche, die sich näherten. Traf endlich die Verstärkung ein oder waren die Goldräuber, die von Teilen der Nationalgarde unterstützt wurden, zurück? Die beiden Männer unten am Hang hatten die Motorengeräusche ebenfalls gehört und arbeiteten nun schneller. Einer der Männer sah sich immer wieder suchend um und einige Male auch direkt zu dem FBI Agenten, der immer noch hinter der umgestürzten Wurzel kauerte.

Mark fragte sich, ob er entdeckt worden war oder der Mann dort unten nur zufällig in seine Richtung sah.

Zuerst hatte sich Alfredo Ponti nur auf sein Gefühl verlassen. Er hatte gespürt, dass er und sein Begleiter Mitchel Prusak nicht alleine im Wald waren. Doch dann war sein Gefühl zur Gewissheit geworden. Er hatte eine kleine Bewegung entdeckt. Oben am Hang, etwas rechts von seiner Position aus, lag eine große Wurzel eines gestürzten Baumes. Die Wurzel bildete ein vorzügliches Versteck und Alfredo fragte sich, wie der unbekannte Beobachter es dorthin geschafft hatte, ohne dass er von ihm bemerkt worden war.

Dennoch hatte er sich verraten, vielleicht durch das Heben seines Kopfes oder einer anderen Bewegung. Alfredo arbeitete verbissen weiter, während er die Wurzel im Blick behielt. Es waren nur noch wenige Meter bis zu ihrem Lastwagen und solange der Unbekannte dortblieb, wo er war, wollte der Mafioso weiterarbeiten. Durch die Motorengeräusche mehrerer Fahrzeuge, die durch den Wald schallten, fühlte sich Alfredo noch mehr angestachelt, das geraubte Gold zu bergen. Auch Mitchel verstärkte seine Anstrengungen. Zusammen warfen die Männer die Goldbarren, die direkt hinter dem Lastwagen zu Boden fielen.

Alfredo drehte sich um und sah zu der Wurzel am Hang. Der Beobachter schien sich noch immer dort aufzuhalten. Jedenfalls vermutete der Gangster dies. Näher gekommen war er auf keinen Fall, denn die Möglichkeiten, sich zu verstecken, waren zwischen Wurzel und Lastwagen gering. Alfredo gab Mitchel die Anweisung, die Goldbarren einfach in den Lastwagen zu werfen. Ursprünglich hatten sie geplant, die Barren über die Ladefläche zu verteilen, um die Belastung der Achsfederung zu minimieren. Doch dazu war später noch Zeit, jetzt galt es zu handeln. Sie hatten gerade einmal zehn Barren in den Lastwagen geworfen, als ein Ruf durch den Wald hallte:

»Hände hoch! FBI! Treten Sie von dem Wagen zurück!«

FBI Agent Henderson hatte auf sein Glück vertraut und hatte seine Deckung verlassen. Die Gangster unten am LKW waren abgelenkt, da sie die Goldbarren in den Laderaum des Kleinlasters warfen. Außerdem vertraute er darauf, dass die Bezeichnung FBI seine Wirkung zeigen würde. Zudem waren die Goldräuber bestimmt erschöpft von ihrem Tun. So war er den Abhang hinuntergerannt und so bis auf zwanzig Meter an die Gangster herangerückt. Wäre er erfahrener gewesen, dann hätte er seine Gegner nicht so leicht unterschätzt.

Alfredo, der sein Leben lang mit gefährlichen Situationen konfrontiert worden war, reagierte entsprechend. Da er wusste, dass im Wald ein Beobachter gelauert hatte, war er nicht überrascht, als dieser sich nun als FBI Agent outete.

Ohne dass der Agent auch nur eine verdächtige Bewegung Alfredos registriert hatte, drehte dieser sich um und hatte plötzlich eine Pistole in seiner rechten Hand. Noch ehe der Agent auch nur reagieren konnte, hallte ein Schuss durch den Wald. Gleichzeitig splitterte die Rinde des Baumes, hinter der sich der Agent verbarg. Doch diese Deckung war nicht geeignet, seinen Körper komplett zu schützen. Die Kugel zerfetzte nicht nur die Baumrinde, sondern schlug in der Schulter des FBI Agenten ein. Er wurde nach hinten gewirbelt und stürzte nach zwei unbeholfenen Schritten zu Boden. Irritiert sah Mark auf seine blutende Schulter und wunderte sich, dass er, wohl schockbedingt, keinen Schmerz spürte. Er wollte sich wieder aufrichten, doch sein Körper reagierte nicht. Seine rechte Hand tastete nach seiner Waffe, doch die hatte er wohl bei dem Sturz verloren. Er hörte, wie einer der Männer rief:

»Los, mach weiter. Ich bin gleich zurück!«

In diesem Moment begriff der junge FBI Agent, dass er sich nicht einmal wehren konnte, wenn der Gangster nun bei ihm ankam. Denn dass er kommen würde, war klar. Plötzlich stand ein Mann über ihn gebeugt, der ihn bedauernd ansah. Mark Henderson konnte nicht einmal mehr Angst empfinden, bevor eine Kugel ihn in die Schwärze des Nichts stürzen ließ.

Trotz der ankommenden FBI Einheiten, die gerade das Gittertor des Geländes aufgebrochen hatten und nun auf die Freifläche vor dem Berglager fuhren, hatte FBI Agent Roger Thorn den Schuss gehört. Für einen kurzen Moment war er unentschlossen, was er nun tun sollte. Zeigte er sich den von ihm angeforderten Spezialeinheiten oder sollte er seinem Kollegen Mark zur Hilfe kommen? Er entschied sich für die zweite Option und verließ seine Beobachtungsposition.

***

Exitplan

Auf dem Beifahrersitz eines Humvees saß Adrian Larson und spähte angestrengt nach vorne. Er hatte die Lagerleitung davon überzeugen können, seinem Plan zuzustimmen. Der Landvermesser hatte darauf geachtet, dass er nicht wieder unter Drogen gesetzt wurde. Es schien auch niemand versucht zu haben, denn alleine die Tatsache, dass er über die bewusstseinsverändernde Droge nachdachte, bewies ihm, dass er nicht unter deren Einfluss stand.

Nun galt es, seinen Exitplan, wie er die Rückkehr in ihre eigene Welt benannt hatte, auf seine Durchführbarkeit hin zu überprüfen. Der augenscheinliche Vorteil seiner Planung bestand aus der Tatsache, dass sie die bereits geräumte Trasse wieder weitgehend benutzen konnten. Gute viereinhalb Meilen waren frei und nur circa eine halbe Meile musste freigelegt und von Schutt und Unrat befreit werden. Wie lange sie dafür brauchen würden und welches Gerät dabei zum Einsatz kam, würde sich in den kommenden Stunden herausstellen. In der Höhe der 42. Straße, wenn der Plan Manhattans zugrunde gelegt wurde, musste die Umgebung erkundet werden.

Adrians Ziel war der Central Park. Ob es hier, in dieser Welt, auch eine Parkanlage gegeben hatte, war nicht bekannt.

Der Humvee stoppte etwas nördlich der errechneten Position. Links befand sich eine recht schmale Straße und Adrian musste erst einmal die Breite der Fahrbahn ermitteln. Er informierte per Funk die Begleitfahrzeuge, in denen sich Soldaten der Nationalgarde befanden. Sie hatten dafür zu sorgen, dass dem Landvermesser nichts geschah. Deshalb verließen einige Soldaten die Geländewagen und schwärmten aus. Sie sollten zuerst die Umgebung sichern und mögliche Gefahren eliminieren. Erst wenn sie ihr »Okay« gaben, durfte Adrian den Wagen verlassen. Die Prozedur dauerte etwa zwanzig Minuten und der Landvermesser war froh, dass er das Signal zum Aussteigen bekam. Zusammen mit vier weiteren Soldaten ging er zu der schmalen Gasse hinüber. Dort besah er sich als Erstes die Ruinen rechts und links der Gasse. Dann zog er ein kleines Gerät aus der Tasche, bei dem es sich um einen elektronischen Distanzmesser handelte. Er ging zur Ruine an der rechten Seite der Straße und peilte mit dem Gerät die gegenüberliegende Ruine an. Dann drückte er einen Knopf und fixierte die ermittelte Zahl auf dem Display des Messgerätes.

Es zeigte ihm viermeterzwanzig an, was weniger war, als er vermutet hatte. Die Sattelzüge, die das Tesla Portal und die schweren Baumaschinen transportierten, maßen dreimeterachtzig. Das würde knapp werden, wenn die Breite überhaupt ausreichend war. Mit nur zwanzig Zentimetern Freiraum rechts und links durften die Fahrer nicht den geringsten Fahrfehler machen. Adrian beschloss, sich noch weitere Straßen anzusehen. Er bestieg den Humvee wieder und gleichzeitig zogen sich auch die Soldaten einer entsprechenden Reihenfolge gemäß zurück. Nachdem alle Männer wieder in den Fahrzeugen saßen, ging die Fahrt weiter. Achtzig Meter weiter stoppte der Tross an der nächsten Straßeneinmündung. Wieder wurde das Gelände gesichert und danach durfte der Landvermesser seine Arbeit verrichten. Diese war sichtlich breiter und Adrian schöpfte Hoffnung. Doch als er zur Straßeneinmündung kam, sah er, dass dieser Weg, im wahrsten Sinne, versperrt war. Einige Ruinen waren eingestürzt und Schutt füllte die Straße bis zum zweiten Stock. Adrian beorderte die Soldaten zurück zu den Wagen. Weitere Hundert Meter nördlich befand sich die nächste Straße. Dort angekommen, erinnerte sich der Landvermesser, diese Straße schon einmal begutachtet zu haben. Damals hatte er nach einem Weg in Richtung Süden gesucht, den er eigentlich weiter westlich geplant hatte, weil Drohnenbilder dort breitere Straßen gezeigt hatten. Doch die Leiter der Expedition hatten anders entschieden.

Nachdem die Soldaten nun zum dritten Mal ausgeschwärmt waren, um das Gelände zu sichern, stieg Adrian aus. Ohne auf das »Okay« der Soldaten zu warten, lief er zu der Straßeneinmündung. Leider hatte die Drohne nicht die ganze Ruinenstadt gefilmt und so war Adrian nun gehalten, das Gebiet zu erkunden. Erst wenn er einen gangbaren Weg gefunden hatte, konnten die Baumaschinen anrücken. Diese Straße war doppelt so breit wie die vorherige. Ja, sie war schon fast als Boulevard zu bezeichnen. Selbst der Schutt, der in dieser Ruinenstadt überall zu finden war, war leicht zu beseitigen. Adrian winkte einen Humvee herbei und als dieser dann vor ihm stoppte, kletterte der Landvermesser auf das Dach des Wagens. Von hier oben erhoffte er sich einen besseren Überblick. Soweit er es erkennen konnte, war die Straße, zumindest für die Geländewagen, passierbar. Deshalb rief er die Soldaten zurück. Kurz darauf rollte die kleine Kolonne westwärts. Sie kamen gut voran und Adrian hoffte, dass sie den von ihm errechneten Zielpunkt nun schnell erreichen würden. Im Fahrzeug hatte Adrian seinen Laptop auf den Knien und sah gebannt auf die Koordinaten der dort abgebildeten Karte. Wenn er richtig gerechnet hatte, dann mussten sie nach weiteren hundert Metern nach rechts abbiegen.

Als auf der topografischen Karte der entsprechende Punkt erreicht wurde, sah er auf. Doch dort, wo er eine Straße erwartet hatte, lag ein großes Trümmerfeld. Hier stand nicht einmal mehr eine Ruine. Eine furchtbare Katastrophe musste hier stattgefunden haben. Der Landvermesser wollte sich die Tragödie, die die Menschen hier erlebt haben mussten, nicht einmal vorstellen. Im Schritttempo rollten die Geländewagen weiter, ohne dass eine Seitenstraße sichtbar wurde. Adrian überlegte schon, welche anderen Orte zur möglichen Rückkehr denkbar waren, als er eine Lücke im Trümmerfeld entdeckte. Hier war der Schutt nicht so hoch aufgetürmt, was darauf hindeutete, dass in dieser Gegend kleinere Bauten gestanden hatten. Adrian stoppte den Fahrzeugtross und beauftragte seinen Fahrer, zu der Lücke zu fahren. Gehorsam lenkte der Soldat das Fahrzeug nach links und ohne Anweisung in die Schuttlücke hinein. Überraschenderweise gelang ihm dieses Manöver sehr gut und der Humvee rollte problemlos über die Hinterlassenschaft einer Tragödie.

Adrian ließ ihn gewähren und sah wieder auf seinen Laptop. Es fehlten nur wenige Meter bis zum errechneten Ziel. Dieses lag zwar circa dreißig Meter rechts von ihnen, doch mit einer Korrektur der Planung ließ sich diese Ungenauigkeit lösen. Er ließ den Fahrer noch einige Meter weiter der Schuttstraße folgen, ehe er ihm befahl anzuhalten. Ohne auf die übliche Prozedur der Sicherung zu warten, verließ er das Fahrzeug und kletterte abermals auf das Dach des Humvees. Er drehte sich einmal um sich selbst und besah sich das Trümmerfeld. Zufrieden, dass seine Planung nun doch funktionieren würde, betrachtete er die Trümmer.

Die Bombe oder die Sprengkörper, die hier explodiert waren, hatten ganze Arbeit verrichtet. Außer Betontrümmern, Steinen und

Sand war hier nichts übrig geblieben. Ja, man sah nicht einmal mehr ein einziges Fundament eines Hauses. Doch der Landvermesser dachte schon weiter. Mit den schweren Bulldozern konnten die Arbeiter eine genügend große Fläche planieren, die dazu geeignet war, das Tesla Portal und das Camp aufzunehmen. Hier würde er durch das Portal gehen und im Central Park seine Welt wieder betreten.

***

Zweite Erkundung

In der Lagerhalle hatten sich drei Geländewagen des FBI Spezialkommandos in Position gebracht. Sie würden durch das Tesla Portal in die Parallelwelt vordringen und dort nach den Spuren der Goldräuber suchen. Diese Erkundung war auf einen Zeitrahmen von drei Stunden begrenzt und sollte zur Orientierung dienen. Mannschaften und Gerät sollten dabei auf ihre Belastbarkeit getestet werden. Zudem wollte Hanky der Gruppe des Spähers Seet Smirl Lebensmittel und Schutzanzüge, Werkzeuge und warme Kleidung übergeben.

Er fühlte sich für diese Überlebenden einer unsäglichen Katastrophe verantwortlich und wollte helfen, so gut er konnte. Außerdem hoffte er, dass Seet ihm Informationen zu dem unbekannten Telepathen geben konnte. Dieses Interesse basierte nicht alleine auf seinem verständlichen Misstrauen, sondern auch aus Sorge um seine Begleiter.

Ein Mutant konnte sehr viel Schaden anrichten und das galt es zu verhindern.

Ein Warnton schallte durch die Halle, gefolgt von einer Durchsage: FÜNF MINUTEN BIS ZUR ÖFFNUNG DES PORTALS.

Hanky ging zum ersten Geländewagen und stieg ein. Erstaunt sah er, dass Walt hinter dem Steuer saß. Der grinste wie ein kleiner Junge, der endlich ein lang ersehntes Spielzeug ausprobieren durfte. Insgeheim bewunderte Hanky seinen Freund, der in vielen, oftmals gefährlichen Situationen seinen Humor behielt. Doch wenn es darauf ankam, war Walt ein Mensch, auf den man sich immer verlassen konnte. So konnte Hanky es sich nun nicht verkneifen auf Walts provokantes Grinsen zu reagieren.

»Du bist einfach ein unverbesserlicher Kindskopf Walt. Wen hast du denn beschwatzt, dass du jetzt hinter dem Steuer des Humvees sitzen darfst?«

»Was heißt denn hier beschwatzt?«, fragte Walt mit gespielt ärgerlicher Stimme. »Ich habe es einfach so angeordnet. Außerdem wollte ich schon immer mal so eine Kiste fahren. Also schnall dich besser an. Gleich geht es los!«

Wie zur Bestätigung von Walts Ansage erfolgte die nächste Durchsage: NOCH DREI MINUTEN – SCHUTZAUSRÜSTUNGEN ANLEGEN.

Die beiden Mutanten setzten nun ihre Kopfhörer auf und stülpten sich die Hauben des Strahlenschutzanzuges über. Durch die Windschutzscheibe sahen sie Mister Wynn vor den Schaltpulten stehend und den Männern an den Generatoren ein Zeichen gebend. Gleich darauf liefen die Aggregate an und ein dumpfes Brummen erfüllte die Halle. NOCH ZWEI MINUTEN. Hastig verließen nun die Männer und Frauen die Halle, die nicht direkt zur Öffnung des Portals nötig waren. Die anderen Techniker und Spezialisten hatten ihre Schallschutzkapseln übergezogen. Ein Trupp des FBI Spezialkommando stand mit Schutzanzügen ausgerüstet seitlich bereit. Er sollte als Erster durch das Portal gehen und auf der anderen Seite den Durchgang sichern. NOCH EINE MINUTE. Mister Wynn tätigte eine Reihe von Schaltungen, was zur Folge hatte, dass die Generatoren nun lauter brummten. Dann, wie erwartet, begann die Luft zu vibrieren. Die Vibrationen verstärkten sich und an den Tesla Spulen tanzten blaue Elmsfeuer. Ein Überschlagsblitz entlud sich donnernd und die Menschen in der Halle zuckten zusammen. Zwischen den Tesla Spulen baute sich die Energiewand flackernd auf und gleich darauf war ein verschwommenes Bild einer Ruinenlandschaft zu erkennen. DURCHGANG OFFEN – Spezialkommando LOS. Nun bebte die ganze Halle.

Hanky und Walt schirmten ihre empfindlichen, mutierten Seelen ab. Nur so konnten sie verhindern, dass die überdimensionalen Energien sie paralysierten. Das Spezialkommando ging auf die Energiewand zu und ohne zu zögern hindurch. Walt startete seinen Humvee, sah kurz in den Rückspiegel und entdeckte auf dem Rücksitz den BND Agenten Klausen. Er saß da wie selbstverständlich und Walt glaubte, durch die Scheibe des Schutzhelms zu erkennen, dass Thore ihn provozierend anlächelte. Walt verbiss sich einen Kommentar und fuhr los. Vorsichtig lenkte er das schwere Fahrzeug auf die Bühne des Tesla Portals und fuhr dann durch die Energiewand, die das eigentliche Portal darstellte. Die Vibrationen der Luft verstärkten sich für einen Moment und dann waren sie auf der anderen Seite, in einer anderen Welt angekommen.

Mehrere Fragen beschäftigten Walt schon seit ihrem ersten Durchgang zu dieser Welt. Was wird geschehen, wenn sich das Portal in dem Moment schließt, wenn ein Mensch oder ein Fahrzeug nur zur Hälfte den Energieschleier passiert hatte? Würde man dann zerschnitten, wie durch eine riesige Klinge, oder in andere Welt geschleudert?

Der Mutant hoffte, dass sich seine schauderhaften Überlegungen nie ereignen würden. Trotzdem war er sehr froh, als sich sein Fahrzeug von der Energiewand entfernte. Nach hundert Metern stoppte er den Humvee und wartete auf die beiden Begleitfahrzeuge.

Hanky ordnete indessen an, dass die Kisten, gefüllt mit Konserven und Kleidung, an dieser Stelle abgeladen wurden.

Er öffnete seinen Geist und suchte nach Seet Smirl. Tatsächlich fand er den Späher sofort. Er verbarg sich in einer Ruine auf der linken Seite. Hanky sandte erneut beruhigende Impulse und teilte Seet mit, dass er weitere Geschenke gebracht hatte.

Fast sofort registrierte er weitere Gehirnschwingungen. Seet hatte also Verstärkung mitgebracht. Doch Hanky wusste, dass es für eine persönliche Begegnung noch zu früh war. Deshalb wartete er, bis die FBI Spezialisten die Kartons abgestellt hatten, und gab dann den Befehl zur Weiterfahrt. Dabei lauschte er mit seinen besonderen Sinnen. Er suchte nach weiteren Beobachtern, aber besonders nach dem unbekannten Telepathen. Noch immer glaubte er, dass von diesem Unbekannten eine Gefahr ausging. Dabei verließ er sich auf seine Intuition, die ihn, jedenfalls bisher, immer gut beraten hatte. Gerade das Ausbleiben der Wellensignatur des Fremden machte Hanky besonders wachsam.

Die Geländewagen rollten durch die zerstörte Stadt und folgten dem von Schutt befreiten Weg. Bald erreichten sie die Brücke, die über den Harlem River, wie er in ihrer Welt genannt wurde, führte. Vor der Brücke stoppte Walt seinen Wagen und auch die Begleitfahrzeuge stoppten. Die FBI Spezialisten sprangen mit angeschlagenen Waffen aus den Humvees und sicherten das Gelände. Auch die beiden Mutanten Walt und Hanky verließen ihr Fahrzeug. Thore folgte ihnen sofort. Zusammen gingen sie die wenigen Meter zur Brücke und bestaunten die Konstruktion der Goldräuber. Metallplatten verstärkten die Brücke und ihre Überquerung schien problemlos. Doch Walt war misstrauisch. Begleitet von Hanky und Thore betrat er vorsichtig die Brücke, hielt sich aber seitlich neben den Metallplatten. Sofort folgten drei FBI Spezialisten, die Walt warnte, unter keinen Umständen die Platten zu betreten. Gebeugt lief er langsam über die Brücke und versuchte dabei unter die Stahlplatten zu sehen. Die Anderen verstanden sofort, wonach Walt suchte.

Er durfte den Gegner nicht unterschätzen, das wusste Walt und deshalb vermutete er, dass die Goldräuber hier auf der Brücke eine oder mehrere Sprengfallen installiert hatten.

Thore rannte zurück zum Brückenanfang und lief danach auf der rechten Seite der Stahlplatten über die Brücke. Dort begann er es Walt gleichzutun und so suchten nun auch seine Blicke nach etwas Verdächtigem. Tatsächlich fand er nach circa zwanzig Metern eine Spur.

Der Schmutz, der auf den Stahlplatten lag und von den Fahrten der letzten Tage zeugte, war an einer Stelle leicht verwischt. Jemand hatte sich dort mit einer Hand abgestützt und mit seinem Handschuh die Wischspur erzeugt. Der BND Agent kniete sich vorsichtig hin und schaute unter die Stahlplatte. Sofort erkannte er, dass hier eine Sprengfalle installiert worden war. Ein in braunes Papier gehülltes Päckchen lag dort, aus dem Drähte ragten. Diese führten in eine Plastikbox. Auf der Oberseite der Box waren zwei Federn angebracht, die direkt unter der Stahlplatte endeten. Schon die kleinste Belastung der Platte würde die Federn zusammendrücken und somit einen elektrischen Kontakt schließen. Dann würde der Stromfluss sofort den Zünder aktivieren und der Sprengsatz explodieren.

Die einfache Konstruktion der Sprengfalle verriet, dass es die Goldräuber eilig gehabt hatten oder dass sie keine besseren mit sich führten.

Auch Walt fand einige Meter weiter ein baugleiches Model. Noch während Thore darüber grübelte, wie die Sprengfalle entschärft werden konnte, handelte Walt. Mit seinen übersinnlichen Kräften tastete er den Mechanismus des Sprengsatzes ab und löste vorsichtig die Stromquelle, in Form einer handelsüblichen Batterie. So unterbrach er den Stromfluss und zog gleich darauf die Sprengfalle unter der Stahlplatte hervor. Ohne lange zu zögern, warf er diese einfach über das Brückengeländer und damit in den Fluss. Danach tastete er mental den Sprengkörper, den Thore gefunden hatte, ab und verfuhr in gleicher Weise. Als er auch diese Sprengfalle deaktiviert hatte, rief er Thore zu:

»Jetzt kannst du das Ding herausziehen.«

Thore nickte und zog.

***

Der Mutant

Geduckt hinter einem Mauervorsprung beobachtete er, wie sich eine flimmernde Energiewand aufbaute. Er war nicht zum ersten Mal hier und beobachtete dieses ungewöhnliche Schauspiel. Dort, hinter der Energiewand wartete seine Welt, in die er zurückkehren wollte, nein zurückkehren musste. Die Hoffnung, sich rächen zu können, war sein größter Ansporn. Doch vor der Rache stand zuerst die Aufgabe, einen Weg zu finden, die Energiewand zu passieren. Vor drei Monaten hatte er zum ersten Mal die Erschütterungen gespürt und sich auf den Weg gemacht. Nach einer mühevollen Wanderung war er in der Ruinenstadt angekommen und hatte eine Weile gebraucht, sich in den teilweise verschütteten Straßen zurechtzufinden. Doch er hatte sich nicht von dem Wirrwarr ausgebrannter Bauten irritieren lassen und beharrlich weitergesucht. Dabei half ihm seine Gabe, die er schon seit seiner Kindheit besaß. Er konnte die Gedanken seiner Mitmenschen erkennen, ja sogar deren Inhalt verstehen. Seit er sich seiner selbst bewusst war, nahm er diese Gabe als selbstverständlich und fand erst später heraus, dass das Gedankenlesen etwas Besonderes war. So war es ihm leichtgefallen, die Schule zu absolvieren und sich auch sonst so manchen Vorteil zu sichern. Mit der Zeit gefielen ihm seine Fähigkeiten und er begann zu manipulieren und zu intrigieren. Er trieb dieses Spiel - ja anfangs war es für ihn nur ein Spiel gewesen - bis zu einem Punkt, den jeder normalempfindende Mensch mit Abscheu erfüllen würde. Seine Manipulationen führten dazu, dass er einen Mitschüler in den Tod getrieben hatte. Als sich sein Klassenkamerad eines Tages vor einen Zug geworfen und so einen schrecklichen Tod gefunden hatte, überschritt der Mutant eine Grenze für immer. Er ließ seine Menschlichkeit dabei zurück. Als der Klassenlehrer von diesem Unglück berichtete, durchströmte den Mutanten ein ungeheures Glücksgefühl. Er war zum Mörder geworden, ohne selbst Hand angelegt zu haben. Nach der Schulzeit wechselte er an die Universität, an der er ausgerechnet das Fach Psychologie belegte. Dort, auf dem Universitätsgelände begegnete er dann eines Tages einem Studenten, der in gewisser Weise gleichgesinnt war. Der Student, er kam aus dem Jemen, versuchte jedem, der es hören wollte oder auch nicht, seine Ideologie, seine Sicht auf die Welt zu erklären. Ja, er predigte beinahe schon und verdammte in seinen Reden die westliche Lebensart. Auf die Frage, warum er denn dann gerade in den USA studieren würde, hatte er geantwortet, dass er seinen Feind zuerst kennenlernen musste, um ihn dann später im Kampf besiegen zu können. Die meisten Studenten hielten den besagten Austauschstudenten für verrückt oder unterstellten ihm, dass er sich nur wichtigmachen wolle. Der Mutant aber wusste es besser. Er hatte die Gedanken des Austauschstudenten gelesen und eine Chance für neue Intrigen gefunden. Er freundete sich mit Karim, so lautete der Name des Studenten, an und verbrachte viel Zeit mit ihm. Auf diese Weise wurde er anderen arabischen Studenten vorgestellt. Um seine Manipulation noch zu verstärken, konvertierte er zum Islam. Er legte seinen amerikanischen Namen Matthew Steward ab und nannte sich von da ab Sinan Abbas, was übersetzt die düstere Speerspitze bedeutete. Genau so sah er sich und hatte deshalb – mit Bedacht – diesen Namen gewählt. Seiner selbstgewählten Eskalation folgend, schloss sich der Mutant schließlich dem IS an. Zwei Monate später reiste er in die Türkei und von dort aus nach Syrien weiter. Als er Mossul erreichte, sah er nicht die Restriktionen, unter der die Bevölkerung litt, sondern seine Chance, der Welt zu zeigen, wer er war.

Auch hier begann er seine Mitmenschen zu beeinflussen, las ihre Gedanken, denunzierte Ungläubige und erreichte bald, dass die Anführer des sogenannten Islamischen Staates auf ihn aufmerksam wurden.

Durch seine Gabe, in den Gedanken anderer zu lesen, erlernte er schnell die arabischen Dialekte. Doch die Ideologie dieser sogenannten Gotteskrieger erreichte ihn nie. Distanziert, was seinem soziopathischen Verhalten entsprach, nahm er an Hinrichtungen teil, ohne dass er für die Opfer etwas empfand. Vielmehr drang er in die Gedanken der zum Tode Verurteilten ein, um sich an deren Ängsten zu ergötzen. Niemand fiel seine Abartigkeit auf, da dieser Ort grausame, menschenverachtende Individuen geradezu anzog.

Wer grausam war, stieg hier in dieser Stadt schnell auf und wurde von den Islamisten gefördert. So gelang es dem Mutanten in der mörderischen Hierarchie aufzusteigen. Bald schickte er selbst Gotteskrieger auf Selbstmordmissionen und freute sich, dass diese Idioten mit Stolz in den Tod gingen. Doch eines Tages ereilte Matthew Steward, alias Sinan Abbas, ein unerwartetes Schicksal. Bisher hatte er durch seine Gabe verhindern können, dass er selbst in Gefahr geriet oder Widersacher in den Reihen des IS ihn beseitigen konnten. Doch unsichtbar für die Wachen der Stadt wurden die Aktivitäten in den Straßen von Drohnen der Amerikaner überwacht. Er geriet dadurch ins Visier der CIA, die ihn als amerikanischen Überläufer identifizierten. Bald war den Beobachtern klar, dass der Mutant für seine ehemalige Heimat zur Gefahr werden konnte. Natürlich ahnte niemand, dass Matthew Gedanken lesen konnte. Aber auch ohne dieses Wissen wurde der Amerikaner ins Visier genommen und unablässig beobachtet. Als er sich eines Tages zu einem Hinrichtungsplatz vor den Toren Mosuls aufmachte, um dort einige Gotteskrieger auf einen Einsatz vorzubereiten, gab das CIA den Befehl, Matthew zu verhaften. Eine Drohne kreiste über der Stadt und verfolgte seine Schritte. Dann, als er sich weit genug von den letzten Häusern entfernt hatte, feuerte die Drohne eine kleine Rakete ab, die mit sofort wirkendem Betäubungsgas gefüllt war.

Die Rakete schlug unerwartet neben dem Mutanten ein und das Gas betäubte ihn in Sekunden. Ein in der Nähe wartender Kampfhubschrauber landete keine zwei Minuten später neben dem Betäubten.

Die IS-Kämpfer in Mossul hatten die Explosion der Rakete gehört und den anfliegenden Hubschrauber gesehen. Wild feuernd rannten sie, von den Häusern am Stadtrand kommend, auf den Hubschrauber zu. Die US- Marines, die den Auftrag hatten, Matthew gefangen zu nehmen, feuerten zurück und hielten die Angreifer so lange auf Distanz, bis ihr Gefangener zum Helikopter gebracht worden war. Schnell hob die Maschine ab und flog davon. Schon einen Tag später fand sich der Mutant in einer Gefängniszelle wieder. Durch seine Gabe fand er schnell heraus, dass er auf den Flugzeugträger USS Abraham Lincoln gebracht worden war. Sofort versuchte Matthew, die Gedanken der Menschen in seiner Umgebung zu lesen. Doch die Nachwirkungen des Nervengases verhinderten, dass er seine besondere Gabe einsetzen konnte. Zum ersten Mal in seinem Leben fühlte er sich hilflos, da er niemand beeinflussen konnte. Noch ehe er sich jedoch auf die neue Situation einstellen konnte, öffnete sich die Tür und zwei Marines ergriffen ihn. Er wurde durch enge Gänge geschleppt und in einen Raum gebracht, wo schon zwei Zivilisten auf ihn warteten. In der Mitte des Raumes stand ein metallener Stuhl, der am Boden verschraubt war. Auf diesen Stuhl setzte man den Gefangenen und fixierte ihn dort mit Handschellen, die wiederum durch Ketten am Stuhl befestigt waren. Die Zivilisten stellten nicht viele Fragen. Sie fotografierten Matthew, tippten etwas in ihre Laptops und schienen nicht sonderlich an dem Gefangenen interessiert zu sein. Doch als der Mutant schon aufatmen wollte, da er glaubte, niemand wisse, wer er sei, kam einer der Zivilisten auf ihn zu und hob seine rechte Hand. Matthew erwartete einen Schlag, doch da sah er eine Spritze in der Hand des Mannes. Ohne dass er sich wehren konnte, drang die Nadel der Spritze in seine Halsvene.

Dann trat der Mann zurück und betrachtete den Gefangenen interessiert. Matthew spürte, wie die Droge seinen Verstand vernebelte. Gleich darauf hörte er sich selbst reden und durch seinen Mund drangen all seine Geheimnisse, ohne dass er etwas dagegen tun konnte, nach außen. Die beiden CIA Verhörspezialisten erkannten schnell, was für einen Fang sie da gemacht hatten. Doch als Matthew erzählte, dass er Gedanken lesen konnte, waren selbst die Spezialisten überrascht. Sie handelten schnell und ohne Kompromisse. Sie betäubten den Gefangenen sofort mit einer weiteren Spritze. Danach informierten sie ihren Vorgesetzten und erhielten weitere Anweisungen. Matthew wurde von den Fesseln befreit und auf eine Trage gelegt. Mit dieser wurde er zum Flugdeck transportiert und von dort aus in eine Transportmaschine gebracht. Fünf Marines, die die strikte Anweisung erhielten, den Gefangenen unbedingt betäubt zu halten, folgten als Wachen. Dann hob die Maschine ab und flog aufs Meer hinaus. Nach einem Zwischenstopp in Rom, wo das Flugzeug aufgetankt wurde, ging es weiter zum Luftwaffenstützpunkt Ramstein in Deutschland.

Dort wurde der Mutant in ein anderes Transportflugzeug verbracht und die Crew bekam den Befehl, direkt nach Norfolk in Virginia zu fliegen.

Doch das Schicksal entschied anders.

Der Mutant erwachte während des Fluges und sondierte sofort seine Umgebung. Schnell fand er die Information in den Gehirnen der Soldaten um ihn herum. Keiner wusste, wer er war, doch sie hatten den Befehl, ihn betäubt zu halten.

Deshalb hielt Matthew, während er überlegte, wie er aus dieser Situation seinen Vorteil schlagen konnte, seine Augen geschlossen. Vielleicht gelang es ihm die Soldaten von seiner Harmlosigkeit zu überzeugen und dann in einem unbewachten Moment das Flugzeug unter seine Kontrolle zu bringen.

Doch er glaubte selbst nicht an seinen verzweifelten Plan. Da geschah es. Ein Blitz erhellte den Innenraum des Transportflugzeuges und blendete die Piloten. Unerwartet waren sie in ein schweres Unwetter geraten, das auf dem Wetterradar nicht sichtbar gewesen war. Dann schlug ein Blitz in das Flugzeug und alle Instrumente spielten verrückt. Sie zeigten unmögliche Werte an. Noch während sich die Piloten bemühten das Flugzeug zu stabilisieren, erhellte ein weiterer Blitz das Cockpit. Die Piloten starrten nach vorne und sahen ein Phänomen, über das Piloten nur hinter vorgehaltener Hand sprachen. Ein Tunnel schien in den Wolken zu entstehen und ihre Maschine flog genau darauf zu. Die Piloten versuchten das Flugzeug aus der Gefahrenzone zu bringen, doch es reagierte nicht auf die Steuerbefehle. Schlingernd raste die Frachtmaschine in den Wolkentunnel hinein, trudelte hin und her, um gleich darauf den Tunnel wieder zu verlassen. Irritiert sahen sich die Piloten um. Dort, wo eben noch der Atlantische Ozean befunden hatte, war nun ödes Land. Heftige Winde ergriffen das Flugzeug, das jetzt noch mehr ins Trudeln geriet. Dann senkte sich die Nase der Maschine und beide Motoren fielen gleichzeitig aus. Sand hatte die Triebwerke lahmgelegt, Sand, der in heftigen Winden um den Planeten getrieben wurde. Nun, da die Motoren verstummt waren, hörten die entsetzten Passagiere das Prasseln des Sandes und die lauten Windgeräusche. Gleich darauf kippte das Flugzeug zur Seite und wurde so weiter gebremst. Die beiden Piloten versuchten noch die Maschine zu stabilisieren, konnten das Flugzeug aber nicht vor seinem Absturz bewahren. Hart schlug die Transportmaschine auf felsigem Untergrund auf, rutschte über eine öde Ebene und zerbrach in zwei Teile. Zerreißendes Metall begleitete die Todesschreie der Besatzung.

Auch Matthew schrie und wurde von seiner Trage geschleudert. Er wirbelte sich überschlagend durch die Luft und prallte dann hart auf sandigen Boden. Gleich darauf verlor er sein Bewusstsein. Als er nach einiger Zeit wieder erwachte, erblickte er eine Landschaft, die einer düsteren Vision der Zukunft zu entsprechen schien. Doch er bemerkte schnell, dass hier alles real war. Der Sturz hatte ihn von der Trage geschleudert und nur noch seine Handschellen behinderten seine Bewegungen. Matthew rappelte sich auf und bemerkte, dass er den Absturz weitestgehend unverletzt überstanden hatte. Anders die Soldaten, die ihn bewacht hatten. Der Mutant spürte keine Gedankenmuster mehr in seiner Umgebung.

Bald fand er die Leichen der Soldaten, die verstreut um das Flugzeugwrack herum mit verrenkten Gliedern auf der Erde lagen. Matthew begann die Leichen zu untersuchen und fand schnell die

Schlüssel, die seine Handschellen lösen konnten. Er entledigte sich der Stahlbänder und raubte dann einem Soldaten die Uniform, nebst Stiefeln, denn er trug nur dünne Baumwollkleidung und Sandalen. Nach einer Weile hatte sich der Mutant mit Waffen, Kleidung und Proviant versorgt. Dann sah er sich um und wusste intuitiv, dass er einen langen Weg vor sich hatte, bis er eine Siedlung finden und damit auf Menschen stoßen würde. Auf seiner Wanderung begriff er nach vielen Tagen, dass dies nicht seine Welt, die Erde, die er kannte, sein konnte. Irgendetwas hatte ihn hierher verbannt. Doch er musste seine Welt wiederfinden, um sich an seinen Entführern zu rächen.

***

Showdown im Wald – Teil 2

Roger Thorn rannte durch den Wald. Die wenigen hundert Meter, die er zurücklegen musste, waren von Angst und Zweifeln erfüllt und der FBI Agent ahnte instinktiv, dass er zu spät kommen würde. Äste peitschten ihm ins Gesicht, er rutschte im nassen Laub aus und stürzte schwer. Noch während er fiel, sah er die Gangster. Instinktiv rollte Roger sich ab und blieb schließlich bäuchlings liegen. Er zog seine Waffe und schon Sekunden später schlugen Kugeln rund um ihn ein. Sein Ausrutscher, sein Sturz hatten ihm das Leben gerettet.

Des Agenten antrainierten Reflexe griffen und er robbte, ohne darüber nachzudenken, wie ein Soldat durch das Laub. Hinter einem Baum angekommen, richtete sich der Agent vorsichtig auf. Der Beschuss des Gangsters hatte aufgehört und er hörte ihn am Fuß des Abhangs rufen. Doch die Rufe galten nicht ihm, sondern einem anderen Mann.

»Los, beeil dich! Wir müssen verschwinden!«

Roger spähte vorsichtig an dem Baum vorbei und sah den Schützen. Er hielt noch seine Waffe in der rechten Hand. Er stand hinter einem Kleinlaster und warf gerade einen Goldbarren auf die Ladefläche. Sein Begleiter warf ebenfalls Goldbarren in den Laderaum und sah sich dabei ängstlich um. Roger hob seine Waffe und zielte. Doch er wusste, dass die Schussdistanz eigentlich zu groß war. Die Gangster befanden sich über fünfzig Meter von ihm entfernt. Doch er versuchte dennoch sein Glück und feuerte dreimal kurz hintereinander.

Wie schon befürchtet, verfehlte Roger die Männer und die Kugeln schlugen harmlos in den Kastenaufbau des Kleinlasters. Die Gangster zuckten kurz zusammen und beschlossen wortlos, die Goldbergung abzubrechen. Sie verschlossen eilig die Hecktür des Lasters und eilten nach vorne zum Führerhaus. Unterdessen rannte Roger den Abhang hinunter und feuerte dabei auf den Lastwagen. Er hörte, wie der LKW gestartet wurde und ohne Reaktion auf seine Schüsse anfuhr. Der Kleinlaster hatte noch keine fünf Meter zurückgelegt, als plötzlich ein weiterer Mann aus dem Unterholz auftauchte. Roger stoppte seinen Lauf und sah, wie der Mann zur Beifahrerseite des Lastwagens lief. Für einen Moment verschwand der Fremde außer Rogers Sichtfeld. Trotz dieses neuen Angreifers setzte der Lastwagen seine Fahrt fort. Als er nach links auf den Waldweg einbog, sah Roger den Fremden, der auf dem Trittbrett der Beifahrertür stand und sich mit der rechten Hand am Außenspiegel festhielt, während er mit der linken versuchte die Tür zu öffnen. Dann verdeckte die Belaubung des Waldes den davonfahrenden Lastwagen. Roger fluchte ungehalten, wusste er doch, dass er den Kleinlaster nicht verfolgen konnte.

Im gleichen Moment fiel sein Blick auf eine zusammengekrümmte Gestalt. Mit einer unheilvollen Ahnung rannte Roger zu dem am Boden liegenden Mann. Bei diesem angekommen, ließ sich Roger auf seine Knie fallen. Doch schon der erste Blick ließ ihn erkennen, dass jede Hilfe für seinen jungen Kollegen Mark zu spät kam. Der FBI Agent hatte schon viele Leichen in seinem Leben gesehen, doch dieser Anblick ging ihm sehr nahe. Ein Leben war beendet worden, sinnlos, wie alle gewaltsamen Tötungen. Natürlich wusste Roger, dass er an einem Tatort nichts verändern durfte, ehe ermittelnde Beamte die Spurensicherung abgeschlossen hatten. Doch dieses morbide Prozedere lag noch in der Zukunft. Für einen Moment schloss Roger seine Augen und gestatte sich ein paar Augenblicke der Trauer. Dann erhob er sich langsam und stieg den Abhang hinunter. Er wollte zu seinem Fahrzeug und mit diesem hinauf zur Silbermine fahren. Dort waren seine Kollegen, die in die Mine eindringen wollten. Noch ehe er den Waldweg erreichte, hörte er plötzlich das Rattern von Schnellfeuergewehren.

Als Brian Spiller den ersten Schuss gehört hatte, war er losgestürmt. Wie ein Besessener war er durch das Unterholz gerannt. Dabei hatte er das Gefühl, zu spät zu kommen, was seine letzten körperlichen Reserven aktivierte. Ihn kümmerte es nicht, dass er Robert und den Alten zurückgelassen hatte. Ja, er dachte nicht einmal an seine Begleiter. Erneut klangen Schussgeräusche durch den Wald, was Brian noch mehr anspornte. Er wollte den Mafioso zur Strecke bringen, doch vielleicht war ihm jemand anderes zuvorgekommen. Die Aussicht auf einen möglichen Misserfolg versetzte Brian in Rage, da er nicht wusste, wie weit sein Ziel noch entfernt war. Im Wald waren Geräusche wie die eines Schusses nur schwer zu beurteilen. So blieb er kurz stehen und lauschte. Dabei kam ihm sein eigener Atem in die Quere, der leise Geräusche in seiner Umgebung mühelos übertönte. Doch dann vernahm er, wie ein Motor gestartet wurde, und das in seiner Nähe. Das Fahrzeug konnte nur wenige Meter entfernt sein. Der Killer lauschte noch eine Sekunde und rannte dann auf eine Gruppe Büsche zu, die ihm die Sicht versperrten. Direkt vor dem Buschwerk bog er rechts ab und sah den Waldweg, der nicht weiter als fünfzehn Meter entfernt war. Am Ende der Buschgruppe rannte Brian links weiter und dann sah den U-Haul Kleinlaster. Ein Mann bestieg gerade die Beifahrerseite und schloss die Tür. Während der Lastwagen anrollte, rannte der Killer zur Beifahrertür. Brian sprang auf den eingelassenen Tritt unter der Tür. Mit seiner rechten Hand klammerte er sich an den Außenspiegel. Dann versuchte er mit der anderen Hand die Tür zu öffnen. Durch das Seitenfenster sah er in das erschreckte Gesicht eines Mannes, der sich dem Versuch Brians, die Tür zu öffnen, mit aller Kraft entgegenstemmte. Dann fiel dem Mann ein, dass er die Tür verriegeln konnte, was er gleich darauf tat. Der Fahrer des Trucks indes überlegte, wie er den ungebetenen Passagier loswerden konnte. Er lenkte das Fahrzeug, so dicht es ging, an die Büsche und Sträucher auf der linken Seite des Waldweges. Auf diese Art wollte er den unverschämten Kerl loswerden. Brian klammerte sich nun nur noch fest. Er hatte sein Vorhaben, die Tür zu öffnen, mittlerweile eingestellt. Gerade als er den Halt zu verlieren drohte – Zweige und Äste peitschten über seinen Körper –, bremste der Fahrer plötzlich heftig. Brian verlor nun endgültig den Halt und wurde von der Schwerkraft nach vorne gerissen. Noch in der Luft zog der Killer seine Beine an und umklammerte diese mit seinen Armen. Dazu drückte er seinen Kopf auf die Brust und prallte danach auf den Waldweg. Er überschlug sich mehrere Male und Schmerzen rasten brennend durch seinen Körper. Sofort nachdem die Überschläge endeten, versuchte er sich seitlich in Sicherheit zu bringen. Der Kleinlastwagen rollte dicht an ihm vorbei und dessen Reifen schrammten über seinen Rücken.

Hinter dem Steuer staunte Alfredo Ponti nicht schlecht, als er sah, wie ein alter Mann auf den Waldweg sprang und eine Waffe hob. Das war doch Angelo, den er auf dem Parkplatz an der Siedlung gesehen hatte. Wie kam der jetzt hier in den Wald und was hatte er hier überhaupt zu suchen? Doch das entschlossene Gesicht und dessen angeschlagene Waffe ließen den Mafioso kaltblütig handeln. Zwar hatte er zuerst vor Schreck gebremst und als Nebeneffekt den Typen, der versucht hatte die Tür zu öffnen, abgeschüttelt. Doch nun beschleunigte er, um den Alten zu überfahren. Alfredo hörte neben sich Mitchel etwas rufen, doch er war zu sehr auf den Alten fokussiert, um auf andere Einflüsse, und sei es ein Rufen, achten zu können. Da sah er es vor sich aufblitzen und gleichzeitig ein Loch in der Windschutzscheibe. Verspätet reagierten seine Nerven, die verzögert einen Schmerz an seiner Wange meldeten. In letzter Sekunde sprang der Alte zur Seite, stolperte und fiel auf den Waldweg. Alfredo riss an dem Lenkrad, um Angelo doch noch zu erwischen. Ein zweiter Unbekannter sprang aus dem Wald kommend auf den Weg und zerrte den Alten zur Seite. Der Kleinlaster geriet durch die plötzliche Lenkbewegung ins Schlingern und kam von dem Weg ab. Ungebremst raste er in den Wald hinein, walzte Büsche nieder und wurde dann von einem Baum abrupt gestoppt. Der Mafioso wurde gegen das Lenkrad geschleudert und er spürte, wie seine Rippen brachen. Sein Beifahrer, der ebenfalls nicht angeschnallt war, wurde nach vorne gerissen und durchschlug mit seinem Körper die Windschutzscheibe. Doch er flog nicht weit, denn der Baum, der schon den Kleinlaster gestoppt hatte, wurde nun auch ihm zum Verhängnis. Mit voller Wucht prallte sein Körper gegen den Stamm des Baumes und brach Mitchel Prusak das Genick. Mit tobenden Schmerzen in der Brust versuchte Alfredo sich zu befreien. Er war eingeklemmt zwischen seinem Sitz und dem Lenkrad. Gerade als er sich seitlich zur Tür geschoben hatte, wurde diese aufgerissen. Der Mafioso sah zur Seite und erkannte Angelo, der lächelnd seine Waffe hob. Das Lächeln schien im Gesicht des Alten gefroren, als er dann voller Bösartigkeit sagte:

»Das war's für dich Alfredo!«

Dann zog er den Abzug seiner Pistole durch und auf der Stirn des Mafioso erblühte die Rose des Todes.

***

Vision

Durch seinen permanenten Einsatz versuchte sich Adrian Larson, der Landvermesser, unentbehrlich zu machen. Er hatte sich Frederic Stanford an seine Seite geholt und damit dem Prospektor ebenfalls eine Chance zum Überleben gegeben. Seine Begründung, warum Frederic benötigt wurde, war einfach. Er musste die Bodenbeschaffenheit des Trümmerfeldes, auf dem das Lager errichtet werden sollte, prüfen. In dieser Phase der Goldbergung durfte nichts mehr schiefgehen. Die Ressourcen der Expedition neigten sich dem Ende zu, da kein Nachschub aus ihrer Welt mehr möglich war. Das galt für Treibstoff, der für die Lastwagen und Baumaschinen benötigt wurde, wie auch für Wasser und Lebensmittel für die Mannschaften. Dr. Denton und sein Kollege Professor Bedard wirkten zusehends nervös, da auch ihnen in der Zwischenzeit klar geworden war, was ein Scheitern bedeuten würde.

Die Soldaten der Nationalgarde hingegen schienen sich keinerlei Sorgen zu machen. Sie agierten wie immer ruhig und professionell, begleiteten und sicherten die Transporte und verließen sich auf die soldatischen Strukturen. Alles schien plangemäß zu verlaufen, doch

Adrian fühlte geradezu körperlich, dass eine unbekannte Gefahr drohend heraufzog. Er konnte seine Ahnung nicht definieren, waren doch die Bewohner dieser Welt nicht in der Lage, die Expedition wirksam zu bekämpfen. Doch das flaue Gefühl in seinem Magen wollte sich nicht vertreiben lassen.

Das Trümmerfeld hatte inzwischen sein Aussehen verändert. Mauerreste, verbogene Stahlträger, Steine, Sträucher und Unrat waren weggeschafft worden. Eine ebene Freifläche von der Größe mehrerer Fußballfelder war entstanden. Zelte wurden errichtet, Container aufgestellt, die Goldpaletten zur Verladung geordnet positioniert und vor allem die Plattform für das Tesla Portal mit seinen technischen Geräten war fertig installiert. Noch immer rollten die Transporte vom ehemaligen Basislager zu dem Escape-Lager, wie dieses neue Lager genannt wurde. Von hier aus sollte es zurück in die eigene Welt gehen. Alle fieberten diesem Zeitpunkt entgegen. Sie hatten den kommenden Tag für den ersten Durchgang gewählt. Zuerst sollte das Portal nur für eine Minute geöffnet werden. Zwei Teams der Nationalgarde sollten die Gegebenheiten auf der anderen Seite erkunden und das Gelände absichern. Ein drittes Team sollte ohne Aufenthalt zu einer Spedition fahren und von dort mit zehn Sattelzügen zurückkehren. Bei dem zweiten Öffnen des Portals, das zwei Stunden später erfolgen sollte, würden die in der Parallelwelt stationierten Lastwagen durch das Portal rollen und danach sollten sie direkt zum Berglager fahren. Dort sollte das Gold gesichert verwahrt werden, bis die Anführer der Verschwörung und Planer des Goldraubes entschieden hatten, wohin das Gold letztlich verbracht werden sollte.

Noch ahnte hier in der Parallelwelt niemand, dass das Berglager längst enttarnt worden war und nicht mehr als Lagerort dienen konnte.

Die unbeladenen Sattelschlepper sollten dann schnellstens durch das Tesla Portal fahren, damit sie beladen werden konnten. Wenn der letzte Lastwagen das Portal von New York City aus passiert hatte, würde das Portal erneut deaktiviert werden. Erst wenn alle Paletten verladen waren, sollte sich das Portal zum letzten Mal öffnen. Dann sollten alle Lastzüge, Soldaten und Mannschaften zurück in ihre Welt gebracht werden. Busse und Mannschaftswagen standen bereit.

Eine Sprengladung, die durch einen Zeitzünder aktiviert würde, würde dann den Zugang zu der Parallelwelt verschließen, so zumindest lautete der Plan, dem die Lagerleitung zugestimmt hatte.

Am Rand der Freifläche stand Adrian Larson und sah hinüber zu den angrenzenden Ruinen. Unbewusst hatte er etwas bemerkt, doch er wusste nicht was. Natürlich konnte es einer der Echsen oder ein anderes Tier gewesen sein. Doch er glaubte nicht so recht an diese These. Tiere flüchteten normalerweise vor lauten Geräuschen und für genügend Lärm hatten die Baumaschinen und Lastwagen gesorgt.

Also, wer verbarg sich dort in den zerfallenen Häusern?

Adrian hätte sofort ein paar Soldaten losschicken können, um die Ruinen zu überprüfen. Doch er wollte keine Panik verbreiten. Vielleicht spielten ihm ja auch nur seine Nerven einen Streich? Die letzten Tage waren sehr anstrengend gewesen und die Droge, die er und die anderen Arbeiter unbemerkt verabreicht bekommen hatten, tat ihr Übriges.

So entschied er sich, selbst nachzusehen und für den Fall, dass er etwas entdeckte, konnte er per Funk schnell Hilfe anfordern. Der Weg über das Trümmerfeld war beschwerlicher, als Adrian vermutet hätte. Immer wieder musste der Landvermesser über Mauerreste klettern oder verbogene Stahlträger umgehen. Außerdem hatte er sich auch in der Distanz verschätzt, die zwischen der planierten Fläche und den Ruinen lag. Endlich erreichte er die ersten zerfallenen Gebäude, blieb stehen und sah nach oben. Eine kurze Vision lenkte Adrian für einige Sekunden ab. Er sah in seiner Vorstellung, wie sich die Häuser veränderten. Putz bedeckte den kahlen Beton und jedes Haus war in einer anderen, frischen Farbe gehalten. Die Fensterhöhlungen besaßen wieder Rahmen mit Glasscheiben. Er glaubte sogar, Verkehrsgeräusche und Kinder, die auf dem Rasen vor den Häusern spielten, zu hören. Mit einem Mal gefror das Bild wie ein Film, den man auf Pause stellte und ein greller Blitz blendete ihn. Ein übermächtiger Sturm aus Hitze und einer gewaltigen Druckwelle prallte gegen die Häuserfront, schmolz die Fenster und ließ den Verputz, das Gras, die kleinen Bäume und die Kinder, ja die

Kinder, einfach verdampfen. Nun regte sich nichts mehr, außer einem Wind, der von diesem Zeitpunkt für immer zu wehen schien.

Adrian schloss seine Augen und wusste, dass er in seiner Vision das Ende dieser Zivilisation miterlebt hatte. Tränen füllten seine Augen und sein Mitgefühl ließ ihn erzittern. Langsam nur löste er sich von dem Grauen, das er gesehen, gefühlt hatte. Als Adrian seine Augen wieder öffnete, sah er nur die grauen Wände der Ruine vor sich, die ein stiller Zeuge einer grausamen Katastrophe war. Zögerlich und langsam, als befürchtete er die Geister der Vergangenheit zu stören, ging er zu einem Durchgang, der wohl früher eine Tür gehalten hatte. Er blieb an dem Durchgang stehen, zog seine Taschenlampe aus seinem Gürtel, schaltete sie ein und leuchtete in das Halbdunkel hinter dem Türrahmen. Wieder auf seine Aufgabe fokussiert, wollte Adrian unter keinen Umständen durch Unachtsamkeit in Gefahr geraten. Sein Ziel, zurück in seine Welt zu gelangen, war zu nah und er wollte es nicht gefährden. Zögernd betrat er die Ruine und wartete, bis sich seine Augen an das Halbdunkel gewöhnt hatten. Trotzdem ließ er seine Taschenlampe eingeschaltet, denn es blieben noch genügend dunkle Ecken und Winkel, die gut als Versteck eines vermeintlichen Gegners dienen konnten. Nach ein bis zwei Minuten ging Adrian langsam weiter. Er hatte seine Außenmikrofone auf höchste Leistung gestellt, um so jedes, auch noch so kleines Geräusch wahrnehmen zu können. Natürlich gehörte das Rauschen des ewigen Windes zu den ständigen Geräuschen in dieser Welt. Außer dem Wind hörte der Landvermesser seine eigenen Schritte deutlich, obwohl er versuchte, leise zu gehen. So schlich Adrian durch ein Gewirr kleiner Zimmer und enger Flure, bis er eine noch erhaltene Treppe fand. Das Treppenhaus wies einige Zerstörungen auf und Teile der Wände waren eingestürzt. Dennoch konnte Adrian die Treppe benutzen und gelangte kurz darauf in die erste Etage. Auch hier fand er eine große Anzahl kleiner Räume, doch je näher er der Fensterfront kam, desto mehr Wände waren eingestürzt. Trümmer von Steinen, Schutt und sogar Sand lagen aufgehäuft an den Mauerresten. Immer noch lauschend, bewegte sich der Landvermesser langsam auf eine der Fensterhöhlungen zu. Suchend sah er sich um, konnte aber kein einziges Indiz dafür finden, dass sich hier in letzter Zeit jemand aufgehalten hatte. Fenster um Fenster schritt Adrian ab, doch seine Suche zeigte kein Ergebnis. Gerade als er sich dazu entschloss, noch ein Stockwerk nach oben zu steigen, hörte er im Allgemeinfunk, dass sich die Mitarbeiter im Camp einfinden sollten. Mit einem Seufzer auf den Lippen unterbrach Adrian seine Suche und lief durch die Zimmer zu dem Treppenhaus. Kaum hatte er es erreicht und schon die erste Stufe nach unten genommen, hörte er ein leises Geräusch, das von dem Stockwerk über ihm zu kommen schien. Was sollte er nun tun? Folgte er der Anweisung und kehrte zum Camp zurück oder stieg er die Treppen nach oben und sah nach, was sich dort verbarg. Erneut hörte er ein leicht schabendes Geräusch. Nun hielt den Landvermesser nichts mehr. Er drehte sich um und ging auf die Treppe zu, die nach oben führte. Für einen Moment hielt er inne und lauschte. Doch er konnte kein weiteres Geräusch ausmachen. Leise, Stufe um Stufe, setzte er vorsichtig seine Schritte, bis ihn ein weiteres Geräusch erschrak.

***

Heranpirschen

Trotz genauer Untersuchung der Brücke hatten Hanky und seine Begleiter keinen weiteren Sprengsatz gefunden. Dennoch beschlich die Fahrer der drei SUVs ein mulmiges Gefühl, als sie die Brücke überquerten. Sicher auf der anderen Seite angekommen, bestiegen Thore, Walt und Hanky die Fahrzeuge. Eigentlich war es an der Zeit, die heutige Erkundung zu beenden, doch Hanky wollte zumindest noch einige Straßenzüge auf dieser Seite des Flusses kontrollieren. So folgte der kleine Konvoi der frei geräumten Straße, bis Hanky zu Walt, der den ersten Humvee lenkte, sagte, er solle rechts am Straßenrand anhalten. Die nachfolgenden Fahrzeuge folgten Walt und parkten dicht hinter dessen Wagen.

Hanky schloss seine Augen und Walt bedeutete den anderen Insassen des SUVs, sich ruhig zu verhalten. Unterdessen sandte Hanky seinen Geist aus und lauschte. Er hatte einen kurzen Gedankenimpuls aufgefangen, dem er jetzt nachging. Sein Gehirn blockierte automatisch die Gedankenimpulse anderer Menschen, damit der Mutant nicht permanent fremde Gedanken empfing. Das war nötig, denn sonst würde Hanky in kürzester Zeit unter dem Ansturm der Gedankenwellen zusammenbrechen. Sein mutiertes Gehirn würde, einem Kurzschluss gleich, die elektrischen Impulse, die von Synapse zu Synapse sprangen, blockieren. Damit konnte das zentrale Nervensystem nicht mehr arbeiten und ein multiples Organversagen wäre dann die Folge. Das Fazit wäre: Hanky würde einfach sterben. Doch darüber dachte der Mutant nicht nach, sondern forschte nach Gedankenimpulsen in seiner Nähe. Unerwartet schnell wurde er fündig. Zwar konnte Hanky nicht sagen, dass der Impuls, den er kurz vorher nur sehr undeutlich wahrgenommen hatte, der gleiche war, den er jetzt empfing, doch das war erst einmal unwichtig. Der fragmentarische Impuls hatte ihn gewarnt und vor einer möglichen Entdeckung der Goldräuber geschützt. Er verband sich mit dem jetzigen Impuls und forschte dabei gleichzeitig in den Gedanken des Fremden. Dabei spürte er weit mehr als hundert andere Impulse in dessen Nähe. Der Mann dachte über seine jetzige Situation nach und versuchte einen Ausweg zu finden. Er traute den Verantwortlichen des Goldraubes nicht und glaubte, dass diese ihn ermorden wollten.

Hanky beschloss daraufhin, sich diesen Mann genauer anzuschauen und ihn von der Gruppe, der er angehörte, zu trennen. So pflanzte er ihm einen Wunsch ein, der ihn dazu bewegte, zu den Ruinen in seiner Nähe zu gehen. Um diesen Wunsch glaubhaft zu machen, hatte er den Fremden erzählt, er habe etwas in dem verfallenen Gebäude gesehen. Nachdem Hanky sicher war, dass der Fremde, dessen Name Adrian war, sich auf den Weg gemachte hatte, unterrichtete er Walt und Thore über seine geistige Aktion.

Über den internen Funk erfuhren die sie begleitenden Spezialkräfte des FBI, dass Hanky nun eine kurze Erkundung plante. Vier Mann sollten die Fahrzeuge bewachen, während die anderen Agenten darauf bestanden Hanky zu begleiten. Walt und Thore sahen es sowieso als selbstverständlich an, dass sie an diesem Einsatz teilnahmen. So brach die Gruppe nach einigen Minuten auf. Sie liefen bis zur Einmündung einer mit Schutt bedeckten schmalen Straße. Da sie zu Fuß unterwegs waren, war die Straße für die Männer gut passierbar. Nach nur zweihundert Metern gab der FBI Spezialist, der an der Spitze der Gruppe ging, durch seine erhobene Hand das Zeichen zum Halten. Er deutete mit seiner rechten Hand nach vorne, um den Funk nicht zu benutzen. Er wusste, dass aufmerksame Sicherheitsexperten die Funkfrequenzen periodisch überprüften. Da diese Gruppe von Goldräubern bestens organisiert war, war davon auszugehen, dass der Funk kontrolliert wurde. Die Funkgeräte, die Hanky und seine Begleiter benutzten, waren zwar auf kürzeste Distanz und damit einhergehend mit wenig strahlender Energie justiert, doch in hundert Metern Entfernung konnte ihre Kommunikation angemessen werden.

Hanky vertiefte sich kurz in die Gedanken des Spezialisten und erfuhr auf diese Weise, dass er keine fünfzig Meter entfernt Sattelschlepper gesehen hatte.

Die Einsatzgruppe stellte sich eng zusammen und bildete damit einen Kreis. Gleich darauf begann die Luft um sie herum zu flimmern und eine Energieblase bildete sich kugelförmig um die Männer. Walt half mit seinen psyonischen Kräften das Energiefeld zu stabilisieren. Einige Agenten hatten zwar von den unheimlichen Fähigkeiten der Mutanten gehört, diese aber noch nie selbst erlebt.

Es musste für sie an ein Wunder grenzen, dass Menschen in der Lage waren, die Physik nach ihrem Willen und nur durch die Kraft ihres Geistes so zu beeinflussen, wie sie es wollten. Doch das Staunen währte nur kurz und die Stimme Hank Bersons sagte laut genug, dass man es durch die Helme der Schutzanzüge hindurch hören konnte.

»Helme aufklappen!«

Voller Vertrauen in die Fähigkeiten der Mutanten klappten die Männer ihre Helme zurück. Hanky sah sich um und stellte fest, dass ihn nun jeder hören konnte.

»Eigentlich«, sagte er, »wollte ich diesen Nachmittag nur zur Erkundung des Geländes nutzen. Doch ich habe zwei Dinge herausgefunden. Nicht weit von hier wartet ein Mann in einer Ruine auf mich, auch wenn er das noch nicht weiß. Ich habe ihn von der Gruppe der Goldräuber getrennt, die nur einige Straßen weiter ein Camp errichtet haben oder noch errichten. Dieser Mann ist wertvoll für uns, da wir durch ihn an wichtige Informationen gelangen können. Ich habe nur einen Teil seiner Erinnerungen analysieren können und die Informationen, die ich Ihnen gerade mitgeteilt habe, gefunden. Außerdem fürchtet dieser Mann um sein Leben, da er glaubt, dass die Hintermänner des Raubes alle Mitwisser eliminieren werden. Unsere Erkundungsmission hat sich nun in eine Rettungsaktion verwandelt. Wir gehen folgendermaßen vor: Zusammen gehen wir zur besagten Ruine. Ich werde dann alleine in das Haus eindringen, während Sie alle das Haus sichern. Ich hoffe, dass ich nur einige Minuten brauche, um den Mann zu überzeugen, mit mir zu gehen. Wenn ich mit ihm zurückkomme, dann ziehen wir uns schnellstens zurück. Alles verstanden?«

»JA SIR!«, antworteten die Spezialisten und sogar der BND Agent Thore Klausen hatte mit eingestimmt.

Walt grinste und schloss seinen Helm. Der große Deutsche wurde ihm immer sympathischer.

Mit schnellen Schritten, aber nicht ohne die erforderlichen sichernden Maßnahmen waren sie von Ruine zu Ruine gelaufen. Sie verständigten sich nur noch durch Handzeichen und hielten absolute Funkstille. Wie Schemen tauchten sie immer wieder in die Schatten der Häuser ein und überquerten Freiflächen nur einzeln. Ihre Gewehrläufe folgten den Augen der Spezialisten und nur ein kleiner Impuls würde genügen, um tödliches Verderben zu bringen. An einer Ruine blieb Hanky schließlich stehen und gab das Signal zur Sicherung. Dann drang er durch eine Fensterhöhlung in das Gebäude ein. Walt sah seinem Freund besorgt hinterher. Gerne hätte er ihn begleitet, doch er wusste, dass eine Diskussion mit Hanky zu nichts führte.

So beschloss Walt, sich wenigstens ein wenig umzuschauen. Er schlich an der Wand der Ruine entlang und blieb erst an deren Ende stehen. Langsam schob er seinen Kopf um die Ecke und staunte. Dort drüben, keine hundert Meter entfernt, sah er reges Treiben in der doch sonst so leblos erscheinenden Welt. Fahrzeuge rangierten auf einer freien Fläche. Am Rand standen Zelte und Container und auf der anderen Seite wurden Paletten von schweren Gabelstaplern aufgereiht. Dort war also das geraubte Gold der Federal Reserve Bank und die Goldräuber bereiteten sich auf irgendetwas vor. Wozu, erkannte Walt gleich darauf. Am hinteren Ende der planierten Fläche sah er eine kleinere Version des Tesla Portals, wie er es in der Lagerhalle gesehen hatte. Am beunruhigendsten jedoch empfand er die vielen Soldaten, die schwerbewaffnet auf dem Gelände patrouillierten. Mit den wenigen Spezialisten, die ihn und Hanky begleiteten, konnte kein Angriff gewagt werden. Nach einer Weile sah Walt auf die Uhr. Besorgt stellte er fest, dass Hanky eigentlich schon längst zurück sein sollte. Mit einem letzten sichernden Blick wandte sich Walt von der Ecke ab und schlich zurück.

Inzwischen war Hanky durch die Ruine geschlichen und hatte dabei den geistigen Kontakt zu Adrian, dem Fremden, wieder aktiviert. Der Mann lief gerade suchend durch die Zimmer des ersten Stockes, als Hanky das Treppenhaus erreichte. Schnell eilte er die Stufen nach oben, passierte die erste Etage und stieg weiter zur zweiten hinauf. Dort sah er sich kurz um und positionierte sich hinter einer halbhohen Mauer. Diese bot ihm zumindest eine kleine Sicherheit, sollte es zu einem unerwarteten Angriff kommen. Doch Hanky war zuversichtlich, dem Fremden ohne Gewalt zu begegnen. Dieser hielt sich noch eine Weile an der Fensterfront, die zu einem freien Platz führte, auf. Die Information darüber erhielt Hanky durch Adrians Gedanken, wie auch gleich darauf die, dass der und alle anderen Personen zurück ins Camp gerufen wurden.

Der Fremde eilte ins Treppenhaus und Hanky musste handeln. Er wischte mit seinem rechten Fuß auf dem mit feinem Sand bedeckten Boden und erzeugte damit ein schabendes Geräusch. Der Fremde reagierte und entschied sich, zuerst diesem Geräusch zu folgen, ehe er sich der Anweisung der Lagerleitung beugte und zurück ins Camp ging.

Hanky hörte die leisen Schritte auf der Treppe und wartete, bis er den Fremden, eingehüllt in einen Strahlenschutzanzug, sehen konnte. Auch Hanky trug einen Schutzanzug, der aber ein militärisches Modell war und sich schon alleine durch sein Aussehen von dem des Fremden unterschied.

Als Adrian Hanky sah, wollte er sich schnellstens zurückziehen. Angst und verwirrte Gedanken drängten ihn zur Flucht. Doch mit einem Mal verspürte er beruhigende Worte, die in seinen Gedanken auftauchten. Gleichzeitig löste der Fremde den Verschluss seines Schutzhelmes und schob diesen zurück. Ein blonder, lächelnder Mann wurde erkennbar und Adrian fragte sich, warum dieser Blonde seine eigene Sicherheit gefährdete und sich der Strahlung aussetzte. Doch Hanky wandte einen Trick an. In Wirklichkeit war sein Helm noch immer geschlossen und er sandte Adrian eine Illusion, die ihn helmlos zeigte. Laut sagte der Mutant:

»Keine Angst Adrian. Ich bin hier, um dich zu retten. Ich bringe dich zurück in unsere Welt. Übrigens, ich bin Hank Berson und du hast nichts von mir zu befürchten.«

Adrian sah den Fremden wie ein Fabelwesen an. Woher kannte er seinen Namen? Doch noch viel beunruhigender war für ihn die Tatsache, dass er diesem blonden Mann vertraute. Warum nur?

***

Showdown im Wald – Teil 3

Brian Spiller schrie unbändig seinen Zorn heraus. Der Alte hatte ihm seine Beute, seinen Kill, weggenommen. Angelo erkannte die Gefahr, in der er im Moment schwebte. Er war seinem eigenen, tödlichen Instinkt gefolgt und hatte es genossen. Doch nun war seine Euphorie verflogen. Sie hatte sich, unter dem Vorwurf Brian Spillers, aufgelöst. Seine Lebenserfahrung im Umgang mit gefährlichen Menschen hatte ihn gelehrt, in solch kritischen Situationen einfach den Mund zu halten. Jeder Erklärungsversuch, jede Entschuldigung würde zu weiteren Aggressionen führen. So ließ er Brians Gebrüll über sich ergehen und übte sich in Geduld. Trotzdem blieb er wachsam, bereit, sein Leben mit allen Mitteln zu verteidigen. Er war zwar alt, was aber seine Gefährlichkeit nicht im Geringsten minderte.

Robert Mason, der mörderische Begleiter Brian Spillers, stand etwas abseits und wartete einfach ab, was als Nächstes geschehen würde. Dies war nicht seine Frustration, dies war nicht sein Ärger. Er hatte den Alten noch nie gemocht und es war ihm egal, was mit ihm geschah. Brian war es gewesen, der Angelo in ihr Leben gelassen hatte. Nun sollte er sehen, wie er mit ihm zurechtkam. Doch zum Erstaunen Roberts beruhigte sich Brian sehr schnell. Mit gefährlich leiser Stimme sagte er dann drohend:

»Wenn du mir noch einmal meinen Kill wegnimmst, Angelo, drehe ich dir deinen dürren Hals um. Du bewegst dich im Moment auf sehr dünnem Eis, mein Freund.«

Angelo nickte nur, doch das Gesicht des Alten verriet keine Regung. Noch ehe die Konfrontation zwischen den Killern eskalieren konnte, hörten die drei ein sich näherndes Fahrzeug, das mit erheblicher Geschwindigkeit den Waldweg entlangraste. Es kam so rasch näher, dass die Killer nicht mehr in Deckung gehen konnten. Angespannt blickten sie zu dem schwarzen SUV, der für eine Sekunde seine Geschwindigkeit verringerte, dann aber doch an ihnen vorbeifuhr. Brian war der Erste, der die Gefährlichkeit ihrer Situation begriff. Es hielten sich zu viele Bewaffnete in dem Waldgebiet auf und vielleicht informierte der Fahrer schon jetzt die Behörden. Er musste gesehen haben, dass der Kleinlaster verunglückt war, und hatte zumindest die Leiche am Baum gesehen. So rannte er zur Fahrerseite des LKWs und zerrte Alfredos Leiche vom Sitz. Achtlos ließ er den Toten neben den Lastwagen auf den Boden fallen, stieg dann über diesen hinweg und rief seinen Kumpanen zu:

»Beeilt euch! Steigt ein! Wir müssen von hier verschwinden!« Tatsächlich gehorchten Angelo und Robert sofort und bestiegen die Fahrerkabine von der Beifahrerseite aus.

Robert entfernte einige Glassplitter der geborstenen Frontscheibe. Brian wollte schon etwas Hämisches zu Roberts Reinigung sagen, doch dann überlegte er es sich anders. Er zog sich hinter dem Lenkrad hoch und drückte gegen die nur noch halb-intakte Frontscheibe. Mit einem Knirschen löste sich diese dann schließlich aus der Gummidichtung und fiel nach vorne auf den Waldboden. Der Killer hatte erkannt, dass man eine beschädigte Frontscheibe sofort erkennen würde. Doch wenn diese völlig fehlte, dann konnten andere Verkehrsteilnehmer dies wohl erst auf den zweiten Blick erkennen. Er drehte den Zündschlüssel und tatsächlich sprang der Motor an. Langsam lenkte Brian den Kleinlaster zurück auf den Waldweg und fuhr danach behutsam an. Er hoffte, dass der Laster wenigstens bis zum Parkplatz durchhielt und sich ihnen auf dem Weg dorthin niemand in den Weg stellte.

Spezialagent Roger Thorn hatte den Kleinlaster gesehen und auch die Männer, die neben dem LKW standen. Sogar den Toten, der neben einem Baum lag, hatte Roger im Vorbeifahren gesehen. Blitzschnell überlegte der Agent, wie seine Chancen standen, sich gegen drei Gegner zu behaupten. Doch er wollte kein Risiko eingehen, denn sein junger Kollege Mark hatte schon sein Leben lassen müssen und seine Mörder waren wohl bei diesem Unfall ums Leben gekommen.

Doch wer waren die drei Kerle, die neben dem Laster gestanden hatten? Robert hatte sie im Vorbeifahren nur kurz gesehen und doch glaubte er, einen der Männer zu kennen. Während er den Waldweg entlangbrauste, um zu der alten Silbermine zu gelangen, durchforschte er sein Gedächtnis. Tatsächlich blitzte eine Erinnerung kurz auf, doch Roger zweifelte sofort an dem Ergebnis. War das Brian Spiller, der Schlächter von Virginia, wie ihn die Presse genannt hatte? Doch das konnte nicht sein! Der Killer saß in der Todeszelle oder war vielleicht schon hingerichtet worden. Wenn der Mann beim LKW tatsächlich Brian Spiller gewesen wäre, dann war es richtig gewesen, sich nicht alleine mit dem Serienkiller anzulegen. Der Mann war gefährlich, ja sehr gefährlich.

Roger erreichte die Abzweigung des Waldweges und bog scharf nach rechts in den Zugangsweg zum Silberbergwerk ein. Einige Augenblicke später erreichte er das Gelände. Vor dem geöffneten Tor im Zaun standen vier Bewaffnete, die die Einsatzausrüstung der FBI Spezialeinheit trugen. Die FBI Spezialisten hoben drohend ihre Waffen und Roger stoppte sein Fahrzeug. Er blieb ruhig im Wagen sitzen, zog seinen Ausweis, der ihn als Spezialagent des FBI kenntlich machte, und ließ das Seitenfenster nach unten fahren. Die Bewaffneten umstellten Rogers SUV und ein Agent näherte sich vorsichtig. Roger streckte seinen linken Arm aus dem Fenster und hielt seinen Ausweis dabei in der Hand. Dabei rief er laut:

»Ich bin FBI Spezialagent Roger Thorn. Hier ist mein Ausweis!«

Kurze Zeit später, Rogers Ausweis war inzwischen überprüft worden, stand er mit den Agenten am Tor und ließ sich unterrichten, was in der Zwischenzeit hier geschehen war. So erfuhr er, dass es in dem ehemaligen Bergwerk zu Kämpfen mit einigen Soldaten gekommen war. Dabei hatten die FBI Spezialisten sechzehn Männer getötet, welche eine Kaverne bewacht hatten. Bei den Getöteten handelte es sich, nach ersten Erkenntnissen, um Mitglieder der Nationalgarde. Roger nickte und fragte dann, was die Nationalgardisten denn bewacht hätten.

»Wir haben etliche Paletten Goldbarren sichergestellt, dazu zwei Sattelschlepper und einige Begleitfahrzeuge. Wo das Gold herkommt, können wir nicht sagen. Ein weiteres Rätsel ist, dass wir hier Männer der Nationalgarde angetroffen haben, die sofort das Feuer auf uns eröffneten. Agent Thorn, können Sie uns das erklären?«

»Ich könnte. Doch ich darf nicht. Unsere Behörde ist einer Verschwörung auf der Spur. Ich werde veranlassen, dass Sie hier Verstärkung bekommen. Es ist durchaus möglich, dass weitere Soldaten der Nationalgarde hier auftauchen. Also seien Sie wachsam. So, und nun möchte ich mir die Kaverne einmal anschauen.«

Rogers Kollegen waren mit seiner Antwort nicht sehr zufrieden. Doch wenn Spezialagent Thorn, der einen besonderen Ruf in Reihen des FBI innehatte, auf Verschwiegenheit bestand, dann war wirklich etwas Großes im Gange.

Roger führte ein kurzes Telefonat und wurde dann von einem Agenten zum Eingang des Tunnels geleitet. Der Einsatzleiter des Teams wartete bereits dort und begrüßte Roger mit ernstem Blick. Dann begleitete Roger den Mann in den Stollen. Plötzlich, nach nur drei Metern, blieb er stehen und sagte zu dem Einsatzleiter:

»Unten im Wald, am Abhang liegt ein getöteter Kollege von uns. Ich muss noch einmal telefonieren, ehe ich mir dieses Goldlager anschaue.«

***

Ohne aufgehalten zu werden, erreichten die drei Killer den Parkplatz vor der Wohnanlage. Brian Spiller parkte den Kleinlaster und wollte schon zu Roberts Pick-up Truck laufen, als er plötzlich stehen blieb und innehielt. Dann ging er hinter den LKW und öffnete die Ladetür. Sofort sah er die Goldbarren, die ungeordnet auf der Ladefläche lagen.

Einen kurzen Moment dachte Brian, er sollte das Gold samt Lastwagen einfach hier stehen lassen. Doch dann besann er sich anders. Vor der Gier nach Reichtum war auch er nicht gefeit und so fasste er einen Entschluss. Er wollte auch dieses Gold in Sicherheit bringen. Zwar hatten er und Robert schon eine Menge Goldbarren geraubt, die noch immer in dem Humvee, der in ihrer Garage stand, lag. Doch wann hat man genug Gold?, fragte sich der Killer.

Angelo war inzwischen schon bei seinem Wagen. Er hatte sich seit Brians Wutanfall still verhalten und wollte jetzt nur noch nach Hause. Doch als er Brian am Lastwagen stehen sah, fragte er doch:

»Was gibt's denn da zu sehen?«

»Das zeige ich dir, wenn wir wieder in Queens sind Angelo. Also bis gleich. Fahr schon mal los. Wir kommen dann nach.«

***

Schneller Rückzug

Sie rannten hastig die Treppe nach unten und wurden von zwei FBI Spezialisten empfangen. Die Agenten winkten eilig, da noch immer Funkstille geboten war. Hanky griff den rechten Arm des Landvermessers, der für einen Moment stehen geblieben war, und zog Adrian Larson mit sich. Für den war die plötzliche Änderung seines Schicksals kaum zu fassen. Noch vor einer halben Stunde hatte er sich gefragt, wie er sein Leben retten konnte. Nun war klar, dass die Soldaten, spätestens wenn das Gold in Sicherheit gebracht worden war, alle Mitwisser, das hieß Arbeiter, Techniker und Wissenschaftler, einfach erschießen würden.

Danach konnte man die Leichen in dieser Ödwelt einfach zurücklassen. Wer sollte sie hier suchen oder finden?

Doch dann war dieser Fremde, dieser blonde Mann gekommen und hatte ihm einen Ausweg gezeigt. Adrian wusste, dass er sich später für sein Mitwirken an dem Goldraub verantworten musste. Doch ihm war alles recht, wenn er nur nicht hier, in dieser schrecklichen Welt, sein Leben beschließen musste.

Im Laufschritt ging es über Schuttberge und durch enge Gassen, bis sie schließlich an der Straße ankamen, welche die Goldräuber freigeräumt hatten. Dort warteten weitere Agenten in bereitstehenden Humvees.

Hanky schob Adrian in einen der Wagen und setzte sich zu ihm auf die Rückbank. Vorne war wieder Walt am Steuer und Thore belegte den Beifahrersitz. Hanky klopfte Walt auf die Schulter und sagte per Funk, den sie jetzt wegen der geringen Reichweite wieder benutzen konnten:

»Fahr los Alter. Ich weiß nicht warum, aber mein Gefühl sagt mir, dass wir uns beeilen sollten.«

Walt fragte nicht lange, sondern gab das Kommando zum Abfahren an die beiden Begleitfahrzeuge weiter. Dann fuhr er an und beschleunigte den schweren Wagen, so gut es ging und die Straßenverhältnisse es zuließen. Schon nach fünfzehn Minuten erreichten sie die Brücke und fuhren über den Harlem River. Nun erhöhte Hanky die Leistung seines Funkgerätes und meldete den Wachen an dem Tesla Portal ihr Ankommen. Die FBI Spezialisten waren froh, dass ihre Mission in dieser unwirklichen Umgebung bald beendet sein würde, und zogen sich bis zu der flammenden Energiewand des Portals zurück.

Kaum hatten sie ihren Wirkungsradius verkleinert, als es geschah. Eine Horde wildaussehender Männer rannte mit Strahlenschutzanzügen, die sie anscheinend selbst aus vielfältigen Materialien geschneidert hatten, aus den Ruinen und auf die Spezialisten zu. Dabei warfen sie mit Steinen, feuerten mit Steinschleudern oder hatten einfache Knüppel als Waffen erkoren, die sie drohend über ihre Köpfe schwenkten. Die FBI Spezialisten hoben ihrerseits ihre Schnellfeuergewehre und feuerten dicht über die Köpfe der Angreifer hinweg. Gleichzeitig informierte einer der Agenten Hanky per Funk über den Angriff. Der versprach, dass er in wenigen Minuten vor Ort sein würde und auf jeden Fall verhindert werden musste, dass die Angreifer das Portal erreichten.

Der Angriff geriet durch den Beschuss ins Stocken. Dennoch feuerten die vermummten Gestalten unablässig mit ihren Steinschleudern. Da so ein Treffer nicht nur schmerzhaft war, sondern auch üble Verletzungen erzeugen konnte, veranlasste dies die Agenten dazu, nun direkt auf die aggressivsten Angreifer zu feuern. Als die ersten Vermummten getroffen zusammenbrachen und sich ihre Mitstreiter etwas zurückzogen, stellten die Spezialisten das Feuer ein.

Gleich darauf trafen die drei Humvees in der Zufahrtsstraße zum Tesla Portal ein.

Walt, der eines der Fahrzeuge lenkte, stoppte mitten unter den Angreifern und entfesselte seine telekinetischen Kräfte. Wie von einer unsichtbaren Faust getroffen, wirbelten die Vermummten davon, schlugen hart auf und blieben bewusstlos liegen. Andere rannte panisch davon und flüchteten sich in die Ruinen.

Hanky, der hinten im Wagen saß, öffnete seine telepathischen Sinne und pflanzte tiefe Furcht in die Gehirne der Fremden. Lautlos drohte er mit Vernichtung. Um die Wirksamkeit seiner Aktion zu prüfen, belauschte er danach die Gedanken der Angreifer.

Mit einem Mal zuckte er zusammen. Da war er wieder, der fremde Telepath. Dieser versuchte nun seinerseits die Vermummten zurück in den Kampf zu schicken und vergaß dabei seine eigene Abschirmung. In Sekunden nahm Hanky den Gedankeninhalt des Telepathen auf und erkannte dessen Bösartigkeit. Nur aus dem Willen heraus zurück in seine Welt zu kommen, wollte der fremde Mutant, der sich Sinan Abbas nannte, die Einwohner dieser Welt opfern.

Zorn und Abscheu brachen sich ihre Bahn und Hanky sandte einen mächtigen, mentalen Impuls aus. Sofort versuchte Sinan diesen Angriff abzublocken. Doch es war zu spät. Der Impuls traf den psychopathischen Mutanten so hart, dass sein Gehirn spontan die Arbeit einstellte und starb. Der Körper Sinans brach zusammen und blieb reglos im Dreck einer verseuchten Welt liegen. Sein Tod war unspektakulär und ganz anders, als Sinan, alias Matthew, es sich ausgemalt hatte. So, als habe das Schicksal einen geheimen Plan, kroch eine große Echse aus einem Erdloch, nahm züngelnd die Witterung auf und packte dann mit ihrem starken Kiefer zu. Sie schleppte den toten Mutanten davon und zerrte diesen dann in seinen Bau.

Der Durchgang durch das Tesla Portal verlief nun reibungslos. Die Spezialisten ließen die drei Geländewagen passieren und verließen dann als Letztes die Parallelwelt. Hinter ihnen brach das Energiefeld zusammen und Mister Wynn fuhr die Generatoren herunter. Es wurde ruhig in der Lagerhalle und die Insassen der Humvees verließen die Fahrzeuge. Nur Hanky blieb noch einen Moment sitzen. Er horchte in sich hinein und versuchte seine Gefühle zu ergründen. Er hatte einen Mann gerettet und einen anderen getötet. Niemand hatte bemerkt, auf welche Weise er den fremden Mutanten besiegt hatte. Eigentlich, so überlegte Hanky, war es ihm leichtgefallen den Fremden zu besiegen. Lag es daran, dass dieser nicht so stark gewesen war oder war er, Hanky, so mächtig, dass er jeden Feind, jeden Menschen auf dieser Welt, einfach nur mit einem Gedankenbefehl töten konnte?

Doch er suchte vergebens nach Reue, was ihn wirklich beunruhigte. Auf der anderen Seite hatte er die Gedanken dieses Sinan gelesen und wusste, dass er viele Menschen auf dem Gewissen und noch viel mehr Unheil geplant hatte.

Walt kam zu dem Humvee und öffnete die Tür. Er sah in den Innenraum des Humvees und fragte leise:

»Ist alles in Ordnung?«

Hanky nickte nur. Er wusste, dass jetzt nicht die Zeit war, um mit seinem Freund über Moral und Gefühle zu sprechen. Noch war die Gefahr nicht gebannt und die Verschwörung, die hinter dem Goldraub stand, nicht aufgeklärt. Zusammen mit Walt ging er zur Dekontaminierungsdusche und war froh, ihn als Freund an seiner Seite zu wissen.

Eine halbe Stunde später saßen Hanky, Walt und Thore mit dem Landvermesser Adrian Larson in einem kleinen Raum. Das Verhörzimmer befand sich in einem Container, der als Überwachungsstation hier aufgestellt war. Aus Kaffeetassen heraus duftete das belebende Aroma, das nicht wirklich zu der Stimmung der Männer passte. Adrian war einerseits froh, dass er nicht mehr unter dem Einfluss der Verschwörer war, doch auf der anderen Seite, so befürchtete er, würde eine lange Gefängnisstrafe auf ihn warten. Thore, der sich noch vor ein paar Tagen in einer ähnlich unangenehmen Position befunden hatte, versuchte dem Landvermesser Mut zu machen. So sagte er eindringlich zu Adrian:

»Sie müssen uns alles sagen. Verstehen Sie mich richtig, davon hängt Ihre Zukunft ab.«

»Ja, das ist mir schon klar!«, antwortete Adrian. »Doch Sie müssen auch verstehen, dass man mich und viele Arbeiter unter Drogen gesetzt hat. Ich hätte mich sonst nie auf dieses Abenteuer eingelassen. Meinem Kollegen Frederic Stanford erging es genauso und er ist ebenso unschuldig an der ganzen Misere.«

»Das mag schon sein«, schaltete sich Hanky nun in das Gespräch ein. »Lassen wir einmal die Schuldfrage außen vor, da finden wir bestimmt eine Regelung, mit der Sie leben können Mister Larson. Wichtig ist jetzt die unmittelbare Lage. Wir müssen wissen, wann und wie gehandelt werden soll. Diese Information brauche ich sofort. Verstanden?«

Hanky hätte natürlich die geforderten Informationen aus den Gedanken des Landvermessers herauslesen können, doch der Mutant wollte im Moment seine Gabe nicht einsetzen, die vor kurzem einen anderen Mann getötet hatte. Er verbannte also seine mentale Kraft für einige Zeit, damit er sich für einen Moment als normaler Mensch fühlen konnte. Manchmal hasste er die Tatsache, dass er übersinnliche Kräfte besaß, und er sah die Gefahr, dass er eines Tages seine Gaben missbrauchen könnte. Doch nur diese Selbstzweifel hielten den Mutanten in einer Balance, die ihn letztlich menschlich machte. Unterdessen berichtete Adrian über den Zeitplan der Goldräuber.

»Morgen früh, um Null Sechshundert, wird das Tesla Portal Nummer zwei, so nannten wir das transportable Gerät, geöffnet. Zielpunkt ist der Central Park in der Nähe des Park Drives. Dort soll zuerst ein Vorauskommando durch das Portal kommen. Zum einen sollen die Soldaten der Nationalgarde die Straße für den Verkehr sperren und das Areal sichern. Danach sollen einige Männer zu einer in der Nähe befindlichen Spedition fahren, um von dort mit zehn Sattelschleppern zurückzukommen. Um Null Achthundert soll das Portal zum zweiten Mal für einige Minuten geöffnet werden. In dieser Zeit fahren die LKW hinüber in die Parallelwelt. Dort soll das Gold verladen werden und wenn alle Paletten verstaut sind, öffnet sich das Portal zum dritten und letzten Mal. Dann sollen die Lastwagen das Gold abtransportieren und die komplette Crew zurück in unsere Welt kommen. So weit die Planung.«

In diesem Moment wurde die Tür des Verhörraumes geöffnet und ein FBI Spezialist streckte seinen Kopf in den kleinen Raum:

»Entschuldigen Sie die Störung. Draußen vor dem Container wartet ein gewisser Richard Miller. Er lässt sich nicht abwimmeln und sagt, er müsse unbedingt mit den Agenten Berson und Kessler sprechen.« Walt grinste schon wieder ungeniert und Hanky wünschte sich, nicht zum ersten Mal an diesem Tag, ein wenig von dessen Gelassenheit. Dann sagte Walt zu Hanky:

»Dann wollen wir diesen Mister Miller mal nicht warten lassen. Thore, du unterhältst dich unterdessen weiter mit unserem Gast!« Walt verließ den kleinen Raum und Hanky folgte seinem Freund. Thore sah ihnen nach, schloss die Tür und setzte das Verhör fort.

***

Im Jet

Der Pilot verkündete per Bordlautsprecher, dass die Maschine in dreißig Minuten auf dem Flughafen La Guardia landen würde.

Gorden McKinsey, seines Zeichens Republikanischer Senator aus Texas, füllte sein Glas mit einem teuren Single Malt Whiskey. Normalerweise wurde er hier in seinem Privatjet von einer hübschen Stewardess bedient. Doch durch die besonderen Umstände hatte er auf diesen Service verzichtet. Er brauchte keine uneingeweihten Zuhörer, denn die Lage, seine Lage, war prekär. Eigentlich hätte er als Ölmagnat und Milliardär ein sorgenfreies Leben führen können. Doch sein Ehrgeiz ließ ihn nicht ruhen. Vielleicht hatte er es deshalb im Leben so weit gebracht. Ständig suchte er neue Herausforderungen, damit er sein eigenes Ego befriedigen konnte. Deshalb war er auch in die Politik gegangen, und das schon vor Jahrzehnten. Ihm war es egal, ob seine wirtschaftlichen Interessen mit den politischen kollidierten. Er war ein Macher und es gab keine Grenzen. So entstand eines Tages die Idee, dass er noch viel mehr erreichen konnte. Er wollte dieses Land, seine Heimat, die USA reformieren. Das konnte nur mit Härte geschehen, da war er sich sicher. Nur ein starker Führer konnte die alten Werte der Gründerväter wiederbeleben. Die Politik von heute war marode und die verdammten Liberalen würden das Land in den Untergang führen. Korruption und Absprachen in der Politik waren normal geworden. Ehrhaftigkeit war ein Fremdwort, das niemand mehr verstand. Treue und Mut mussten wieder belohnt werden, was ihn dazu bewogen hatte, Männer um sich zu scharen, die diese Nation genauso liebten wie er. Seine Patrioten würden ihn zum Sieg verhelfen, so hatte er zumindest gedacht. Einer seiner ersten Verbündeten war William Bannigen, der Direktor der NSA. Ihm hatte er sich vor Jahren, bei einem Kamingespräch auf seiner Ranch, von seiner Vision berichtet. Damals war alles nur ein theoretisches Spiel gewesen, dass sich die beiden Männer, bei reichlichem Genuss von Alkoholika, in dieser denkwürdigen Nacht ausdachten. Einige Monate später saßen sie am Rande einer Tagung in einem Luxushotel erneut zusammen. Nun war es der NSA Direktor, der mit einer bedeutenden Nachricht das theoretische Spiel wieder aufnahm. Er berichtete dem Senator von einer Entdeckung, die einer seiner Mitarbeiter gemacht hatte. In den Archiven der NSA war dieser Mitarbeiter auf Unterlagen gestoßen, die einen Versuch schilderten, der ungeahnte Möglichkeiten eröffnen würde.

Ihre Gedankenspiele hatten sich gewandelt und waren plötzlich zu einem Plan geworden. In den kommenden Wochen trafen sich der NSA Direktor und der Senator regelmäßig. Die Idee einer neuen, wiedererstarkten Nation rumorte in ihren Köpfen und ließ sie nicht mehr los. Sie erarbeiteten ein Strategiepapier, das die Richtlinien ihrer Vision formulierte. Dann gelangten sie zu dem Punkt, an dem es nötig war, Verbündete für ihren Plan zu finden. Sie brauchten mächtige Partner, die in der neuen Gesellschaftsordnung führende Positionen einnehmen sollten. Die beiden Männer stellten eine Liste möglicher Kandidaten zusammen, die der NSA Direktor, mittels des Dienstes, den er leitete, überprüfen ließ. Dabei handelte er mit größter Vorsicht und beauftragte NSA Agenten unterschiedlichster Abteilungen. In diesem Zusammenhang fiel ihm ein Mitarbeiter auf, der schon durch seine Weltanschauung geeignet erschien. Nach einem vertraulichen Gespräch wurde Agent Prien in den Kreis der Verschwörer aufgenommen. Der Mann erkannte sofort, welche Chance ihm geboten wurde, und ließ keinen Zweifel an seiner Loyalität dem Direktor gegenüber. Er beteiligte sich an den Überprüfungen der Kandidaten und schließlich fiel die Wahl der Verschwörer auf General Joseph L. Lengyel, den Kommandeur der Nationalgarde.

Sie arrangierten ein Treffen mit dem General, der nur wenige Tage später auf der Ranch des Senators eintraf. Zuerst zeigte sich der General sehr verschlossen und ließ sich nicht von der Tatsache beunruhigen, dass auch der NSA Direktor, den er von politischen Events her kannte, anwesend war. Nach einem deftigen Abendessen, das zur Auflockerung der Stimmung gedacht war, gingen die Männer für eine Zigarre auf die Terrasse des stattlichen Herrenhauses. Das Personal zog sich unauffällig zurück und der Senator und seine Gäste waren ungestört. Nach einer Weile lenkte der Senator das lockere Geplauder auf das Thema, weswegen sie sich hier befanden. Der General reagierte wie erwartet auf provokante Fragen der Politik und äußerte sich verärgert über Beschränkungen, die ihm durch Washington, wie er die politische Führung nur nannte, auferlegt wurden. Hier hakte der Senator geschickt ein und brauchte nicht mehr viel an Überzeugungskraft, um den General für seine Idee zu gewinnen. Am nächsten Vormittag trafen sich die Verschwörer nach dem Frühstück und begannen nun genauer zu planen. Die Aufgabe des Generals war schnell definiert. Er hatte dafür zu sorgen, neue Einheiten zu bilden, die einen Umsturz bedingungslos unterstützen würden. Außerdem sollte er auch bautechnisches Equipment und Transportkapazitäten bereitstellen.

Eine erneute Ansage des Piloten unterbrach die Erinnerungen des Senators. Sie befanden sich im Landeanflug und wurden aufgefordert die Gurte zu schließen. Er stellte sein leeres Glas zur Seite und setzte sich gerade hin. Ihm gegenüber saßen der General und Robin Higham, der persönliche Berater des Senators. Die Männer schienen ebenfalls ihren Gedanken nachzuhängen, denn es wurde kein Wort gesprochen. Sie wussten, dass die Operation »Goldraub« gefährdet war und zu scheitern drohte. Wenn dies geschah, dann war ihre Verschwörung nicht mehr durchführbar. Es würde keinen

Machtwechsel geben und die dann unvermeidlichen Ermittlungen der Behörden würde sie alle ins Gefängnis oder sogar auf den elektrischen Stuhl bringen. Senator McKinsey fühlte die Angst der Männer. Doch er würde sich nicht der Schmähung einer Verhaftung beugen. Er hatte Vorkehrungen getroffen und dafür gesorgt, dass sein Name niemals in einem konspirativen Dokument genannt worden war. Er war der Mann im Hintergrund und als Senator fühlte er sich sicher. Wer wollte ihn schon anklagen, ihn, der seit Jahrzehnten zum Establishment Washingtons gehörte. Nein, ein maroder Staat wie dieser konnte sich keinen derartigen Skandal leisten. Dennoch fragte er sich, welche Neuigkeiten der NSA Direktor heute Abend verkünden würde. Dabei fiel dem Senator ein, dass er noch immer nicht wusste, wann und wo das Treffen stattfinden würde. Plötzlicher Ärger erfüllte ihn und er fragte ungehalten seinen Assistenten:

»Robin, hat sich William Bannigen schon bei Ihnen gemeldet? Er wollte uns doch informieren, wo unser Meeting stattfindet.«

»Nein Senator. Bisher habe ich keine Nachricht. Ich werde ihn jedoch gleich nach unserer Landung anrufen.«

In diesem Moment veränderte sich das Motorengeräusch des Learjets und ein leichtes Rucken ging durch die Maschine. Surrende Geräusche zeigten an, dass der Pilot das Fahrwerk ausgefahren hatte. Gleich darauf setzte das Flugzeug auf der Landebahn sanft auf.

***

Selbstzweifel

Roger fühlte sich wie betäubt. Er stand neben dem Einsatzleiter des FBI Spezialkommandos in der Kaverne. Die ehemalige Silbermine, die als Lager für das geraubte Gold diente, war zu einer Stätte des Grauens geworden. Der FBI Agent hatte die Toten nicht gezählt, doch es hatte viele Opfer gegeben. Soldaten, FBI Beamte und Zivilisten waren hier gestorben. Was rechtfertigte den Tod so vieler Menschen? Geld, das Gold oder Machtgelüste? Plötzlich verschwamm Rogers Blick, dann verdrehte er seine Augen und er wäre wohl schwer gestürzt, wenn ihn der Einsatzleiter nicht geistesgegenwärtig aufgefangen hätte. Behutsam legte er Roger auf den Boden und rief nach einem Sanitäter. Schon nach wenigen Sekunden erwachte Roger aus seiner Ohnmacht und wollte sich aufsetzen. Der Sanitäter, ebenfalls mit einem schwarzen Overall des Spezialeinsatzteams bekleidet, kniete sich neben den FBI Mann und fühlte dessen Puls. Danach leuchtete er ihm mit einer kleinen Taschenlampe in die Augen und kniff Roger in die Wange. Dann lächelte er und fragte ihn:

»Wie lange haben Sie nichts mehr gegessen Sir?«

Roger bemühte sich eine Antwort auf diese Frage zu finden, konnte sich aber beim besten Willen nicht daran erinnern. So zuckte er nur mit seinen Schultern, was den Sanitäter zur nächsten Äußerung führte:

»Na also«, sagte er, »da hätten wir schon einen Grund, warum Sie umgekippt sind. Sie sind völlig unterzuckert, Agent, und dehydriert, wenn ich mich nicht irre.« Er drehte sich ein wenig zur Seite und wühlte in einem ebenfalls schwarzen Rucksack herum. Dann zog er mit einem strahlenden Lächeln, das an diesem Ort unangebracht schien, zwei Schokoriegel heraus und bat die umstehenden Agenten – der Vorfall hatte dazu geführt, dass die Männer, die hier im Einsatz waren, jede Ablenkung willkommen hießen – ihrem Kollegen aufzuhelfen. Von starken Händen ergriffen, stand Roger gleich darauf wieder auf den Beinen. Er nahm die Schokoriegel und dankte dem Sanitäter.

Doch dieser ließ sich nicht abwimmeln, sondern beharrte darauf, solange bei Roger zu bleiben, bis dieser die Schokoriegel verspeist hatte. Dazu reichte er ihm noch eine Flasche Wasser und sah dabei Roger auffordernd an.

Gehorsam biss Roger in den ersten Energieriegel und spürte sofort, dass der Sanitäter Recht hatte. Sein Magen begann zu knurren und Roger biss ein weiteres Stück ab. Nach einigen Minuten hatte er die Schokoriegel gegessen und die Flasche Wasser ausgetrunken. Der Sanitäter reichte ihm eine zweite Flasche und verabschiedete sich mit den Worten:

»Sie sollten trotzdem mal einen Arzt aufsuchen, Sir, und unbedingt einige Tage Urlaub nehmen.«

Roger bedankte sich bei dem Mann und fragte den Einsatzleiter:

»Begleiten Sie mich bitte nach draußen. Wir müssen noch etwas besprechen.«

Der Einsatzleiter nickte nur und winkte einen Humvee herbei. Der Fahrer hielt direkt neben Roger und dem Einsatzleiter und die Männer stiegen in den Wagen. Roger war froh, dass er nicht durch den Tunnel laufen musste, wo unter Tüchern verborgen noch etliche Leichen lagen. Jeder Tote musste erst forensisch untersucht werden, ehe er abtransportiert wurde. Als der Geländewagen vor dem Tunnel im Freien anhielt, atmete Roger auf. Er hatte das Gefühl einem Grab entstiegen zu sein, und die frische Luft des Waldes ließ ihn ruhiger atmen.

»Hören Sie«, sagte er zu dem Einsatzleiter, »dort hinter dem Zaum liegt irgendwo an der Böschung ein toter Kollege von uns. Sein Name ist Mark Henderson. Er ist erschossen worden, doch seine Mörder sind nicht weit gekommen. Dort unten befindet sich ein Waldweg und in einigen hundert Metern, vermute ich, finden Sie die Leichen der Killer. Doch seien Sie vorsichtig! Ich habe drei Männer neben einem verunglückten U-Haul Truck im Vorbeifahren gesehen. Sie könnten auf irgendeine Weise in die Vorgänge hier verwickelt sein. Beauftragen Sie ein Team, das nachschauen soll, ob der Kleinlaster noch dort im Wald steht. Das war es so weit. Ich fahre nun zurück in die Stadt, wo noch eine andere Ermittlung auf mich wartet. Sie informieren mich bitte, wenn Sie die Leichen gefunden haben, und halten Sie mich über die Ermittlungen hier informiert. Das ist keine persönliche Bitte, sondern dieser Fall ist viel größer als das Geschehen hier.«

Der Einsatzleiter versprach, sich um die Bergung ihres Kollegen zu kümmern, und versicherte Roger ihrer vollkommenen Zusammenarbeit. Roger schüttelte dem Mann die Hand, bedankte sich noch einmal kurz und ging zu seinem SUV. Er stieg in den Wagen und schloss kurz seine Augen. Dann startete er den Motor und fuhr von dem Gelände. Erst als er außer der Sichtweite des Einsatzleiters war, lenkte er den Wagen an den Straßenrand. Minutenlang starrte er vor sich hin, während seine Gedanken ihn mit Bildern des Grauens bombardierten. Roger wusste, dass er an seine Grenzen stieß und kurz vor einem Nervenzusammenbruch stand. Er dachte an Hanky, seinen Freund, der immerhin Carmen an seiner Seite hatte, die ihm ein Zuhause bot. Walt, der sein Junggesellendasein genoss und trotzdem irgendwie zu Hankys Familie gehörte, war mit seiner Aufrichtigkeit ein Fels in der Brandung. Nichts konnte ihn so leicht erschüttern, doch wer seinen Zorn weckte, der hatte nichts mehr zu lachen. Da war noch Richard Miller, der zu ihrem Freundeskreis gehörte. Er und seine Frau Rita gehörten zu den wenigen Menschen, auf die man sich immer verlassen konnte und die jederzeit bereit waren ihre helfende Hand auszustrecken. Und da war er, Roger. Wie passte er in diese Gruppe? Schon oft hatte er sich diese Frage gestellt und er war jedes Mal zu dem gleichen Ergebnis gekommen. Dieser Freundeskreis war seine Familie, die einzige Familie, die er besaß. Er tat sich schwer Fremde in sein Leben zu lassen und war vielleicht deshalb noch unverheiratet und kinderlos. Für was nahm er dann diese schwere Last auf sich, die der Beruf als Spezialagent des FBI forderte? Für wen ertrug er es, immer wieder tote Menschen, Leichen zu sehen und deren Mörder zu jagen? Das Klingeln seines Handys rette Roger vor seinen destruktiven Gedanken. Er drückte auf den Antwortknopf und eine Stimme fragte, ohne sich mit ihrem Namen zu identifizieren:

»Hey Roger, wo verdammt bist du? Hast du vergessen, dass wir Rich heute Abend begleiten sollen?«

Walt Kessler hatte Roger mit seinem untrüglichen Gespür für den richtigen Moment angerufen. Für eine Sekunde fragte sich Roger, wie Walt das immer wieder schaffte. War es auch eine übersinnliche Gabe, die Walt vor ihm geheim hielt? Tatsächlich hatte ihn sein Freund nun schon einige Male genau zu einem Zeitpunkt kontaktiert, der kritisch für ihn gewesen war. Roger nahm sich vor, Hanky danach zu fragen. Doch im Moment hatte der Anruf eine erstaunliche Wirkung auf Rogers Verfassung. Die Zweifel, die Schwermut waren wie weggewischt und der FBI Agent spürte, wie ihn eine positive Energie durchströmte. So antwortete er seinem Freund, dass er sich schon auf dem Weg zu ihnen befinde. Danach schaltete Roger sein Telefon aus und setzte seine Fahrt fort. Er verließ den Waldweg, passierte die Wohnsiedlung und stoppte an der Einmündung der Bundesstraße, die zurück in die Stadt führte. Es wurde allmählich dunkel und Roger blickte hinüber zu den bunten Werbetafeln der Shoppingmall. Sein Magen begann erneut zu knurren, als er das Logo eines Sandwichladens erkannte. So entschloss er sich, dort kurz zu halten, um sich etwas zu Essen zu kaufen. Als er den Laden betrat und die Menschen sah, die hier sorglos ihre Einkaufstour mit einem Sandwich beendeten, wusste er auf einmal, was ihn antrieb, sich jeden Tag aufs Neue zu motivieren und dem Grauen die Stirn zu bieten. Er tat es für die Menschen, die Kinder, die jungen Leute, die Familien, die er vor dem Bösen beschützen wollte. Einige Minuten später saß er wieder hinter dem Steuer und biss herzhaft in sein Pastrami-Sandwich. Dann trank er einen Schluck Cola und startete den Motor. Noch kauend wählte er die Nummer der FBI Zentrale in Washington. Er erreichte nur die Zentrale und ließ sich mit dem Teamleiter der dortigen Unit für Gewaltverbrechen verbinden. Es meldete sich der diensthabende Agent Scott Harris, den er schon jahrelang kannte. So kam Roger gleich zu Sache:

»Hallo Scott, hier ist Roger. Kannst du für mich bitte herausfinden, was aus Brian Spiller geworden ist?«

»Klar Roger. Sag mal, wie kommst du denn auf den? Soweit ich weiß, sitzt der doch in der Todeszelle.«

»Das dachte ich auch Scott. Doch ich glaube, ich habe ihn heute gesehen. Sag mir bitte Bescheid, wenn du etwas herausgefunden hast.«

Roger beendete das Telefonat und startete den Motor seines Wagens.

***

Erkenntnisse und Planung

Der heutige Abend, das Meeting würde über sein Leben entscheiden. Nie zuvor hatte er sich so dicht am Abgrund bewegt, doch er würde auch diese Herausforderung bestehen. Als Direktor der NSA, der National Security Agency, besaß er eine Machtfülle wie sonst nur wenige Menschen in den USA. Und dennoch hatte er nach mehr Macht gestrebt. In seiner jetzigen Situation, kurz vor dem Treffen mit dem Senator, begriff er sein eigenes Streben nicht mehr. Warum hatte er sich dazu verführen lassen, sein Amt zu missbrauchen? War es die Vision des Senators von einem neuen, machtvollen Amerika, die ihn motiviert hatte? Oder berauschte ihn die Vorstellung, selbst der mächtigste Mann der Welt zu werden? Wollte er das wirklich? Schon oft hatte er sich diese Frage gestellt und bisher hatte ihn dieser Tagtraum berauscht. Nach einem Putsch brauchte er nur den Senator zu beseitigen und konnte sich dann an die Spitze der Nation stellen. Doch zu diesem Putsch würde es nun nicht mehr kommen. Da war sich William Bannigen sicher. Das Tesla Portal war in Händen des FBI und damit unter der Kontrolle der Regierung. Das Gold, das man bisher aus der Parallelwelt geborgen hatte, würde bei weitem nicht genug sein, um den Putsch zu finanzieren. Das Team, das den Raub begangen hatte, war verschollen und wahrscheinlich für immer in der Parallelwelt gefangen. Das Berglager existierte auch nicht mehr. Unerklärlicherweise hatte das FBI auch dieses Goldversteck gefunden und die dort stationierten Nationalgardisten eliminiert. Was also war übrig von ihrem so glorreichen Plan, die USA und die Welt zu beherrschen? Nichts! Doch William Bannigen wäre nicht NSA Direktor geworden, wenn er nicht schon sein ganzes Leben lang schwierige Situationen gemeistert hätte. Aufgeben war keine Option, war es noch nie gewesen. Trotz der vertanen Chance war er noch immer ein mächtiger Mann. Nun galt es, ungeschoren aus diesem Desaster herauszukommen. Für das heutige Meeting hatte er seine Mitverschwörer nach New York City gebeten und damit schon den ersten Schritt der Manipulation getan. Als ihm klar wurde, dass das Spiel verloren war, musste er seine Gegner – denn das waren der Senator wie auch der General der Nationalgarde in dem Moment geworden – verunsichern. Dazu war eine Umgebung, die nichts mit einer rationalen Planung zu tun hatte, bestens geeignet. William Bannigen hatte deshalb die Präsidentensuite im Park Central Hotel gebucht. Die Räumlichkeiten waren überaus luxuriös ausgestattet und bestanden neben drei Schlafzimmern, einem Diningroom auch aus einem großen Living Room, der schon beim Betreten eine besondere Behaglichkeit ausstrahlte. Natürlich gab es bei dem ganzen Zierrat, den Bildern an den Wänden, dem antiken Mobiliar unzählige Möglichkeiten, Kameras und Mikrofone zu verstecken. Dies würden natürlich seine bisherigen Mitverschwörer auch bemerken und eine unterschwellige Unsicherheit hervorrufen. Selbstverständlich hatte der NSA Direktor sämtliche Räume mit Überwachungsequipment von seinen NSA Technikern bestücken lassen. Je nachdem, wie das Meeting verlaufen würde, wollte er die gefilmten Videos und Sprachaufnahmen nutzen oder vernichten. Als zusätzliche Sicherung, seine Gäste würden bestimmt die Räume nach Abhöranlagen scannen, konnte er diese auf Knopfdruck hin erst dann aktivieren, wenn alle Überprüfungen getätigt waren. Zudem hatten seine Techniker eine Reihe Waffen so deponiert, dass der NSA Direktor von jeder Position in der Suite Zugriff darauf hatte. Nachdem der letzte Techniker die Suite verlassen hatte, prüfte William Bannigen noch einmal deren Arbeit. Er lief durch alle Zimmer, prägte sich dabei die Waffenverstecke ein und ging schließlich auf die große Terrasse hinaus, von der aus er einen herrlichen Blick auf den Central Park hatte. Was der Direktor nicht wusste, nicht wissen konnte, war, dass genau in seinem Blickfeld das mobile Tesla Portal einen Weg zurück in die hiesige Welt öffnen würde. Er hatte die Männer und Frauen der Mission schon längst aufgegeben und selbst, wenn er gewusst hätte, was sich am kommenden Tag ereignen würde, hätte dies keine Rolle mehr für ihn gespielt. So genoss er den ruhigen Moment, setzte sich sogar auf einen bequemen Liegestuhl und ließ seinen Blick über den Park wandern. Tatsächlich gelang es ihm für einen kurzen Moment, seine Sorgen und Ängste völlig auszublenden. Seine Entspannung jedoch war nur von kurzer Dauer. Unbemerkt war sein Assistent und persönlicher Vertrauter, Agent Prien, neben ihn getreten. Er beobachtete seinen Boss für einen Moment und räusperte sich dann. Der NSA Direktor zuckte zusammen und blickte zu dem Agenten. Verärgert über die Störung schimpfte er:

»Verdammt Prien! Was gibt es denn? Kann ich nicht mal eine Minute ungestört sein?«

»Leider nein, Sir! Ich habe soeben die Nachricht erhalten, dass der Jet auf dem La Guardia Airport gelandet ist. In spätestens einer halben Stunde werden Ihre Gäste eintreffen.«

»Was? Schon?«, fragte der Direktor, aber seine Frage war eher ein Ausdruck seines Widerwillens, sich mit dem Senator und dem General treffen zu müssen. Agent Prien antwortete deshalb nicht auf diese Frage, sondern blieb abwartend neben William Bannigen stehen. Der blickte noch einmal über den Park und erhob sich dann seufzend von dem Liegestuhl. Noch einmal ging er seine Vorbereitung zu diesem Meeting gedanklich durch, fand aber keinen Schwachpunkt in seiner Planung. Trotzdem beschlich ihn ein Gefühl der Unsicherheit. Vieles konnte geschehen, was nicht planbar war. Er durfte auf keinen Fall die Gefährlichkeit seiner Gegner unterschätzen. Sie würden jede Schwäche, die er zeigte, gnadenlos ausnutzen. Heute Abend ging es um vieles, nein, es ging um alles. Sein Schicksal würde sich bei diesem Meeting erfüllen, doch der Direktor ahnte nicht, wie richtig seine Vermutung war. Er ging durch das große Wohnzimmer und blieb an dem Barschrank stehen und besah sich die säuberlich aufgereihten alkoholischen Köstlichkeiten, unterdrückte dann aber den Impuls, sich einen Drink zu gönnen. Stattdessen drehte er sich zu seinem Assistenten um und befahl:

»Rufen Sie den Senator an und teilen ihm mit, wo unser Meeting stattfindet.«

Während sein Assistent zum Telefon griff, verspürte der NSA Direktor ein flaues Gefühl im Magen. Still schimpfte er mit sich selbst. Warum war er nur so verunsichert? Er hatte doch alles im Griff und die Anderen würden sich vor ihm fürchten. Unwillig wandte er sich von dem Barschrank ab und ging zurück zur Terrasse. Sein Instinkt versuchte ihn zur Flucht zu bewegen, aber der NSA Direktor interpretierte seine Gefühle falsch. Er befahl sich selbst, sich zu beruhigen. Heute musste er stark sein und stark auftreten. Jegliche Unsicherheit war unangebracht und gefährlich. Leise murmelte er vor sich hin:

»Du musst kämpfen, William. Zeige keine Angst! Behalte, verdammt nochmal, die Nerven!«

Seine rechte Hand begann zu zittern. William Bannigen hatte Angst.

***

Eilige Vorbereitung

Auf seiner Fahrt zurück in die Stadt telefonierte FBI Spezialagent Roger Thorn beinahe ununterbrochen. Hanky hatte über das mögliche Treffen der Verschwörer am heutigen Abend erfahren. Er war wiederum von dem Reporter und informellen Mitarbeiter des CIA Richard Miller informiert worden. Ein Informant hatte ihm zugetragen, dass der NSA Direktor William Bannigen im Park Central Hotel die Präsidentensuite gebucht hatte. Etliche Techniker seien seitdem in der Suite ein und aus gegangen. Rich, wie seine Freunde den Reporter nannten, hatte darauf gedrungen, nun schnell zu handeln. Roger, der mit Hanky und dem NSA Direktor bei einer Nachtsitzung in der Federal Reserve Bank teilgenommen hatte, war in das Fadenkreuz ihrer Ermittlungen geraten.

Hanky hatte Gedanken des Direktors und seines Vertrauten, des NSA Agenten Prien aufgefangen, die darauf hindeuteten, dass die Männer an einer Verschwörung und dem Goldraub beteiligt waren. Später hatte Roger Agent Prien observiert und ihn, wie zufällig, in einer Bar getroffen. FBI Agent Mark Henderson hatte Roger begleitet.

Der Gedanke an den Agenten versetzte Roger einen Stich ins Herz. Er war bei dem Einsatz an der Silbermine getötet worden. Doch im Moment konnte Roger sich nicht der Trauer um seinen Kollegen hingeben. Dazu war später noch Zeit. Nun galt es die Hintermänner des Raubes dingfest zu machen. Ein kurzes Telefonat mit seinem Boss, dem FBI Direktor, genügte, um eine Abhörgenehmigung für die Präsidentensuite zu erhalten. Es war nötig, gerade in dieser Phase der Ermittlungen rechtliche Vorschriften genauestens einzuhalten.

Hanky, so wusste Roger, plante indes die morgige Operation, die zur endgültigen Zerschlagung der Verschwörung führen sollte. Auch die Goldräuber sollten bei dieser Aktion verhaftet und das geraubte Gold gesichert werden. Doch noch war es nicht so weit und sie würden erst später herausfinden, ob die Planungen wirklich funktionierten.

Um wertvolle Zeit zu sparen, fuhr Roger direkt zum Park Central Hotel und in dessen Tiefgarage. Kaum hatte er seinen Wagen geparkt, trafen Hanky, Walt und Richard Miller, der es sich nicht nehmen ließ, mit von der Party zu sein, ein. Die Männer begrüßten sich rasch und Richard Miller dirigierte sie zu einem Personalaufzug. Dort wartete ein Hotelangestellter, den er als seinen Informanten hier im Hotel vorstellte. Er hatte auf Anweisung des Reporters eine Suite direkt neben der Präsidentensuite freigehalten. Die Räumlichkeiten mussten natürlich bezahlt werden und Roger versicherte dem Mann, dass er sich darum kümmern werde.

Der Hotelangestellte zeigte sich sichtlich erleichtert. Er spielte hier mit seinem Job, den er gerne behalten wollte. Nur weil Richard ihm in der Vergangenheit einmal in einer verfahrenen Situation geholfen hatte, war er bereit den Männern zu helfen. Auf der Fahrt nach oben berichtete der Informant, dass schon einige FBI Beamte eingetroffen waren. Auch sie hatte er im Personalaufzug nach oben gebracht und unauffällig in die Suite gelotst. Als die Aufzugstür sich schließlich öffnete, betrat zuerst der Informant den Flur, sah kurz um eine Ecke und winkte danach Hanky und seine Begleiter herbei. Mit ruhigem Schritt gingen sie dann zu der reservierten Suite. Dort angekommen öffnete der Informant die Tür mit einer Schlüsselkarte. Die Männer drängten sich an ihm vorbei und betraten eilig die Zimmerflucht. Als die FBI Techniker das Klickgeräusch des sich öffnenden Türschlosses vernahmen, stellten sie ihre Vorbereitungen ein und hielten die Hände in der Nähe ihrer Waffen. Doch als sie kurz darauf Roger erkannten, entspannten sich die Spezialisten. Roger stellte Walt, Hanky und Richard vor und ließ sich danach von den Abhörspezialisten darüber unterrichten, wie weit sie mit ihren Vorbereitungen waren. Walt, der sah, wie Hanky sich in eines der Schlafzimmer zurückzog, verwickelte Richard in ein Gespräch. Er wusste, dass sich Hanky nun auf die Gedankenmuster in der Präsidentensuite konzentrierte. Seine Gabe, Gedanken zu lesen, war viel wirksamer als jedes Abhörgerät. Dennoch würde man für eine Anklage und das folgende Gerichtsverfahren gegen die Verschwörer belastbare Beweise benötigen, wozu Tonaufzeichnungen gehörten. Auf Bildmaterial würde man verzichten müssen, weil die Techniker in dieser Phase der Ermittlungen nicht mehr in der Lage waren, Kameras in der Präsidentensuite zu installieren.

Hanky lag auf einem Bett und hatte die Augen geschlossen. Er schien zu schlafen. Er atmete ruhig und gleichmäßig, entspannte seinen Körper und öffnete seinen Geist.

Sofort empfing er das millionenfache Rauschen der Menschen in der Stadt. Hanky fokussierte sich auf seine Umgebung und filterte so das Gedankenrauschen aus. Schnell tastete er die Hirnwellenmuster seiner Kollegen im Nachbarzimmer ab und überprüfte dabei die Gedanken der Techniker, die er nicht persönlich kannte. Das war eine reine Sicherheitsmaßnahme, denn er konnte nicht wissen, wer alles in die Verschwörung verwickelt war. Er fand aber nichts Verdächtiges und richtete nun seine Aufmerksamkeit auf die angrenzenden Räume. Dort traf er gleich auf zwei vertraute Muster. Der NSA Direktor dachte gerade an die Konsequenzen, die ihn treffen würden, wenn die Verschwörung scheiterte. Er hielt sich auf der Terrasse der Suite auf und bedauerte sich selbst. Hanky verspürte einen dunklen Ärger in sich aufsteigen. Hatte dieser Mann es doch zu verantworten, dass unzählige Menschen gestorben waren. Doch der Mutant wusste auch, dass er sich jetzt konzentrieren und seinen Ärger unter Kontrolle halten musste. Der zweite Mann in der Suite bereitete sich innerlich auf das bevorstehende Treffen vor. Auch er hatte Zweifel und wollte ungeschoren aus dieser Sache kommen. Doch er wusste nicht, wie er dies bewerkstelligen sollte. Er war gefangen in einem Gespinst aus Treue und Mitverantwortung. Agent Prien versuchte seine trüben Gedanken zu verdrängen und überprüfte noch einmal die Abhöreinrichtungen. Er entnahm einem Koffer ein Gerät, das alle Mikrofone und Kameras in der unmittelbaren Umgebung erkannte. Als Hanky begriff, dass ihre Abhöraktion in dem Moment scheitern würde, wenn Agent Prien das kleine Gerät aktivierte, öffnete er seine Augen und sprang aus dem Bett. Er rannte zur Zimmertür, riss diese auf und rief laut:

»Sofort alle Mikrofone abschalten. Am besten die ganze Abhöranlage. Jetzt! Sofort! Sonst sind wir enttarnt!« Die Techniker reagierten zum Glück in Sekundenschnelle und stellten keine Fragen. Hanky lauschte weiter und atmete dann schließlich auf. Agent Prien schaltete erst jetzt das Gerät ein, ging durch die Räume und kehrte dann in das Wohnzimmer der Suite zurück. Er deaktivierte den Detektor und legte diesen in den Koffer zurück. Dann zog er aus seiner Hosentasche eine kleine Fernbedienung, welche die von den NSA Technikern versteckten Kameras und Mikrofone aktivieren würde.

Hanky zog sich aus den Gedanken des Agenten zurück. Er informierte die Techniker, was er erfahren hatte, und wies sie an, erst auf sein Signal hin die Abhöreinrichtung zu aktivieren. Dann ging er zu Walt, Roger und Richard, die in der Nähe der Fenster standen.

»Heute schnappen wir die Verbrecher«, sagte Hanky mit leiser Stimme.

***

Einzelfahrten

Überraschenderweise hatte sich Angelo mit Brians Erklärung zufriedengegeben. Ihn interessierte es im Moment nicht, was der Kleinlaster für eine Ladung hatte. Wenn Brian Wort hielt, dann erfuhr er dies eben später. Wichtig war, sich erst einmal der Wut des Serienkillers zu entziehen. Angelo war sich bewusst, dass er alt war und nicht mehr die körperliche Fitness besaß, um sich gegen Brian behaupten zu können. Doch er war gerissen genug, um die Schwachstelle eines jeden Menschen zu finden. Die Zeit würde zeigen, ob es nötig sein würde, sich diesen Mann vom Hals zu schaffen. Noch immer verfluchte er seine Eitelkeit, die dazu geführt hatte sich Brian und diesem Robert zu offenbaren. Warum nur hatte er ihnen gebeichtet, ebenfalls ein Killer zu sein? Nur zur Bestätigung seiner Behauptung, so redete sich Angelo selbst ein, hatte er den Mafioso Alfredo erschossen. Langsam fuhr er durch die Megacity und fühlte, wie seine Angst langsam einer verführerischen Zuversicht wich. Die Geräusche, die Lichter und die Menschen dieser Stadt beruhigten Angelo und nach einer Weile schaltete er sogar das Autoradio ein. Sein Lieblingssender spielte Musik der sechziger Jahre und er summte zu den Melodien Dean Martins und Frank Sinatras. Ja, das war seine Welt, das war seine Stadt. Er liebte New

York City und konnte nicht verstehen, warum man anderswo leben wollte.

Als er schließlich den Stadtteil Queens erreichte, atmete er befreit auf. Doch seine Erleichterung währte nur kurz. Er bog in seine Straße ab, dann bremste er und ließ den Wagen am Straßenrand ausrollen. Angestrengt sah er nach vorne. Tatsächlich, sein Instinkt hatte ihn wieder einmal gewarnt. In der Einfahrt seines Hauses parkte ein Auto, das er kannte und fürchtete. Es gehörte Joe Montana, dem Boss der Gambrino Mafia Familie.

Robert Mason hatte eine andere Strecke zurück nach Queens gewählt. Ihn plagte ein anderes Problem. Er war es leid, ständig in unvorhersehbare Situationen zu geraten. Brian hatte ihm zwar gezeigt, wie man mordete, und er hatte Gefallen am Töten gefunden. Doch Brian wurde immer unberechenbarer. Er sprang wie ein wildgewordener Köter auf jede Möglichkeit, die einen Kill versprach. Er brauchte keine Abkühlphasen mehr und dies war gefährlich für seine und Roberts Sicherheit. Bisher waren sie auf ihrem Weg von Las Vegas bis nach New York nicht aufgefallen und er selbst war auf keiner Fahndungsliste der Polizei oder des FBIs. Doch wie lange blieb das so? Er musste mit Brian sprechen. Noch hatten sie die Chance, von hier zu verschwinden. Das Land war groß und sie konnten überall, in jeder Stadt und auf den Landstraßen dazwischen genügend Opfer für ihre Mordgier finden. Außerdem besaßen sie noch ihre Goldbeute, die aber im Moment wertlos war, da er nicht wusste, an wen sie das geraubte Edelmetall verkaufen konnten. Doch dieses Problem war zweitrangig und eigentlich brauchten sie das Gold auch nicht. Bei ihren Morden konnten sie immer die Opfer ausrauben und, wenn nötig, auch mal einen Laden überfallen. Robert war bereit, noch heute New York zu verlassen. Sollte er vielleicht alleine verschwinden, ohne Brian und dessen Probleme? War das eine Möglichkeit? Er brauchte nur die Autobahn zu wechseln und einfach weiterfahren. Die Verlockung dieser Idee war groß und doch besaß dieser Plan auch einen gefährlichen Aspekt. Sollte Brian jemals von der Polizei verhaftet werden, dann würde er nur aus Boshaftigkeit Roberts Namen nennen. Dann war es vorbei mit der Anonymität und … Noch ehe Robert seinen Gedanken weiterspinnen konnte, war er in Queens angelangt. Unbewusst hatte er den Wagen hierher gelenkt und war erstaunt, dass dem so war. So beschloss Robert, doch zuerst mit Brian zu sprechen und wenn dieser hier in der Stadt bleiben wollte, dann konnte er, Robert, seine Sachen aus dem Haus holen und immer noch seinen eigenen Weg gehen. Als er auf ihr gemietetes Haus zufuhr, bemerkte er, dass hier etwas nicht stimmte. Langsam ließ er sein Fahrzeug die Straße entlangrollen und passierte das Haus. Alles schien ruhig, doch in der Garage brannte Licht. Er war sich sicher, dass er das Licht ausgeschaltet hatte, nachdem er den Humvee, in dem sich noch immer die Goldbeute befand, dort abgestellt hatte. Brian war sicher auch noch nicht angekommen, sonst hätte er den Kleinlaster irgendwo parken gesehen. Die ganze Nachbarschaft schien sich verkrochen zu haben. Es war einfach zu ruhig in der Wohnstraße. Es lärmten keine Kinder auf den Gehwegen und Hauseinfahrten, es saßen keine Männer auf den Veranden vor den Häusern, die ihr Feierabendbier tranken. Selbst die nervige Streetgang am Ende der Straße war nicht zu sehen. Robert verließ sich auf seinen Instinkt und bog an der nächsten Kreuzung nach links ab. Dabei sah er Angelos Wagen seitlich geparkt. Das war ebenfalls merkwürdig, denn das Haus des Alten war noch etwa fünfzig Meter entfernt. Da das Auto verlassen war, ließ Robert es unbeachtet und parkte dann aber einige Meter weiter. Er stieg aus und auch hier, in dieser Straße war es ruhig. Robert öffnete noch einmal die Tür seines Wagens, ging dann davor in die Hocke und griff unter den Fahrersitz. Er zog eine in einen Lappen gehüllte Pistole hervor, wickelte sie aus und überprüfte das Magazin. Dann warf er den Lappen in den Fußraum, erhob sich und schloss die Tür. Er steckte die Pistole in seinen Hosenbund und zog sein T-Shirt aus der Hose. So verdeckte der Stoff die Waffe und er konnte doch schnell nach ihr greifen. Er wollte schon zurück zu ihrem Haus laufen, als er Brian mit dem U-Haul Miettruck kommen sah. Doch der Kleinlaster fuhr an Robert, ohne bei ihm anzuhalten, vorbei. Robert war erstaunt. Hatte ihn Brian, am Straßenrand stehend, nicht gesehen? Das konnte gut sein, denn die Dämmerung hatte bereits eingesetzt. Außerdem, fragte sich Robert, was suchte Brian in dieser Straße? Wollte er zu Angelo und vielleicht auf dessen Grundstück den Laster parken? Doch dieser Gedanke machte keinen Sinn. Eigentlich mussten sie den Laster schnellstens loswerden, ehe dieser in der Nachbarschaft auffiel. So blieb Robert neben seinem Pick-up stehen und wartete, was Brian nun tun würde. Parkte er tatsächlich an Angelos Haus, oder fuhr er weiter?

Der beschädigte Kleinlaster verrichtete seinen Dienst überraschend gut. Dennoch würde er in naher Zukunft nicht mehr einsetzbar sein. Der Unfallschaden an der Front, durch den Aufprall am Baum entstanden, konnte einem Polizisten auffallen. Damit hätte er einen Grund den U-Haul Truck anzuhalten. Die fehlende Frontscheibe fiel in der einsetzenden Dunkelheit nicht sofort auf. Wenn der Laster jedoch irgendwo geparkt würde, dann sah die Sache ganz anders aus. Jeder Passant, der zu Fuß unterwegs war, konnte, ja musste sehen, dass die Scheibe fehlte. Doch Brian Spiller betrachtete die Welt mit anderen Augen. Sein Geist hatte die Rationalität verlassen und war nur daran interessiert, einen Ausgleich für seinen entgangenen Kill zu suchen. Ein Opfer zu finden, war wirklich nicht schwer, doch er musste die Schmach, die ihm der Alte zugefügt hatte, irgendwie ausgleichen. Langsam fuhr Brian durch verschiedene Stadtteile und mied die Highways. So hoffte er patrouillierenden Polizeistreifen zu entgehen. Die Fahrerkabine des Trucks roch noch nach dem Blut des Mannes, den Angelo erschossen hatte.

Dieser Duft des Todes hielt Brian in seiner mörderischen Stimmung, die erst vergehen würde, wenn er wieder einen Menschen ins Jenseits geschickt hatte. Die Glassplitter der zerbrochenen Windschutzscheibe, die auf dem Armaturenbrett verstreut lagen, reflektierten das Licht der Straßenbeleuchtung. Sie glitzerten wie Diamanten oder Sterne einer fernen Galaxie. Doch Brian sah nicht die Poesie der Zerstörung, sah nicht diesen Wink des Schicksals, der ein neues Leben versprach. Unbeirrt, von seiner mörderischen Sucht getrieben fuhr er weiter und erreichte schließlich unangefochten Queens. Er wusste, dass er zuerst zu Angelo musste. Dort musste er klären, wie der Alte seine – Brians – Schmach wieder wettmachen konnte. Kein anderer Gedanke drang mehr zu dem Killer durch. Als er in Angelos Straße einbog, sah er Robert auf dem Gehweg stehen, doch er beachtete seinen Gefährten nicht. Kurz vor Angelos Haus sah Brian den Wagen Joe Montanas, dem hiesigen Boss der Gambrino Familie. Hatte Angelo Hilfe geholt, weil er befürchtete, Brian könnte ihn töten? Der Killer hatte mit diesem Gedanken gespielt, doch dann wieder schnell verworfen. Der Alte war kein würdiges Opfer, auch wenn er ein Killer war. Aber den Mafia Boss zu killen, war viel reizvoller. Brian hatte die Mafia sowieso im Visier und war ursprünglich aus diesem Grund nach New York City gekommen. Da der Wagen des Mafiosos die Auffahrt zu Angelos Haus belegt hatte, parkte Brian den Kleinlaster einfach auf dem Gehweg davor. Er stieg aus dem Truck und zog ein Messer aus seiner Jackentasche. Er legte die Klinge in seine rechte Hand und schloss die Finger um den kalten Stahl. So verbarg er die heimtückische Waffe wirkungsvoll. Er brauchte, wenn es nötig wurde, nur seine Finger ein wenig zu lösen und das Messer würde nach unten gleiten. In dem Moment, wenn seine Finger den Griff der Waffe fühlten, brauchte er nur wieder seine Finger zu schließen. In nicht einmal einer Sekunde war er dann bereit zuzustechen. So präpariert ging er an dem Wagen des Mafiosos vorbei und auf Angelos Haustüre zu. Vor der Tür, auf einer kleinen Veranda, stand ein bulliger Kerl, der idiotischerweise seine Hände vor dem mächtigen Bauch verschränkt hatte. Mit seiner hünenhaften Gestalt mochte der Mann als Türsteher vor einem Club wohl Eindruck machen. Doch Brian sah ihm nur mit Verachtung entgegen. Der Kerl wartete, bis Brian die drei Stufen zur Veranda hinaufgestiegen war, und sagte dann mit einer tiefen Bassstimme:

»Was willst du hier?«

Brian lächelte nur dünn und antwortete dann:

»Na zu meinem Kumpel Angelo. Wusste nicht, dass der neuerdings einen Türsteher hat.« Während seiner Antwort war Brian einfach weitergelaufen und hatte so getan, als ob er sich an dem Hünen vorbeidrängen wollte.

Der missverstand Brians wirkliche Absicht und wollte gerade etwas zu dem ungebetenen Gast sagen, als Brians Arm nach oben schnellte. Der Türsteher sah in letzter Sekunde die blitzende Klinge des Messers und seine Augen weiteten sich erschrocken. Für eine Abwehrreaktion hatte der Mann jedoch keine Zeit mehr. Die Messerklinge drang von unten in dessen Hals, bohrte sich durch seinen Rachenraum und erreichte schließlich sein Gehirn. Ein kurzer, unerhörter Schmerz raste durch seinen Körper, ehe seine Beine nachgaben und er auf den Verandaboden fiel. Der Körper des Türstehers zuckte noch einmal, dann blieb er reglos liegen.

Brian zog sein Messer aus dem Hals des Mannes und ging danach zur Haustür.

***

Das Meeting

Die Stimmung in der Limousine war gereizt. Senator Gorden McKinsey machte keinen Hehl daraus, dass er mit der Location des geplanten Treffens sehr unzufrieden war. Er bemängelte lautstark, dass ein so frei zugänglicher Ort, wie es ein Hotel war, der falscheste Ort für eine geheime Besprechung war. Jederzeit konnte die Presse Wind von diesem Meeting bekommen und die Aufmerksamkeit der Öffentlichkeit erregen. Sein Assistent und persönlicher Berater Robin Higham versuchte den Senator zu beruhigen, was diesen noch mehr in Rage brachte.

Der General der Nationalgarde Joseph L. Lengyel beobachtete die beiden Männer mit ausdruckslosem Gesicht. Ihm war das Gehabe des Senators zutiefst zuwider und er beschloss, die Gruppe der Verschwörer schnellstmöglich zu verlassen. Der ganze Coup hatte vielen seiner Männer nichts anderes als den Tod gebracht. So wie er die Lage beurteilte, war nicht nur eine Schlacht verloren worden, sondern der ganze Krieg. Vielleicht sollte er sich an den Präsidenten wenden und als Kronzeuge diese verdammte Angelegenheit zu Ende bringen. Leider traute er aber dem Präsidenten nicht viel zu und ob er überhaupt verstand, um was es bei diesem Putschversuch eigentlich ging, war zu bezweifeln. Er brauchte eine Strategie, und zwar schnell. Doch dazu waren Informationen nötig, die er nur bei dem Meeting erhalten konnte. Gleichwohl er würde nicht ungeschützt in diese Besprechung gehen. Zu seiner eigenen Sicherheit trug er einen achtunddreißiger Revolver an seinem Knöchelholster. Er spürte den Druck des Holsters deutlich bei jedem Schritt, was nicht störend, sondern eher beruhigend auf den General wirkte. Als die Limousine in die Tiefgarage des Park Central Hotels fuhr, atmete der General erleichtert auf. Selbst der Senator unterbrach seine Schimpftirade, was General Lengyel dankbar zur Kenntnis nahm. Der Fahrer stoppte die Limousine direkt vor den Aufzügen, sprang aus dem Wagen und öffnete für seine Fahrgäste die Türen. Am Aufzug wartete, mit einem gewinnenden Lächeln, NSA Agent Prien.

»Sie kommen!«, sagte Hanky und öffnete kurzzeitig seine Augen.

Walt, der neben dem Bett in einem Sessel gesessen hatte, sprang auf und eilte in das kleine Wohnzimmer. Dort unterrichtete er die Techniker, sich für die Abhöraktion bereit zu machen. Roger und Richard kamen von der kleinen Terrasse und gesellten sich zu den Männern.

Walt unterdessen kehrte in das Schlafzimmer zurück, auf dessen Bett Hanky immer noch ruhig lag. Sein Geist hatte sich wieder von seinem Körper gelöst und weilte in der Präsidentensuite. Er bewegte dort seinen unsichtbaren Astralkörper schwebend durch die Räume und fand den NSA Direktor im Badezimmer. Dieser stand vor dem Waschbecken und starrte in den darüber installierten Spiegel. Hoffnungslosigkeit blickte dem Direktor aus einem blassen Gesicht entgegen. Dann jedoch veränderte sich seine Haltung und die Hoffnungslosigkeit wich einem Entschluss.

Noch ehe Hanky die Szene weiterverfolgen konnte, verlor er die Kontrolle über seinen Astralkörper und sein Geist kehrte zurück. Hanky schlug seine Augen auf, blinzelte zwei-, dreimal, ehe er sich aufsetzte.

Walt wartete, bis sich sein Freund völlig aus seiner Meditation gelöst hatte. Dann sagte Hanky bedeutungsschwer:

»Es wird etwas passieren Walt. Ich spüre es. Ich konnte nicht viel erkennen und ich kann nicht voraussagen, was geschehen wird. Leider kann ich immer nur eine Person telepathisch überwachen. Wenn wir nur etwas sehen könnten, dann wäre uns wirklich geholfen.«

Walt überlegte einen Moment, stand dann wortlos auf und verließ das Schlafzimmer. Er ging zu den Technikern und unterhielt sich kurz mit einem der Männer. Der öffnete einen Koffer und gab Walt einen kleinen Kasten. Der Mutant bedankte sich und ging hinaus auf die Terrasse.

Richard, der es sich auf einem der Sofas bequem gemacht hatte, sah Walt interessiert hinterher. Dort lief der Mutant bis zur Brüstung an der linken Seite und versuchte die Terrasse der Präsidentensuite zu erkennen. Doch eine Mauer und ein kleiner, turmartiger Vorbau versperrten ihm die Sicht. Auch sah er keine Möglichkeit, am Gebäude entlangzuklettern, um die andere Terrasse zu erreichen. Dabei sah Walt nach unten und ihm schwindelte bei dem Anblick.

Da ging es weit hinab und das städtische Treiben schien weit entfernt. Er überdachte noch einmal seine eigene Idee und entschied sich dann, dieser zu folgen.

Walt steckte das kleine Kästchen in seine Hosentasche, streckte seine Arme ein wenig zur Seite, gerade so, als müsse er auf einem Seil das Gleichgewicht halten, und aktivierte seine besonderen Fähigkeiten.

Richard, den es nun doch interessierte, was sein Freund dort draußen trieb, erhob sich von seinem Sitzplatz und ging zur Terrassentür. Was er dort sah, ließ ihn frösteln.

Plötzlich begann Walt zu schweben. Er erhob sich vom Boden der Terrasse und stieg langsam nach oben. Als er mit seinen Füßen die Oberkante der Brüstung erreicht hatte, bewegte er sich schwebend nach vorne.

Richard wollte schon »VORSICHT!« rufen, doch er wusste gleichzeitig, dass er auf keinen Fall die Konzentration seines Freundes unterbrechen durfte. Ohne nach unten zu schauen, wo sich nichts mehr unter seinen Füßen befand, dirigierte Walt seinen Körper zu dem kleinen Türmchen. Dort stoppte er seinen Flug und sah etwas nach unten. Jetzt konnte er die Terrasse der Präsidentensuite sehen. Sie lag circa zehn Meter entfernt und drei Meter unter ihm. Niemand hielt sich dort auf, doch Walt hörte Stimmen. Schon wollte er weiter zu der Terrasse schweben, als dort ein Mann, der einen dunklen Anzug trug, erschien und sich suchend umsah. Dabei hielt er ein Gerät vor sich, das einem Geigerzähler sehr ähnelte. Er lief einen Moment auf der Terrasse hin und her und schwenkte dabei das Gerät. Wenn er seinen Blick in die Richtung des Türmchens gelenkt hätte, dann hätte er Walt sofort entdeckt. Aber wer vermutete schon einen schwebenden Mann im obersten Stockwerk eines Hotels?

Walt atmete auf, als der Mann zurück in die Präsidentensuite ging. Kaum war er durch die Tür, setzte Walt auf dem Boden der Terrasse auf. Mit schnellen Schritten eilte er zu der Tür, neben der eine große, ausladende Blumenschale aufgestellt war. Die Bepflanzung, die aus Gräsern und blühenden Gewächsen bestand, bot das Versteck, das Walt brauchte. Er schaute vorsichtig durch die Tür und sah, dass die Männer im angrenzenden Raum neben der Sitzgruppe standen und auf irgendetwas zu warten schienen. Walt nutzte die Gelegenheit und platzierte das kleine Kästchen zwischen den Blumen. Dann zog er sich leise zurück und erhob sich erneut in die Lüfte. Kurz darauf landete er wohlbehalten auf der Terrasse ihrer Suite und ging hinein ins Wohnzimmer.

Richard atmete befreit auf, als Walt seine kleine Mission beendet hatte. Zwar kannte er Walts Kräfte, doch für einen normalen Menschen waren übersinnliche Fähigkeiten immer wieder erstaunlich. Als Walt bei den Technikern angelangt war, vernahm er eine Stimme, die aus einem der Lautsprecher drang. Daneben sah er auf einem Monitor eine Gruppe Männer, die heftig diskutierten. Diese Bilder lieferte die kleine Kamera, die er in den Blumen platziert hatte.

»Sie wollen also sagen, Mister Bannigen, dass unsere Mission gescheitert ist? Wie können Sie sich unterstehen …?«

»Ach halten Sie doch Ihre Klappe Senator!«, unterbrach ihn der NSA Direktor. »Was haben Sie denn die ganze Zeit gemacht, außer große Töne zu spucken? Ich kann es Ihnen sagen. Ich habe hier die Aufzeichnungen der letzten vier Wochen, wo man jede Ihrer Bewegungen nachvollziehen kann.«

»Sie haben mich überwacht, Sie Dreckskerl? Das ist eine Unverschämtheit!«

»Was dachten Sie denn Senator, mit wem Sie sich eingelassen haben?«, mischte sich nun auch General Lengyel ein. Dabei sah er eher zufällig in Richtung Robin Higham, der als Vertrauter des Senators die Suite nach Abhörmikrophonen abgesucht hatte. Er öffnete gerade sein Jackett und fasste mit der rechten Hand hinein.

Agent Prien, der die Lage etwas entspannen wollte, sagte:

»Aber meine Herren. Wir sind doch nicht hier, um uns gegenseitig Schuldzuweisungen zuzuschieben. Es geht doch darum, herauszufinden ob der Goldraub missglückt ist oder nicht.«

General Lengyel hatte sich inzwischen auf eines der Sofas gesetzt und ließ seine rechte Hand nach unten wandern. Er spürte, dass hier ein falsches Spiel gespielt wurde. Mit einer leichten Bewegung öffnete er das Beinholster und zog vorsichtig den Revolver hervor. Robin Higham sah dies und versuchte nun seinerseits seine Waffe aus der Jacke zu ziehen. Der General, geübt im Umgang mit Waffen, reagierte schneller, was zur Katastrophe führte. Er hob seinen Revolver und schoss in Richtung Robin Highams. Der feuerte fast gleichzeitig, verfehlte aber den General. Noch ehe er einen zweiten Schuss abfeuern konnte, erreichte der Schmerz des Treffers in seiner Brust sein Gehirn. Schreiend ließ er sich auf die Knie fallen und die Pistole entglitt seiner Hand. Wankend, bemüht aufrecht zu bleiben, betastete er die blutende Wunde, die sein weißes Hemd rot färbte. NSA Direktor William Bannigen reagierte sofort und rannte zum Barschrank, wo er hinter einem Sektkübel eine Pistole deponiert hatte. Er griff die Waffe und ließ sich fallen. Er hatte also Recht behalten, als er die Vorkehrungen zu seiner Sicherheit getroffen hatte. Der General tauchte hinter dem Sofa auf. Dorthin hatte er sich nach dem Schusswechsel geflüchtet und zielte nun mit seiner Waffe auf den NSA Direktor. Der Senator, der überhaupt nicht verstand, was geschah, wusste nur, dass der General auf seinen Vertrauten geschossen hatte. Wütend, wie nur ein Texaner sein kann, stürzte er sich auf den General. Der sah den Senator heranstürmen und drehte seine Waffe. Instinktiv schoss er auf den schweren Mann, der gleich darauf auf ihn prallte. Doch der Senator hatte keine Möglichkeit mehr, seiner Wut Abhilfe zu schaffen. Sein Kopf schien auf der rechten Seite explodiert zu sein, denn es fehlte das linke Auge und über dem Ohr war die Schädeldecke aufgeplatzt. Sein rechtes Auge blickte starr und ungläubig, als könne der Senator nicht glauben, dass er hier in einer Suite des Park Central Hotels den Tod durch eine Kugel gefunden hatte.

Doch das Drama war noch nicht beendet. NSA Agent Prien wollte nun seinerseits eingreifen und den General stoppen, als er ins Kreuzfeuer geriet. Gerade als er losrannte, um eine bessere Schussposition zu erreichen, wurde er fast gleichzeitig von einer Kugel des Generals und des NSA Direktors getroffen. Noch ehe er zu Boden stürzte, erfüllte ein krachendes Bersten den Raum.

Der General drehte sich zu dem Geräusch und sah, wie die Wand, links von seiner Position, explosionsartig zerbarst. Ohne lange darüber nachzudenken, feuerte er in die Richtung der zerfetzten Wand. Der NSA Direktor versuchte es ihm gleichzutun, fühlte aber erschreckt, wie etwas Fremdes, ein Geist, ein Gefühl, in seinen Kopf eindrang, ehe er die Besinnung verlor. Gleich darauf versetzte Hanky mittels seiner Psi-Gabe auch den General in tiefen Schlaf.

Die FBI Spezialisten drangen nun in die Präsidentensuite vor, entwaffneten die Verletzten und Toten, ehe sie mit der Spurensicherung begannen. Dabei fanden sie die Abhöranlage des NSA Direktors und werteten diese schnell aus. FBI Spezialagent Roger Thorn stand neben Hanky und betrachtete den verwüsteten Raum. Dann sagte er zu seinem Freund:

»Die Hintermänner der Verschwörung haben nun zum Glück ausgespielt.« Hanky nickte nur, sah bedrückt zu den Toten und Verletzten in der Hotelsuite.

Richard Miller, der Reporter, stand an dem Loch in der Wand, das Walt mit seinen telekinetischen Kräften geschaffen hatte. In seiner Vorstellung sah er schon, wie die Regierung den Tod des Senators vertuschen würde. In den öffentlichen Kommuniqués würde bestimmt behauptet werden, dass Senator Gorden McKinsey unerwartet an einem Herzinfarkt gestorben sei.

Der Reporter hasste es, wenn die Öffentlichkeit so eindeutig betrogen wurde. Vielleicht konnte er seinen Chefredakteur überzeugen, die wahre Geschichte zu veröffentlichen. Er sah hinüber zu Hanky, der sich gerade mit Walt unterhielt. Er ging einige Schritte näher zu seinen Freunden und hörte gerade noch, wie Hanky sagte:

»Und morgen, Walt, beenden wir den ganzen Schlamassel.«

***

Revanche

Verärgert sah Robert Mason, dass Brian den U-Haul Truck direkt vor Angelos Haus parkte. Er fluchte laut und wusste gleichzeitig, dass sein mörderischer Partner erneut ein unsinniges Risiko einging. Ja, er schien sein Glück geradezu herauszufordern. Durch solch eine blöde Aktion konnte Brian und auch er verhaftet werden. Dann war ihr freies Leben vorbei und sechs Quadratmeter einer Zelle wären ihr neues Zuhause. Bei diesem Gedanken an ein Leben im Gefängnis wurde es Robert beinahe schlecht. Er blieb noch einen Moment ruhig stehen, beobachtete die ruhige Straße und versuchte dabei die trübe Vision seiner Zukunft zu verdrängen. Zu der Einsicht gelangt, dass er selbst dafür sorgen musste, Brian vor unbedachten Handlungen abzuhalten, marschierte er los.

Unterdessen hatte Brian die Haustür geöffnet und war leise in Angelos Haus hineingeschlichen. Er hatte mit einer weiteren Wache im Flur oder der rechts angrenzenden Küche gerechnet. Doch der Mafia Pate fühlte sich wohl, durch die Position, die er innehatte, sicher genug. Wer sollte ihn schon angreifen? So verrückt war keiner seiner Konkurrenten. In diesem Punkt hatte er wohl Recht, denn im Moment herrschte unter den Mafia Familien in New York City Frieden. Doch mit dem Angriff eines unberechenbaren Killers konnte niemand rechnen. So gelangte Brian unangefochten bis zur offenen Tür des Wohnzimmers. Er hörte, wie der Mafia Boss Angelo mit Fragen traktierte. Er wollte wissen, wer dessen neue Freunde waren und wo diese herkamen. Angelo wich den Fragen Joe Montanas geschickt aus und spielte sein altes Spiel. Er präsentierte sich als unwissender Rentner, der gerne Gesellschaft hatte. Die neuen Nachbarn würden ihm Abwechslung bieten und waren auch sonst nette Leute. Der Mafioso blieb aber hartnäckig und gab sich mit den Antworten des Alten nicht zufrieden. Außerdem vermutete er, dass Angelo etwas über das Verschwinden seiner Männer wusste. So fragte er direkt:

»Sag mal Angelo, kannst du mir sagen, wo sich Frank, Alfredo, Ricardo und die Anderen herumtreiben? Du hockst doch immer bei den Kerlen, wenn sie vor dem Metzgerladen ihre Pastrami-Sandwiches essen?«

»Keine Ahnung! Ehrlich Mister Montana. Ich habe mich auch schon gefragt, wo sie stecken. Auf der anderen Seite geht es mich ja auch nichts an. Die Jungs sagen mir nicht, was so abgeht.« Dabei huschte Angelo unbeabsichtigt ein kleines Lächeln über die Lippen, als er daran dachte, wie er Alfredo Ponti im Wald erschossen hatte.

Dieses Lächeln wäre ihm beinahe zum Verhängnis geworden. Joe Montana interpretierte das Lächeln Angelos falsch und sprang auf. Er packte den Alten am Kragen und zog ihn dicht an sich heran.

»Du wirst mir sofort sagen, wo die Kerle sind, sonst drehe ich dir deinen dürren Hals um!«

In diesem Moment traf den Mafioso etwas Hartes am Hinterkopf. Verwundert und gleichzeitig erschrocken ließ er Angelo los und drehte sich um. An seinen Füßen lag eine zerbrochene Madonnenfigur, die der Mann, der nun vor ihm in der Tür zum Flur stand, wohl geworfen hatte. Das war doch einer der Kerle, mit denen sich Angelo neuerdings herumtrieb. Empört über den Madonnenwurf wollte sich der Mafioso auf Brian stürzen. Doch der schien mit einer Attacke gerechnet zu haben. Seine rechte Hand schnellte vor und traf Joe an dessen Brust. Im ersten Moment glaubte der Mafioso, er hätte nur einen Schlag erhalten. Als sein Gegner aber dann seinen Arm zurückzog, sah Joe ein blutiges Messer in der Hand des Fremden. Erst jetzt begriff der Gangsterboss erschrocken, dass der Kerl ihm das Messer in den Bauch gerammt hatte. Er sah an sich herunter und fühlte gleichzeitig, wie sein Hemd nass wurde. Blut färbte den Stoff und Zorn übernahm sein Denken. Joe Montana griff an seinen Hosenbund und versuchte seine Pistole hervorzuziehen. Schon in der Bewegung erkannte er, dass er viel zu langsam sein würde, ehe der Fremde erneut zustechen würde. Gleichzeitig realisierte der Mafioso, dass sein Leben hier endete.

Bestürzung, ja kreatürliche Angst vor dem kommenden Tod ließen ihn nach hinten taumeln.

Angelo, der zuerst schlichtend eingreifen wollte, aber dann begriff, dass er Brian Spiller völlig unterschätzt hatte, wich dem Mafiaboss aus und sprang zur Seite. Schon war Brian heran und stach erneut zu. Dieses Mal rammte er sein Messer in Joes Arm, als der nach der Waffe greifen wollte. Danach dirigierte er seine Klinge zum Hals des Mafiosi und durchtrennte mit einem schnellen Schnitt dessen Kehlkopf. Joe Montana fiel nach hinten, krachte auf den Couchtisch und versuchte dabei, die Wunde an seinem Hals mit beiden Händen zu bedecken. Der Aufprall des Körpers war so heftig, dass der Tisch zusammenbrach. Brian näherte sich dem Mafioso von der Seite kommend und behielt dabei Angelo im Auge. Dem Alten konnte er nicht trauen. Er war genauso tödlich wie Brian und Gnade oder Menschlichkeit waren Fremdwörter für ihn. Ein schneller Blick genügte Brian, um zu erkennen, dass der Mafioso in den nächsten Minuten sterben würde. Damit war er zufrieden, denn er hatte die Schmach, die Angelo ihm zugefügt hatte, somit zurückgezahlt. Er wandte sich dem Alten zu und sagte:

»So mein Freund. Jetzt siehst du, wie es ist, wenn man einen Kill weggeschnappt bekommt. Ich hoffe, es wird dir eine Lehre sein.«

Mit diesen Worten verließ Brian Angelos Wohnzimmer, wischte sein blutiges Messer und seine blutverschmierten Hände an einer Jacke ab, die an der Garderobe hing, und öffnete die Haustür. Er hörte Angelo noch rufen:

»Was soll ich denn jetzt machen? Du hast einen Boss gekillt und das in meinem Haus. Die Gambrino Familie wird mich zur Rechenschaft ziehen …«

Brian interessierte sich nicht für das Geschrei des Alten, stieg über den toten Gangster vor der Tür hinweg und verließ dann die Veranda. Eine tiefe Zufriedenheit durchströmte ihn, ja er fühlte beinahe eine innere Beschwingtheit. Als er auf den U-Haul Truck zuging, trat plötzlich eine Gestalt aus dem Schatten der Büsche. Der Killer erschrak und wollte schon zu seinem Messer greifen, das wieder in seinem Hosenbund steckte, doch dann erkannte er Robert, seinen mörderischen Freund. Erleichtert und gleichzeitig verärgert rief er:

»Mensch Robert, musst du mich so erschrecken?«

»Was hast du gemacht?«, fragte Robert Mason, ohne auf Brians Worte einzugehen.

Brian berichtete über die Morde, die er gerade begangen hatte. Stolz schwang in seiner Stimme mit, als er jede Einzelheit der grausamen Taten schilderte. Robert konnte Brians Begeisterung nicht teilen. Vielmehr sorgte er sich über die Beobachtung an ihrem Haus.

»Ich bin an unserem Haus vorbeigefahren. Dort habe ich Licht in der Garage gesehen. Hast du das Licht angelassen?«, fragte er.

Brian verneinte und durchdachte ihre Optionen. Im schlimmsten Fall hatte das FBI oder die Polizei den Humvee mit dem Gold gefunden. Warteten die Cops vielleicht schon auf sie? Eine wichtige Frage drängte sich in Brians Gedanken nach vorne. So fragte er Robert:

»Hast du irgendwelche Papiere im Haus, die dich identifizieren könnten?« Robert überlegte kurz und antwortete dann:

»Nein, nur eine Tasche mit Klamotten und du?«

»Ich auch nicht. Ich habe sowieso keine Papiere, wie du weißt. Im Knast brauchst du keinen Ausweis und nach meiner Flucht aus der AREA 51 hatte ich auch keine. Von mir steht dort im Haus auch nur eine Tasche. Also, wir können nicht zurück. Schade, dass wir das Gold verloren haben.«

»Wir haben mehr als genug. Hast du vergessen, was im Laderaum des Lasters ist?«

»Na klar, da ist die Beute von diesem Mafia Typen. Na, der brauch's nicht mehr. Aber hier können wir es nicht umladen.«

»Das stimmt! Lass uns die Stadt verlassen und draußen auf dem Land das Gold in meinen Pick-up verladen.«

»So machen wir's. Auf geht's! Nichts wie weg! Du fährst den Pick-up und ich folge dir mit dem U-Haul Truck.«

»Wohin fahren wir? Hast du schon eine Idee?«

»Na klar! Wir wenden uns nach Westen und das Ziel ist Chicago!«

Schon eine Stunde später hatten die Killer unerkannt die Stadt verlassen. In einem Wald luden sie die Goldbarren um, zündeten den U-Haul Truck an und verschwanden dann in der Dunkelheit der Nacht.

***

Kurze Nacht

Als Hanky und Walt aus dem Park Central Hotel traten, atmeten sie erleichtert auf. Sie hatten die Verschwörer daran gehindert, die Vereinigten Staaten von Amerika in ein furchtbares Chaos zu stürzen. Doch noch war ihre Arbeit nicht getan. Richard verließ das Hotel nur eine Minute später und gesellte sich zu seinen Freunden. Hanky sah den Reporter ernst an und sagte mit beschwörender Stimme:

»Rich, ich bitte dich die Vorfälle im Hotel fürs Erste nicht zu veröffentlichen. Wir wollen niemand vorwarnen, denn ich bin mir sicher, es gibt weitere Hintermänner. Diese Ermittlungen wird Roger leiten und erst wenn er sein Okay gibt, kannst du exklusiv berichten.«

»Exklusiv? Versprochen Hanky? Also gut, ich bin sowieso gespannt, wie die offizielle Version aussehen wird. Ich werde also warten. Aber du bist mir dafür einen Gefallen schuldig.«

»Der wäre?«, fragte Hanky kurz angebunden.

»Ich will morgen dabei sein, wenn ihr wieder durch das Portal geht. Darauf bestehe ich!«

»Also gut mein Freund«, sagte Hanky. »Aber es wird anders sein, als du erwartest.«

»Und gefährlich wird es auch«, fügte Walt ernst hinzu. Dann sah er zu Hanky und wartete, was dieser noch zu sagen hatte. Sein Freund erfüllte umgehend seine Erwartung, indem er dem Reporter mitteilte, dass sie sich am nächsten Morgen um fünf Uhr früh in Hankys Appartement treffen wollten. Dann verabschiedeten sich die Männer und Richard Miller winkte ein Taxi herbei.

Roger Thorn, der das Gebäude auch verlassen hatte, winkte Richard noch kurz zu und stellte sich dann zu Hanky und Walt.

»Na Roger«, sagte Walt und klopfte seinem Freund aufmunternd auf die Schulter. »Das war ein ganz schöner Mist, den wir heute erlebt haben.«

»Das kannst du wohl laut sagen«, brummte Roger. Er würde in den kommenden Tagen und Wochen noch einiges an Arbeit leisten müssen. Doch er war froh, dass sich dieser Tag dem Ende entgegenneigte.

Nachdem die Männer kurz ihr weiteres Vorgehen abgestimmt hatten, fragte Roger:

»Soll ich euch nach Hause fahren lassen? Ich habe hier noch einiges zu organisieren. Die Gefangenen müssen abtransportiert und zum Teil medizinisch versorgt werden. Ich glaube, dass Agent Prien überleben wird, obwohl er zwei Schüsse abbekommen hat. Na ja, mal sehen. Wenn das forensische Team hier auftaucht, fahre ich für ein paar Stunden in meine Wohnung.«

»Nein Roger, wir laufen die paar Meter. Immerhin ist unsere Wohnung nicht weit. Wir sehen uns dann morgen früh um fünf Uhr. Ach noch etwas. Sag mal, hast du das Spezialkommando der Marines erreicht?«, fragte Hanky.

Roger nickte und antwortete:

»Ja habe ich. Die senden uns einige Teams. Ich warte auf einen Rückruf des Verteidigungsministers, der die Sache noch absegnen muss. Also Leute, bis morgen!« Damit drehte sich Roger um und wählte eine Nummer auf seinem Handy.

Walt und Hanky gingen langsam davon. Sie überquerten die Straße und gelangten zum Central Park. Nicht weit von hier sollte am nächsten Tag das letzte Kapitel der Verschwörung geschrieben werden.

Während sie am Rande des Parks entlanggingen, zückte Walt noch einmal sein Handy.

»Ich rufe noch schnell Thore an und sage ihm, dass er heute Nacht in seinem Bett schlafen kann.«

Hanky nickte nur und versuchte den Stress dieses Tages zu abzustreifen. Doch sosehr er sich bemühte, er konnte nicht abschalten. Der Tod des fremden Mutanten lag ihm noch wie ein Stein auf der Seele. Er wartete, bis Walt sein Telefonat beendet hatte, und blieb dann stehen. Walt bemerkte, dass sein Freund Redebedarf hatte, und stellte sich neben Hanky. Dann fragte er in seiner direkten Art:

»Was ist los? Spucke es aus!«

Hanky lächelte gequält. Er war froh darüber, so einen Freund zu haben, und sagte schließlich leise:

»Ich habe heute einen Menschen nur durch einen Gedankenbefehl von mir getötet. Einfach so und ohne Gegenwehr.«

»Ich weiß Hanky. Du meinst den fremden Telepathen?«

Hanky sah seinen Freund, dessen Gesicht im Halbschatten der Bäume nur undeutlich zu sehen war, prüfend an. Eine Frage verließ seinen Mund, ohne dass er es verhindern konnte:

»Woher weißt du das, Walt? Ich habe es niemandem erzählt.«

»Weil du den Kerl nicht alleine getötet hast, mein Lieber. Ich habe dir geholfen. Außerdem brauchst du keine Gewissensbisse zu haben. Dieser Mutant war ein Killer, ein abgrundtief böser Mensch.«

»Was heißt hier wir, Walt? Du hast mir geholfen? Kannst du neuerdings auch Gedanken lesen?«

»Na ja, nicht neuerdings. Ich bin schon seit einiger Zeit in der Lage, Menschen zu spüren, ihre Aura, ihre Anwesenheit. Ich kann nicht so in deren Gedanken eindringen, wie du es kannst, aber ich merke schnell, wer schlechte Absichten hat.«

»Und das sagst du mir so nebenbei Walt? Es wäre wirklich sehr freundlich gewesen, wenn du mich schon vorher über diese neue Gabe informiert hättest!«

»Nun sei nicht sauer, mein Alter. Ich weiß ja bis heute noch nicht, wozu du fähig bist. Jedenfalls habe ich mitbekommen, wie du den Mutanten angegriffen hast und da habe ich dir ein paar Energien von mir mitgegeben.«

Hanky sah Walt tadelnd an, doch dieser ließ sich nicht im Geringsten einschüchtern. So wie es seine Art war, wechselte Walt unvermittelt zu einem anderen Thema.

»Sag mal Hanky, hast du eigentlich keinen Hunger?«

Hanky sah Walt nun wie ein seltsames, exotisches Wesen an. Wie kam er denn jetzt darauf zu fragen, ob er Hunger hätte. Doch er begriff, dass sein Freund ihn mit Alltäglichkeiten aus seinem moralischen Tief holen wollte. So ging er auf Walts Frage ein und erwiderte mit einer Gegenfrage:

»An was hättest du denn gedacht, Walt?«

»Na ja, ich könnte beim Chinesen anrufen und etwas bestellen. Das geht immer schnell und bis wir in der Wohnung sind, hat er vielleicht schon geliefert.«

»Ja, chinesisch hört sich gut an. Du bestellst und ich rufe Carmen an, dass wir jetzt heimkommen.«

***

Die letzte Nacht

Die Missionsleitung, allen voran Professor Ron Bedard und Dr. Eric Denton, sah der bevorstehende Rückkehr in die Welt der Menschen, hoffnungsvoll entgegen. Alle Arbeiter, Techniker und Soldaten waren eingewiesen und wussten, wann sie agieren mussten. Der Zeitplan war genau terminiert und auch mögliche Verzögerungen im Ablauf eingeplant. Eigentlich konnte nichts schiefgehen und doch breitete sich eine gewisse Unruhe unter den Menschen im Camp aus. Eine kleine Gruppe der Nationalgarde hielt sich etwas abseits des Camps auf. Die Soldaten gehörten zum Kreis der Vertrauten. General Joseph L. Lengyel, der Kommandeur der Nationalgarde, hatte sie vor dem Einsatz persönlich instruiert. Das Squad, bestehend aus zehn Elitesoldaten, hatte einen besonderen Auftrag. Um die Mission zum sicheren Erfolg zu führen, mussten harte Opfer gebracht werden. Das Squad war auf eine neue Machtstruktur eingeschworen worden. Sie alle hatten einen besonderen Eid abgelegt, der bedingungslos forderte, alle Befehle auszuführen und nicht zu hinterfragen. Nun war der Zeitpunkt gekommen, ihre spezielle Order, ihren Befehl auszuführen. Dem Zeitplan folgend, sollte die Gruppe bei der dritten Öffnung des Portals, an dem die zehn Sattelschlepper das Gold abtransportieren würden, alle Arbeiter und Techniker daran hindern, das Portal zu passieren. Der Einsatz tödlicher Waffen war dabei von dem General autorisiert worden. Die Männer des Squads würden vor dem Portal Aufstellung nehmen und im passenden Moment eine Sprengladung, die an den Tesla Spulen deponiert war, mit einer Sprengverzögerung von zehn Sekunden auslösen. Danach sollten sie durch das Portal gehen und auf der anderen Seite warten, bis dieses erlosch, so die Planung des Generals. Nach einer kurzen Wiederholung ihres Befehls schickte der Squad-Leader die Männer zu den ihnen zugewiesenen Positionen.

Ganz in der Nähe beobachtete Frederic Stanford die Gruppe der Soldaten, die dicht beieinandergestanden hatten und nun zum Camp zurückkehrten. Er war auf der Suche nach seinem Kollegen Adrian Larson. Er war dem allgemeinen Rückruf, bei dem alle Mitarbeiter aufgefordert worden waren, sich im Camp einzufinden, nicht gefolgt. Der Prospektor hatte alle Zelte und Wohncontainer des Lagers abgesucht. Doch niemand hatte den Landvermesser in den letzten Stunden gesehen. Die Zweifel an der Mission, die Adrian seinem Kollegen mitgeteilt hatte, begannen nun auch in Frederic zu rumoren. Wenn der Landvermesser Recht hatte, dann brauchten die Organisatoren des Goldraubes die Arbeiter und Techniker nun nicht mehr. Sie waren entbehrlich geworden und damit eine Belastung für die Anführer dieser Operation. Was plante die Lagerleitung oder die Soldaten der Nationalgarde? Würden sie tatsächlich alle unnötigen Mitwisser ermorden? Frederic hätte sich gerne mit Adrian über dieses Thema unterhalten und vielleicht eine Lösung gefunden, wie sie sich dem perfiden Plan entziehen konnte. Lebte Adrian überhaupt noch oder war er bereits beseitigt worden?

Der Prospektor sah zu dem hellerleuchteten Camp hinüber. Rein optisch schien alles in Ordnung zu sein, so wie an den vergangenen Tagen. Im Camp liefen Männer und Frauen in ihren Strahlenschutzanzügen umher und Soldaten patrouillierten am Rande der eingeebneten Fläche. Nach einer Weile wollte Frederic zurück zu den Wohncontainern gehen. Wie zum Abschied drehte er sich noch einmal um und schaute hinüber zu den nur schattenhaft erkennbaren Umrissen der Ruinen. Er hoffte inständig diesen Anblick der Zerstörung nie mehr sehen zu müssen.

Im Container der Lagerleitung flimmerten die Bildschirme der Computer. Techniker überprüften zum wiederholten Mal die Einstellungen, die nötig waren, um das Tesla Portal zu öffnen. Zusätzlich übertrugen Kameras Livebilder der Portalplattform. Dies war nötig, um die Anlage auch visuell steuern zu können. Die Organisatoren mussten sich nicht auf die Steuerung der Computerprogramme verlassen, sondern konnten die Portalöffnung auch manuell von hier aus steuern. Einer der Techniker, er hatte in seiner Schicht bestimmt schon hundert Mal auf den Überwachungsbildschirm geblickt, sah auf einmal etwas, das nicht zu dem technischen Equipment des Tesla Portals gehörte. Ein kleiner schwarzer Kasten stand etwas seitlich an einer Tesla Spule. Er fragte sich, was dieser Kasten zu bedeuten hatte, und zoomte das Bild per Mausklick näher heran. Doch auch die Vergrößerung des Kastens verschaffte ihm keine Erklärung. Er wandte sich von dem Bildschirm ab und rief einen Kollegen, der einige Bildschirme weiter seine Kontrollarbeiten verrichtete, herbei. Auch der andere Techniker konnte nicht erkennen, worum es sich bei diesem kleinen Kasten handelte. Er war sich allerdings sicher, dass der Kasten nicht zu der technischen Ausstattung des Portals gehörte.

Unsicher, wie sie nun weiter verfahren sollten, riefen die Techniker Professor Ron Bedard per Funk an und baten ihn in den technischen Container zu kommen. Der Professor war derjenige, der sich am besten mit dem Tesla Portal auskannte, da er die Aufzeichnungen Nicola Teslas entschlüsselt und beim Bau des Dimensionsprojektors die leitende Position innegehabt hatte. Schon nach wenigen Minuten betrat der Professor den Container und ließ sich das Problem erklären. Dann sah er selbst auf den Überwachungsbildschirm und erstarrte. Er erkannte, was dort an der Tesla Spule lag. Dennoch betrachtete er sich das Bild der Überwachungskamera noch einmal genauer. Der Gegenstand, der kleine schwarze Kasten, war eine Sprengladung, da war er sich sicher. Fragende Gedanken rasten durch seinen Schädel und er überlegte, wer ein Interesse daran haben konnte, das Portal zu sabotieren. Gab es hier noch eine andere Gruppe, die das Gold an sich bringen wollte? War gar der Angriff, der vor einigen Tagen auf das fest installierte Portal in der Lagerhalle stattgefunden hatte, nur fingiert gewesen? Wem konnte er hier im Camp noch trauen und wem nicht?

Auf jeden Fall musste die Sprengladung an der Tesla Spule entfernt werden. Der Professor konnte nicht im Geringsten einschätzen, was passieren würde, wenn die Bombe während des Betriebs des Portals gezündet wurde. Ein Dimensionsriss konnte entstehen und die Erde ungesteuert mit anderen Dimensionen verbinden. Genauso konnten die Dimensionen sich selbst zerstören oder einfach aufhören zu existieren. Man wusste in der Wissenschaft noch nicht viel über die strukturellen Eigenschaften anderer Dimensionen, obwohl die Theorie der Multiuniversen inzwischen als anerkannt galt. Doch eines war dem Professor klar, die Sprengladung musste auf jeden Fall entfernt werden. Schon alleine der enorme Energiefluss bei Inbetriebnahme des Portals konnte den Sprengsatz zum Zünden bringen.

Daher entschloss er sich, den Sprengsatz selbst zu entfernen, weil er niemandem mehr trauen konnte. Der Professor gab dem Techniker die Anweisung, den Bildschirm weiter zu beobachten und ihn per Funk zu unterrichten, wenn sich eine andere Person der Tesla Spule näherte. Dann verließ er den Container und besorgte sich in dem Werkstattcontainer eine kleine Kneifzange und ein handliches Messgerät zur Spannungsprüfung elektrischer Leitungen. Er verstaute die Zange und den Spannungsprüfer in eine der Außentaschen seines Schutzanzuges und ging hinüber zu der Anlage des Tesla Portals. Auf dem Weg dorthin versuchte er sich unauffällig zu benehmen. Er, einer der Leiter dieser Expedition, konnte sich frei bewegen und kein Soldat würde es wagen ihn aufzuhalten. Trotzdem hätte er sich gerne umgeschaut, um sich zu vergewissern, ob er verfolgt wurde. Doch er unterdrückte diesen Impuls und hielt seinen Blick auf das Ziel fokussiert. Nach einigen Minuten erreichte er die Plattform, auf der die Tesla Spulen installiert waren. Gerne wäre er direkt auf die Spule, an deren Seite die Sprengladung lag, gegangen. Doch er versuchte eventuelle Beobachter davon zu überzeugen, dass er nur eine letzte Kontrolle der Anlage durchführte. In wenigen Stunden sollte das Tesla Portal geöffnet werden und da war jede Kontrolle wichtig.

Zu seinem Glück befanden sich einige Techniker in der Nähe, die ihrerseits die Generatoren und die entsprechenden Zuleitungen zu den Tesla Spulen überprüften. Der Professor unterhielt sich kurz mit dem Einen oder Anderen und setzte seinen Kontrollgang fort. Als er über die Rampe ging, fühlte er sich, als betrete er nun eine Bühne. Er fühlte sich von unzähligen Augenpaaren beobachtet, ignorierte dann aber die in ihm aufsteigende Panik. Er ging erst zur rechten Spule, betrachtete diese genau, umrundete dann die säulenartige Konstruktion, blieb einen Moment stehen und ging danach zur linken Spule. Dort wiederholte er das Prozedere, das einen zufälligen Beobachter davon ablenken sollte, dass diese Spule das eigentliche Ziel des Professors war. Bei der Umrundung dieser Spule blieb er hinter der technischen Säule stehen und schaute nach unten. Tatsächlich lag dort ein schwarzer Kasten. Merkwürdigerweise war der Kasten nicht mit der Spule oder der Plattform der Anlage verbunden. Lediglich eine kleine, kaum wahrnehmbare Antenne in Form eines einzelnen Kupferdrahtes ragte aus dem Kasten. Eine noch inaktive LED Lampe schien ihn kalt anzustarren. Also war die Sprengladung im Moment nicht aktiviert. Ohne lange darüber nachzudenken, schob der Professor die Kiste mit seinem Fuß hinter die Tesla Spule. Sie ließ sich leicht bewegen und wog bestimmt nicht mehr als zwei Pfund. Kaum war der Kasten hinter der Spule, hob ihn der Professor auf. Unschlüssig, was er mit dem Sprengsatz nun anfangen sollte, öffnete er den Reißverschluss seines Schutzanzuges und schob den Kasten in diesen hinein. Die Strahlung, der sich der Professor dabei aussetzte, war so gering, dass er diese vernachlässigen konnte. Schnell schloss er dann den Reißverschluss und trat hinter der Spule hervor. Niemand, so schien es zumindest, hatte seine Aktion beobachtet. Er verließ ungehindert die Plattform und fragte sich dabei, wo er den Sprengsatz wieder loswerden konnte. Er war sich klar, dass die Bombe so weit wie möglich von dem Tesla Portal deponiert werden musste. Er ging zum Camp zurück, dann an den Containern vorbei und überlegte. Jeder Beobachter würde denken, dass sich der Professor mit einem Spaziergang die Zeit vertrieb und wohl kaum abwarten konnte, bis das Portal aktiviert wurde. Natürlich sahen ihn einige Leute, auch Soldaten des verräterischen Squads, doch niemand schenkte dem Wissenschaftler merkliches Interesse. Inzwischen hatte der Professor das Camp durchquert und sah vor sich die geparkten Baumaschinen, für die nun keine Verwendung mehr bestand. Deshalb waren die Maschinen am hinteren Ende des Camps abgestellt. Ein schwerer Bulldozer erregte plötzlich das Interesse des Professors. Die stählerne Schaufel war bis auf Mannshöhe angehoben und der Wissenschaftler konnte nicht in sie hineinschauen. Diese Schaufel war geeignet, den Sprengsatz aufzunehmen. Wenn dieser in der metallenen Wanne der Schaufel explodierte, dann würde wenig oder gar kein Schaden entstehen. Noch einmal sah sich Professor Bedard um, konnte aber niemanden in seiner Nähe ausmachen. Entschlossen öffnete er den Reißverschluss seines Schutzanzuges erneut und zog den Sprengsatz heraus. Gerade als er den Bombenkasten in die Schaufel des Bulldozers werfen wollte, glimmte die kleine LED Lampe rötlich auf. Vor Schreck hätte der Professor beinahe die Sprengladung fallen lassen. Doch als nichts weiter geschah, warf er den Kasten in die Schaufel. Offenbar hatte ein Unbekannter die Sprengladung nun freigeschaltet, so dass ein kurzes Funksignal genügen würde, um sie zur

Explosion zu bringen. Erst jetzt wurde Professor Bedard bewusst, in welcher Gefahr er sich befunden hatte und noch immer befand. Er schloss seinen Reißverschluss wieder und machte sich auf den Rückweg ins Camp. Dort ging er zur Ablenkung noch ein wenig herum und betrat dann schließlich den Container, in dem sich die technische Zentrale des Tesla Portals befand. Der Techniker, der den Sprengsatz entdeckt hatte, saß noch immer vor den Bildschirmen. Als er den Professor kommen sah, lächelte er erleichtert. Dann berichtete er seinem Vorgesetzten, dass er die Aktion »Bombenbergung«, wie er sie nannte, beobachtet hätte. Seitdem hatte sich niemand mehr der Plattform und den Tesla Spulen genähert. Dennoch wollte Professor Bedard wissen, wer die Sprengladung an der Spule deponiert hatte. So wies er den Techniker an, die Aufzeichnungen der Überwachungskameras der vergangenen vier Stunden aufzurufen. Er setzte sich neben den Techniker und gemeinsam beobachteten sie den Schnelldurchlauf des Überwachungsbandes, bis zu der Stelle, als ein Soldat ins Bild kam.

***

Tag der Entscheidung

Hanky hatte kaum geschlafen. Die bevorstehenden Ereignisse lasteten wie ein schwerer Stein auf ihm. Menschen würden sterben, da war er sich sicher. Doch so sehr er auch grübelte, er fand keine Lösung, die das verhindern konnte. Dennoch hatte ihn irgendwann der Schlaf übermannt. Als Carmen ihn dann um 4:30 Uhr behutsam weckte, wusste er im ersten Moment nicht, wo er war. Nur langsam kehrte sein Geist aus einer Traumwelt zurück und er öffnete beinahe unwillig seine Augen. Es war noch dunkel und er konnte nur die schattenhaften Umrisse seiner Verlobten erahnen. Dennoch wusste er, dass Carmen lächelte, und er gönnte sich diesen kleinen Moment des Glücks.

Dann aber gab sie ihm einen Stups und sagte bestimmt:

»Los, raus aus den Federn. Der Kaffee ist schon gekocht.«

Hanky setzte sich auf und gähnte herzhaft. Dann schwang er seine Beine aus dem Bett und ging ins Bad. Als er in die Küche kam, herrschte dort schon ein reges Treiben. Walt stand am Herd und bereitete Rühreier zu. Dabei summte er ein Lied, griff den Stiel der Pfanne und trug diese zum Tisch. Hanky fragte sich, wie Walt es anstellte, so ausgeruht zu wirken. Er stellte die Pfanne auf den Tisch und sagte fröhlich:

»Guten Morgen Hanky. Na, gut geschlafen?«

Noch ehe Hanky antworten konnte, ertönte die Türglocke und Carmen eilte in den Flur, um die frühen Gäste hereinzulassen. Gleich darauf betraten Roger Thorn, der FBI Agent, Richard Miller und seine Frau Rita die Küche. Ihnen folgte ein wenig schüchtern der BND Agent Thore Klausen.

Ein »guten Morgen« machte die Runde und zusätzliche Stühle wurden herbeigeholt. Thore hatte eine große Tüte frische Brötchen mitgebracht und legte sie einfach auf den Tisch. Carmen und Rita trugen Teller und Besteck herbei, während Walt Kaffeetassen verteilte.

Hanky beobachtete die Menschen am Frühstückstisch und war froh, nicht alleine zu sein. Dennoch beteiligte er sich nicht an dem lockeren Gespräch, bei dem es zum Glück nur um Alltäglichkeiten ging. Er hörte einfach nur zu und genoss das frühe Beisammensein. Das Klingeln eines Handys unterbrach die sorglosen Minuten und eine spürbare Angespanntheit erfüllte die Küche.

Roger zog sein Mobiltelefon aus der Jackentasche und erhob sich mit einem »Entschuldigung«. Dann nahm er das Gespräch an und lief dabei hinüber ins Wohnzimmer.

Hanky erhob sich ebenfalls und trank im Stehen seinen Kaffee aus. Er stellte die Tasse ab und sagte:

»Ehe wir nun aufbrechen, hier noch einmal die Zeitachse der geplanten Aktionen. Wir gehen nun nach unten in den Central Park. Ich hoffe, dass die angeforderten Einheiten der Marines, speziell die Männer der Spezialeinheit, die allgemein als die Unit oder früher einmal als Delta Force genannt wurden, eingetroffen sind. Wir sind bei der ersten Phase nur Beobachter und werden nur dann eingreifen, wenn etwas Unvorhergesehenes geschieht. Um sechs Uhr heute früh soll es nach der Information, die wir von dem Gefangenen

Adrian Larson erhalten haben, die erste Öffnung des Tesla Portals geben. Wir erwarten, dass zuerst abtrünnige Soldaten der Nationalgarde durch das Portal kommen, um das Gelände zu sichern. Dann sollte ein Lastwagen folgen, ein sogenannter Truppentransporter, der zehn Fahrer und wahrscheinlich zehn weitere Soldaten zu einer Spedition in der Nähe des La Guardia Flughafens bringen soll. Dort wollen die Verschwörer zehn Sattelzüge abholen, die schon vor einigen Tagen dort positioniert worden sind. So ist die Planung der Goldräuber. Das Tesla Portal wird sofort, nachdem der Truppentransporter es passiert hat, wieder geschlossen. Zwei Stunden später soll das Portal wieder aktiviert werden. Dann werden die zwei in der Parallelwelt befindlichen Sattelschlepper das Portal passieren, wahrscheinlich begleitet von Soldaten und zu einem unbekannten Ort aufbrechen. Sobald die beiden Sattelzüge durch das Dimensionstor gefahren sind, sollen von unserer Seite aus die zehn Sattelschlepper hinüber in die Parallelwelt fahren, um das Gold zu laden. Das ist dann der Zeitpunkt, an dem wir aktiv eingreifen werden. So sieht die Planung aus. Nun ich glaube, wir sollten uns dann auf den Weg machen, meine Herren«, beendete Hanky seinen Monolog. Er sah auf seine Uhr und stellte fest, dass es schon fast halb sechs war. Beim Hinausgehen gab er Carmen einen Abschiedskuss und winkte Rita, der Frau des Reporters, kurz zu. Sie würde den Tag mit Carmen verbringen. Hanky bat die Frauen noch, vor der Mittagszeit das Haus nicht zu verlassen. Dann schloss er die Haustür und folgte seinen Mitstreitern.

PHASE 1

Der südliche Teil des Central Parks war bis zur 72. Straße abgeriegelt. Der Center Drive, der durch den Park führte, lag ruhig da. Den üblichen Morgenverkehr war großräumig umgeleitet worden. Um die Szenerie glaubwürdig zu gestalten, warteten Agenten des FBI und Soldaten der Marines in Zivil in ihren Fahrzeugen. Wie in einem Filmset sollten sie - es waren Mittelklassewagen bereitgestellt worden - auf ein Kommando hin losfahren. Damit wurde der Verkehrsfluss normaler Tage simuliert und gleichzeitig wurden die Agenten und Marines in ihre Angriffspositionen gebracht. So zumindest war die Planung des Einsatzes, den Spezialagent des FBI Roger Thorn ausgearbeitet hatte. Zusätzlich verbargen sich Scharfschützen und Soldaten hinter den Büschen und Bäumen des Parks.

Am Chess & Checkers House, dem Visitor Centers des Central Parks, warteten Walt, Hanky, Thore und Richard ungeduldig.

Hier direkt neben dem Central Drive wollten sie den Einsatz der Marines und des FBIs beobachten. Viel hing von dieser ersten Phase der heute geplanten Aktionen ab. Alle weiteren Geschehnisse mussten sich an dieser Operation ausrichten. Walt schaute wohl bereits zum zehnten Mal auf seine Uhr. Die Zeit schien nur träge zu verrinnen. Richard Miller lief unruhig hin und her, während Thore eine Zigarette nach der anderen rauchte. Nur Hanky stand ruhig da und sah den Central Drive hinunter. Eine Minute vor sechs Uhr kam die kurze Order über einen gesicherten Funkkanal.

»KOPFHÖRER AUF – MINUS SECHZIG SEKUNDEN.«

Thore warf seine halbaufgerauchte Zigarette weg und stülpte sich seinen Hörschutz über. Gleich würde das Warten vorbei sein. Sein Blick wanderte noch einmal über die Parklandschaft. Nichts deutete darauf hin, dass sich hier Bewaffnete verbargen. Alles wirkte so normal, wie es erwartet werden konnte. Dann plötzlich war es so weit. Die Luft begann zu zittern und keine hundert Meter entfernt flammte ein helles Licht auf. Der Befehl zum Starten der Fahrzeuge ertönte und die als Zivilisten getarnten Männer und Frauen fuhren langsam los. Mitten auf dem Central Drive öffnete sich das Tesla Portal und gleich darauf durchschritten zehn Soldaten mit vorgehaltenen Waffen die Dimensionsschleuse. Sie blieben mitten auf der Straße stehen und sahen sich lauernd um. Die Agenten in den Fahrzeugen reagierten wie geplant. Einige legten eine Vollbremsung hin und blieben circa zwanzig Meter vor dem leuchtenden Portal stehen. Andere Fahrzeuge wendeten panisch und flüchteten über die Grünflächen. Die abtrünnigen Soldaten bewegten sich langsam auf die haltenden Fahrzeuge zu und bedeuteten den Fahrern durch aufforderndes Winken, zurückzusetzen. Auf genau dieses Szenario waren sie vorbereitet worden. Sie mussten dafür sorgen, dass die Straße frei von Fahrzeugen war. Ihre Bewaffnung wie auch ihre Uniformen sollten Autorität erzeugen. Doch einige Agenten, Männer wie Frauen, kannten die Mentalität der New Yorker. Sie stiegen aus ihren Wagen und begannen sich lautstark zu beschweren. Dazu hupten andere Fahrzeuge, was die abtrünnigen Soldaten ein wenig aus der Fassung brachte. Nun mussten sie tatsächlich wie Verkehrspolizisten agieren und versuchen, die renitenten Autofahrer zu beruhigen. Noch während sie vergeblich versuchten, die Fahrer zur Umkehr zu bewegen, durchquerte ein mittelgroßer Lastwagen, der vom Militär als Truppentransporter verwendet wurde, das Tesla Portal. Nur Sekunden später erlosch das Portal, während sich der Lastwagen langsam auf die diskutierenden Nationalgardisten zubewegte. Diese sollten zusammen mit ihren Kameraden, die auf der Ladefläche saßen, nun zu der Spedition am La Guardia Airport fahren. Dort waren die zehn Sattelschlepper geparkt, die für den Abtransport des Goldes gebraucht wurden. Die Nationalgardisten schienen sich plötzlich nicht mehr für die aufgebrachten Fahrer, die nun neben ihren Autos standen, zu interessieren. Sie drehten sich einfach um und rannten auf den Militärlastwagen zu. So sahen sie nicht, wie all die scheinbar harmlosen Bürger plötzlich ihre Waffen zogen und sie auf die Soldaten richteten. Einer der Agenten schrie:

»FBI. Stehen bleiben! Sie sind verhaftet!«

Natürlich blieben die Nationalgardisten nicht stehen. Sie waren trainierte Soldaten und reagierten dementsprechend. Noch im Laufen drehten sie sich um, blieben stehen und eröffneten mit ihren Schnellfeuergewehren das Feuer. Die zivilen Spezialisten der Marines gingen hinter ihren Fahrzeugen in Deckung und schossen nun ihrerseits. Der Fahrer des Lastwagens beschleunigte plötzlich und versuchte mit seinem Fahrzeug einen PKW, hinter dem ein FBI Agent Deckung gesucht hatte, zu rammen.

Walt, der inzwischen mitten auf dem Park Drive stand, beschloss einzugreifen. Er konnte es nicht zulassen, dass der Agent durch den Lastwagen getötet wurde. So setzte er seine übersinnliche Kraft, die Telekinese, ein.

Keinen Meter vor dem Zivilfahrzeug schien der Lastwagen gegen eine unsichtbare Wand zu prallen. Das Blech und die Stoßstange des Lastwagens verbogen sich und wurden zusammengedrückt. Durch den plötzlichen Stopp wurden der Fahrer und dessen Beifahrer nach vorne geschleudert. Sie prallten gegen die Windschutzscheibe, die der Belastung nicht standhielt und zerbarst. Die Nationalgardisten, die hinten auf der Ladefläche gesessen hatten, wurden ebenfalls nach vorne geschleudert. Sie prallten gegen die Rückwand der Fahrerkabine und ehe sie sich aufrappeln konnten, stürmten Soldaten der Marines die Ladefläche. Die verunglückten Nationalgardisten hatten nur eine Chance zu überleben. Sie mussten die Waffen strecken und sich ergeben, was sie dann auch taten. Währenddessen rannten ihre Kameraden feuernd in den Park und versuchten sich in Sicherheit zu bringen. Natürlich hatten sie erkannt, dass ihre Mission gescheitert war. Niemand würde ihnen zur Hilfe kommen und nur die Flucht blieb als einzige Option.

Hanky versuchte nun seinerseits Leben zu retten, indem er durch mentale Schläge einzelne Nationalgardisten auszuschalten versuchte, doch durch die Vegetation des Parks behindert, konnte er nur zwei Flüchtende erkennen. Ein Gedankenimpuls, fokussiert auf je einen der Gegner, verursachte eine sofortige Ohnmacht des Betreffenden. Ratternde Schussgeräusche hallten durch den morgendlichen Park und um 6:21 Uhr meldete der Einsatzleiter per Funk:

»PHASE EINS ABGESCHLOSSEN – GELÄNDE SICHERN UND FÜR PHASE DREI PRÄPARIEREN.«

PHASE 2

Sofort nach dieser Durchsage fuhr ein SUV der Fahrbereitschaft des FBI vom East Drive kommend los und stoppte vor dem Visitor Center des Central Parks. Walt, Richard Miller, Thore und Hanky stiegen rasch ein. Sie hatten keine Zeit zu verlieren, denn der Zeitplan war von den Verschwörern vorgegeben. So beschleunigte der Fahrer, der ebenfalls Angehöriger des FBI war, kaum dass die Türen geschlossen waren. Begleitet von einem Streifenwagen des New York Police Departments, der Sirene und Blaulicht eingeschaltet hatte, fuhren sie durch das morgendliche New York. Zum Glück dauerte die Fahrt zu dem Industriegebiet Hunts Point, das südlich der Bronx auf einer Halbinsel lag, nur fünfzehn Minuten.

Richard Miller, der Reporter der New York Times, fühlte, wie seine Aufregung stieg. Schon alleine das eben Erlebte war dazu geeignet, seinen Puls in die Höhe schnellen zu lassen. Doch die Vorstellung, gleich durch ein Portal zu gehen und eine fremde Welt zu betreten, war rational für ihn nicht mehr fassbar.

Auf Anweisung Hankys steuerte der Fahrer den SUV direkt in die Lagerhalle hinein, in der das Tesla Portal stand. Richard bemerkte sofort, dass hier die Luft genauso vibrierte, wie er es eben erst im Park erlebt hatte. Seine Mitstreiter hatten inzwischen ihre Kopfhörer übergestülpt und verließen eilig das Fahrzeug, kaum dass es anhielt. Richard folgte einfach Thore, der neben ihm gesessen hatte. Im Laufen setzte Richard seinen Kopfhörer auf und das Vibrieren der Luft wurde sofort erträglicher. An der rechten Seite der Halle warteten bereits einige Techniker, die ihnen in die Strahlenschutzanzüge halfen. Nach nur weiteren zwei Minuten zog Thore den mit der Situation überforderten Reporter einfach mit sich und sie bestiegen einen in Tarnfarben lackierten Humvee.

Walt saß wieder am Steuer und Thore verbot sich einen Kommentar. Hanky, der auf dem Beifahrersitz saß, schloss seinen Helm und gab über Funk die Order, loszufahren. Vor ihrem Fahrzeug standen zwei weitere Humvees, die dem Befehl Folge leisteten und langsam anrollten. Trotz der Eile durfte die Plattform, auf der das Tesla Portal installiert war, auf keinen Fall beschädigt werden. Richard sah gebannt zu, wie der erste Humvee auf die Energiewand zusteuerte und dann ohne Probleme in diese eintauchte. Gleich darauf war das Fahrzeug verschwunden und das zweite folgte. Dann waren sie an der Reihe. Walt steuerte ihren Humvee vorsichtig auf die Rampe und zwischen die Tesla Spulen. Richard hielt gespannt die Luft an, als würde er im Wasser untertauchen. Als sie die Energiewand durchfuhren, glaubte Richard ein leichtes Kribbeln auf der Haut zu spüren. Doch sonst fühlte er keinerlei besondere Auswirkungen. Dennoch war der erste Blick, den er in diese fremde Welt warf, ein erschütterndes Erlebnis für ihn.

Die Trostlosigkeit der Ruinen um sie herum schien nach ihm zu greifen. Der Tod hatte hier reiche Beute gemacht und eine Szenerie der Hoffnungslosigkeit hinterlassen. Dies alles schien seine Begleiter nicht zu interessieren. Thore überprüfte seine Schnellfeuerwaffe und Richard sah, wie routiniert der Deutsche mit dem Gewehr hantierte. Der Mann wusste, was er tat, und Richard fühlte sich gleich ein wenig sicherer. Es war gut, kampferfahrene Männer um sich zu haben.

Walt steuerte den Humvee konzentriert und lenkte das Fahrzeug mit hoher Geschwindigkeit durch die engen Straßen der Ruinenstadt.

Hanky schien völlig desinteressiert, denn er hatte seinen Kopf gesenkt und achtete überhaupt nicht auf seine Umgebung. Doch Richard hatte Interesse und seine anfängliche Aufgeregtheit war seiner journalistischen Aufmerksamkeit gewichen. Er fragte sich, was hier in dieser Stadt wohl geschehen war. Die beiden Fahrzeuge vor ihnen wurden plötzlich langsamer und bogen links ab. Walt folgte ihnen und Richard sah, dass sie nun in Schrittgeschwindigkeit über eine Brücke rollten. Walt wirkte mit einem Male angespannt, was wohl auch Thore bemerkte. Er sagte unvermittelt:

»Der Voraustrupp hat die Brücke bestimmt noch einmal nach Sprengfallen abgesucht.«

»Was für Sprengfallen?«, fragte Richard alarmiert über den Bordfunk. Thore nahm den Reporter, dem man seine Blässe selbst hinter der Scheibe seines Schutzhelmes ansah, ins Visier.

»Na ja«, sagte er, »wir haben hier gestern Sprengfallen gefunden und entschärft.«

Richard sah den Mann irritiert an und fragte sich, ob alle um ihn herum irgendwie verrückt waren. Die Gefahr, die hier offensichtlich überall lauerte, schien die Männer kaltzulassen. Gleich nach der Brücke bewegte sich die Kolonne weiter und bog nach links ab. Dann einige Blocks weiter fuhren sie nach rechts in eine enge Straße hinein. An einer Kreuzung blieb der vordere Wagen stehen. Dort wartete ein bewaffneter Soldat, ebenfalls in einen Schutzanzug gehüllt, und deutete nach rechts. Der Fahrer des ersten Wagens bog ab und der zweite folgte. Als Walt bei dem Soldaten anhielt, wollte ihn dieser auch nach rechts leiten, doch dann erkannte er Walt. Er trat näher an den Wagen heran und aktivierte den Bordfunk, der aus Sicherheitsgründen nur im Umkreis von wenigen Metern funktionierte. Die Sendeleistung war auf ein absolutes Minimum heruntergeregelt worden, damit der Feind nicht mithören konnte.

»Mister Kessler«, sagte der Mann, »bitte biegen Sie nach links ein und parken Sie neben der zweiten Ruine. Agent Fabrizio erwartet Sie bereits.«

Walt bedankte sich und folgte der Anweisung. Gleich darauf stoppte er den Wagen und sie stiegen aus.

Richard blieb neben dem Humvee stehen und blickte sich um. Eng standen hier die zerstörten Bauten zusammen und darüber wölbte sich ein wolkenverhangener Himmel. Bunte Schlieren waberten zwischen den schnell dahinziehenden Wolken, als wollten sie den Reporter von der irrationalen Situation, in der er sich befand, noch mehr verunsichern.

Walt, der seinen Freund beobachtet hatte, wusste, was dieser fühlte. Dennoch schien sich Richard nicht bewusst zu sein, wie gefährlich diese Umgebung war. So ging er zu ihm, packte ihn am Arm und sagte:

»Rich, halt bloß die Augen auf, sonst holt dich noch eine Raubechse.«

Richard fuhr herum und sah nach allen Seiten. Da er jedoch die Scherze Walts kannte, war er sich nicht sicher, ob er diese Warnung ernst nehmen sollte. Zusammen gingen sie hinüber zu einer Gruppe Soldaten, die, wie es sich dann herausstellte, zu der FBI Spezialeinheit gehörten.

»Das Team ist einsatzbereit«, sagte Agent Fabrizio gerade. »Unsere Scharfschützen haben die Bauten am Rand des Camps besetzt und warten auf den Einsatzbefehl.« Dann sah er auf seine Uhr und forderte die Umstehenden auf, ihm zu folgen:

»In zehn Minuten soll Phase drei beginnen«, sagte der Agent. »Ab jetzt halten wir absolute Funkstille.«

PHASE 3

Im Camp der Goldräuber bereiteten sich dessen Insassen auf das Eintreffen der Sattelzüge vor. Die beiden bereits beladenen Lastwagen standen abfahrbereit vor dem transportablen Tesla Portal. Einige abtrünnige Soldaten der Nationalgarde nahmen ihre Positionen ein, um das Dimensionstor zu bewachen. Sie fürchteten nicht einen Angriff aus ihrer Welt, der Erde der Menschheit, sondern sie wollten verhindern, dass Arbeiter oder Techniker versuchten, durch das Portal zu flüchten. Wenn erst einmal das Gold abtransportiert war, dann würden sie dafür sorgen, dass niemand entkam.

Professor Ron Bedard war die Positionierung der Soldaten nicht entgangen und nachdem er den Sprengsatz an der Tesla Spule entdeckt hatte, war er sich über die Motivation der Gardisten im Klaren. Nur wusste er noch nicht, wie er mit der Situation umgehen sollte. Waren alle Soldaten, die sich hier in der Parallelwelt befanden, in das Komplott eingeweiht oder gab es zwei Gruppen, die unabhängig voneinander operierten? Was sollte er also tun? Wem konnte er noch trauen? Aus der Steuerzentrale heraus beobachtete er das Tesla Portal. Um genau acht Uhr betätigte der Techniker, der an einem der Computer saß, einige Schaltungen und aktivierte zum zweiten Mal das Tesla Portal. Kaum hatte sich das Energiefeld stabilisiert, gingen drei Soldaten durch das Portal und kamen gleich darauf zurück. Einer hob seinen rechten Arm, als Signal, dass die beiden wartenden Sattelschlepper losfahren sollten. So weit verlief alles wie geplant und der Professor fühlte ein wenig Hoffnung in sich aufkeimen.

Der erste Lastzug fuhr auf die Plattform und passierte ungehindert das Portal. Damit verschwand er aus dieser Welt und rollte über den Central Drive des Central Parks. Hierbei passierte er eine Kolonne wartender Sattelschlepper, die auf dieser Seite des Portals zum Einsatz bereitstanden. Nachdem der zweite LKW das Portal erreicht hatte, folgte er dem ersten. Bereits zweihundert Meter weiter wurden die Lastwagen von der Polizei angehalten. Die Fahrer, ebenfalls abtrünnige Nationalgardisten, blieben gelassen. Normale Polizisten waren keine Gegner für sie. Sie griffen nach ihren Waffen, in der Erwartung, dass sich nun die Polizisten ihren Fahrerkabinen nähern würden. Doch stattdessen zogen sich die Polizisten eilig zurück, was die Insassen der Trucks verblüfft registrierten. Gleichzeitig tauchten hinter Bäumen und Büschen schwerbewaffnete Soldaten auf, die ihre Schnellfeuergewehre drohend gegen die Fahrerkabinen richteten. Die abtrünnigen Soldaten erkannten sofort, dass sie gegen die anrückenden Bewaffneten nicht ankommen würden. So fügten sie sich ihrem Schicksal und verließen, nach einer entsprechenden Aufforderung eines Offiziers der Marines, mit erhobenen Händen die Fahrzeuge.

Nun begann der zweite Teil der Planung, die Roger Thorn persönlich leitete. Er saß im ersten der zehn Sattelschlepper. Natürlich trugen die Fahrer und Beifahrer der Lastwagen die von den verhafteten Soldaten der abtrünnigen Nationalgarde konfiszierten Schutzausrüstungen. So waren sie auf den ersten Blick nicht von den wirklichen Verschwörern zu unterscheiden. Roger gab den Befehl zum Einsatz und die Lastwagen starteten ihre Motoren. Dann rollte der erste Sattelschlepper los. Damit passierte Roger zum ersten Mal das Tesla Portal, doch er konnte die Tatsache, dass er durch ein Dimensionstor in eine Parallelwelt fuhr, nicht würdigen. Er war zu sehr auf diesen Einsatz fokussiert. So nahm er nur beiläufig wahr, dass sich die Umgebung radikal geändert hatte, nachdem der Lastwagen das Tesla Portal passiert hatte. Dort erwartete ihn ein Camp aus Containern und Zelten und Soldaten in Schutzausrüstung, die das Areal absicherten. Einige Soldaten fungierten als Einweiser, die durch Winken die Lastwagen an die vorgegebenen Ladebereiche dirigierten. Dort verharrten bereits Arbeiter, die neben den Goldpailletten standen. Große Gabelstapler standen bereit, um das Gold in die Laderäume der Sattelschlepper zu laden.

Rogers Truck stoppte als Erster an der ihm zugewiesenen Position. Durch das Seitenfenster schauend, sah er, wie gerade der letzte Sattelzug durch das Portal fuhr. Kaum hatte er das Dimensionstor passiert, löste sich die Energiewand auf. Das Tesla Portal war, wie geplant, deaktiviert worden. Die Arbeiter und Soldaten wägten sich in trügerischer Sicherheit. Noch ahnte niemand, was gleich geschehen würde. Roger machte sich bereit und entsicherte sein Schnellfeuergewehr. Er öffnete die Tür und sprang aus dem Lastwagen. In diesem Moment öffneten die Arbeiter die Ladetür des Aufliegers. Kaum waren die Flügel der Tür aufgeschwungen, erstarrten sie. Anstatt eine leere Ladefläche zu sehen, blickten sie in die Mündungen von Schnellfeuergewehren.

Die kampferfahrenen Spezialisten der Marines sprangen nun aus dem Laderaum und betäubten die verblüfften Arbeiter mit Teasern. Einige wollten davonlaufen, doch die Marines ließen ihnen keine Chance, die Flucht zu ergreifen. Ohne zu zögern, schossen sie die

Männer nieder. Inzwischen hatten die abtrünnigen Nationalgardisten bemerkt, dass das Camp und damit auch sie angegriffen wurden.

Die Gefahr ging von den Lastwagen aus. Dort verließen gerade unbekannte Soldaten die Ladeflächen der Sattelschlepper. Ein Alarmruf hallte durch die Kopfhörer der Nationalgardisten.

Zuerst rannten die Gardisten unorganisiert auf die Lastwagen zu. Sie waren nicht auf ein Szenario wie dieses eingestellt. So feuerten sie auf jeden, der sich in der Nähe der Lastwagen aufhielt. Doch sie hatten nicht mit der Kampfkraft der Marines gerechnet. Wütendes Feuer schlug ihnen entgegen und viele der Gardisten starben einen unrühmlichen Tod.

Aus den Ruinen heraus, die am Rande des Camps standen, beobachteten Hanky und seine Begleiter die Kampfhandlungen. Scharfschützen unterstützen die Marines, indem sie Gegner eliminierten, die versuchten, die Lastwagen zu umgehen, um von unerwarteter Seite her anzugreifen.

Walt griff zusätzlich ein und schleuderte angreifende Gardisten mit telekinetischer Gewalt weg.

Thore hatte ein Fernglas an seinen Schutzhelm gepresst und verfolgte die Tragödie mit Schaudern. Er hatte nicht mit so viel Gewalt gerechnet und musste erleben, was Krieg bedeute.

Hanky versuchte das aufsteigende Grauen zu verdrängen. Sein Mitleid mit jedem getöteten Menschen war so groß, dass er am liebsten davongelaufen wäre. Doch hier galt es, auch Menschenleben zu retten. So öffnete er den telepathischen Sektor seines Gehirns und tastete die Gehirnwellen der Campbewohner ab. Dabei stieß er auf einen Nationalgardisten, der gerade eine Gruppe Kämpfer um sich sammelte. Was Hanky da in den Gedanken des Mannes lesen konnte, ließ ihn zornig werden. Dieser Mann war im Begriff, seine eigenen Leute zu ermorden. Seine Helfer waren bereit, ihn dabei zu unterstützen.

Ziel dieser Gruppe war ein gewisser Professor Ron Bedard und dessen komplettes Team aus Wissenschaftlern und Technikern. Er wollte damit verhindern, dass die Technologie des Tesla Portals in fremde Hände gelangte. Danach plante er, das Portal zu öffnen und mit seiner Gruppe zu verschwinden.

Hanky wusste nun, wie wichtig der Professor für die Verschwörung war. Er erkannte gleichzeitig, dass er diesen Wissenschaftler retten musste. Er besaß das Wissen, dass weitere Forschungen in Bezug auf Parallelwelten vielleicht erst möglich machten. So entschloss sich der Mutant, sofort einzugreifen. Er hatte noch immer das Gedankenmuster des Soldaten fixiert und gerade als dieser seinen Männern befehlen wollte, den Professor und sein Team zu töten, betäubte Hanky den Mann mit einem Gedankenimpuls.

Der Offizier brach auf der Stelle ohnmächtig zusammen und seine Mitstreiter dachten, ihr Anführer sei von einer Kugel getroffen worden. Sofort warfen sie sich zu Boden und versuchten den Standort des unbekannten Schützen zu erkennen. Dabei sahen sie die Mündungsblitze der Scharfschützen, die von der Ruine aus, in der sich auch Hanky befand, in den Kampf eingriffen. Sie nahmen das Ziel ins Visier und feuerten auf das Gebäude.

Thore, der gerade seinen Kopf ein wenig angehoben hatte, um besser sehen zu können, zuckte erschrocken zurück, als direkt vor ihm die Steine der Mauer zerplatzten. Dort, wo das Projektil eingeschlagen war, hatte sich gerade eben noch sein Kopf befunden. Hastig robbte der BND Agent rückwärts und damit in Sicherheit.

Hanky teilte nun heftige mentale Schläge aus und betäubte so einen Soldaten nach dem anderen. Es dauerte noch zwanzig Minuten, ehe die Kampfhandlungen beendet waren.

Die noch verbliebenen Nationalgardisten erkannten, dass sie den Kampf verloren hatten, und ergaben sich den Spezialisten der Marines. Hanky verließ zusammen mit den anderen Männern die Ruine und ging hinüber zum Camp. Dort traf er auf Roger, der sich gerade mit einigen Agenten des FBI Spezialkommando unterhielt. Er gab Anweisungen, wie der Abtransport der Gefangenen organisiert werden sollte. Als er Hanky erkannte, winkte er diesem zu und sprach dann weiter mit seinen Agenten. Hanky führte die ihn begleitenden Spezialisten zu der Gruppe der Gardisten, die den Professor ermorden wollten. Die Männer wurden gefesselt und gesondert abtransportiert. Schließlich drangen die Marines in die Container ein und verhafteten die anwesenden Arbeiter, Techniker und Wissenschaftler. Niemand leistete mehr Widerstand und in einigen Gesichtern glaubte Hanky so etwas wie Erleichterung zu sehen.

NACHKLANG

Einige Tage später fuhr ein Konvoi, bestehend aus fünf Lastwagen und drei Begleitfahrzeugen der Marines, in die Lagerhalle am Hunts Point. Aus dem ersten Lastwagen sprang Walt mit einem breiten Grinsen.

Hanky, der in der Halle auf die Fahrzeuge gewartet hatte, ging auf seinen Freund zu und begrüßte ihn herzlich.

»Na, wo hast du den Rich gelassen?«, fragte er Walt.

»Ach, der hat keine Zeit. Er verhandelt noch immer mit Roger, was er denn nun veröffentlichen darf. Sein Redaktionsleiter macht Rich bestimmt die Hölle heiß.«

Hanky grinste nun auch und ging zusammen mit Walt zu der Plattform des Tesla Portals. An der Seite vor den Schaltpulten saß Mister Wynn und studierte konzentriert, Tabellen und Diagramme auf den Bildschirmen der Computer.

Als Walt vor einer der Tesla Spulen stehen blieb, drehte er sich zu Hanky und fragte:

»Was ist los, Alter? Du siehst bedrückt aus.«

Hanky kaute an der Unterlippe und sah dann seinen Freund direkt in die Augen. »Haben wir alles richtig gemacht Walt?«

»Natürlich haben wir alles richtig gemacht Hanky!«, antwortete er voller Überzeugung. »Wir haben eine Verschwörung beendet und die Verantwortlichen der Justiz zugeführt. Außerdem haben wir eine Weltwirtschaftskrise verhindert, indem wir das geraubte Gold gefunden haben, jedenfalls das meiste davon. Ein paar Milliönchen fehlen wohl noch. Aber darum sollen sich Roger und seine Agenten kümmern.«

»Nein, das meinte ich nicht Walt. Es hat nur so viele Opfer gegeben. So viele Tote. Ich überlege nur, ob wir dies hätten verhindern können.«

»Nein, das glaube ich nicht«, sagte Walt. »Hanky, wir können nur unser Bestes tun, aber wir können nicht die Welt retten. So, nun komm, lass uns das Portal öffnen und den armen Menschen, die dort in der Parallelwelt leben, die Dinge bringen, die ich organisiert habe. Ich kann dir sagen, die Depots der Nationalgarde sind wie ein Warenhaus für Hilfsgüter. Der neue Kommandeur war sehr spendabel, na ja, nachdem ich ihn ein wenig unter Druck gesetzt habe.«

»Na dann los Walt. Dann wollen wir Seet Smirl und seine Leute nicht warten lassen!«

***

Epilog

Die Jäger aus einer anderen Welt saßen in einem Bus, der schon in die Jahre gekommen war. Mit großen Augen sahen sie nach draußen auf die vorbeiziehende Landschaft. Wälder und Wiesen, Felder und Flüsse versetzten sie in höchste Entzückung. Noch immer verstanden sie nicht, wer dieser Mann war, der sie aus dem Gefängnis und dem Krankenhaus geholt hatte. Einige Begriffe und Wörter der Menschen hier, in diesem verwunschenen Land, hatten sie in der Zwischenzeit gelernt. So wussten sie in etwa, was ein Gefängnis oder ein Krankenhaus war. Doch warum man diese Einrichtungen brauchte, war ihnen immer noch nicht ganz klar. Der Mann, den alle Reverend Mullen nannten, war sehr freundlich. Er hatte dafür gesorgt, dass Tan, Mot, Dra wie auch Pre und Fur wieder vereint waren. Außerdem sorgte er für Essen, was für die Jäger besonders wichtig war. Nach einigen Stunden Fahrt bog der alte Bus von der Landstraße ab und folgte einem schmalen Weg durch den Wald. Nach einigen Kilometern wich der Wald und eine blühende Wiese bedeckte kleine Hügel. Weiter vorne spiegelte sich die Sonne in einem See, der von bewaldeten Bergen umgeben war. Am Rand des Sees stand ein großes Farmhaus, vor dem der Bus schließlich anhielt. Reverend Mullen erhob sich von dem Fahrersitz und zog an einem roten Hebel. Die Tür des Busses öffnete sich quietschend und herrlich frische Luft strömte herein.

»Kommt Männer!«, rief der Reverend und winkte auffordernd mit seiner rechten Hand.

Pre war der Erste, der sich zögerlich erhob und dem netten Mann nach draußen folgte. Dort blieb er stehen, sog die frische Luft in seine Lungen, sah zum blauen Firmament empor und staunte. So etwas Schönes hatte er in seinem Leben noch nie gesehen. Inzwischen hatten seine Kameraden den Bus ebenfalls verlassen. Sie stellten sich neben ihren Jagdgefährten und blickten sich ebenfalls um. Reverend Mullen spürte Pres Ergriffenheit und ging zu ihm. Vorsichtig legte er seinen Arm um dessen Schulter und sagte:

»Hier werdet ihr für eine gewisse Zeit leben. Dies ist nun euer neues Zuhause. Seid alle willkommen.«

Pre verstand natürlich nicht, was der Reverend zu ihm sagte, fühlte aber, dass die Worte freundlich und an ihn gerichtet waren. Er mochte den melodischen Klang der Wörter und beschloss diese Sprache zu lernen. Für einen kurzen Moment dachte er an seine wilde Heimat zurück. An die Steppen und Ebenen, an den Wind und die schnellziehenden Wolken. Tränen der Trauer füllten seine Augen, als er daran dachte, sein Volk niemals wiederzusehen. Noch ehe die Anderen seine traurigen Gedanken bemerken konnten, wischte er die Tränen mit seinen Fingern fort. Die nächsten Worte, die der Reverend sagte, verstand er und die Freude verwischte die Spuren der Trauer.

»Das Essen ist vorbereitet«, sagte der freundliche Mann. »Kommt mit, oder habt ihr keinen Hunger?«

ENDE

Anmerkungen des Autors

Hallo liebe Leser!
Na, alle wieder zurück in unserer Welt? Prima, das freut mich. Ich hoffe, Sie hatten Spaß an der Story und haben mit Protagonisten dieser Geschichte mitgefiebert. Für einige Leser war es bestimmt schön, alte Freunde wieder zu treffen. Hanky und Walt haben so einige meiner Lesefreunde ins Herz geschlossen. Auch Roger und Richard haben ihre Fans und so freut es mich auch immer wieder, diese Romanfiguren zu treffen und über ihre Abenteuer zu berichten. Natürlich ist mir klar, dass einige Leser sich fragen werden, warum ich die beiden Killer, Brian Spiller und Robert Mason, schon wieder habe entkommen lassen. Ich kann dies im Moment nicht beantworten. Mein Unterbewusstsein hat mir damit vielleicht signalisiert, dass diese Killer in einer anderen Geschichte eine wichtige Rolle spielen? Wer weiß? Übrigens sind die Schauplätze und Fakten, die ich in diesem Roman beschrieben habe, nicht fiktiv, sondern real. Die Personen des öffentlichen Lebens allerdings haben nie die Taten begangen, die ich ihnen literarisch zuschreibe. Oder vielleicht doch …? Das Experiment, das der Wissenschaftler Nikola Tesla in der Wüste durchführte, gab es wirklich und ist historisch belegt. Auch die Lagerstätte des Goldes in der Federal Reserve Bank und die Mengenangaben des Edelmetalls sind Fakt. Doch vielleicht sind diese Dinge für Sie völlig unwichtig. Eines ist mir auf jeden Fall wichtig, und zwar, ein paar Stunden mit Ihnen verbracht zu haben und sei es nur als Ihr Erzähler dieser Geschichte.

Es grüßt Sie herzlich Ihr

Marvin Roth

PS:
Besuchen Sie doch mal meine Webseite:
www.marvin-roth-autorenseite.de
oder stöbern in meiner Facebookgruppe: marvin roth story talk.